KB123489

마쓰무라 다케오의
조선·대만·아이누 동화집

근대 일본어
조선동화민담집총서
3

마쓰무라 다케오의 조선·대만·아이누 동화집

김광식

보고사
BOGOSA

차례

해제

마쓰무라 다케오의 조선·대만·아이누 동화집

1. 선행연구에 대하여

〈근대 일본어 조선동화·민담집 총서〉는 일본어로 간행된 조선동화·민담집 연구의 발전과 토대 구축을 위해 기획되었다.

1920년대 이후에 본격화된 조선인의 민간설화 연구 성과를 정확히 자리매김하기 위해서는 1910년 전후에 시작된 근대 일본의 연구를 먼저 검토해야 할 것이다. 해방 후에 전개된 민간설화 연구는 이 문제를 외면한 채 진행되었음을 부인하기 어렵다. 다행히 1990년대 이후, 관련 연구가 수행되었지만, 일부 자료를 중심으로 진행되었다. 그에 대해 편자는 식민지기에 널리 읽혀졌고, 오늘에도 큰 영향을 미치고 있는 주요 인물 및 기관의 자료를 총체적으로 분석하고, 그 내용과 성격을 실증적으로 검토해 왔다. 관련 논문이 축적되어 근년에는 한국과 일본에서 아래와 같은 관련 연구서도 출판되었다.

권혁래, 『일제강점기 설화·동화집 연구』, 고려대학교 민족문화연구원, 2013.

김광식, 『식민지기 일본어조선설화집의 연구(植民地期における日本語朝鮮說話集の研究―帝國日本の「學知」と朝鮮民俗學―)』, 勉誠出版, 2014.

김광식 외, 『식민지시기 일본어 조선설화집 기초적 연구』 1·2, J&C,

2014~2016.

김광식, 『식민지 조선과 근대설화』, 민속원, 2015.

김광식, 『근대 일본의 조선 구비문학 연구』, 보고사, 2018.

또한, 다음과 같이 연구 기반을 조성하기 위한 영인본 『식민지시기 일본어 조선설화집 자료총서』 전13권(이시준·장경남·김광식 편, J&C, 해제 수록)도 간행되었다.

1. 薄田斬雲, 『暗黑なる朝鮮(암흑의 조선)』 1908 영인본, 2012.
2. 高橋亨, 『朝鮮の物語集附俚諺(조선 이야기집과 속담)』 1910 영인본, 2012.
3. 青柳綱太郎, 『朝鮮野談集(조선야담집)』 1912 영인본, 2012.
4. 朝鮮總督府學務局調査報告書, 『傳說童話 調査事項(전설 동화 조사사항)』 1913 영인본, 2012.
5. 楢木末實, 『朝鮮の迷信と俗傳(조선의 미신과 속전)』 1913 영인본, 2012.
6. 高木敏雄, 『新日本教育昔噺(신일본 교육 구전설화집)』 1917 영인본, 2014.
7. 三輪環, 『傳說の朝鮮(전설의 조선)』 1919 영인본, 2013.
8. 山崎源太郎, 『朝鮮の奇談と傳說(조선의 기담과 전설)』 1920 영인본, 2014.
9. 田島泰秀, 『溫突夜話(온돌야화)』 1923 영인본, 2014.
10. 崔東州, 『五百年奇譚(오백년 기담)』 1923 영인본, 2013.
11. 朝鮮總督府, 『朝鮮童話集(조선동화집)』 1924 영인본, 2013.
12. 中村亮平, 『朝鮮童話集(조선동화집)』 1926 영인본, 2013.
13. 孫晋泰, 『朝鮮民譚集(조선민담집)』 1930 영인본, 2013.

전술한 연구서 및 영인본과 더불어, 다음과 같은 한국어 번역본도 출간되었다.

우스다 잔운 저, 이시준 역, 『암흑의 조선(暗黑の朝鮮)』, 박문사, 2016(1908年版).

다카하시 도루 저, 편용우 역, 『조선의 모노가타리(朝鮮の物語集)』, 역락, 2016(이시준 외 역, 『완역 조선이야기집과 속담』, 박문사, 2016, 1910年版).

다카하시 도루 저, 박미경 역, 『조선속담집(朝鮮の俚諺集)』, 어문학사, 2006(1914年版).

강재철 편역(조선총독부 학무국 보고서), 『조선 전설동화』상·하, 단국대학교출판부, 2012(1913年版).

나라키 스에자네 저, 김용의 외 역, 『조선의 미신과 풍속(朝鮮の迷信と風俗)』, 민속원, 2010(1913年版).

미와 다마키 저, 조은애 외 역, 『전설의 조선』, 박문사, 2016(1919年版).

다지마 야스히데 저, 신주혜 외 역, 『온돌야화』, 학고방, 2014(1923年版).

이시이 마사미(石井正己) 편, 최인학 역, 『1923년 조선설화집』, 민속원, 2010(1923年版).

조선총독부 저, 권혁래 역, 『조선동화집연구』, 보고사, 2013(1924年版).

나카무라 료헤이 저, 김영주 외 역, 『나카무라 료헤이의 조선동화집』, 박문사, 2016(1926年版).

핫타 미노루 저, 김계자 외 역, 『전설의 평양』, 학고방, 2014(1943年版).

모리카와 기요히토 저, 김효순 외 역, 『조선 야담 전설 수필』, 학고방, 2014(1944年版).

손진태 저, 최인학 역, 『조선설화집』, 민속원, 2009(1930年版).

정인섭 저, 최인학 외 역, 『한국의 설화』, 단국대학교출판부, 2007(1927년 日本語版, 1952년 英語版).

2. 이번 총서에 대하여

앞서 언급했듯이, 우스다 잔운의 『암흑의 조선』(1908), 다카하시 도오루의 『조선의 이야기집과 속담』(1910, 1914개정판), 조선총독부 학무국 조사보고서 『전설동화 조사사항』(1913), 나라키 스에자네의 『조선의 미신과 속전』(1913), 미와 다마키의 『전설의 조선』(1919), 다지마 야스히데의 『온돌야화』(1923), 조선총독부의 『조선동화집』(1924), 나카무라 료헤이의 『조선동화집』(1926), 손진태의 『조선민담집』(1930)이 영인, 번역되었다.

1930년 손진태의 『조선민담집』(1930)에 이르기까지의 주요 일본어 조선 설화집의 일부가 복각되었다. 그러나 아직 영인해야 할 주요 자료가 적지 않다. 이에, 지금까지 그 중요성에도 불구하고, 복각되지 않은 자료를 정리해 〈근대 일본어 조선동화·민담집 총서〉를 간행하기에 이른 것이다.

이번 총서는 편자가 지금까지 애써 컬렉션해 온 방대한 일본어 자료 중에서 구전설화(민담)집 위주로 선별했다. 선별 기준은, 먼저 일본과 한국에서 입수하기 어려운 주요 동화 및 민담집만을 포함시켰다. 두 번째로 가급적 전설집은 제외하고 중요한 민담집과 이를 개작한 동화집을 모았다. 세 번째는 조선민담·동화에 큰 영향을 끼쳤다고 생각되는 자료만을 엄선하였다. 이번에 발행하는 〈근대 일본어 조선동화·민담집 총서〉 목록은 다음과 같다.

1. 김광식, 『근대 일본의 조선 구비문학 연구』(연구서)
2. 『다치카와 쇼조의 조선 실연동화집』
   (立川昇藏, 『신실연 이야기집 연랑(新實演お話集蓮娘)』, 1926)

3. 『마쓰무라 다케오의 조선·대만·아이누 동화집』(松村武雄, 『朝鮮·臺灣·アイヌ童話集』, 1929, 조선편의 초판은 1924년 간행)
4. 『1920년 전후 일본어 조선설화 자료집』
5. 『김상덕의 동화집 / 김소운의 민화집』(金海相德, 『半島名作童話集』, 1943 / 金素雲, 『목화씨』 『세 개의 병』, 1957)

위와 같이 제2권 다치카와 쇼조(立川昇藏, ?~1936, 大塚講話會 동인)가 펴낸 실연동화집, 제3권 신화학자로 알려진 마쓰무라 다케오(松村武雄, 1883~1969)의 조선동화집을 배치했다.

다음으로 제4권 『1920년 전후 일본어 조선 설화 자료집』에는 조선동화집을 비롯해, 제국일본 동화·민담집, 세계동화집, 동양동화집, 불교동화집 등에 수록된 조선동화를 한데 모았다. 이시이 겐도(石井研堂) 편 『일본 전국 국민동화』(同文館, 1911), 다나카 우메키치(田中梅吉) 외 편 『일본 민담집(日本昔話集) 하권』 조선편(아르스, 1929) 등의 일본동화집을 비롯해, 에노모토 슈손(榎本秋村) 편 『세계동화집 동양권』(실업지일본사, 1918), 마쓰모토 구미(松本苦味) 편 『세계동화집 보물선(たから舟)』(大倉書店, 1920), 히구치 고요(樋口紅陽) 편 『동화의 세계여행(童話の世界めぐり)』(九段書房, 1922) 등의 세계·동양동화집을 포함시켰다. 더불어, 편자가 새롭게 발굴한 아라이 이노스케(荒井亥之助) 편 『조선동화 제일편 소』(永島充書店, 1924), 야시마 류도 편 『동화의 샘』(경성일보대리부, 1922) 등에서도 선별해 수록했다.

그리고 제5권에는 『김상덕의 반도명작동화집』과 함께, 오늘날 입수하기 어려운 자료가 된 김소운의 민화집(『목화씨(綿の種)』/『세 개의 병(三つの瓶)』)을 묶어서 영인하였다.

3. 제3권『마쓰무라 다케오의 조선·대만·아이누 동화집』에 대하여

근대사(近代社)판『마쓰무라 다케오의 조선·대만·아이누 동화집』(松村武雄,『朝鮮·台灣·アイヌ 童話集』, 1929)의 조선편의 초판은 1924년 9월에 세계동화대계간행회에서 간행되었다. 초판은『第十六卷 日本篇 日本童話集』(1924년 9월, 東京)으로 제국 일본동화집에 포함돼 수록되었다.

초판 발간 이후 1929년의 근대사판은 조선동화가 일본동화에서 새로 선별되면서, 식민지만을 따로 모아『조선·대만·아이누 동화집(朝鮮·台灣·アイヌ童話集)』에 수록된 것이다. 1931년 誠文堂版은 다시 제국 일본동화집에 편입되어『日本童話集』하권(1933년 1월 十版, 神奈川近代文學館 소장본)에 수록되었고, 1934년에는 金正堂版(보급판 1938년 9월 十五版, 필자 개인소장본)으로 간행되었다. 시대상황에 따라 책명이 바뀌면서 이데올로기를 노정하고 있는 것이다. 이처럼 마쓰무라의 조선설화집은 적어도 4개의 출판사에서 서명을 달리하여 증쇄를 거듭했고, 중국어로도 번역되는 등 동아시아로 확대된 서적이다.

이 총서에서는 근대사판을 영인하였다. 그 이유는 1924년 초판에는 삽화가 없지만, 1929년 근대사판 이후에 삽화가 포함되었기 때문에 유용한 자료라 판단했기 때문이다. 자세한 서지 사항은 아래와 같다.

제3권 마쓰무라 다케오(松村武雄),『조선·대만·아이누 동화집(朝鮮·臺灣·アイヌ童話集)』, 近代社, 1929년 11월, 東京, 본문 555쪽, 국판(菊版), 비매품. 책 케이스(세로 200밀리×가로 145밀리) 속에 넣어져 팔렸고,

비매품이지만 회원제, 예약을 통해 배포되었다. 판형은 세로 185밀리×가로 130밀리.

마쓰무라 다케오(1883~1969)는 1924년 9월에 『일본동화집(日本童話集)』(세계동화대계간행회) 속에 일본설화 174편과 함께, 조선설화 27편, 아이누설화 73편을 수록해, 내부(아이누)와 외부(조선)의 식민지 설화를 제국 일본설화집 속에 편입시켰다. 마쓰무라는 조선에 체류한 적이 없었기에 한문, 일본어, 영어로 된 조선설화집을 참고해 조선편을 펴냈다[김광식, 2015, 165~187; 김광식, 2016, 201~234].

마쓰무라는 1883년 구마모토현에서 태어나, 제오고등학교(1904~1907)를 거쳐, 1907년에 동경제국대학 영문과에 진학해 1910년에 졸업했는데, 고교 시절 동향의 신화학자 다카기 도시오(高木敏雄)로부터 독일어를 배웠다. 신화 및 '동화'(오늘날의 민담 및 구전설화)에 관심을 갖고 대학원에 진학해, 1921년 『고대 희랍의 문화에 나타난 신들의 종교적 갈등의 연구』로 문학박사 학위를 취득했다. 이듬해부터 1948년까지 구제(舊制) 우라와(浦和) 고등학교(현 사이타마대학) 영어교수 겸 동경제국대학 종교과 강사를 역임하였다. 일찍부터 동양, 유럽을 중심으로 한 신화 비교연구, 일본 신화연구를 수행해 다카기 이후의 대표적인 '신화학의 원로'[松前健, 1966, 185], '일본신화학 최대의 권위자'[松本信廣, 1971, 9], 다카기에 의해 창시된 비교신화학의 방법론에 의한 '일본신화 연구를 계승하고 발전시켜 집대성'한 인물로 평가받는다[次田眞幸, 1972, 170]. 한편, 태평양전쟁기에 행해진 '견강부회적인 기기(紀記, 고사기 및 일본서기 - 필자 주) 신화의 무리한 해석으로, 황실신앙, 천황숭배를 열렬히 칭송한' 행적에 대해서는 거의 언급되지 않았다[平藤喜久子, 2010, 320].

대표적인 저서로는 『동화 및 아동의 연구』(1922), 『아동교육과 아동문예』(1923), 『동요 및 동화의 연구』(1923), 『동화교육신론』(1929), 『신화학논고』(1929), 『민속학논고』(1930), 『신화학원론』(전2권, 1940~41) 등을 간행하는 한편, 일찍부터 다수의 설화집을 간행하였다. 마쓰무라는 1920년부터 일본 설화를 정리하여, 모리 오가이, 스즈키 미에키치 등과 함께 총서 『표준 이야기 문고(標準お伽文庫)』(森林太郎, 鈴木三重吉, 松村武雄, 馬淵冷佑, 전6권, 日本童話 日本神話 日本傳說, 培風館, 1920~1921)를 간행했는데, 주로 작품 선정과 해설을 담당했다[向川幹雄, 1993, 159].

이후, 마쓰무라는 〈세계동화대계 전 23권〉(세계동화대계간행회, 1924~1928, 近代社에서 세계동화전집 재간행 1928~1930, 誠文堂 보급판 1930~1931, 金正堂판 1930~1934), 〈일본아동문고 전 76권〉(アルス, 1927~1930), 〈신화전설대계 전 18권〉(近代社 1927~1929, 誠文堂 보급판 1933~1934, 趣味の教育普及會판, 1934) 발간에도 각각 감수, 편집고문, 편집을 담당하였다. 방대한 설화집 편자로서 다수의 업적을 남겼고, 무엇보다도 널리 읽혔다. 이들 자료집은 모두 전후 일본에서 복각 재간행 되어, 일본의 세계 신화, 전설, 설화 이해의 길잡이가 되었다. 특히 명저보급회(名著普及會)에서 〈세계동화대계〉(전23권, 1988~1989, 조선동화집은 제 16권에 일본편에 아이누동화집과 함께 그대로 복각 수록)와 더불어 〈改訂版 世界神話傳說大系〉(전42권, 1979~1981)가 간행되어 오늘날에도 쉽게 접할 수 있다.

이러한 일련의 작업 과정에서 발간된 것이 바로 '세계동화대계' 제16권 일본편(日本篇) 『일본동화집』(1924)이다. 초판 발행 이후, 마쓰무라는 압도적으로 양이 많았던 일본동화만을 따로 한 권으로 묶어 『일본동화집』(1928)을 펴내고, 이듬해 1929년에는 『조선·대만·아이누 동화집(朝鮮·臺灣·アイヌ童話集)』(近代社)을 출간하였다. 즉 일본편이 아

니라, 대만 및 아이누 동화집과 함께 따로 분류된 것이다.

『조선·대만·아이누 동화집』에 수록된 조선설화 27편은 모두 선행 문헌에서 소재를 취했다. 필자의 대조분석에 의하면, 마쓰무라가 일정한 영향을 받은 자료집은 아래 문헌 및 [표 1]과 같다.

다카하시 도오루, 『조선의 이야기집과 속담(朝鮮の物語集附俚諺)』, 1910.
다카기 도시오, 『신일본교육 민담(新日本教育昔噺)』, 1917.
미와 다마키, 『전설의 조선(傳說の朝鮮)』, 1919.
야마자키 겐타로, 『朝鮮の奇談と傳說』, 1920.
알렌(Horace Newton Allen(1889) "Korean Tales : Being a collection of stories translated from the Korean folklore" 〈재수록판 "Korea; Fact and Fancy"(1904)〉)

[표 1] 마쓰무라 동화집과 이전 설화집의 상관관계

마쓰무라	다카기, 1917	다카하시, 1910	미와, 1919	야마자키, 1920	전거典據
1.나이 자랑	14.거북이 나이		133.두꺼비의 배		다카기
2.말 다투기	7.말 하나에 기수가 셋				용재총화
3.흉내 내기 소동	15.개똥지빠귀 퇴치 주문			묘한 새	용재총화
4.집오리 계산	12.집오리 셈범			집오리 셈범	용재총화
5.팥죽 이야기	2.삼년 기일				용재총화
6.호두 소리		9.鬼失金銀棒	115.두 형제	금은방망이	미와
7.韓樣羽衣		21.선녀의 깃옷	138.郭公	羽衣物語	다카하시
8.한어 좋아하는 사내			118.한어 사용		미와
9.외눈과 코삐뚤			67.외꾸눈과 코삐뚤		미와

10.점 명인		10.가짜 명인		점 명인	다카하시
11.당나귀 귀	20.당나귀 귀				삼국유사
12.계속된 실책	13.중 강 건너기	12.淫僧			용재총화
13.금추	42.도깨비 방망이				유양잡조
14.운이 나쁜 사내		22.富貴有命, 栄達有運			다카하시
15.바보사위	32.바보사위		121.바보사위		미와
16.먼곳의 불	29.스님과 상좌				용재총화
17.큰 앵두	41.거짓말 백원	4.거짓말 경쟁		거짓말 달인	다카하시
18.다리 부러진 제비	40.신 혀 잘린 참새	11.흥부전	136.다리 부러진 제비	제비의 보은	미와
19.떡 좋아하는 사내			139.떡보		미와
20.호랑이와 나팔	44.호랑이와 나팔수		127.호랑이 엉덩이에 나팔		미와
21.인간과 호랑이의 다툼	37.여우의 재판	23.사람과 호랑이와의 다툼	123.여우의 재판		다카하시
22.사내와 장님들	39.서생의 장난	15.장님을 속인 사내			다카하시
23.부모를 버린 사내			116.불효자식		미와
24.거울 속의 사람	34.新松山鏡	20.韓様松山鏡		거울의 장난	다카하시
25.외쪽이		13.片身奴			다카하시
26.토끼의 눈	5.토끼의 간		134.거북이와 토끼		알렌
27.보석 찾기			135.사이가 나쁜 개와 고양이		알렌

※다카하시와 미와의 설화집에는 순번이 없으나, 편의상 추가했다.

마쓰무라는 근대 자료집과 함께 『삼국유사』, 『용재총화』, 『유양잡조』 등 여러 동서양의 문헌 및 민간전승을 활용하여, 설화집을 편찬하는 한편으로 한일 비교설화론을 전개하였다.

이 자료의 간행을 계기로 마쓰무라의 설화론을 비롯한 근대 일본의 연구와 그 서승(書承) 양상 및 개작 양상에 대한 심층적인 고찰을 바란다.

참고문헌

김광식, 「마쓰무라 다케오(松村武雄) 『일본동화집(日本童話集)』의 출전 고찰」, 『일어일문학연구』 93-2, 한국일어일문학회, 2015.

김광식, 「근대 일본 설화연구자의 『용재총화(용재총화)』 서승(書承) 양상 고찰」, 『동방학지』 174, 국학연구원, 2016.

金廣植, 「1920年代前後における日韓比較說話學の展開―高木敏雄, 淸水兵三, 孫晉泰を中心に」, 『比較民俗研究』 28, 2013.

金廣植, 「帝國日本における「日本」說話集の中の朝鮮と台灣の位置付け」, 『日本植民地研究』 第25號, 日本植民地研究會, 2013.

松村武雄, 「日韓類話」, 『鄕土研究』 2-4, 鄕土研究社, 1914.

松村武雄, 『童話及び兒童の研究』, 培風館, 1922.

松村武雄, 『日本童話集』, 世界童話大系刊行會, 1924.

松村武雄, 『神話學者の手記』, 培風館, 1949.

松本信廣, 「解說」, 松本信廣編, 『論集日本文化の起源』 第3巻 民族學 I, 平凡社, 1971.

松前健, 「神話」, 日本民族學會編, 『日本民族學の回顧と展望』, 日本民族學協會, 1966.

次田眞幸, 「高木敏雄における日本神話研究」, 『國文學 解釋と鑑賞』 37-1, 1972.

平藤喜久子, 「植民地帝國日本の神話學」, 竹沢尚一郎編, 『宗教とファシズム』, 水聲社, 2010.

向川幹雄, 「松村武雄」, 大阪國際兒童文學館編, 『日本兒童文學大事典』2巻, 大日本圖書 株式會社. 1993.

解題

松村武雄,『朝鮮·臺灣·アイヌ童話集』

1. これまでの研究

〈近代における日本語朝鮮童話·民譚(昔話)集叢書〉は、日本語で刊行された朝鮮童話·民譚集の研究を発展させるために企画されたものである。

筆者は、1920年代以降本格化した朝鮮人における民間説話の研究成果を的確に位置づけるためには、1910年前後に成立した近代日本の研究を実証的に検討しなければならないと考える。既存の民間説話の研究は、この問題を直視せずに進められてきたと言わざるを得ない。幸いに1990年代以降、関連研究がなされてきたが、一部の資料に限られていた。それに対して筆者は、植民地期に広く読まれ、今日にも大きな影響を及ぼしていると思われる重要な人物及び機関の資料を網羅的に分析し、その内容と性格を実証的に検討してきた。近年、韓国と日本では以下のような関連の研究書が出ている。

権赫来『日帝強占期説話·童話集研究』高麗大学校民族文化研究院、ソウル、2013年。

金廣植 『植民地期における日本語朝鮮説話集の研究―帝国日本の「学知」と朝鮮民俗学―』勉誠出版、2014年。

金廣植他『植民地時期日本語朝鮮説話集 基礎的研究』1·2、J&C、ソウル、2014~2016年。

金廣植『植民地朝鮮と近代説話』民俗苑、ソウル、2015年。

金廣植『近代日本における朝鮮口碑文学の研究』寶庫社、ソウル、2018年。

また、次のように研究を広めるための復刻本『植民地時期日本語朝鮮説話集資料叢書』全13巻(李市埈·張庚男·金廣植編、J&C、ソウル、解題付き)も出ている。

1. 薄田斬雲『暗黒なる朝鮮』1908年復刻版、2012年。
2. 高橋亨『朝鮮の物語集附俚諺』1910年復刻版、2012年。
3. 青柳綱太郎『朝鮮野談集』1912年復刻版、2012年。
4. 朝鮮総督府学務局調査報告書『伝説童話 調査事項』1913年復刻版、2012年。
5. 楢木末実『朝鮮の迷信と俗伝』1913年復刻版、2012年。
6. 高木敏雄『新日本教育昔噺』1917年復刻版、2014年。
7. 三輪環『伝説の朝鮮』1919年復刻版、2013年。
8. 山崎源太郎『朝鮮の奇談と伝説』1920年復刻版、2014年。
9. 田島泰秀『温突夜話』1923年復刻版、2014年。
10. 崔東州『五百年奇譚』1923年復刻版、2013年。
11. 朝鮮総督府『朝鮮童話集』1924年復刻版、2013年。
12. 中村亮平『朝鮮童話集』1926年復刻版、2013年。
13. 孫晋泰『朝鮮民譚集』1930年復刻版、2013年。

それから、研究書及び復刻本とともに、次のような韓国語訳も出ている。

薄田斬雲、李市埈訳『暗黒の朝鮮』博文社、2016年(1908年版)。

高橋亨、片龍雨訳『朝鮮の物語集』亦楽、2016年(高橋亨、李市埈他訳『朝鮮の物語集』博文社、2016年、1910年版)。

高橋亨、朴美京訳『朝鮮の俚諺集』語文学社、2006年(1914年版)。

姜在哲編訳(朝鮮総督府学務局報告書)『朝鮮伝説童話』上·下、檀国大学校出版部、2012年(1913年版)。

楢木末実、金容儀他訳『朝鮮の迷信と風俗』民俗苑、2010年(1913年版)。

三輪環、趙恩馤他訳『伝説の朝鮮』博文社、2016年(1919年版)。

田島泰秀、辛株慧他訳『温突夜話』学古房、2014年(1923年版)。

石井正己編編、崔仁鶴訳『1923年朝鮮説話集』民俗苑、2010年(1923年版)。

朝鮮総督府、権赫来訳『朝鮮童話集研究』寶庫社、2013年(1924年版)。

中村亮平、金英珠他訳『朝鮮童話集』博文社、2016年(1926年版)。

八田実、金季杍他訳『伝説の平壌』学古房、2014年(1943年版)。

森川清人、金孝順他訳『朝鮮野談·随筆·伝説』学古房、2014年(1944年版)。

孫晋泰、崔仁鶴訳『朝鮮説話集』民俗苑、2009年(1930年版)。

鄭寅燮、崔仁鶴訳『韓国の説話』檀国大学校出版部、2007年(1927年日本語版、1952年英語版)。

2. この叢書について

先述したように、薄田斬雲『暗黒の朝鮮』(1908年)、高橋亨『朝鮮の物語集附俚諺』(1910年、改訂版1914年)、朝鮮総督府学務局調査報告書『伝説童話 調査事項』(1913年)、楢木末実『朝鮮の迷信と俗伝』(1913年)、三輪環『伝説の朝鮮』(1919年)、田島泰秀『温突夜話』(1923年)、朝鮮総督府『朝鮮童話集』(1924年)、中村亮平『朝鮮童話集』(1926年)、孫晋泰『朝鮮民譚集』(1930年)が復刻されるとともに韓国語訳されている。

また、1930年までの重要な日本語朝鮮説話集の一部が復刻されている。しかし、まだ復刻すべき資料が少なくない。そこで、その重要性にも関わらず、まだ復刻されていない資料を集めて〈近代における日本語朝鮮童話·民譚(昔話)集叢書〉を刊行したのである。

この叢書は、編者がこれまで集めてきた膨大な日本語資料の中から朝鮮の民譚集(日本語での昔話集)を中心に編んでいる。編集の基準は、まず日本はいうまでもなく、韓国でも入手しにくい重要な童話·民譚集のみを選んだ。二つ目に伝説集は除き、重要な民譚集と、それを改作した童話集を集めた。三つ目は朝鮮民譚·童話に大きな影響を及ぼしたと思われる資料のみを厳選した。今回発行する〈近代における日本語朝鮮童話·民譚(昔話)集叢書〉は、次の通りである。

1. 金廣植『近代日本における朝鮮口碑文学の研究』(研究書)
2. 立川昇蔵『新実演お話集 蓮娘』1926年
3. 松村武雄『朝鮮·台湾·アイヌ童話集』1929年(朝鮮篇の初版1924年)
4. 『1920年前後における日本語朝鮮説話の資料集』
5. 金海相徳(金相徳)『半島名作童話集』1943年 /『金素雲の韓国民話集』(『綿の種』/『三つの瓶』1957年)

上記のように復刻本としてはまず、第2巻 立川昇蔵(?~1936年、大塚講話会同人)による実演童話集、第3巻　神話学者として知られる松村武雄(1883~1969年)の朝鮮童話集を選んだ。

また、第4巻『1920年前後における日本語朝鮮説話の資料集』では、朝鮮童話集をはじめ、「日本」童話·昔話集、世界童話集、東洋童話集、仏教童話集などに収録された朝鮮童話を集めた。石井研堂編『日本全国国民童話』(同文館、1911年)、田中梅吉他編『日本昔話集 下』朝鮮篇(アルス、1929年)などの日本童話集をはじめ、榎本秋村編『世界童話集東洋の巻』(実業之日本社、1918年)、松本苦味編『世界童話集 たから舟』(大倉書店、1920年)、樋口紅陽編『童話の世界めぐり』(九段書房、1922年)などの世界・東洋童話集を対象にした。また、編者が新たに発掘した荒井亥之助編『朝鮮童話第一篇 牛』(永島充書店、1924年)、八島柳堂編『童話の泉』(京城日報代理部、1922年)などからも選び出した。

また第5巻では、金海相徳(金相徳)の『半島名作童話集』(1943年)とともに、今日では入手しにくい『金素雲の韓国民話集』(『綿の種』/『三つの瓶』)を復刻した。

3. 第3巻 松村武雄『朝鮮・台湾・アイヌ童話集』について

松村武雄『朝鮮・台湾・アイヌ童話集』(近代社、1929年、東京)には、朝鮮とともに台湾・アイヌ童話が収録されているが、朝鮮篇の初版は、松村武雄『第十六巻　日本篇　日本童話集』(世界童話大系刊行会、1924年9月、東京)として刊行されている。

1924年の初版の刊行後、1929年に『朝鮮・台湾・アイヌ童話集』を刊行しているが、また1931年6月に『日本童話集 下』(誠文堂、1933年1月 十版 神奈川近代文学館所蔵)を出し、1934年1月に普及版『日本童話集 下』(金正堂、1938年9月 十五版 筆者所蔵)を刊行し、広く読まれたことが確認できる。

ここでは1929年の近代社版を復刻した。その理由は、1924年版には挿絵がないが、1929年以降は、挿絵が含まれており、より重要だと思ったからである。詳細な書誌は次の通りである。

松村武雄『朝鮮・台湾・アイヌ童話集』近代社、1929年11月、東京、本文555頁、菊版、非売品。箱に入れられ、判型はタテ185ミリ×ヨコ130ミリ。

松村武雄(1883~1969年)は1924年9月に『日本童話集』の中に日本童話174話とともに、朝鮮童話27話、アイヌ童話73話を収録し、内部(アイヌ)と外部(朝鮮)の植民地童話を「帝国日本」童話集に入れている。朝鮮語を知らなかった松村は、漢文、日本語、英語の朝鮮説話集を参考にし、朝鮮の部を編み出している[キム・クァンシク、2015、165~187；キム・クァンシク、2016、201~234]。

松村は1883年に熊本県で生まれ、第五高等学校(1904~1907年在籍)を経て、1907年に東京帝国大学英文科に進学して1910年に卒業している。大学院に進学し文学博士学位を取得後、1948年まで旧制浦和高等学校(現埼玉大学)英語教授などを歴任した。早くから東洋、ヨーロッパを中心とした比較神話研究、日本神話研究を行い、高木敏雄以後の代表的な「神話学の元老」[松前健、1966、185]、日本神話学「最大の権威」[松本信広、1971、9]、高木によって成立した比較神話学の方法論による日本神話研究を継承・発展させて集大成した人物として高く評価されている[次田真幸、1972、170]。一方、太平洋戦争期に行なわれた強引な紀記神話の解釈で、皇室信仰、天皇崇拝を熱烈に称賛した行為についての言及は少ないという現状がある[平藤喜久子、2010、320].

代表的な著書としては『童話及び児童の研究』(1922年)、『児童教育と児童文芸』(1923年)、『童謡及童話の研究』(1923年)、『童話教育新論』(1929年)、『神話学論考』(1929年)、『民俗学論考』(1930年)、『神話学原論』(全2冊、1940~41年)などを刊行する一方、早くから数多くの童話・民譚集を刊行した。松村は1920年から日本民間説話を整理し、森鴎外らとともに『標準お伽文庫』(森林太郎、鈴木三重吉、松村武雄、馬淵冷佑、全6冊、日本童話 日本神話 日本伝説、培風館、1920~1921年)を刊行しているが、主に作品選定及び解説を担当した[向川幹雄、1993、159]。

以後、松村は〈世界童話大系　全23冊〉(世界童話大系刊行会、1924~1928年、近代社で世界童話全集として再刊1928~1930年、誠文堂普及版1930~1931年、金正堂版1930~1934年年)、〈日本児童文庫 全76冊〉(アルス、1927~1930年)、〈神話伝説大系　全18冊〉(近代社1927~1929年、誠文堂普及版1933~1934年、趣味の教育普及会版1934年)の刊行にもそれぞれ監修、編集顧問、編集を担当している。膨大な民間童話・伝説・神話集の編者として多くの業績を残している。これらの資料集は、戦後日本で復刻されて、日本における世界神話・伝説・民間説話の理解に一定の影響を及ぼしていると思われる。とくに、名著普及会から〈世界童話大系〉(全23冊、1988~1989年、朝鮮童話集は第16冊目に日本篇・アイヌ童話集収録)とともに、〈改訂版　世界神話伝説大系〉(全42冊、1979~1981年)が刊行されて現在でも簡単に接することができる。

このような一連の動きのなかで刊行されたのが正に世界童話大系 第16冊　日本篇『日本童話集』(1924年)である。初版の発行後、松村は圧倒的に量の多い日本童話編を別巻にして『日本童話集』(1928)として出し、翌1929年に『朝鮮・台湾・アイヌ童話集』(近代社)を出版したのである。

『朝鮮・台湾・アイヌ童話集』に収録された朝鮮説話27話は、すべて先行の文献から素材を取っている。筆者の対照分析によると、松村が一定の影響を受けた資料を次の文献と［表1］にまとめた。

高橋亨『朝鮮の物語集附俚諺』(1910年)

高木敏雄『新日本教育昔噺』(1917年)

三輪環『伝說の朝鮮』(1919年)
山崎源太郎『朝鮮の奇談と伝說』(1920年)
Horace Newton Allen(1889) "Korean Tales: Being a collection of stories translated from the Korean folklore"

[表1] 松村の朝鮮童話集における前代説話集の影響関係

松村	高木1917	高橋1910	三輪1919	山崎1920	典拠
1年比べ	14亀の年齢		133蟾蜍の腹		高木
2馬争ひ	7馬一匹に騎手三人				慵齋叢話
3物真似騒ぎ	15猫鳥の禁厭			妙な鳥	慵齋叢話
4家鴨の計算	12家鴨の勘定			家鴨の勘定	慵齋叢話
5赤豆物語	2三年忌				慵齋叢話
6胡桃の音		9鬼失金銀棒	115二人の兄弟	金銀の棒	三輪環
7韓様羽衣		21仙女の羽衣	138郭公	羽衣物語	高橋亨
8漢語の好きな男			118漢語遣ひ		三輪
9片目と曲鼻			67目ッかちと鼻かけ		三輪
10占の名人		10贋名人		占ひの名人	高橋
11驢馬の耳	20驢馬の耳				三国遺事
12失策つづき	13坊主の河渡	12淫僧			慵齋叢話
13金の錐	42打出小槌				酉陽雑俎
14運の悪い男		22富貴有命、栄達有運			高橋
15馬鹿婿	32馬鹿婿		121馬鹿婿		三輪
16遠火事	29和尚と小憎				慵齋叢話
17大きな桜桃	41嘘百円	4嘘較べ		嘘の達人	高橋
18足折燕	40新舌切雀	11興夫伝	136足折燕	燕の恩返し	三輪

19餅好きの男			139餅食ひ		三輪
20虎と喇叭	44虎と喇叭手		127虎の尻に喇叭		三輪
21人間と虎との争	37狐の裁判	23人と虎との争い	123狐の裁判		高橋
22目明きと盲人	39書生の悪戯	15明者欺盲者			高橋
23親を捨てた男			116不孝息子		三輪
24鏡の中の人	34新松山鏡	20韓様松山鏡		鏡のいたづら	高橋
25片身の男		13片身奴			高橋
26兎の目玉	5兎の生肝		134亀と兎		Allen
27宝石捜し			135仲の悪い狗と猫		Allen

※ 高橋と三輪の説話集には順番が付いていないが、便宜上、追記した。

松村は近代民間説話集とともに『三国遺事』『慵齋叢話』、『酉陽雑俎』などの東洋と西洋の文献を活用し、朝鮮童話集を編纂する一方、韓日比較説話論を展開している。

この資料の刊行を機に松村の説話論をはじめとする近代日本における研究とその改作に関する深層的な考察を期待したい。

参考文獻

キム·クァンシク「松村武雄『日本童話集』의 出典考察」、『日語日文学研究』93-2、韓国日語日文学会、ソウル、2015年。

キム·クァンシク「近代日本 説話研究者의『慵齋叢話』書承 양상 考察」、『東方学志』174、国學研究院、ソウル、2016年。

金廣植「1920年代前後における日韓比較説話学の展開—高木敏雄、清水兵三、孫晋泰を中心に」『比較民俗研究』28、2013年。

金廣植「帝国日本における「日本」說話集の中の朝鮮と台灣の位置付け」『日本植民地研究』第25号、日本植民地研究会、2013年。

金廣植『植民地期における日本語朝鮮説話集の研究―帝国日本の「学知」と朝鮮民俗学―』勉誠出版、2014年。

松村武雄「日韓類話」『郷土研究』2-4、郷土研究社、1914年。

松村武雄『童話及び児童の研究』培風館、1922年。

松村武雄『日本童話集』世界童話大系刊行会、1924年。

松村武雄『神話学者の手記』培風館、1949年。

松本信広「解說」、松本信広編『論集日本文化の起源』第3巻民族学Ⅰ、平凡社、1971年。

松前健「神話」、日本民族学会編『日本民族学の回顧と展望』日本民族学協会、1966年。

次田真幸「高木敏雄における日本神話研究」『国文学 解釈と鑑賞』37-、1972年。

平藤喜久子「植民地帝国日本の神話学」、竹沢尚一郎編、『宗教とファシズム』、水声社、2010年。

向川幹雄「松村武雄」、大阪国際児童文学館編、『日本児童文学大事典』2巻、大日本図書株式会社、1993年。

영인자료

마쓰무라 다케오의 조선·대만·아이누 동화집

여기서부터는 影印本을 인쇄한 부분으로 맨 뒤 페이지부터 보십시오.

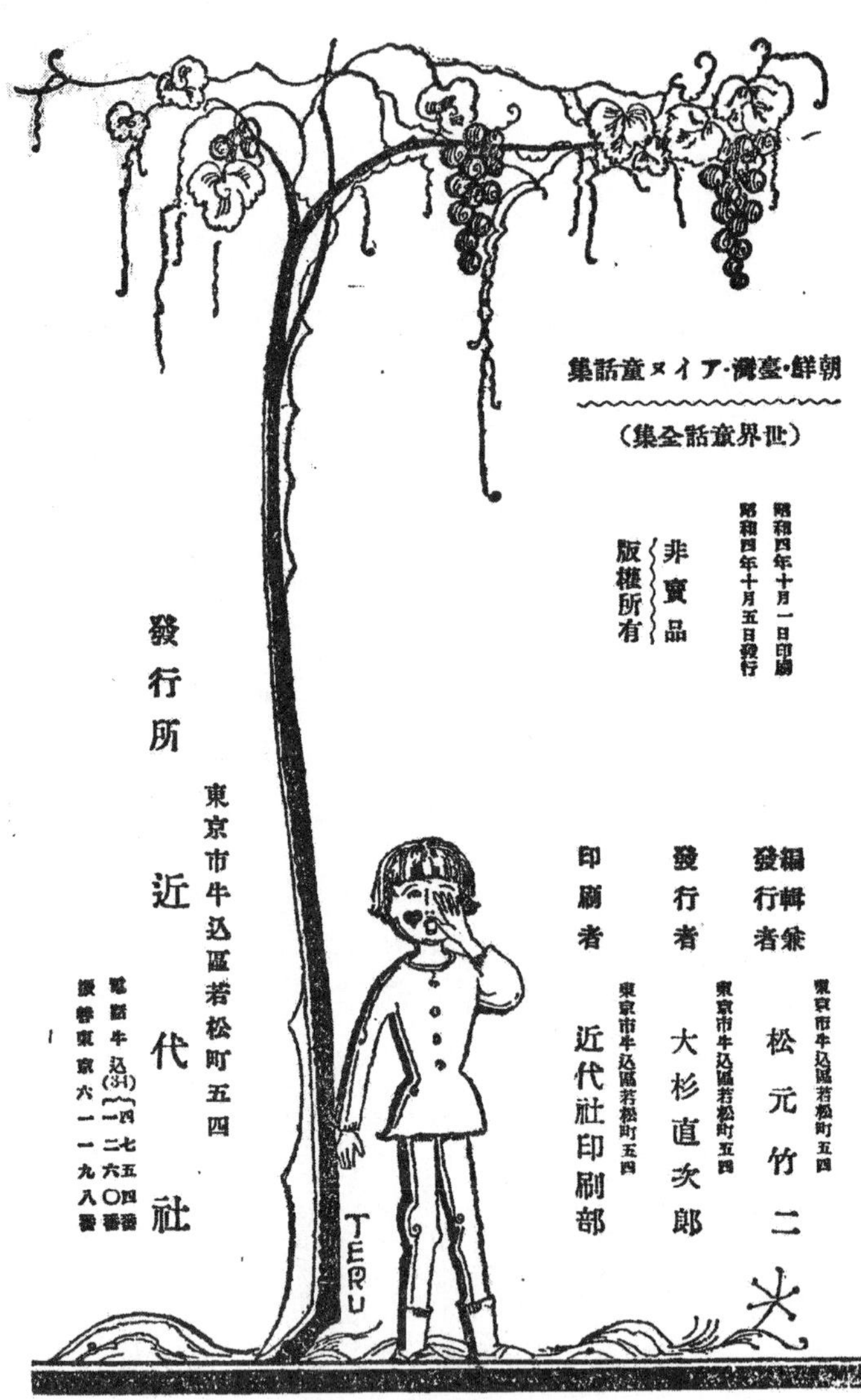

朝鮮・臺灣・アイヌ童話集

（世界童話全集）

昭和四年十月一日印刷
昭和四年十月五日發行

非賣品
版權所有

編輯兼發行者 東京市牛込區若松町五四 松元竹二

發行者 東京市牛込區若松町五四 大杉直次郎

印刷者 東京市牛込區若松町五四 近代社印刷部

發行所 東京市牛込區若松町五四 近代社

電話牛込(34)〔一四七五 一二六〇番
振替東京六一一九八番

東京・近代社印刷部・牛込

集話童鮮朝
著雄武村松

一　年比べ

むかしあるところに一匹の山羊がゐました。お母さんが滿六十歲になりましたので、還曆のお祝をしようと思つて、いろんな御馳走をこしらへて、お友達をみんなお客に招きました。

お客さんたちが座敷に集ると、山羊が、

『どうかあなた方のうちで一番年をとつた方が、一番上座に坐つて下さい。』

と云ひました。すると狐がのそのそと歩き出して、一番上座につきました。そして、

『私は世界中を歩き廻つて、一番澤山いろんなものを見てゐる。私より年をとつてゐるものはないはずだ。』

と云ひました。他のお客さんたちは、なる程さうかなと思つて、誰も小言をいふものはありませんでした。すると座敷の隅で、俄にしくしく泣き出したものがあります。みんなは驚いてそちらを見ますと、一匹の龜が顏に手をあてて泣いてゐるのでした。みんなは不思議に思つて、

『どうしたのです。何が悲しいのです。』

『お祝ひの席で泣くなんて、困るぢやありませんか。』

と云ひました。龜は顏を上げて、

『みなさん、どうか御免なさい。つい昔のことを思ひ出して悲しくなつたものですから。』

と云ひました。

『昔のことつて、どんなことを思ひ出したのです。』

と、みんなが尋ねました。龜は坐り直して、

『二本の大きな樹を思ひ出したのです。それは私の息子が實植ゑしたものです。それが大きくなると、息子は切り倒して、一本の樹で槌をこしらへ、一本の樹で栓をつくりました。そして天上にのぼつて、空から墜つこちさうになつてゐた星を槌で叩き込み、天の河がやぶれて、水が漏れてゐるところに栓をさし込みました。それでやつと此の世界が固まつて、みんなが安心して住めるやうになつたのです。ですが、今はその息子もとうに死んでしまつて、私だけが生きのこつて、あなた方のやうな若い人達と一しよになるといふのは、何といふ不幸なことでせう。それが悲しくて、覺えず泣いたのです。』

と云ひました。これを聞くと、みんなは大そう驚いて、

『まあさうでしたか。それでは龜さんくらゐ年とつた方は、一人もゐないはずですね。』

『狐さん、そこをのいて下さい。あなたがいくら年上だと威張つても、とても龜さんには叶ひませんよ。』

と云つて狐をおしのけて、龜を一番上座に据ゑました。

二　馬爭ひ

むかし三人の男が金を出し合せて、一匹の馬を買ひました。馬が一匹で、男が三人なので、すぐに爭が起りました。

『これはおれのものだ。』

『いや、そんなはずはない、おれのものだ。』

と、一生懸命に云ひ爭つてゐましたが、いつまで爭つてもかたがつきませんので、

『では、三人で高いところに登つた話をして、一番高いところに行つたものが、馬の持主になることにしよう。』

と申し合せました。

　一番目の男が、

『おれはいつぞや天にのぼつたことがあるよ。』

と云ひました。すると二番目の男が、

『おれはお前がのぼつた天の、そのまた上まで行つたことがあるよ。』

と云ひました。三番目の男は、何とも云はないで、にやにや笑つてゐました。一番目の男と二番目の男は變な顏をして、

『おい、何を笑つてゐるのかね。お前は一體どんな高いところにのぼつたのかい。』

と云ひました。三番目の男は、二番目の男に向つて、

『お前は、天のそのまた上まで昇つたと云つたね。』

『さうよ。だから馬はおれのものさ。』

『まあ一寸待つておくれ。で、お前が天のそのまた上まで昇つたときには、お前の頭の上には、何もなかつたのかい。』

『何もなかつたよ。あるものは雲ばかりだつたよ。』

三番目の男はこれを聞くと、大きな聲で笑ひ出して、

『實はその時、おれはその雲の上に立つてゐたんだよ。』

と云ひました。二番目の男はあきれてしまひました。

かうして馬は三番目の男のものとなりました。

三　物眞似騒ぎ

むかし京にゐる一人の男が傳書鳩を携へて、故郷に歸りました。途中で宿屋に泊りましたが、そのあたりの人は傳書鳩を見たことがないので、變な鳥だなと思ひました。男はいよいよ故郷に歸りつくと、傳書鳩を放しました。鳩はひとりで京に飛び歸りましたが、途中で一寸さつきの宿屋に飛び込んで、三度ほど廻つて、それからすつと舞ひ出しました。

宿屋の人たちも近所のものも大そう驚きました。

『一體あの鳥は何だらう。烏でもなし、雀でもなし、ほんとに妙な鳥ぢやないか。』

『そしてすつと家の中に飛び込んで、三度廻つてすつと出て行くなんて、ただごとぢやないよ。』

と、大騷ぎをしてゐましたが、とうとう占師のところに行つて占つてもらふことになりました。

占師は鹿爪らしい顏をして、頻りに占つてゐましたが、やがて嚴かな聲で、

『これは大へんな禍の起る前徴です。』

と云ひました。みんなは大きな溜息をついて、

『大方さうだらうと思つた。一體どうしたらいゝだらう。』

と云ひました。すると占師が、

『私が明日その鳥の入つた家に行つて、お祓をして上げよう。さうすれば禍も起らないですむでせうから。だがその時には何もかも私の云ふ通りにしなくては駄目ですぞ。』

と云ひました。みんなは口を揃へて、

『勿論何もかもあなたのおつしやる通りにしますから、どうかよろしくお願ひします。』

と云つて、歸つて行きました。

翌日になると、近所の人たちが、年よりも子供も、男も女もみんな宿屋に集つて、一心に占師の來るのを待つてゐました。

やがて占師がやつて來ました。そしてみんなに向つて、

『昨日申したやうに、何もかも私の云ふ通りにしなくては、お祓の利目がありませんぞ、よろしいか。』

と云ひました。

『心得ました。早く禍をはらつて下さい。』

と、みんなが云ひました。占師はきつとなつて、

『米を持つて來い。』

と云ひました。占師はかう云つて、澤山米をせしめてやるつもりでしたが、みんなは、何もかも占師の云ふ通りにしろといはれてゐるので、米は持つて來ないで、一同聲を揃へて、

『米を持つて來い。』

と叫びました。占師は驚いて、今度は、

『布を持つて來い。』

と云ひますと、みんながそのあとにつゞいて、

『布を持つて來い。』

と叫びました。占師は禍が起ると噓をついて、米や布をせしめるつもりであつたのが、すつかり駄目になりましたので、怒つて宿屋を飛び出しました。そのはずみに頭を鴨居に打ちつけました。

『それつ、今度は頭を打つのだ、頭を。』

と、みんなは順々に鴨居に頭を打ちつけました。背の低いものは延び上つたり　飛び上つたりして、やつと頭を

打ちつけました。子供たちは延び上つても、飛び上つても駄目ですので、梯子を持ち出さねばなりませんでした。

占師はこれを見て、這々の體で、門の外に駈け出しました。が、夢中になつてゐましたので、牛の糞をふみつけて、ころりと辷つて地面に倒れました。

『それつ、今度は辷つて倒れるんだぞ。』

と、みんなは順々に牛の糞をふみつけて、ころりと辷つて地面に倒れました。牛の糞が足りなくなると、わざわざ新しいのを澤山持つて來て、その上に辷りました。

占師はもうたまらなくなつて、すぐそばにあつた瓜畑に頭をつき込みました。

『それつ今度は瓜畑に頭をつき込むんだぞ。』

と、みんなもそのあとについて、瓜畑に頭をつき込んでしまひました。と、おくれて來た子供たちが、泣き聲を出して、

『父ちゃん、母ちゃん、わたしたちは入るところがないよ。』

と云ひました。すると大人たちは、瓜畑に頭をつき込んだ儘

『入るところがなけりや、近所の葛の葉の下にでも潜れよ。』

と云ひました。

四　家鴨の計算

あるところに一人の馬鹿者がゐました。

馬鹿者は十匹の家鴨を飼つてゐましたが、もとより數をかぞへることが出來ませんので、自分の飼つてゐる家鴨が何匹ゐるかといふことはわかりませんでした。ただ二匹づつ背を叩いて行つて、あとに一匹が殘らなければそれで安心してゐました。

するとある日下男がそつと一匹の家鴨を殺して食べてしまひました。馬鹿者はその日も家鴨のそばに來て、二匹づつ背を叩き初めました。段々と叩いて行くと、一番おしまひが一匹になりました。馬鹿者は大そう怒つて、すぐに下男を呼び出しました。そして、

『お前は家鴨を盜んだね。不屆な奴だ。』

と怒鳴りました。下男はすまして、

『とんでもない、私は決してそんな惡いことはいたしません。』

『だつて家鴨を數へると、一匹かけてゐるのだぞ。お前が盜んだに違ひない。』

馬鹿者はかう云つて、下男を押へつけて、散々になぐりました。

翌日になると、下男はまた一匹の家鴨を殺してたべました。そのあとで馬鹿者がまた二匹づつ背を叩き始め

した。と、今度はあとに一匹も殘りませんでした。馬鹿者は鼻をうごめかして、

『やはり彼奴をなぐりつけた効があつた。昨夜のうちに盗んだ家鴨をそつと返してゐる。』

と云ひました。

五　赤豆物語

むかしあるところに二人の兄弟がゐました。兄さんは少し拔けたところがあつて、弟は大變すばしこい男でした。

或るとき二人は、亡くなつたお父さんのお祭をしようと思ひました。しかし家が貧乏で、何にもありませんので、夜そつとお隣りの家に行つて、壁に穴を穿けて、中に忍び込みました。


すると丁度お隣りのお爺さんが起き上つて來ましたので、兄弟はぴたりと地面に突伏して、息をこらしてゐました。お爺さんはそんなことは夢にも知らないで、いきなり小便をしました。小便は二人の上に落ちて來ました。弟は默つてこらへてゐましたが、兄さんは阿呆なので、いきなり大きな聲を出して、

『おい、暖かい雨が背の上に降つて來たぢやないか。』

と云ひました。お爺さんはその聲を聞きつけて、二人を捕へました。そして、

『夜半に他人の家に忍び込むとは、不屆な奴ぢや。さあ望み通りの、罰を當ててくれる。どんな罰がほしいの

か。』

と云ひました。

『どうか朽れた繩で縛つて、麻がらで叩いて下さい。』

と、弟が云ひました。

『どうか葛の索で縛つて、杖で叩いて下さい。』

と兄が云ひました。お爺さんは兄弟の云つた通りにしましたので、弟は痛くも何ともありませんでしたが、兄さんの背は眞赤に膨れ上りました。

　お爺さんは思ふままなぐつたあとで、

『一體お前たちは、何しに忍び込んで來たのかね。』

と尋ねました。

『亡くなつたお父さんのお祭をしようと思ひましたが、何にもありませんので、盗みに入つたのです。』

と云ひました。お爺さんは可哀さうだと思つて、

『それでは赤豆をやるから、二人とも欲しいだけ持つて行くがいい。』

と云ひました。兄弟は心からお禮を云つて、赤豆を貰つて行くことにしました。弟は大きな袋に赤豆を一石ばかり入れて、うんうん唸りながら背負つて歸りました。兄さんは三粒四粒の赤豆を藁しべで結へて、よいさ、よいさと掛聲をかけながら、地面を曳つぱつて歸つて行きました。

翌日になると、弟は赤豆のお粥をこしらへ始めました。そして兄さんを呼んで、

『兄さん、お坊さんを呼んでおいで。お經を上げてもらうから。』

と云ひました。兄さんはきよとんとした顔をして、

『お坊さんてどんなものだい。』

と聞きました。

『お坊さんは黒い衣を着て、ちやんと坐つてゐます。』

と云ひました。兄さんはいきなり家を飛び出しました。そして少しばかり行くと、木の枝に眞黒な烏がとまつてゐました。

『ははあ、これがお坊さんだな。』

兄さんはかう思つて、上を見あげて、

『お坊さん、お坊さん、お經を上げに來て下さい。』

と云ひまた。しかし烏はちよつと下を向いて、かあかあと云つたまま、飛び去つてしまひました。兄さんはがつかりして家に歸つて、

『駄目だよ。お坊さんを見つけて、來て下さいと賴んだが、かあかあと云つて、行つてしまひましたよ。』

と云ひました。弟は可笑しいのを我慢して、

『それはお坊さんではありません。烏といふものです。今度は黄色い衣を着てゐる人を見つけて、呼んでおいで

なさい。』

と云ひました。兄さんはまた家を飛び出しました。そして少しばかり行きますと、木の枝に鶯がとまつてゐました。兄さんはこれを見て、

『あそこに黄色い衣を着てゐるものがゐる。あれがお坊さんに違ひない。』

と、獨言を言ひました。そして、

『お坊さん、お坊さん、お經を上げに來て下さい。』

と、聲をかけました。しかし鶯はちよつと下を向いて、ほうほけきよと云つたまゝ、飛び去つてしまひました。

兄さんはがつかりして家に歸つて、

『駄目だ、駄目だ。お坊さんを見つけて、來て下さいと賴んだが、ほうほけきよと云つて、行つてしまつた。』

と云ひました。弟はあきれてしまつて、

『それはお坊さんではありません。鶯といふ鳥です。では今度は私がお坊さんを呼んで來ますから、兄さんはお粥の番をしてゐて下さい。お粥がふくれたら、掬つて、中の凹んだものに入れて置いて下さい。』

と云つて、出かけて行きました。

兄さんは一生懸命にお粥の番をしてゐました。するとお粥がふくれて來ましたので、すぐに掬ひ上げながら何か凹んだものはないかと、あたりを見廻してゐますと、家の外の地面が雨滴のために大きく凹んでゐました。

兄さんはそれを見つけて、

『あれだ、あれだ。』

と云ふなり、お粥を掬ひ上げては、どんどんそこに投り込んでしまひました。

そのうちに弟がやつとお坊さんを連れて來ました。そして、

『兄さん、お坊さんがいらつしやいましたよ。お粥は出來ましたか。』

と聲をかけましたが、ふとお粥がみんな地面に投り出してあるのに氣がついて、あつと叫んだまま、立ちすくんでしまひました。

六　胡桃の音

むかしあるところに二人の兄弟がゐました。兄さんは欲が深くて、不孝者でしたが、弟は正直で、そして大さう親思ひでした。

ある日弟は山へ薪を採りに行きました。あちらこちらと山の中を歩き廻つてゐますと、胡桃の實が一つ落ちて來ました。弟は喜んで、

『いいものが落ちて來た。拾つて行つて、お父さんに上げよう。』

と云つて、胡桃を拾つて籠の中に入れました。暫らくすると、また胡桃の實が一つ落ちて來ました。弟は喜んで、

『いいものが落ちて來た。拾つて行つて、お母さんに上げよう。』

と云つて、胡桃を拾つて籠の中に入れました。暫らくすると、また胡桃の實が一つ落ちて來ました。弟は喜んで、

『いいものが落ちて來た。拾つて行つて、兄さんに上げよう。』

と云つて、胡桃を拾つて籠の中に入れました。暫らくすると、また胡桃の實が一つ落ちて來ました。弟は喜んで、

『いいものが落ちて來た。これは自分で食べることにしよう。』

と云つて、胡桃を拾つて籠の中に入れました。そのうちに薪が籠一ぱいになりましたので、山を下りてゐると、急に大雨が降り出しました。

『困つたな。ここいらに家はないか知ら。』

と、あたりを見廻しますと、一軒の古い家が目につきました。弟は急いでその家に駈け込みました。すると二階で大きな物音がしますので、そつと上つて行つて覗き込みますと、鬼どもが大勢あつまつて、金の棒や銀の棒で遊んでゐました。弟はびつくりしましたが、まだ雨が止みませんので、小さくなつて隱れてゐました。そのうちにお腹がへつて來ましたので、自分の分にしておいた胡桃を取り出して、それを嚙みますと、大きな音がしました。

鬼どもはびつくりして、

『地震だ、地震だ。』

『早く逃げろ、こんな古い家はいつ倒れるかも知れないよ。』

と云つて、金の棒や銀の棒をほつたらかして、逃げ出してしまひました。

TERU

弟は大そう喜んで、金の棒や銀の棒をかき集めて、家を出ようとしますと、壁にうちつけた一枚の板に、

『前の大臣の女の病は、米を撒かざれば癒えず。』

と書いてあるのに氣がつきました。弟はそれを見ると、一人でうなづいて家に歸りました。そして胡桃や金銀の棒を籠の中から取り出しますと、お父さんもお母さんも、それから兄さんも夢中になつて喜びました。

翌日弟は前の大臣の家に尋ねて行きました。その家では、たつた一人の娘が大病にかかつて、いくらお藥を飲ましてもよくならないので、みんな大そう心配してゐました。弟はその家の人に會つて、

『私が娘御の御病氣を治して上げませう。』

と云ひました。家の人は大そう驚いて、

『あなたはお醫者さまでもないやうですが、ほんとに治して下さいますか。』

と聞きました。

『ほんとですとも。まあためしにお米を持つて來て下さい。』

と、弟が云ひました。家の人たちは、お米なんど何にするだらうと、不思議に思ひながら、お鉢に入れて持つて來ました。弟はそのお米を摑んで、病人の枕元にさつと撒きちらしました。すると娘の病氣が忽ち治つてしまひました。前の大臣は非常に喜んで、弟を自分の娘のお婿さんにしました。

兄さんはこれを見て、

『弟の奴、うまいことをしたな。よしおれも薪採りに行つて見よう。』

と、急に籠を持ち出して、それを背負つて山に行きました。

暫らくすると胡桃の實がぽつりぽつりと落ちて來ました。兄さんは片端からそれを籠の中に入れながら、

『これはおのれだ。これもおれのだ。』

と云ひました。

いい加減に薪を拾つて山を下りかけましたが、雨はなかなか降つて來ませんでした。兄さんは、

『まあいいや、雨が降らなくても、あの家に入つて見よう。』

と、例の古い家に入りました。すると二階でがやがやいふ聲が聞えました。

『ははあ、鬼どもが來てゐるな。一つおどろかしてやらう。』

と、兄さんは胡桃の實を取り出して、なるだけ大きな音のするやうに嚙みわりました。しかし鬼どもは驚きませんでした。それどころか、

『この間おれ達の棒を盗んだ奴が、また來をつたぞ。』

と云つて、どやどやと二階から下りて來て、兄さんを捕へて、打ち殺してしまひました。

七　韓樣羽衣

むかし江原道金剛山の麓に、一人の木伐が住んでゐました。

ある日いつものやうに山に行つて木を伐つてゐますと、一匹の獐が息せき切つて駈けて來ました。そして木伐に向つて、

『獵師に追ひつめられて困つてゐるところです。どうか暫らくの間かくまつて下さい。』

と云ひました。木伐は可哀さうだと思つて、獐を薪の下に隱しました。そして何知らぬ風をして木を伐つてゐますと、やがて一人の獵師が現れて、

『こちらへ獐が逃げて來たでせう。』

と尋ねました。木伐はすまして、

『ええ逃げて來ましたよ。そして向ふの谷の方へ駈けて行きました。』

と答へました。獵師はすぐに谷の方へ飛んで行きました。暫らくすると獐は薪の下から這ひ出して來て、

『どうもあり難う。おかげで危ない命を助かりました。お禮に綺麗な女をお世話しませう。明日お晝から金剛山の頂にある池のそばにお出でなさい。さうすると天女が三人降りて來て、羽衣を脱いで、池の水に入りますから、その羽衣をお取りなさい。そして天女をお嫁さんにしても三人の子供が出來るまでは、羽衣を見せてはなりません。』

と云ふかと思ふと、すぐに茂みの中に入つてしまひました。

木伐は翌日のお晝になるのを待ちかねて、金剛山の頂に登りました。そして池のはたの森の中に隱れてゐますと、やがて三人の天女が天から降りて來ました。そして羽衣を脱いで池の中に入つて、さも樂しさうに遊び始め

ました。木伐はその隙にそつと森の中から出て、一つの羽衣を盗んで、また森の中に隱れました。

暫らくして天女たちは池から上つて來ました。そして羽衣を着ようとしますと、一つだけ足りません。三人はびつくりしてあちらこちらと捜し廻りましたが、どうしても見つかりません。二人の天女は自分の羽衣を着て、他の一人に、

『あまり晩くなりますから、私たちは一まづ天に歸ります。そして天帝に申し上げて、いい智慧を借りて參ります。』

と云つて、その儘天に舞ひ上りました。取り殘された天女は、悲しくて寂しくて、しくしく泣いてゐますと、木伐が羽衣を手に持つて現れて來ました。天女はそれを見て、

『あれ、あなたが私の羽衣を拾つたのですね。早く返して下さい。羽衣がなくては天へ歸れませんから。』

と云ひました。木伐は頭をふつて、

『ただ返すわけにはいきません。私の妻になつて下さるなら、返して上げませう。』

と云ひました。

『そんなことはとても出來せん。どうか私を困らせないで、早く返して下さい。』

と、天女は一生懸命になつて賴みましたが、木伐はどうしても聞き入れませんので、仕方がなくて、とうとう木伐のお嫁さんになりました。

二人は仲よく暮しました。そして七八年たつうちに子供が二人まで生れました。もう羽衣も見せても大丈夫だ

らうと思つて、木伐はある日藏つて置いた羽衣を出して見せました。天女はなつかしさうにそれを眺めてゐましたが、急にそれを身につけたかと思ふと、一人の子を左の腋に、一人の子を右の腋に挾んで、天へ舞ひ上つてしまひました。

木伐はがつかりして、毎日毎日泣いてばかりゐますと、獐がひよつこり現れて、

『私のいふことを守らなかつたから、こんなことになつたのです。でも出來たことは仕方がありません。私がいいことを教へて上げませう。天女たちはあなたに見られてからは、あの池に降りて來ることを止めました。その代りに毎日天國から大きな釣瓶を下して、池の水を汲んで、その水で體を洗ふことになりました。だから明日池のはたに行つて、釣瓶が降りて來たら、その中の水を棄てて、自分で釣瓶の中に坐つていらつしやい。』

と教へました。

木伐は大そう喜んで、翌日池のはたに行きました。すると果して大きな釣瓶が天から降りて來て、水を汲み入れました。木伐は手早くその水を棄てて、釣瓶の中に坐り込みました。

やがて釣瓶は天に引き上げられました。天女は釣瓶の中に、自分のお婿さんが入つてゐるのを見て、大そう驚きもし喜びもしました。

木伐は天國の人となつて、天女と樂しく暮らすことになりました。

註　他の說話では、天女は鞦韆に乘つて、段々と高く搖ぶつて、天界に行つてしまふ。夫が悲しんでゐると、二匹の兎が天まで大きくなるといふ木の實を爭つてゐるのを見つけ、その實を蒔いて、生えた木を傳つて天界に達し、天の川の岸

にあつた柳の木に上つてゐる。すると一人の仙童が水を汲みに來て、水に寫つた人影に驚き、いろいろ話してゐるうちに自分の父とわかつて、母なる天女の許に連れて行く。天女の父は人間界に箭を射落して拾つて來いといふ。天女竊かに一匹の馬を與へて、この馬は天地の間を上下する力を持つてゐる。これが二度嘶くと、天へ返るから、一度嘶いたら、すぐに乘らねばならぬと敎へる。男はその馬に乘つて、人間界に箭を拾ひに降つたが、妹が御馳走に出した瓢簞汁に氣をとられて、馬が二度嘶くまで乘らなかつたので、天に歸れなくなつた。男は郭公になつて泣き悲しむ。郭公の鳴聲は瓢簞汁といふ意味である。

八　漢語の好きな男

昔あるところに一人の男がゐました。

この男は何事にも漢語を遣ふのが大好きでした。ある時一匹の虎が現れて、舅を咥へて行きました。男は大聲を出して、

南山白虎北山來。後壁破之。舅捕捉去之。故有銃者持銃來。有槍者持槍來。有弓矢者持弓矢來。無銃無槍無弓矢者持杖來。

と叫びました。近所の人たちはその聲を聞きましたが、

「馬鹿者めが、またわけのわからぬことを云つてゐる。」

といつて、一人も出て來るものはありませんでした。男は怒つて郡守に訴へました。郡守が人々を呼んで、なぜ

助けに出なかつたのかと責めますと、人々は、

『あの男は無暗に漢語を遣ひますので、私達にはさつぱり譯がわかりません。』

と答へました。郡守は男に對つて、これからは漢語を遣はないやうに云ひつけました。男は恐れ入つて、

『實用漢語。願容恕而已。』

と云ひました。

『それそんなに漢語を使ふからいけないのだ。』

と、郡守が叱りつけますと、男はいよいよ恐れ入つて、

『今後決不用漢語』

と云ひました。

九　片目と曲鼻

昔支那の皇帝が、朝鮮人の智恵を試さうと思つて、一人の學士を朝鮮にお送りになりました。朝鮮の王さまは大そう心配していらつしやいました。すると金春澤といふ男が、

『御安心下さい。私が支那の使を追ひ返して御覽に入れますから。』

と申しました。そして船頭の服裝をして、鴨綠江の渡場に待つてゐました。やがて支那の使がそこへやつて來ま

したが、金春澤が片目なのを見て、

鳥啄使工目(使工とは船頭のこと)

と一句をよみました。春澤は、使の者の鼻が少し曲つてゐるのを見てとつて、すかさず、

風吹都士鼻

とやつてのけました。

『おやこの船頭め、なかなかしやれたことを云ふわい。』

支那の使はかう思ひながら、また、

棹穿波底月

と詠みますと、春澤もすぐに、

船壓水中天

とやりかへしました。支那の使はいよいよ驚いて、

『これは叶はぬ。朝鮮のものは、船頭すらこんなにえらいから、京城に行つたら、どんな大恥をかくかもわからぬ。』

と、そのまま引き返してしまひました。

一〇　占の名人

昔兩班の家に一人の先生が住み込んで、兩班の息子のお稽古をみてやつてゐました。

その家に一人の美しい下婢がゐました。先生はその女が氣にいつて、いろいろ云ひよりましたが、女はいつもすげなくそれを刎ねつけてゐました。あるとき子息に不屆なことがありましたので、先生が鞭を振りあげて撲らうとしますと、子息は慌てておし止めて、

『先生、どうか許して下さい。許して下すつたら、かねてお氣に入りの下婢をおとりもちいたします。』

と云ひました。先生は耻かしいのをこらへて、

『ではどうしてくれるのか。』

と尋ねました。

『私が父の膳の上の銀の匙を隱します。さうしたら下婢はきつと大そう心配して、あちこちを捜し廻るにちがひありません。そのとき私が、先生は占の名人だと、父に話します。それから先は先生の働き一つです。』

子息はかういつて、銀の匙を隱しますと、果して家中大騷ぎを始めました。子息はすぐに父に對つて、

『先生は占の名人です。先生に占つていただいたら、すぐに處在がわかりませう。』

と云ひました。父は大そう喜んで、先生に占を頼みました。先生は鹿爪らしい顔をして占をしました。そして銀

の匙はどこにあると云ひましたので、そこを捜すと、すぐに見つかりました。下婢は非常に嬉しく思つて、それからは何でも先生の云ふ通りになるやうになりました。

先生が占の名人だといふ評判は、すぐに四方に廣がつて、とうとう支那の都までも聞えました。丁度そのとき、支那の皇帝が、大事な玉璽をお盗まれになりました。で、國中の占師をお呼びになつて、玉璽の行方をお占はせになりましたが、どうしてもわかりません。そこで使を朝鮮にお遣はしになつて、先生をお呼びになりました。

皇帝は先生を見て、

『どうぢや、玉璽の行方がわかるかね。』

とお聞きになりました。先生はすまして、

『一月の間にはきつと捜し出してごらんに入れます。』

と申しました。

先生は宿に歸つて、ぽつねんと坐り込みました。そして一日たち二日たつて、二十九日すぎてしまひました。先生は困つてしまつて、首うなだれてゐました。すると寒い風が吹き込んで來て、窓障子の合せ目に切り殘した紙の端がひゆうひゆうと音を立てました。先生はぢつとそれを見つめて、思はず風紙、風紙と呟きました。途端一人の男が先生の居間にころがり込んで、先生の前に平伏して、

『先生、どうかお許し下さい。私はふうしと申して、玉璽を盗んだ男でございます。實は先日から夜晝窓の外に立つて、先生の御様子を伺つてゐたのでございますが、今日といふ今日は、いよいよ見あらはされてしまひま

した。先生は只今ふうし、ふうしと私の名をお呼びになりましたね。全く先生の占には驚き入りました。』

と云ひました。先生は心の中でほつとしました。そして嚴かな顔をして、

『わしの占にかかつては、何もかも見通しだ。明日は皇帝に申し上げようと思つてゐたところだ。しかし隱しどころさへ明かしたら、お前の名を言上することだけは容してやらう。』

と云ひました。男はいよいよ恐れ入つて、玉璽はたしかに御苑の池の中に投げ入れたと白状しました。

翌日になると、先生は皇帝の御前に出ました。そして、

『玉璽はたしかに御苑の池の底に沈んでゐます。』

と申しました。皇帝はすぐに池の水を汲み乾させになりました。と、果して玉璽が見つかりました。皇帝は先生の占に大そう御感心なすつて、いろいろの寶物をくださいました。先生は大威張りで國へ歸つて行きました。するとその途中で、先生についてゐた兩班の子息が、うまく欺して、先生の舌を鋏みきつてしまひました。それでその後は、誰が占を頼んで來ても、先生は默つてゐるより外はありませんでした。默つてゐれば、にせ占師の化の皮も現れないので、先生は一生仕合せに暮らすことが出來ました。

二　驢馬の耳

むかし新羅の國に景文王といふ王さまがいらつしやいました。大そう耳が長くて、兎の耳どころではない、ま

るで驢馬の耳のやうでした。

王さまはそれを人に見られるのが恥かしいので、一人の職人に云ひつけて、頭巾をおこしらへさせになりました。そして晝も夜も、起きてゐるときも、寢てゐるときも、始終その頭巾を被つていらつしやいました。だから王さまの耳が驢馬の耳のやうであるといふことは、誰も知りませんでした。

いいえ、たつた一人知つてゐるものがゐました。それは頭巾をこしらへた職人です。しかし王さまは、

『もしわしの耳が長いといふことを、他人に話したら、お前の命はないぞ。』

と、職人におつしやいましたから、職人は死ぬまで誰にも話しませんでした。

職人はあるとき重い病氣にかかりました。今度はとてもよくならないと思ふと、お腹の中にむづ〳〵してゐたことを吐き出して死にたいと思ひました。そこで職人は道林寺といふお寺の竹藪に入つて、あたりに人がゐないのを見届けたあとで、せい一杯大きな聲で、

『王さまの耳は驢馬の耳。』

と怒鳴つて死にました。

するとそれからといふものは、風がふいて竹が動くたびに、

『王さまの耳は驢馬の耳。』

といふ聲がしました。王さまは大そう驚いて、すぐに竹藪を伐つておしまひになつて、そのあとに山茱萸といふ木をお植ゑさせになりました。すると今度は山茱萸が風の吹くたびに、

『王さまの耳は驢馬の耳。』
といふ聲を出しました。王さまはもうあきれてしまつて、その儘にしておおきになりました。

三　失策つづき

あるところに一人の坊さんがゐました。

この坊さんは、夫をなくした一人の女と仲よくなつてゐました。いよいよその女と結婚をするといふ晩に、お弟子が、

『生の豆を粉にして、水にまぜてお飲みになると、大そう元氣がつくさうですよ。』

と云ひました。坊さんは本當だと思ひ込んで、豆水を澤山飲みました。そして女の家へ行くと、お腹が張つて、苦しくてたまらなくなりました、坊さんは踵でお尻の穴を壓へて、ぢつと坐つてゐました。すると女が入つて來て、

『どうしたのです。まるで木造りの人形のやうに、堅くなつていらつしやるではありませんか。』

と云ひながら、坊さんを押し動かしました。坊さんはころりと轉げました。と、その途端に大便がすつかり漏れ出して、室の中が臭くてたまらないやうになりました。家の人たちは大そう怒つて、坊さんを杖で叩きのめしました。

坊さんは、這々の體で逃げ出しましたが、途中で路に迷つて、どうしてもお寺に歸れませんでした。そのうちに向ふに白いものがぼんやりと見えて來ました。坊さんはそれを川だと思つて、着物をまくつて渡り込みますと、川ではなくて、蕎麥畑でした。坊さんはぷんぷんと怒り出しました。

暫くすると、また向ふに白いものがぼんやりと見えて來ました。坊さんは、

『また蕎麥畑か、今度はだまされないぞ。』

と云つて、着物をまくらないで、勢よく飛び込みますと、今度は本當の川でしたので、體中びしよぬれになつてしまひました。

坊さんは寒さにふるへながら歩いてゐますと、橋のところへさしかかりました。と、橋のそばで、五六人の女が米を洗つてゐました。坊さんは橋の上を通りながら、溜息をついて、

『ああ酸なるかな、酸なるかな。』

と獨言をいひました。坊さんのこころでは、今までひどい目にばかりあつたので、それを嘆いて、悲酸だ悲酸だといつたつもりでしたが、女たちはそれを聞くと、みんな坊さんのそばに駈けよつて、

『酒をこしらへる米を洗つてゐるのに、酸なるかな（酒が酸つぱくなる）とは、いまいましい。』

と叫んで、散々になぐりつけたり、着物を引き裂いたりしました。坊さんは命からがらその場を逃げ出しました。

そのうちに夜が明けて、日が高くのぼつて來ました。坊さんはすつかりお腹がへつたので、藷を掘つて食べてゐますと、俄に、

『下にゐろ、下にゐろ。』

といふ聲が聞えました。お頭のお通りだと氣がつきましたので、坊さんは慌てて橋の下にもぐり込みました。そして心の中で、

『この藷は非常に甘いから、一つお頭に差し上げよう。さうしたら屹度御褒美が出るにちがひない。』

と思つて、お頭が馬上で橋の眞中におさしかかりになつたとき、だしぬけに飛び出しました。馬はびつくりして刎ね立ちました。お頭は馬から轉げ落ちて、大そう怒つて、坊さんを散々棒でおなぐりになりました。坊さんはもうへとへとになつて、橋の傍に寢てゐました。

そこへ巡囘の役人たちが通りかかつて、

『やああそこに坊主が死んでゐる。いいものが見つかつた。一つ棒の稽古をしようではないか。』

と云ひながら、坊さんのそばに集つて、われ先きにと、棒でなぐり始めました、坊さんは痛くてたまりませんでしたが、恐くて恐くて、聲も立てずにぢつとしてゐました。すると一人の役人が、すらりと刀を引き拔いて、

『陽根は元氣の藥だ。一つ切りとつてやらう。』

と云ひました。その聲が耳に入ると、坊さんはびつくりして、矢庭に逃げ出してしまひました。そしてやつとのことでお寺に歸りついたときには、もう日が暮れて、門が閉つてゐました。坊さんは大きな聲で、

『小僧や、早く門を開けてくれ。』

と叫びました。しかしお弟子は出ても來ないで、ただ、

『和尚さんは女のところへ行かつしやつた筈だ。お前は誰だ。夜になつてやつて來たからは、怪しい奴に違ひない。』

といふだけでした。坊さんは困つてしまつて、犬が出入りする穴から這ひ込んでゐますと、小僧がそれを見つけて、

『何處の犬だらう。昨夜佛さまの油を舐めてしまつて、まだ今夜もやつて來るとは、ずうずうしい奴だ。』

と云ひながら、杖を振り上げて、坊さんの頭をなぐりつけました。

三 金の錐

むかし新羅の國に、旁㐌といふ男がゐました。

旁㐌は大そう貧乏でしたが、その弟は大金持でしたので、弟の世話になつて、やつと命をつないでゐました。弟は慾張りで意地悪なので、いつも兄さんの旁㐌をいぢめてばかりゐました。

あるとき近所のものが、少しばかりの畑を旁㐌にやりました。旁㐌はその畑に桑を植ゑました、そしてそれで蠶を飼はふと思つて、弟に蠶の種をもらひました。弟は蠶が生れないやうに、わざわざ蠶の種を蒸してやりました。旁㐌はそんなことは夢にも知らないので、今に蠶が生れるだらうと、大そう樂しんでゐました。するとただ一匹の蠶が生れました。がその蠶は非常に大きくて、目の長さが一寸以上もありました。そして十日ばかりたつ

と、まるで牛のやうに大きくなつて、一度に數本の桑の葉をたべて、それでもまだ足りないぐらゐでした。

弟はそれを聞くと、いまいましくてたまりませんでした。で、すきをねらつて、その蠶を殺してしまひました。旁㐌は大事な蠶が死んだので、大そうがつかりしてゐますと、百里四方の蠶といふ蠶が、みんな旁㐌の家に集つて來ました。旁㐌は大喜びで絲を繰り始めましたが、一人ではどうしても繰りきれませんので、近所の人たちがみんな一しよになつて、大騷ぎをしました。弟はいよいよいまいましく思つてゐました。

暫くすると、旁㐌は稻を植ゑつけようと思つて、弟に稻の苗をわけてくれと賴みました。弟はたつた一莖だけわけてやりました。

旁㐌がそれを植ゑつけますと、急に大きくなつて、一尺以上の穗が出來ました。旁㐌は大そう喜んで、晝夜番をしてゐました。するとある日鳥が飛んで來て、その穗を食ひきつて、嘴に銜へて行つてしまひました。旁㐌は、

『おのれ、憎い奴だ。逃げようたつて、逃がすものか。』

と、どこまでもどこまでもその鳥を追ひかけました。鳥は山の方に飛んで行つて、石のすきまから內部に入つてしまひました。

丁度そのとき日が暮れかかつて、徑も見えなくなりましたので、旁㐌はその石の側に坐り込んで、夜の明けるのを待つてゐました。夜がふけるにつれて、月が出て、あたりが明るくなりました。すると何處からとなく澤山の子供が現れて來ました。子供たちはみんな眞赤な衣を着てゐました。そのうちの一人が手に金の錐を持つてゐました。そして他の子供にむかつて、

『何が欲しいかね。』

と云ひました。

『おれは酒が欲しいよ。』

と、一人が答へました。錐を持つてゐる子供は、

『よし、承知した。』

と云ひながら、錐で石を撃ちますと、忽ち酒樽やら盃などが現れました。

『おれは食物が欲しいよ。』

と、他の子供が云ひました。錐を持つてゐる子供は、また、

『よし承知した。』

と云ひながら、錐で石を撃ちますと、餅だの、汁物だの、炙肴だのが、ずらりと石の上に並びました。子供たちは坐り込んで、酒を飲んだり、肴を喰べなりして、騒いでゐましたが、やがて金の錐を石のわれ目に挾んだまま、ちりぢりに立ち去つてしまひました。旁㐌はすぐにその錐を拾ひ上げました。そして家に歸ると、何でも自分の好きなものを出しますので、見る間に國中で一番の大金持になりました。

旁㐌の弟はそれを見ると、うらやましくてたまりませんでした。で、自分も一莖の稻を植ゑて、鳥の來るのを、今か今かと待つてゐました。やがて鳥が來て、穗を銜んで行きました。

『しめたつ、これでいよいよ、乃公も金の錐が手に入るぞ。』

と、弟は大急ぎで、鳥のあとについて、山の中に入つて行きました。するとそこには大勢の鬼がゐて、旁㐌の弟の姿を見ると、一齊に、

『此奴だ、乃公たちの大切な金の錐を盗んだのは。』

といつて、忽ち弟を捕へました。弟はびつくりして、

『ごめん下さい、ごめん下さい。金の錐を盗んだのは、私ではありません、私の兄です。』

と云ひました。しかし鬼共はその言葉を耳にも入れないで、

『さあ錐を盗んだ罰だ。お前はその罰に、三重の土手を築くか、それともお前の鼻を一丈の高さにするか。どちらでもお前の好きな方を擇べ。』

と云ひました。

旁㐌の弟は、土手を築くこともいやでした。鼻が一丈も高くなることは、猶更いやでした。しかしどちらもいやだと云つたら、屹度殺されてしまふに違ひないと思ひましたので、三重の土手を築くことになりました。けれどもそれは本當に骨の折れる仕事でした。一日たち二日たち三日たつても、土手はなかなか出來上りませんでした。そのうちにすつかり體が弱つてしまひましたので、鬼共の前にへたばつて、

『どうか御免下さい。私にはとても土手をこしらへることは出來ませぬ。』

と云ひました。鬼共は目を怒らして、

『なに、土手が造れない？それではかうしてくれる。』

と云ひながら、一人の鬼がつかつかと歩みよつて、旁㐌の弟の鼻を抓んだかと思ふと、飴でも引き延ばすやうに、ずるずると一丈ほど引き延ばしました。他の鬼どもはこれを見て、みんな手を叩いて笑ひました。旁㐌の弟は這ふやうにして家へ歸つて來ました。すると近所の人たちがよつてたかつて、笑ふやら罵るやら、大騷ぎをしますので、旁㐌の弟は耻かしくて耻かしくて、そのために病氣になつて、とうとう死んでしまひました。

一四　運の惡い男

むかし朝鮮に成宗王といふ王樣がいらつしやいました。

ある夜成宗王は、賤しいものに姿をかへて、京城の街をお廻りになりました。そして南山の下においでになりますと、とある破屋から、書を讀む聲が朗かに聞えました。王さまはゆかしくお思ひになつて、從者に扉をお叩かせになりますと、やがて一人の男が出て來て、門を開きました。王さまは案內されるままに、王さまは奧の間にお通りになりました。そしてつくづくと主人の樣子をごらんになると、それは五十に近い白髮まじりの儒者でありました。

『この夜更けに讀書に耽られるゆかしさに、覺えず扉をお叩き申した。何をお讀みでござるか。』

と、王さまがお尋ねになりますと、儒者はさも恥かしさうに、

『周易でございまする。』

と答へました。王さまは、この男の學識をためして見ようとお考になつて、

『周易とはおゆかしい次第、拙者もかつて讀みかじつたことがござるが、愚かな身の悲しさには、解しかねる節々が澤山ござる。よい折なれば、お教へ下さい。』

とおつしやいました。そして周易のうちでも、特にむづかしい個所のわけをお尋ねになりました。年いつた儒者は、自分の目の前に坐つてゐる男が王様だとは夢にも知りませんので、すこしも遠慮をしないで、水の流れるやうに滔々とお話し申しました。王さまはこの男の學問の深いのにすつかり感心しておしまひになりましたが、わざと何氣ない顔をして、

『おかげで永い間の不審がすつかり解け申した。なほ御身の文稿でもありましたら、どうか拜見を願ひたうござる。』

とおつしやいました。儒者は請はれるままに、十あまりの文稿を取り出して、お目にかけました。王さまがそれをごらんになると、みんなすばらしい名文ばかりでありました。王さまはますます儒者のえらいのに感心して、

『さてさて驚き入つたる御學才。それになぜ科擧に應ぜられぬのでござる。』

と、お尋ねになりました。すると儒者は忽ち顔を赤くして、

『申すもお恥しい次第でござるが、私二十歳の頃から、度々試驗に應じてゐるのでござる。が、いつも失敗ばかりの不甲斐なさ。もはや年も五十になり申したことゆゑ、及第の榮も得ないで相果てるやも知れませぬ。が、研究は學者の務と存じ、只今も讀書を止めぬ次第でござる。』

と云ひました。王さまは、こんなえらい學者を今まで選び出すことが出來なかつたのは、自分が悪かつたと、心の中に物悲しくお思ひになりました。そして、

『それはいかにもお氣の毒な。幸ひ明後日はまた科擧があると承りましたが……』

とおつしやいますと、儒者は急に勇み立つて、

『さうでござるか。それは始めて承りまする。それでは今一度試驗に應じませう。』

と云ひました。王さまは、儒者の文章のうちでも、ことによく出來てゐる一篇の題を心にお覺えになつて、その夜は何氣なくお歸りになりました。それから從者にお云ひつけになつて、その夜のうちに、一升の米と一斤の肉とをそつと垣越しに儒者の家にお投げ込ませになりました。

一日たつと、王さまは急におふれをお出しになつて、明日臨時の科擧を執り行ふとおつしやいました。そして科擧の文題は、先夜老儒者の家でごらんになつた題をお出しになりました。

試驗がすむと、受驗者の答案が、山のやうに王さまのお手許に集りました。それを一々調べていらつしやいますと、果して例の儒者の文章がお目につきましたので、すぐさま筆をとつて、第一等の成績とお書きになりました。そして翌日その文章の主をお呼び出しになりますと、王さまの前に現れたのは、例の年いつた儒者ではなくて、一人の少年でありました。王さまは大そうお驚きになつて、

『この文章は、そなたが綴つたのか。』

とお尋ねになりました。少年はもじもじして、

『さうではございません。私が老先生の文稿のうちから書きとつたのでございまする。』

と答へました。王さまはいよいよお驚きになつて、

『して老先生はなぜ自分で出て來なかつたのか。』

とお尋ねになりますと、少年は悲しさうな樣子で、

『老先生は腹痛で惱んでいらつしやいますので……。』

と答へました。

王さまはこれをお聞きになつて、暫らくの間考へ込んでいらつしやいましたが、やがて家來をやつて、そつと儒者の樣子をお探らせになりました。すると儒者は、久しぶりに米の飯と甘い肉とをどつさりお腹につめ込みましたので、病氣になつて死んでしまつてゐました。王さまはそれをお聞きになると、深い息をついて、

『富貴命あり、榮達運あり。運の惡いものは、どうしても人間の力では救はれぬわい。』

と獨言をおつしやいました。

一五　馬鹿婿

ある田舍に一人の馬鹿な男がゐました。

この男か或る娘の婿になりました。男は媒人に連れられて、女の家にやつて來ました。

女の家では、新婿のお出でだといふので、いろいろ珍らしい御馳走をこしらへておきました。そして婿の前にずらりと並べました。男は、あまり澤山いろんな食物を並べられたので、たまげてしまつて、どれから先に食べていいかわからなくなつてしまひました。そのうちに夜が更けましたので、酒盛はおしまひになりました。

馬鹿婿は寢床に案内されましたが、何しろお腹がぺこぺこなので、お嫁さんに對つて、

『お腹が空いてたまらない。御馳走が澤山殘つてゐるだらう。すつかりここへ持つておいで。』

と云ひました。これを聞くと、お嫁さんはあきれてしまつて、わざと聞えぬふりをして默つてゐました。

馬鹿婿はたまらなくなつて、自身でのこのこと臺所に出かけました。そしてあちらこちらと探し廻りますと、御馳走の殘りが澤山見つかりました。男は大へん喜んで、

『しめたつ、これだけあれば大丈夫だ。』

と、いきなり臺所に坐り込んで、むしやむしやと食べ始めました。食べてゐるうちに、片隅に小さい壺のあるのに氣がつきました。

『何だらう。きつと甘いものが入つてゐるに違ひない。』

と、男はすぐにその中に手をさし込みました。そして中に入つてゐるものを、出來るだけ澤山摑んで、さて手を出さうとしますと、どうしても拔けません。無理に拔かうとすると、手がきれさうに痛みます。男は困つてしまつて、

『これは大變だ。壺の奴がおれの手に咬みついた。どうしたらいいだらう。』

TERU

と、一生けんめいに身を踠いてゐると、向ふの方でかすかに足音が聞えました。男はびつくりして、

『しまつた、誰かやつて來るやうだ。見つかつたら大變だ。』

と、壺をぶら下げた儘、家の外に逃げ出しました。すると丁度夏の月夜で、軒下にあつた大きな石が、月の光に照らされて、ぴかぴかと光つてゐました。男は大へん喜んで、

『いいものが見つかつた。あの石にうちつけて、壺の奴を微塵にしてやらう。』

と獨言をいひました。そしてその石を目がけて、力まかせに壺を打ちつけますと、石と思つたのは、そこに眠つてゐた舅の禿頭でしたので、舅はきやつと叫んで飛び起きました。そして、

『助けてくれ、助けてくれ。』

と云ひながら逃げ出しました。

馬鹿婿はそれを見ると、腰がぬけさうにびつくりして、そのまま自分の家に逃げかへつてしまひました。家のものは驚いて、

『どうしたのだ。何だつて眞夜中に歸つて來たのかね。』

と尋ねました。男は手に壺をぶら下げたまま、泣きさうな顔をして、

『この怪物が手に咬みついて、どうしても取れないから、急いで歸つて來た。』

と云ひました。兩親は笑ひ出して、

『何だ、それはただの壺ではないかね。』

「ただの壺ではありません。何しろこんなに咬みついてゐるんですもの。」

「それではその怪物を退治してやらう。」

と、兩親は鐵槌を取り出して、はつしと壺を叩きました。壺は微塵に砕けました。すると男は、手に菓子をわし摑みにしてゐました。

一六　遠火事

ある寺に一人の和尚さんがゐました。

この和尚さんは、日頃小僧をひどく使ひたてますので、小僧はどうにかして和尚さんをやりつけてやらうと考へてゐました。

ある夜和尚さんは早くから寢床に入りました。そしてすやすやと眠つてゐますと、小僧はその寢顔を見てにやりと笑ひました。そして臺所から大きな鍋を持ち出して、和尚さんの眞上に吊すなり、大きな聲で、

「火事だ、火事だ。」

と叫びました。和尚さんはびつくりして飛び起きました。飛び起きる拍子に、丸い頭をひどく鍋の底にうちつけました。和尚さんは顏をしかめながら、頭を摩でながら、

「火事はどこだ、火事は。」

と、せき込んで聞きました。小僧さんは可笑しいのを我慢しながら、

『火事は向ふの山でございます。』

と答へました。和尚さんはぷんぷん怒つて、

『そんな遠方の火事は知らせるに及ばぬ。これからは近火だけにしろ。』

と云ひました。

一七　大きな櫻桃

むかし一人の兩班がゐました。

この兩班はお上に仕へて、なかなか羽振りがいいので、いろんな人が尋ねて來て、

『どうか私をいい役に取り立てて下さい。』

と頼むのでした。兩班はそれがうるさくてたまりませんので、いろいろ考へた末に、うまいことを思ひつきました。

兩班はすぐに大勢の友だちを集めて、

『君たちが毎日のやうにやつて來て、役人に取り立ててくれといふのが、うるさくてかなはぬ。もうそんな頼みは一切御免だ。しかし何かうまい話をして、私を見事に欺したら、きつといい役に取り立ててやらう。』

と云ひました。すると友だちはかはるがはる尋ねて來て、ありつたけの智慧を絞つて、嘘の話をしましたが、誰一人として兩班を欺しおほせるものはありませんでした。

すると陰曆十一月の一日に、一人の男がひよこりと兩班の家にやつて來ました。兩班はその男を見ると、

『お前も嘘の話をしに來たのかね。』

と云ひました。男は頭を搔いて、

『どういたしまして。私の話は決して嘘の話ではありません。正直正銘の眞實の話です。』

と云ひました。兩班はにやりと笑つて、

『それでは話して見たらいいだらう。眞實か嘘かは、私が聞くと、すぐにわかるから。』

と云ひました。男はすぐに話し出しました。

『實はつい近頃友達の誕生の祝に招かれましたが、それはそれは大變な御馳走で、いろんな珍らしいものが出ました。その中でもみんなびつくりしましたのは、櫻桃の實でした。何でも鐘路の鐘くらゐございました。』

兩班はこれを聞くと、大きな聲で、

『馬鹿つ、そんな大きな櫻桃があるものか。嘘だ、嘘だ。』

と叫びました。男は平氣で、

『でも永道寺の鐘くらゐは、屹度ありましたよ。』

と云ひました。

『嘘だ、嘘だ、そんな見えすいた嘘で、わしが欺されると思ふのかね。馬鹿つ。』

『ぢや大監の酒瓶ぐらゐでございましたかな。』

『嘘だ。』

『では、貧乏人の酒瓶ぐらゐは屹度ありましたよ。』

『嘘だ。』

『では茶碗ぐらゐの大きさでしたかな。』

『それも嘘だ。』

『では棗の實ぐらゐの大きさは、間違ひなしでしたよ。』

と云ひますと、兩班は始めて頷いて、

『さうだ、棗の實くらゐの櫻桃が御馳走に出たのは本當だらう。どうだい、わしを欺すのはむづかしからう』

と云ひました。すると男はきつと坐り直して、

『では御約束通りに、私をいい役人に取り立てて下さい。』

と云ひました。兩班は變な顏をして、

『何が約束通りかね。わしはまだお前に欺された覺えはないよ。』

『もう先刻欺しましたよ。』

『いつ欺したのかね。ちつとも欺してゐないぢやないか。』

と、兩班が躍氣となつて頑張りますと、男は大聲に笑つて、

『だつて旦那さんは、棗の實くらゐの櫻桃が御馳走に出たのは本當だらうとおつしやつたでせう。』

『うん、確かにさう云つたよ。だつて棗の實くらゐの櫻桃はいくらでもあるぢやないか。』

『でも只今は冬の最中ですよ。冬の最中に櫻桃が御馳走に出るはづはないでせう。たとひ棗の實くらゐのだつて……』

と云ひながら、男はまた大きな聲で笑ひました。兩班は心の中でしまつたと思ひました。そしてその男をいい役に取り立ててやらねばなりませんでした。

一八　足折燕

むかし沒夫と興夫といふ二人の兄弟がゐました。

兄の沒夫は慾が深くて不正直でしたので、村中の人から憎まれてゐましたが、弟の興夫は、正直で、情深いたちでしたので、みんなから褒められてゐました。けれども沒夫が大金持なのに引きかへて、興夫は大へん貧乏でした。

ある年の春のことでした。一羽の燕が興夫の家に飛んで來て、軒先に巣をつくりました。やがて澤山の雛鳥が生れました。すると大きな蛇がやつて來て、鎌首を巣の中に突き込んで、片端から雛鳥を噉み始めました。大騷

TERU

ぎをしてゐるうちに、一羽の雛鳥が巣からころげ落ちて、脚を折りました。興夫はそれを見つけて、脚に藥を塗つて、絲で括つてやりました。十日ばかりたちますと、脚の折れたのがすつかり治りましたので、雛鳥は興夫の家をはなれて、江南國に飛んで行きました。そして王さまに今までのことを話しますと、王さまは、

『それはなかなか親切な人だ。來春古巣に歸るときには、きつとお禮の品を持つて行くがいい。』

とおつしやいました。

やがてまた春になりました。例の燕は興夫の家に復つて來ました。そして口に銜へてゐた一粒の瓢箪の種子を、興夫の前におとしました。興夫はそれを拾ひ上げて、

『これは珍らしいことだ。燕の贈物なんど今まで聞いたこともない。』

と云ひながら、その種子を庭の隅に蒔いて置きました。

暫らくすると芽が出て、ぐんぐん大きくなつて、花が咲いて、大きな瓢が四つ實りました。興夫は大へん喜んで、

『中の實はみんなで食べて、瓢は乾かして町に賣ることにしよう。』

と、まづ一つの瓢を割りますと、忽ち青い衣をきた一人の淸らかな童子が現れて、五つの瓶を興夫に差し出しました。第一の瓶には、死んだものを活かす藥が入つてをり、第二の瓶には、盲目を治す藥が入つてをり、第三の瓶には、唖や聾を治す藥が入つてをり、第四の瓶には、不老の藥草が入つてをり、第五の瓶には、不死の藥が入つてゐました。興夫は非常に驚いて、一つ一つ殘りの瓢を割りますと、穀物が湧き出るやら、綾絹寶石が流れ出

るやら、大きな木や石が出るやら、大勢の大工が飛び出して、その大きな木や石を使つて、美しい宮殿を建ててくれるやら——忽ちのうちに國中で一番の金持になりました。

兄の沒夫はそれを見ると、うらやましくてたまりませんでした。それで大急ぎで、自分の家の軒先に巣をこしらへて、長い竿をふり廻して、燕どもを巣の中に追ひ込まうとしました。燕どもは驚いて逃げて行くばかりでしたが、根氣よく追ひ廻してゐるうちに、片眼の燕が、とうとう巣の中に追ひ込まれて、三四羽の雛鳥が生れました。沒夫は大そう喜んで、雛鳥が巣からころげ落ちるのを、今か今かと待つてゐましたが、なかなか落ちません。沒夫はいまいましくなつて、梯子をかけて巣のところに登つて行つて、一羽の雛を摑んで、力まかせに地に投げつけました。雛鳥は脚を折つて鳴き叫びました。沒夫はすぐに藥をつけて絲で括つてやりました。

　秋になると、燕どもは沒夫の家をたつて、江南國に飛んで行きました。沒夫はそれを見送つて、

『うまい、うまい。今にお禮を持つて來るにちがひない。』

と、ほくほくしてゐました。

　江南國に歸つた燕は、沒夫の仕打をくはしく王さまに申し上げました。王さまは大へんお怒りになつて、

『そんなひどい男は、充分こらしてやらねばならぬ。』

とおつしやいました。そして春になつて、燕が沒夫の家に復るとき、一粒の瓢の種子を取り出して、

『これをやるがいい。』

とおつしやいました。燕がその種子を沒夫の前に落しますと、沒夫はもう有頂天となつて、

『しめたつ。いよいよお禮の品だ。』

と云ひながら、急いでそれを庭に植ゑました。暫らくすると芽が出て、ぐんぐん大きくなつて、花が咲いて、大きな瓢が十一實りました。沒夫は大得意で、

『見ろ、弟の家では、四つしか實らなかつたのに、乃公の家のは十一だ。何といつても親切ものの報いは違ふからな。』

と、十一個の瓢をちぎつて、急いでそれを割つてみました。すると第一の瓢からは、琴を持つてゐる女が現れて、頭が痛くなる程やかましく掻き鳴らして、はては高いお金をせびつて行きました。第二の瓢からは、一人の坊主が現れて、怪しげなお經を讀んで、

『この惡人に災を下し給へ。』

と祈つて、これも澤山な祈禱料をせびつて行きました。第三の瓢からは、喪服を着た男が飛び出して、

『私の主人がなくなつて、葬式のお金がないから、お前さん出しておくれ。』

と云つて、これも大金をせびつて去りました。第四の瓢からは、大勢の巫女がぞろぞろと現れて、

『この惡性男を罰し給へ。』

と神さまに祈つて、逃げ廻る沒夫を押へつけて、澤山のお金を取つて行きました。第五の瓢からは、瑤池鏡といふ鏡が飛び出して、うつかりそれを覗き込んだ沒夫の顔を叩きつけて消え失せました。第六の瓢からは、小山のやうな大男がゆるぎ出して、沒夫の前に寢そべりながら、

『こら小僧つ、おれの臀を踏んでくれ。かゆくてたまらないから。』

と云ひました。沒夫はこはごは大男のお臀を踏み始めましたが、お臀は石のやうに堅くて、いくら踏んでも、

『駄目だ、駄目だ。もつと力をいれて踏め。』

と叱りとばされます。沒夫はへとへとになつて、思はず床の上に倒れますと、大男は、

『弱虫め、これでも喰へ。』

といつて、横面をなぐりとばして立ち去りました。こんな風でいくら瓢を割つても、何一ついいものは現れませんでしたが、十一番目の瓢を割ると、何やら黄金色のものが見えました。沒夫はやつと氣色をとり直して、

『今度こそ黄金が湧いて出るらしいぞ。』

と、力を込めて切り割りますと、どうでせう、黄金色の糞や小便が川のやうに迸り出して、沒夫の家を押しながしてしまひました。沒夫は命からがら逃げ出しました。

一九　餅好きの男

昔大へん餅の好きな男がゐました。毎日何も食はないで、餅ばかり食つてゐましたので、「餅好き」といふ名をもらつて、國中の名物男となりました。

するとある時支那から、

『朝鮮で一番名高い人を送つてくれ。』

といつて來ました。朝鮮には名高い人も澤山ゐましたが、「餅好き」ほど名高いものは誰もありませんでした。そこで「餅好き」が選まれて支那に行くことになりました。

「餅好き」は立派な轎子に乘つて、堂々と支那に入つて行きました。支那の朝廷では、朝鮮で一番名高い人が來たといふので、學者をやつて、出迎かたがたその學力を試して見ることにしました。

支那の學者は「餅好き」の顏を見るなり、だしぬけに兩方の手の指で圓いものをつくつて見せました。「餅好き」は、

『此奴、おれが餅好きだといふので、出合がしらに餅のことを尋ねてゐるわい。』

と思つて、すぐに手の指で四角な形をつくつて見せました。支那の學者は驚いた顏をして、指を三本出しました。「餅好き」はすぐに五本の指をつき出しました。すると支那の學者は丁寧にお辭儀をして、「餅好き」を天子さまの前に連れて出ました。天子さまは「餅好き」を手厚くおもてなしになつて澤山の御褒美を下さいました。

「餅好き」は大威張りで朝鮮に歸つて來ました。そして王さまに今までのことを委しく申し上げますと、王さまは變な顏をして、

『わしにはさつぱりわからぬ。一體丸をつくつたり、四角をつくつたり、指を三本出したり、五本出したりしたのはどういふわけかね。』

とお尋ねになりました。「餅好き」は反身になつて、

『なに、何でもございませんよ、向ふの奴が私が餅が好きなことを知つてゐて、私の顏を見ると、いきなり丸をつくつて、粟餅がいいかと尋ねたのでございます。で私は四角をこしらへて、粟餅はいやだ、米の餅がいいと申したのです。すると向ふの奴が、指を三本出して、餅は三つでよいかといひましたから、私はすかさず五本の指を出して、三つでは足りない、五つくらゐ食べると答へました。すると向ふの奴が恐れ入つて、丁寧にもてなしてくれたのでございます。』

と答へました。すると王さまはどつとお笑ひ出しになつて、

『いや、わしにもやつとわけがわかつた。出迎ひのものが尋ねたのは、餅のことではないのぢや。』

とおつしやいました。「餅好き」はとぼけたやうな顏をして、

『へえ、餅のことではなかつたのでございますか。では何を尋ねたのでございませう。』

と云ひました。王さまはまたお笑ひになつて、

『出迎ひのものが圓をつくつたのは、天の圓いことを知つてゐるかと云つたのぢや。そのときお前が四角をつくつて見せたので、先方では、お前が地の角なことも知つてゐると答へたと思ひ込んだのぢや。それから先方が、指を三本出したのは、三綱のことは知つてゐるかといふ意味だ。それにお前が指を五本つき出したので、對手は、お前が三綱どころか、五常のことまで知つてゐるぞと答へたと思ひ込んで、すつかり恐れ入つたのぢや。』

とおつしやいました。

二〇 虎と喇叭

一人の喇叭手が、あるとき郡守にいひつかつて、使に行きました。

喇叭手は歸り途に居酒屋で酒を飲みました。そしてふらふらして歩いてゐるうちに、だんだん醉が出て、とうとう路端に倒れたまま、ぐつすり寢込んでしまひました。

暫くして氣がつくと、誰か濡れた雜巾で顏を撫でてゐました。喇叭手は、

『ひどいことをする奴があるものだ。一體何奴だらう。』

と、そつと目を開けて見ますと、大きな虎が尻尾を水に浸して叩いてゐるのでした。喇叭手は氣が遠くなるほどびつくりしました。しかしもうかうなつては、騷いでも駄目だとあきらめて、目をつぶつてぢつとしてゐました。

虎は尻尾で喇叭手の顏を叩いては、その顏を覗き込んでゐます。喇叭手は心の中で、

『ははあ、虎の奴、おれが醉つぱらつてゐるので、水をぶつかけて、目の覺めるのを待つてゐるのだな。そして目が覺めたら、一口に食つてしまはうといふ寸法か。よし今に見ろ。ひどい目にあはしてやるから。』

と獨言といつてゐました。暫くすると虎はまた尻尾を水に浸さうと思つて、ぐるりと向ふをむきました。そして河の方へ歩き出さうとする一刹那、喇叭手はぱつと刎ね起きて、力まかせに喇叭の口を虎のお尻の穴に突き込みました。虎はびつくりして飛び上りました。その拍子にぶつと屁を出しますと、それが喇叭にひびいて、途方も

ない大きな音を立てました。虎はいよいよ驚いて、一散に駈け出しました。しかし駈ければ駈けるほど、大きな息をしなくてはなりません。大きな息をすればするほど、喇叭が大きな音を立てます。虎は驚いて驚いて、とうとう氣が狂つて死んでしまひました。

喇叭手はその虎を擔いで、郡守のところに行きました。郡守はえらい奴だといつて、澤山の褒美を下さいました。

二　人間と虎との爭

一人の男が野原を通つてゐますと、

『もしもし、一寸來て下さい。』

といふ聲がしました。男は聲のする方へ行つて見ますと、陷穽があつて、その中に大きな虎が一匹落ち込んでゐました。虎は男の姿を見ると、

『もしもし人間さん、私はこの通り陷穽に落ち込んで、どうしても出ることが出來ないでゐる。このままにしてゐると、今に死なくてはならぬ。どうか助けて下さい。』

と云ひました。男は頭を揮つて、

『それは御免だ。お前を穴から出してやつたら、すぐに私に飛びかかるにきまつてるからね。それよりは穴の中

にぢつとしてゐたら、今に樂になるよ。』

と答へました。虎は悲しさうな聲で、

『いえ、いえ、決してそんなことはありません。私だつて恩義は知つてゐますよ。自分を助けて下さつた人に飛びかかるなんて、そんなことがあるものですか。どうか後生だから助けて下さい。』

と云ひました。男は可哀さうになつて、穴の中に棒をおろして、虎を引き上げました。と、虎は穴から出るなり、大きな口を開けて、男に飛びかかつて來ました。男はびつくりして、

『ひどいぢやないか。命の恩人をとつて食はうとするのは。』

といひました。虎はからからと笑ひ出して、

『恩は恩、食物は食物だ。何しろ三日が間何も食はないでゐたから、腹がへとへとだ。目の前に結構な食物があるのに、どうしてぢつとしてゐられるものか。氣の毒だが、お前の肉を貰ひうけるよ。』

と云ひました。男は怒つて、

『お前の云ふことは、まるで無茶だ、恩を仇で返すなんて、そんな無理なことがあるものか。』

と詰りました。しかし虎は、

『決して無理ではない。腹の減つたときには、何でも食ふのが當り前だ。』

と云つて、どうしても聞きません。男はもう困つてしまつて、

『それではお前の云ふことと、私の云ふことと、どちらが正しいか、他のものに裁判してもらはう。そしてもし

私が裁判に負けたら、お前の餌食になることにしよう。』

と云ひますと、虎はすぐに賛成して、

『よからう。』

と答へました。

男と虎とは一しよになつて歩き出しました。暫くすると大きな松の樹のそばに來ました。男は虎に對つて、

『この松の樹に裁判して貰はう。』

と云ひました。そして松の樹にわけを話して、どちらの云ふことが正しいか裁いてくれと頼みますと、松の樹はすぐに、

『それは虎さんの云ふことが正しいにきまつてゐる。一體人間はみんな恩知らずだ。松の樹などでも、小さいときから、人間に澤山恩をきせてゐる。枝を焚き料にやつては人間を溫かくしてやつたり、松露や松茸などを生やして、人間に甘いものを食べさしてやつたりしてゐるではないか。それだのに折角大きくなると、すぐに伐り倒して命を奪つてしまふ。だから虎さんの云ふことが正しいにきまつてゐる。』

と云ひました。

虎はこれを聞くと、大そう喜んで、

『どうだい。お前のいふことが間違ひで、私のいふことが正しいぢやないか。さあ覺悟しろ。』

と云つて、男に躍りかからうとしました。男は慌ててこれを止めて、

『一度では駄目だ。もう一度他のものに聞いて見よう。』

と云ひました。そして虎と一しよになつて歩き出しました。暫くすると大きな牛のそばに來ました。男は虎に對つて、

『この牛に裁判して貰はう。』

と云ひました。そして牛にわけを話して、どちらの云ふことが正しいか裁いてくれと賴みますと、牛はすぐに、

『それは虎さんの云ふことが正しいにきまつてゐる。一體人間はみんな恩知らずだ。私達も人間のために車を牽かせられたり、重荷を背負はされたり、年が年中目が廻るほど使ひまくられて、それで碌な食物も口に入らない。そして少し年をとつて力が衰へて來ると、すぐになぐり殺されて食はれてしまふ。だから虎さんの云ふことが正しいにきまつてゐる。』

と云ひました。虎は大そう喜んで、

『どうだい。松の樹さんばかりではない。牛公だつて私の云ふことが正しいといふぢやないか。もういよいよのがれつこなしだ。覺悟しろ。』

と云つて、男に飛びかからうとしました。男は慌ててこれを止めて、

『二度では駄目だ。もう一度他のものに聞いて見よう。』

と云ひました。そして虎と一しよになつて歩き出しました。暫くすると狐のそばに來ました。男は虎に向つて、

『この狐に裁判してもらはう。』

と云ひました。そして狐にわけを話して、どちらの云ふことが正しいか裁いてくれと賴みました。狐は、
『それはどうも變な話だ。一體ことの起りはどんなだつたんです。始めがわからねば、公平な裁きは出來ません
よ。とにかく虎さんは元のやうに穴に入つて、人間さんはその上に立つて見て下さい。』
と云ひました。虎はどうせ自分の方が裁判に勝つに違ひないと思つてゐますので、すぐに引き返して、穴の中に
飛び込みました。それを見ると、狐はからからと笑ひ出して、
『ああそれでよくわかつた。お互に自分勝手な理屈は止しにして、虎公は元のままに陷穽の中に入つてゐるがい
い。人間はこんなところにぐづぐづしてゐないで、さつさと自分の家にお歸りなさい。』
と云ひました。

三 目明きと盲人

昔一人の男がゐました。
この男は大そうずるい性質で、いつもいたづらばかりしてゐました。その頃大勢の盲人どもが集つて、毎日の
やうに會食をしてゐました。男はそれを聞き込むと、俄に盲人のふりをして、その席に出かけては、甘いものを
腹一杯食べてゐました。
盲人どもは或る日から云ひ出しました。

『みんなで會食ばかりしてゐては面白くない。これからは一人づつ主人役となつて、みんなを御馳走するといふことにしようではないか。』

そしてそれからはくじ抽きで、主人役になるものの順番をきめて、交る交るみんなを御馳走することにしました。例の男は毎日その御馳走に招かれて、ほくほく喜んでゐました。そのうちに順番は目明きの男に廻つて來ました。

目明きの男は大そう貧乏でしたので、御馳走の順番が廻つて來ると、困つてしまひました。で、部屋に閉ぢこもつていろいろ考へてゐるうちに、いいことを思ひつきました。男はすぐに盲人たちの家を廻り歩いて、

『明日は私の家で御馳走をしますから、みんなもれなくやつて來て下さい。』

と云ひました。そしてその日になると、朝早くお嫁さんを使に出して、あちらこちらから牛の骨を澤山買ひ込ませ、また瀬戸物屋から壊れた燒物を澤山貰つて來させました。

『これだけの品が揃へば、もうしめたものだ。』

目明きの男はかう云ひながら、盲人どもの集つて來る時刻を見計つて、牛の骨を炙り始めました。集つて來た盲人どもはその香をかいで、頻りに鼻をうごめかして、

『いい香だ。今日は大變な御馳走があるらしいぞ。』

と喜んでゐました。

盲人たちがみんな居並びまとす、目明きの男は棒の先に糞をなすりつけて、一人の盲人の鼻先にさし出しまし

た。するとその盲人は忽ち顔をしかめて、隣りの盲人の方を向いて、

『お臭い。某さん、あなたは屁をひつたんですね。』

と云ひました。目明きの男は隣りの盲人の鼻先に棒をさしつけました。と、その盲人は顔色を變へて、

『某さん、あなたこそ屁をひつたではありませんか。自分で粗匆をしながら、他のものになすりつけるとは、どうも怪しからぬではありませんか。』

と怒り出しました。目明きの男はくすくすと笑ひながら、順々に糞の棒を盲人どもに嗅がせましたので、誰が屁をひつた、彼が屁をひつたと、大喧嘩を始めました。そして口の先で云ひ合ふばかりでは氣がすまないで、總立ちになつてなぐり合ひを始めました。その騒ぎのために、燒物が蹴とばされ、踏みつけられて、大きな音を立てて壊れ出しました。

目明きの男はその有樣を面白さうに眺めてゐましたが、暫くするとお嫁さんと一しよに次の間から飛んで來た風をして、しきりに喧嘩をとめました。

やがて喧嘩は止みましたが、今度は主人夫婦がおいおい泣き出して、

『折角心づくしの御馳走を並べ立てたのに、みんな蹴ちらされ、踏みこはされてしまつた。』

と云ひました。盲人たちはこれを聞くと、大そう氣の毒になつて、挨拶もそこそこに一人歸り二人歸つて、はては一人もゐなくなつてしまひました。

そのあとで目明きの男は手を叩いて笑ひました。

二三 親を捨てた男

昔朝鮮の片田舍に一人の男がゐました。

この男のお母さんは早く失くなつて、お父さんと自分の息子と三人で暮らしてゐました。この男は大そう不孝な男でした。だからお父さんが年いつて、毎日何もしないでぶらぶらしてゐるのを厄介に思つて、

『あんな役に立たないものは、早く死んでしまへばよい。』

と思つてゐました。しかしお父さんはなかなか達者で、急に死にさうにもありませんでした。男はそれがいまいましくてたまりませんでした。

ある日男は自分の息子を呼んで、

『家の爺さんは年をとつて役に立たないから、山の中に捨ててしまふつもりだ。お前はすぐに物置から、擔梯を持つて來い。』

と云ひました。息子は何も云はずに、すぐに物置から擔梯を持ち出して來ました。男はいやがるお父さんを無理に擔梯にのせて、荒繩でくくりつけました。そして息子に對つて、

『さあここへ來て、わしと一しよに擔梯を擔いでくれ。』

と云ひました。息子は何も云はずに擔梯の一方の端を擔ぎました。そして二人で山の方に歩き出しました。

TERU

やがて山の奥につきました。男はお父さんを擔梯から投り出して、

『お父さん、氣の毒だが今日からはここにゐるんだよ。』

と云ひました。そして息子を促して、そのまま歸らうとしますと、息子は擔梯を擔いでその後から歩き出しました。男はそれを見て、

『何だ、擔梯なんか擔いで、そんなものはもういらないから、捨てて置くがいい。』

と云ひました。すると息子は頭を揮つて、

『いらないことはありませんよ。お父さんが年をとつて、仕事が出來なくなつたら、私もお父さんを擔梯にのせて、山の中に捨てなくてはならないんですもの。』

と答へました。これを聞くと流石の不孝者も全く困つてしまひました。そして地面に投り出したお父さんの前に坐り込んで、

『お父さん、とんだ心得ちがひをいたしました。どうかお許し下さい。』

と云ひました。そして今度は自分の背にお父さんを背負つて、家へ歸りました。

その後は一生けんめいにお父さんを大事にして、みんなから孝行者と褒めそやされるやうになりました。

二四　鏡の中の人

むかし或る片田舍に一人の男がゐました。

この男がある時京見物に出ました。片田舍から始めて都に出ましたので、何もかも珍らしいものばかりでしたが、そのうちでも鏡といふものには驚いてしまひました。

『これは不思議なものだ、乃公の姿がそつくり現れる。本當に珍らしいものだ。』

田舍者はかういつて、一面の鏡を買ひました。そして家へ歸つてからも、みんなに隱して、ときどき一人で覗き込んでは、この上もない樂しみにしてゐました。

お嫁さんは、夫がときどき何やら圓い扁たいものを取り出しては、それを覗き込んで、にこにこと笑つてゐるのを見て、不思議でたまりませんでした。それである日夫がゐないときを見すまして、そつと圓くて扁い品を取り出して、何氣なく覗き込みますと、どうでせう、自分と年頃の似よつた美しい女の顔が、ありありとそこに現れてゐるではありませんか。お嫁さんは大そう怒つて、姑のそばに行つて、

『家の人は都から美しい女を連れ歸つて、かくしていらつしやる。』

と恨言を云ひました。姑は驚いて、

『どこにそんな女を隱してゐるのです。』

と尋ねました。お嫁さんは、

『ここに隱していらつしやいます。』

と云つて、鏡をさし出しました。姑がそれを受け取つて覗き込みますと、皺だらけのお婆さんが現れました。姑

はからからと笑ひ出して、

『嫁御、そなたは何を云つてゐます。こんなお婆さんを、悴がわざわざ都から連れ歸つて妾にする筈はありません。何かわけがあつて、どこかのお婆さんを預かつてゐるのでせう。』

と云つて聞かせてゐるところに、舅が入つて來ました。そして二人の話を聞いて、

『どれ、わしにも見せてくれ。』

と、鏡を覗きますと、今度は一人のお爺さんが現れました。舅は大聲に笑ひ出して、

『お前たちは何を勘ちがひしてゐるのかね。ここにゐるのは、若い女でもなく、お婆さんでもない。お隣りのお爺さんではないか。』

と云ひました。しかしお嫁さんが覗けば、若い女が現れ、姑が覗けば、お婆さんが現れ、舅が覗けば、お爺さんが現れるので、三人は何が何やらさつぱりわからなくなりました。するとある日主人の息子がその鏡を見つけて、

『やあ變なものがある。』

と云つて覗き込みますと、片手に珠を持つてゐる一人の子供が現れました。息子はびつくりして、

『どこかの子供がわたしの珠を取つてしまつたよ。』

と泣き出しました。すると隣家の若者が駈けて來て、

『お前の珠を盜んだ奴は何處にゐるのかい。』

と尋ねながら、ふと鏡を覗きますと、一人の若者の顏がありありと現れてゐました。若者は大そう怒つて、

『おのれ、いい年をして小さいものを苛めるとは何事だ。』

と、拳をふり擧げて、力まかせに鏡を擊ちましたので、鏡は地に落ちてこなごなに碎けました。

二五　片身の男

むかし田舎の兩班の家に、一人の男が使はれてゐました。

この男は體が半分しかありませんでした。顔も半分、胴も半分、手も足も一本しかないといふ片身の男でした。そのくせに大そう惡智慧が多くて、他の人を欺しては、自分の利益を計つてゐました。

ある年主人の兩班が科擧に應ずるために、都へ上ることになりました。片身の男も主人の乘る驢馬の口取としてお伴をして行きました。幾日か途中に泊つて、やがて都近くに來ました。するとある日のお晝頃主人は片身の下男に對つて、

『わしは向ふに見える茶店で晝飯をたべるから、お前は驢馬を山に連れて行つて、充分に草を食はしてくれ。』

と云ひました。下男はすぐに驢馬を連れて出かけました。しかし少し行くと、

『いまいましい主人だ。自分ばかり甘いものを食つて、おれには何一つたべさせようともしない。一つひどいことをして泣面をさせてやらう。』

と獨言をいひました。そして驢馬を町へ引つぱつて行つて、高い値段で賣りとばして、そのお金で腹一ぱいお酒

を飲んだり、甘いものを食べたりしました。それから轡と手綱だけを持つて、山の上にのぼつて、さも氣持よささうに寢込んでしまひました。

主人は、下男がいつまでたつても歸つて來ませぬので、山へ上つて見ますと、下男は草の上にぐつすり眠つてゐました。そして手に轡と綱とは持つてゐますが、驢馬の姿はどこにも見えませんでした。主人はびつくりして、下男を蹴起しました。そして、

『おい、驢馬はどうしたのか。』

と聞きますと、下男は驚いて、

『おやつ、大變だ。驢馬の奴、おれが眠つてゐる間に、轡を外して逃げてしまつたな。』

と、恨めしさうに轡と手綱とを見つめてゐましたが、やがて、おいおい泣き出して、

『どうもとんだことをいたしました。これから山の中をかけ廻つて、必ず探し出しますから、命ばかりはお助け下さい。』

と、今にも駈け出さうとしました。主人は慌てて呼び止めて、

『今頃になつて追つかけても、逃げた驢馬が見つかる筈はない。本當に馬鹿者はしやうがないな。』

とぶつぶつ小言をいひながら、新しい驢馬を買つて、都へ上つて行きました。

都へつくと、すぐに宿をとつて、毎日毎日試驗の準備をしてゐましたが、ある日主人は下男を呼んで、一椀の粥を買はせにやりました。下男は一椀の粥を買つて歸る途中で、ふとそれが食べたくてたまらなくなりました。

で、鼻汁を一滴椀の中にこぼして、しくしく泣きながら宿に歸つて來ました。主人は不思議に思つて、

『どうしたのか。なぜそんなに泣くのか。』

と聞きました。下男はしやくりあげながら、

『昨夜から風邪を引いてゐましたので、粥を持つて參る途中で、鼻汁が一しづく椀の中に落ち込んだのでございます。これ御覽なさい。』

と云つて、椀をさし出しました。主人は顏をそむけて、

『汚ない。そんなものが食へるか。』

と云ひましたので、下男は忽ちお粥の御馳走になりました。

こんなことが續きましたので、主人は大そう氣を惡くして、試驗にも落第してしまひました。主人はもう下男が憎くてたまらなくなりました。で、ある日下男を呼びよせて、その背に墨くろぐろと、

『われこの者のために落第し、またさまざまの損害を受けたり。到底生かしおくべきものにあらず。卽刻葛籠に詰めて、水底に沈むべし。』

と書きつけました。そして、

『わしは都に少し用事があるから、お前だけ家に歸つてくれ。歸つたらすぐにお前の背を家のものに見せるがいい。大事な用向が書いてあるから。』

と云ひました。

下男はひとりでぶらりぶらりと歸つて行きましたが、背に書かれた文字が氣になつてたまりませんでした。そのうちに蜜が食べたくなりました。下男は麥の粉を少し買ひこんで、それから蜜商人を呼び止めて、

『この麥の粉の上に蜜十文だけくれ。』

と云ひました。商人はいふなりに少しばかりの蜜をかけてやりました。下男はそばから、

『高い高い。も少しまけろ。』

と云ひました。商人は仕方がないので、また少しかけてやりました。しかし下男はいつまでも、

『高い高い。も少しまけろ。』

と云ひつづけますので、商人はたうたう怒り出して、

『どうも無法な人だ。そんなにまけろまけろといふなら、賣らないぞ。』

と云ひました。すると下男はからからと笑つて、

『それならわしもそんな高い蜜は買はないよ。さあ持つて行け。』

と、蜜の入物をつき出しました。けれども蜜はもうすつかり麥の粉に吸ひとられてゐますので、どうすることも出來ません。蜜商人はただ下男を罵つて行つてしまふ外はありませんでした。

下男は麥の粉を練つて佛の像をこしらへて、それを嚙みしめ嚙みしめ歩いてゐました。すると一人のお坊さんが通りかかつて、下男がさも甘さうに佛の像を嚙みしめてゐるのを見て、

『佛の像が甘いのかね。』

と聞きました。

『甘いとも、本當に甘いんだよ。わしは毎日佛の像を食つて腹をふくらしてゐるのに、坊さんのお前さんが、佛の像を食ふことを知らぬとは、どうも可笑しいね。』

『ではわしにも少し食はしてくれ。』

『食はして上げよう。その代りにわたしの背に書いてある字を讀んでおくれ。』

下男がかう云ひますと、お坊さんは變な顔をしてその背を見つめましたが、忽ち大きな聲で

『これは大變なことが書いてある。』

と云ひました。

『どんなことが書いてありますかね。』

と、下男が聞きました。

『お前さんが家へ歸つたら、葛籠に詰めて水の底に沈めろと書いてあるよ。』

と、お坊さんが云ひました。下男はこれを聞くと、にやりと笑つて、

『それではこの佛の像をあげるから、背中の文字を消して、「此のもののために、數多の幸を得たれば、その褒美に卽時に娘をめあはすべし」と書き直しておくれ。』

と云ひました。お坊さんがその通りに書き直してやりますと、下男は大威張りで主人の家に歸つて行きました。

歸つて、背の文字を主人のお嫁さんに見せますと、お嫁さんはびつくりして、

『こんな片輪者に、どうして娘をめあはせよなどと、主人はいはれるだらう。これはどうも怪しい。主人の歸りを待つことにしよう。』

と思つて、あと二三日の間そのままにしておきました。

そのうちに主人が都から歸つて來ました。主人は、水底に投げ込まれたと思つた下男が、のそのそと働いてゐるのを見て、大へん不思議に思ひました。それでお嫁さんを呼んで、

『あんなに書いてやつたのに、何故下男を水底に投げ込まなかつたのかね。』

と聞きました。お嫁さんは變な顔をして、

『何ですつて、あの男を水底に投げ入れよとお書きになつたんですつて。いいえ、そんなことは書いてありませんでしたよ。』

『では何と書いてあつた?。』

『すぐに娘をめあはせよと書いてありましたよ。』

『では、彼奴がまたいたづらをしたんだな。いかにしても憎い奴だ。』

と、主人は大そう怒つて、他の下男たちに云ひつけて、片身の男を縛り上げて、大きな葛籠の中に詰めさせました。そして葛籠を川端の柳の枝にぶら下げて、

『さあかうなつてはお前もいよいよおしまひだぞ。明日になつたら、おれが來て繩を斷つてしまふ。さうしたら水の底にどんぶりだ。』

と云つて歸つて行きました。

片身の男は葛籠の中で、

『どうも、困つたことになつた。』

と心配してゐました。すると村のお婆さんが一人通りかかりました。お婆さんは葛籠の中の下男を見て、

『そんなところで何をしてござるかの。』

と聞きました。下男は葛籠の中から、

『わたしはこの頃、主人のお伴をして都に上つたが、途中で目をわずらつて、いろんな藥をつけても治らないので、ここにかうして吊してもらつて、眼病第一の呪の川の水を眺めてゐるところだよ。』

と云ひました。お婆さんはふだんからただれ目で弱つてゐましたので、これを聞くと、

『それは始めて聞く呪だよ。お前さんの目はどうですかい。少しはよくなつたかの。』

と云ひました。

『よくなつたとも。昨日までは何にもかもぼんやりしか見えなかつたのが、今日は水の底の小石まで、はつきり見えるやうになつたよ。』

と、下男が答へました。お婆さんはそれを聞くと、葛籠の中に入りたくてたまらなくなりました。それで下男に賴んで、自分を入れてもらひました。兩班はそんなこととは夢にも知らないので、次の日になると、川端にやつて來て、葛籠の繩を切りました。葛籠はすぐに水底に沈んで、お婆さんは溺れ死んでしまひました。

両班は憎い下男を水底に沈めたと思つて、ほくほく喜んでゐますと、二三日たつて下男がにこにこ笑ひながら歸つて來ました。両班は非常に驚いて、暫らくの間口もきけませんでした。下男はさも得意さうに、

『旦那、おかげで私は水底の龍宮へ參りまして、乙姫の婿となりました。龍宮は大へん結構なところでございますから、旦那がたをお迎へに參りました。』

と云ひました。これを聞くと、主人はもう龍宮に行きたくて行きたくてたまらなくなりました。それで、

『では早く行くことにしよう。みんなも來い。』

と焦り立てました。

下男は主人たちを柳の木のそばに連れて行つて、

『さあ、ここから龍宮へ行くのでございます。龍宮に行くには、大きな笠を冠つて水に入らなくてはなりません。』

と云つて、主人に大きな笠をかぶせて、川の中におし込みました。主人はだんだんと深い方へ歩いて行くうちに、笠が水に漬つて溺れさうになりましたので、俄にもがき始めました。下男はそれを見ると、

『あれごらんなさい。御主人がみんなを招いていらつしやいます。早くあとについておいでなさい。』

と云つて、主人の妻にまた笠をかぶせました。妻が水に入つて溺れかけますと、下男は、

『それお母さんがあなたを招いていらつしやいます。』

と云つて、男の子に笠をかぶせました。男の子につづいて、女の子が川へ入らうとしますと、下男は、

『あなたは龍宮においでになるには及びません。私がこの世で可愛がつて上げます。』

と云つて、女の子のお婿さんになりすましました。

二六　兎の目玉

むかし魚の王さまが、海の中を泳ぎ廻つて虫を食べていらつしやいますと、釣針が口から鼻へ突き刺さりました。王さまは驚いて、釣絲を引き切つてお逃げになりました。

王さまはその傷が痛くてたまりませんので、御家來たちを呼んで、

『何かいい藥はないか。』

とお尋ねになりました。すると龜が進み出て、

『兎の目玉からこしらへた塗藥をおつけになれば、きつとお傷が治ります。』

と云ひました。

『それはいいことを聞いた。しかし兎は山に住むものだ。誰も知合がないだらう。』

と王さまがおつしやいました。

『私がいつぞや海端を歩いてゐたとき、一匹の兎にあつて、少し知合になつてゐます。』

と龜が云ひました。王さまは大そう喜んで、

『それでは御苦勞だが、すぐに兎をここへ連れて來ておくれ。』

とおつしやいました。龜はすぐに出かけました。そして海端に上つて見ると、折よく兎が濱邊に遊んでゐました。龜は心の中でしめたと思ひながら、出來るだけ頸を延して、きよろきよろとあたりを見廻してゐました。

兎がそれを見て、そばに飛んで來て、

『龜さん、龜さん、何を見てゐるのです。』

と聞きました。

『陸地の景色を見てゐるんですよ。』

と、龜が答へました。

『陸地の景色が見たいなら、向ふの小山に登るのが一番ですよ。私が案内しませう。さあいらつしやい。』

と、兎が勸めました。しかし龜は首をふつて、

『もうこれで澤山ですよ。海の中の景色に比べると、陸地の景色なんか本當につまりません。』

と云ひました。そして頻りに海の中の景色の美いしことを並べ立てましたので、兎は行つて見たくてたまらなくなりました。龜はその様子を見て、

『どうです、海の中の見物に出かけませんか。私の背にのつかつてゐれば、わけなく行けますよ。』

と云ひました。兎はついその氣になつて、龜の背に飛び乗りました。

龜はすぐに王さまの館に兎を連れて來ました。兎は王さまのいらつしやる廣間に通されました。そして立派な椅子に腰をかけて、きよときよとしてゐますと、何やら「兎」だの、「目玉」だのいふ話聲が聞えました。兎は變に

— 79 —

思つて、そばにゐる王さまの家來の一人にわけを尋ねますと、

『氣の毒だが、お前さんの目玉をくり拔いて、王さまの傷藥にしようといふのです。』

と云ひました。

兎は眞蒼になりました。そしてどうしたら無事にこの場をのがれ出ることが出來るだらうと、一生懸命に考へてゐますと、やがていいことを思ひつきました。兎は落ちついた聲で、

『私の目玉が王さまのお役に立つとは、どうも有り難いことでございます。しかし殘念なことには、今日の目玉では駄目でございます。』

と云ひました。廣間に列んでゐた魚どもはびつくりして、

『それはどういふわけかね。』

と聞きました。兎はすまして、

『私は二對の目玉を持つてゐます、一對は本當の目玉で、一對は水晶の目玉です。今日は海の水をもぐりますから、いたむといけないと思つて、本當の目玉は砂の中にかくして、水晶の目玉をつけて參つたのでございます。』

と云ひました。これを聞くと、王さまも家來たちもがつかりしました。しかし外に仕方がないので、龜がもう一度兎を背にのせて、本當の目玉をとりに行くことになりました。

龜が濱邊につくと、兎はひらりと龜の背から飛びおりて、

『水晶の目玉なんて、眞赤な噓ですよ。私の目玉が欲しいなら、まあゆつくりと砂の中をお搜しなさい。』

と云つて逃げ出してしまひました。

註 この物語は、三國史記卷四十一列傳第一金庾信の條に載つてゐる物語の變形であらう。三國史記によると、「昔東海龍女病レ心。醫曰。得二兎肝一合レ藥而可レ療也。然海中無レ兎。不二奈之何一。有二一龜一。白二親王一言。吾能得レ之」。と。かくて龜が自ら請うて肝取りに出かけたが、途中で「噫吾神明之後、能出二五臟一。洗而納レ之。日者小覺二心煩一遂出二肝心一洗レ之。暫置二岩石之底一。」といふ兎の言葉に欺かれて、役を果し得ないこと、日本の類話に於ける海月と同一である。

二七　寶石搜し

むかしあるところに一人の老人がゐました。この老人は大變貧乏でした、お酒が好きなので、月の夜などには、汚ない瓶に少しばかりのお酒を入れて、それを持つて、野原に出かけて、月を眺めながら、ちびりちびりお酒を飲むのでした。

ある晩老人はいつものやうに野原に出て、月を眺めてお酒を飲んでゐました。すると汚ない姿をした旅人がだしぬけに現れて來て、

『どうか私にもその酒を一口飲ませて下さい。』

と云ひました。老人は瓶をふつて見ました、お酒はほんの少ししか殘つてゐませんでした。しかし老人は親切な男でしたので、

『少しでよければ、どうか飲んで下さい。』

と云つて、瓶を渡しました。旅人は一口にお酒を飲んでしまひました。そして懷から琥珀のやうな小さい石を取り出して、

『これを瓶の中にお入れなさい。さうすればいくらでも酒が出て來ますよ。』

と云つて、瓶と一しよに老人に渡して行つてしまひました。

老人は不思議に思ひながら、その石を瓶の中に入れました。そしてためしに瓶の口を自分の唇にあてて見ますと、空つぽになつた筈の瓶から、どくどくと音がして、いくらでもお酒が流れ出て來ました。

老人は大そう喜んで、すぐに酒屋を開きました。そして非常に安くお酒を賣りましたので、忽ち近所の大評判となつて、われもわれもと押しかけて來ました。いくら押しかけて來ても、老人は小さい瓶からどんどんお酒を出してくれますので、みんな目を丸くして驚きました。

しかし二三ケ月たつと、老人は急に酒店を閉ぢてしまひました。近所の人たちはびつくりして、口々になぜ止めたかと聞きましたが、老人はただ悲しさうに首をふるだけで、決してそのわけを話しませんでした。

なぜ老人が酒店を止めたかといふと、瓶の中からお酒が出なくなつたからです。それならばなぜ瓶の中からお酒が出なくなつたかといふと、小さい石がいつの間にか失くなつたからです。

『瓶を傾けて、お酒を入れてやるときに、きつと誰かの入れ物にあの石が入つてしまつたに違ひない。』

老人はかう思ひました。しかしお酒を買ひに來る人は大勢ですから、誰の入物に入つたかさつぱりわかりません。老人は困つてしまつて、毎日毎日悲しさうな顔をして坐り込んでゐました。

この老人は一匹の犬と一匹の猫を飼つて、大そう可愛がつてゐました。犬と猫とは、老人が毎日ふさぎ込んでゐるのを見て、大そう心配しました。そして二匹で申し合はせて、毎日毎晩近所の家を歩き廻つて、不思議な小石の行方を捜しましたが、どうしても見つかりません。それでも根氣よく捜してゐますと、川向ふに一軒の家があつて、その屋根裏に箱があつて、その箱の中に例の小石が藏つてあるのを見つけました。

犬と猫とは大そう喜びました。しかし箱の中の小石を取り出すことが出來ませんので、二匹でいろいろ相談した末に、知合の鼠に賴んで、取り出してもらうことにしました。鼠はすぐに屋根裏に忍び込んで、箱に穴をあけて、小石を取り出してくれました。

『さあお爺さんにいいお土産が出來た。』

と、犬と猫とは大喜びで歸りかけました。

川の端に來ると、犬が猫に向つて、

『わたしがお前を背にのせて、川を泳いで渡るから、お前はしつかりと小石を口にくはへてゐておくれ、落してはいけないよ。』

と云ひました。猫は、

『よし、承知した。』

と云つて、小石を口にくはへて、犬の背に乘りました。犬はすぐに川の中に飛び込んで泳ぎ出しました。丁度川の眞中まで來たときに、向ふの岸に大勢の子供が現れて、

『やあ面白い、面白い。猫が犬の背につかつてゐる。』

と、手を叩いて笑ひ出しました。猫も面白がつて、犬の背の上で躍り上りながら、萬歳、萬歳と叫びました。そのはずみに小石が口の中から飛び出して、川の中に落つこちてしまひました。

犬はびつくりして、急に水の中に潜り込みました。猫は水の中に投り出されたので、大慌てに慌てて、やつとのことで川岸に這ひ上りました。犬は水の中から浮み出て、猫を睨みつけながら、

『たはけもの奴、あんなに云つておいたのに、大事な石を落してしまつて……』

と怒鳴りました。猫はびつくりして一散に逃げ出してしまひました。

犬は幾度も幾度も川の中に潜つて、根氣よく小石を捜しました。しかしどうしても見つかりません。おしまひには體がへとへとになりましたので、川岸に這ひ上つて、寢轉んでゐました。

すると一人の男が網をうちにやつて來ました。犬はぢつとそれを見てゐましたが、男が網にかかつた魚を投り出しますと、急にそれをくはへて、家へ駈けもどりました。

老人は大そう喜んで、魚を煮ようと思つて腹を割きますと、どうでせう、失くなつてゐた小石がちやんと腹の中に入つてゐるではありませんか。

老人は夢中になつて喜びました。犬も自分がくはへて來た魚の腹に、思ひがけなくも寶の小石が入つてゐましたので、嬉しさの餘りにそこら中を駈け廻つて、わんわん吠え立てました。

老人は小石のおかげで、大金持になりました。

(『朝鮮の部』終)

アイヌ童話集
松村武雄著
TERU

一　世界の初

むかしむかし世界がまだ出來てゐないときには、一面の泥海で、山もなければ河もなく、木も生えてゐなければ、草も生えてゐませんでした。

神さまは世界を造らうとお考へになつて、一匹のせきれいをお呼びになりました。そして、

『お前、天から降つて、大地をこしらへてくれ。』

とおつしやいました。せきれいはすぐに天から下へ下りましたが、どこもかしこも一面の泥海なので、どうしたらいいだらうかと、あきれてゐました。しかし暫らくすると泥海の上に舞ひおりて、翼をばたばたと動かして、根氣よく水を煽つてゐますと、水と泥とが次第に分れて、水は一しよに集つて海となり、泥も一しよに集つて陸地となりました。

せきれいは天へ昇つて、神さまにこのことを申し上げました。すると今度は二人の神さまが、蝦夷島をこしらへるために、天から下りていらつしやいました。

二人の神さまのうち、一人は男で、一人は女でした。男の神さまは南と東の方をお造りになることになり、女の神さまは西の方をお造りになることに定まりました。そしてどちらが早く造り上げるか、競爭をしようとお約束をなさいました。

女の神さまはだんだんと西の方を造つていらつしやるうちに、一人の女にお逢ひになりました。女は昔から話好きにきまつてゐました。だから女の神さまも仕事なんか止めてしまつて、その女といつまでもいつまでも話し込んでいらつしやいました。

その間に男の神さまはせつせと働いて、南と東の方をあらましお造り上げになりました。女の神さまはそれにお氣づきになると、大慌てに慌てて、大急ぎで西の方をお造りになりました。だから蝦夷島の西の方はあんなに荒々しく粗末に出來てゐます。

二　惡魔の初

神さまは世界が出來ると、三つの鶴嘴を使つて、高いところを削つたり、突き出たところを叩きこはしたりして、仕上げをなさいました。

仕上げがすむと、神さまは鶴嘴を山の中にお棄てになりました。鶴嘴はだんだんと腐りかけました。そして腐つてこはれてしまふと思ふと、さうではなくて、澤山の惡魔になりました。

註　他の物語によると、神が世界の仕上げに使つたのは、六十本の斧で、仕上げがすむと、神はそれを谿間に棄てた。それが腐つて、多くの惡魔になつたといふ。

三　人間の初（其の一）

世界の始めに、神さまが人間を造らうとお考へになりました。

神さまは、石で造らうか、土で造らうか、木で造らうかと、いろいろお考へになりました。そしてとうとう土と木で造ることにおきめになりました。神さまは土をこねて、先づ人間の體をお造りになりました。それから柳の木を削つて、一本の棒をこしらへて、その棒を體にお刺しになりますと、それが背骨になりました。髮の毛は蘩蔞でおこしらへになりました。

かうして人間は出來あがりましたが、何しろ背骨は柳の木から出來てゐますので、いつまでも眞直にしてゐるわけにいきません。人間が年をとると、背が曲つてくるのはそれがためです。

四　人間の初（其の二）

神さまが最初の人間をお造りになつたときのことでした。

もう少しで人間の形がすつかり出來あがるといふところで、大切な用事が出來て、神さまは一旦天上界にお引きかへしにならねばならぬやうになりました。そこで一匹の川獺をお呼びよせになつて、

『わしは用事があつて、天上界に歸らねばならぬ。人間の姿がすつかり出來上らなかつたのは殘念だが、わしの代りに、他の神さまを送るから、お前よくわしの仕事を覺えてゐて、その神さまがおいでになつたら、くはしく話してくれ。いいか、しかと頼んだぞ。』

とおつしやいました。川獺は、

『かしこまりました。きつとさういたします。』

とお答へしました。

神さまが天上界にお歸りになると、川獺はすぐに川の中に飛び込んで、あちらこちらと泳ぎ廻り始めました。そして魚をとつては、むしやむしやと食べました。それがあんまり樂しいので、神さまに言ひつかつたことなどは、すつかり忘れてしまひました。だから他の神さまが下界に下りていらつしても、川獺は何もお話しをしませんでした。それゆゑ人間はとうとう不完全なものに出來あがつてしまひました。

天上界にお歸りになつた神さまは、あとでこのことをお知りになつて、大そうお怒りになりました。そして、

『川獺の奴、わしの云ひつけたことをすつかり忘れてしまつて、どうも不屆な奴ぢや。その罰に、覺え性根を取り上げるぞ。』

とおつしやいました。

だから川獺は、今日でも何一つ覺えてゐることが出來ませぬ。

註　人間の製作が完全でなかつたといふ觀念は、多くの人類創生神話に共通な要素の一つである。ウラルアルタイ地方の

一個の神話に、神が土をねつて人間の形をつくり、未だ完成しないときに、惡魔がこれに唾をはきかけたので、神が土偶を裏がへしにして活きて動かしめることにした。かくて人間は內部が汚れてゐるので、いろんな病氣が內部から起るとなす如きはその一つである。

川獺が忘れつぽいといふことについては、多くの物語が生れてゐる。本集にもその一二を擧げておいた。後に出て來るところを見られたし。

五　月男

むかしむかし一人の少年がゐました。生れつき怠けもので、毎日ぶらぶらして暮らしてゐました。

ある日この少年が水を汲んで來るやうに云ひつかりました。少年はそれがいやなので、爐のそばに坐り込んでいつまでもいつまでも木を削つたり何かしてゐました。しかし、

『早く水を汲んで來ないか。』

と、幾度も幾度もせき立てられますので、少年はしぶしぶ立ち上りました。そして戸口の柱のところに行つて、こつこつと柱を叩きながら、

『柱、お前は柱だから、水を汲まなくていいんだね。うらやましいね。』

と云ひました。それから桶と杓柄を持つて、川端に出ると、川の中に小さい魚が一匹泳いでゐました。少年はそれを見て、

『魚、お前は魚だから、水を汲まなくていいんだね。うらやましいね。』

と云ひました。それから水ぎはに下りて行きますと、一匹の鮭を見つけました。少年は大きな聲で、

『鮭さん、鮭さん、おきげんはどうだね。』

と云ひかけたかと思ふと、鮭のために摑まれて、天上のお月さまの中に投り込まれました。

今でも月の中に黒い斑點が見えるのは、この少年の姿です。

註　月の斑點は、いづれの民族でも早くから注意の焦點となり、さまざまの說明が神話的に下されてゐる。印度の兎、支那の桂樹、歐洲の柴を背負つてゐる男の如きは、即ちこれである。いづれも民族が自己の生活事象若くは環境を中心とし模型として、天然現象を解釋しようとする努力の現れである。

六　六星と三星

夜になると、空に數限りのない星が現れます。そのうちで殊に目立つて、一ところに六つの星が集つてゐます。そしてその六星から少しはなれて、大きな三つの星が控えてゐるでせう。この六星と三星について、面白いお話があります。

むかしむかし六人の女がゐました。六人とも揃ひも揃つて大變な怠けもので、朝から晩まで何もしないで、ごろごろ寢ころんでばかりゐました。そのお隣りに三人の男がゐました。三人とも揃ひも揃つて大へん働きもので、

朝から晩までせつせと仕事をしてゐました。

三人の男は、六人の女が何もしないで、ぶらぶらしてゐるのを見かねて、ある日のこと、

『どうだね、お前さんたちもちつと働いては、そんなに遊んでばかりゐると、却つて體の毒だよ。』

と云ひますと、六人の女は口を尖らせて、

『いらぬお世話だ。働くなんていふことは、氣のきかぬもののすることですよ。』

と、憎らしい口をききました。三人の男は大へんに怒つて、

『おのれ小癪なやつ、下手から出れば、つけあがつて、とんでもないことを云ふ。よし、それならおれたちにも考へがある。』

と、六人の女を捕へて、ひどい目にあはせようとしました。六人の女は驚いて逃げ出しました。

『おのれ、逃げたとて逃がすものか。』

と、三人の男はどこまでも追つかけて來ます。六人の女は逃げて逃げて、大地ではもう逃げ場がなくなつたので舟に乘つて、大空の海に逃げ出しました。三人の男も舟に乘つて、それを追つかけました。

六人の女は十二本の手で舟を漕ぎます。三人の男は六本の手で舟を漕ぎます。だからいつまで追つかけてもなかなか追ひつきませんでした。三人の男はもう困つてしまひました。するとさつきからこの樣子を見ていらつしやつた天の神樣さまが、いきなり六人の女の舟の前に立ち塞がつて、

『こらつ、なまけ女ども、そこ動くな。』

とおつしやいました。すると忽ちその舟がぴつたりと止つてしまひました。神さまは六人の女を睨みつけて、

『お前たちのやうな心がけの悪いものを、そのままにして置いたら、善悪がわからなくなる。世の人の懲しめにそのままいつまでも動くことが出來ぬようにしてくれる。』

とおつしやいました。と、見る間に六人の女は六つの星に變つてしまひました。それから神さまは、追つかけて來た三人の男にむかつて、

『お前たちはよく働いて、感心だ。世の人の手本になるやうに、お前たちも星にしてやらう。』

とおつしやいました。すると三人の男も見る見る三つの星に變つてしまひました。

註 日本の古史神話には、星の神話は殆んど見られないが、アイヌの間にも神話としての星の記述は決して豐富だとはいはれない。

アイヌ人は銀河を時として「神の河」と呼ぶ。さまざまの神がこの河に來て、魚を釣つて樂しむからである。彗星の出現は、多くの未開民族の間に於てさうであるやうに、アイヌ人の間でも、さまざまの災厄——病氣、饑饉、死等の起る前兆であるとして、大だ恐れられてゐる。チエームバレーン氏は、アイヌ人は星に對して神といふ名辭を用ふるに拘らず、崇拜の念はあまり現れてゐないと云つてゐる。

七 オキクルミ神の天降り

むかしむかし造化の神さまが蝦夷國をお造り上げになりました。國を流れてゐる川といふ川には、魚が溢れる

やうに澤山棲んで居り、森といふ森には、おいしい木の實が垂れさがつてゐるほどで、天上界にも見られないやうな美しい國でした。

そこで造化の神さまが、蝦夷の國を治めるものをお定めになる段になると、

『私が行きませう。』

『いや私をお遣はし下さい。』

と、みんなの神さまが蝦夷の國に下りたがつて、お互の間に烈しい競爭が始まりました。

いろいろ爭つてゐるうちに、下界に行く役目は、どうやらオキクルミといふ神さまに定まりさうになりました。すると他の神さまたちは大そうそれを妬んで、いろんなことでオキクルミを苦しめました。もしオキクルミがその苦しみを我慢することが出來なければ、下界行きの役目は駄目になるのでした。

まづ第一に、オキクルミは非常に寒む目にあはせられました。餘り寒いので、肉が裂けて、指が落ちさうになりました。しかしもし「おお寒い」とでも云つたら、下界へ行けなくなりますので、オキクルミは齒をくひしばつてぢつと耐えとほしました。

すると今度は、非常に熱い目にあはせられました。餘り熱いので、肌が爛れて、骨が熔けさうになりました。しかしもし「おお熱い」とでも云つたら、下界へ行けなくなりますので、オキクルミは顔を眞赤にしてぢつと耐え通しました。

他の神さまたちは、オキクルミの辛抱づよいのに驚きました。そしていろいろ相談をした末に、何とかしてオ

キタルミを笑はせるやうにしよう。そしてもし笑つたら、蝦夷の國には行かれないといふことにしようとお定めになりました。

　そこで神さまたちは、オキクルミのそばに集つて、手をかへ品をかへて、可笑しなことを云つたり、可笑しなことをしたりするうちに、今迄ぢつと我慢してゐたオキクルミも、とうとうたまらなくなつて、一度笑つてしまひました。神さまたちはそれを見て、

『おお、オキクルミが笑つたぞ。』

『笑つたからは、下界行きはもう駄目だ。』

と云ひました。オキクルミは怒り出して、

『今までひどい熱さ寒さを耐え通したのに、こんな下らないことで、下界へ行けなくなるといふのは、無法だ。』

と云ひました。そして他の神さまたちの目を忍んで、そつと下界へおりて行くことにしました。

　オキクルミは天上界を脱け出すときに、ふと、

『下界には、魚や獸は澤山ゐても、穀物といふものは無いだらう。』

と思ひました。そこで天上界の稗の種を一摑盜み取りましたが、どこにも隱しどころがありませんので、自分の脛を切り裂いて、その切口に押し込みました。そして大急ぎで天上界の門を出ようとしますと、そこに一匹の犬が控えてゐて、

『やあ、オキクルミが稗を盜んで、脛の肉に隱して、逃げ出して行くぞ。』

てる彦

と騒ぎ立てました。オキクルミは腹を立てて、

『うるさい奴だ、默つてろ。』

と、灰を掴んで犬の口へ投げ入れました。そして、

『これから後は、お前はもう物の云ふことが出來ぬぞ。下界へ下りて鹿でも追つかける手傳をしろ。』

と叱りつけました。それから犬は口がきけなくなり、わんわんと吠えるだけになりました。またアイヌ人に狩の手傳をさせられたり、決して稗を喰べさせられなくなつたりしたのも、これからです。

オキクルミは首尾よく蝦夷國に下りついて、そこにゐた澤山の魔神を平げて、アイヌ人にいろんな利益になることを敎へました。田畑を耕すこと、家を建てること、機を織ること、着物を仕立てること、食べられる草の根や、藥になる植物を見わけること、舟や銛や魚叉や、附子矢といふ毒矢をつくることなどは、みなオキクルミに敎はつたのです。

八　大饑饉

むかしむかし蝦夷國に大へんな飢饉がありました。

アイヌ人は、食ふものはみんな食つてしまつて、もう何も口にするものがなくなりました。オキクルミが可哀さうに思つて、自分のうちに貯めてあつた穀物を、すつかりアイヌ人に施してやりました。そしてあとに殘つた

少しばかりの稗で、六桶の酒を造りました。（六はアイヌ人の間で靈數である。猶太人の間に七が、アメリカ印度人の間に四が靈數である如く。）それからその酒を、大きな盃になみなみと注いで、神窓の下に立つて、天神に祈りました。

『蝦夷島は、今野に一匹の鹿もなく、川に一尾の魚もゐません。アイヌはもう飢ゑて死ぬより外はありません。今後は私がアイヌに誨へて酒を造つたときは必ず木幣と一しよに酒を、天の神に捧げさせますから、鹿を支配してゐる神は鹿を下し、魚を支配してゐる神は魚を下して、アイヌの飢の苦しみを救つて下さい。』

オキクルミはこの祈りの言葉を四十雀に傳へました。四十雀はすぐに天上界にのぼつて天神に傳へました。天神は裁縫をしてゐられましたが、

『一遍の言葉は聽くものぢやない。』

と云つて、少しも聞き入れませんでした。

しかしオキクルミは、耳と紋印との附いてゐる髯箸（キケ、ウシ、パスイといふ。すべて髯箸は人間の言葉を神に傳へるものとなつてゐる。）を執つて、幾度も幾度も熱心に祈りましたので、天の神さまたちも心が和いで、オキクルミが捧げたお酒を飲むことになりました。しかし鹿を支配する神さまと、魚を支配する神さまだけは、お酒は飲んでも、目を開けないで、まだぷんぷん怒つてゐました。

『一體今どきのアイヌは怪しからぬ。魚を取るにしても、昔のアイヌは、その前にまづ川を支配する神を拜んでから取りかかつたものである。それだのに今のアイヌは川の中に汚ないものを投げ込むし、獸を捕つても、木幣を立てることを忘れてゐる。だから魚も獸もやらぬといふのだ。』

魚の神さまと鹿の神さまとが、かう云つて怒つてゐますので、ペトルウシマチといふ女神がいろんな歌を歌つて、一生けんめいに二柱の神さまの心を慰めますと、二柱の神もやつと機嫌が直つて、先づ片目を開け、それから兩方の目を開けて笑ひました。そして、

『アイヌが魚でも獸でも、唯殺しきりにしておくから腹が立つたのだ。これからは獲物があつたら、きつと木幣を立てることを忘れてはならぬ。』

と云ひました。

かやうにして蝦夷島には、また元の通りに澤山の魚や獸がゐるやうになりました。それでそれから後は、アイヌは、オキクルミが約束をしたやうに、お酒を造つたときには、まづ天上界の神さまたちに供へ、また平生木幣をつくつて、神さまに捧げることを忘れぬやうにしました。

九　オキクルミの怒

オキクルミは、アイヌ人にとつて、大切な恩人であります。それだのに後代になつて、アイヌ人は、オキクルミに對して、いろんな無禮なことをしました。

オキクルミが、天上にある神さまの世界から持つて來た稗は、不思議な寶で、ほんの少し――親指の背の小さい窪みに溜るくらゐ炊いても、鍋の中一ぱいの飯となるのでした。アイヌ人はそれが不思議でたまりませんので、

『一體親指の背の窪みに溜る稗は、幾粒だらう。』と、無禮にもその數をかぞへて見ました。するとその後はいくら炊いても飯にならぬやうになりました。オキクルミがアイヌ人の無禮を怒つたからです。

それからまたオキクルミが、アイヌ人のためにこしらへてくれた附子矢は、鏃のくぼみに、附子といふ毒のある草の汁を塗つたもので、どんな大きな熊でも、ただの一矢で止められるし、一旦射放つたら、獲物をどこまでも追つかけて行つて、獸の體に突きささるまでは地に落ちないといふ不思議な寶でした。

ところが世が末になると、アイヌは附子矢の魔力をやたらに使ふやうになつて、三日も四日も前に見つけた獸などに向つて射放つといふ亂暴なことをしますので、附子矢の魔力が拔けて、ひよろひよろと地に落ちました。オキクルミが、アイヌ人の無禮を怒つたのです。それからある時、蝦夷島に飢饉があつて、アイヌが大層困りました。オキクルミは可哀さうに思つて、自分で熊や鹿を射殺して、妹の女神をやつて、一軒一軒にその肉をくばらせました。

女神は、アイヌの家に一軒一軒立ち寄つて、窓から手だけをさし入れて、肉を渡して行きました。その手は大へん綺麗でしたが、顏はどうしても見られませんでした。すると一人のアイヌが、

『あの女神は、手でさへもあんなに綺麗だから、顏容はどんなに美しいことだらう。一つ顏を見とどけてやらう。』と思ひました。そして女神が窓から手をさし入れて、肉を渡さうとしたとき、そのアイヌは、肉は受け取らないで、いきなり女神の手を摑んでぐつと引つぱりました。それがまた大へんオキクルミを怒らせました。

アイヌ人がかやうに度々無禮なことをしますので、オキクルミはどうとう蝦夷島を立ち去つてしまひました。

そのとき、

『わしはお前たち全體に怒つてゐるのではないから、ときどき歸つて來る。この後沙流川の岸に木幣がしきりに上る時、または雷が沙流川の川口にひびいて、暫くしてまたひびいた時は、わしがお前たちの國に歸つて來たものと思ふがいい。』

と云ひました。

だから雷の音が、沙流川の川口で二度ほどひびき渡るときには、村の人たちは大急ぎで外へ出て、オキクルミさまのお出でだといつて伏し拜む風習がありました。

一〇 サマイウンクルの大力

オキクルミが、天上の世界から蝦夷島に下つて來ますと、大きな鬼がその前に現れて、

『お前は誰だ。何しに來た?。』

と尋ねました。

『わしはオキクルミといふものだ。この國を治めるために、天上の世界から下りて來た。』

と、オキクルミが答へました。鬼は大きな口を開いて、からからと笑ひました。そして、

『馬鹿なことを云へ。この國はおれのものだ。お前なんかの支配は受けぬぞ。』

と云ひました。オキクルミはすまして、

『いやこの國はおれのものだ。お前なんかぐづぐづ云ふなら、叩き潰してしまふぞ。』

と云ひました。鬼はやつきとなつて、

『これは怪しからぬ。おれを知らぬか。』

『知つてゐる、お前は鬼の頭だらう。』

『さうだ、大力ものの鬼の頭だ。早く立ちのかぬと、ひねり潰すぞ。』

こんな風で、オキクルミと鬼とは、お互に蝦夷島を自分のものだと云ひ張つて、いつまでたつてもきまりませんでした。そこで鬼がとうとう、

『では二人で術競べをしよう。そして勝つたものが、この國を自分のものにすることにしよう。』

と云ひ出しました。オキクルミは、

『それがよからう。』

と、すぐに贊成しました。

鬼はまづ煙管に煙草をつめて、それを太陽のところまで延ばして、火をつけました。そしてすばすばと吸ひながら、

『どうだ。お前には到底こんな藝當は出來なからう。』

と云ひました。するとオキクルミは、

『おれはそんな面倒なことをしなくても、すぐに火をつけることが出來る。』

と云ひながら、煙管に煙草をつめて、それを刀の身にあてますと、すぐに火がつきました。そしてさもうまさうに烟を吐いて、

『どうだまゐつたらう。』

と云ひました。鬼はまゐつたと思つたので、默つてゐました。するとオキクルミは兩手で砂を盛り上げて、大きな砂山をこしらへました。そして、

『さあ、もう一度術競べだ。おれがこの山に登るから、お前も後からついて來い。』

と云ひながら、ぐんぐんと砂山を登つて行きました。鬼はそれを見ると、

『何だ、そんなことならおれにだつて出來る。』

と思つて、オキクルミのあとについて登らうとしますと、ずるずると砂が崩れて、足が辷つて、一足も登られませんでした。鬼は大へん恥かしがつて、顏を赤くして突立つてゐました。そのうちにオキクルミが砂山から下りて來て、

『どうだ、術くらべには、お前が負けたらう。』

と聞きました。鬼は口惜しくてたまりませんでしたが、術くらべに負けたことは明かですから、

『ううん、負けたよ。』

と答へました。オキクルミは、

『それではこの國はおれのものだぞ。』

と云ひました。鬼はやはり、

『うん、さうだ。』

と答へる外はありませんでした。

鬼はつまらなくなつたので、すごすごと立ち去らうとしますと、オキクルミがそれを引き止めて、

『お前には、善いところと惡いところがある。意地が汚なくて、人を取つて食ふのは惡いところだ。力が強くて無邪氣なのは善いところだ。だからおれが善いところと惡いところを別々にしてやる。』

と云ひました。そして鬼の體を半分に引き裂いて、意地の汚ないところは海に投り込んで、

『魚になれ、魚になれ。』

と云ひました。すると忽ちキナポーといふ大きな魚になりました。意地の汚ない半身から生れた魚だから、やはり意地が汚なくて、アイヌ人を取つて食ひます。オキクルミは今度は鬼の善い方の半身を地面に投り出して、

『人間になれ、人間になれ。』

と云ひました。すると忽ち人間になりました。それが卽ちサマイウンクルといふ大力で無邪氣な人間で、始終オキクルミの側についてゐて、惡い神さまと戰ふのでした。

二　豐年と凶年

ある日オキクルミの家の神垣のところへ、一羽の孔雀が飛んで來て、頻りに鳴きました。それを聞くと、

『この村には、鹿もゐる鯉もゐる。目出たい、目出たい。』

と云ふやうに聞えました。オキクルミは、

『これこそ豐年のしるしだ。』

と、大へんに喜んで、村の人たちを集めて、小袖を着せて、神さまにお禮をいはせ、孔雀にも神酒を供へました。

孔雀はそこを去つて、サマイウンクルの家に來ました。そして神垣のところで、同じ聲で頻りに鳴きました。

するとサマイウンクルはこれを聞いて、

『いまいましい鳥がやつて來た。』

と云つて、惡い人たちを集めて、さんざんに神さまや孔雀の惡口を云ひました。

それで、オキクルミの村は豐年でしたが、サマイウンクルの村は凶年でした。

註　金田一京助氏曰く、孔雀は元來北海道の鳥ではない。アイヌが古く滿洲その他の國の人々と交通して、繪畫、紋樣、說話などで作りあげた傳說的の鳥であらうと。

二二　幻の女

蝦夷島に一人の美しい女神がゐました。

オキクルミがこの女神のことを思うて、病氣になりました。オキクルミは寢床に寢たきりで、何も食べなくなりました。みんなは大そう心配して、おいしい魚や鹿の肉などを枕元に並べましたが、オキクルミはふり向きもしませんでした。せきれいがそれを見ると、女神の家に飛んで行きました。女神は部屋の中で針仕事をしていらつしやいました。せきれいは窓のところにとまつて、尾を左にふりつたり右にふつたりして、

『蝦夷島のお頭のオキクルミさんが、あなたのことを思つて、病氣になつて、死なうとしていらつしやいます。オキクルミさんの命がなくなると、蝦夷島の命もなくなります。どうかあの人を助けて下さい。』

と云ひました。女神はそれを聞くと、

『よろしい、命を助けてあげよう。』

と云つて、一人の女をおこしらへになりました。その女は顏から姿から女神とちつとも違ひませんでした。女神はせきれいに向つて、

『さあこの女をオキクルミのうちに連れておいき。』

とおつしやいました。

せきれいは女をオキクルミの家に連れて行きますと、女はすぐに散ばつてゐるものを片づけたり、部屋の中を掃除したりしました。オキクルミは、自分の家の中に誰か來てゐるやうな氣がしましたので、寢床の中からそつと覗いて見ますと、自分が思つてゐる女神がちやんと來ていらつしやいました。

オキクルミは夢中になつて喜びました。そしてすぐに寢床から刎ね起きて、お腹一ぱいにものを食べて、またたく間に元のやうな元氣にかへりました。

オキクルミはいそいそとして、女神のそばに行かうとしますと女の姿は夢か幻のやうに消え失せてしまつてゐました。オキクルミは慌てて家中を捜し廻りましたが、やはりどこにも女の姿は見えませんでした。

オキクルミはがつかりしました。しかし病氣が直つて、元氣が出ましたので、みんな大さう喜びました。

註　せきれいは、アイヌ人の間に愛情の鳥と信ぜられてゐる。人間の男女に夫婦の道を敎へたのも、この鳥であるといふ傳說が存してゐる。せきれいの體を身につけてゐると、一種の媚藥になるとも云はれる。日本神話に於ても、伊弉諾伊弉冊の男女二神に、始めて夫婦の道を敎へたものはせきれいであるとせられてゐること、日本書紀によつて知られる、注意すべき點である。

一三　不思議な老人

あるところに一本の松の樹がありました。大へん幹が堅いので、誰が伐り倒さうとしても切れませんでした。斧や刀で力まかせに切りつけても、刃がこぼれたり、ひん曲つたりするだけで、松の樹には傷もつきませんでし

た。すると或る日老人夫婦がそこへやつて來ました。男の方は、古い古い斧を持つて、女の方は古い古い鎌を持つてゐました。老人夫婦はみんなに向つて、

『わたくし達にその樹を伐らして下さい。』

と云ひました。みんなは驚いて、

『何だつて、お前さん達が松の樹を伐つてやるんだつて。』

と、目を圓くしましたが、やがてどつと笑ひ出して、

『冗談ぢやないよ。この松の樹は鐵のやうに堅いよ。若い者さへもて餘してゐるところだ。お前さんたちのやうな、よぼよぼのお爺さんお婆さんに切れるものか。おまけに斧だつて鎌だつて、赤さびだらけぢやないか。』

と嘲りました。しかしお爺さんとお婆さんは平氣な顏をして、

『まあそんなに云はないで、ためしに伐らして下さい。』

と云ひました。

『そんなに伐りたけりや、伐つて見るがいい。』

と、みんなが云ひました。お爺さんはすぐに斧を振り上げて、松の樹の幹に切りつけました。と、斧の刃が幹に少し喰ひ込みました。みんなは大そう驚きました。するとお婆さんが鎌を振り上げて幹に切りつけました。幹は二つになつて、どつと大地に倒れました。

みんなはもう氣が遠くなる程びつくりして、

「不思議だ、不思議だ。」

と騒ぎ立てました。お爺さんとお婆さんは默つて、その場を立ち去つてしまひました。みんなは、やつとそれがオキクルミ夫婦だと氣がつきました。

一四　勇士オタスツウングル親子

むかしむかしオタスツウングルといふ男がゐました。

オタスツウングルは、弓の名人で、山狩がうまいし、戰爭にも强い勇士でした。そして財寶を山のやうに持つてゐました。

オタスツウングルの評判は四方に廣がつて、外國人の間にも知れ渡りました。外國人は大そうらやましく思つて、大勢でオタスツウングルの家を襲ひました。

オタスツウングルがいくら强いといつても、一人ではとても叶ひませんので、寶物は蓆にくるんで、大地の中に埋め、子供は大きな鍋の下に隱しました。そして神さまにお祈りをして、

「私はとうとう死なねばならぬやうになりました。が、子供だけはどうかお助け下さい。」

と云ひました。するとオタスツウングルが討死をしたあとで、大きな懸巣鳥が飛んで來て、鍋の下に隱してあつた子供を取り出して、大切に育ててくれました。

オタスツウングルの子は、大人になつてから、お父さんが埋めて置いた寶物を掘り出して、大きな城をこしらへました。そしてお父さんを殺した外國人と戰つて、みなごろしにしました。

一五 酋長と海主

むかしむかし石狩に一人の酋長が住んでゐました。

あるとき、この酋長が貿易のために、舟に乘つて海へ漕ぎ出しますと、海主がそれを見つけて、

『うまい、うまい。向ふからおれの餌食がやつて來るぞ。』

と、天に屆くばかりに、大口を開けて待つてゐました。

酋長はそんなことは夢にも知らないで、ぐんぐんと舟を漕ぎつづけました。舟は次第に海主の口の方に近づきました。磯鳥が遠くからこれを見て、

『大變なことになつた。ぐづぐづしてゐると、酋長は海主に呑まれてしまふ。』

と思ひましたので、急いで酋長の家の棟に飛び上るなり、火の神にむかつて、

『火の神さま、酋長はお酒を飲むたびに、先づあなたにそれを供へるではありませんか。その酋長が今海主のために、舟ごと呑まれようとしてゐます。早くお助け下さい。』

と云ひました。それから神垣に飛び下りて、御幣をつつきつつき、幾度となく同じことを願つてゐますと、忽ち

火の神さまが大きな恐ろしい姿となつて、棒を投げるやうに空を飛んで、酋長の舟に乗り込みました。鵺鳥もつづいて舟に飛び乗つて、舳にとまつて、羽ばたきをして、頻りに鳴きました。酋長はそれを見ると、

『これは何か悪いことの起る徴候であるらしい。今日は海に出ることを止めよう。』

と云つて、急いで舟を漕ぎもどしました。そして危ない命を助かりました。

一六　フージルの話（その一）

むかし千島のアイヌがカムサツカに獵に行つて、そこで冬をすごすことになりました。

ある日一人のアイヌが山に狩りに行きますと、道を失つて、いくら歩いても、家が見つかりませんでした。そのうちに深い穴の家がありましたので、今夜は穴の中に泊めてもらはうと思つて、先づ狩で獲た獸を、穴の家の屋根から投げ込みました。そして自分も穴の中に降りて行きますと、人間はゐないで、フージルといふ化物どもが住んでゐました。

フージルの王さまはアイヌを見て、

『今夜はここに泊つて行くがいい。』

と云ひました。アイヌは怖くてたまりませんでしたが、いやだと云へば、どんな目にあふかも知れませんので、おづおづ一夜を明しました。

あくる日になると、一人のフージルが何やら變なものをアイヌに渡して、

『それを目につけて見ろ。大へんいい氣持になるから。』

と云ひました。アイヌは何も考へないで、それを目につけました。すると忽ち睫毛がくつついて、どうしても目があかなくなつてしまひました。それは松脂でした。

アイヌの目が見えなくなると、フージルどもは何處かへ行つてしまひました。アイヌはその隙に逃げ出さうと思つて、やたらに手さぐりをしてゐますと、何やら滑かなものが手にさはりました。それを目につけると、忽ちはつきりと見えるやうになりました。それは鹿の脂でした。

アイヌは大へんに喜んで、あたりを見廻しますと、いろんな寶物が穴の隅に並べてありました。アイヌはその中から一口の太刀を取り出して、それを持つて逃げ出しました。

暫く行くと、後から男が駈けて來て、

『その太刀を持つて行かれては困ります。私はそれを番するために、わざわざ殘つてゐるのです。その太刀の代りにこれを上げませう。』

と云つて、自分の腰につけてゐた刀を投げ出しました。アイヌはそれを受けとつて、自分の手に持つてゐた寶物の太刀をぽんと投げた。と、番人がまたうまくそれを受け取つた。そして投げたり受けたりするのが面白くなつて、幾度も幾度も刀をやり取りしてゐましたが、アイヌは寶物の太刀が自分の手に入つたとき、だしぬけに駈け出して、一散に自分の家に逃げ歸りました。

一七　フージルの話(その二)

あるとき千島のアイヌが母子二人でウショシル島に魚を取りに行きました。

ある日お母さんが出かけたあとで、子供が家の外で遊んでゐますと、大勢のフージルが現れて、子供を木に縛りつけて、何處へか行つてしまひました。子供はどうかして逃げ出さうと思つて、一生けんめいに體をもがきましたが、踠けば踠くほど繩がしまつて、どうともすることが出來ませんでした。

そのうちにお母さんが歸つて來て、びつくりして、

『どうしたんです。誰が縛つたのです。』

と聞きました。

『フージル共がやつて來て、こんな目にあはせたんだ。』

と子供が答へました。お母さんはすぐに腰につけてゐた小刀を拔いて、繩を切りました。子供はそばにある木の枝を伐り取つて、フージルのゐるところを探し出して、その枝でさんざんに擲りました、フージルどもは恐ろしくなつて、何處へか行つてしまひました。

それから千島には、フージルがゐないやうになつたといふことです、

一八　一眼の怪物

むかし蝦夷島の山の中に、大きな怪物が住んでゐました。

この怪物は、形は人間そつくりでしたが、體が大へん大きくて、體中に長い毛が生えてゐて、目が一つでした。その目は額の眞中にあつて、壺の蓋ほど大きくありました。

この怪物は大へんな大食で、ぶらぶらと路を歩いてゐて、出合つたものは、人間でも獸でも、手あたり次第に捕へて、引き裂いて食つてしまふのでした。だからアイヌたちは大へんにこの怪物を恐がつて、狩に出かけても、決して山の奥に行かないことにしてゐました。

すると弓の名人といはれてゐる一人の獵師が、獲物を追つかけて、思はず山奥に入つて行きますと、藪の向ふに何やらぎらぎら光るものがあります。何だらうと思つてよく見ると、それこそ怪物の一つ目でありました。獵師は大そう驚きましたが、かうなつては、逃げようとしても逃げられませんので、弓に矢を番へて、ぢつと突立つてゐました。

怪物は獵師を見て、のそのそと近寄つて來ました。獵師は充分近くまでやつて來るのを待つて、一つ目をめがけて矢を放ちました。狙ひくるはず、矢は一つ目に突きささりました。怪物はあつと叫んで、地に倒れて死んでしまひました。

獵師は木の枝を澤山切つて、怪物の體の上に積んで、火をつけました。そして怪物の體が灰になるのを待つて、空にまきちらしてしまひました。

蚊だの虻だのは、その灰から生れたものであるといはれてゐます。

一九 杭の謎

むかしむかし二人の兄弟がゐました。兄さんは歌棄といふ村の西の端に住み、弟は同じ村の眞中に住んでゐました。兄さんは正直な氣立のやさしい人でしたが、弟は怠けもので、そして狡い男でした。弟は兄さんの優しいのをいいことにして、自分では少しも働かないで、兄から食物をもらつて、ごろごろしてゐました。

あるとき二人の神さまが、人間世界に下つて來ました。そして人間の住んでゐる家に一軒一軒立ち寄つて、

『この世界の東の端と西の端と眞中とに、銀の杭が一本づつ立つてゐる。お前はそのわけを知つてゐるのか。』

と尋ねました。そしてもし家のものが知らぬと答へますと、

『知らぬとは不屆ぢや。それでは償を出せ。』

と責め立てて、寶物を取り上げたり、髮を剃らせたりします。人々はもう誰も彼も弱つてしまひました。

この噂を聞くと、兄さんが大へんに心配して、弟に、

『もし神さまがやつて來たら、どうするつもりかね。』

と聞きました。弟は平氣な顔をして、

『來たつてかまひませんよ。髮を剃られたつて、また生えぬではなし、寶物を取り上げられたつて、また手に入るでせう。』

と云ひました。そんなことを云つてゐるうちに、二人の神さまが弟の家へやつて來て、横座の上に坐り込みました。しかし弟はちつとも驚かないで、ぢつと神さまの顔を眺めてゐました。神さまはすぐに、

『世界の東の端と西の端と眞中に、銀の杭が一本立つてゐるが、お前はそのわけを知つてゐるか。』

と聞きました。弟はすましそて、

『知つてるとも。その杭は、神さまが世界を造つたときに打ち込んだ最初の標札だ。』

と、でたらめな返答をしました。二人の神さまはあきれてしまつて、その儘出て行かうとしますと、弟はわさと怒つた風をして、

『わざわざ聞きに來ながら、默つて出て行く奴があるか。』

と云ひながら、兩方の手で神さまの片足を攫んで、家の中に引きずり込みました。と、忽ち神さまの姿は消え失せて、弟の手には、フウレトノ（昔蝦夷に棲んでゐたと云はれる猛禽の名）の片脚と、貉の片脚とが殘つてゐました。弟は、

『何だ、こんなものか。』

と云ひながら、二本の脚を横座のわきに投り出しました。

二三日たつと、黑小袖を着た男と　赤小袖を着た男が、弟の家にやつて來ました。二人の男の後には、片脚の

無い男が二人と、白小袖を着た大勢の神さまがついて來てゐました。みんなが坐り込みますと、一人の男が、

『角力をとらないか。』

と云ひました。弟は寝ころんだ儘、

『うん、とらう。』

と云ひました。そしていきなり黒小袖の男の胸をどんと突きますと、男は仰向けにひつくりかへりました。弟はすかさずその兩脚を攫んで、内庭の柱を目がけて投げつけました。と、忽ちそれは黒熊の死體にかはりました。弟はつづいて赤小袖を着てゐる男を投り出しました。するとそれも熊の死體にかはりました。

脚をなくした二人の男は、その隙に、横座のわきに投り出してあつた脚を拾つて、一散に逃げ出しました。するとあとに殘つた白袖の神さまたちが、からからと笑ひ出して、

『うん、お前はなかなか力がある。お前のお母さんは、痘瘡神と仲よくなつて、お前を産んだのぢや。わしは狼神といつて天に住んでゐるものだが、お前が生れるときに大力を授けたのはわしぢや。これまでお前を怠けさせたのも、わしのはからひだ。子供の時から餘り賢しく働くと、人から妬まれるから、わざと怠けさせたのぢや。これからは怠けないで、よく働くがいい。』

と云つて立ち去りました。

弟はそれから生れかはつたやうによく働くやうになりました。

上の者と下の者の物語

アイヌの間には上の者と下の者とを主人公にした童話が澤山ある。兩者は性格的に對立し、前者が常に成功するに反して、後者は常に失敗する。上の者とは、「川の上流の人」の意にして、下の者とは「川の下流の人」の意である。今下に其の三四を擧げる。

二〇　上の者と下の者（その一）

むかしむかし上の者と下の者とがゐました。

ある日上の者が川に行つて、魚を釣つてゐますと、一羽の烏がその側に飛んで來て、

『どうか私に魚を一つ下さい。』

と云ひました。上の者はたつた今釣り上げた大きな魚をきれいに洗つて、烏にやりました。烏は大そう喜んで、

『どうも有り難う。いつか屹度お禮をします。』

と云つて飛び去りました。

上の者は釣をしながら、だんだんと川の端を上つて行くうちに、向ふに一軒の草屋が目につきました。

『大分くたびれたから、あそこで暫らく休ませて貰はう。』

上の者はかう云つて、その家の中に入らうとしますと、金の犬と銀の犬とが飛び出して來て　烈しく吠えかか

りました。家の中には、一人のお爺さんと一人の娘が爐のそばに坐つてゐましたが、娘は上の者を見るなり、

『まあ、あなたでしたか。どうかお入り下さい、先刻は大きな魚を下さつてどうも有り難う。老人が好きなおかずが出來たと、心から喜んでゐます。』

と云つて、上の者を親切にもてなしました。

暫らくして上の者が歸らうとしますと、娘が、

『それではここにゐる金の犬と銀の犬のうち、どちらでも一匹お持ち下さい。お禮に差し上げますから。』

と云ひました、上の者は慾が少ないから銀の犬を貰ふことにしました。娘は姥百合の團子を澤山上の者に渡して、

『歸り途に銀の犬がお腹がへつて吠えたら、この團子を少しお食べさせなさい。そしてあとは自分でみんなおあがりなさい。』

と云ひました。

上の者は銀の犬を連れて歸りかけました。すると途中で犬がお腹が空いて來て、烈しく吠えました。上の者は團子をすつかり犬に食べさせて、自分はひもじいのを我慢してゐました。

家に歸つて寢てゐると、眞夜中にばらばらといふ音が聞えました。上の者が驚いて目を覺ましますと、黃金や白銀で部屋の中が一ぱいになつてゐました。

下の者がそれを見て、大へん羨ましく思ひました。それで自分も川のはたで魚を釣つてゐますと、一羽の烏が飛んで來て、

「どうか私に魚を一つ下さい。」

と云ひました。下の者は心の中で占めたぞと思ひました。しかし慾の深い男でしたから、一番小さい魚を洗ひもしないで、ぽんと投げてやりました。鳥はそれをくはへて、何處ともなく飛び去りました。

『さあ、今から鳥の家に入つて、どつさり寶物をもらはなくてはならぬ。』

下の者はかう獨言をいつて、急いで川の端を上つて行きました。そして一軒の草屋を見つけて、その中に入つて行きますと、一人の娘が出て來て、

『さつきはありがたう。ここに金の犬がゐますから、持つて行つて下さい。それからこれはお團子ですが、犬が吠えたら、少し食べさせて、あとはすつかり自分でおあがりなさい。』

と云ひました。下の者は金の犬と團子とを貰つて、いそいそと歸りかかりましたが、途中で犬が烈しく吠え立てました。しかし下の者は、

『ええ、やかましい。おいしい團子をお前のやうなものにやれるものかい。』

と云つて、犬には一つもやらないで、自分ですつかり食べてしまひました。そしていやがつて逃げようとする犬を、無理に引きずつて家に歸りました。

「さあ、寢よう、寢よう。今に寶物の雨が降るぞ。」

下の者はかう云つて横になりました。そして眠つたふりをしてゐますと、眞夜中にばらばらといふ音がし始めました。

『それつ、寶物が降り出したぞつ。』

と、大急ぎで刎ね起きて見ますと、土塊や小石や鳥の糞などで部屋の中が一ぱいになつてゐました。

二　上の者と下の者（その二）

むかし上の者が川を渡らうと思つて、川の岸に立つて、大きな聲で渡舟を呼びました。すると遙か向ふの方で、

『舟の中に溜つてゐる水を汲み出すから、待つてゐておくれ。』

と云ひました。上の者は待つてゐました。それからまた渡舟を呼びました。すると遙か向ふの方で、

『今棹をこしらへてゐるところぢや、暫らく待つてゐておくれ。』

と云ひました。上の者は待つてゐました。それからまた渡舟を呼びました。すると遙か向ふの方で、

『もうやつて來てゐるところぢや。暫らく待つてゐておくれ。』

と云ひました。上の者は待つてゐました。渡舟がだんだん近づいて來るのを見ると、その中に澤山の狐が乘り込んでゐました。上の者はそれを見て、

『しめた、狐獵が出來るぞ。』

と獨言を云ひました。そして大きな棒を摑んだ儘、川岸に倒れて、死んだふりをしてゐました。

やがて舟が岸につきました。狐どもは舟から出て、上の者のそばに坐り込んで、

TERU

『可哀さうに、あんまり待たせたから、死んでしまつた。』

と話し合つてゐました。と、だしぬけに上の者が刎ね起きて、大きな棒を振り廻して、澤山の狐を叩き殺しました。そしてそれを賣つて大金持になりました。

下の者がこれを聞いて、自分も狐を殺して金持にならふと思ひました。それで川の岸に立つて、大きな聲で渡守を呼びましたが、狐どもはさつきひどい目にあつてゐますので、一匹も寄りつきませんでした。

下の者はすごすごと家へ歸つて行きました。

三　上の者と下の者（その三）

一人の上の者が海端に行つて、着物を脱いで、後向になつて、お尻の穴を水ぎはに大きく廣げてゐました。暫くすると鮭や鯨や、その他いろんな魚が、水ぎはに泳いで來ました。そしてお尻の穴を見て、

『あれ見ろ、岩の間に大きな洞穴がある。』

『いい隠れ場所だ。』

と云つて、ぞろぞろお尻の穴に潜り込んでしまひました。上の者は、魚がみんな入つてしまふのを待つて、ぎゆつとお尻の穴をつぼめました。そして急いで家へ歸つて、またお尻の穴を廣げますと、いろんな魚がぴよんぴよんと飛び出しました。上の者はそれを賣つて大金持になりました。

下の者は、上の者が急に金持になつたのを見て、大そう驚きました。

『どうも不思議だ。一體どんなにすれば、あんなに急に金持になれるだらう。これには何か、わけがあるに違ひない。』

下の者はかう思ひましたので、すぐに上の者の家へ行つて、どうか金持になる法を敎へて下さいと頼みました。上の者はにこにこと笑つて、

『何でもありません。海端に行つて、お尻の穴を廣げてゐるのです。』

と云ひました。これを聞くと、下の者はあざ笑つて、

『そんなことなら、敎はらなくても、とつくに知つてゐました。』

と、お禮も云はないで、上の者の家を飛び出しました。そして急いで海端に行つて、着物を脱いで、後向になつて、お尻の穴を大きく廣げました。

暫らくすると、何やらぞろぞろとお尻の穴へ入つて來ました。下の者は大變喜んで、

『うまいうまい、魚が入り始めた。』

と獨言を云ひながら、いつまでもいつまでもその儘にしてゐました。充分に魚が入つたと思ふ頃、ぎゆつとお尻の穴をつぼめて、大急ぎで家に歸りました。そして戸や窓をしめて、お尻の穴を廣げますと、蜂や蜘蛛や蜈蚣などがぞろぞろと這ひ出して來て、下の者を刺して刺して刺し殺しました。

三　上の者と下の者(その四)

ある時一人の上の者が海端をぶらついてゐますと、海驢が一匹海の中に泳いでゐました。それを見ると、上の者は海驢の肉が食べたくなりました。

『よし、あいつをだまして、肉を食つてやらう。』

上の者はかう思つて、なるだけ優しい聲で、

『海驢さん、こちらへお出で、頭の虱を取つて上げるから。』

と云ひました。海驢はこれを聞くと、水ぎはに泳ぎ寄つて、のそのそと陸へ上つて、上の者の膝に大きな頭をのせました。

上の者は虱を取るふりをしては、海驢の頭の肉をゑぐり取つて、むしやむしやと食べました。ゑぐつては食べ、ゑぐつては食べしてゐるうちに、海驢の頭は、すつかり肉がなくなつて、骨ばかりになりました。上の者は、

『さあ虱はもう一匹もゐなくなりましたよ。早く海にお歸りなさい。』

と云ひました。海驢はお禮を云つて、渡の中に飛び込みましたが、何だか頭が妙に輕くなつたやうな氣がしますので、そつと手をやつて撫でて見ますと、肉がすつかり無くなつて、骨ばかりになつてゐました。海驢は大そう怒つて、陸の上に跳り上るなり、上の者に飛びかかりました。上の者は一生懸命に逃げ出しました。

海驢はどこまでも追つかけて來ました。上の者はどんどん逃げて行くうちに、路が二つに分れてゐるところに來ました。どちらへ逃げようと考へてゐますと、一匹の烏が木の上から、

『右か左か。左か右か。
　利口者なら、どちらに行こか。』

と歌ひました。見ると、右の道は廣く、左の道は狹くて、先の方が谷になつてゐました。上の者は左の道へ駈け出しました。後から追つかけて來た海驢も左の道に飛び込みました。しかしあんまり勢よく飛び込んだので、谷底に落つこちてしまひました。それを見ると、上の者が引き返して來て、海驢を叩き殺しました。そして皮と肉を賣つて、大金持になりました。

下の者は、上の者が急に大金持になつたのが不思議でたまりませんでした。それで上の者の家へ行つてわけを尋ねますと、上の者はくはしく話して聞かせました。すると下の者は、

『なあんだ、そんなことなら、誰だつて知つてゐますよ。』

と云つて、お禮も云はずに歸つてしまひました。そして海端をぶらついてゐると、一匹の海驢を見つけました。下の者は上の者がやつた通りにして、海驢の頭の肉を食べてしまひました。そして海驢が怒つて追つかけて來ますと、どんどん駈け出して、路が二つに分れてゐるところに來ました。すると、木の上の烏が、

『右か左か、左か右か。
　愚者なら、どちらへ行こか。』

と歌ひました。下の者は、左へ行つたら谷底へ落ちると思つて、右へ行きました。すると路が廣いので、やがて海驢に追ひつかれて、食ひ殺されてしまひました。

二四　上の者と下の者（その五）

川口のお頭と川上のお頭とは、大そう仲が悪いのでした。

川口のお頭は大へんな威張屋でしたから、どうかして川上のお頭を困らせて、恥をかかせてやらうと思ひました。それにはどうしても出來ないやうなことをさせるが一番いいと考へて、ある日川上のお頭を招いて、

『川上のお頭、海といふものは魚が澤山とれて、結構ですが、荒れると、人死があつて、ほんとうに困ります。どうか海の水を飲み干して、川と陸だけにしてもらひたいものですね。もしそれが出來ないなら、お前さんの持つてゐるものをみんな私にお譲りなさい。』

と云ひました。

川上のお頭は、

『よろしい、飲み干しませう。』

と云つて、海の水を掬つて一口飲んだかと思ふと

『海の水には少しも毒はありませんが、川の水はどうもひどい毒を持つてゐます。で、お願ひですから、川とい

ふ川の水をせき止めて、海の中に流れ込まないやうにして下さい。さうしたらすぐに海の水を飲み干してお目にかけます。』

と云ひました。これを聞くと、川口のお頭がかへつて困つてしまつて、自分の持つてゐる寶物をすつかり川上のお頭に讓らなくてはなりませんでした。

二五 アイヌ浦島

むかし一人の漁夫がゐました。

ある日いつものやうに舟を海の上に漕ぎ出して魚を釣つてゐますと、俄かに暴風雨がやつて來ました。漁夫は大急ぎで舟を漕ぎ戻さうとしましたが、風が強くて、次第に沖の方へ流されました。

流れて流れて、どこまでも流れてゐるうちに、やつと暴風雨が止んで、舟は見知らぬ小島に漂ひつきました。漁夫は勞れ果てて陸に上りました。すると大きな家が目につきましたので、よろめきよろめきその家のところまで歩いて行きました。

家の中には神々しい顔つきをした一人の老人が坐つてゐました。漁夫は暴風雨にあつたことを話して、

『どうか今夜だけ泊めて下さい。』

と賴みました。老人は快く承知して、

『さぞ困つたでせう。今夜はゆつくりお休みなさい。明朝になつたら、あなたの國まで送り屆けてあげるから。』

と云ひました。

夜が明けると、老人は澤山の男を呼びよせました。そして、

『この方を國へ送り屆けてくれ。』

といひました。男どもは漁夫を舟に乘せて、勢よく漕ぎ出しました。漁夫は舟の中に仰向になつて、頭からすぽりと着物をかぶつて寢てゐました。

漕いで漕いでゐるうちに、やがて漁夫の國に着きました。漁夫はまだ寢込んでゐました。すると男たちはだしぬけに漁夫を抱え上げて、ざぶりと海の中に投り込みました。漁夫は驚いて目をさまして、一生懸命に陸の方へ泳ぎ出しました。そしてやつと濱邊に泳ぎついて、急いで家に歸りますと、家のものは大そうびつくりして、

『まあ一年が間どこでどうしていらつしたのです。』

と尋ねました。漁夫は變な顏をして、

『なに、一年だつて。そんなことがあるものか。たつた一晩だけ家をあけたのではないか。』

と云ひました。家の人たちはお互に目を見合せて、

『まあ、あなたは何をおつしやるのです。一晩ではありません。たしかに一年が間家を出ていらつしたのですよ。』

と云ひました。

漁夫は夢でも見てゐるやうに頭をふりました。そして心の中で、

『それではあの島で一晩過ごしたと思ふうちに、一年も經つてしまつたのか知らん。何といふ不思議なことだらう。』

と思ひました。

その晩漁夫は夢を見ました。夢の中に例の老人が現れました。漁夫は丁寧にお禮を云つて、

『あなたは一體どなたです。』

と尋ねました。老人はにこにこと笑つて、

『わしは鮭の神ぢや。もしわしがお前さんを助けて上げたことを、少しでも有り難く思ふなら、これからわしを祭ることにしてもらひたい。』

と云ひました。漁夫は、

『ええ、祭りますとも。』

と答へました。と思ふと夢が覺めました。

漁夫はそれから鮭の神にお酒を供へたり、御飯を供へたりして、丁寧にお祭りすることにしました。

二六 福壽草の話

土龍は、天上界から人間世界に下つて來たえらい神でした。

天上界の神さまに、綺麗な女の子がありました。神さまは或る日娘さんを呼んで

『人間世界には、神さまが澤山ゐるが、土龍より偉い神さまはない。お前は土龍のお嫁にならなくてはいけない。』

とおつしやいました。娘さんはすぐに承知しました。そこで天上界の神さまは、土龍をお呼びになりました。土龍はすぐに天に登つて來ました。

娘さんはお嫁入の支度をするために、一生懸命に着物を縫つたり、家の中を掃除したりしてゐました。

やがて結婚の日になつて、式がすんで、酒盛が始まりました。するとどうしたのかお嫁さんは酒盛の最中に家を出て、いつまでも、いつまでも歸つて來ませんでした。お婿さんの土龍は心配して、捜しに出かけました。しかし天を捜しても、地を捜しても、それから海を捜しても、お嫁さんの姿はどうしても見つかりませんでした。しかし根氣よく捜してゐますと、お嫁さんは大地に生えてゐる草の中に隱れてゐました。土龍は大そう怒つて、足をあげてお嫁さんを踏みつけました。そして、

『お父さんや私にだまつて、酒盛の席から逃げ出すとは、ひどいぢやないか。そんなことをした罰に、草にしてしまふぞ。』

と云ひました。そしてまた力まかせに踏みつけますと、お嫁さんは見る間に一本の草になつてしまひました。その草こそ福壽草であります。

二七　狐の神の手柄

むかしむかし神さまが人間の住む世界をお造りになりました。人間の住む世界が出來上ると、善い神さまたちと、惡い神さまたちとの間に爭が起りました。

『人間世界は、わしたちが治めることにする。』

と、善い神さまたちがおつしやいました。

『いや、わしたちが治める。』

と、惡い神さまたちが云ひました。そしていつまでもいつまでも爭つていらつしやいましたが、どうしてもかたがつきませんので、

『誰でも一番早く日の出を見たものが、人間世界を治めることにしよう。』

といふことに、相談がきまりました。

『善い神さまたちも、惡い神さまたちも、みんな東の方を向いて、一生懸命に日の出を待つていらつしやいました。ただ狐の神だけは西の方を向いてゐました。

やがて東からお太陽さまが昇つて來ましたが、光が餘り強いので、善い神さまたちも、惡い神さまたちも、眩しくて日の出を見ることが出來ませんでした。すると西の方を向いてゐた狐の神が、だしぬけに大きな聲で、

『わしは日の出を見た。』・

と叫びました。東の方を向いてゐた神さまたちは驚いて、後をお振り向きになりました。するとなる程西の方にお太陽さまが、ありありと見えました。それは本當のお太陽さまではなくて、水に映つてゐるお太陽さまの影でしたが、神さまたちはみんなそれを本當のお太陽さまだと思ひ込んで、

『えらい、えらい、一番早く日の出を見たのは、狐の神だ。』

とおつしやいました。狐の神さまは善い神さまのうちでしたので、人間世界を治めるものは、善い神さまたちだといふことになりました。

二八　狐を馬鹿にした男

一人の男が山へ行くと、一つの穴のそばに來ました。穴の外に一匹の狐がゐて、穴の中の狐と話してゐました。

『どうだい、おれはうまいことを思ひついたよ。』

『うまいことつて、どんなことだい。』

『おれが人間に化けて、お前が馬に化けるのだ。そしておれが馬を引つぱつて行つて、人間に高く賣りつけるのさ、そしてあとでお前が逃げ出して來るのさ。どうだうまい考だらう。明日この計をやらうぢやないか。』

『面白い。やらう。』

男はこれを聞いて、心の中で『しめた、いいことを耳にした』と思ひました。そして翌日になるを待ちかねて、穴のそばに行つて、

『おい。約束の通りにおれは人間に化けて來たよ。お前も早く馬になれ。』

と云ひました。穴の中の狐は、穴の中から這ひ出して來て、男の姿をじろじろ眺めてゐましたが、

『なる程うまく化けたな。どう見ても人間そつくりだ。よしそれではおれは馬になるぞ。』

と云つたかと思ふと、すぐに立派な馬に化けました。男はその馬を引つぱつて、金持の家へやつて來ました。そして馬を見せて、

『どうです、素晴しい馬でせう。お買ひになりませんか。』

と云ひました。金持は一心に馬を眺めたり撫でたりしてゐましたが、

『なる程いい馬だ。買はう。』

と云つて、澤山のお金を男に渡しました。男は大喜びで歸つて行きました。

馬に化けた狐はすぐに逃げ出さうと思ひましたが、金持は馬を廐に入れて、戸を閉めてしまひました。そして、

『ほんとに素晴しい、やたらに乘り廻すと罰が當る。』

と云つて、ちつとも外へ出してくれません。狐は弱つてしまつて、どうかして逃げ出さうとあたりを見廻しますと、廐の上の方に窓が開いてゐました。

『うまい、あそこから逃げ出してやらう。』

狐はかう云つて、いきなり窓に飛びついて、窓から外へ躍り出しました。そして山に歸つて、友達の狐のところへ行つて、

「おい、ひどいぢやないか。おれが困つてゐるのに、なぜ助けに來なかつたかね。」

と云ひますと、友達の狐は變な顔をして、

「ひどいとはお前のことだ。折角おれが人間に化けてやつて來ると、お前はどこへ行つてるかわからないんだもの。」

「おや、それではおれを賣りとばしたのは、お前ではなかつたのかい。」

「おれぢやないよ。」

「これはどうもをかしいな。」

と、二匹の狐がそつと人里に出て、樣子を伺つてゐますと、一人の男が狐をだまして金儲けをしたといふ噂を聞き込みました。狐どもはすぐにその男の家へ行つて、

「お前さんはひどいことをしたな。覺えてゐておくれ。今に敵をうつから。」

と云ひました。男は大そう怖がつて、

「わしが惡かつた。これからお前さんたちを神さまにして、御飯やお酒を供へるから、どうか免しておくれ。」

と云ひました。狐どもは、

「それなら免してやらう、きつと約束を守らなくてはいけないよ。」

と云つて、山へ歸つて行きました。

それからアイヌ人たちは、狐を神さまにして、御飯やお酒を供へるやうになりました。

二九　子供と熊の神

蝦夷島の或る村に饑饉が起つて、村の人たちがみんな死んでしまひました。生き殘つたのは二人でした。二人は姉と弟とでした。

姉が布で袋をこしらへて、弟にやりました。弟はその袋を持つて、食物を拾ふために、海端にやつて來ました。海端に一軒の家がありました。弟がその家に入りますと、中には男と女とが坐つてゐました。男は斑點のついた着物を着て、女は眞黑な着物を着てゐました。男は弟に鯨の肉を御馳走しました。弟は大そう喜んで、お禮に布の袋を男にやらうとしました。すると男は、

「それは大した寶物だ。ただで貰つては罰が當る。わしの寶物と取り換へよう。暫く待つてゐておくれ。」

と云つて出て行きました。すると女は弟の方を向いて、

「今出て行つた男は龍の神で、私は熊の神です。男が持つて來る寶物はにせ物だから、取りかへつこをしてはいけません。男が無理に取りかへつこをしようと云つたら、寶物はいらぬから、女を下さいとおつしやい。」

と云ひました。やがて男が歸つて來ました。そしてにせの寶物を出して、

『さあこれと袋とを取り換へよう。』

と云ひました。

『寶物はいりません。そこにゐる女の人をもらひませう。』

と、弟が云ひました。すると俄かに雷が鳴り出して、男はその儘家を飛び出してしまひました。熊の神の女は弟のお嫁さんになつて、仲よく暮すことになりました。

だから今日でも熊は、半分は獸類、半分は人間のやうな氣質をしてゐます。

三〇 寶物取返し

一人の長者が、猫の子と狐の子を大そう可愛がつてゐました。

ある時長者が大切にしてゐた寶物がなくなりました。誰かが盗んだに違ひありませんが、誰が盗んだとは、はつきりわかりませんので、長者は大へん悲しがつて、食物も食べないで、寢込んでしまひました。

猫の子と狐の子は大そう心配して、いろいろ話し合つてゐますうちに、世界のはてにある山の頂に住んでゐる鬼が、寶物を盗んで、箱の中に藏つてゐるといふことがわかりました。

『弱つたな。折角鬼の家へ行つても、箱の中に藏つてあるのでは、寶物を取り出すことが出來ない。』

『さうだ、おれたちの齒では、とても箱を咬み破ることはむづかしい。』

猫の子と狐の子は、かう云つて、頻りに考へてゐましたが、とうとう鼠に頼んで、一しよに行つてもらふことにしました。

猫の子と狐の子と鼠の子は、すぐに寶物を取り返しに出かけました。幾日も幾日もかかつて、世界の果に行つて高い高い山を登つて、鬼の家につきました。そして猫の子は女の子に化け、狐の子は男の子に化けて、鬼の前でいろんな面白い踊を踊つて見せましたので、鬼は大そう喜んで、夢中になつて踊を見てゐました。そのひまに鼠の子が箱を探し出して、箱に穴を咬み開けて、中に藏つてあつた寶物をくはへて逃げ出しました。それを見ると今まで踊を踊つてゐた男の子と女の子がさつと消えてなくなりました。鬼はあつけにとられて、あんぐりと口を開いてゐました。

猫の子と狐の子は家へ歸つて、寶物を長者の枕元に置きました。長者はもう大へんに喜んで、心から猫の子と狐の子とにお禮を云ひました。しかし鼠の子の働は知りませんので、そのままにしてゐますと、猫の子と狐の子が殘念に思つて、長者に夢を見せました。長者は夢のおかげで、鼠の子の手柄を知つて、鼠の子にも心からお禮を云ひました。

三一　お嫁さん搜し

むかし一人の男がゐました。

ある時この男のお嫁さんが見えなくなりました。男は大そう心配して、あちらこちらを捜し廻つてゐますと廣い野原に出ました。野原の眞中に一本の槲の木がありました。男が槲の木のそばへ行くと、その中に一人の老人が坐つてゐて、男を見るなり、

『お前はお嫁さんを捜してゐるのだらう。』

と尋ねました。男はびつくりしながら、

『ええ、さうです。あなたは誰です。』

『わしは槲の木の神ぢや。お嫁さんを見つけ出さうと思ふなら、わしの云ひつけを守らなくては駄目ぢや。』

『どんなお云ひつけでも守りますから、早く見つかるやうにして下さい。』

男がかう云ひますと、老人は黄金の馬と黄金の鞍と黄金の轡を取り出して、それを男に渡しながら、

『この黄金の馬に黄金の轡をはめて、黄金の鞍を置いて、それに乘つて、絶えず歌を歌ひながら、町々を歩き廻るがいい。』

と教へました。男はすぐに黄金の馬に黄金の轡をはめて黄金の鞍を置いて、ひらりと跨りました。と思ふと馬は忽ち空中に飛び上つて、一散に駈け出しました。

駈けて駈けて駈けてゐるうちに、美しい世界につきました、そこには非常に大きな都市がありました。男はその都市の街路といふ街路を毎日毎日歌ひながら、馬を乘り廻しました。都市の人たちは、男の姿を見ると、

『どうも臭いね。』

TERU

『ほんとにいやなにほひだね。』

と云つて、鼻を摘んで逃げ出しました。男はいくら步き廻つても、お嫁さんが見つかりませんので、がつかりしてゐますと、空の神さまが男のそばにおいでになつて、

『みんなが臭い臭いと云つてゐるから、早く下界に降りてもらひたい。下界へ降りなければ、とてもお前の妻は見つからないよ。』

とおつしやいました。男は仕方がないので、すごすごと下界に降りました。そして樫の木の神さまのところへ行つて、

『あなたのおつしやつた通りに、歌を歌ひながら、天上界を乘り廻しましたが、みんなが臭い臭いと云つて困りました。そして天の神さまは、下界に降りなければ、妻は見つからんとおつしやいました。どうしたらいいんでせう。』

とこぼしました。すると老人はにこにこ笑ひながら、

『安心するがいい、お前のお嫁の行方はわかつたよ。』

と云ひました。男は大そう喜んで、

『えつ、見つかりましたか。そうしてどこにゐるのです。』

『地獄の悪魔がさらつて行つたのだ。悪魔はお前が歌を歌ひながら、天上界を乘り廻してゐるのにびつくりして今でもまだぼんやり天を眺めてゐるよ。いい機會だ。わしが地獄へ行つてお前のお嫁さんを取り返して來てや

らう。』

老人はから云つて地獄へ行きました。地獄の悪魔はお嫁さんを箱の中に隠してゐました。老人は、悪魔がお嫁さんのことなんど忘れてしまつて、ぼんやり天を眺めてゐる隙をねらつて、箱のそばに忍び寄りました。そして箱を開けてお嫁さんを引き出すなり、大急ぎで逃げ歸りました。

男はお嫁さんを見ると、泣き出しさうに喜びました。

三二　鼠小僧

ある村に長者が住んでゐました。

長者の家には、財寶やお金はいくらでもありましたが、子供が一人もありませんでした。長者は子供が欲しくてたまりませんでした。

ある日長者のお嫁さんが山に行くと、どこからともなく赤坊の泣く聲が聞えました。不思議に思つて、聲のする方へ歩いて行きますと、木のかげに小さい男の赤坊が棄ててありました。お嫁さんは大そう喜んで、赤坊を拾つて家へ歸りました。長者も大へん喜んで、二人で大切に育てました。赤坊は段々大きくなつて、立派な少年になりました。

するとある年その村にひどい饑饉が起りました。草が枯れて、木が枯れて、山には獸が一匹もゐなくなり、河

には魚が一匹もゐなくなりました。長者は大へん困つてゐますと、隣村では鹿や魚が澤山とれるといふ噂を聞き込みました。

長者のお嫁さんは、男の子を連れて、隣村に食物を買ひに行きました。隣村までは大分離れてゐますので、行きついたときには、もう日が暮れてゐました。

『もうおそいから、買物は明日にしよう。』

お嫁さんはかう云つて、村のお頭のうちに行つて、とめてもらひました。するとその晩大きな鼠が現れて、お頭の家の鹿や魚の肉をすつかり食べてしまひました。

お頭は夜が明けてから、それに氣がついて、大そう驚きました。

『どうも不思議だ。家にはこれまで鼠なんかゐなかつた筈だが。』

と、お頭が目を圓くしてあきれてゐますと、男の子が戸のかげからその様子を見て、くすくす笑つてゐました。

長者のお嫁さんは、お頭の家を出て、鹿や魚を賣つてゐる人のところに行つて、澤山買ひ込みました。

『ああこれでやつと安心した。これだけ食物があれば、暫くの間は大丈夫。』

お嫁さんはかう云つて、鹿や魚の肉を背負つて歸りかけました。男の子は、後からぽとぽとついて行きました。お嫁さんは、男の子に、

『そんなに後からついて來ないで、前の方にお歩き。子供といふものは、みんなお母さんの先に立つて歩くものですよ。』

と云ひました。しかし男の子は頭をふつて、

『だつて、後から歩くのが好きだもの。』

と云つて、やはり後からぽとぽとついて行きました。お嫁さんは變な子だなと思ひながら、路を急いでゐました。

ふと氣がつくと、後の方でぽりぽり物を咬む音がしますので、お嫁さんが何氣なく振り返つて見ますと、男の子がいつの間にか大きな鼠になつて、鹿や魚の肉を咬みとつてゐました。鼠はお嫁さんに見られると、忽ち逃げ出してしまひました。

お嫁さんは大急ぎで家に歸つて、長者にその話をしました。長者は大そう怒つて、

『憎い奴だ。わし達が子供を欲しがつてゐるのにつけ込んで、赤坊に化けて、わし達を欺すなんて……よし捕へてひどい目にあはしてやらう。』

と云つて、大きなわなをこしらへて、それを食物小屋にかけておきました。

翌朝になつて、長者が小屋の前に行つて見ますと、大きな鼠がわなにかかつてゐました。

『鼠のくせに、人間を馬鹿にした罰だ。ざまを見ろ。』

長者はかう云つて、すぐに鼠を叩き殺しました。

三三　斧の祟

一人の男が一人の男の子を持つてゐました。男の子が遊んでゐると、いつも小さい女の子が現れて、一しよに遊ぶのでした。しかしその二人のお友達の姿は、お父さんの目には見えないので、自分の子供はいつも一人で遊んでゐるとばかり思つてゐました。

ある時男の子が病氣になりました。お父さんは大そう心配して、いろんな藥を飲ませましたが、病氣はだんだんと惡くなるばかりでした。

するとお友達の小さい男の子と小さい女の子が現れて、男の子に向つて、

『わたし達は、あなたがどうして病氣になつたかといふわけを知つてゐますよ。』

と云ひました。男の子は驚いて、

『どうしてそんなことを知つてゐるんです。』

と聞きました。すると小さい女の子が、

『それはかういふわけです。あなたのお父さんは、立派な斧を一本持つてゐました。そしてその斧で小さいお盆と小さい杵をこしらへました。小さいお盆といふのは私で、小さい杵といふのは、ここにゐる小さい男の子です。だから斧はわたし達のお父さんです。ところがあなたのお父さんはその斧を棄ててしまひました。斧はい

ま床の下で赤さびが出て、くされかけてゐます。だから斧があなたのお父さんを恨んで、どうにかして敵をとつてやらうと思つて、あなたを病氣にしたのです。でもわたし達は、あなたのお友達ですから、そつと來て、わけをお話しするのです。もし病氣が治りたいなら、早くお父さんに話して、斧をきれいにお磨きなさい。』

と云ひました。

男の子はすぐにこのことをお父さんに話しました。お父さんは大そう驚いて、床の下を見ますと、果して斧があつて、赤さびが出てくされかけてゐました。お父さんはすぐに斧を拾ひ上げて、きれいに磨いて、新しい柄をつけてやりました。すると男の子の病氣がすぐに治りました。

ものを粗末にしてはなりません。

三四　雲から墮ちた魔法使

むかし一人の魔法使がゐました。

ある時一人の男に向つて、

『おい、面白いことを敎へてやらうか。』

と云ひますと、男はのりきになつて、

『敎へて下さい。どんなことです。』

と尋ねました。

『どんなことつて、大へん面白いことだよ。お前は世界中を一目に見たいとは思はないかね。』

と、魔法使が云ひました。

『それは見たいんですとも。』

と、男が云ひました。

『それではいいことを敎へてやらう。向ふに高い山が見えるだらう。あの山の頂に登つて、頂にかかつてゐる雲の上に飛び乘るのだ。すると雲はお前をのせたままあちらこちらと動き廻るから、世界中が一目に見えるよ。』

と、魔法使が云ひました。魔法使はなぜこんなことを男に勸めたかと申しますと、男をだまして、雲の上から墜つこちさせようと思つたからです。

男は、そんな惡計があらうとは夢にも知りませんので、大喜びで高い山の頂に登りました。そして頂にかかつてゐる雲の上にひよいと飛び乘りました。無論すぐに雲の上から墜つこちるはずですが、どうしたのか墜ちませんでした。そのうちに雲がむくむくと動き出して、あちらこちらと流れ廻りましたので、男は世界中を見物することが出來ました。そして暫くたつて下界へ降りて來て、大得意でみんなにいろんな珍らしいことを話して聞かせました。

さあかうなると、魔法使は、その男のことが忌々しくて羨ましくてたまりませんでした。それで自分も世界見物をしてやらうと思つて、高い山の頂に登りました。そして頂にかかつてゐる雲の上に飛びのつたかと思ふと、

忽ち眞逆さまに地面に墜ちて、體が微塵に碎けてしまひました。

その夜男が夢を見ました。夢の中に山の神さまが現れて、

『魔法使は他人を欺したから、その罰で死なせてしまつた。お前には罪がないから、雲に飛びのつたときに、わしがお前の體をささへて、世界中を見物させてやつた。お前はよくこのことを覺えてゐて、惡いことをすれば、きつと報を受けるといふことを、みんなに知らしてもらひたい。』

とおつしやいました。

三五　蛇になつた男

むかし一人の大膽な若者がゐました。

ある時山へ狩りに行きますと、大きな熊に出合ひました。若者は弓に矢を番へて、切つて放さうとしますと、熊は逃げ出しました。逃がすものかと、どんどん追つかけてゐるうちに、寂しい山の頂に來ました。すると熊は地面に開いてゐた穴の中に飛び込んで見えなくなつてしまひました。

若者も穴の中に飛び込みました。そしてだんだん進んで行くと、中は廣い廣い洞になつてゐて、奥の方に光がちらちらと閃めいてゐました。若者は光を目あてに、暗いところを手探りに歩いて行きました。すると別世界に出てしまひました。

別世界にあるものは、みんな人間世界にあるものと同じで、樹もあれば草もあり、家もあれば村もありました。ただ何もかも人間世界のものよりもずつと綺麗でした。

若者はまだ根氣よく熊のあとをつけて行きました。どこまでもどこまでもあとをつけて行くうちに、大きな谿に出ました。若者は體がぐつたりとなつて、喉が渇いてしかたがありませんので、あたりに生つてゐた木の實や草の實を摘んで、澤山食べました。

『これで少しは元氣が出た。』

と云つて、また熊を追つかけようとしましたが、足が動きません。びつくりして自分の體を見廻しますと、いつの間にか蛇になつてゐました。若者は大そう悲しみましたが、今更どうともしようがありませんので、のろのろとあたりを這ひ廻つてゐますと、やがてさつき入つた穴の入口に來ました。若者はぐつたりして、そこに生えてゐた大きな松の樹の下で眠つてしまひました。

若者は夢を見ました。夢の中に松の樹の女神が現れて、

『お前さんが蛇になつたのは、冥府の果實——それも毒のある果實を食べたからです。元の體になるのは、なかなかむづかしいが、ただ一つ手段があります。それはここに生えてゐる松の樹の天邊に登つて、天邊から地面へ身を投げるのです。』

と云ひました。

若者は夢が覺めると、すぐに松の樹に登りました。そして天邊から思ひきつて飛び下りますと、ひどく脇腹を

うつて、氣を失つてしまひました。

暫らくして氣がつくと、若者は元の人間の姿に返つて、松の樹の下に立つてゐました。そしてその側に大きな蛇の體があつて、それが眞中から縦に二つに裂けてゐました。若者は大へんに喜んで、松の樹の女神に木幣をささげて、穴から出ました、そしてだんだん歩いてゐると、さつきの寂しい山の頂に出ました。

『ああひどい目にあつた。もう熊なんど追つかけるのはこりこりだ。』

若者はかう云つて、急いで山を下つて家に歸りました。

するとその晩また夢を見ました。夢の中にさつきの松の樹の女神が現れて、

『お前さんは、永く人間世界にゐることは出來ません。冥府の果物を食べたのだから。』

と云ひました。若者は大そう悲しんで、

『ああとんだことをした。あんな果物なんど、食はなければよかつた。』

と云ひました。女神は氣の毒さうな顏をして、

『でも食べないわけに行かなかつたのですよ。』

と云ひました。若者は變な顏をして、

『何故です。』

『だつて、冥府の女神がお前さんと結婚をしたがつてゐるのですもの。お前さんはあの熊をただの熊だと思つてゐるやうだが、あれこそ冥府の女神ですよ。女神は熊に姿を變へて、わざとお前さんに追つかけられて、喉が

渇いて、冥府の果實を食べるやうにしむけたのです。だからどうしてもお前さんは冥府に行つて、女神のお婿さんにならねばなりません。』

若者はこれを聞いて、覺えず、大きな聲で唸り出しました。途端に夢がさめました。

暫くたつと若者はひどい病氣にかかりました。そしてとうとう冥府の人となりました。冥府では云ふまでもなく、女神のお婿さんになつてゐるのです。

三六　冥府に行つた男

むかし一人の男がゐました。大そう疑ひ深い男でしたので、人の云ふことなどなかなか信用しませんでした。

ある日この男はこんなことを考へました。

『人間が死ぬと、冥府に行くと、みんながさう云ふんだが、一體冥府なんて本當にあるものか知らん。おれが一つたしかめて見よう。』

男はかう思つて、冥府の入口だといはれてゐる大きな穴のところへ行きました。そして穴の中に飛び込んで、眞闇いところを手探りに進んで行きますと、向ふの方に光が見えました。男は光を目あてに歩いて行きますと、いつの間にか冥府に來ました。

冥府には、海もあり河もあり、村もあり樹もありました。海には五六艘の船が浮んでゐて、魚や海草が一ぱい積

んでありました。冥府の人たちのうちには、男の知合も交つてゐました。しかし不思議なことには、男の方からは冥府の人たちの姿が見えますが、冥府の人たちは、男の姿がまるで目に入らないのでした。ただ犬だけが男の姿を見つけて、大きな聲で吠え出しました。

冥府の人たちは、けたたましい犬の吠聲を聞くと、

『おい、犬が吠え出したよ。何か怪しいものがやつて來たに違ひない。』

『たしかにさうだ。あぶない、あぶない。』

と、大騒ぎをしだして、めいめい手に持つてゐるものを、無暗に投り始めました。それは腐つた御飯や、悪い臭のする魚の骨でした。そしてそれがばらばらと男の方に飛んで來て、體中にくつつきました。男は驚いて、御飯や魚の骨を體から引き離して投げ返しました。しかしいくら投げ返しても、やはり飛び返つて來て、體にくつついてしまひます。

男はもう體中がむづむづして、いやな氣持になりましたので、大急ぎで引き返しました。そして穴の入口から人間世界に飛び出しますと、忽ち御飯や魚の骨が體から離れて、ばらばらと地面に落ちました。

男はほつと息をついて、家に歸りました。そしてその後は決して冥府に行かうと思ひませんでした。

三七　財産爭ひ

あるところに二人の兄弟を持つた男がゐました。

二番目の息子が用事があつて、遠方へ行つてゐるとき、お父さんがひどい病氣にかかりました。お父さんは一番目の息子を枕元に呼んで、

『わしはもうやがて死ぬに違ひない。わしが死んだら、家の財産を弟と同じやうに分けて、仲よく暮しておくれ。』

と云ひました。一番目の息子は、

『はい、承知しました。きつとさうします。』

と答へました。

男は間もなく死にました。そしてそれから四五日たつと二番目の息子が歸つて來ました。しかし兄さんは、財産を同じやうに分けやうとはしませんでした。それどころか、家の中にあつたものは何もかも自分のものにしてしまひました。弟は大へん怒つて、

『兄さん、それではあまりひどいではありませんか。』

と云ひました。兄さんは弟を睨みつけて、

『何がひどい。わたしはお父さんのあとをついだのだ。だからこの家にあるものは、何もかもわたしのものではないか。』

と云ひました。

『だつてお父さんは、兄弟で同じやうに分けるやうにとおつしやつたさうではありませんか。』

と、弟が云ひました。

『そんなことがあるものか。お前は嘘をついて、わたしのものを横取りしようとしてゐるね。』

と、兄さんが云ひました。弟は默つて、弓と矢を取り上げました。それから、

『兄さんがそんなことをおつしやるなら、私はお父さんのところへ行つて聞いて來ませう。』

と云つて、家を飛び出しました。

弟は冥府の入口となつてゐる大きな穴のところに來ました。そして穴に入つて、ぐんぐん歩いてゐますと、やがて冥府につきました。

冥府には大勢の人がゐましたが、誰も弟の姿が目につかないやうでした。ただ犬だけが弟を見つけて、あちらでもこちらでも喧しく吠え立てました。冥府の人たちは犬の聲を聞くと、

『怪しいものが來たに違ひない。』

と騒ぎ立てました。弟は冥府をあちこちと歩き廻つて、お父さんの家を捜しました。

冥府には家が澤山ありますので、お父さんの家は、なかなか見つかりませんでした。しかし根氣よく捜し廻つゐますと、やつと見つかりました。弟は大へん喜んで、急いでその家に駈け込んで、

「お父さん、お父さん、私ですよ。』

と聲をかけました。しかしお父さんは、自分の息子の姿も見えねば、聲も聞えませんので、平氣な顔で坐つてゐました。

弟はもうがつかりしました。しかし折角お父さんに會ひながら、その儘引き返す氣にはどうしてもなれませんので、

『困つたな、何かいい工夫はないものかな。』

と、頻りに考へてゐるうちに、いいことを思ひつきました。弟は烟となつて、近くにゐた死人のお腹の中に入り込みました。そしてその死人の口を借つて、

『お父さん、お父さん、私ですよ。』

と云ひますと、お父さんは始めて氣がついて、

『おお、お前か。どうしてこんなところにやつて來た?。』

と尋ねました。弟は兄さんのことをくはしく話して、

『お父さん、お父さんは、家にあるものは、何でも二人で分けるやうにとおつしやつたでせう。』

『さうだ、確かにさう兄さんに云ひつけておいた。それだのに一人で取つてしまふとは、不屆だ。よしよし　お父さんが手紙を書いてやるから、歸つてそれを兄さんに見せるがよい。』

お父さんはかう云つて、一本の手紙を書いて渡しました。弟は大へんに喜んで、冥府から歸つて來ました。

兄さんは弟の姿を見ると、

『どうだい、お父さんに會つて來たかい。』

と嘲りました。弟は、

『ええ、會つて來ましたよ。これをごらんなさい。』

と云つて、手紙を渡しました。兄さんはその手紙を讀んで見ますと、

『わしがあんなに云ひつけておいたのに、財産を一人で取つてしまふとは何事だ。早く二人で同じように分けるがいい。もし云ふことを聞かなければ、ひどい目にあはせるから。』

と書いてありました。これを讀むと、兄さんは大そう恐れ入つて、すぐに財産を同じやうに分けて、二人で仲よく暮すことにしました。

三八　夢の幸

ある村に六人のお頭がゐました。六人のうちで一番年をとつたお頭が、一番勢が强うございました。

ある時年よりのお頭が他の五人のお頭を自分の家に呼びました。そしていろいろと御馳走をしたあとで、

『實は私は夢を買ひたいと思つてゐるのだ。で、今夜お前さんたちが夢を見たら、よく覺えてゐて、明日それを話してもらひたい。その中で一番氣に入つた夢を買ひますから。』

と云ひました。

五人の男は承知して家に歸りました。するとその晩五人ともみんな夢を見ました。翌朝になると、お頭たちが交る交るやつて來て、年よりのお頭に夢の話をしました。しかしどの夢も氣に入りませんでした。

年よりのお頭は氣を焦つて、

『もう外に夢を見たものはないか。』

と聞きました。

『五人のお頭のうち、一番若いお頭だけはまだおいでになりません。』

と、召使のものが云ひました。そこで年よりのお頭は使をやつて、若いお頭を呼び寄せました。そして、

『お前さんの夢はどんな夢ですかね。』

と聞きました。若いお頭は顔を赤くして、

『夢を見ましたが、すつかり忘れました。』

と答へました。年よりのお頭は大そう怒つて、家の外に大きな穴を掘らせて、若いお頭を顎のところまで埋めてしまひました。

やがて日が暮れました。若いお頭は地の中に埋められて、身動きも出來ませんので、くら闇の中でしくしく泣いてゐますと、便所の神さまが現れて來て、

『お前は善人だから、穴から出してやる。』

とおつしやいました。途端に若いお頭は、今まで忘れてゐた夢をすつかり思ひ出しました。その夢はかうでした。

若いお頭が森をぬけて、河の岸を歩いてゐると、穴熊の女神の家に來ました。女神は若いお頭にいろんなおいしいものを食べさせたあとで、年よりのお頭を欺して殺す手段を敎へたといふ夢でした。

若いお頭は折角夢を思ひ出しましたが、年よりのお頭を殺すといふ夢ですから、どうも話しにくいのです。それかといつて話さなければ、いつまでも地の中に埋められてゐなくてはなりません。どうしたらいいだらうと、大そう困つてゐますと、便所の神さまがにこにこと笑つて、

『そんなに心配しなくてもいい。わしがうまく取計つてやる。お前はふだん便所をきれいに掃除してくれるので、わしは大へん嬉しく思つてゐる。お前に夢を忘れさせたのも、私のしたことだ。』

とおつしやいました。若いお頭は驚いて、

『なぜ忘れるやうになさつたのです。』

と聞きました。

『いい夢だからさ。いい夢を他人に買はれないやうに忘れさせたのだ。さあ便所をきれいにしてくれたお禮に、あの夢のとほりにしてやらう。わしについて來るがいい。』

便所の神さまは、かう云つて、お歩き出しになりましたので、若いお頭もそのあとについて歩き出しました。すると夢の中で見たとほりに、森をぬけて、河の岸を通つて、穴熊の女神の家に着きました。女神は若いお頭に向つて、

『お前は正直だから、あの年をとつた頭の代りに、みんなの頭にしてあげる。ついてはあの男を殺さなくてはならぬが、それにはかうするがいい。』

と云つて、くはしく計を教へて下さいました。若いお頭はすぐに年とつた頭の家に行きました。年とつたお頭

は、地の中に埋まつてゐると思つた男が、のこのこと自分の前にやつて來ましたので、びつくりして、

『どうしてお前さんは、地の中から脫け出したのかね。』

と聞きました。すると若いお頭は、穴熊の女神に教はつた通りに、

『戸口の柱の神さまが私を助け出して、いろんな寶物や美しい着物を下さつたのです。』

と答へました。これを聞くと、年とつたお頭は羨しくてたまらなくなりました。そして、

『では今度は私を地の中に埋めておくれ。』

と云ひました。若いお頭はしめたと思つて、

『よろしい、埋めて上げませう。』

と云つて、自分が埋められた穴の中に、年よりのお頭を顎のところまで埋めました。年よりのお頭は戸口の柱の神さまが助け出しに來るのを、今か今かと待つてゐましたが、いつまでたつても、誰もやつて來ませんでした。そのうちにお腹がへとへとになつて、とうとう死んでしまひました。

若いお頭は、年よりのお頭に代つて、みんなの頭になりました。

三九　鳥糞物語

むかし一人の男がゐました。

ある日山に薪を取りに行きました。山の中をあちらこちらと歩き廻つて、薪を拾つてゐるうちにお晝になりました。男は草の上に腰をおろして、握飯を食べ始めました。そして食べながら、

『かうして毎日毎日薪を拾つてくらすなんて、何といふ氣のきかないことだらう。一つうまいことをして、みんなのお頭になつてやらう。』

と思ひました。

男は立ち上つて、握飯のたべ殘しを持つたまま、すぐそばの松の樹に登りました。そして御飯をよく嚙みつぶして、木の枝にくつつけました。くつついた御飯は丁度鳥の糞のやうに見えました。

『うまい、うまい。これからが計だ。』

男はかう云つて、松の樹から下りて、お頭の家に行きました。そして、さもせき込んだやうな聲で、

『お頭、お頭、私は孔雀の巣を見つけました。』

と云ひました。お頭は目を圓くして、

『なに、孔雀の巣を見つけた。それはうまいことをしたな。』

と云ひました。男はここだと思つて、

『でも私のやうな貧乏人は、あんなえらい鳥を手に入れても仕方がありません。あなたに差し上げませう。』

と云ひました。お頭は大そう喜んで、

『なに、わしにくれる。それは有り難い。それではすぐに捕へに行かう。これは孔雀の代りだ。』

と云つて、お金を澤山男にやりました。

男はお頭を連れて、松の樹のそばにやつて來ました。そして、

『この木の天邊に孔雀が巣を作つてゐるのです。あれあそこに孔雀の糞が白くついてゐるのが見えませう。』

と云ひました。お頭は、御飯粒が木の枝にくつついてゐるのを、孔雀の糞だと思ひ込んで、

『うん、見えるよ。しかしわしは木に登れないから、お前登つて、孔雀を捕へておくれ。』

と云ひました。男はすぐに松の樹に登り始めました。そして半分ばかり登つたとき、だしぬけにけたたましい聲を出して、

『やあ火事だ、火事だ。お頭大變です、あなたの家が燃えてゐますよ。』

と云ひました。お頭はびつくりして、一散に駈け出しました。そして家へ歸つて見ますと、火事でも何でもありませんでした。お頭は大そう怒つて、

『ひどい奴だ。おれを欺して、大金をまき上げた。今に敵をとつてやるぞ。』

と云ひました。そしてすぐに召使を呼んで、男を縛つて來いと云ひつけました。

男は危ないと思つて、逃げかくれてゐましたが、とうとう見つかつて、召使に縛り上げられました。召使が男を連れて、お頭の方に出ますと、お頭は男を睨みつけて、

『其奴を河の中に投り込め。』

と云ひました。

二人の召使が男をぐるぐると蓆に包んで、それを擔いで河の端に來ました。そして水の中に投り込まうとしますと、男が大きな聲で、

『ちよつと待つて下さい。』

と云ひました。二人はびつくりして、何だ、何だと聞きました。男は、蓆の中から頭だけ出して、

『實は私の家に寶物がかくしてあるんです。死んでしまへば、寶物もいりませんから、あなた方に上げませう。』

と云ひました。二人は大さう喜んで、

『それは有り難い。ではお前を投り込んだあとで、その寶物を貰ふことにしよう。』

と云ひました、男は頭を振つて、

『駄目です、駄目です。早く行つて取り出さねば、他のものが盜んでしまひますよ。』

と云ひました。これを聞くと、二人の召使は蓆を河端に投り出したまま、一散に駈け出しました。

　男はほつと息をついて、

『これで一時は助かつたぞ。誰か通りかかつてくれゝばいいな。』

と云ひました。丁度そのとき一人の盲人が通りかかりました。盲人は蓆につまづいたので、何だらうと思つて、杖で叩き始めました。男は大きな聲で、

『盲人さん、そんなに叩いては困るよ。』

『ごめんなさい、目が見えないものですから。』

『目が見えなけりや、見えるように、神さまに祈つてあげよう。』

『えつ、それは本當でございますか。』

『本當だとも。だが私は蓆にくるまつてゐて、お祈りをすることが出來ないから、繩をといておくれ。』

男がから云ひますと、盲人はいそいそとして、手探りで繩を解いてくれました。蓆の中から飛び出した男は、盲人がきれいな着物を着てゐるのを見て、それが欲しくなりました。それで、

『盲人さん、着物を脱いで、裸にならなけりや、折角のお祈りも利目がないよ。』

と云ひました。盲人はすぐに着物を脱いで裸になりました。すると男はいきなり盲人に蓆をかぶせて、繩で縛つて、自分は盲人の着物を着て、逃げ出してしまひました。

暫くすると二人の召使が歸つて來ました。そして、

『おい、お前は嘘をついたね。いくら探しても寶物なんかありはしないよ。うまく欺したな。そのお禮にはからだ。』

と、いきなり蓆を抱えて、河の中に投り込んでしまひました。そしてお頭の家へ歸つて、

『おつしやつた通りにいたしました。』

と云ひました。

しかし暫くすると、男はきれいな着物を着て、のそりとお頭のところにやつて來ました。お頭は大そう驚いて、

『お前は河の中に投り込まれた筈だが。』

と云ひました。

『ええ、投り込まれましたとも、いやといふ程ひどく投り込まれましたよ。でも河の女神さまが蓆の結目をといて助けて下さいました。そして大そう可愛がつて、どうかお婿さんになつて下さいとおつしやるのです。しかし私のやうな貧乏人が女神のお婿さんになるのは、どうも不釣合ですから、私の代にお頭を連れて參りますと云つて歸つて來ました。』

と、男が云ひました。これを聞くと、お頭はほくほくと喜んで、

『それはうまいことを云つてくれた。では早く連れて行つてくれ。』

と云ひました。

『ただ連れて行つても駄目です。私のやうに蓆にくるまつて、河の中に投り込まれなくては……』

と、男が云ひました。

『よろしい、それではわしを蓆に包んで投り込んでくれ。』

と、お頭は云ひました。男はすぐにお頭を蓆に包んで、川の岸まで擔いで行つて、どぶりと水の中に投り込みました。お頭はとうとう溺れて死んでしまひました。

男はかうして望み通りにお頭になりました。

註　この物語の後半――即ち狡猾な男が蓆に包まれて河の中に投げ込まれようとした時、他人を欺いて、危うきを免れ、且つ河底に不可思議世界の存在することを說いて、おのが立身の機緣を掴む一節は、グリム等に於て屢々逢着する

歐羅巴の jack in the sack と全く同一である。そしてこの物語は、朝鮮にも見出され、また日本にも見出されるが故に、アイヌの物語も恐らくアイヌ人自身の心的産物ではなくて、他から流布して來たものであらうと思はれる。

四〇 鶴の衣

むかしむかし一羽の鶴が天から下りて來て、人間世界に巣をこしらへて、巣の中に卵を産みました。暫らくすると卵から雛鳥が生れました。

アイヌ人はそれを見て、雛鳥を盗んで、籠の中に飼つて置いて、大きくなつたら犧牲にしようと思ひました。しかし鶴は氣の荒い鳥でありますから、親鳥がゐるときに盗みに行つたら、きつとひどい目にあはされると思ひましたので、親鳥が留守になるのを待つてゐました。

ある日親鳥は、雛鳥に食べさせる食物を探すために、遠方へ出かけて行きました。アイヌ人はその隙に、そつと鶴の巣のそばに忍び寄つて見ますと、巣の中には數羽の雛鳥と、それから非常に綺麗な衣が入つてゐました。アイヌ人は、

『これはうまい。』

と云つて、雛鳥と衣とを盗んで立ち去りました。程經て、親鳥が歸つて見ますと、雛鳥もゐなければ、衣もありませんでした。親鳥は非常に怒つて、

『これはきつとアイヌ人の仕業にちがひない。憎い奴だ。ひどい目に合はせてやらう。』

と云つて、すぐにアイヌ人のあとを追つかけました。

アイヌ人は、鶴が凄しい勢で追つかけて來たのを見て、大へんに驚いて、

『ああ神なる鶴、どうか許しておくれ。これから後は、きつとお前に木幣と酒を捧げることにするから。そしてまたお前の雛鳥は大切に育て上げるから。』

と詫びました。鶴はやつと機嫌を直して歸つて行きました。アイヌ人は家に歸つて、衣をみんなでわけて、みんな金持になりました。

鶴を拜むことは、この時から始まつたといひます。

註　吉田巖氏曰く、鶴より盗んだ衣服の名は、サンタサラミツプ又はサンタサランペと云ふ。滿洲人の衣服と云ふ義である。

四一　金線魚の話

むかしむかし一人の男の子を持つてゐる女がゐました。

女はいつも山に行つて、山から姥百合を掘つて來て、それで團子をこしらへて、男の子に食はせてゐました。

そして自分もお椀に團子を山盛りに盛りますが、家では食べないで、外へ持つて出ます。そして家へ歸つて來るときには、いつもお椀が空になつてゐました。

男の子はそれが不思議でたまりませんでした。それで或る日女が出て行くときに、そつとあとをつけました。女はそんなことは夢にも知らないので、いつものやうに川のはたに來ますと、一匹の大きな金線魚が女のそばへ泳ぎ寄つて來ました。そして『わが妻』と云つて、女が投げてくれるお椀の團子を食べました。男の子はびつくりしました。しかし何も云はないで、大急ぎで家に駈けもどつて、そしらぬ顏をしてゐました。

やがて女が歸つて來ました。男の子は山へ仕事に行くといつて家を出ました。そして大きな銛を持つて、川のはたに立ちながら、

『金線魚、我が夫よ。』

と呼びますと、金線魚は女が自分を呼んでゐると思つて、すぐに泳ぎ寄つて來ました。男の子はすかさず銛を投げつけました。金線魚は體に銛を打ち込まれたまゝ、水の中に潜つて狂ひ廻りました。男の子は銛の綱と一しよに川の中に牽き込まれさうになりましたが、木の根に足を踏んばつて、やつと金線魚を引き上げました。そして頭と尻尾とを殘して、あとはみんな煮たり燒いたりして食べてしまひました。

あくる日女はいつものやうに川のはたに來て、

『金線魚　我が夫よ。』

と、幾度も幾度も呼びましたが、魚がどうしても現れて來ませんので、すごすごと立ち去りました。男の子がそつとそのあとをつけて行きますと、女は山の中の一軒家に入りました。男の子がその家へおしかけると、女は男の子に御飯などを喰べさせて、それから家の中にゐた一人の女の兒を指して、

『この兒の守をしてゐておくれ。』

と云ひつけて出て行きました。

男の子はその女の兒が眠るのを待つて、そつと魚串に刺して、燒いて食つてしまひました。やがて女が歸つて來ましたが、女の兒がゐなくなつたのに氣がつくと、默つて逃げ出しました。男の子はまたそのあとを追つかけました。

女は山のずつと奥にある一軒家に入りました。男の子がそこへやつて來ると、女はまた御馳走をし始めました。と、一人のアイヌ人が現れて、いきなり女の喉を狙つて喰ひつきました。女はきやつと叫んで死にました。と思ふと、見る見る年をとつた烏の姿を現しました。年をとつた烏は、男の子を養つて、大きくなつたら自分の餌にしようと思つてゐたのでした。

四二　男の子と鬼

むかし一人の男の子が、一羽の烏を飼つてゐました。烏は食物を貰ふと、すぐに遊びに出て、日が暮れるまで歸らないのが常でした。

ある日男の子は舟に乘つて海へ出ました。その日は海の上一面に深い霧がかかつてゐました。男の子はだんだんと沖へ乘り出して行くと、霧の中に鬼が魚を釣つてゐました。男の子は大へん驚いて逃げ歸らうとしますと、

鬼はすかさず追ひかけて來て、

『逃げようとしても駄目だ。おれのあとについて來い。』

と云ひました。仕方がないので、鬼のあとについて行きますと、やがて鬼の家へつきました。そこには人間の肉らしいものが魚串にさして燒いてありました。男の子は體を顫はせて突立つてゐました。と、鬼は自分の子供に對つて、

『この男の子を燒いておけ。あとで歸つて食べるから。』

と云つて出て行きました。

男の子は今に燒き殺されるかと、びくびくしてゐますと、忽ち自分の飼つてゐる烏が現れました。そして鬼の兒を欺して、いろんな寶物を出させて、それを男の子に渡して、

『さあ早くこれを持つてお逃げなさい。もし親鬼が追つかけて來たら、寶物の中から絲と刀とを取り出して、順々にそれを後の方に投り出しなさい。』

と敎へました。

男の子は寶物を持つて逃げ出しました。すると折から歸つて來た鬼がそれを見つけて、

『盗人待てつ。』

と叫んで、風のやうに迅く追つかけて來ました。男の子は今にも追ひつかれさうになりましたので、寶物の中から一筋の絲を取り出すなり、ぱつと後の方へ投げました。と、忽ちそこに大きな山が現れ出ました。鬼はまごつ

いて、大骨折で山を登り始めました。そのひまに、男の子はどんどん逃げ出しましたが、やがて鬼は山を越えてまた追ひすがつて來ました。男の子は寶物の中から刀を取り出して、さつと後の方へ投げました。と忽ちあたり一面に深い霧がかかつて、鬼は男の子を見失つてしまひました。

男の子は烏に導かれて、無事に家に歸りつきました。

四三 アイヌ桃太郎

むかしむかしお爺さんとお婆さんとがゐました。子供がないので、どんな子でもいいから一人欲しいと思つてゐました。

するとあるときお婆さんの股が膨れ出して、大そう痛みました。で、膨れてゐるところを割りますと、中から一人の子供が飛び出しました。お爺さんとお婆さんは大へん喜んで、股から生れたから、オムタロと名をつけました。そしてかはひがつて育ててゐますと、だんだん大きくなつて、おしまひには、

『舟を一艘つくつて下さい。』

と云ひ出しました、お爺さんはすぐに一艘の舟をこしらへてやりました。

オムタロはその舟に乘つて海へ乘り出しました。そして遙か沖にあつた島に上つて見ますと、大きな穴が目につきました。

『穴の中には何があるだらう、入つて見よう。』

オムタロはかう云つて、穴の中に這ひ込みました。すると穴の奥に立派な家があつて、一人の男が坐つてゐました。男はオムタロを見ると、大そう喜びました。そしていろいろなことを話しながら、二本の笞をこしらへました。オムタロは不思議に思つて、

『笞をこしらへて、どうするのです。』

と聞きました。すると男は笑つて、

『今夜この家に鬼どもが集つて、賭をして遊ぶことになつてゐる。で、お前とおれが物かげに隠れて、様子をうかがつてゐる。そしておれが合圖をしたら、お前はすぐに飛び出して、この笞で鬼どもを打つがよい。おれも一しよになつて撲りつけてやる。さうしたら鬼どもは寶をすてて逃げて行くに違ひないから、それをみな取るがいい。』

と云つて、一本の笞をオムタロに渡し、自分も一本を持つて、二人とも物かげに隠れました。

やがて夜になると、大勢の鬼どもがどやどやと家の中に入つて來ました。そして輪形に坐り込んで、いろんな寶物で賭をして遊んでゐますと、男が合圖をしました。オムタロはすぐに物かげから躍り出して、笞で鬼どもを打つて廻りました。男もつづいて飛び出して來て、さんざんに撲りました。

笞で打たれた鬼どもは、みんなころりと倒れて死にました。打たれなかつた鬼どもは、大慌てに慌てて逃げて行きました。男は鬼どもが捨てて行つた寶物をみんなオムタロにやりました。そして鯨を殺して、その肉をオム

タロに御馳走し、残りはすつかり舟に積み込んでくれました。

オムタロは、自分をこんなにもてなしてくれるこの男は一體何だらうと思つてゐました。すると、男は、

『わしは鯨の神だ。お前はうちへ歸る途中決して後をふり向いてはいけないよ。』

と云ひました。

オムタロはやがて舟を漕ぎ出しました。そして鯨の神の敎を守つて、途中で一度も後を向きませんでした。舟がいよいよ自分の故郷につくと、お爺さんとお婆さんは、舟の中に積んだ寶物と鯨の肉を見て、びつくりもし喜びもしました。オムタロの家は忽ち名高い長者になつてしまひました。

オムタロの家の近くに、一人の少年が住んでゐました。そしてオムタロが寶物を持つて歸つたと聞いて、自分も舟に乘つて、海に出かけました。そしてオムタロの行つた島に上つて、穴の中に入つて、鯨の神に會つて、鬼どもを追ひ拂つて、寶物と鯨の肉を舟の中に積み込みました。鯨の神は、

途中で後をふり向いてはいけないよ。』

と云ひました。

『大丈夫ですよ。ちやんと心得てゐますよ。』

と云ひながら、すぐにぐんぐん舟を漕ぎ出しました。しかし途中で、鯨の神の云つたことを忘れて、つい後を振り向きました、と思ふと、寶物も鯨の肉もみんな糞になつてしまひました。

出迎の人たちは、少年が糞舟を漕いで歸つたのを見て、大へん嘲り笑ひました。そしてそれ以來この少年のこ

とをシタロといふやうになりました。（シはアイヌ語にて糞を意味す）

四四　郭公になつた子供の話

むかしむかし一人の女が、三三歳になる子供を背負つて、山に姥百合を採りに行きました。姥百合は澤山見つかりました。女は喜んで根氣よく採つてゐるうちに、大へんな大荷となりました。

『さあ歸らう。今日は大へんなえものがあつてよかつた。』

と、女は荷を背負はうとしますと、非常に重くて、とても子供と一しよに背負つてはいけさうにありませんでした。

『よし、よし、子供は下して、手を引いて歸ることにしよう。』

と、女は背負つてゐた子供を下して、姥百合の荷物だけを背負ひました。しかしあんまり嬉しかつたので、子供を下したことを忘れてしまつて、自分一人で大急ぎで歸つて行きました。留守居をしてゐた老媼が不思議に思つて、

『一人で歸つて來たかい。子供はどうしたのかね。』

と尋ねました。女はこれを聞くと、大へん驚いて、急いで山へ引き返しました。と、いつの間にか、子供の體に羽が生えて、木にとまつて、

『フチトツト、フチトツト。』（お姫さんや、お乳や。）

と啼いてゐました。女は泣き泣き、その鳥を抑へようとしましたが、あちらこちらに飛び廻るので、とうとう取り逃してしまひました。


この鳥が郭公の始りださうです。

四五　雲雀の借金

あるとき雲雀が鶉から粟を借ることになりました。鶉は、

『證人がなければ、貸すことは出來ぬ。』

と云ひました。そこで雲雀は或る鳥を證人に立てて、やつと借り受けました。ところが約束の期日が來ても、雲雀は一向粟を返してくれませんでした。鶉は怒つて、證人に立つた鳥をきびしく責めました。證人は困つてしまつて、何處へか逃げ出しました。仕方がないので、鶉は雲雀のところへ行つて、やいやい催促しました。雲雀はとうとう燒氣味になつて、

『それなら親とれ兒とれ。』

と叫び出しました。と、鶉も負けてはゐず、

『何でも持つて行くぞ。』

と云ひました。

だから今日でも、雲雀は『親とれ兒とれ』と鳴き、鶉は『何でも持つて行くぞ。』と鳴くのです。

四六　鷲と鳶

むかしむかしあるところに一人の神さまが住んでいらつしやいました。そしてそのお隣りに鷲と鳶とが住んでゐました、鷲と鳶の家では、いつもおいしさうにお酒を飲みますが、神さまはそれが手に入りませんので、大へん殘念に思つて、

『よろしい。あいつ等をこらして、お酒を供へるやうにしてやらう。』

とおつしやいました。

神さまはすぐに井戸の中に入つて、魚におなりになりました。暫らくすると、鷲の娘がその井戸に水を汲みに來て、魚の姿を見て、お父さんに、

『井戸の中に變な魚がゐます。』

と話しました。鷲はすぐに銀の銛を持ち出して、魚を目がけて突き出しましたが、魚はその銛を奪つて見えなくなつてしまひました。

つぎの日鳶の娘が水汲みに出て、魚を見つけて、お父さんにそれを話しました。鳶は急いで金の銛を持ち出し

て、魚を突きましたが、魚は今度も餌を奪つて逃げてしまひました。鷲も鳶もその魚が神さまだとは知りませんので、二人が二人とも餌を奪はれたのを不思議に思つてゐました。

　ある日鷲と鳶とが一しよになつて、山に狩に出かけました。途中で小さい家の中から何やら口論をしてゐるらしい聲が聞えて來ました。二人は何事が起つたのだらうと思つて、家の中に入つて見ますと、二つの草束が向きあつて、一生けんめいに口論をしてゐました。

『これは面白い。』

『草の束が口論をするとは珍らしい。』

と鷲も鳶もうつかりそれに見とれてゐますと、物かげに隱れてゐた神さまが、そつと家に火をおつけになりましたので、二人とも大火傷をして、やつとのことで家へ歸りました。そして家の中でうんうん唸つてゐますと、神さまが何くはん顔をして見舞ひにいらつしやいました。

『どうしたんだ。大へん體が惡いやうではないか。』

　神さまがかうおつしやいますと、鷲も鳶も顔をしかめて、

『火傷をしたんです。實はある家で草束が口論をしてゐましたので、面白がつてそれを見てゐますと、だしぬけに火事になりまして……』

と云ひかけますと、神さまが突然に、

『あはは、あはは。』

とお笑ひ出しになりました。鷲と鳶とは變な顔をしながら、

『それからこの間も不思議なことがありました。井戸の中に變な魚がゐるので、銛で突きましたが、二人とも銛を取られてしまひました。』

と話しますと、神さまはまただしぬけに、

『あはは、あはは。』

とお笑ひ出しになりました。鷲と鳶とはいよいよ變に思つて、

『どうしてそんなにお笑ひになるのです。何が可笑しいのです。』

と聞きました。すると神さまはきつとなつて、

『實は銛を取り上げたのも、家に火をつけたのも、私の仕業だ。』

とおつしやいました。二人は驚いて、

『どうしてそんなひどいことをなさいますか。』

『どうしてつて、お前たちは酒を飲む場合に、私にそれを供へることを忘れてゐるではないか。』

神さまが嚴い顔をしてからおつしやいましたので、鷲も鳶もすつかり恐れ入つて、それから後は、お酒を飲むときには、きつと先づ神さまに供へることにしました。

四七　梟の失敗

むかしむかし神さまが、下界の國を守らせるために、梟とイケマとを、天上の世界からお降しになりました。

梟は魚が大好きでしたので、いつも川に魚を捕りに行きました。ある日のこと澤山にとれた魚を、程よく荷造りして、背負つて立ち上らうとしましたが、荷が重いのか、どうしても立ち上れませんでした。仕方がないので荷を地に投り出して、立ち上らうとしましたが、尻尾がぺつたりと地面にくつついて、身じろぎもされませんでした。梟はびつくりして、頻りに體を踠いてゐますと、一人の男が通りかかりました。梟は泣きさうな聲を出して、

『どうか助けて下さい。』

と頼みました。男は可哀さうに思つて、梟を助け起さうとすると、いつの間にか、荷から梟の尻尾にかけてイケマが生えて、イケマの蔓がくるくると纏ひついてゐました。

男が驚き怪しんで、ぼんやり突立つてゐますと、イケマはその男にむかつて、

『神さまは、私と梟と二人して、國を守るようにとおつしやつたのでした。それだのに私ばかりここにぢつとしてゐて、梟は毎日あちこちをぶらつき廻つて、魚を取ることにばかり氣をとられてゐます。その上私の體にいつも汚ないものをたれかけるではありませんか。あんまり癪にさはりますので、梟を取つつかまへてやつたの

です。』

と云ひました。

梟はこれを聞いて、

『自分が悪かつた。これからは氣をつけるから免しておくれ。』

と云ひました。イケマはすぐに免してやりました。しかし梟はあんまり強く尻尾を押へつけられてゐましたので、立ち上る拍子に尾がぬけてしまひました。だから今でも梟は短い尾をしてゐます。

四八　烏の手柄

むかしむかし天上の世界に、恐ろしい鬼がゐました。

この鬼がある時、下界の國を滅さうと考へました。そして下界の國を滅すには、そこを照らしてゐるお日さまとお月さまを呑んでしまふのが一番早道だと思つて、いきなりお日さまとお月さまに飛びかかつて、一口に呑んでしまひました。

お日さまとお月さまとがゐなくなつたので、下界の國は暗闇となつてしまひました。神さまも人間も大へんに困りました。すると烏どもが、お日さまとお月さまとを助け出さうと思つて、大勢が一しよになつて、鬼の口の中に躍り込みました。そして口の中で大騒ぎに騒ぎ廻りますので、さすがの鬼もたまりかねて、一旦呑んだお日

さまとお月さまとを吐き出してしまひました。それで天地がまた明るくなりました。

烏はこんな風で、人間にとつては大恩人でありますから、烏がどこの家にでも入り込んで、何でも遠慮なく盗んで食べても、人間は大目に見のがすやうになりました。烏が横着なのはそれがためであると云はれます。

四九　裁縫師の木菟

むかしむかし裁縫のうまい木菟がゐました。

この木菟が、鳥仲間を歩き廻つて、

『どんな着物でも、註文次第にこしらへてあげる。』

と云ひふらしました。

一番始めに懸巣が木菟の家にやつて來ました。そして、

『木菟さん、着物を一つ仕立てて下さい。どんなに時間がとつてもいいから、十分派手にこしらへてもらひませう。』

と云ひました。木菟は引き受けました。そして幾日も幾日もかかつて、非常に綺麗な着物を仕立て上げました。

だから懸巣は、今日でもあのやうに美しい羽毛をつけてゐます。

すると次には烏が木菟の家にやつて來ました。そして、

『木莵さん、着物を一つ仕立てて下さい。大急ぎですよ。ひまがいつては駄目ですよ。』と云ひました。木莵は大急ぎで仕立て始めました。それでも烏は待ちかねて、幾度も幾度もやつて來てはせき立てますので、木莵は仕方がなくて、大へん手をぬいて、そこそこに仕立ててやりました。だから烏の着物は、今でも縞もなければ、飛白もない、まるで紺地のままなのです。

しかし烏は、自分の着物と懸巣の着物とをくらべて、大へんに不滿でした。

『木莵の奴、ひどい奴だ。懸巣にはあんな綺麗な着物を仕立ててやつて、おれには眞つ黒なものしかこしらへてくれぬ。』

烏はかう思つて、それから後はいつも木莵に會ひさへすると、ひどくいぢめるやうになりました。

五〇　梟の死眞似

梟は、むかし天上の神さまから、人間世界に送られた鳥であります。梟は蝦夷島に住んで、澤山な子供を產んで、幸福に暮らしてゐました。

しかしやがてすると、大變わが儘な鳥になつて、アイヌ人が山へ狩りに行くたびに、その邪魔をするやうになりました。梟どもは、獵師の姿を見つけさへすると、一齊に仰向けにひつくりかへつて、脚を眞直に差し出して、死んだふりをしました。獵師たちはそれを見ると、急に氣のりがしなくなつて、どんなに駈け廻つても、一

匹の獲物も手に入れることが出來なくなるのでした。

そのためにアイヌは食物がなくなつて、澤山の人が飢死をするやうになりました。神さまはこれを御覽になつて、

『梟といふ鳥は不屆きな奴ぢや。きつと罰を當てなくてはならぬ。』

とお考へになりました。そこですぐに天上の世界から、蝦夷島にお下りになつて、梟といふ梟をすつかりお呼び寄せになりました。梟どもは何事だらうと思つて、すぐに神さまのお側に集つて來ました。神さまはそれを見渡しながら、嚴かな聲で、

『お前たちは惡い鳥だ。お前たちがいたづらをするために、アイヌは飢死をするやうになつたではないか。その罰として、これからはお前たちの着物を薄くして、寒さにふるへさせてやるから、さう思へ。』

とおつしやいました。

だから今日でも梟は羽毛は少くて薄いのであります。

五一　懸巢のお使

むかしむかし蝦夷島に、ひどい饑饉がありました。穀物も出來なければ、魚も獸もとれませんでしたので、アイヌ人はもう飢死をするより外はありませんでした。

アイヌは大へんに困つて、いろいろと相談をした末に、天上の世界に使をやつて、神さまのお助けを願ふことにしました。そこでアイヌたちは、一羽の烏を呼んで、

『お前御苦勞だが、これから天の神さまのところへ行つて、鹿や魚が澤山生れるやうにお願ひをして來ておくれ。』

と頼みました。しかし烏は頭をだらりと垂れて、その儘寢こんでしまひました。梟がそれを見て大へんに怒りました。そして火のついてゐる棒ぎれを摑んで、さんざんに烏を擲りましたので、烏はびつくりして逃げ出してしまひました。

アイヌたちは、今度は梟を頼んで、天上の神さまのところに行つてもらうことにしました。ところが梟も天上界には行かないで、人のゐないところで油を賣つてゐました。

一番おしまひに、懸巣が使に立つことになりました。懸巣はすぐに天上の世界に上つて、

『神さま、アイヌは食物がなくて、大へんに困つてゐます。どうかお助け下さい。』

と申しました。神さまはこれをお聞きになると、すぐに二つの袋を取り出して、一つの袋には魚の骨を一ぱいにお入れになり、も一つの袋には鹿の骨を一ぱいにお入れになりました。そして懸巣にむかつて、

『どうも御苦勞であつた。それでは二つの袋をお前に渡すから、鹿の骨の入つてゐる袋を山の中に空け、魚の骨の入つてゐる袋を川の中に空けるがいい。』

とおつしやいました。懸巣は大そう喜んで、二つの袋を脊負つて、大急ぎで蝦夷島に歸つて來ました。そして鹿の骨の入つてゐる袋を山の中に空けますと、山の中には鹿がぞろぞろと現れ出ました。それから今度は、魚の骨

の入つてゐる袋を川の中に空けますと、川は魚で一ぱいになりました。そしてアイヌ人は飢死を免れて、大へんに喜びました。

五二　椋鳥の話

あるとき一人のアイヌが川に水を汲みに行きました。水を汲んで見ますと、大へんに濁つてゐて、とても飲めさうにありませんでした。

『變だな、どうしたんだらう。』

と、あたりを見廻はしますと、すぐ上手で、泥まみれになつた一羽の椋鳥が水で體を洗つてゐました。アイヌは大へん怒つて、

『ひどいことをするぢやないか。神さまに申し上げて、おさばきを願ふぞ。』

と云ひました、そしてそのことを天上の神さまに申し上げますと、神さまも大そうお怒りになつて、すぐに下界に下つておいでになりました。そして椋鳥にむかつて、

『お前はなぜ人間と火の神の飲む水を汚したのか。その罰に、これから後は、決して川の水を飲んではならぬ。ただ雨が降つたときに、木の幹に生えてゐる苔から滴る水だけを飲まねばならぬ。いいか、しかと申しつけたぞ。』

とおつしやいました。

だから椋鳥は、今日でも苔から滴る水だけを飲みます。この鳥が苔鳥と呼ばれるやうになつたのも、そのためです。

五三　鼠と梟

一匹の梟がおいしい食物を見つけました。

『うまいものが見つかつた。餘りおいしさうだから、明日の樂しみにとつて置かう。』

梟はかう云つて、食べずにとつて置きました。するとその晩鼠がやつて來て、それをすつかり盗んでしまひました。梟は大變怒つて、鼠の家に行つて、鼠を殺さうとしますと、鼠は一本の手錐を取り出して、

『梟さん、この手錐を私の云ふ通りにすると、おいしい食物よりも、もつと樂しみになりますよ。』

と云ひました。

『それをどうするのかね。』

と、梟が聞きました。

『これを樹の根元の地面に、尖つた方を上に向けて突き立てるのです。そして樹に登つて辷り下りてごらん。ほんとに樂しみなものですよ。』

と、鼠が云ひました。

梟はすぐに一本の樹のそばの地面に、尖つてゐる方を上に向けて、錐を立てました。そして樹に登つて、さつと辷り下りますと、お尻の穴に錐が突き刺さりました。梟はいよいよ怒つて、鼠をなぐりつけようとしますと、鼠はきれいな帽子を取り出して、

『これをあげるから、どうか免して下さい。』

と云ひました。梟は帽子を貰つて歸つて行きましたが、それ以來梟と鼠とは大へん仲が惡くなりました。

五四　蚤と虱

雷さまに二人の子雷がありました。

二人の子雷は、一人のアイヌの女が大そう好きになりました。そして二人でその女のことを話してゐますと、一人の子雷がだしぬけに、

『おれは蚤になりたいな。』

と云ひ出しました。他の子雷がびつくりして、

『蚤になつてどうする。』

と聞きました。

『蚤になつて、あの女の胸のあたりを飛び廻るのだよ。』

と、一人の子雷が云ひました。すると他の子雷も負けぬ氣になつて、

『それならおれは虱になつて、あの女の胸のあたりにぢつととまつてゐよう。』

と云ひました。

親雷はこれを聞いて、大さう怒りました。そして、

『それではお前たちのいふ通りにしてやらう。』

と云つたかと思ふと、忽ち二人の子雷は蚤と虱とになりました。だから今日でも雷が鳴つて雨が降ると、どこからとなく蚤や虱が這ひ出して來るのです。

五五　雲雀のお使

雲雀はもと天上界に住んでゐました。

ある日神さまが雲雀をお呼びになつて、

『お前、今から下界に下つて、下界の神さまたちに、私の用事を傳へてくれ。そして用事がすんだら、すぐ歸つて來るように。』

とおつしやいました。

雲雀はすぐに下界に下つて、神さまたちに會つて、用事を傳へました。しかし下界があんまり美しかつたので、雲雀は、その晩下界に泊ることにしました。そして翌日になつて、空へ舞ひ上ると、天の神さまが途中まで降りていらつしやつて、

『お前はこれから上へは昇つてはならぬ。』

とおつしやいました。雲雀は驚いて、

『なぜ昇つてはいけないのです。』

『なぜつて、お前は、わしの云ひつけに背いて、すぐに歸つて來なかつたぢやないか。』

『だつて人間世界があんまり美しくて、眺めずにはゐられなかつたのです。私はあなたが何とおつしやつても天上界まで飛んで行かねばなりません。』

と、雲雀はぷんぷん怒り出しました。しかし神さまは雲雀の前に立ち塞がつて、どうしても上へおやりになりませんでした。

雲雀は仕方がないので、その儘人間世界へ下つて行きました。しかしやはり天上界に歸りたくてたまりませんので、幾度も幾度も空へ舞ひ上ります。その度に天の神さまが現れて、

『駄目だ、駄目だ。天上界へ入ることは決して許さない。』

と云つて、雲雀を追ひ返されます。

雲雀が今日でも一日に幾度となく空へ上つたり、地に下つたりして、忙しさうに鳴いてゐるのは、天の神さま

に會つて、天上界へ入ることをお願ひしてゐるのです。

五六　鷄が飛べぬわけ

神さまが世界をお造りになつたとき、一羽の鷄を呼んで、

『お前、これから下界へ降つて、下界がどんな風に出來たか、見て來ておくれ。』

とおつしやいました。鷄はすぐに天上の世界から下界へ降つて行きました。すると下界には山があつて河があつて、森があつて野があつて、大そうきれいでしたので。鷄は、

『これは本當にきれいなところだ。こんないいところを見棄てて、すぐに天上界に歸るのは馬鹿馬鹿しい、暫らく住んで見よう。』

と云つて、下界に住むことにしました。いつまでも鷄が歸つて來ないので、神さまはぷんぷん怒つていらつしやいました。すると三月ばかりして鷄が天上界に歸つて來ました。神さまはいきなり鷄の頸を摑んで、

『お前のやうなものは、もう天上界には用がない。』

とおつしやつて、下界へお投げ出しになりました。

だから鷄は、今日でも天上界を恐がつて、決して高く飛ばないのです。

五七　雪の子兎

天に住んでゐる子供たちが、雪投げをして遊んでゐると、雪の塊が澤山下界に落ちました。神さまがこれをごらんになつて、

『天から落ちたものは、何でも粗末にしてはならぬ。』

とおつしやつて、雪の塊をみんな兎におなしになりました。兎共は下界を刎ね廻つてゐましたが、やがてお互に喧嘩を始めました。と、そこへオキクルミがやつて來て、

『下界のものは、みんなわしのものだ。わしのものは喧嘩をしてはならぬ。』

と云つて、火のついた木片で兎の耳を叩きました。兎共はびつくりして逃げて行きました。

これが兎の出來た始まりです。そして雪の塊から出來たから、あんなに體が眞白ですし、火のついた木片で耳を叩かれたから、耳が焦げて、耳だけが黒い色をしてゐるのです。

五八　狐と土龍の神

二匹の狐が人間に化けて、人間とお友達にならうと思ひました。土龍の神がそれを聞きつけて、人間の住んで

ゐる村のやうなところをこしらへて、烏どもをすつかり集めて、人間の姿になつて、自分は人間の老人に化けて、草の葉や木の葉でこしらへた着物を着て、大きな家の中に坐つてゐました。

やがて二匹の狐が人間に化けてやつて來ました。そして土龍の神がこしらへた村を、本當の人間の村だと思ひ込んで、しきりにお友達にならうとしました。

老人に化けた土龍の神は、狐どもを自分のうちに呼んで、立派な食物を御馳走しました。人間に化けてゐる烏どもも、面白い踊を踊つて見せました。狐どもは大そう喜んで、

『うまく人間をだまして、お友達になつた。』

と思つてゐました。そのうちに烏どもは踊に浮れて、人間に化けてゐることなんど、すつかり忘れてしまつて、ぱつと空に舞ひ上りました。狐どもはこれを見て、

『人間と思つたのは、嘘だつたのか。』

と、大へん怒つて、烏どもに飛びかからうとしました。すると土龍の神が狐どもを引き止めて、

『お前たちこそ、人間を欺さうなんて、不屆な奴だ。』

と、さんざん叱りつけました。狐どもは恐れ入つてしまひました。

五九　狐の假病

むかし狐と川獺と猿とが、大そう仲よくしてゐました。

ある時狐が、

『どうだい。これから人間の家に行つて何か盜んで來ようぢやないか。』

と云ひました。川獺と猿はすぐに同意しました。三匹は一しよに人間の家に忍び込んで、一袋の豆と、一袋の鹽と、それから一枚の蓆を盜み出しました。

狐はうまく猿と川獺を欺して、自分が豆の袋を取りました。そして猿には蓆をやり、川獺には鹽の袋をやりました。

猿は喜んで、蓆を木の上にかけますと、子猿どもが蓆にのつては、木から滑り落ちました。川獺は鹽の袋を持つたまま、魚を取りに川の中に飛び込みましたので、川の水が鹽辛くなつて、困つてしまひました。

猿と川獺は、狐にだまされたと悟つて、大へん怒つて、狐の家に押しかけて行きました。すると狐は、喰べ殘しの豆を噛みくだいて、糊をこしらへて、それを體中に塗つて、うんうん唸つてゐました。猿と川獺はそれを見ると、怒つてゐるのも忘れて、

『どうしたのかね。』

『大へん苦しさうぢやないか。』

と尋ねました。狐はわざと苦しさうな風をして、

『惡いことは出來ないものだ。お前たちをだました罰で、こんなひどい病氣になつてしまつた。』

と云ひました。猿と川獺は氣の毒になつて、

『それは困つたね。まあせいぜい養生をするがいい。』

と云つて、歸つて行きました。と、狐はすぐに刎ね起きて、猿と川獺の後姿を見送りながら、ぺろりと舌を出しました。

六〇 蛇と蛙

むかし蛇が天上界から人間世界に下つて來て、惡いことばかりしてゐましたので、人々は大そう困つて、天上界の神さまに、

『どうか蛇どもを、人間世界から追ひやつて下さい。』

とお願ひしました。神さまはその願をお聞き入れになつて、人間世界には何一つとして蛇の食べるものがないやうになさいました。蛇どもはお腹がへとへとになつて、頭がぐらぐらするやうになりました。

『これはたまらぬ。』

『ぐづぐづしてゐると、飢死をするぞ。早く人間世界から逃げ出さうよ。』

蛇どもはかう云つて、人間世界から逃げ出さうとしてゐますと、蛙がのこのこやつて來て、

『どうしたのです。いやに騒いでゐますね。』

と云ひました。

『騒がずにはゐられないよ。人間世界におれたちの食物がなくなつて、お腹がぺこぺこだもの。』

と、蛇どもが云ひました。蛙はこれを聞くと、からからと笑つて、

『そんなことで騒いでゐるのですか。それではわたしの脚を一本貸して上げるから、口にくはへていらつしゃい。さうすると決して飢死する心配はないから。』

と云ひました。蛇どもは目を圓くして、

『なに、お前の脚をくはへてゐろ。まつぴら御免だ。見たばかりで、胸が悪くなるよ。』

と、蛇どもが云ひました。

『そんなことを云はないで、まあためしにくはへて御覧なさい。』

と、蛙が云ひました。そこで一匹の蛇がためしに蛙の脚をくはへて見ますと、何ともいへぬいい味がしますので、

『これは素敵にうまい。』

と云ふなり、體ごと蛙を呑んでしまひました。

蛇が蛙を呑むやうになつたのは、これからです。

六一　蚊母鳥の話

一人の女が赤坊を背負つて、畑に仕事に行きました。女は赤坊を搖籃に入れて、畑の側の木の枝に吊して、仕事をしてゐました。

女は暫らく働いたあとで、赤坊にお乳を吞ませようと思つて、搖籃の側に行きました。しかし赤坊は搖籃の中に入つてゐませんでした。女は大そう驚いて、大きな聲で泣き出しました。その泣聲を聞いて、大勢の人が駈けて來ました。そして赤坊がゐなくなつたと聞いて、みんなであちらこちらを捜しましたが、どうしても見つかりませんでした。

『きつと獸が連れて行つたに違ひない。』

『さうだ、さうだ。まああきらめる外はないよ。』

と、人々は女を慰めて、一しよに家に歸りました。

女は毎日家にとぢこもつて、泣いてばかりゐました。するとある日、畑のところで、

『お母さん、乳おくれ。』

といふ聲が聞えました。女はすぐに家を飛び出さうとしました。すると人々がそれを引き止めて、

『行つてはいけない。あれは赤坊の聲ではない。悪魔の聲ですよ。うつかり出て行くと、お前さんまでが、ひど

い目にあひますよ。』

と云ひました。女は仕方がないので、やはり家にとぢこもつてゐました。すると村の人たちがみんな同じ夢を見ました。

夢の中に赤坊が現れて、怒つたやうな聲で、

『沼の魔がだしぬけにやつて來て、私を盜んで、沼のはたの藪の中に隱しました。私はすきをうかがつて逃げ出して、畑のところまで歸つて來ました。そして「お母さん、乳おくれ」と云ひましたが、あなた方はちつともかまつてくれませんでした。だからまた沼の魔につかまつて、今度は鳥になされてしまひました。』

と云ひました。

人々はすぐに畑のところに行つて見ますと、一羽の鳥が木にとまつてゐました。形は搖籃のやうで、鳴く聲は「お母さん、乳おくれ」と聞えました。人々はそれを見て、

『ああ、あの鳥が赤坊だ。』

と云ひました。

『さうです、あれが私の赤坊です。』

と、女が云つて、木のそばに駈け寄りました。しかし鳥は驚いて飛び去つてしまひました。

これが蚊母鳥の始まりです。蚊母鳥はもと赤坊でしたから、今でも「お母さん、乳おくれ」と鳴くのです。

六二　狐の尻尾

一匹の狐が金持にならうと思ひました。それで自分の尻尾を、蝦夷島から海を越えて松前の町まで延ばしました。松前の殿様がそれをごらんになつて、

『これは神さまの竿だ。わしの着物をみんなこの竿にかけて干すがいい。』

とおつしやいました。御家來たちはすぐに殿様の着物を取り出して、みんな尻尾にかけました。それを見て、狐は急に尻尾を引つこめました。そして綺麗な着物をみんな自分のものにして、大へんな金持になりました。

他の狐がそれを聞いて、金持の狐のところに行つて、

『お前さんは、どうしてそんなに金持になつたのです。』

と尋ねました。金持の狐はくはしくわけを話しました。すると他の狐はあざ笑つて、

『なんだ、そんなことですかい。そんなことなら誰でも知つてゐる。』

と云つて、お禮も云はずに歸りました。そしてすぐに海端に行つて、自分の尻尾を蝦夷島から海を越えて、松前まで延ばしました。松前の殿様がそれを御覧になつて、

『神さまがまた竿をお出しになつた。早くわしの着物を掛けるがいい。』

とおつしやいました。御家來たちはすぐに殿様の着物を出して、尻尾に掛け始めました。狐は着物が欲しさに、

あまり早く尻尾を引つこめようとしました。すると松前の殿様は、尻尾が動き出したのを御覽になつて、

『それ竿が動き出した。この前も折角神さまが竿をお出しになつたのに、盗人に盗まれてしまつた。早く竿を切り折るがいい。』

とおつしやいました。御家來たちはすぐに刀を拔いて、竿を切りおとしました。

狐は着物が手に入らなかつたばかりでなく、尻尾まで切りとられてしまひました。

六三　悪魔と土龍

むかし悪魔が土龍と喧嘩をして、ひどい目にあはしてやらうと思ひました。そこで土龍の家に行つて、どさりと坐り込んで、

『土龍さん、お前さんは偉い神さまといふ評判だが、本當かね。本當ならわしと一つ力比べをしてもらひたいね。』

と云ひました。土龍はにやにやと笑つて、

『よろしい、力比べをしよう。』

と云ひました。すると悪魔はだしぬけに飛び起つて、土龍を摑んで、圍爐裏の火の中に投り込みました。悪魔は土龍が火の中で燒け死んだと思ひましたので、

『何だ、偉い神さまなんて威張つたつて、おれにあつては、一たまりもないぢやないか。』

と獨言を云ひながら、家を出ました。と、戸口のところに土龍がちゃんと突立つてゐました。悪魔は大そう驚いて、

『おやつ、どうしたんだ。』

と云つたかと思ふと、土龍はいきなり悪魔に飛びかかつて、抱え上げて、家の中に入るなり、圍爐裏の火に投げ込みました。悪魔は一生懸命になつて、火の中から這ひ出さうとしましたが、土龍はそのたびに悪魔を火の中に押し込みます。仕方がないので、悪魔は烟になつて逃げ出さうとしました。すると土龍は大きな息をして、烟を吹き返しましたので、悪魔はとうとう焼けて死んで、灰になつてしまひました。そしてその灰から狐と猫とが生れました。

だから狐と猫とは、兩方とも悪い性質をしてゐるのです。

六四　鼠と猫

神さまが世界をお造りになると、人間世界がどんな風に出來たかと思つて、天上界から下つておいでになりました。そして人間世界をあちらこちらと歩き廻つていらつしやると、悪魔がひよつこり現れて、神さまに向つて、

『あなたは、非常にうまく世界を造つたと思つてゐるでせう。ところが私の目から見ると、どうも拙くて仕方がありませんね。ここに生えてゐる荊や薊をごらんなさい。こんなものは一體何の役に立つのです。無暗に人の

髄を刺すばかりぢやありませんかね。あははは……』

と云ひました。神さまはこれを聞くと、大へんお怒りになつて、そつと手を後に廻して、悪魔が氣のつかないうちに一匹の鼠をおこしらへになりました。そしてぽんとお投げ出しになりますと、鼠はいきなり悪魔に飛びかかつて、あははと笑つてゐる口の中にもぐり込んで、ぷつりと舌を嚙み切つてしまひました。

悪魔は目を白黒にして逃げ出しました。しかしなかなかしぶとい奴なので、

『よし、敵をうつてやるぞ。』

と云つて、人間世界にどんどん鼠をふやしました。

鼠どもは人間の家に入り込んで、片端からいろんなものを嚙み砕きますので、人間どもは大そう困つて、

『どうか、鼠を退治して下さい。』

と、神さまにお願ひしました。神さまはその願をお聞き入れになつて、澤山の猫をおこしらへになりました。そして、

『鼠を見つけたら、片端から喰ひ殺せ。』

とおいひつけになりました。

だから今日でも猫は鼠を見つけさへすると、すぐに喰ひ殺すのです。

六五　川獺と狐

ある時神さまが川獺をお呼びになつて、

『狐に着物をこしらへてやつておくれ。着物の色は赤色にしておくれ。』

とおつしやいました。川獺は、

『承知いたしました。』

と云つて、すぐに着物をこしらへ始めました。しかし川獺は大へん忘れつぽい性質でしたので、神さまが赤色とおつしやつたのをすつかり忘れてしまつて、白色にこしらへ上げてしまひました。

狐はそれを見て、大そう怒りました。そして、

『駄目だ、駄目だ。こんな着物が着られるものか。つくり直しておくれ。』

と責め立てました。川獺は困つてしまつて、

『それでは着物を赤くして上げよう。』

と云ひました。そして川に入つて、鮭を捕へて、その血を搾つて、白い着物に一面に塗りつけました。狐は大そう喜んで、

『ああこれですつかり赤くなつた。ありがたう、お禮にわたしもお前さんの着物を綺麗にして上げよう。』

と云つて、シケレベニといふ木の皮を剝いで、それを煮て、その汁で川獺の皮を綺麗な鳶色に染めてやりました。

だから今でも狐は赤い色をしてをり、川獺は鳶色をしてゐます。

六六 川獺と鯨

川獺は大そう忘れつぽい性質です。

あるとき川獺は、一生懸命になつて自分の刀を磨ぎました。充分に磨き上げると、それを腰に吊して、魚をとりに出かけました。

海へ出ると、一匹の鯨を見つけました。川獺は大そう喜んで、すぐに鯨に咬みつきました。しかしどんなにひどく咬みついても、皮が厚いので、歯がたちもつきませんでした。川獺は大そう口惜しがつて、夢中になつて咬みついてゐると、後の方で大きな聲であははと笑ふものがあります。誰だらうと思つて、振り返つて見ると、一人のアイヌ人が海端に立つてゐました。川獺は怒つて、

『なぜ笑ふんです。一生懸命になつて咬みついてゐるのに。』

と云ひました。

『それだから笑つてゐるのだよ。』

と、アイヌ人が云ひました。

『それだから笑ふつといふ法がありますか。』

と、川獺はますます怒り出しました。アイヌ人はいよいよ笑ひ出して、

『ではお前さんは、何のために刀を腰に吊してゐるのかね。』

と云ひました。これを聞くと、川獺は頭を搔いて、

『しまつた。さつき刀を磨いだことをすつかり忘れてゐた。』

と云つて、すぐに刀を拔いて、鯨を切り殺しました。

六七　綠鳩の話

あるとき大勢の日本人が蝦夷島に來て、材木を伐るために、深い深い山に入りました。すると一人の男が仲間にはぐれて、道に迷つてしまひました。

その男は幾日も幾日も山の中を迷つて歩きました。そのうちにお腹が空ききつて、とうとう死んでしまひました。そしてその魂が一羽の綠鳩になりました。ところが日本人は大そう鹽が好きでしたので、綠鳩も每日のやうに海端に行つて、少しばかりの鹽水を飲まずにはゐられません。そしてその鳴聲は、丁度日本人がお互に呼びかはす聲にそつくりです。

六八　蝦夷雷鳥の話

むかしむかしアイオイナといふ神さまが、下界にいらした頃、山に入つて獵をなさいました。

アイオイナは澤山の鹿をお殺しになりました。そしてその皮を剝いで、日にお乾かしになりましたが、皮の惡いところは切り取つて、地面にお投げ出しになりました。と、それが見る間に蝦夷雷鳥に變りました。だからこの鳥には血が大さう少ないといはれてゐます。

六九　白嘴鳥の話

むかしむかしアイヌ人が始めて白嘴鳥を見たとき、この鳥の羽毛が、大そう光澤があつて美しいので、

『これはきつと天上界から下つていらした神さまに違ひない。』

と思ひました。それで春になつて、白嘴鳥が澤山の雛鳥を産むと、そのうちの一羽をつかまへて、立派な籠に入れて、大切に育て上げました。そして木幣をささげたり・お祭りをしたりしたあとで、

『おお白嘴鳥さま、私たちはお祭りをして、あなたをあの世にお送りします。もしあなたが神さまでしたら、そのかはりに何かいいものを投げて下さい。』

と祈つて、鳥を殺して、あの世に送りました。

その後アイヌたちが山に狩りに行きますと、いつもよりもずつと澤山の鹿や熊がとれました。アイヌたちは非常に喜んで、

『あの白嘴鳥は神さまにきまつた。今日の大獵は、あの神さまのおかげだ。』

と話し合ひました。そしてその夜ぐつすり眠つてゐますと、夢の中に黒い衣を着た一人の人が現れて、

『お前たちは、わしのためにいろいろいいことをしてくれた。だからお禮にいつも澤山の獲物を授けることにする。』

と云ひました。それでアイヌ人はいよいよ白嘴鳥を大切に崇めまつるやうになりました。

七〇　白鳥女

むかしむかし神さまが白鳥をおこしらへになつて、天上の極樂に置いて、自分が使つていらつしやる天使の一人になさいました。

下界の蝦夷島では、アイヌ人がだんだんと性質が惡くなつて、喧嘩をしたり、擲り合ひをしたり、人殺しをしたりするやうになりました。すると他の國から大勢の軍人がおし寄せて來て、ニカプ地方のアイヌをみんな殺してしまひました。ただ小さい男の子が一人だけすばやく逃げ出して、草の中に隱れてゐましたので、やつと命を

助かりました。

しかしまだ年がいかないので、自分で魚や獸をとることが出來なくて、お腹が空いてたまらなくなりました。男の子は草の上に坐り込んで、おいおい泣いてゐましたが、あんまりひどく泣きつづけましたので、あとではもう聲が出なくなりました。

もう死ぬほかはないと思つてゐますと、不意に一人の女が現れました。女は男の子のために綺麗な家をこしらへて、親切に養つてくれました。そして男の子が大きくなると、女はそのお嫁さんになりました。

女は白鳥でした、女は男の子が住んでゐたニカブ地方の人がみんな殺されてしまつたことを悲しがつて、その話が出るたびに泣いてゐました。だから今日でも白鳥の鳴聲は、女の泣聲のやうに聞えます。

七一　蛙の話

むかしむかし一人の女がゐて、ある男のお嫁さんになりました。ところがこの女は大へん性質の惡い女で、朝から晩まで何もしないで、ごろごろと寢ころんでばかりゐます。夫が見かねて叱りますと、女は大へんに怒つて、とうとう夫と夫の兩親を呪ひ殺してしまひました。

それから女はまた他の男のお嫁さんになりました。そしてまた他の男のお嫁さんになりました。かうして都合六人の男のお嫁さんになりましたが、六人とも呪ひ殺してしまひました。天上の神さまがこれを御覽になつて、

大へんお怒りになつて、女を蛙にしてしまつて、沼の中にお投げ込みになりました。そして、

『性悪女め。お前はよくもひどいことばかりしたな。その罰に蛙にしてやる。これから後、お前は汚ない水の中に住まねばならぬ。そして人間はお前の姿を見さへすると、頭を叩き潰して投り出すから、さう思へ。』

とおつしやいました。

だから蛙は今日でも汚ない水の中にばかり住んでゐます。そして人間は蛙を見つけさへすると、頭を叩き潰して投り出します。

七二　雀の入墨

神さまが世界を造つておしまひになると、天上界にお歸りになることになりました。鳥や獸どもはそのお別れに酒盛を開くことにしました。

ありとあらゆる鳥や獸が酒盛の場に集りました。ところが、どうしたのか雀だけはそれを知らないで、家にゐて入墨をしてゐました。すると神さまがお立ちになると聞いて、大へんに驚いて、

『それではぐづぐづしてはゐられない。早くお別れに行かなくつちや……』

と、入墨をしかけて、大急ぎで家を飛び出しました。入墨は嘴だけすんで、口の兩側はまだ出來てゐませんでした。だから雀は今日でも嘴が黑くて、口の兩側は黑くないのです。

七三　烏の惡戲

あるとき啄木鳥が、稗の穗をこぎ取つて、六樽の酒をこしらへました。飮んで見ると、大へんにおいしかつたので、

『これはいい酒が出來た。みんなのものを呼んで、御馳走をしよう。』

と云つて、いろんな鳥を招きました。

鳥どもが集りますと、それぞれその前に樽を据ゑました。やがて啄木鳥は家の外へ飛び出して、朴の實を一つ拾つて來て、それを鳶の前に据ゑた樽の中に入れますと、酒の味が大そうよくなりました。それでみんな甘い甘いと云つて飮みました。

それを見てゐた一羽の烏が家の外へ飛び出して、糞を一掴み掴んで來て、それを鷲の前に据ゑてあつた樽の中に入れました。すると酒の味が急に惡くなりましたので、主人の啄木鳥が大へんに怒つて、

『折角みんなにおいしい酒を御馳走しようと思つたのに、ひどいことをするぢやないか。さあ元の通りにしてかへせ。』

と、烏を責めました。お客たちも總立ちになつて、

『いたづらものを叩き殺せ。』

『縛つて、川の中に投り込め。』

と騒ぎ出しましたので、烏は這々の體でそこを逃げ出しました。そして燕のところに行つて、

『みんなが怒つてゐるから、なだめてくれないか。』

と頼みましたが、燕は首を振つて、いやだよと云ひました。仕方がないので、いろんな鳥のところへ行つて頼みましたが、みんな首を振つて、いやだよと答へます。そのうちに烏は、怒つた鳥どもに蹴ころされてしまひました。

『アイヌの部』終

台灣童話集

西岡英雄 編

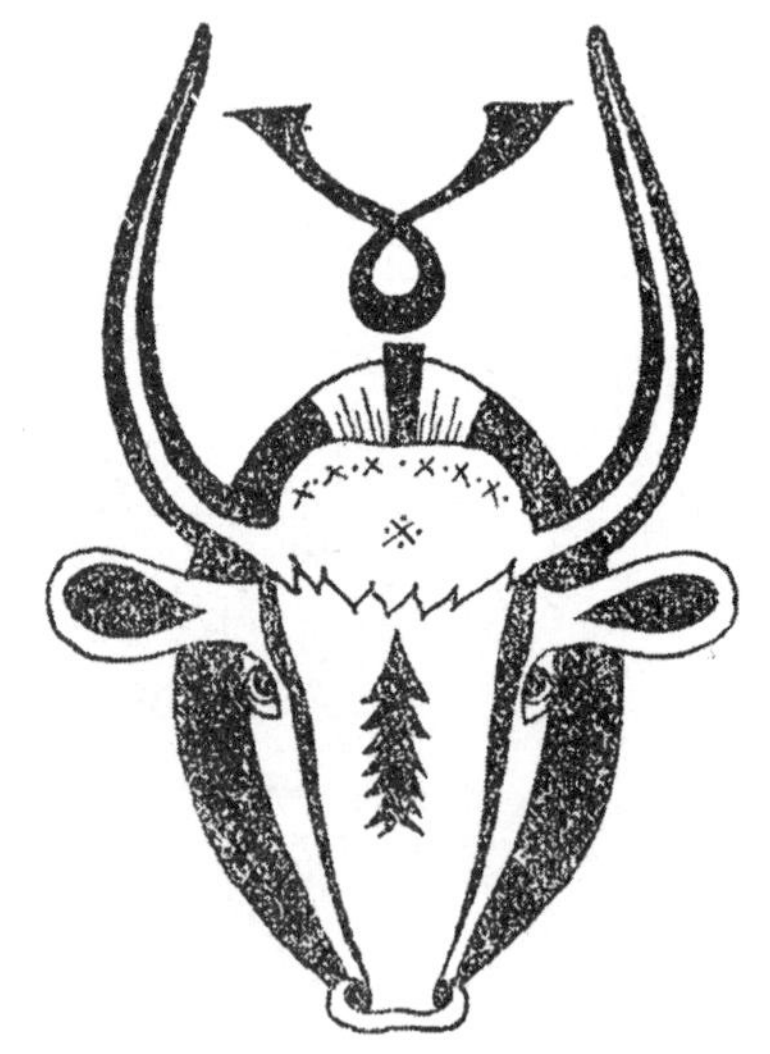

十二支の由來と鼠

原名『十二支來歴及鼠的話』

ある村に張永徳と林清福と云ふ、二人の仲の好い若者がありました。二人とも感心な男で、自分達の稼業に精出して働くのは勿論、他人にもいろ〳〵と親切を盡してやるので、村の衆は誰一人として褒めない者はありませんでした。そして惡い事をしたり、怠けたりする者を叱る時にはいつでも、お前達もあの張さんや林さんを見習ふがいいと、よく引合に出されるのでした。その上この二人の仲は、まつたく他人も羨むほどの睦じさで、お互に助け合ひ、嬉しい時は共に喜び、悲しい時には共に嘆くと云つた工合で、喜怒哀樂を共にしてゐましたので、友達とは言ひながら、まるで兄弟のやうに親しく、暇さへあれば、毎日々々兩方から訪ねて來たり、訪ねて行つたりしてゐました。

丁度雨の降るある日のことでした。張さんは雨の中を濡れるのも嫌はず、林さんを訪ねて行きました。そして二人は例の通り樂しく四方山の話を續けてゐましたが、林さんは何を思ひ出したものか、

『おい張さん、一體君は何の年だね』と訊ねました。張さんは一寸面喰つて、

『何？　私の年か』と云つて、突然に妙なことを訊くなと、怪訝な顔つきをしたので、林さんはそれがまた可笑しく、

『ははア、何をそんなに面喰ふのさ、ただ君は何の年に生れたと訊いただけだよ。それ子だとか、丑だとか云

ふあれさ』と云ふと、張さんも漸く訊かれた意味を合點して、

『あゝそれか、わたしの年かね、辰、辰の年さ』と答へて、『林さん君は？』と、直ぐ訊ね返しました。林さんは訊ねられて、につこりしながら、

『あゝ私かい、私の年はね、午さ、午の年だから、辰巳午と云つて、張さん、君より私は二つ下で、弟になるんだね』と云つて、二人は大笑をしました。それからまた林さんは、

『君のお父さんは』と訊きました。すると、張さんは暫く考へて、

『寅だ、寅の年だ』と答へました。これを聞くと林さんは、これは不思議なと云つたやうに、

『おや、私の祖父さんと同じだね、私の祖父さんは面白いのだよ、寅の歳の寅の日の、而も寅の刻に生れたんだとさ。それでから寅が三つ揃つたから、號を三寅とつけたんだが、可笑しいと云ふので、後に三虎と改めたと云ふことだ』と、祖父さんの號の由來まで話して、二人は十二支のことに話を進めたのです。

ところで、張さんが十二支の中で、子と卯と辰と巳と、それから亥とは、どんな動物に宛嵌めるのか知らないと云ひました。そこで、林さんは、さうか、ぢや敎へようと云ふやうな顏をつきをして、

『君知らないのか、ぢや敎へてやらう。いいかい、子は鼠さ、それから卯は兎で、辰は龍、巳が蛇で、亥が豚なのさ』と云つて敎へました。張さんはすつかり感心して、

『成程ね、いや難有う、子が鼠で卯が兎か、それから辰が龍で巳が蛇か、さうだつたね』と云つて、暫く何か考へてゐましたが、

『さう〳〵亥が豚だと云つたね、これやうまい、而も豚が十二支の殿は可かつたな、眞實その通り、豚はあの通、ぶう〳〵云つてぐうたらだからなア」と云ひました。

『それにもう一つ、うまいと思ふのは子の鼠さ。あの小さな、敏しつこくて狡猾な鼠を、いの一番にしたなぞは面白いと思ふね』と、すつかり張さんは感心してしまひました。

これを見た林さん、またこれが可笑しくて堪らず、

『甚く感心したもんだね、だが、實は亥は豚でなくつて猪なのさ。だが、猪より豚の方がいいから豚にしたんだよ。』と云ひました。林さんは張さんが餘り感心したので、一寸冗談をやつてみたくて、わざと猪を豚にしたのでした。ところが、それがまたすつかり張さんの氣に入つて、

『うむ、その通り、猪より豚の方がいい』と感心して、

『君、十二支なんて一體誰がきめたんだらうね、林さん誰だと思ふ!』と云つて、その由來を訊きました。すると林さんは、そのことならと云つたやうな顔をして、

『うむ、その由來なら、私が祖父さんから聽いた話があるのさ、一つ話して聞かさうかね。』と、林さんは祖父さんから聽いた十二支の由來話をしました。その話はかうです。

むかし、ある山の奥に、一人の仙人が住んでゐました。何に感じたものか、ある時のこと十二の動物を選んで十二支を作り、その十二支の動物に人間が大切に思つてゐる年を一年づゝ受持たし、その年中は人間を支配させることにして、その功勞には幸福を授けてやらう、といふ妙なことを考へつきました。そして、早速世界中の動

物どもに、

『今度動物の中から十二だけ選んで十二支を作り、一年づゝ人間を支配させ、その功勞には幸福を授けてやるから、十二支中に加へて欲しいものは、何月何日此處へ集まれ、但し數を十二としたので、たくさん來れば仕方がない、先着順で定めるから、そのつもりで當日は早く來るがいい』と、それ〲通知を出しました。

これを聞いた動物は大喜び、我こそは十二支の中に入り、人間を支配して幸福を授けて貰はう。こんな結構なことはありやしない。第一人間を支配すれば威張られると云ふので、どの動物もその日の來るのを待つてゐました。

さていよ〲その日が到來しました。待ち構へてゐた動物どもは我こそ一番とばかりに、何れも仙人のゐる所をさして出かけました。あの體の大きな、のそ〲と歩く牛も、今日こそ一番に行つて、ふだん鈍い〲と馬鹿にする人間やほかの動物どもを驚かしてやらうと、夜もまだ明けきらぬうちに、小屋からのそ〲と大きな體を運び出し、大急ぎで、仙人の所に出かけました。ところが、これも仙人の通知を受取つて、十二支の中に入りたいと思つてゐた一疋の鼠が、その牛小屋の屋根裏にかくれて棲んでゐましたが、牛がのそ〲と小屋を出て行くのを見ると、小さいがなか〲悧巧で敏つこい奴ですから、これはうまいと喜んで、牛の頭にこつそり飛び下り、角の下にしがみつきました。これで大丈夫、かうして行けば、俺がいの一番まつ先に着くにきまつてゐる、いや難有い、第一歩かないで濟むからなア。狡猾な獸です、ほかの獸の力で、うまく功名しようと、一人で嬉しがりながら、牛に知れないやうに鼠鳴きして舌をぺろりと出しました。

牛はこんな奴が、自分の頭に乘つてゐようとは、夢にも知らず、今日こそはいの一番にと、側目も觸れず一心

TERU

不亂に、急ぎに急いで行きました。ところがその途中、川がありましたので、牛はぢやぼ〳〵と渉り、それから山を越さなければならないので、牛はもう一奮發と精出して登りかけました。その時、頭にゐた鼠は、もうこの山一つと知つたので、牛に知れないやうに、ひらりと輕く飛び下りて、一目散に山を駈け登り、とう〳〵いの一番に仙人の所に到着しました。牛はそれを少しも知りませんでした。

仙人の所に着いた鼠は、ほかに動物の姿が見えないのに安心しました。早速仙人の前に來て叮嚀に叩頭をしで、

『お早う御座います、私は鼠でございます。どうか十二支の中にお入れ下さい』と、挨拶やら願ひやらを述べました。仙人はまだほかの動物が一つも來ない間に鼠が來たので大滿足、莞爾しながら、

『おゝ鼠か、お早う、まだ誰も來ないよ、お前が一番だ、第一位にしてやらう』と云ひました。仙人は鼠が狡猾な眞似をしたことなど少しも知らないので、とう〳〵鼠を十二支中の第一位に据ゑました。鼠は大得意で小さな鼻を蠢めかして、仙人の側に控へてゐます。こんなこととは知らぬ牛は、大きな體を急いで運ばせ、可哀さうに川を渉り山を越へて、苦しみ喘ぎながら、漸く仙人の所へやつて來ました。

『やれ〳〵やつと來たぞ、まだ誰も來てはをるまい、俺がいの一番だ』と、一人で嬉しがりながら、仙人の側に來て、

『いや、お早うございます。私は牛でございます』と挨拶しました。そしてひよいと仙人の側を見ると、吃驚しました。と云ふのは、何時の間に來たのか、小屋の屋根裏に潜み棲んでゐる鼠の奴が、もう自分より先に來て、

ちやんと控へてゐたからです。

牛はすつかり落膽して、悲しさうに眼をぱち〳〵させてゐると、仙人がその樣子を見て言ひました。

『牛さんか、早かつたな、けれどお氣の毒だが、鼠の方が先に着いたから、お前さんは第二位だ。鼠の次に据ゑてやらう、まァ休むがいい。まだ他のものは來ないんだから……』これで牛は殘念ながら十二支の第二位に置かれたのでした。牛は仕方なく、口惜さうに睨みながら、草原の方へ行つて休みました。

口惜しがりながら草原の方へ行つた牛を、仙人の側から見送つてゐた鼠は、やがて牛の側へやつて來ました。

そして、

『やあ、牛さん、お氣の毒だね』と、さも馬鹿にしたやうな調子で云ひました。牛は落膽のあまり悲しさうな眼つきをして、

『うむ殘念だつたよ、けど私はお前が先に來てゐようとは思はなんだ。一體お前はどうして先に來たんだね』と訊ねました。そこで鼠はさも自慢さうに、實はこれ〳〵と、脫けがけの功名話をして、

『どうだい、わたしは敏捷だらう、何しろ體は小さくつても智慧があるからね』と、憎まれ口をきいて、ざまア見ろと云はぬばかりに、牛を尻目にかけて、仙人の側に歸つて行きました。鼠の話で一杯喰されたと知つて、牛は大層怒りました。そして、抗議を申立てようと仙人の所へやつて來て、鼠の不正なやり口を訴へました。けれども仙人からもう鼠を第一位と定めたばかりか、鼠に出し拔れたのはお前の愚鈍からの失態だと云はれて、不平だら〳〵引き退りました。その時もうそこには、虎、兎、龍、蛇、馬、羊、猿、鶏、犬と云ふ順で、最後に猪、

の代りに豚が來たので、十二の數はすつかり揃ひました。仙人は大滿足、そこで約束通り、それ〴〵年を受持たせ、子の鼠を第一位に、牛から虎と云ふ順に定めたので、今も人が使つてゐる子丑寅の十二支が出來たのです。

十二支の由來を感心して聽いてゐた張さんは、

『成程面白い由來話があるんだね。ところが林さん、私は一つ不思議に思つてゐることがあるんさ。それは猫のことだがね、どうして猫は十二支の中に入れてないんだらう。あんなに在り觸れた動物だのに、どうも可笑しいぢやないか』と、猫の除外問題を質問しました。林さんは、

『ああ、それかい、それに就いては、私がお祖父さんから聽いた話が一つあるんだよ。ぢや序に話すことにしよう』と云つて、猫が十二支に入れられなかつたわけを話しました。

猫も仙人から集まれと云ふ通知を受けたのです。そしてどうしたつていの一番は自分のものだと、ほかの動物と同樣にその日の來るのを待ち侘びてゐたのですが、どうしたものか、その日の前になつて、その日を忘れてしまつて、明日だつたのか明後日だつたのか分らなくなりました。そこで、つい近所に棲んでゐる鼠に訊ねてみようと、わざ〴〵鼠の所へ出かけてその日取を訊いてみました。ところが鼠は平素から猫の恐しい容貌が大嫌ひで、あんなものを十二支の仲間に入れては迷惑と思つたので、猫から日取を訊かれたのを幸に、さも眞實らしく明後日だと、虚言を敎へました。欺されたとも知らない猫は、その日は御禮を云つて歸り、鼠の敎へたのを信用して、集まりのすんだ翌る日、朝早く仙人の所へ出かけました。

猫は仙人の所へ來て見ると、急いできた効があつて、他の動物の姿一つ見えません、「やれ有難い、まだ誰も

來てゐない、私がいの一番だ、占めたぞ〳〵」と、一人心の中に喜びながら、仙人の前へでました。

「お早うございます、猫が參りました」と云ふと、仙人は不審さうに、

『おう、猫さんぢやないか、こんなに早く何か用事でも出來たのかね』と云つて、汗を拭きながらはあ〳〵言つてゐる猫の顏を覗きこみました。猫はこの挨拶にこれは不思議と、俯に落ちかねる面持で、

『あの今日は十二支の……』と云ひかけると、仙人は皆まで聽かず、

『うむあれかい、もう定めたよ、昨日』と云ふのでした。猫はあつと吃驚仰天して、

『あのもう定まつたのですか、昨日……』と悲しさうに云ひました。仙人も猫の驚きやうがありまひどいので不審に思ひ、少々氣の毒になつて、

『あゝ、お前は日を間違へたね』と云つて猫を宥めてやりました。猫はがつかりして、

『さうでございますか、それぢや鼠の奴に欺されたんです、口惜しい』と云つて、鼠が今日だと教へてくれたことを話して、一杯喰されたのだと殘念がりました。

仙人は猫が口惜しがるのを氣の毒に思つて、切りに宥め、牛も鼠に一杯喰されて、第二位になつた話をしてやりました。すると猫は、それを聞いて、自分ばかりか牛までも一杯喰はした鼠の狡猾を怒り、あの圓い眼を一層大きく圓くして、

『あゝ牛もですか、糞！ 甚い奴だ、よし、もう勘辨出來ないぞ』と大層憤慨しました。そして、この恨怨を晴らさずに置くものかと、かん〳〵に怒つて、その儘歸つて行きました。こんな工合で可哀さうに猫は、鼠に騙

されたばかりに、樂しんで待つた効もなく、とう〳〵十二支の中に入ることが出來ないで、除けものにされてしまひました。

で、棲家に歸るとすぐさま仲間の者を呼び集め、鼠の惡事の一部始終を話して、

『わたしは口惜しい、腹が立つて溜らない。これからみんなで鼠の所へ押かけて行つて、敵討をしようと思ふのだ』と恐しい勢で仲間に訴へました。そこで仲間の者は誰もかれも自分の事のやうに憤慨して、早速贊成しました。そして勢込んで鼠の棲家へ押かけました。さあ出かけると言ふ時に猫は一同に向つて言ひました。

『いいかな、しつかり頼んだぜ。それから憎しいのは鼠だ、私達の仇だから思ふ存分遣つつけてくれ、殺したつて喰つたつてかまやしない。うんとつちめてやつてくれ』そして自分が先頭に立つて押かけました。さあ猫が恐しい勢で押寄せて來たので、鼠は吃驚して逃げようとしましたが、惡の報い、とう〳〵喰ひ殺されてしまひました。けれども猫の恨はこればかりではまだ解けません。首尾よく仇討がすむと、猫どもはまた相談して、

『あんな狡猾な奴を生かして置くとどんな惡いことをするか分らないから、これからは見つけ次第容赦なく、鼠といふ鼠はみんな引つ捉へ、嚙み殺して骨も殘さず喰つてやらう』と云ふことに決めました。この相談は猫どもの子から孫へと傳へられてゐるので、今でも鼠を見れば目の敵にして引つ捉へ、嚙み殺して骨まで喰つてしまふのです。

林さんは十二支の由來から猫の話をつづけて、

『どうだね、面白いだらう。猫と鼠の話なぞも珍しいぢやないか』と云つて、につこりしながら、冷めたくな

つた烏龍茶を甘さうに喫みましたとさ。

虎を欺いた猫の話

原名『騙虎之惡猫的話』

むかし〳〵ある山の中に、虎と猫とが棲んでゐました。虎と猫とは形や姿がよく似てゐるので、『お前と私は、かうお互に形や姿が似てゐるから親類なんだよ』と云つては、平常からどつちからも往來して仲よくしてゐました。ある日のこと、虎が猫の家へ訪ねて來て、にこ〳〵しながら言ひました。

『おい猫さん、どうしたと云ふんだらう、この頃は山を歩いても、村へ出かけてみても、さつぱりいい獲物にありつかないんだよ、すつかり困つてしまつたよ。どうだね、お前さん何處か好い獲物のありさうな所を知つてゐるなら、親類ぢやないか、一つ教へてくれないか』餘程困つてゐると見えて、いつもの元氣は何處へやら消え失せて、虎は弱音を吐きました。ところがその頃猫も同樣好い獲物がなくて困つてゐるところなので、

『さうだね、實は私も困つてゐるところなのさ、教へるどころか、こつちで教へて貰ひたいくらゐだよ』と、さも困つたといふやうな顏をしました。

虎はさう聞くと一寸氣を廻して、猫の奴わざと隱してゐるんぢやないかと思ひました。

『さうかね、そいつあ困つたな、お互にこんなぢや次第に痩せるばかりだ』と云つて猫の樣子をじろ〳〵見ながら、

『時に猫さん、お前さんはよく麓の村に行くぢやないか』とかまをかけました。猫はそんなこととは知らず、

『うむ先頃二三度行つてみたが、どこの村も同じで、獲物なんかちつともありやしないよ』と、氣のない返事をしました。これを聞くと、虎は小々機嫌を損じたらしく、

『さうか、それや困るな、だが町はどうだい、わたしは滅多に町へ行かないが。お前さんは時々行くだらう、町なら一つや二つはありさうなもんぢやないか』と、今度は町の樣子を訊きました。猫は町と聞いて、なほ更ら厭な顔をして、

『町かね、町はなほ駄目だよ』と一向浮ばない返事をしました。そこで虎は餘計氣を惡くし、

『なに町は駄目だつて、はは冗談云つちやいけないよ、町に行きや家鴨や鷄がゐるだらう』と突つ込んで訊ねました。猫は虎が機嫌を損じたと知つて、

『それや村だつて町だつて人間がゐるんだから、家鴨も鷄もゐるさ。だけど家鴨や鷄は町より村の方が澤山飼つてんるだから、もし欲しきや村へ行くさ。けども、あんな小つぽけなものでいいのかい、小さいのは面倒ぢやないか』と云ひました。虎はいよ〳〵機嫌を惡くして、

『ぢやあ大きな奴がゐるかい』と問ひ返しました。猫は笑ひながら、

『豚ならゐるさ、それぢやどうだね』と云ひました。そして體が大きいから豚だつて我慢すると云ふ虎の弱音を氣の毒に思ひました。けれども虎はすつかりへこたれてゐる時なので、

『うむ、豚も結構だ、けれど一層のこと人間にしようかな』と、とう〳〵恐しいことを言ひだしました。

弱音を吐いた虎が、人間にしようかなどと云ふのを聞いた猫は吃驚して、これは飛だことになつてしまつたぞと思ひました。

『なに人間にするつて、恐しいことを云ふぢやないか、私はもうお前さんと一緒にゐるのは御免だ』

今度は虎が猫の弱音を笑ひました。

『ははあ、弱い音を吐くぢやないか、そんなに人間が恐しいかね』と云つて『いいぢやないか、一緒に行かう』と誘ひました。けれども猫は尻込みして、

『厭だよ、お前さんは強いからいいけれど、私はこんなに弱いんだもの、一緒に行きや、私の方が険呑だからね』と、どうしても一緒に行かうと云ひません。

『ははあ、何を云ふんだい、いゝから行かうよ、構はないぢやないか。仕事は私がするから、お前さんは案内だけしてくれなよ』

かう言はれてとう／＼猫も仕方なしに、虎と一緒に村をさして出かけることにしました。

さて虎と猫とは早速打ち連れ立つて、麓の村へ出かけ、こゝかしこと村ぢう捜し廻りましたが、生憎といゝ獲物が見つかりません。二匹は仕方なしに、残念ながら不運とあきらめて、山へ帰りかけました。するとある百姓家の裏で一頭の大きな豚が、竹藪の蔭をのそ／＼歩いてゐるのを見つけました。猫はすぐさま虎を呼び止めて、

『おい、豚がゐるよ、豚でもいいかね』と云ひました。虎は獲物がないのに氣を腐らしてゐるところなので、

『うむ、豚でも結構』と云ひながら猫の側へ来て、『おい、どこにゐるんだい』と訊ねました。猫は竹藪の蔭

を指して、

『そら、あそこにゐるだらう』と云ふので、虎がその指された方を見ると、なるほど大きな豚がをります。

『うむ、ゐた、ゐた、しかも大きな奴だ。これや有難い。よし、私が一つやつつけてやらう』と、乘氣になつて豚を襲ひかかりました。

豚は恐ろしい虎が今にも飛びかゝらうと、身を潜ませて近づいたのも知らず、うろ〳〵餌をあさつて歩きながら、いつの間にか虎の側まで來てしまひました。虎はこの時とばかり身構へして、

『うおう』と一聲高く唸りました。豚はこの唸聲を聞くと、さては恐ろしい虎の聲と吃驚仰天、見るともう眼の前に物凄い虎が、自分を狙つて今にも飛びかゝらうとしてゐるのです。慄へ上つて、一生懸命逃げようとしましたが、もう足が竦んでしまつて逃げることも出來ません。悲しさうに、

『うい〳〵』となきながらぶる〳〵慄へてゐるばかりです。虎はすぐさまそれに飛びかゝつて、見る間に大きな豚を咬み殺してしまひました。そしてうまくいつたわいと勢込んで四邊を見廻し、

『おい猫さん、どこにゐるんだ、早く來ないか、うまくいつたよ』と、猫を呼びました。竹藪の隅に隱れて様子を見てゐた猫は、虎からかう呼ばれるので、のこ〳〵出て來ました。そしてさも感心したやうに、

『いやどうも豪勢なものだね、わたしは今まで竹藪の所で、お前さんの働きを見てゐたが、餘りの恐しさに慄へ上つてしまつたよ』と褒めました。虎はちよつと得意になつてにこ〳〵しながら、

『さうか、だが慄へるとはあまり弱いぢやないか。そんな弱いことを云つちや、わたしの恥になるよ、お前さ

んとわたしは親類ぢやないか』と云つてから〳〵と笑ひました。そして『まあ、そんな事はどうでもいい、兎に角久方振で獲物にありついたんだ、早速喰はうぢやないか、遠慮しないがいい』と、虎はすぐさま獲物の豚を喰べ始めました。そこで猫も、

『いやこれは御馳走さま、遠慮なしに頂くとしよう、お互に親類だからね』と、お世辭を云ひました。虎と猫とは甘さうに豚を喰べて、切りに舌皷を打つてゐました。

幾ら大きな豚でもたつた一匹では虎だけで喰べても充分ではありません。その上猫まで喰べたのですから、すぐに喰ひ盡してしまひました。けれども猫はまだ地面に流れてゐる血をさも甘さうに舐め廻つてをりました。これを見ると虎が不思議さうな顔をして、

『おい〳〵、血がそんなに甘いかね』と笑ひながら云ふと、猫はなほ舐め廻りながら、

『あゝ甘いとも、甘いとも。肉も甘いが血はまた格別だよ』と、如何にも甘さうに云ふのでした。そこで虎も舐めてみたくなつて、

「さうか、そんなに甘いかい、私も一つ舐めてみたいな。だがうどして舐めるのか舐め方が分らない。おいちよつと教へてくれないか』と云ひました。

狡猾な猫は虎が唸つて敵に勝つことを知つたので、唸り方を覺えて一つ敵を負してやらうと考へてゐたところへ、うまくとり換へつこするものが出來たので、虎が教へろと云つたのを幸に、

『うん教へてやらうが、私にも一つ註文があるな』と云つて、唸り方を教へてくれと頼みました。虎はこれを

聞くと、

『はゝあ、何の註文かと思つたら、何だ唸り方かい。うむ、それや教へもしよう、だが、それより舐め方を先に賴まう。さうしないとお前さん欺すかも知れないからな』

猫はわざとらしく笑つて、

『それや此方で云ふことさ、お前さんは强い獸だもの、舐め方を教へてしまつた後で約束を破られたつて、わたしにやどうすることも出來ないぢやないか。だから、わたしが先に教はるとしようよ』と、うまく虎を欺してしまひました。

虎は欺されるとも知らず唸り方を教へてやりました。

猫はそれを一度にすぐ覺えてしまつて、まづこれでよしと一人で心にうなづき、

『いや大きに有難う。よく分つたよ、もう大丈夫、いつでも唸れる』と禮を云つて、虎が今度は自分の番だと待つてゐるのも構はず、

『ではぼつ／＼歸るとしようか』と云つて、挨拶をしてずん／＼歸りかけました。そこで、

虎はそれぢや約束が違ふと驚いて、

『おい／＼、今度はわたしの番だよ。舐め方を教へてくれないか』と云ひました。すると猫は今更氣づいたといふ様子で、

「あゝさう／＼」と云ひながら、ちよつと空の方を眺めて、『だが、今日はもう遲いから駄目だよ。もうすぐ

夜になるから明日にしようよ。夜我家へ歸つてると途中が物騒だからね』と、まことしやかに云つて、夜になるのをさも怖がつてゐるやうな風をしました。虎は欺されるなどゝは知りません、猫からかう云はれて、四邊の光景を見ると、なるほどもういつのまにか夕方なので、それでは明日にしようと思つて、

『ぢや今日は仕方がない、明日にしよう、明日はきつと教へてくれるんだぜ。いゝか、賴んだよ、確に約束したよ』と、その日は豚肉の御馳走にありつけたのを喜んで、猫と連れだつて山へ歸つて行きました。

さて翌日になると、虎は早速猫の家へ訪ねて行きました。

『おい猫さん、約束だよ。さあ今日は教へて貰はう』

けれども猫は、もと〳〵欺して唸り方を教はらうと考へてゐたのですから、約束はしたものの、なか〳〵おいそれと教へようとはしません。

『あゝ困つたな、實は虎さん。昨日お前さんの御馳走で豚を喰ひ過ぎたと見えて、今日はどうも腹の工合が惡いんだよ。折角だが明日に延してくれないか、明日はきつと教へるから』と、さもまことしやかに口から出任せの口實をつけて、氣の毒さうに謝絕を云ひました。虎はそれでも教へろとも云はれないので、

「さうか、それやいけないな。腹の工合が惡くつちや仕方がない、ぢやまた明日來るとしよう』と、澁々立ち上りかけました。

『うむ、ほんとに足を運ばせて氣の毒したね』猫はかう云ひながら、虎を見送りました。その後では、長い舌をぺろりと出して、うまく欺してやつたわいと、さも氣味よささうに、にやりと笑ひました。

かくとも覺らぬ虎は、その翌日になると、またしても猫の家へやつて來ました。

『さあ、今日こそ是が非でも敎へて貰ふぜ』と、立腹の體で居催促しました。かう幾度も催促に來られてはいさゝか蒼蠅いな、と猫はかう思つたものの、相手は何しろ恐しい猛獸のこと、迂濶に口をきけばそれこそ生命が危いので、何とかうまく遁げる工夫はあるまいかと、いろ〳〵考へてみましたが、頓と思ひ當りません。その上虎はます〳〵やかましく言つて催促するので、今はもう絶體絶命、

「あゝ、面倒臭い、何だ唸り方一つ敎へたと云つて、さうやかましく催促するにや當らないぢやないか。なに約束だと、はゝあ、約束は約束さ、だがわたしの方にも都合があるからね、今日は何と言つても駄目だよ』

と、素氣なく斷つてしまひました。さあ虎は怒るまいことか、

『この畜生、よくも約束を破つたな、覺えてゐろ。もう用捨はない、咬み殺してくれるぞ』と物凄い勢で猫を目がけて飛びかゝりました。その時猫はひらりと身をかはし、側にあつた樹の上へ、する〳〵と攀つてしまひました。そして、

『あゝ驚いた、危い〳〵』と云ひながら枝の上へ腰をおろして、

『亂暴するんぢやないよ。危くつて堪らない』と、樹の根元に身構へて、猫を睨んで怒りぬいてゐる虎に向つて、

『おい虎さん、怒つたね、口惜しいかい。口惜しきやこゝまで來るさ、どうだい來られるかな』と、横着にも虎を嘲笑ひました。これを聞いた虎は己れ憎い猫奴と、今にも飛びかゝらうとしました。けれども虎には樹攀り

は出來ません、口惜しいが仕方がないので、地團駄踏んで怒つてみるばかりです。

『おのれ猫奴、よくもこのおれを誑したな。よし、もう、この上は貴樣が下りて來るまで、いつまでもこゝで待つてゐるぞ』と呶鳴りつけました。すると、枝の上の猫は、

『あはゝ』と笑つて、『いや御苦勞、いつまでも其處にゐるさ、私はこれからちよつと餌を搜しに出かけるとしよう』と云つて、ぴよいとほかの樹の枝に飛び移りました。これを見た虎はいよ〳〵怒つてその後を追ひかけました。

『おのれ何處へ行く、逃がすものか』

『何處へ行かうと大きなお世話だ、まあお前さんはそこで番をしてゐるさ』猫は笑ひながら云つて、樹から樹を傳つて、ずん〳〵逃げて行きました。虎は口惜しくてたまらないので、まけずに後を追ひかけましたが、たうとう姿を見失つてしまひました。虎はたいさう殘念がつて、

『よし、もうこの上は、山ぢう歩き廻つて、見つけ次第に咬み殺してやる』とその日からといふもの、毎日〳〵歩き廻つて、猫を搜してをりました。これを聞いた猫は、こいつ山にゐては生命が危いと、虎に知られないやうに、こつそり麓の村へ逃げ込んでしまひました。

さて、村に逃げ込んだ猫は、ある人家へやつて來て、神妙な猫撫聲で、さも本當らしく、自分の惡いことはすつかり隱して、虛言八百を並べたて、親戚の虎に苛められ咬み殺される所を逃げて來ましたからと、悲しさうに救助を求めました。ところが、その家の主人といふのが大層慈悲深い人だつたので、猫の云ふことをすつかりま

に受けてしまひました。その上ふだんから虎をひどく憎んでゐましたので、早速その猫を自分の家で飼ふことににました。そして大切にして可愛がつてくれるので、猫もこれですつかり安心しました。ところがある日のこと、主人は猫を呼んでこんなことを言ひだしました。

『おい〳〵、わたしはお前の身の上話を聞いて、そいつは氣の毒だと思つたから、今日までかうして飼つて置いたんだが、お前のやうにさう毎日〳〵遊んでゐるんぢや、もうこの上飼つておくわけにいかないよ。だから何處かぶら〳〵してゐても飼つてくれるやうな家へ行つてくれ。わたしは怠けるのが大嫌ひなんだから』

だしぬけにかう追ひ立てを喰つた猫は、面喰つてしまひました。そして今まで怠けてばかりゐたのを今更のやうに後悔して、

『ではこれからはきつと働きますから、どうぞ飼つて置いて下さい』と頼みました。そして種々と考へた末、この家には前から鼠が澤山ゐて恐しく亂暴するので、主人はじめ家の人がみんな閉口してゐるのを思ひ出して、一つ鼠退治をしてやらうと考へつきました。で、早速そのことを主人に申出ました。これを聞いた主人は大層喜びました。そこで、猫もたうとう改心して、それからといふもの一生懸命鼠退治のためにつくし、鼠を一匹殘らず追つ拂つてしまひました。主人も家の人も大喜び、それからは前にもまして可愛いがつてくれますので、猫もすつかり心を入れかへて、主人大事とよく働き、虚言も云はず、良い獸になりました。けれど虎はまだなか〳〵惡いことをしますし、いつまでも猫を敵とつけ狙つてゐるので、滅多に外へも出られませんでした。そして糞をしにたま〳〵外へ出た時でも、虎に所在を知られぬために、きつと後脚でその糞に土をかけて埋めることにし

て、決してそれを忘れませんでした。今でも猫が外で糞をした後で、後脚で糞に土をかけるのは、この先祖の習慣が、子孫に傳はつたのださうです。これは臺灣人の話です。そして今でも多勢の人はそれを信じてゐると云ふことです。

劉大人と煠卵の話

原名『奇智之裁判的話』

まだ臺南が臺灣の首都だつたむかしのことです。臺南に狀元と云ふ今で云へば博士に相當する學位を持つた劉如水と云ふ人がありました。何しろ狀元と云ふ學位は、難しい官府の試驗に合格した者でなければ授けられないので、狀元の學位を有つ人々は、いづれ劣らぬ學者ばかりで、みんな立派な人達でした。劉如水もその中の一人で、人々からは劉大人と尊敬され、ある官衙の長官になつてゐました。

ある日の夕方のことでした。この劉大人は一日の勤務を終つて役所を出かけた時ふと、はや長い間ご無沙汰をしてゐる兄の家を久しぶりに訪ねようと、思ひつきました。そして自分の家へは使を出してこのことを知らしておいて、一人でぶらりと役所の門を出て、兄の家をさして歩きはじめました。兩側の町家にはもうあかりがちらしてゐて、どこの家でも夕ご飯の仕度に忙しさうでした。劉大人は歩きながら、かうした町の様子を見るともなしに眺めて、久し振りで逢ふ兄のことや嫂のことを心に描き、逢うて語る時の樂しさなどを考へて、にこにこしながら一歩〱兄の家に近づきました。兄の家はこの賑かな町の端れでした。町を通りぬけると、そこに

門があつて、その側には繁つた榕樹が、夕闇の中にほの黒く見えてゐました。劉大人はその門の内へつか〳〵とはいり、玄關に立つて、

『頼まう、御免』と案内を乞ひました。すると、奥の方で女の應へる聲がしたと思ふまもなく、そこには顔馴染の女中が顔を出しました。

『おや、お分家の旦那様で。いらつしやいまし』と、にこ〳〵愛嬌を見せながら丁寧に會釋すると、そのまま奥へはいつてしまひました。

劉大人は妙なことをするなと思ひながら玄關に立つてゐると、やがてそこへ姿をあらはしたのは優しい嫂でした。

『まあしばらくでしたね、ようこそ。さあどうぞ……』から云ひながら、自分が先にたつて、劉大人を應接室へ案内しました。そして室の入口で輕く會釋したと思ふと、これもまた奥へ行つてしまひました。劉大人は仕方なしに、そこにあつた一つの椅子に腰をおろしました。軈て一人の召使ひがやつて來て、美しい飾燈に燈をともしました。部屋中はその光を受けて美しく輝きわたりました。劉大人は今にも兄か、嫂が來るだらうと待つてゐましたが、幾ら待つても二人とも出て來ません。そのかはり、女中が入れ替りに煙草やお茶やお菓子などを運んで來ては、卓の上に置て、待遇してくれました。けれど兄も嫂も一向出て來る様子がありません。劉大人は所在ないまゝに、茶を喫んでは、煙草をすつてゐました。そして紫色の煙が室の彼方にゆら〳〵と流れて、末は薄く消えてゆくのを、ぼんやりと見送つてゐました。

大分長いこと待たされた劉大人は、餘り兄や嫂が出て來ないのがそろ〳〵不思議になつてきました。「いや、ひよつとすると兄さんは不在なのかも知れないな。それに嫂さんは女のことだから、夕飯の仕度でもしてゐるんだらう。これは飛んだ邪魔をしたな」劉大人はふと思ひつきました。そしてうつかり訪ねて來たことを今更のやうに後悔しました。すると丁度その時室の外に足音がして、誰か來るらしい氣色がしたので、座作を改め椅子に腰をおろして待つてゐると、室の扉が靜かに開いて、美しい着物に着換へお化粧までした嫂が、淑かにはひつて來ました。

『まあ長いことお一人でお置き申してほんとにすみませんでした、失禮しましたね』嫂はから云つて、會釋しながら、劉大人と卓を狹んで椅子に腰をおろしました。劉大人は長いこと待たされましたが、嫂からからでられては怒るわけにもゆきません。

『いや、私こそ飛んだ失禮をしましたね、丁度お忙しい時分お邪魔をしてしまつて』と挨拶して『時に嫂さん、兄さんは？』と、訊ねました。心の優しい嫂は、折角訪ねてくれたのに不在なので、何となく氣の毒でならないと云つた樣子で、

『まあ、ほんとにお生憎でしたね。今日は不意に急な用が出來まして、午後から出かけたのでございますよ』と、いかにも濟まないと云つたやうに、俯向いて詫びるのでした。

折角久し振に訪ねて來たのに、兄が不在と聞いた劉大人は、聊か失望しましたが、流石に嫂の手前、殘念と云つた風を見せるわけにもまゐりません。

『あゝさうですか、それや殘念ですな、でも、御用があれば仕方ありません。それにわたしもだしぬけにやつて來たのですからな」と云つて、すぐに歸らうとしましたが、この儘歸つては嫂の氣を惡くするだらうと思つて、そのまゝ腰を落ちつけて、暫く嫂と四方山の話をつゞけてゐました。軈て、歸らうと座を立つて、

『ぢや、また來ませう』と云ひました。すると嫂は慌てゝそれをひき止めて、

『まあいいぢやございませんか、主人がをりませんでも』と云ひました。このまゝ歸しては氣が濟まぬと云ふやうな口ぶりでした。劉大人はそれを輕く受けて、

『いや何です、兄さんの留守に長く御邪魔しても惡いし、それにもう夕餉時分ですからね』と腰をあげかけました。

『まあ何をおつしやるの、そんなご遠慮には及びませんわ。主人は留守でもわたしがお相手いたしますわ。それに丁度ご飯時でもございますから、何もありませんが久し振に召し上つて下さいな。もう支度も出來ましたし、召上つてるうちには主人も歸るでせうから』嫂はかう言つてしきりに止めました。「さては先刻長く待たしたのは夕餉の支度をしてゐたのだな」劉大人はかう氣がつくと、それでも無下に歸るとも云へず、折角の志を受けずに歸るのはかへつて失禮と思つて

『いや、それぢや何でしたね、かへつてご迷惑に來たやうで恐縮します。折角ですから、それぢや遠慮なく、御馳走になることにしませう』と歸るのを思ひとゞまり、嫂の好意を感謝しました。

何事にもよく氣がつく如才ない嫂は、劉大人の久し振の來訪に、折柄の夕餉時なので、すぐさま夕餉を支度

しましたから、劉大人も快く御馳走になることにして腰を落ちつけました。女中がすぐにお膳を運びました。幾つかのお皿に盛られた種々のご馳走が、女中の手で運ばれて、卓の上に美しく並べられました。それに香の高い、甘いお酒も出ました。劉大人は、これを見て、

「やあ、これは飛んだ御迷惑で……』と云つて、にこ〳〵しながら、眼の前の卓の上に並べられる皿の數々を見廻して、いろ〳〵お禮を言ひました。嫂は御馳走が並んでしまふのを待つて、

『さあ何もありませんが一つ』と勸め、壜を手にして、『まあお一つ、わたしがお酌しませう』と、盃を取らせ、なみ〳〵とお酒をついで、『どうぞご緩りご遠慮なさらずに』と云つてにつこり笑ひました。劉大人はいよいよ恐縮して、盃を手にしながら、

『嫂さんのお酌で、恐れ入ります。では遠慮なく頂戴します』と嫂に挨拶して、さも氣持よく一口飲みました。嫂も滿足して、

『さあどうぞ、折角久し振に入しつたのに、主人が不在でほんとに殘念でしたね』とこんなことを云ひながら、兄に代つて心からもてなすのでした。

優しい嫂の心づくしを大層ありがたく思つた劉大人は、勸められるまゝに、思はず盃の數を重ねてうつとりといゝ機嫌になりました。並べられた皿に遠慮なく箸をつけて、舌皷を打つてゐました。が、その時不意にどうしたのか、

『あつ！』と云つて顔を顰めました、嫂に氣づかぬやうにと注意はしましたが、何事につけても敏く賢い嫂

が、何でそれを見逃しませう、この擧動を目早く見けつて、すぐ卓の上の皿をそれとなく見廻しました。ところが、幾つか並べられた皿の中に、煠卵が三つあるのが目につきました。これを見た嫂も同じやうに、

『あつ！』と云つて苦い顏をして、急いでその皿を取り上げました。

『まあ、どうしたと云ふのでせう、これは飛んだそさうをしてしまひましたね、ご免なさいよ』と、粗忽をしきりに詫びました。そして、このしくじりを恥ぢて、穴があつたらはいりたいとでもいつたやうな風情でした。

劉大人は嫂のこの樣子にかへつて恐縮して、

『いや、何でもありやしませんよ、言はゞわたしとあなたの間は、內輪も同然ですもの』と、そのまゝ水に流さうとしました。けれども嫂はなか〱承知しません。

『でもあなた、こんな粗忽をしては申譯がありませんわ』と、詫びるばかりか、內輪の客とは云ひながら、大切な良人の弟、その人にこんな失禮をしては、折角の心盡しも水の泡、この儘には濟されぬと、わざとしたことかそれとも失ちか、誰の仕業か、それを確めねばならないと下女をみんな呼び寄せ、客の目の前で調べることとして、下女にみんな來いと云ひつけました。

一體臺灣人の間には、むかしから、妙な習慣があつて、三とか五とか七とか云ふ奇數を大層忌み嫌ふのです。殊に客を饗す時用ふものは、お菓子でも、お料理の皿數でも、お皿の中の品數でもみんな奇數を嫌つて、二とか四とか六とか云ふ偶數を用ふことになつてゐるのです。さてこそ劉大人の前に並べられた皿の中の煠卵が三つあつたので、お客の劉大人はそつと苦い顏をするし、嫂は氣を惱んで、しきりにお詫びを言つた揚句、下女を一々調

べるといふことになつたのです。はじめ嫂が臺所で盛らした時には、確に四つあつたのです。それが今見れば、どうしても三つしかありません。これは自分に何か怨恨のある者がわざとしたのか、それとも惡戯か、お客の前で赤恥を洒させようと企んだのか、または過ちに一つ失くしたか、何にしても飛んだ眞似をしたもの。お客が良人の弟だから穩便にも濟まされるとは云へ、一家の主婦としてこんな大失態を、この儘にすますわけにはゆかない、と嫂はかう思つたのです。かうなつてくると劉大人には、また一つ厄介が多くなつたわけです。けれども嫂は一生懸命ですから流石に一寸手を出し兼ねて、仕方なく、嫂のするまゝに任せて、傍でじつと見てゐました。

急に嫂から呼び出された下女どもは、何事が起つたのかと、怪訝な思ひをしながら打揃つて應接室へ來ました。嫂は下女共を見て頗る不機嫌の體で、

『さあ、こつちへお入り、みんな入るんです』と嚴しく言ひました。そしてみなを中に入れて、お客樣、劉大人の前に列ばせました。唯ならぬ嫂の氣色を見てとつた下女共は、どんなお叱言が出るのかと案じてをりますと、嫂はいかにも主人らしい態度で、

『さあこれから、お前方に一つ訊かなければならぬことがあります。分家の旦那樣の前で、一々正直に答へるんですよ。決して隱したり、虛僞を云つたりしてはなりません。もし隱したり、虛僞を云つたりしたことが分つたら承知しませんよ』と、一同に向つて、嚴かに云ひ渡しました。そして靜に卓の上の一皿、煠卵の三つ盛つてある皿を持ち出しました。

『さあ、皆、これを御覽、三つしか盛つてないよ。わたしは確かに四つと云つて置いた筈だのに、一體誰が三

つにしたんです』嫂はかう云つて、手近のものから一人づつ調べはじめました。けれども、ゐ並ぶ下女どもは、互に顔を見合せるばかりで、誰に訊ねてみてもみんな云ひ合せたやうに、知りません存じませんの一點張。さあかうなると調べがなか〳〵難しく、容易に犯人があがりません。嫂は一層恐しい顔をして、聲を勵まし、

『誰です、さあ正直に云はないか』と叱りつけましたが、やつぱり同じこと、みんな知りません、存じませんで、一向に調べはつきません。流石の嫂もこれには困つてしまひ、いよ〳〵氣を焦たすばかりでした。

すると傍で見てゐた劉大人、もう默つてもをられず、少し椅子から乘り出して、

『嫂さん、わたしが一つ調べてみませう』と云ひ出しました。嫂はもう困りぬいてゐる最中、兎に角劉大人が調べれば、こんなことには馴れてもゐるだらうし、女の自分などよりはいいに相違ないと思つたので、

『まあ、あなたが調べて下さるツて……』と云つて、劉大人の顔を見ながら、『それがいいわ、あなたはお役人樣だから、きつとうまくゆくでせう、一つお願ひしませう』と、到頭劉大人が引受けることになりました。

とは云へ、劉大人は行懸上詮議してみようと云ひ出したまでで、實はどうして調べたものかと云ふことさへ考へてゐなかつたのです。さりとは餘計なことを云ひだしたわいと思つたものの、もうかうなつては仕方がありません、暫くはじつと考へ込んだまま、思案にくれてをりましたが、流石は劉大人、すぐ考へがついたものと見えて、うむさうだと一人頷きました。けれど、これもやつぱりうまくないと思つたのか、再び深い考に沈みました。すると嫂はこれを見て、

『まあどうなすつたの、何をそんなに考へてばかりゐらつしやるの。いやですわ、ねえ、あなた。あなたは立

派なお役人でせう、このくらゐのこと、何でもないと思ひますわ。第一このくらいの裁が出來ないで、よくお勤務が出來ますね、失禮だけれど』と、意地惡く一本ちくりと針を刺しました。嫂も優しい女ながら、氣が勝つてゐるのと、婢女どもの手前、殊更にかう云つたのでした。

劉大人は暫く考へてゐた末、今度こそは妙案が浮んだと見え、はたと膝を打つて、

『嫂さん、ぢや兎に角詮議してみませう』と男らしく云つて、それから婢女どもに、一人〳〵水を入れた茶碗と空の茶碗を持つて來るやうにと云ひ渡しました。嫂はこれを聞いて妙なことをすると、半ば驚き半ば可笑しく、何をするかと見てをりました。その時劉大人は云ひつけられた通り、二つの茶碗を持つて立ち並んだ婢女どもに向つて、嚴しい聲でかう云ひました。

『今度は、わたしが詮議をする。だから何事もわたしの云ふ通り、從ふのだ。もし從はない者があつたら、それを犯人とする』

そこで婢女どもにまづ茶碗の水で含嗽をさせ、その口の中の水を、空の茶碗に吐き出させました。妙な事をして詮議をするなと婢女どもは內々から思ひながらも、從はないと大變ですから、云ひつけられた通り、劉大人の眼の前で、まづ茶碗の水で含嗽をして、その口の水を空の茶碗に吐きだしました。不思議に思つたのは婢女どもばかりではありません、嫂も變なことをして詮議をするものだと、聊か呆れた樣子で、不思議さうに、この場の光景を見てをりました。

劉大人は婢女共の吐き出した茶碗の水を、一々念入りに檢べてをりましたが、その中でもある一つを殊更に念

を入れて檢べました、そして何か見つけだしたものと見えて、我とわが胸に頷きながら、その茶碗を差出した一人の婢女の顔を見ました。するとその婢女は、はつと驚き慌てたやうすで、不意に泣き崩れてしまひました。これを見た嫂はじめ他の婢女どもは、この不意の出來事に驚き呆れて、思はず顔を見合せて、いかにも怪訝さうに、その婢女の方へ視線を集めました。劉大人は茶碗の水と云ひ、婢女のやうすと云ひ、正しくこの婢女の所業に相違ないと思ひましたので、泣き入る婢女に向つて、

『おい、お前だらう、正直に云ふがいい』と、いひました。そして今度は、思ひもかけぬこの場の有樣に驚いてゐる嫂に『嫂さん判りましたよ、そこでご覽なさい。今含嗽をさせて吐かしたこの水の中に、これこの通り、燒卵の滓の粒が浮いてゐるでせう。惡戯か故意とか、兎に角あの婢女が喰べたのでせう、それで判つたのです。だが嫂さん、これは私がお願ひするんですが、この女は何も惡氣でしたのではありますまい、云はば一時の出來心だと思ふのです。それにこの事件は內輪のことでもあり、さう嚴しくしないで、穩便に濟して下さい。つまり、それと判つたなら、後來を戒めて別に罰しないことにしたいのです』と、自分で裁いただけに、何とか穩便に取り計らふことにしたいと云ひだしました。で、嫂もそれを承知して、

『お前かい、正直に云ふが可いよ』と、劉大人の手前優しく訊ねました。婢女は劉大人の情け深い言葉を大さう有難がり、正直に白狀しました。

その申し條はかうでした。最初碗の中には燒卵が四つ、それは嫂のいひ付けた通りあつたのですが、その時この婢女が不圖それを見ると、いかにもおいしさうなので、ちよつと喰べてみたくなりました。幸ひ附近にゐたほ

かの婢女どもは忙しいので、こつちへ氣をつけてゐる者もありません。そこで婢女はそつと一つだけ無斷で頂戴して喰べてしまつたのです。自分では首尾よく喰べてしまつたので、これで可いと思つてゐたところ、齒の間にその餘分が滓のやうな小さな形で殘つてゐたものですから、含嗽して吐き出した水の中に交つてゐたために、たうとう暴れてしまつた始末、かうなつては今更隱しもなりません。

『奥さまどうも相濟みません、つい妾が意地汚で、燒卵がいかにも甘さうだつたものでございますから、ついちよつと……』と云つて、消え入りたいほど恥しく、後の言葉を濁してお詫びを言ひました。

『ほんの出來心で、飛んだことをいたしました、どうぞ御勘辨を下さいまし』

ほんの出來心でやつたことだし、劉大人からの相談もあつて、穩便に取扱ふことを承知してゐるので、嫂も強くも叱られず、

『まあ、さうかい、困るぢやないの。今度のことは、分家の旦那樣も仰有る通り、云はば內輪のことだしするから、勘辨もしませうが、これからこんな眞似をしてはなりませんよ。さあ分家の旦那樣に、よくお詫びするんですよ』と嫂自身も婢女に代つて劉大人に詫をしました。そして、

『まあ本當に、うまく思ひつきでしたね、含嗽をさせて吐かした水で調べるなんて、わたし、つく〴〵感心いたしましたわ』と、劉大人の頓智のいいのをいろ〳〵褒めちぎりました。

ふと浮んだ考案が、うまく的中して、まんまと調べが出來たので、劉大人もさすがに氣持がよく、微笑みながら、嫂のお詫を快く受けて、今日の出來事は氣にかけず、そのまゝさらりと水に流してしまひました。かうし

て姉女の罪も許したので、一旦面倒になりかけた燒卵の問題も、何の苦もなく解決出來て、再び賑かな、睦じい饗應の場面となりました。そして劉大人は、兄こそ歸つて來ないので面會出來ませんでしたが、それでも、嫂の心盡の歡待にすつかり滿足して歸つて行きました。

かうして事件があつた後、何分內輪のこととてその場限りにしてあつたのですが、さて人の口には戶が立てられぬと云ふたとへの通り、誰の口から洩らされたものか、何時とはなしにこの劉大人の裁きが噂に上り、今は誰も劉大人の頓智に感心して褒めぬ者がないくらゐ、評判が高くなりました。流石は劉大人だと、それからは益々みんなからの評判がよく、人々から尊敬されることになりました。劉大人の燒卵の裁判のお話は、これで終りといたします。

愚息子陳大愚の話

原名『神祐正直之人』

むかし、ある處に陳善木と云ふ男がありました。妻と一人の息子と親子三人、睦じく暮してをりましたが、その家は至つて貧乏なので、善木は苦力に、妻は洗濯女に、いづれも日傭稼として傭はれ、僅ばかりの賃金を貰つて、やつとその日／＼の飢餓を凌いでをる有樣でした。その家なども實に酷いもので、壁は落ち、屋根は破れて見る影もない頽屋、家と云ふのは名ばかり、豚小屋も同然でした。だが、まだそればかりではありません、貧乏人の悲しさ、親子三人服衣と云へば、年ぢう一枚で押し通し、もう長い間新しくこさえたことなどありません、

まるで、荒布をぶらさげたやうな古物を着てゐる始末なのです。食べ物だつてお米のご飯なんか口にしたこともなく、毎日諸粥ばかり啜つてゐるのでした。他人が見たら、人間といふものはこんなにしてまでも、活きてゐたいのかと思はれるほど、それは〱氣の毒な可哀さうな身の上でした。

けれど陳夫婦は、揃ひも揃つた律義者ですから、自分達がこんな境遇でゐるのもみんな運命、何も他人を羨むことはない、親子三人が健强でその日〱を暮してゆければ何より結構と、不平がましいことなど少しも云はず、その日その日の家業に精を出して、働いてゐたので、人々の評判も好く、貧しいながらも氣樂に暮してをりました。ところが、こゝに陳夫婦のたつた一つの苦勞の種と云ふのは、一人息子のことで、もう今年二十三四にもなるのに、これがまた大の愚物、立派な身體をしてゐて、力もあれば元氣もありながら、どうも智慧が足りないので、親の手助は愚、どんな仕事も出來ず、何の役にもたたないので、どこの家でも傭つてくれ手がありません。で、毎日〱唯ぶら〱と遊び廻つてゐるといふ、本當の親の脛噛りでした。それですから近所の者からは、やれ陳の馬鹿息子とか、陳の大間抜、大馬鹿野郎なぞ呼ばれてゐました。こんな工合ですから誰一人この息子の本名を云ふ者とてはなく、陳大愚陳大愚とばかり呼んでゐましたので、この名の方がよく知れ渡つてしまひました。

ところが、不具や愚劣な子ほど、ひとしほ可愛いのが親の情と、よく世間で云ふ通り、大愚と呼ばれるほどの馬鹿息子が、陳夫婦にはまたとなく可愛いのでした。人前でこそ、わが子の愚劣に愛想を盡したやうなことを言つて愚痴さへ洩らすものの、わが子に對してはこの愚劣な生れつきが可哀さうで可哀さうでたまらず、それが次第に募つて可愛くさへなるのでした。けれどもこの大愚こそいよ〱馬鹿者なのでせう、親の心子知らずで、可

愛がられるのを好いことにして、愚劣な事ばかりしては、人に笑はれ人間並に扱はれないことなど一向平氣で、のらりくらりと遊び廻つてをりました。

丁度ある年の夏の初め頃のこと、陳の妻君は賃仕事をして幾許かの賃金を貰ひました。で、母親は優い親心から、久しい間新しい着物一枚著せなかつた大愚に、この賃金を貰つたのを幸に、夏の著物を一枚造つてやらうと思つて、その日仕事の歸りがけに吳服屋へ寄つて、粗末ながら、白い服地を買つて歸りました。そして、

『さあ、これでお前の夏服を造つてあげるよ』と云つて大愚に買つて來た服地をだして見せました。いくら馬鹿息子でも、これを見ると流石に嬉しかつたと見えて、にこ〳〵しながら言ひました。

『ああ、わたしの夏服を造るのだつて、うまいな。新しい上等の著物が着られる、嬉しいな、有難い』そして服地を見返し見返しては喜んで、『いつ拵へるの、早く拵へておくれよ、わしはそいつを着て、みんなに見せてやるんだから。さあ、今すぐ拵へておくれよ……』と、暢氣なことを云ひました、妻はもう二十三四歳になつた男が、八歳か九歳の兒童のやうに、たゞ譯もなく嬉しがるのを見てゐると、嬉しいやら情ないやらで、思はず袖で涙を拭きました。

大愚は母から新しい夏服を着せて貰へるといふ事が嬉しくて堪らず、早くしてくれ早くしてくれと頻りにせがむのですが、貧乏人のことですから、實はまだ針も絲も揃つてゐない始末なのです。で、たゞ一圖に早く〳〵と強請むわが子を宥めて、

『まあ〳〵お待ち、服地は買つたけれど、これを仕立るには絲と針とがないと拵へられないんだから。明日

針と絲を買つて來るから、さうしたら直ぐに拵へてあげるよ、明日ね』と云つて聽かせました。けれどそれをそのまま『はい』と承知するやうな大愚ではありません、それでもまだ早く拵へろと云ふので、母もこれにはほと〳〵困つてしまひました。そして種々と云ひきかせてやつと宥め、明日はきつと拵へて遣ると、堅い約束をして不承知々々に承知させて、その夜は親子三人いつものやうに、靜に安らかに床に就きました。

さて翌朝になると、平素は午刻過ぎまでも寢る朝寢坊の大愚が、如何したものか、兩親の起きない前に、むくむくと寢床を離れて起き出しました。そして早速昨夜母から見せて貰つた服地を見ようと、昨夜寢る前に母が置いた棚の處へ行きました。この馬鹿物でも新しい著物を著るのが餘程嬉しかつたと見えます。大愚はすつかりほく〳〵もので棚の處へ來て見るとこれは意外、昨夜確に母が置いたその服地は、自分達が寢てゐる間にどこかへ行つたものか、影も形もありません。流石の大愚も泣かんばかりに吃驚して、

『おやないぞ、どうしたかな、わし等の寢てゐる間に、誰か盜みやがつたな』と、四邊を血眼になつてどこそこそ搜し廻りました。けれどどこへ行つたものか、皆目見當りません。大愚は顏色をかへて、まだ寢てゐる兩親の枕許へ飛んで行き、大聲を張り上げて、

『た、た、大變だ〳〵』と云つたまま、大きな男がおい〳〵泣きだしました。寢てゐた陳夫婦は不意にから呶鳴られたので、これも吃驚して眼を覺ましました。そして寢床から飛び起きてみると、大愚がおい〳〵と正體もなく大聲で泣いてゐるので、夫婦は何事かと驚き呆れ、泣き入る大愚を宥めすかし、事の仔細を聞いてみました。すると、例の大切な服地が紛失してゐると云ふのです。これには夫婦も驚いて、今度は親子三人で眼を皿に

して捜しまはりましたが、それらしいものは影も形もありません。不思議なこともあるものだとは思ひましたが、根が豚小屋同然の頽屋、戸締さへ碌に出來ない家のこと、多分親子が寢てゐる間に、盜棒が入つて盜んで行つたに相違ないと、夫婦の者はかう氣がつきました。そこで泣き入つてゐる大愚にもこの事をよく云ひきかせ、盜棒の仕業だらうから仕方がない、斷念めるがいい、そのうちにまた買つてやると云つて、慰めました。けれど折角働いて儲けたお金で、やつと買つて來て、可愛いわが子に着せて喜ばせようとした妻にしてみれば、思へば思ふほど口惜しく、情なくて堪りませんでした。そして、

『ほんとうにまア何と云ふ憎らしい盜棒なんだらう、貧乏な我家なぞに入つて、物品を盜むなんて』と云つて、落膽してしまひました。すると陳は、

『何も運が惡いからさ、愚痴なんか云はないで斷念めるがいい』と、これも困りぬいて宥めました。けれど、妻は何と云つても女のことです、あきらめゝと言はれたつてなか／＼斷念ることは出來ません。それに大愚は大愚で、昨夜から樂しみにしてゐたのですから、今になつて、父が何と云つたとて、おいそれと濟ますことではありません、いかにも馬鹿者らしい文句をいろ／＼と並べ立てるのです。

『ねえお父さん、口惜しいよ、わしこれから捜しに行かう。この界隈は廣いやうで狹いんだから、捜せば見つかるとも。服地だつてちやんと覺えてゐらあ。眞白な布なのさ、なアに心配しなくてもいい、わしが行つてすぐ捜して來る』

そこが愚物の悲しさ、たゞ白い布といふことばかりを目當に、父の止めるのを聽かず、かう云ふが早いか、び

よいとわが家を飛び出してしまひました。陳もすぐさまその後を追ひかけて門口の處まで出てみましたが、何處へ行つたものか、もう影も形も見えません。で、仕方なしに、

『どうも馬鹿者には困つてしまふ、あんな奴のことだから、また飛んでもないことを仕出來してきやしないだらうか』と、獨言を云ひながら部屋へ歸りました。そしてすつかり落膽して茫然してゐる妻に、大愚が飛出したことを話して、

『おい〳〵、もう愚痴を云つても、盜まれたものは戻つて來ない、災難と思つて思ひ切るさ』と、妻の氣を替へさせようとしました。けれど妻は女ですから、なか〳〵さう云ふわけにはゆきません。で、陳は仕方なしに、その上何とも云はず、さつさと稼ぎに出かけました。

さて口惜し紛れにわが家を飛び出した大愚は、捜しには出たものの、實のところ何處と云ふ目當もないので、暫くはたゞ足に任せて歩いてをりましたが、ふと氣がついて見ると、自分は或道の四辻の所に立つてゐるのでした。

『さア、わしは何處へ行くつもりだつたらうな』大愚は歩みを止めて、かう獨言を云ひました。けれど、無論何處を捜すと云ふ考もないので、儘よとばかりそれからは足の向いた方へ出かけ、東へ行つたり西へ戻つたりして、ぐる〳〵歩き廻つた末、たうとう一つの橋の袂へ來かかりました。するとその時、向うから澤山の吊旗を先頭に、ぴい〳〵どんぢやんと銅羅や笛太鼓を打ち鳴した葬式の行列が、大愚の方へ進んで來ました。これがお葬式などとは夢にも知らぬ大愚は、暫くの間その行列をさも面白さうに見てゐましたが、その時ふと彼の目には

いつたのは、その行列の中の人が大勢、頭に白い布を被つてゐることでした。

『ヤア、あの男だな、わしの家から盗んだ奴は、さうだ。あの白い布はわしの服地なんだ』馬鹿者のことゝて全く仕方がありません、白い布を見ると、盗んだ物を使つて頭に被つてゐるのだと一途に思ひ込んだものです。さあ大變、盗んだ奴を捜して當てたと大さう喜んで、不意に行列の中に躍り込みました。そしてこれもやつぱり白い布を頭に被つてゐた一人の男を捕へて、

『やい、この野郎。よくも圖々しくわしの家から盗んだ布を頭に被つてゐやがるな、この盗棒め。さア捜し當てたぞ、捕へるぞ』と、呶鳴りながら力いっぱい小突き廻しました。

葬式の横合から妙な男が不意に飛び込んで、盗賊呼はりをしながら小突き廻したので、捉つた男も吃驚して、

『な、な、何を云ふんだ、この狂人奴』と叱りつけました。けれど一途にさうだと思ひ込んでゐる大愚は眼を怒らして、

『なんだ、よくそんな事が云へる。その頭に被つてゐる白い布は、俺の家から盗んで來たんだらう、この盗棒奴』と云つて、また棒を振つて打つてかかりました。で、こんな邪魔者が入つた葬式の行列は一度にどつと崩れ、たうとう騒動になつてしまひました。これを見た行列の人々は、

『それ狂人が飛び込んだ』と皆で押へつけようとしましたが、何しろ大愚は馬鹿に力が強いので、なか〳〵押へられず、益々暴れ出すばかりでした。押へようとしてゐる方の人が、反つて押へられさうになる狀態なのです。で、皆も狂人を對手にしては損だとばかり、可い加減にあしらつて、また行列は進み始めました。ところが大勢

はいよ〳〵怒つて、

『おのれ、脱すものか』と、その後を追ひかけ、またもや暴れ出すので、今度は先方も容赦せず、みんなで寄つて集つて取り押へました。大愚の頭には拳固が雨のやうに降つて來ました。多勢に無勢、流石の大愚も散々苛めぬかれ、

『この白痴者奴、氣をつけろ』と呶鳴られ、袋叩の憂目を見ました。

幾ら強くても衆寡敵せずで、大愚は盜んだ奴を押へようとして、反對に袋叩きになり、頭に大きな瘤さへ作つて悄然と我が家に歸り、今日の出來事をさも口惜しさうに父に訴へました。父は息子の愚かさを今更のやうに呆れはてて、大愚の頭を覗きながら、

『あゝあゝ、お前はほんとになんといふ馬鹿者だらう。お前が見たと云ふ行列は、それは葬式なんだよ。さう云ふ時には誰も悲しい思ひの人ばかりなのだから、どうもお氣の毒樣、御愁傷のことで御座いますと云へば、先方でも喜ぶのだ、いいか分つたかな』と敎へました。そして言葉を次いで『それから何んだぜ、白い布だつてうちだけにあるんぢやない、何處の家にもあつて、誰でも使ふのだ、だからたゞ白い布を見たからと云つて、盜棒呼はりは可くないよ。無闇と人を疑ふものだから、そんな酷い目に逢つたんだ。罰だと思ふがいい』と、叱りました。大愚はたゞ、はい〳〵と神妙に父の言葉を聽いてをりましたが、さてそれが本當に分つたのかどうかは、甚だ以つて怪しいものでした。

翌日になりました。すると大愚は昨日の失敗に懲りもせず、又も白い布の行衛を捜しにと出かけました。と

ころがこの日は丁度村外れの處で、昨日とはまるで反對に、お芽出度い嫁入の行列に出會ひました。けれど大愚にはそれがお嫁入の行列だなどといふ事は分りません。昨日見たのと同じやうに行列をして、銅羅や笛太鼓を鳴らして來るので、これは正しく葬式だと思ひ込んでしまひました。そして、嫁入の行列が近くに來た時、作日父から聞かされたことを思ひ出しました。で、

『さうだ、早速行つて言葉をかけて遣らう』と、殊勝な考へを起して、つか〳〵と行列の側へ行き、眞面目くさつて行列の中の一人に、いきなり聲をかけました。

『いやどうもお氣の毒なことで、御愁傷さま、さぞお力落しで御座いませう』

いかにも馬鹿らしい大聲で悔みを述べながら、頭を下げて挨拶したから堪りません。挨拶された人ばかりではなく、行列の人々はみんな驚き呆れて、これはまた飛んだ狂人が飛び出したものと思ひました。中には縁喜でもないと怒る人もあつて、氣の速い連中は、

『この阿呆奴、何だ縁喜の惡い、悔みなぞ吐かしやがつて。この野郎、葬式だと思つて間違へたのか、嫁入なんだぞ』と、まつ赤になつていきなり大愚の頭をぽかり喰はしました。驚いたのは大愚です。葬式と思つたら嫁入かと呆れてゐると、もう他の人達もすつかり大愚を狂人扱にして、手取足取り、たうとう田圃の中に拋り込んでしまひました。

二度の失策に、憂き目を見た大愚は、泥の中に投げ込まれ、泥染になつて、あいよい〳〵と外聞も構はず大聲あげて泣き、痛む體を擦りながら、わが家へ歸つて來ました。そして兩親の前で今日の出來事をすつかり話し

ました。これを聞いた兩親は餘りのことに甚くも叱れず、互ひに顔を見合せて、暫く困じはてたやうな様子をしましたが、やがて、父は苦い顔をして大愚を睨みつけ、

『ほんとにお前は厄介な奴だなあ。お前の云つたのはそれや葬式の時の文句だ。今日のは葬式ぢやない嫁入ぢやないか。嫁入は芽出度いもの、それに悔を云ふ奴があるかい。先方が怒つて狂人扱にするのはあたりまへだ。なあ、さう云ふ時には、お芽出度う御座います、と云ふものだ、判つたかい』と教へました。すると大愚は、

『お父さん、葬式と嫁入とは如何異ふね』と訊ねるのです。で、父は兩方の異つたところを判るやうに話して、

『これからも氣をつけるんだぜ、それに嫁入の時には、荷物を運んだりして人が忙しさうにして働いて居るから、そんな家はすぐに判るさ』と教へました。

一度ならず二度ならず、三度までも失策しましたが、馬鹿者だけに性懲りもなく、その翌日になるとまたぞろ出かけました。そしてその日は、何と思つたか一里も距れた町まで出かけました。ところが、町のとある横小路の所へ來ると、俄に人が騒ぎ廻り、向うには黒煙がもう〳〵とたち上り、大勢の人が慌てふためいて、荷物を擔いだり抱へたりして、右往左往に駈け廻つてゐます。大愚はこの狀景を見ると、一體何事が起つたのだらうと、往來に立つて見てゐました。すると、おい退け、この野郎邪魔だと幾度となく呶鳴りつけられ、叱り飛ばされるので、どうも不思議な事だわいとは思ひましたが、まさかそれが火事だなどとは一向氣がつきませんでした。た

だ眠につくのは大勢の人がさも忙しさうに、荷物を運んでゐることだけでした。大愚は、昨日の父の話を思ひ出して、「ははあ嫁入があるんだな、それでから大勢の人が忙しさうに運んでゐるんだ」と、から考へたものですから、また大變な事になりました。

さて、火事騒ぎを嫁入だと思つた大愚は、丁度側に荷物を運んで來て、一寸休んでゐる人の處へつか〳〵と進んで、昨日父から敎へられた通り、

『いやお忙しう、今日はおめでたう御座います』と例の大聲で挨拶しました。聲をかけられた人間は妙な顔をして、大愚の様子をじろ〳〵見て、「これや狂人かな」と思つたらしい顔つきをして、別に何とも云はず、またも荷物を運ばうとしました。ところがその人の無愛想が大愚の氣に入りませんでした。そしてまたもや大聲で、

『いや今日はおめでたう』と云ひかけると、その時不意に横合から、

『な、何を吐かす、この頓智奇野郎。何がめでたいんだ』と、恐しい權幕で叱りつけた者がありました。大愚は吃驚してひよいとその方を見ると、そこには火事場でよく見かける消防夫のやうに、火消装束に身を固めた男が立つてゐました。はて不思議、嫁入に消防夫はとさすがの大愚もちよつと變に思つたものの、今度はその男に、

『いや、今日はおめでたう』と挨拶しました。さあその男は承知しません。

『何だ、箆棒奴、家がまる燒けになつて何がめでたいんだ』と云つて、持つてゐた鳶口で打ちかゝらうとしました。驚いたのは大愚です。

『ほいまた失策か』と、縮み上つてわが家をさして、一目散に逃げ歸りました。そして息を切らしてあゝ恐かつたと言つたきり、顏色を變へて慄へてゐました。

善木は大愚からこの日の出來事を聞いて、また失策をやつたか、どうも困つたと云ふやうな顏をして、

『それやお前が惡い、幾ら忙しさうに荷物を運んでゐたつて、煙があがつて家が燒けてゐちや、それは嫁入ぢやない、火事だよ。火事にお芽出度うと云ふ奴が何處にある、全く困つた男だな。お前は戸外に出ればいつも失策ばかりするんだから、これからは出ちやいけない、じつとして家にゐるんだぞ』と、嚴しく吩咐けました。そして言葉を續けて、『お前火事で燒けてゐるのを見たら、桶に水を汲んで、火を消す手傳をするもんだ』と教へました。

大愚は餘程消防夫が恐しかつたと見えて、それから五六日は外出もせず、家にばかりをりました。けれど幾ら愚物でも度々の失策を思ふと口惜しくて溜らず、一度だけでもいいから褒められたいと考へました。そしてもう失くなつた布地を探すことなどはとんと忘れて、たゞ褒められたい一念から、止せば可いのに、またもやぶらりと家を出かけました。無論何處へ行くと云ふ目的なぞありません。たゞ足の向く方へ、ぶら／＼と歩きながら、

『今日は何處かに火事がないかな、火事があつたら、お父さんに教はつた通り、直ぐ桶に水を汲んで手傳つて消してやらう。さうすれば、きつと皆が褒めるに相違ない。あゝ火事はないかな』と、獨言を云つて、火事を探して歩きまはりました。全く厄介な男です。そのうちにふとある橫町の方からとんてんかんとんてんかんと金を打つ音が聞えましたので、大愚はその音のする方へ行つてみました。そこでは鍛冶屋が頻りに仕事をしてゐ

るのでした。鍛冶屋とは知らない大愚は、鍛冶屋の工場に、火が盛に燃え立つてゐるのを見ると、

『ああ火が燃えてゐるな、さあ火事だ、しめたつ、何處かに桶はないかな』と、きよろ〳〵四邊を見廻すと、丁度家の前に桶があつて、それに滿々と水が入れてあります。それを見ると大愚は、「うむこれや丁度好い、一つこの桶の水で消してやらう」と一人で頷き、早速その桶を提げて鍛冶屋の工場に飛んで行き、不意に物も云はずに、ざつとばかり桶の水を、燃えてゐる火の上に打ち撒きました。さあ大變、一時にぱつと灰神樂が起つて、あたり一面灰だらけになつてしまひました。

鍛冶屋の主人はこの騷ぎに驚き怒つて、頭から被つた灰を拂はず大聲で呶鳴つけました。

『やいこの野郎、惡戲をするに事を缺いて、よくもこんな眞似をしやがつたな。さあ、己に何の怨恨があるんだ』驚いたのは大愚です。さては火事ではなかつたか、これはまた飛んだ失策をしたわいと、やにわに身を飜して逃げ出さうとしました。すると、怒つた鍛冶屋の主人は、

『この野郎よくも仕事の邪魔をしやがつたな、さあ承知は出來ねえ、かうして吳れる』と鐵槌を振り上げて打つて掛りました。大愚はびつくり仰天して逃げようとした途端、運惡く脛の邊を一打ちぐわんとやられましたので、呀と叫んでばつたり倒れました。けれど、ぐづ〳〵してゐればまたやられる、それでは生命が危いとすぐさま起き上つて、痛む足を撫りながら、跛をひいてやつとわが家に辿り着き、ほつと一息つきました。そして父に今日の出來事をすつかり話しました。

これを聞いた父はもう叱るにも叱れず、

「それやお前火事ぢやない、鍛冶屋が工場で火を燃してゐたんだよ。折角仕事をしてゐるのに、そこへ水を撒けばそりや怒るに極つてゐる。火を消して手傳をするのは、家が燒けてゐる時だよ。鍛冶屋に褒められようと思つたら、鐵槌で向う槌でも打つてやるんだ』と云ひました。

これだけ痛い目をしましたが、大愚はなか／＼懲りません。今度こそ一つ褒められようと、二三日するとまた家を出て、今度はまつすぐに鍛冶屋の前へ行きました。ところが其處では二人の男が、手をふりながら聲高に呶鳴りあつてゐました。それを見ると大愚は、

『さあお父さんが云つた通り、一つ手傳つてやらう』と云つて、側にあつた鐵槌を提げていきなり二人の仲に飛び込み、

『さあ手傳つてやるぞ』と呶鳴りました。これを見た二人の男は吃驚して、いつしよに大愚を睨みつけ、

『やあ、この野郎、何しに來た、鐵槌なぞ提げやがつて、亂暴すると承知しないぞ』と一人が叱ると、ほかの一人は、

『亂暴な奴だな。なに狂人か、狂人ならかうしてやらう』と云つて、いきなり拳固をかためて大愚の頭をぽかりと擲りつけました。するとも一人もまた拳固で擲りつけましたから堪りません、大愚は、

『な、何をするんだ、手傳が惡いか』と云ふと、二人は、

『なにを生意氣な、狂人にはかうしても可いんだ』と、なほも寄つてたかつて擲りつけるのです。大愚はすつかり面喰つてほう／＼の體でわが家へ逃げ歸りました。その頃には大きな瘤が幾個となくでてをりました。

大愚から頭の瘤の出來た話を聞いた父親は、息子の馬鹿がいよ〳〵情なくなつて、

『おい、もう可い加減にしないか。それやお前喧嘩をしてゐたんだ、喧嘩の時には仲に入つて、まあ腹も立たうが、何方も勘辨してと宥めなけやいけない。もうお前も懲りただらう、これからは一切外出してはならんぞ』と嚴しく云ひつけました。さすがの大愚も重ね〳〵の失策に懲りたのでせう。それからといふもの神妙に、一足も家の外に踏み出さず、家にばかりをりました。ところが或日のこと、父親から云ひつけられた仕事を窓の下の机で、こつ〳〵とやつてゐますと、何だかふう〳〵と云ふやうな妙な獸の唸り聲が、窓の外から聞えて來ました。

何んだらうと思つて大愚が窓から覗いて見ると、そこでは大きな角をした水牛が二頭、角を衝き合せ、ふうふう云ひながらしきりに喧嘩をしてをりました。これを見た大愚は、

『やあ喧嘩だ、水牛の喧嘩だ』と思はず大聲で叫んで、早速飛び出しました。喧嘩の見物かと思ふとさうではありません。「喧嘩だな、先日鍛冶屋の喧嘩に飛び込んで瘤を貰つたから、今日こそお父さんの云つた通り、仲裁に入つて宥めてやらう」と、獸の喧嘩も人の喧嘩もいつしよにして、角を衝き合せて居る二頭の水牛の間に割り込みました。そして、

『さあ〳〵喧嘩は止めだ、相互に勘辨してな』と、一生懸命宥めましたが、何しろ對手は水牛、獸の事ですから、そんな言葉など解らう筈はありません。飛んだ邪魔ものがはいつたものだ。大方自己達を苛めるのだとでも思つたものか、二頭の水牛は喧嘩を止めて、二頭とも大愚目がけて衝つかゝつて來るから堪りません、大愚が驚

いて逃げようとしたところを、怒りぬいた水牛は大きな角を振り立て／＼、一頭は大愚の背を突いて倒し、他の一頭は起き上らうとする所を、股に角をかけて今度は仰向ざまに突き上げ、さん／＼な目にあはせました。そして大怪我をして、血塗れになつて苦み呻いてゐる大愚を尻目にかけて、これで腹癒が出來たと云はぬばかりに、何處ともなく逃げて行つてしまひました。

馬鹿ほど可哀さうなものはありません。大愚は父の言葉の通り喧嘩の仲裁をしたのですが、それが運惡く人の言葉の解らない水牛だつたものですから、飛んだ災難に逢つてしまひました。血染になつて路傍に倒れてゐるのを見かけた通行人が驚いて介抱し、やつと家へ連れて歸りました。けれど何しろ大怪我をしてゐるので、すつかり弱つて死んだやうになつてゐました。母親はそれを一目見ると、もう死んだものと思ひ込み、吃驚して、その側に飛んで行き、大愚に取り縋つて正體なく泣き崩れると云ふ始末。善木の家では飛んだ大騷動が起つてしまひました。父親の善木もこの時ばかりは愚痴をこぼして、

『あゝ何と云ふことだらう。私はこの歳になるまで一度だつて惡い事などした事はないのに、何と云ふめぐり合せだらう。大愚のやうな大馬鹿者の倅が出來て、たうとうこんな始末だ。何といふ情ない事だらう』と、溜息をつきました。

するとこの時不思議にも、神樣の使だと云ふ白髮の老人が姿を現はし、

『これ善木、嘆くなよ／＼。神は其方の善心善行を嘉せられて、これなる膏藥と丸藥をお授け下さる。難有く御受け致せ』と云つて、まづ膏藥を善木に渡しました。そして言葉を次いで、『この膏藥を倅の傷につけ

れば、傷は立ち所に癒り、苦痛は除かれ、健強の體に復する』と云ひながら今度は丸藥を渡して、『この丸藥を悴に服せしむれば、愚なる息子忽ち智者となる』と云つて、最後に一層力を込めて、『神の仰せぢや、ゆめゆめ疑ふ勿れ』と云つたと思ふと、老人の姿は煙のやうに消えてしまひました。

善人の善木は、遺された膏藥と丸藥を手にし、嬉しさの餘り、これを捧げて天を拜し、神の惠みに感泣して、早速膏藥を大愚の傷に塗りました。と、これは不思議、藥の功驗立刻に現はれ、忽ち傷が癒つて健強な體になりました。これを見た善木夫婦は言ふまでもないこと、居合はした人達も、その靈藥の功驗に今更のやうに驚きました。これに力を得た善木は、今度は丸藥を大愚に服用させました。すると、不思議や大愚は驚くばかりの智者となりましたから、善木夫婦は夢かとばかりうち喜び、ま心捧げて神樣にお禮を申しました。一度は苦しみと悲しみのどん底に沈んだ善木一家も、今や花咲く春に廻り會つたやう、喜びが家內に滿あふれました。その後大愚は大奮發して學問を勵み、終ひには大層出世して、家は次第に富み榮えたといふことです。正直の頭に神宿る。今でも臺灣人は『神祐正直之人』と云つて大愚の話を傳へてをります。

冬瓜息子と蘆仙人

原名『冬瓜子張趙胡爺』

この噺はもと〳〵南支那の噺ですが、臺灣人は昔南支那からこの島に移つて來たので、今では南支那には餘り傳はつてゐないのに、臺灣に殘つてゐて、臺灣人は誰でも子供時代に、よくこの話を、老人や母親などから聞かされるので

す。だから今ではもう臺灣のお伽噺の一つになつてゐると言つても差支へないのです。けれど話は支那のことですから、どうかそのおつもりでお讀み下さい。

今でも南支那の漳州府と云ふ都の、城南門内には南臺廟と云ふ廟がつて、そこには青い顔をした紅鬚の神様の像が祀つてあります。この神樣の像は張趙胡爺と云ふ神樣の像で、それがこの話の主人公なのです。

むかし南支那の潮州府潮陽縣と云ふ所から八十淸里（淸里は日本の六町餘）ばかり距れた所に、龍角村と云ふ小さな村がありました。小さいながらごく平和な村で、その村に張老兒と云ふ人が住んで居りましたが、この人は大さう不幸な人で、子供もない上に妻にも早く死に別れてしまひました。けれど根が律義者の事とて、いろ〳〵言つてくれる者のあるにも氣もとめず、今日が日まで長い歳月を、自分の影法師とたつた二人きりの對座で、鰥生活をつづけて來ました。家には多少財產もあり、貸家の四五軒も持つてゐますので、至極氣樂にその日〳〵を送つてをりました。ところがある年の夏のことでした。慰み半分庭の隅に植ゑた一本の冬瓜の苗が、何時の間にか成長して、その卷鬚が隣家の趙二郎と云ふ人の家の屋根にまで匐ひ蔓りましたので、趙から恐しい苦情を持ち込まれました。で張は甚く弱つてをりましたが、そのうちに卷鬚はその又隣りの胡小三と云ふ人の家の屋根にまで匐ひ蔓つたものですから、今度は胡まで同じやうに苦情を言つて來ました。張はすつかり閉口してしまつて、飛んだ面倒が起つたものだと、嘆息しました。

隣家からの苦情は、なか〳〵手嚴しいもので、人の家の屋根にまで匐ひ出して、迷惑をかけるやうな冬瓜は、どうしても切り捨てて貰はたきやならんと言ふのでした。で、張も仕方なく、折角植えてやつとこれまでに成長

TERU

した冬瓜、惜しいけれども、他人に迷惑をかけるのでは、切らずに措けぬと思つて、いよ〳〵切り捨ることに決心しました。さて翌朝張は鋏を手にして庭に出て、成長した冬瓜を惜しさうに眺め、蔓延てる卷鬚の行衛を辿つて見上げると、胡の家の屋根に匐ひ蔓つてゐる卷鬚の葉蔭に、思ひかけず大きな冬瓜が一つ生つて居るのが目につきました。で、張は覺えず、

「やア冬瓜が生つてゐるぞ、これやア珍しい」と叫んで、驚きの眼を瞠つて暫時その屋根の上を見上げてをりました。

思ひもよらぬ發見物に驚いた張は、これは珍しい、たとへ他人の家の屋根に生つた冬瓜でも、自分が植ゑた木の卷鬚に生つた以上、私の所得物だ、今日は切るのを止めにして、二三日經つたら獲つてやらう。大分大きいから味も甘いに違ひない。と、ほく〳〵してをりました。するとその時、鋏の音を聞いた胡は、さては苦情を云つたので、張の奴いよ〳〵切ることにしたなと思つて、これも庭に出て張の樣子を窺ふと、張は我家の屋根を見上げて、切りに何か獨言を云つてゐるのです。で、胡はこれは可笑しいぞと思つて、何氣なく自分も屋根を見上げますと、其處に大きな冬瓜が一つ轉つて居るのが目につきました。これを見ると胡も思はず喜びの聲を擧げて、

『これや難有い、大きな冬瓜だ、おれの家の屋根に轉つてゐる。これは當然おれの所得物だ』と、これも獨斷に自分の物として、有卦に入つてにつこりしました。

獨斷で勝手に自分の所得物にしてゐた張と胡は、すつかりにこ〳〵もので、その翌日からは毎日屋根を見上げて、喰ひ頃になる日の來るのを、心嬉しく待つてをりました。するとそれから暫く經つたある日のこと、胡はま

たいつものやうに屋根を見上げて、

『うむ、もう喰ひ頃だらう、一つ取つて食べるかな』と云ひながら、屋根に梯子をかけ、のこ〳〵その上に攀つて、冬瓜を取り、嬉しさうに抱へて庭に下りて來ました。そして、

『やあ甘さうだ、難有い』と云つて、窓に置いて一人で悦んでをりました。そんな事とは知らぬ張は、これももう喰ひ頃になつただらう、とその翌朝胡に知れないやうに、自分の家の屋根に梯子をかけて、そこから、屋根傳ひに胡の家の屋根に來て、冬瓜を取らうとしてふと見ると、これはまたどうした事か影も形もありません。

『おやツ、無いぞ、おかしいな、昨日までちやんとあつたのに』と怪しみながら屋根ぢうを捜し廻りましたが、どうしてもみつかりません。不思議な事もあるものだとは思ひましたが、ないものはどうにもしやうがないので、ぶつぶつ不平を云ひながら、わが家の庭に下りて來ました。けれどどうも不審で仕様がありません。

ところがその後、ある用事をすましての歸途、胡の庭先を通りかかつてふと垣根越に見るともなく中を見ると、計らずも、その窓の上に例のなくなつた冬瓜がちやんと置いてあるではありませんか。張は吃驚して、

『やア、あるぞ〳〵、確にあの冬瓜に相違ない』と覺えず聲をあげました。そして垣根越に大聲で、

『おい胡さん、えらい大きな冬瓜ぢやないか』と云ひました。部屋の中にゐる胡は、かう云はれると急いで窓から顏を出したものの、呼んだ者が張なので苦い顏をしました。けれども今更隱れもならず、たゞ、

『やア、これかね』と云つたきり、にや〳〵笑つてゐました。

張は胡の樣子と窓に冬瓜が置いてあるので、あの屋根の冬瓜はてつきり胡が取つたに違ひないと思つたので、

『おい、一體そんな冬瓜が何處にあつたね、どうして手に入れたんだい』と訊ねました。すると胡は冬瓜を見ながら、

『あゝこれかい、これはおれの家の屋根に生つたのさ』と云ひました。これでいよ〳〵胡が先越しをして取つたのだといふことがはつきり分りました。張は口惜しいことをしたとは思ひましたものの、冬瓜は現に胡の手許にあるので、それを自分の所得物とすることは出來ません。で、これは何とか口實を設け取つてやらうと考へて、

『おい〳〵、その冬瓜は私の所得物だよ』と云ひながら、ずん〳〵庭へ這入つて行きました。

さあかうなると胡も默つてはゐられません、すぐさまそこへ飛びだして、

『張さん、妙なことを云ふぢやないか、全く冬瓜は私の家の屋根に生つたんだからね、それを私の所得物にするのは當然だらう』

『それや成程胡さん、冬瓜はお前さんの家の屋根に生つたんだらうが、それも私が冬瓜の苗を植ゑたからだ、さうすれば冬瓜は私の所得物ぢやないか』かう言ひながら張は窓に置いてある冬瓜に手をかけようとしましたので、たうとう喧嘩になつてしまひました。ところがこの喧嘩の聲を聞いて出て來たのが、二人の家の間に住んで居る趙二朗です。

『まア〳〵待つた』と兩方を宥めて、お互の言分をすつかり聽きとりました。それで仲裁するのかと思ふとさうではありません。

『おい〳〵、お前さん達が幾ら喧嘩をしてまで取らうと思つたつてそれやいけない、その冬瓜は私の所得物のさ。まア考へて見るがいい、たとへ張さんが苗を植ゑたにしろ、また胡さんの家の屋根に生つたにしろ、もし私が私の家の屋根に蔓つた卷鬚を切つたらどうだい。冬瓜なんぞ生るもんかね。私が丹精して卷鬚を蔓らせたからこそ生つたんだよ、さうすれや冬瓜は私の御蔭で出來たと云つても可い、だからう私が貰ふのさ』と、變な理窟をならべて自分の所得物にしようとしました。ところが二人はなか〳〵承知しません、この不屆もの奴と云つて喰つてかかつたので、喧嘩はいよ〳〵大きくなつてしまひました。

三人は暫く喧嘩をしてゐましたが、やがて張は何と思つたか、急にやうすを變へて、

『おい〳〵、一寸待て』と手を擴げて、『どうだね、お互に冬瓜一つで喧嘩したところで、しまひには怪我をするくらゐがおちだ、馬鹿々々しいぢやないか。それよりも一つかうしよう、冬瓜が一つだからこそ誰が取つても工合が惡いのだ。公平に三つに分けよう、さうすれば誰を怨むといふこともなくなるわけだ、どうだねさうしようぢやないか』と、かういひだしました。胡も趙も初めのうちこそぐづ〳〵云つてゐましたが、喧嘩など馬鹿げたことと氣がついたのでせう、澁々それを承知しました。そこで相談が纏まり、一つの冬瓜を公平に三つに割つて、その一片づゝを取ることにきめました。

張が發頭人でもあり、かうしたことには馴れた器用な男だと云ふところから、分配役を引受けることになりました。で、すぐさまわが家に歸つて庖丁を持つて來て、二人の面前で冬瓜を三分しようとしました。ところが不思議な事に庖丁を入れたと思ふと冬瓜の中からは、顏の靑い鬚の赤い子が、ひよつこり躍り出ました。三人は、

『あッ、赤坊が……』と云つて吃驚仰天、意外の珍事出來に呆れ返つて、たゞ顔を見合せてゐるばかりでした。けれどその儘にして置くわけにもゆきません。

『これは不思議だ、冬瓜の中から人間の子が躍り出すなんて、全く驚いた』と云ひながら、さてこの子の始末をどう附たものかと、三人首を捻つて考へましたが、頓といゝ思案も浮びません。これには三人とも往生してしまひました。

『一體この子は誰の子にするんだ』最初にかう云つたのは胡小三でした。三人で爭つた冬瓜から生れた子なので結局は三人のうち誰か一人が引受けなければならないと思つたのです。すると張老兒は見るからこの子が悧巧さうなので、幸自分は子のない鰥暮し、一層自分の子にして引取らうと、かう考へつきました。そして、

『ねえ趙さん、胡さん、どうだらう一つ相談があるんだが、と云ふのはこの子さ、お互に三つに分けようとした冬瓜から生れた子なのだから、いづれは私等で誰かが引受けることになる。どころでお前さん達も知つての通り、私は子供もない鰥だ、相續人もない事だから、私が死んだら家も自然滅びてしまふといふことになるのだ。でどうだね、この子を私に與れないか、可愛がつて育ててやるが……』と云ひました。ところが胡はなか〱承知しません。

『いやそれやいかんよ、この冬瓜は私の家の屋根に生つたのだし、この子はその冬瓜から生れたのだ、だからこれや私が育てるのが當然だ』かう云つてどうしても子供を張に渡さうとしません。それでまたもや喧嘩になりさうになりました。

冬瓜なら三つにも分けられますが、人間の子ではどうもさういふわけにゆきません。それかと云つて張にも渡されなければ胡にも遣れず、二人の間に入つた趙はその裁きに困つてしまひ、何とか名案はないかと、一人でしきりに考へてをりました。すると丁度その時好い工合に、納税の催促に來る陳姚德と云ふこの村の役人が、そこを通りかかりました。これを見た趙は、これは好い處に好い人が來たものだと、早速姚德に今までの一伍一什を話して、その裁決をつけてくれと賴みました。姚德はその話でこの場の樣子を知り、冬瓜から子が生れたのは、いかにも不思議だと思ひましたが、折角賴まれるのですから、何とか始末をつけなければ、役人と云ふ身分の手前もあり、いやとも云へず引受けてしまひました。けれどさしあたつて名案も浮びません。暫くじつと考へ込んでをりましたが、さすがふだんから智惠者と云はれてゐる人だけに、やがて何か考へついたものと見えて、一人頷き、につこり笑つて三人の顏を見較べてから申しました。

『さうだ、冬瓜はお前達三人で分けると云つたな、それぢや冬瓜はお前達三人のものに相違ない。であつて見れば、その冬瓜の子なら、子どももやつぱりお前達三人の子ぢやないか、だから誰彼の子と云はずに、お前達三人の子にするんだね。そして名も三人の家の姓を取つて、張趙胡と付け、三人もやいで育てゝやることにしてはどうだ。ねえ、さう定めることにしようぢやないか』から言はれては仕方がありません、姚德の裁いた通り、子供には張趙胡と名をつけて、三人もやいで育てることになりました。

青い顏をした、頭髮の赤い冬瓜の子張趙胡は、姿こそこんな妙な樣子をしてをりましたが、その悧巧なこと、元氣なことと言つたら、實に素晴らしいものでした。で、三人はこの子が成人したらどんな傑物になるかも知れ

ないと云ふので、まるで競爭のやうにして大切に可愛がつて育てましたので、張趙胡はぐん／＼壯健に育つてゆきました。それに大きくなるにつれて、その賢明くなることと言つたら驚くのほかありませんでした。これでこそ育てた効があると、三人の育親は大喜悅で末賴母しく、生みの子にも優るほど可愛がり、なほも心を碎いて育ててをりました。ところが、張趙胡が十六歲になつた時、折角生みの親にも劣らぬほど慈愛をかけて育ててくれた親共は、不思議にも張老兒を最先に、續いて趙夫婦胡夫婦と、かりの病が因となつて、次ぎから次へと死んでしまひ、可哀想に張趙胡ただ一人とり遺されました。きつとこれも何かの因緣でせう。

孤兒になつた張趙胡は、淋しく此處で生活をしなければならない事になりましたが、根が賢明な少年ですから、淋しいからといつて何時までも泣いてゐるやうなことはありません。子供ながら行末のことをいろ／＼と思ひめぐらしてをりました。ところがある日のこと、机に對つて讀書してゐましたが、何思つたのか、急に讀書を止めて、腕組をして、じつと考へこんでしまひました。そして、

「さうだ、もう私は一人ぼつちなんだ、何時までこんな所にゐても仕方がない、それよりは一奮發して何處かに出かけ、うんと修業して、偉い物にならう、それが可い」と獨言して、男らしくそれと決心しました。そして家事萬端一人で始末した上、明日はいよ／＼この土地を去つて、知らぬ諸國を巡り、良い師匠を見つけようと、その日の夕方、育てゝくれた親達の墓に參詣しました。

墓參に來ると、張趙胡は、一々並んで建てられた三家の親の墓に香華を捧げ、墓前に跪いて恭しく禮拜し、

『私は明日から旅に出て、良い師匠を尋ねて修行をいたすつもりでございます。長い間御育て下さいました

御恩は決して忘れはいたしません、成業の曉には必らず御恩報じをいたしますから、暫くお暇を下さいまし、今日はそのお暇乞に參つたのでございます』と、まるで生きてゐる親にでも云ふやうにかう云つて暇乞ひをし、やがて其處を立ち去らうとしました。けれど流石に名殘が惜まれて、近くの丘の草原に腰を下して、今の身の上や行末の事などを、考へるともなくいろ〳〵に思ひめぐらしてをりました。ところが、何時の間に來たのか、紅顏白髮の乞食姿をした、一人の老人が何處からともなくふと姿を現はして、ぢつと張趙胡の樣子を見てをりましたが、暫くするとつか〳〵と彼の方へ歩み寄つて、

『あゝもし〳〵』と聲をかけました。『お前さん何をそんなに考へこんでゐるんだね』

張趙胡は吃驚して、さも怪訝さうに老人の顏を見つめました。が、老人は人のよささうな顏をしてただにこにこ笑つてゐるのです。場所が場所だけに、さすが張趙胡も少し薄氣味惡くて、すぐには返答も出來ませんでした。すると老人はまだ笑ひ續けながら、

『はゝア驚いたかい、これは飛んだ失禮をしたな、不意に聲をかけたりして……』と氣輕にかう詫びました。

『だが、わしにはお前さんが氣に入つたよ、それで聲をかけもしたんだがな、まア勘辨してわしの云ふことを聞くがいい。わしはこんな姿こそしてゐるが、決して怪しい者ぢやない。そら、あのずつと向ふに見えるあの山に住んでゐる老爺だがな。今此處へ來てお前を見ると、急にかう可愛くなつてしまつたのさ。だが、何をそんなに考へこんでゐるんだね、一つ話してごらん、相談相手にならうぢやないか』

優しい聲でかう言はれて、張趙胡の疑も幾分薄らぎました。それに見ず知らずの老人が、こんなに優しく言

つてくれるので急に嬉しくなつて、懐しさうにその顔を見あげながら、

『實はわたしは張趙胡と申す者ですが、かやう〳〵の次第で……』と、今日までの自分の身の上を、少しも包まず話しました。老人は時々頷きながらだまつて聞いてをりましたが、やがて張趙胡の語り終るのを待つて、

『それぢやつまり師匠を尋ねて旅立ちしようと云ふんだな』と問ひ返しました。そこで、張趙胡はさうだと答へました。すると老人は、

『さうか、お前さんが、心から修業する氣なら、一つわしが教へて進ぜよう。わしは浙江の盧山王だよ。明日わしの所へ訪ねて來なさい』と云ひ殘しておいて、張趙胡の返事も待たずに、ぶらり〳〵と何處へか立ち去つてしまひました。張趙胡はこの乞食爺さんが本當にあの名高い盧山王かしらと思ひましたが、兎に角明日になつたら訪ねて見ようと決心して、墓場を後に我家をさして歸りました。

盧山王といふのは、浙江の山奥に住んでゐる名高い學者で、當時誰知らぬ者もないくらゐの人でしたが、何しろその住家が恐ろしい山奥なので、よつぽど熱心な者でない限り、教を乞ふ者も至つて尠かなつたのです。龍角村からそこまではなか〳〵の遠路です。しかもその道と來たら頗る難路で、その上途中には猛獸や毒蛇が徘徊すると云ふのですから、物騷この上もありません。張趙胡はそのくらゐの事でびくともするやうな子ではありません。修業したさの一念で、山を越え川を渉り、林を通り、森を過ぎて、ある時は猛獸の吠える聲を聞き、或る時は毒蛇に追はれながら、日が暮れると木の下蔭や巖蔭などに夜を明かすなど、あらゆる艱難辛苦の數を盡した揚句、やつとの事で盧山王の住家に辿り着きました。けれどもその時には餓と疲れのために言葉も出ないくらゐに

疲れはててをりました。

『ご免下さいまし』門口まで來ると、彼は滿身の勇を鼓して案内を請ひました。『わたくしは龍角村の張趙胡と申すものでございます、先日のお約束通り修業に參りました。先生御在宅でございますか』

するとひよつこりそこへ姿を現はしたのは、先日とは變つて、まるで神様のやうに神々しい盧山王でした。

『おう來たか、感心感心』先生はにこ〳〵もので大變いいご機嫌です。『大方途中で往生しただらうと思つてゐたが、よく來てくれた。さあ上れ』と、自分の居間に連れて行きました。そして張趙胡が途中の艱難辛苦を話すと大層感心して、

『よし〳〵さうなくてはならん。これからわしが充分敎へてやらう、一心に修業するんだぞ』

手厚く歡待されて、その夜は床に入りました。

さてその翌日になるといよ〳〵師弟の約束を結び、張趙胡は一生懸命修業をはじめました。が、人の一心ほど恐しいものはありません。根が悧巧な上にまるで命がけで勉強した張趙胡は、僅四五年の間に、師の盧山王でさへ舌を捲いて驚くほどの、天晴智勇兼備の若者となりました。これならば盧山王の後繼者となつても恥かしいことはありません。盧山王の滿足はいふまでもないこと、いつしかこの噂が龍角村に傳つて、村人は誰も彼も驚き褒めぬものはありませんでした。ところが丁度その年、漳州に一つの騷動が起りました。謀叛人が起つて漳州のお城を攻めとつてしまつたのです。そして人民どもはその賊軍のために苦しめられると云ふ有樣で、漳州の都は日一日と荒されてゆく一方でしたが、さて城主の爲に賊と戰ふと云ふ者は、誰一人としてありませんでした。す

るとその時誰から聞いて知つてゐたのか、城兵の一人が、

『浙江の山奥、盧山王の處に、張趙胡と云ふ傑物がゐるから、その人を招いてもう一合戰してみたらどうだらう』と云ひだしました。そしてそれを城主に勸めたので、城主は早速盧山王の所へ使者を遣し、是非張趙胡に軍師となつて、働いて貰ひたいと、盧山王に頼みました。漳州の樣子をよく知つてゐる盧山王は、城主の心中を察して、一も二もなく承知しました。そこで、いよ／＼張趙胡は漳州方の軍師となつて働くことになり、盧山王から暫時の暇を貰つて、漳州の陣屋をさして出發しました。

漳州軍の軍師となつた張趙胡は、すぐさま戰に敗れて散り散りになつた城兵をとり纏め、勢ひ猛く賊軍を攻めつけました。年齡こそやつと二十歳の若者ですが、さすが盧山王に就いて充分に修業しただけあつて、奇策縱橫天晴れ双雙の大將振り。率ゐてゐる軍勢は疲れはてた敗兵にも拘らず、さしもに强きを誇つた賊軍を、木葉微塵に改め散らし、一度陷つた城を再び取り返して、とう／＼賊を一人殘らずうち取つてしまひました。そして漳州府は以前の通り安泰となりました。城主始め人民達の喜びは言ふまでもなく、その評判は一時にぱつと四方へ廣まりました。そして漳州府の人々は張趙胡を神樣のやうに崇めて、ぜひこの地に止まつてくれるやうにと、仰まんばかりにして頼みましたけれど、張趙胡はまだ修業中だからと云つて、その願望を退け、位置や名譽にも目もくれず、別れを惜しむ人々の袖を拂つて、再び浙江の山奥、盧山王の許へ歸つて行きました。けれどその後は一生を修業にゆだねて、漳州は無論のこと、他の土地にも決して姿を現さなかつたと云ふことです。

その後漳州人は、張趙胡が死んだと聞いて大層悲しみ惜み、この人こそ漳州人にとつて命の親だ、守護神だ

と云ふので、護國掌教大神仙といふ神に祀りました。が、その後、漳州の人達は相談して、この人の恩德をいつまでも忘れぬためにと云ふので、漳州府城南門の內に一つの廟を建立しました。それが今も殘つてゐる南臺廟であります。

足なし息子と珍魚

原名『擢幸運之無足』

むかし〳〵、ある町に李大德と云ふ人がありました。この人の家は、町の舊家で、一と云つて二と下らないお金持でした。その住居なども實に立派なもので、高い石塀に圍まれた廣い邸內には、瓦屋根の大きな家が幾棟となく建てられてゐる、素晴しい、まるでお城のやうな構で、誰が見てもお金持の大家だと一目で分るほど、それは〳〵實に豪勢なものでした。ですから自然その評判は遠くまで響いてゐて、町の人々は、この百萬長者を、李大人李大人と呼んで尊敬してをりました。ところが世の中は兎角儘にならないもので、お金はあり餘るほどあり、人からは尊敬され、その上學問に秀でて德高く、溫厚な君子人で、生れつき至つて慈悲心深く、いつも善根を施してゐるといふ、何一つひのうちどころのない人でしたが、どういふものか子には大變運が惡く、長い間欲しい欲しいと思つて、神樣にまでお賴みした揚句、やつと天から授かつた息子は可愛さうに足なしの不具者だつたのです。

李夫婦の悲しみは言ふまでもありません。けれど自分達の子として生れて來た以上、それが不具者だからと云

つて育てぬわけにはゆきません。まして不具の子ほど可愛いのが親心の常です。夫婦の者はこれも何か自分達が前世で惡い事をした報ひであらう、せめては名だけでも、いい名をつけてやらうといふので、李有祥といふお芽出たい名をつけて、そのまゝ大切に育ててをりました。

けれど町の人は誰も本當の名を言ふものはなく、あれが李大人のうちの足なし息子だ、李の無足だと云つてをりました。ところがそのうちにいつとはなく、本名は次第に忘れられてしまつて、李無足李無足と呼ばれるやうになりました。

無足は、何の障りもなく、ずん〳〵成人して十五の春を迎へました。けれど立つにも坐るにも人手を借りなければ何一つ一人では出來ません。で、小さい時から傍を離れずに、何かと世話をしてゐた家の者が二人と、それに、いたつて心優しい下女が二人、いつも彼の傍に附き添うてゐて、外出する時は愚か、寢るにも起るにも、始終世話をしてをりました。

『あゝ。もし自分が貧乏人の子に生れてゐたらどうだらう、それこそ慘なもので、やれ不具者だの穀潰しだのと、厄介者扱にされるに相違ない。夫をこんなに何不足なく育てて戴くなんて、何といふ勿體ない事だらう』

不具者ではありますが根が利口な李有祥は、時々こんな事を思ひだしては、嬉し涙に咽んでをりました。そして聞さへあれば附添人達にこの話をして、有難がつてをりました。ところがこの美しい親子の心持が、いつの程にか町の人達にも知れ渡つて、ほんとに、あの無足さんは幸せな子だ。お父さんやおつ母さんからあんなに可愛がられて。それに無足さんも、お父さんやおつ母さんにそりや優しいんださうだ。かう云ふ噂が町ぢうにぱつと

立つて、誰一人この李夫婦の美しい心を褒めぬ者とてはありませんでした。

こんな具合ですから、家の内はいつも樂しさうな笑聲や、面白い話などの中にその日その日を送つてをりました。そのうちに無足は二十三の青年となりました。けれどやつぱり一人では動くことも出來ません。

『自分の體がこんななので、お父さんやおつ母さんはどんなに心配しておゐでだらう。このご恩は一體どんなにしたら返せるのだらう。何とかして恩報じをしたいものだ』

前にも申しましたやうに、生れつき利口な無足は、この頃では明けてもくれても、ただそればかりを考へて思ひ惱んでをりました。ところが或夜不思議なことがもち上りました。

無足がある夜、夜中ごろに眼を醒ましますと、枕元には今まで見たこともない白い髯を生やした老人が立つてゐるのです。で、無足が不思議さうな顔をしてその老人を見上ると、老人はにこにこ笑らひながら、

『お前が無足か、お前は父母に恩返しをしいたと大層心を痛めてゐるさうぢやが、何もさう心配することはない、わしがいいことを教へて進ぜよう』と、優しく彼の側へ寄りました。『わしは神様のお使ぢや、神様がいい事を教へて下さる、わしはそれを云ひにここへ來たのぢや。心を落ちつけてよう聞くがいい。お前はここで一番奮發して、明日から旅に出るのぢや。さうすればきつと幸運が得られる。わしの言葉を夢疑うてはならないぞ』老人はかう云つて、それから旅に出ればきつと親に恩返しが出來るといふ神様のお旨を傳へました。

幾ら神様のお旨だと云つて、言ふ事があんまり突拍子もないので、無足は驚き呆れて、迂散臭さうに老人を見てをりました。これはきつと自分が不具者なのをいいことにして、揶揄に來たのに相違ないとかう思つたのです。

『でも、私はこの通り足なしの不具者ですから、どうして旅なんぞに出られませう』無足は少し腹立たしげな樣子でかう云ひました。すると、老人はから〳〵と笑つて、

『はゝあ、何を云ふのだ、足がないから旅が出來ないと。歩かないでも輿がある、明日は奮發して輿で先づ裏山へ行くがいゝ、惡いことは云はぬ、神樣のお言葉だ』かう言ひ終つたと思ふと、老人の姿はまるで煙のやうに消え失せてしまひました。無足は不思議なこともあるものだと、いろ〳〵に考へ續けて、たうとうその夜は明方まですこしも眠ることが出來ませんでした。

さてその翌日になると無足は、父親に向つて、

『お父さん、わたし一つお願ひがあるんでございますが』と、いつもとはうつて變つた眞面目な顏をして言ひだしました。

『お願ひつてどんな事だね、まあ言つてごらん。ほかならぬお前のことだもの、もしきけることだつたら何でも聞いてあげるよ』お父さんは穩かにかう訊ねました。そこで無足は昨夜起つた事をすつかり話して、

『こんな具合でございますから、どうか裏山へやつて下さい』と熱心の色を顏に浮べて頼みました。

お母さんはこれを聞くと大層心配して、

『まあお前、何をお言ひなの。お前のやうな體でそんなことが來るものですか』と云つて、すぐに反對しました。お父さんも、無足の願ひが餘り無法なやうに思はれたので、苦い顏をして默つてをりました。足なしが、一人旅に出ようと云ひだしたのですから、兩親がびつくりしたのも無理はありません。けれども無足はなか〳〵思

ひ止まりません、いろ〳〵に言つて頼みます。お父さんやお母さんも優しい無足の心根はよく分つてをりますが、さうかと言つてこんなに無鐵砲な願ひを許すわけにもゆきません。そこでお父さんは、

『で、お前裏山へ行つて何をするつもりなんだい』と訊ねました。

『山に行つて好い土地を見つけ、そこを開墾しようと思ふんです。決して御心配なさいますな。わたしは轎に乘つてその上から檢分もしたり監督もするんです……』

これを聞くとお父さんも無足の熱心さにやつと心を動かされて、

『さうか、それ程お前がやりたいと思ふのだつたら、なる程それも好いかも知れんな』と、どうやら許してくれさうな口ぶりになつて來ました。

『それぢや、やつて下さいますか』

『うむ、そんならまあ慰みのつもりでやつてごらん』

無足は大喜びです。すぐさま自分の部屋に歸つて、大急ぎで裏山行の準備に取りかゝりました。可愛い而も不具ものゝ息子が、新らしく大仕事を始めようといふのですから、お父さんもその資本として、銀三千元、日本で云へば三千圓と云ふ大金を出してくれることになりました。

無足は願望が屆いた上に、お父さんの情で三千元の資本金まで貰ひましたので、その翌日になると準備を整へ轎に乘つて、元氣よく裏山をさして出かけました。ところが裏山で開墾すると云つたのは、仕方なくその時遁れに言つた出鱈目で、そんなことをしようなどとは夢にも思つてをりません。たゞあの不思議なお爺さんの言つ

た、「裏山へ行け、さうすれば好い事がある」といふ言葉を一心に信じてゐたのです。で、無足は四五日の間と云ふもの何をするでもなく、毎日〳〵、轎に搖れて裏山に出掛けては、ただ山の中を此處彼處と歩き廻つてをりました。父親は無足が一向開墾を始めさうな樣子もなく、ただかうして毎日出て行くのを見て、

『おい、どうだね、何處か好い土地があつたかね』と幾度も訊ねました。すると無足はその度毎に、

『いや、なか〳〵好い土地がないんですよ』と答へるばかりです。そしてなほせつせと裏山行を續けてをりました。するとある夜のこと、先日の老人が枕頭に立つて、

『どうぢや、少しは旅に馴れたか』と聲をかけました。無足はにつこり笑つて、

『はい、大分馴れました』と答へて、それから『お爺さんは裏山へ行けばきつと好い事があるとおつしやいましたが、いまに一向それらしいことがありません』と云ひました。すると老人は、

『あは、は、は……』と大きな聲で笑つて『まだないか、實はありや嘘なんぢや。ただ長い旅に馴れるやうにその下拵へをさせたのさ。だが今度こそ本當ぢや。東方に向つて行け、少し遠いが思ひ切つて行くのだ』かう云つたと思ふと、もう姿を消してしまひました。またも老人がこんな妙なことを云ひだしたので、無足の心には疑が生じました。そこで、夜が明けるのを待つて兩親にこのことを打ち明け、色々相談の結果、幸ひ、兩親が豫てから深く信じてゐる易者があるので、それを呼んで卜占をさせることになりました。すると、易者はいろいろ卜占をやつてみて、これもやつぱり東の方へ行けばきつといゝ事があると斷言しました。そして兩親にも無足は是非旅に出した方がいゝといろ〳〵にすゝめて、たうとう二人を納得させました。無足もこれに力を得て、

いよいよ、東の方の遠い所をさして旅立つことになりました。何しろ今度は遠方へ旅立つと云ふのですから、兩親も種々と心を盡して世話を燒き、附添ひには無足が不斷から大層氣に入つてゐる、木仔水仔といふ二人の忠義な僕を附けてやることにしました。そして出發の前夜には、一家打揃つて、出發の心祝と、賑かな饗宴さへ催されました。

いよ〳〵出發の朝になりました。無足は殊更元氣よく、

『それでは行つて參ります』と兩親に暇乞をして轎に乘り、木仔水仔の二人を從へて出發しました。兩親はじめ一家の人々は、みんな門の所まで出て見送りました。中でも氣の弱いお母さんは、轎の側に來て、細々と道中氣をつけなければならない事などを繰り返し繰り返し數へながら、目には涙をいつぱいためて泣いてをりました。

さて一同に別れを告げて家を出た無足は、ただ東の方東の方とそればかりを心にかけて轎を急がせました。かうして一體何處まで行つたらこの旅がおしまひになるのか、それは無足にも分りませんでした。側に附添うてゐる二人の家來たちも、皆目そんなことは分りません。たゞあの老人と易者の言葉通り、東へ東へと進んだのです。かうして十日ばかりと云ふもの、山を越え川を渉り、曠原を橫切りなどして、たゞ東へ東へとあてのない旅が續きました。無足はその間ぢう轎の上でただ一人、持つて來た三千元の金の遣方ばかり、じつと考へ込んでをりました。

家を出てから十一日目に、轎はある一つの村に來かゝりました。見るとそこには美しい一筋の小川が流れてゐて、その傍には一人の老人が川端に跪んで、流れる水をじつと眺めてをりました。轎の中からその有樣をちら

りと見た無足は、轎脇に附添うて居る木仔に向つて訊ねました。

『おい木仔、あれは何をしてゐるんだ。ほら向うの川端に老人が座つてゐるぢやないか』

けれど木仔にはその老人が何をしてゐるのやら、さつぱり分りません。同僚の水仔に向つて、

『おい、あの爺さんは一體何をしてゐるんだい』と主人と同じやうなことを云つて訊ねました。ところがこれもやつぱり分らないのです。三人は不思議に思つて、その方へ轎を進めました。その時水仔はこの老人の傍に魚籠が置いてあるのを目早く見つけて、

『あゝ魚籠がある、爺さん釣をやつてゐるんだな』と叫びました。木仔もそれを見て、

『成程な。ぢやあの爺さん、大方漁師なんだぜ』

無足は其所で轎を止めさせて、木仔を何が獲れてゐるか見に遣りました。木仔は急いで老人の方へ行きましたが、すぐに引返して來て、

『あの爺さん、やつぱり釣をしてゐるんです。今日は何だか珍しい魚が獲れたと言つて大自慢してをりました』と云ひました。無足はこれを聞くと、その珍しい魚といふのが見たくなつて、また老人の方へ轎を進めました。

『お爺さん、大層ご精が出ますね』と轎が老人の傍に近づいた時、無足は笑顔を見せながら、轎の中から聲をかけました。『何だか、大層珍らしい魚が獲れたさうぢやありませんか、一つ私に見せて下さいませんか』

『さあ〳〵、御覽なさい。何と珍らしい魚でせうがな』老人はさも得意げにかう言ひながら、魚籠を持ち上げ

ました。それを木仔が受取つて無足に見せました。無足は魚籠の中を覗き込みながら、

『成程どうも珍しい魚ですね、一體何といふ魚ですかね』と訊ねました。

『古今未曾有と云ふんですよ』

『へえ、古今未曾有と云ふ魚ですか。魚も珍らしいが名も妙な名ですね。わたしはまだこんな魚は見たことも聞いたこともありません。それに書物にだつてきつと載つてはをりませんよ』

『それやさうでせうとも、何しろこんな魚は千年に一尾か、惡くすると萬年に一尾、捕れるか捕れないかと云ふくらゐ、珍しい魚なんですからね』老人はかう言つて鼻を蠢かしました。

珍魚を見せられた無足は、何とはなしにこの魚が欲しくてたまらなくなりました。そこで、

『ねえお爺さん、この魚をどうするんです、どうせ賣るんでせう』とかう訊ねました。すると老人はふゝんと鼻の先で笑つて、

『賣つてもいゝんだがね、何しろ高いものだから、失禮だが、まあお前さん方にや手が出ますまいよ』と、空嘯きました。けれど無足はそんな事など氣にもかけない様子で、

『はゝあ、ではわたしは買へないとおつしやるんですか。で、一體幾許なんです』と笑ひながらまた訊ね返しました。

『まあ〳〵、お止しなさい、どうせ買へやしませんよ。値段なんか言ふがもなありませんよ』老人はかう言つて、てんで對手にしようとしません。この態度にさすが溫厚な無足も少しむつとして、

『おい、お爺さん、さう見縊つたもんでもあるまいぜ。兎に角買へる値段なら手を打たうぢやないか』と言ひました。

『ぢやあ云ふがね。安くしたところで三千五百元さ、はゝ驚いたらう』老人はかう云つて無足の顔を見ながらにやりと笑ひました。

なるほど珍魚には相違ありません。けれどいくら珍魚だと云つて、魚一尾が三千五百元とは……まづ木仔と水仔が眼を圓くしました。無足もさすがに度膽を抜かれて、

『三千五百元だつて……この魚一尾が』と思はず念を押しました。すると老人はます〳〵得意になつて、

『さうさ、幾度言つても同じことで、安くして三千五百元さ』と大變な鼻息です。無足の懐には三千元しかありません。みんな拂つてしまふとしてもまだ五百元不足です。と言つてこの儘引退がるも殘念です。そこで無足は三千元にまけて貰ふやうに相談を始めました。この有様を見て驚いたのは木仔水仔の二人です。主人はてつきり氣が違つたに相違ないと思つたのです。けれども無足はそんな事には一切お構ひなしで、強情に頑張る老人をいろ〳〵說きつけて、到頭一尾の魚を三千元で買ひとつてしまひました。そしてこれでいゝとばかり、大事な獲物を生簀に入れて自分と一しよに輿に載せ、意氣揚々と我が家をさして歸つて參りました。無事に歸つた息子の姿を見た兩親の喜びは言ふまでもありません。それから無足は、兩親に旅中の出來事を一つ殘らず物語つて、珍魚を手に入れたことをさも得意らしく話しましたが、お父さんはこれを聞くと、苦い顔をしてだまつてをりました。けれどおつ母さんが息子の歸宅をただもう無性に喜んでゐるのと、それに可愛い息子が好きでしたことだ

からと思つて、別に小言も言ひませんでした。無足は久しぶりで自分の部屋に落ちつきました。そして例の珍魚を、美しい、深い、大きな鉢に入れて飼ひ始めましたが、それからといふもの、毎日毎日その傍を少しも離れず、木仔水仔や下女を指圖して、何くれとなく世話をして暮らしてをりました。夜は自分の部屋に持ち込んで、自分の寢臺の傍に置かなければ寢ないといふ程の可愛がり方なのです。するとある夜中のこと、無足は誰かしら自分の枕許で優しい聲で自分を呼んでゐる者があるやうな氣がして、ふと眼を醒ましました。見るとそこには例の珍魚が水の中から頭を半分ほど出して、自分を呼んでゐるのです。

『もし、若旦那さま。お願ひでございますから、どうぞ私を元の川へ放して下さい。さうすればお禮としてこの珠を差上げます』珍魚はかう言ひながら、一つの美しい珠を出して見せました。『この珠は、天下無類の寶珠で、もしあなたが欲しいとお思ひになるものがあつたら、この珠に注文さへなされば何でも得られます。いゝえ、決して欺すのではございません、お疑ひなさいますな、わたしも神のお使ひでございます』かう云つたと思ふと、魚は水の中に沈んでしまひました。

その翌朝になると、無足は昨夜珍魚の云つたことを疑はず、自分は又ぞろ轎に乘り、木仔水仔をひき連れて、前に來たことのある例の川に行き、珍魚をその川に放してやりました。珍魚はさも嬉しさうに水の底へ沈んで行きましたが、生簀の中には昨夜の言葉の通り、一つの珠が殘つて居りました。無足はその珠を家へ持つて歸つて、兩親にこの事を話しました。けれど兩親は頭からそんなことは信用しませんでした。そこで無足は、

『では一つ試してみませう』と、手にした珠に向つて、『おい約束だ、此處へ山海の珍味を並べてくれ』と云

つてみました。すると、これは不思議、何處からともなく見しらぬ人が現はれて、紫壇の卓を置き、その上に大皿小皿に盛り上げた海山の珍味を並べはじめました。兩親はじめ居並ぶ人々は、あまりの不思議さにたゞびつくりするばかりで、口もきけない程でした。やがて一同はその御馳走で樂しい饗宴を開きました。これで兩親も珠の不思議の力をすつかり信用して、その次には無足に足を貰つてはどうだと言ひました。無足とてもそれがないばかりに、今迄長い間不自由してゐたのですから、早速足を註文しますと、これも見る間に二本の立派な足が腰の所からによき／＼と生えて、生れつき不具者の無足が、忽ちのうちに立派な一人前の男になりました。本人の無足は言はずもがな、お父さんやお母さんの喜びはどうでしたらう。これもみんな無足が日頃からよく神樣のお吩咐を守つたお蔭だといふので、寶珠はすぐに立派な桐の箱に納めて、みんなで神樣にお禮を申しました。

甦つた花嫁と盗人

原名『新娘使盗人改悛』

昔ある所に、一人の花嫁さんがありました。若くて美しく、まことに淑かで、嫁入先の家の人は言ふまでもありません、村ぢうの人達も、いいお嫁さんだ、いいお嫁さんだと褒めぬものはなく、その評判は大したものでした。ところが世の中のことは、さう善いことばかりあるものではありません。この幸福に滿たされた若夫婦の身上にも、飛んだ哀悲が湧き出ました。それは或る日のこと、このお婿さんの家に祝事があつて、知人や村人を招いて、盛な夜宴が催され、主客諸共歡を盡して、大層賑かでした。花嫁も今日は主人役、それに女のことです

から、姑の手傳をして、お客の接待やら、炊事場の世話に忙しく、體を憩める暇もないくらゐでした。かうして馴れないのに、身體や氣を餘り遣ひ過ぎたものですから、終ひにはへと／＼に疲れてしまひました。で、ちよつと一休みしようと、人に氣付かれないやうにそつと自分の部屋にはいつて、ころりと寢臺の上に寢轉びました。が、餘程疲れてゐたものと見えて、いつの間にか、そのまゝとろ／＼と寢込んでしまひました。けれどお座敷の方が氣にかゝつてゐたので、しばらくするとすぐに目が醒めました。そして氣がついてみると、ひどくお腹が空いてゐるのです。

『かうお腹が空いてちや働けやしない、何か一口食べたいな、炊事場へ行けば何か殘つてゐるだらう』

餘りお腹が空いてゐたものですから、花嫁は恥しいことも忘れて、炊事場の方へ行きました。幸ひ炊事場には誰もをりません。いゝ鹽梅だと思ひながら、四邊を見廻したが別に人の來る樣子もないので、すぐさま箸をとるなり、そこにあつた鷄の肉を煮たお料理を大急ぎで飲み込みました。ところが、盜食の天罰覿面、人の來ない間にと餘り急いで呑み込んだものですから、鷄の骨が咽喉にひつかゝつてしまひました。さあ大變、花嫁は苦しみもがきながら、その骨を取らうとあせりはじめましたが、あせればあせるほど、骨はいよ／＼深くさゝるばかりでなか／＼取れません。そのうちに人でも來ては大變と、急いで自分の部屋へ隱れて、また一しきり苦心して見ましたが、どうしても取れません。痛さは痛し、心配にはなつてくる、花嫁ははじめて自分のしたことを後悔しました。けれどもう後の祭、どうすることも出來ません。彼女はたうとう泣きだしてしまひました。

その時分、座敷の方では賑かに酒宴がはづんでをりましたが、どうしたものか、評判の花嫁が暫くその姿を見

せませんので、それと氣づいて姑が、おや、嫁はどうしたんだらうと息子にそつと訊ねました。息子もさう云ばれてみると、嫁はもうさつきからこゝへ姿を見せないのです。

『ぢや、わたしが行つて捜して來ませう』

『いゝよ〳〵、わたしが捜して來るから。お前は今夜の主人公なんだから、此處にゐた方がいい』母子がこんなことを云ひあつてゐる所へ、下女が顔色を變へて駈け込んで來ました。

『旦那樣、大變でございます。若奥樣が大變な御病氣で……』と云つて、自分が今、若夫婦の居間の前を通ると、部屋の中から女の呻き聲が聞えるので、不思議に思つて扉を開けて覗いて見ると、花嫁が四苦八苦の苦しみをしてゐた。で、これはてつきり急病だと思つて注進に及んだのだと云ひ添へました。これを聞いて驚いた姑とお婿さんは、すぐさま花嫁さんの部屋へ駈付けました。見ると、なるほど下女の言つた通り、花嫁は全身に油汗をかき、まつ青になつて踠き苦しんでをります。お婿さんはもう氣が氣ではありません。花嫁の傍にすり寄つて、

『どうしたんだい。うん苦しいだらう、苦しいだらう。何か惡いものでも食べたんぢやないか』と、肩のあたりを撫でてやりながら優しく訊ねました。そこで花嫁も仕方なく、餘りお腹が空いたので鷄肉を喰べたところ、その骨が咽喉にかゝつて、こんなに苦しんでゐるのです、と今までのことを正直に言つてしまひました。すぐにお醫者が呼ばれました。

そしてこのお醫者の手當で、鷄の骨はどうやらかうやら拔き取ることが出來ましたが、花嫁はそれからどつと病の床に就いたまゝ頭が上りません。お婿さんはじめ家の人達は大層心配して、夜の目も碌に寢ないで一生懸命

看病しましたが、病氣は日一日と次第に重くなつてゆくばかりです。これは隱食ひなどしたので、炊事場の神様、七谷八谷の怒りに觸れたものに相違ない、とかう思つたお婿さんは、日頃から信心してゐる神様にお願がけして、毎日お詣りしては、

『どうぞ、妻の病氣をお癒し下さいますやうに』と言つて拜んでをりました。

けれどその効もなく、花嫁の病氣は日一日と次第に重くなるばかりで、お婿さんはじめ大勢の人々の手厚い介抱を受けながら、たうとう死んでしまひました。家の人々の悲しみは言ふまでもないこと、近所の人達までもその死を悲しまない者はありませんでした。中でもお婿さんの悲しみと言つたら大變なもので、到底筆にも紙にも盡されないほどでした。けれど死んでしまつた者を今更幾ら悲しんだところで、生き返つて來るものでもありません。せめてお葬式だけでも出來るだけ立派なものにしてやらうと、花嫁の骸には一番いゝ著物を著せて棺に收め、懇ろに野邊の送をすませました。かうして今まで春のやうに賑かだつた一家は、忽ちのうちに火の消えたやうな淋しさの中に閉ぢ込められてしまひました。

さてそのお葬式のあつた夜更のこと、花嫁を葬つた墓場の邊りを、うろ／＼とうろついてゐる一人の男がありました。人目につかぬやうに、頭から黒い布をすつぽり被り、きよろ／＼四邊を見廻して、人の來る様子もないと見定めると、忍び足に花嫁の墓の方へ近づいて行きました。

『何しろ名高い金満家の可愛い花嫁のお葬式だ、衣服だつて、腕環や指環だつて、それに頭の道具だつて、定めし立派なものに相違あるめえ。長い間うめえ酒の一杯も飲めなんだが、飛んだ金儲けが轉げ込んだもの

だ』

彼はかう、獨言を云つて、にやりと笑ひました。言はずと知れた墓發きの盗人です。彼は凄い眼をしてもう一度四邊をぎろりと見廻はし、

『さあ、ぼつ／＼仕事にかゝるかな』とまた獨言を言つて、花嫁を埋めてある所をざくり／＼と掘りはじめました。やがて土を掘り除けてしまふと、中からは今日埋められたばかりの、新らしい棺が出て來ました。盗人は縛つてある綱に手をかけて、力一ぱいやつと棺を穴の外へ持出しました。そして蓋を開けて見ると、中には立派な衣裳をつけた美しい花嫁が、まるで眠つてゐるやうに横たはつてゐます。盗人は大喜び、早速きものを剝ぎ取りにかゝりましたが、すぐにきやつと言つて飛び退きました。それもその筈です。今まで靜かにつむつてゐた死人の目が急にぱつちりと開いたのです。盗人はそのまゝまつ青になつて、しばらくの間はぶる／＼慄へてをりましたが、

『なあに、おれの氣の迷ひだ。死んだ人間が目を開くなんて、そんな馬鹿なことがあつて、おたまりこぼしがあるものか』と勇氣を振ひ起して、もう一度そろり／＼と死體の方へ近づいて行きました。すると今度は、死體が口をきゝだしたではありませんか。

『まあお前、何をするんです』

幾ら大膽不敵な盗人も、かうなつてはたまりません。

『やあ、幽靈だ、幽靈だ、死んだ者が口をきいた』かう叫んだまゝ、たうとう腰をぬかしてしまひました。

そして、齒の根をがく／＼いはせながら、

『あゝ、惡かつた、おれが惡かつた。どうか勘辨しておくんなせえ。これこの通り盗んだものはみんなお返しいたします。今日限りふつつり心を入れかへて、決して惡い了見は起しません』かう云ひながら、盗んだ品を返さうと恐る恐る顔をあげて、ひよいつと向うを見ると、どうでせう。今の今まで横たはつてゐた花嫁が、いつの間にか起き上つて、棺のまん中にぴつたり坐つてゐるではありませんか。

『やつ、お助け』盗人は盗んだ品を投げ出すなり、轉び轉び逃げ出さうとしましたが、腰がぬけてゐるので立つことが出來ないのです。その時棺の中から花嫁が靜かに聲をかけました。

『あの、ちよつと待つて下さい』幾ら待てと言つたところが、かうなつてから待たれるものですか。聞えないやうな風をして、そのまゝどん／＼逃げ出しました。すると、花嫁は、棺の中から飛び出して來て、たうとう盗人をとり押へてしまひました。たかゞ病み上りの女の力で捕まへたのですから、無理に振りきつて逃げれば逃げられないことはないのですが、惡い事は出來ないもので、相手は自分が惡い事をしたのを怒つて化けて出た幽靈だと思ひ込んでゐるので、もう恐ろしい一方で手も足も出ません。

『わつしが惡かつたんです、どうか勘辨しておくんなせえ。あゝ、氣味が惡い。わつしは幽靈が大嫌ひなんです、えゝもう嘘ぢやありません。今日限り盗みはふつつり止めました。これからは改心して、きつと正直に働きます』と盗人はかう云つて泣いて詫りました。

『まあさう怖がるには及びません』と花嫁はやつぱり靜かな聲で言ひました。『わたしは化物でも、幽靈でもな

いのです。それはお前さんも知つてゐる通り、一旦は死んでこの通り棺の中へ入れられて、お葬ひまでして貰ひましたが、まだ壽命があつたものか、墓の下に埋められてゐるうちに、息を吹き返したのです。そこへお前さんがやつて來て、衣裳を剝がうとしてわたしの身體を動かしたものだから、そのはづみにひよいと正氣に返つたです。だからわたしは幽靈でもなければ、鬼でも化物でもありません。安心してゐらつしやい。殺しもどうもしませんから」盜人はこれを聞いてやつと胸を撫で下しました。そして、

「さて／＼不思議なことがあるものだ、死んだ者が甦るなんて。これや唯事ぢやない、この女にはきつと神樣が憑いてゐらつしやるんだ。こんな人の物を盜まうものなら、それこそ神罰覿面どんな酷い目に逢はされるか分らない」と思つて、『もうこれからは決して惡いことはしませんから、どうぞこのまゝお許し下さい』と、もう一度心の底から詫りました。

『それは何より結構です。わたしもこんな嬉しいことはありません』花嫁は嬉しさうにかう言ひました。『人の物を盜むなんて、それほど惡いことはありません。誰も知る者はあるまいなどと思つてゐても、きつといつかは分るに決つてゐます。けれど人間の情なさ、出來心と云ふものがあつて、ふとした機に惡い心が起るのです。けれど悔い改めさへすれば罪は消えます。お前さんもいまこゝで改心して眞人間になれば、神樣は許して下さるでせう』

花嫁はかう言つて懇々と盜人を戒めました。そこでこの盜人もすつかり改心して、夜も更けてゐることだするから、花嫁を背負つて家まで送り屆けさしてくれと頼みました。花嫁も喜んでそれを許しました。

さて、家では、この夜死んだ花嫁のために回向してやらうと、家の人達がみんな佛間に集つて、お經をあげてをりました。すると夜も大分更けた時分、表の戸をとん〳〵と叩くものがあります。今時分一體誰が來たのだらうと、不思議に思ひながら、一人が立つて行つて扉を開けて見ますと、そこには見も知らぬ一人の男が、若い女を背負つてつゝ立つてゐるではありませんか。

『誰方です、そして何處からいらしつたのです』取り次ぎに出た人は、ぎよつとしながらから訊ねました。

『はい、墓所から參りましたよ。この方のお供をしましてな』

これを聞くとその人はきやつと言つて奧へ飛び込みました。そしてみんなにこの由を告げました。

『何だ、そんな馬鹿なことがあるものか』といふので、みんなはぞろ〳〵門口の方へ出て見ました。見ればなる程、見知らぬ男が女を背負つて立つてゐます。みんなはびく〳〵しながら、怖る〳〵その方へ近寄つて行きました。その時、今まで盜人の背に負さつてゐた花嫁は、大急ぎでその肩から飛び下り、お婿さんの傍へ駈け寄つて、

『わたしでございます』とたつた一言いつたまゝ、その肩に縋りついて、嬉し泣きに泣き沈んでしまひました。

死んで、棺に入れて葬つた花嫁がその時の姿のまゝ、しかもこんな夜更けに歸つて來たのですから、家の人はみんな、花嫁が幽靈になつて歸つて來たに相違ないと思つて、お婿さんのほか誰一人その傍へ寄りつかうとする者はありませんでした。この樣子を見た盜人は、自分の惡事をすつかり白状して、墓場での一伍一什をこまかく話して聞かせました。お婿さんはじめ、家の人達の喜びは言ふまでもありません。花嫁を背負つて來た盜人も、大

屏嬉んで、

『いや、難有いことだ。わたしの悪事がもとで、こんなお芽出たいことが持ち上るなんて、こんな嬉しいことはありません。わたしもこれをしほに、今日限り心を入れかへて眞面目に働きます』と、涙を流しながら改心を誓ひました。

その時、お婿さんは百兩の銀を赤い紙に包んで奥から持つて來て、

『これはほんの志です。妻を甦らして頂いたお禮の印です。遠慮なく受け取つて下さい』と、言つて盗人に與へました。

一家にはまた前の通りの春が甦りました。そして大勢の人から羨しがられながら、幸福な一日一日が過ぎてゆきました。またお婿さんからお金を貰つた盗人も、そのお金を資本に、正直に一生懸命働いて、後には立派な商人になつたといふことです。めでたし／＼。

生蕃と南洋のお姫様

原名『生蕃之先祖的話』

臺灣の山地には、今でも人の首を欲しがつて、時々首狩をする恐ろしい人種が住んでゐます。これが生蕃人なので、彼等の間では、人の首を澤山持つてゐるもの程名譽ある偉い人とされてゐるのです。しかしもう今日では文明も進み、よつぽどおとなしくなつて、滅多にそんな恐ろしい事をするやうなことはありません。どの生蕃人の祖先について、古

くから臺灣人の間に一つの話が傳はつてゐます。

隨分大むかしのことです、南洋のある島に王樣と王妃樣とが住んでをられました。お二人の間には花のやうに美しい一人のお姫さまがありました。お二人がそのお姫樣をお可愛がりになることといつたら、それは並大抵の可愛がりやうではありません。このお姫さまのことだつたら、目の中へ入れても痛くないといふほどでした。お姫樣はかうした御兩親の愛に包まれながら、すく〳〵と成長してゆかれましたが、大きくなるに連れて次第にその美しさは增すばかりでした。

ところがある年のこと、この島に惡い病氣が流行りだしました、そして恐ろしい勢で蔓延して、島人は每日幾人となく、ばたり〳〵死んでゆきます。島人達はすつかり脅えて、神樣の加護を祈り、お醫者さんといふお醫者さんは、みんな必死となつて働きましたが、その効もなく病氣は益々勢を增すばかりでした。そしてたうとう王樣の御殿にまで浸入して來て、大切な大切なお姫樣がその病氣にとりつかれて、ばつたり床についておしまひになつたのです。さあ王樣ご夫婦は大變なご心配です。醫者よ藥よ、加持祈禱と、氣も狂ふばかり、寢食を忘れて介抱なさいましたが、病氣は次第に重るばかりでした。今までは幸福で華かだつた御殿の中は、急に火が消えたやうに淋しくなり、笑ひ聲一つさへ聞えないやうになつてしまひました。王樣御夫婦は言ふまでもなく、家臣共も交代にお姫樣の枕邊につききりでご介抱申し上げると言ふ有樣でした。いかなる名醫の治療も加治祈禱も何の効もないのをごらんになつた王樣は、ある日のこと家來どもをみんな集めて、

『何とかいい方法はないものだらうか。これといふ考へのあるものは、遠慮なく言つてくれ』と御相談なさい

ました。けれど家來どもはたゞ顔と顔を見合はすばかりで、それにお答へしようとするものは誰一人ありませんでした。この有様を見て、王様は落膽の餘り、ほつと深い溜息を吐かれました。

丁度その時、ご殿のお庭先には、ふだんから王様が大層可愛がつてゐらつしやる一匹の犬が寢てをりましたが、王様のこのお聲を聞くと、何と思つたのか急にわん／＼と大きな聲をして吠え出しました。で、これを聞いた王様は、どうしたのだらうと思ひながら、ご自分で縁先に出てごらんになりました。犬はさも嬉しさうに尾を振りながら、王様のお側近くすり寄つて來ました。

『おう、お前までも姫の病氣を心配してくれるのか。どうだ、お前は姫の病氣を癒す法を知つてゐないかい。知つてゐるなら敎へてくれ。もしお前が姫の命を助けてくれたら、お前を姫の婿にしてやらう』

思案に餘つてゐた王様は、ついうか／＼とこんなことを云はれました。犬はその言葉が判るのかさも嬉しさうに尾を振りながら、頭を擡げてじつと王様の顔を見つめてゐましたが、王様のお言葉が終るとわんと一聲高く鳴いて、何處ともなく駈け去つてしまひました。王様は不思議なことがあればあるものだと思ひながら、しばらくはぼんやりと犬の駈け去つた後を見送つてゐられました。

さて、犬は何處へ行つたものか、その後しばらくの間は影も形も見せませんでしたが、二日ほどしたある夜中頃、御殿の門前で切りに吠え立ててゐる犬の聲を、王様がお聞きつけになりました。

『ああ、犬が歸つて來た。誰か行つて早く門を開けてやれ』

やがて犬は家來の者につれられて王様の前へやつて來ました、見ると何やら口に啣えてゐるので、家來にとら

せてごらんになると、それは名も知らぬ草の根でした。で、王様は場合が場合ですし、前に犬に向つて云つたこともあるので、早速その草の根を煎じて、重病のお姫様に飲ませられました。ところがこれはまたどうでせう。今が今まで命も危ぶまれてゐた重病が、見る見るうちによくなつて、その日のうちに全快してしまひました。王様や王妃様を始めとして、家來達は夢かとばかり喜びました。そして例の犬は可愛いお姫様の命の親だといふので、その日から大切に大切に飼はれることになりました。

ところがどうしたものか、犬はどんなに可愛がつてみても、ちつとも嬉しさうな様子はみせません。いつも何となくうち凋れて、恨めしさうな顔をしてゐるのです。で、家來達は不思議に思つて、この由を王様に申上げました。すると王様は事もなげに笑ひながら、

『何、どんなにしてやつても犬が喜ばぬと言ふのか』とおつしやいました。『それでは奥庭へ入れて、うまい魚の肉でもやつたらいいだらう』

家來達は早速王様のお吩咐け通りにしました。けれど犬は矢張り、貰つたおいしいお魚や肉などには口もつけず、何か他にほしいものがあるやうな顔をしてをりました。その様子を見てゐらしつたお姫さまは、父王様に向いて言はれました。

『お父さま、あなたはもしお前がわたしの病氣を癒してくれたら、わたしをお嫁にやると、この犬にお約束なすつたさうでございますね。で、犬はわたしのお婿さんにならうと思つて、こんなにしてゐるのでございませう。わたしもこの犬の力で危い生命を助つたのですから、もしお父さまのお許があれば、わたしはあの犬

の妻になつてやりませう』

王様はこれを聞くと吃驚しておしまひになりました。

『何を馬鹿な事を云ふのぢや。幾ら小さな島とは言ひながら、それを支配してゐる王の姫を、畜生のお嫁になどどうしてやれるものか。あの時ああ言つたのは、その場の冗談だよ。どうしたつてそんな事は出來ない』

けれど心の正しいお姫様は、なか〳〵承知なさいません。

『いゝえお父さま、それはいけないと思ひます。わたしだつてすき好んで畜生のお嫁になりたいとは思ひません。けれどかりにも王様のお父様が、ご自分からお約束を反古になされては、人民どもへの聞えもどうかと思ひます。わたしはもう決心をいたしました』

お姫さまは決心の色を面に表はしてから云はれました。そこで王様も仕方なく、お姫様の言葉通りにすることになさいました。そして犬に向つて、

『これ、お前も定めし聞いたであらう、姫の殊勝の志にめでて、お前の妻にやることにする。畜生とは云ひながら、お前は姫にとつて命の親、どうか末長く仲よく暮してくれ。さあ、これでお前も滿足しただらう。何とか沙汰をするまで外へ出て待つてをれ』とおつしやいました。犬はさも嬉しさうにいそ〳〵として表の方へ出て行きました。

傍にゐてさつきからの様子を見てゐらしつたお妃様は、犬の姿が見えなくなると一しよに、そのままそこへ泣き沈んでおしまひになりました。その時お姫様は父王様に向つて、またこんなことをおつしやいました。

「あの父上、わたしが畜生のお嫁になつたといふことが、もし世間に知れましたら、それこそお父様達の恥ばかりではなく、先祖に對しても誠に申し譯のないこと、ひいては島ぢうの騒動になるかも知れません。で、どうかわたし共に船を一艘頂かせて下さいまし。わたし共はそれに乘つて、どこか遠い島へでも行つて、そこで暮したいと存じます」

可愛くてたまらないお姫さまを、このまま手放してしまふといふことは、王様や王妃様にとつて、身を切られるやうに悲しい事でした。けれどお姫さまのおつしやることにも一理あるので、仕かたなくこの申出を許し、早速船を造らせることになさいました。さていよ〳〵その新造船も出來ると、その中には色々の食糧品や道具など積み込み、夜中になるのを待つて、お姫様は犬と一しよに、どこをあてともなく廣い廣い海の中に出てしまひました。濱邊では王様御夫婦が近侍の人々と共に、久しい間、船の影が見えなくなつてしまふまで、涙に咽びながら、もう永久に逢ふことの出來ない、愛しいお姫さまの船出を見送つてゐらつしやいました。

お姫様達の乘つた船は、それから幾十日かの間、廣い海の上を漂うてをりましたが、そのうちに潮流の加減で、たうとう可成り大きな一つの島に流れ着きました。その時分そこはまだ名も何もない無人島でしたが、それが今の臺灣だつたのです。お姫様は犬と一しよにそこへ上陸して、小さな小屋を建てて住むことになさいました。そして穀物を蒔いたり果樹を植ゑたりして、睦じく暮してゐらつしやるうちに、年は一年二年と過ぎてゆきました。そしてお姫様はその間に二人の男兒と一人の女兒をお生みになりました。かうして淋しい中にも樂しい生活に過ぎてゆきました。時々は故郷のことを思ひ出して、悲しくなるやうなこともありましたが、三人の子供

達が一日一日と成人してゆくのを見てゐると、そんなことはすつかり忘れてしまふのでした。そのうちに犬は死んでしまひました。今では小供達もすつかり成人して、立派な息子と娘になりました。ところがある日のこと、一人の息子がお母さんに向つて、

『ねえ、おつ母さん。わたし達のお父さんはどうなすつたんです？』と不意にこんなことを訊ねはじめました。

『お父さんかい。お父さんはね、お前達がまだ小さい時分、亡くなつておしまひになつたんだよ』

『さう。ぢや、お父さんの名は何と云つて、どんな方だつたの』もう一人の息子がかう訊ねました。これには流石のおつ母さんも困つておしまひになりました。そして、自分が病氣になつた時からのことを、泣く泣く話してお聞かせになりました。

これを聞いた二人の兄弟は、驚き悲しみました。

『ああ、わたし達は姿こそ人間だが、お父さんは犬だなんて、そんな恥かしいことがあるものか。もうここにかうしてはゐられない』とこんなことを云ひだして、おつ母さんが止めるのも聞かず、たうとう家を飛び出してしまひました。そして足に任せて北へ〱と進みましたが、今の臺中の邊りまで來た時、二人はそこに足をとめて住むことになりました。で、二人の兄弟は川や海へ行つて魚を捕つたり、山へ行つて狩をしたり、木の實を採つてそれを食べたりしながら、仲睦じく生活をつづけてゐました。

さて、一方二人の兄弟にとり殘されたおつ母さんの方は、どうなつたでせう。たつた一人の娘を相手に淋しく暮してゐらつしやいましたが、兄弟のことを思ひ出しては、

『今頃はどうしてゐるだらう、病氣にでもなつて苦しんでをりはすまいか、それとも惡い獸にでも食べられてしまつたのではあるまいか』と、氣にかからぬ時とては一刻もありませんでした。で、ある日のこと娘に向つて、かうおつしやいました。

『ねえ、兄さん達はどうしてゐることだらうね。わたしもだん〳〵年は寄つて來るし、もし今どうかうといふことがあつたら、定めしお前が困ることだらう。どうだい、一奮發して、兄さん達の行衛を捜しに出かけようぢやないか』これを聞いた娘は大層喜びました。そしてすぐに出かけようと言ふことに話が決まりました。けれどこのままの姿で行つてはどうせ怒つて出て行つた兄さん達、きつと逢つてはくれないだらう。何とか姿を變へて行かなければなるまいと云ふので、色々に思案した末、或木の葉の汁で、二人とも口の邊りに丁度烏の嘴のやうな入墨をして出かけることにしました。旅の用意をすつかり備へ、二人はいよ〳〵出發しました。そして山を越え谷を渡つて北へ北へと進んでゐましたが、何しろおつ母さんは年が年ですし、そこへ艱難辛苦の旅が續いたものですから、たうとう重い病氣に罹つて、動けなくなつてしまひました。そして娘の手厚い介抱の効もなく、たうとう死んでしまひました。

娘の悲しみは言ふまでもありません。これから先どうしたものかと暫く途方に暮れてをりましたが、といつて、他に相談する人とては誰もないので、泣く〳〵穴を掘つておつ母さんの遺骸をそこに葬り、懇にその靈を弔ひました。娘にはそれからまた長い長い一人旅が續きました。どこと言つて探すあてはないのですから、廣い臺灣の島ぢうを足に任せてあちらこちらと歩き廻つては、夜になると、木の下や岩の陰などに寢るのでした。か

うした悲しい旅行がそれから幾日か續いたある日のこと、娘は一つの深い山の中に分け入つてゐましたが、自分とはさして遠くも離れてゐない處で、一生懸命働いてゐる二人の男の姿がふと目に入りました。もとより無人島のこと、ほかに人氣のあらう筈はありません。日頃から訪ね捜してゐるお兄さん達に相違ないと、娘は心を躍らせながら、その方へ近づいて行きました。そして、

『あなた達はわたしの兄さんではありませんか』と聲をかけました。二人の男は見知らぬ女から、兄さんではありませんかと聲をかけられて吃驚しながら、

『さういふお前さんは誰なんだい』と訊ね返しました。そこで、娘は今までの詳しい話しをして、お母さんから貰つた遺みの品を出して見せました。

『なる程、わたし達には一人の妹があつた。それぢやお前がその妹だつたのか』三人はかう言つて互ひに手を取りあつて、しばらくの間は言葉もなく泣いてをりました。そして、これからは三人で仲よく暮さうと、連れだつて歸りました。ところがここに困つたことが起りました。といふのはほかでもありません。何しろ人間といつては三人よりほかにゐないのですから、兄さん達は二人とも自分の妹をお嫁にしようと思つて、喧嘩をはじめてしまつたのです。大きい兄さんの方が、

『おれは兄なのだからおれが取るのがあたりまへだ』と言へば、小さい方も敗けてはをらず、

『いや、それは違ふ。妹ははじめて會つた時わたしに先に聲をかけたのだからわしのものだ』と言つて爭ふのです。妹もこれには困つてしまひました。と言つて、どうすることも出來ません。そのうちに二人は、ある日の

ことたうとう大喧嘩を始めて、その揚句弟は兄さんの前歯を打ち折つてしまひました。さあ、かうなるともう喧嘩どころではありません。弟は妹と一しよに、一生懸命兄さんの介抱に努めました。弟はその日以來今までとはうつて變つて、餘り口數もきかない淋しい人間になつてしまひました。一時の怒りからたつた一人の兄さんに大怪我をさせた自分の罪が、考へれば考へるほど恐しくてたまらなかつたのです。かうしてまた幾日か過ぎました。ところがある日のこと、この弟の姿が不意に見えなくなつてしまひました。兄と妹は心配してあちらこちらと捜しまはつて、一本の樟樹の下で自殺してゐる弟の骸を見つけだしました。やがてこの兄と妹は夫婦になつて、樂しく睦じい家庭をつくりました。これが今、臺灣の或地方に住んでゐる生蕃人の祖先だといふことです。ですから今でも生蕃人が結婚する時には、男は前歯を一本抜き取り、女は口の邊に鳥の嘴のやうな格好の入墨をする風習が傳はつてゐるのださうです。

似たもの夫婦と運

原名『孝子與逆子的話』

ある山の麓の村に、二人の兄弟がありました。兄は親の命令など一つとして從つたことのない、大の怠惰者で、健强な體を持ちながら、金滿家の家に生れたのを幸ひに、家を外に遊びまはつてゐるといふ、親泣かせの不孝者でした。ところが弟はそれにひきかへて、從順で、律義で、勤勉家で、從つて親には大切に仕へるといふ孝行者でした。で、村の人達は、

『同じ親を持ちながら、どうしてあゝも違ふのだらう』と不思議がつてをりました。こんな工合ですから、兩親達も、弟の方には何も氣にかゝることもありませんでしたが、兄のことが心配でたまらないので、人知れず神樣に願がけして、どうか兄の行ひがよくなりますやうにと祈つてをりました。

けれど兄の行ひは一向改まらないばかりか、日一日と募つて行くので、一層のことお嫁でも持たせたらと、ある人の世話で嫁を迎へました。ところが、この嫁さんが大層氣に入つて、若夫婦は睦じく日を送ることになりました。兩親もこの有樣を見てやつと安心しました。けれどそれも束の間、これが世間によくある似た者夫婦といふのでせう。このお嫁さんがまた兄に劣らない怠惰者の我儘者なのです。家の事も兩親のことも一向頓著せず、たゞ兄と一緒になつて毎日々々遊び廻つてばかりゐるのです。親達は眉を顰めて、飛んだ厄介な嫁を迎へたと後悔しました。かうなると、村の評判も次第に惡くなります。しばらくすると、弟の方もお嫁を貰ひました。ところがこれはまた兄のお嫁さんとはまるで反對に正直で、從順で、親を大切にして、家事萬端を一人で引受けてするといふ働き手なのです。夫婦仲の睦じいのは言ふまでもありません。村の評判も至つて好く、兩親達も次第にこの弟夫婦ばかりをたよりにするやうになりました。

かうして暮してゐるうちに、父が重い病氣に罹つて床についてしまひました。母や弟夫婦は病床に晝夜詰め切りで、一生懸命介抱してをりましたが、兄の夫婦は看病どころか見舞にも來ず、相變らず一緒に遊び廻つてをりました。

『なあに、阿父の病氣なんか心配するほどのことはありやしない。たゞの風邪さ。それに弟の奴、いやに胡麻

をすりやがつて、いつも詰めつきりでゐるんだから、今更おれ達が行くには及ばないさ」と、兄達夫婦はこんなことを云ひあつてゐるのでした。

かうしてゐる間にも、父の病氣は日一日と重くなつて、今は醫者も匙を投げてしまひました。弟は妻に向つて、

「お父さんはもう駄目かも知れない。幾ら兄さんがだらしのない親不孝な方だつて、これを聞いたならきつと駈けつけていらつしやるだらう。またこれをお知らせするのは弟としての務めだ。お前ご苦勞だが一走り兄さんのお宅まで行つて來てくれないか』と云つて、妻を兄の許へ使ひにやりました。

流石の兄夫婦もお父さんがもういけないと聞くと、今更のやうに驚き慌てゝ駈けつけて來ました。そしてお母さんや弟夫婦と一しよに看病に努めました。その時お父さんは、居並ぶ人々をずつと一渡り見廻して、苦しい息の下からかう言ひました。

「みんなにいろ／＼世話をかけたが、今度といふ今度は、わたしももう駄目だらう。で、お前に遺言したいと思ふが、かう弱つてゐてはそれも難かしい。それで豫てから書いて置いた遺言狀があるが、それを今こゝでよく讀んで貰ひたい』かう言ひながら遺言狀をお母さんの手に渡しましたが、これですつかり安心したものと見えて、その儘眠るやうに息を引きとつてしまひました。

お母さんと弟夫婦の悲しみは筆にも紙にも盡せない程でした。けれど兄夫婦は一向平氣なもので、どこを風が吹くかといふやうな顏をしてゐるのでした。さて、いつまで泣いてゐても仕方がないといふので、いよ／＼遺言狀を披いて見ると、それにはこんなことが書いてありました。

『財産は兄弟で二つに分けなさい。だが兄はこれから決して冗費ひしないと云ふ誓書を弟に出して置かなければならない。それからおつ母さんは兄の許にゐてはどんな不幸を見るか分らないから、弟夫婦で世話をしなければならない。これだけのことをしつかりと言ひつける』

この遺言狀の文句が兄の氣に入らなかつたことは言ふまでもありません。幾ら半分貰つたところで、誓書なんか取られたんぢや、ちつとも自由になりやしない、貰はないと同じことだ。第一長男たる自分に、たつた半分といふのが氣に食はない。今に見てゐろ、分配の日が來たら、兄の威光で弟の奴をへこまして、みんなこつちへ取りあげてやる。さうでもしなければ、今までのやうに暢氣な眞似は出來やしない、とかう考へましたが、その時は何とも言はずに家に歸りました。そして妻とも相談して、ひたすらその日の來るのを待つてゐました。

さて、お父さんの葬式もすみ、家の中が片づいてしまふと、お母さんはいよ／＼遺産の分配をしようと思つて、兄弟の處へ使を出しました。弟達が行つた時には、其處にはもう兄夫婦が頑張つて、眼を光らしてをりました。そしてお母さんが分配のことを口に出すが早いか、兄は横柄な口調で、

「だが、そりやちよつと待つて貰ひませう」と言ひました。「なるほどお父さんの遺言には弟と半分づつにしろと書いてあつたに相違ありません。だが、それぢやわたしは困ります、弟は兄の云ふことに從はなきやならない。これは今更言はなくつたつて分りきつたことです。兎に角遺産はわたしがいゝやうに處置しますから、みんなだまつて見てゐて下さい。それにわたしは無職なんだからお金だつて隨分かゝりますからな』

兄はから勝手な理窟をつけて、おつ母さんと弟が呆れはててぼんやりしてゐる間に、目ぼしいものはさつさと

自分の方へ取りこんでしまひました。そして取るだけのものを取つて終ふと、

『それからおつ母さんですが、あなたは弟の處へ行つて下さい。わたし達がお世話するといゝんですが、お父さんの遺言もあることですから、殘念ながらそれも出來ません』と捨白詞をのこして、後をも見ずに歸つて行つてしまひました。餘りのことにおつ母さんは兄の姿が見えなくなると、そのまゝそこに泣き伏してしまひました。弟はそれを慰めて言ひました。

『まあおつ母さん、そんなに歎かないで下さい。これだけでも頂けりや結構ですよ。お金なんか働きさへすりや幾らでも儲りますよ。たゞで頂いたお金より、働いて儲けたお金の方が、どれだけ有難いか分りません』

かうして弟はその日から殆ど無一物でお母さんを引き取つて世話することになりました。

お金持の家に生れながら、急にかう無一物になつた上、おつ母さんまでも養はなければならないといふのですから、弟夫婦の生活は並大抵ではありませんでした。で、弟は荷車を一臺買ひました。そして毎日山から薪を採つて來ては、その車に積んで、町から町へ賣り歩いて、やつと暮しをたてゝをりました。夫がかうやつて一生懸命働くのですから、妻もなか／＼じつとしてをりません。家の仕事は言ふまでもなく、間があれば賃仕事までもして夫を助け、夫婦心を合せておつ母さんに大切に仕へてをりました。

ある日のこと、弟は例の通り山へ薪を採りに行きました。そして今日はいつもになく、奥の方まで深入りしました。ところが向うの方から、何だか聞き馴れぬ物音が聞えてきましたので、ふとその方を見ますと、繪に書いてある通りの恐しい三匹の鬼が、何か話しながら自分の方へ近づいて來てゐるのでした。これを見た弟は吃驚仰

天、すぐさま側の苦楝の樹に攀ぢのぼつて、高い枝の繁みの中に隱れてをりました。鬼どもは彼の隱れてゐる方へ次第々々に近づいて來ます。弟はもう生きた心地もなく、恐しさにぶる〳〵慄へながら、じつとその方を見つめてをりました。やがて鬼どもは樹の下まで來ると、其處にある大きな岩の前に立ち塞がつて、頭らしい赤鬼が『えい、やあ、えい〳〵』と大きな聲で掛聲をかけました。すると不思議やその岩が音もなく左右にすうつと開いて、そこには大きな洞穴が見えだしました。その時靑鬼と黑鬼はちよつと向うの方へ走つて行きましたが、しばらくすると、何處から持つて來たのか、重さうな、大きな包を肩に擔いで來て、その洞穴の中に運び込みました。そして幾度も幾度もそんなことを繰り返してゐましたが、やがて、

『さあ〳〵これでいい、當分此處に藏つて置くことにしよう』と云つて、鬼どもは歸つて行きました。

この樣子を殘らず見てゐた弟は、鬼どもの立ち去つたのを見すまして、樹から下りて來ました。そして洞穴の前に立つて、

『えい、やあ、えい〳〵』と鬼の言つた通りを冗談半分に言つてみました。すると扉がすうつと開きましたので、彼はこはいもの見たさに恐る恐る中へ入つて行きました。見ると、こゝには金や銀を入れた袋が山のやうに積み重ねてあつて、その上には、

『この金銀は總て正直にしてよく働く者に遣すものなり』と書いた紙片がそへてありました。これを見た弟は、

『ふうん、ぢやわたしが貰つても別に差支へない筈だな』と一人ごちました。そして大急ぎで家へ駈けつけて例の荷車を曳いて山にとつて返し、金や銀の包を積めるだけ車に積み込んで、我が家へ持つて歸りましたが、だ

まつて持つては惡いと思つたので、洞穴へは、

『これは私が貰ひます。陳芳德』と書いた紙片を殘して置きました。車の上に山のやうに積んだ金や銀の包を見た時の母や妻の驚きと喜びは言ふまでもありません。すぐさま家の中へ持込んで、幾らあるか勘定してみようといふことになりました。けれども何しろ、山のやうにあるお金のことですから、一つ一つ數へてゐたのではとてもおつつきません。そこで、一つ秤で量つてみようといふことになつて、弟はすぐさま兄の家へ秤を借りに行きました。そして今日の出來事をすつかり話して、秤を貸して貰ひたいと賴みました。さあ、それを聞いた兄は羨ましくてたまりません。

『それぢやおれもお前と一緒に行つてみよう』といふので、弟の家へやつて來ましたが、見れば弟の狹い家の中はお金が一ぱいで、足の入れ場所もない程です。これを見てはもうじつとしてはをられません。兄はすぐさま我が家へ飛んで歸り、妻にこの事を話して、これからすぐにも行つて、自分も金銀を拾つて來ると言ひましたが、その時はもう日の暮に間もないことでしたから、心ならずも明日まで延ばすことにしました。

さて、翌る日になると、この怠け者で慾ばりの兄は、朝暗いうちから飛び起きて支度を整へ、弟から敎つた山をさして出かけました。來て見ると、成る程そこには大きな岩の扉があります。

『はゝあ、これだな』兄はかう呟いて、『えい、やあ、えい〳〵』と弟に敎つた通り掛聲を二度繰り返してかけますと、案の定、扉はすぐに開きました。兄はもう夢中です。中に飛び込むが早いか、なるべく大きさうな、なるべく重さうな袋をひつ擔ぎ、えつちらおつちら扉口の方へ出て來ました。

『ふん、かうやつて晩まで運びや、弟の奴なんか何のものかはだ』ところが大きな石の扉は、いつの間に誰が閉めたのか閉まつてゐて、押せども引けども開かばこそ。さうだ、あの掛聲だとかう思ひましたが、扉が閉まつてゐたのにあんまり驚いたので、その拍子に肝心の掛聲をすつかり忘れてしまつて、いくら考へてみても、どうしても思ひ出せません。流石の兄もこれには弱つてしまひました。それでもはじめのうちはまだ、何とかして扉は開かないだらうか、他に出口はないだらうか、あの掛聲はどうだつけなと、氣違ひのやうになつて走り廻つたり考へこんだりしてをりましたが、しまひには精も根もつきはてゝ、その場にどつかり坐り込んでしまひました。

暫くすると扉の表の方が、何となく騒々しくなつて來ました。何かがや／＼話してゐるのですが、みんな聞き馴れない聲ばかりで、何を言つてゐるのかさつぱり分りません。兄は怖ろしさにぶる／＼慄ひながら、小さくなつてをりますと、やがて外では例の掛聲がして扉が開きました。そして、洞穴の中へはいつて來たのは見るも恐ろしい三匹の鬼でした。くん／＼鼻を鳴らしながら、

『今日は途中でどうも人間臭いと思つたら、こんな奴がこゝにはいり込んでゐやがる』と云つて、三匹で兄を取り捲いてしまひました。

『やい、この野郎』と中でも頭らしい赤鬼が、恐しい顔をして睨みつけながら、かう呶鳴りました。『不屆な奴だ、怠け者の癖をして、よくもこんな眞似をしをつたな。さうだ、昨日も來てみたらお金が大分減つてゐた。やつぱり此奴めが盗んだに相違ない。こんな奴活かして置いては碌なことはしでかさない。さあ叩き殺してしまへ

『いゝえ、違ひます。昨日のはわたくしではございません。あれはわたくしの弟で。わたくしはたゞ盗まうと思つてはいつたゞけでございます。どうぞご勘辨を願ひます』兄はかう言つて涙を流しながら言ひわけしましたが、鬼どもはそんなことは耳にもかけず、たうとう叩き殺してしまひました。山でこんな大騒動が持ち上つてをらうとは夢にも知らぬ嫂は、今にも夫が、金や銀を車に山のやうに積んで歸つてくるだらうと、その歸りを待ち詫びてゐましたが、いつまで待つても歸つて來ません。夜になつても、翌る日になつても歸つて來ません。で、たうとう心配で堪らなくなつて弟の家へかけつけ、これ〳〵しか〴〵と一部一什を話しました。

『それは大變だ』といふので嫂はすぐに弟をつれて例の山へ急ぎました。行つて見るとどうでせう。前にあつた洞穴など今は痕跡もなく、そこには兄の死骸が捨てゝあるばかりでした。嫂は死骸にとり縋つて泣き沈みました。しかし、今となつてはどうすることも出來ません。弟は死骸を背負つて、自分の家へ持つて歸り、自分の手で懇に葬つてやりました。その時分もう兄の家では、あれほど無法なことをして手に入れた父の遺産も、有るが儘に費ひ果した罰で、無一文の狀態になつてゐたのです。で、生き殘つた嫂は、その日から路頭に迷はなければならなくなりました。そこで善人揃の弟夫婦は、この哀れな嫂を自分の家に引き取つて世話をすることにしました。

それから暫くたつたある日のことでした。親戚のある家にお祝ひ事があつて、おつ母さんが招ばれて行くことになりました。けれどおつ母さんは老人のことだから、代理として弟の嫁に行つてくれるやうにと賴みました。弟の嫁は出かけて行きました。行つて見るとその家では大變な御馳走でしたが、弟の嫁は淑にその席に列し

てゐるだけで、どの御馳走にも一向箸をつけようとしません。で、それと見た向うの人が不審に思つて、

『如何でございます。何かお一つ召上つて下さいませんか。どうもお口には合ひますまいが』と云ひました。けれど嫁はたゞ、

『難有うございます』と會釋したばかりで、やつぱり箸を取りません。

『まあ、どうなすつたんでございます。どうぞご遠慮なさらないで』その時弟の嫁は恥かしさうに向うの人にまたかういひました。

『はい、有難うございますが、今日は母の名代でお邪魔をいたしております、それだのにわたし一人で、こんな結構な御馳走を頂戴しては、何だか母に濟まない氣がいたしますので』と云ひました。これを聞いた向うの夫婦は、すつかり感心してしまつて、

『まあ、さうでございましたか、いつもながら、あなたのお心がけには恐れ入りました。お母さまの分は別にお土産にして差上げますから、どうぞお氣遣なさらず、何なりとお好きなものを召上つて下さい』と云ひました。そこで弟の嫁はやつと箸を手にしました。

やがて宴が果てると、弟の嫁は主人始め家の人々に叮寧にお禮を言つて、御母樣へのお土産包を手にして歸途に就きました。ところが途中に一つの小溝がありましたので、それを飛び越さうとした拍子に手がすべつて、折角のお土産を溝の中に落しました。

『あつ』と驚きましたが後の祭、仕方なしに溝の中から包を拾ひ上げて、『まあとんだことをしてしまつた。こ

れでは折角のお土産もだいなしだ』と一人ごちました。が、ふと見るとすぐ傍を綺麗な水が流れてをりますので、汚れたご馳走をそこで出來るだけ清潔に洗つて、それを持つて歸つて、おつ母さんにおすゝめしました。おつ母さんはこれが一度溝に落ちたご馳走だらうとは知らずに、大層喜んで、さもおいしさうに喰べはじめました。するとこの時、今まで晴れ渡つてゐた空が俄に掻き曇つて、大粒の雨がばら〳〵と降り出し、それと一しよに恐ろしい雷鳴さへも轟きはじめました。さあ、弟の嫁は氣が氣ではありません。

『大變なことになつてしまつた。途中で自分があんな事をして、それをおつ母さんにだまつてゐたので、神様のお怒に觸れて、こんなことになつたに相違ない。いよ〳〵天罰があたるだらう』と、しばらくの間は獨り心を痛めてをりましたが、やがて決心して空を拜みながら言ひました。

『わたくしが天罰で雷に打ち殺されるのは仕方がございません。けれどちよつと待つて下さい。此處にはおつ母さんがゐらつしやいます。わたくしのためにお母さんを殺しては、重ね重ね不孝になりますから』そしてすぐさま表へ飛び出して、雨の中を大急ぎで一本の大きな樟樹の下へ駈け込みました。その途端、一際激しい雷鳴が轟き渡つたと思ふと、めり〳〵と激しい音がして、さしも大きな樟樹がまつ二つに裂けてしまひました。けれど不思議にも弟の妻の體には何の異狀もありませんでした。そればかりか裂けた樹の幹の中からは、金や銀がざく〳〵するほど現はれて來ました。その時何處からともなく聲があつて、

『神は汝の善根孝心を襃めて、この金銀を與へるものなり。疑はず持ち歸れよ』と云ふのが聞えました。弟の妻の喜びは譬へやうもないほどです。早速わが家へ持つて歸り、前からの一部始終をおつ母さんや良人に話して

みんなで喜びあひました。

かうして弟夫婦一家は、日一日と富み榮えて行きました。これを傍で見てゐた例の嫂は、どうも羨ましくて堪りません。何とか自分にもかういふ幸運が向いて來ないものだらうかと、その機會の來るのを只管待つてをりました。暫くすると、たうとうその時がやつて來ました。またおつ母さんが懇意な家から招かれて、今度は自分がその名代で行くことになつたのです。胸に一物ある嫂は、向ふへ行つてもなか〱箸をとりません。そして、弟嫁の言つた通りを言つて、歸る時にはお誂へ通りおつ母さんへのお土産を包んで貰ひました。で、

『よし〱。これで何もかも都合よくゆきさうだわい』と心の中で喜びながらその家を出ましたが、途中まで來ると態々小溝の中へ包を落し、それをきれいな水で洗つて、家へ持つて歸つて、おつ母さんに喰べさせました。するとこれもやつぱり前と同じやうに、俄かに雷が鳴りはためきはじめました。嫂は心の底で、

『いよ〱思ふ壺だわい』と喜びながらも、わざ〱神妙な顔をして、弟嫁と同樣天を拜して、『此處に落雷されてはおつ母さんが驚いて死んでおしまひです、わたくしをお殺しになるのでしたら、どうぞ暫らく待つて下さい』と言つて表へ飛び出し、一本の榕樹の下に走り込みました。すると、その時、一際大きな雷が鳴りはためいたかと思ふ間もなく、嫂の注文通り、その榕樹に落ちてくれました。けれど樹が裂けるのと一しよに、自分も敢ない最期を遂げてしまひました。

弟夫婦はその後も母を大切にし、次第に富み榮えて、しまひには父にも優るお金持になりました。

猿になつた我儘娘

原名『猿的由來與劉娘』

昔ある處に、劉金水と云ふ、大地主で金滿家がありました。金水は、至つて正直な律義者、親讓の資產を大切に護つてゐるばかりでなく、こんな大家の旦那にも似ず、家の者達と一緒になつて、骨身を惜まずいつも働いてゐることです。そして、土地の人達には情をかけ、村の事にも何かと世話を燒き、貧乏な者は救つてやると云ふ風ですから、なか／＼評判も好く、みんなから慕はれてをりました。

ある年の秋、丁度菊の花の咲く頃のことでした。金水は自分の誕生祝と菊見とを兼ねて、酒もりを催すことにして、親戚や知人にそれ／＼案內狀を出しました。やがてその日が來ました。定の時刻になると、招待された人達は、みんな晴やかな顏をして大勢集つて來ました。廣いお庭も部屋部屋も美しく飾りたてられてゐて、彼方此方に置いてある卓には、いろ／＼のご馳走が山のやうに盛り上げられ、その上お庭の一隅には、餘興の舞臺が設けられてゐるといふ具合で、何一つとして足らないものはありません。

饗宴は賑かに始められました。ご馳走もおいしければ餘興の芝居も大層面白い、もうこの上何も言ふ處はありません。笑つたり食べたり話したり、お客達はみんなもう恐悅です。ところがこの酒宴のまつ最中、何處をどうして紛れ込んだものか、瘦せ衰へた一人の乞食爺が、杖に縋りながらとぼ／＼と汚い姿を現はしました。そしてぴよこ／＼頭を下げては惠みを乞うて廻りはじめました。お客は、みんな味氣を惡がつて對手にならず、家の者

は忙しいので、そんな事にはちよつとも氣がつかないでゐたので、誰もこの乞食を逐ひ拂ふものもありませんでした。乞食はそれをいいことにして、のこ〳〵と奥の方へはいつて行きました。其處ではこの家の娘が、友達と樂しさうに話をしてをりましたが、不意に乞食爺が姿を現はしたので、娘はびつくりして叫びました。

『まあ厭だ。お前何しに來たの。さあ、彼方へお出で、此處はお前なんかの來る所ぢやないよ。何て汚い乞食爺だらう。とつとと出て行くんだよ』

けれど乞食は、なか〳〵出て行くやうな氣色は見えません。にやり〳〵と笑ひがらな頭を下げて、

『お願ひでございます、わたくしはまだ今朝から何も喰べてゐないので、お腹が空いて堪りません。どうぞ殘飯でも一杯戴かして下さいまし………』と、震へる微かな聲で憐れみを乞ひました。すると娘は、

『何言つてるの、此處にはお前にやるものなんかありやしないよ』と聲を荒らげて叱りつけました。『さあ、早く出て行け。そんな汚い姿をして、お客さま方に失禮ぢやないか。何を愚圖愚圖してゐるの。出て行けと云つたらお行き』

『でもございませうが、わたくしは今朝から………』

『お前のお腹が空いてゐようとゐまいと、そんなことわたしの知つた事ぢやないよ。何も云はずに出て行くんだよ』かう言ひながら娘がとんと突くと、乞食はばた〳〵とそこへ倒れてしまひました。すると娘は側にゐた犬を嗾かけました。

娘には突き倒され、その上犬にまで嚙みつかれた乞食爺は、痛さを堪へながら起き上ると、また杖に縋つてと

ぼく／＼と門の方へ出てきました。そして歩きながら、

『あゝあ、大家で我儘に育つたお孃さんにも困つたものだ。親にも似ない鬼子だな。こんな眞似をしてゐりや、末にはきつと惡い報いが來るにきまつてゐる。考へてみりや可哀さうなものだなあ』と、獨言を言ひました。

丁度その時、乞食はまだ年の若い一人の娘が布呂敷包を抱へて、急ぎ足に門を入らうとしてゐるのにぱつたり出遭ひました。娘は「まあ、氣味の惡い。薄汚い乞食だこと」とでもいふやうな顏をして、そのまゝ門を入つて行かうとしましたが、何と思つたのか、ふと立ちとまつて、

『お爺さん』と聲をかけました。そして乞食の傍へ後戻りして、『まあお前さん、どうしたの。ほら、こんなに血が出てゐるぢやないの。ひどく痛むの』と、優しく云ひながら、手拍を裂いて血の出てゐる處を縛つてやりました。

『ご親切に有難うございます。何とお禮の申しやうもございません。それにひきかへこの家のお孃さんは、何といふ酷いお方でございませう』かう言つて、乞食は先刻の出來ごとをすつかり話しました。

『まあ、家のお孃さまが………』それをすつかり聞いた娘は、かう云つて驚きました。そして、朝からご飯を食べないのでは、さぞお腹が空いたらう。一時凌ぎにこれでもお食りなさいと、手に持つてゐた紙包みのお菓子をくれました。この娘は劉の家の女中だつたのです。

『それぢや、折角ですから、一つだけ戴きませう。どうも有難うございます』

『いいのよ、そんなこと言はないで、みんなお喰り』

『でも、わたくしがみんな戴きましては、あなたのがなくなつてしまひます』

『そんな心配はいらないわ。わたしは家へ歸りさへすりや、何でも食べるものはあるんだから……それぢや大事にお行きなさいよ』娘はかう言ひ殘して行きかけました。すると乞食は、

『待て、娘』と、今までとはうつて變つた態度で呼び止めました。『そなたにはわしが何と見える。たゞの乞食爺としか思へないか』

言ふことが餘り不意なので、娘は驚いてしまつて、しばらくは言葉もなく、乞食爺の顔を見つめてをりました。

乞食はにつこり笑つて言葉を次ぎました。

『餘り不意なので、さぞ驚いたことだらう。實を言ふとわしはな、この村の者が日頃信仰してゐる月老爺ぢや。いやそんなに驚かなくてもいい。わしは時々かういふ姿をして、世の中の善人や惡人を調べて歩くのぢや』

これを聞いた娘は、そのままそこに平伏してしまひました。それもその筈で、月老爺と言ふのは、そこから程遠くない處の廟に祭つてある神様なのです。乞食はなほも言葉を次いで言ひました。

『お前は實に美しい優しい心を持つてゐる。人間は誰でもみんなさうなくてはならん。惡いことをすれば惡い報ひが來るやうに、善い事をすれば、きつと善い報が來るのぢや。お前は今日わしに大變親切にしてくれ

た。そのお禮に、わしはお前の顔を心の通り美しい顔にしてやらう』から云つて、乞食爺は懐から美しい布に包んだ團扇のやうなものをとり出して、心のうちで何か呪文を唱へながら、その團扇で女の顔を煽ぎはじめました。が、やがてそれもすんだものと見えて、

『さあ、これで可い、美しい女になつた。これからも決して今の心がけを失つてはならぬぞ』と云つたかと思ふと、不思議やその姿は、煙の如く消え失せてしまひました。

後に取り殘された女は、まるで狐にでも魅まれたやうな氣がして、しばらくはそのままぼんやりしてゐましたが、やがて屋敷の中へはいつて行きました。そして向うからお孃さまがお伴も連れず、たつた一人で此方へ來るのに逢ひました。そこで娘は、

『おやお孃さま、お一人で何處へおいで遊ばすんでございます』と聲をかけました。すると、相手は娘の顔をさも不審さうにじろ〴〵と覗きこみながら、いかにも丁寧な調子で、

『はい、ちよつと其處まで。でもあなたは何誰でございましたから知ら。ついお見それ申しまして』と言ひました。

『まあお孃さま、お揶揄ひ遊ばしては厭でございます。わたくしは梅白ではございませんか』

『梅白樣とおつしやるのでございますか。どこのお孃さまだつたか、どうしても思ひ出せまんが』

『あの長年あなた樣のお家にご奉公申して居ます李氏梅白でございますよ』

『まあ、あの梅白だつたの』お孃さんはやつと氣がつくと、驚いてから叫びました。『わたしすつかり人違ひ

してゐたわ、それにしてもお前どうしてそんなに美しくなつたの』

梅白もこれを聞いて、それではさつきの乞食の言つたことが本當だつたのか、とやつと氣がつきました。そしてさつきのことを、手短にお孃さんに話してきかせました。さあ、お孃さんは羨ましくてたまりません。

『あれほど不縹緻だつた李氏梅白さへ、あんなに美しくなれたんだもの、もしわたしがお願ひしたら、どんな美しい女になれるだらう』から考へるともう矢も楯もたまらなくなつて來ました。そしてたつた今その乞食を酷い目に合したことなどとんと忘れてしまつて、

『うさだ、わたしも行つて、一つお願ひしてみよう』と一人ごちて、すぐさま出かけることにしました。

根が我がまゝもののことですから、お客樣が大勢來てゐようが、家の人が日を更へてはと言つて止めようが、そんなことには一向頓着ありません。もう日暮に近い道をたつた一人どん／＼急いで、たうとう月老爺の祀つてある廟に來ました。そしていつものやうに禮拜紙を燒いて、香を焚き、神前に跪いて三拜九拜、切りに神に祈願をして、

『どうぞ、わたしを美しい女にして下さいまし。李氏梅白よりもつと美しい女にして下さいまし。もしこの願ひが叶へて戴けますれば、どんなお禮でもいたします』とこんな蟲のいいことを祈つてをりました。すると不意に廟の奥でがたんと何か落ちたやうな音がしましたので、はつと思つて四邊を見廻すと、見知らぬ一人の老人が、いつの間にか廟の入口に立つてゐるのでした。頭の髮も膝のあたりまで垂れてゐる鬚も、みんなまつ白で、その目は恐ろしいほどきら／＼光つてゐます。

「此處へ來い」手招ぎしながら、老人は靜かにかう言ひました。けれど娘は何とたく氣おくれがして、その場に蹲づいたまゝ、もじ〳〵してをりましたが、いつまでさうしてゐるわけにもゆかないので、恐る恐るその傍へ寄つて行きました。その時老人は急に恐い顔をして、

『あゝお前だつたか、今わしに願をかけたのは』と薄氣味の悪い微笑を口のあたりに浮べながら言ひました。

『お前は劉の娘だつたな。確かにさうだらう』

と、いつも人からちやほやされてゐる娘には、その言葉の調子がぐつと癪に觸りました。で、

『ああ、わたしは劉の娘だよ、それがどうしたといふの？ お前さんこそ誰なんだい』と、佛頂面をして突劍呑に言ひ放しました。

『わしは月老爺だ。お前は家の召仕に話を聞いて來たんだな。あはは、馬鹿な娘だ』

『お前さんが月老爺だつて。可い加減な事をお言ひでない、神樣はそんな怖い顔をしてゐらつしやいませんよ。あたし、お前さんのやうな老耄れ爺さんに用はないんだから、だまつてひつこんでおいで』

『用がないつて。だがお前はたつた今、美しい女になりたいつて、わたしにあれほど頼んだぢやないか。待てよ。今すぐ望み通り美しい女にしてやるからな』

老人はかう言ひながら、傍の井戸から水を汲んで、それを口に含んだと思ふと、何か呪文を唱へて娘の顔に吹きかけました。

『あつ』不意をうたれた娘は驚いてから叫びました。『失禮な、何をなさるんです』

『ははは。まあ、そんなに怒るな。早く歸つて鏡を見てごらん。お前の望み通り、いい女になつたよ』

老人はから言つたと思ふと、そのまゝ姿を消しました。娘は大急ぎで家に歸つて、すぐさま自分の部屋へ駈け込んで、すぐに鏡の前に立ちましたが、その瞬間、キヤツと一聲叫んで、そのまゝ泣崩れてしまひました。それもその筈で、鏡に映つた顏は美人どころか、額には深い横皺が刻まれ、口は恐ろしく前の方へ突き出てゐる、丁度猿その儘の顏だつたのです。あまりの口惜しさに娘は顏も上げずにおい／＼泣いてをりました。するとこの時部屋の入口の方で、がたんといふ音が聞えて、誰か來たやうな氣配がしましたので、娘はふとその方へ目を向けました。けれど人らしいものの姿も見えません。そして、そのかはりどこからともなく、皺枯れた聲で、

『これ娘、ようく聞け。その方の今の悲しみは、無慈悲にもあの乞食を逆待したその報い、月老爺の罰ぢやぞ。身は大家の娘と生れながら、餘り無慈悲でわが儘なので、神の怒りに觸れたのぢや。誰を恨むこともない。みんな自業自得といふものぢや』と云ふのが聞えました。それでもまだ娘には、自分が惡かつたのだといふことが分りません。たゞ口惜しくて悲しいばかりで、

『ええ、見るのも厭だ』と傍にあつた鏡を取つて床に叩きつけ、人に顏を見られるのが嫌なので、中から戸に錠を下して泣いてをりました。

餘り長い間娘の姿が見えないので、家の人は騷ぎだしました。そして娘の部屋へ來てみますと、戸にはしつかりと鍵がかけられてゐて、その上中からは變な物音が聞えて來ます。これはたゞ事ではないといふので、皆でよつてたかつて、やつとのことで戸をこぢ開けて見ると、前に言つたやうな始末です。

『お嬢さんが猿になつた。お嬢さんが猿になつた』みんながう言つて騒ぎたてました。

そこへ主人夫婦も驚いて駈け付けて、どうしたわけかといろ〳〵に問ひ訊したので、娘も仕方なく今までの事を殘らず物語りました。これを聞いた兩親はひどく心配して、何は兎もあれと言ふので、すぐさま人を月老爺の廟にやつて、お詫びをさせることにしました。けれどももう後の祭でどうすることも出來ません。猿顔がもとに戻らないばかりか、その翌日からは體に長い毛が生えだして、四五日後には總身毛で埋つてしまひました。そして手摑みにして、南瓜や藷や人蔘などを生のまゝがり〳〵嚙るといふ始末です。その上聲なども、もう人間の聲は出なくなつて、たゞきい〳〵、きい〳〵と鳴くばかりです。そして人間が近づくと大變恐れて、齒を剝き出しながら逃げ廻るので、手のつけやうがありません。兩親の失望落膽は言ふまでもありません。醫者よ藥よ加治祈禱と、あらゆる手だてを講じて見ましたが、何の利き目もありません。で、しまひにはたうとう斷念めてしまひました。

家に置いては外聞も惡いからと云ふので、山へ追ひ遣つてしまふことにしました。そしてみんなで、あつちこつちから追ひ廻しましたが、かうなると一層ひどく暴れ狂ふばかりで、なか〳〵出て行かうとしません。みんなへと〳〵に疲れはてゝ、どうしたものだらうかと相談してゐる處へ、ひよつくり姿を現はしたのは例の乞食爺でした。乞食はさも心地よささうにから〳〵と笑つて、

『はゝあ、たうとう猿になりをつたな。この猿を追ひ出すには、磚瓦を火に熱く灼いて、それを猿の坐る所に置くといい』と云つたと思ふと、そのまゝすうつと煙のやうに消えてしまひました。で、早速その言葉通り

にしますと、さうとは知らぬ猿になつた娘は、暴れ疲れてその上にひよいつと坐つたから堪りません。きやあ、と一聲高く叫んで飛び上つたと思ふと、裏山をさして一目散に逃げだしました。そして、それからと言ふもの決して姿を見せませんでした。

今でも臺灣の山奥には、お臀の赤い猿が棲んでをりますが、これはみんなこの娘の子孫で、お臀の赤いのは、灼けた磚瓦の上に坐つて火傷した痕跡が、ずつと今まで傳はつてゐるのだと云はれてゐます。

鳶と人蔘とりの爺さん

原名『老爺採人蔘的話』

ある山の麓の村に、陳寶秀と云ふ大層正直で、慈悲深い、一人のお爺さんが住んでゐました。不運にも、おかみさんには早く死なれ、その上子供は一人もなく、もう六十八といふのに獨りで淋しく暮してをりました。このお爺さんの商賣は樵夫で、丈夫なのを幸ひに、毎日山へ行つては薪を採つて、それを村や町に賣つて暮しをたててをりました。

正直で、慈悲深くて、稼業に精出して、品物が安いのですから、どうしたつてよく賣れます。で、お爺さんは別にお金持といふほどでもありませんが、何不自由なく暮してをりました。ある日のこと、お爺さんは平常のやうに早朝く家を出て山へ行きましたが、暫くの間に、背中に背負つてゐる籠には薪が一杯になりました。

『これだけありや澤山だ。そんなに慾張るにも當るまい』と山を下りはじめました。ところが丁度山の麓まで來た時、それは〱素晴らしい、薪にするにはうつてつけの樹がふと眼に入りました。そこは商賣柄です。こんな木を見ては、そのまゝ素通りすることは出來ません。お爺さんはその樹の前に足をとめて、

『どうも好い樹だな。慾張るわけぢやないが、一つ伐るとしようかな』とかう考へながら、背負つてゐた籠をそこへ下しました。そして手斧を振り上げて、今にも伐らうとすると、不意に何處からともなく、

『あゝちよつと、ちよつと待つて下さい』と云ふ聲が聞えました。で、お爺さんは不思議に思ひながら、斧をふり上げたまゝ四邊をきよろ〱と見廻しましたが、それらしい人の姿も見えません。

『はゝあ、氣のせいかな』かう思つてお爺さんは、又も木の方へ目を向けました。するとまたどこからともなく、『あゝ、ちよつと待つて下さい』と、いふ聲が聞えます。そしてやつぱり人影は見えません。そこでお爺さんは、

『うむ、さうだ、狸めが惡戲をしてゐやがるんだな』と、はじめて氣がついたやうにかう呟いて、また伐らうとしました。ところが今度は何處か頭の上の方から、さも悲しさうな聲で、

『あゝもし、お爺ん。お願ひです、その樹を伐らないで下さい』と云ふのが聞えて來ました。で、ひよつと頭を上げてその方を見ますと、何時の間に來たのか、その木の枝に一羽の鳶がしよんぼりと止つてゐるのでした。

『あゝお前だつたのかい、今この木を伐つちやいけないつていつたのは』

お爺さんは驚きながらかう訊ねました。すると鳶はすぐに枝からお爺さんの傍へ飛んで來て、

『はい、わたくしでございます。この木を伐らないで下されば、わたし共はほんとに助かるのでございます』

と、云ひました。

「何だつて、わたしがこの木を伐らなきや、お前達が助かるんだつて』

『はい、さやうでございます。と申しますのは、この樹の向う側は洞穴になつてゐて、わたくしはそこへ巣を作つて雛を育てゝゐるのでございます。でございますから、今この樹を伐られてしまふと、今日が日にもゐる所がなくなつてしまひます。それもわたし達だけでございましたら、また何とかなりますが、何分小さな雛を抱へてゐるので、本當にどうすることも出來ません』

鳶はかう言つて、自分達が雛を育てゝゐる所をお爺さんに見せました。優しいお爺さんはそれを見ると、

『なるほどな、それぢや伐るのはよさう。何もこの樹を是非伐らなきやならんと云ふのぢやないんだから』と云ひながら、籠を背負つて歸りかけました。その時鳶が、

『まあちよつとお待ち下さい』と云つて呼びとめました。『わたし共はあなたのお蔭でこゝに無事でをられるやうになりました。で、御恩返しをしたいと思ふのでございますが……』

『なあに、これしきの事に御恩返しも何もあるもんかね。そんな心配しない方がいゝよ』お爺さんは笑ひながらかう言ひました。

『だが、まあお爺さん聞いて下さい』かう云つて、鳶は次のやうなことを話しだしました。

『此處から東の方に當つて遠い〳〵所に一つの山がありますが、そこには世にも珍しい人蔘が、一面に生え繁

つてゐるのでございます。その人蔘は萬病の藥で、それを煎じた汁を小さな盃にたつた一杯飲めば、どんな病氣だつて癒らぬといふことはありません。その上丈夫な人が飲めば、不老長壽を保つことが出來るといふ不思議な靈藥でございます。その山には仙人が二三人住んで居りますが、みんなそれを飲んでをりますので、決して死ぬといふことはありません。それ程の靈藥をあの儘にして置くのは、折角の寶物を地の底に埋めて置くのと同じでございます。あんまり不思議な話ですから、お疑ひになるかも知れませんが、現にわたくしが五六日前その山へ行つて、仙人からその話を聞いたので、早速一二本採つて歸つて、重い病氣に罹つてゐた雛に飲ませましたところ、見る間に癒つてしまつたのでございます。いかゞです、お爺さん。一つその人蔘を採りにいらつしやいませんか。これはあなたお一人のためではありません。世の中ぢうの人の人助けになるだらうと存じます。もしいらつしやるなら、わたしがご案内申しませう。なあにご心配には及びませんよ。わたしの背に乘つてゐて下されば、わたしが飛んで行きますから』

お爺さんはこの話を、不思議さうな顏をしてだまつて聞いてをりましたが、「人助けになると言ふことなら」と云ふので、たうとう行つてみる氣になりました。すると鳶もたいさう喜んで、

『ぢや、明日の朝早くから出かける事にいたしませう。何しろその山は東の方にあつて、大變お陽さんに近いのですから、お陽さんが東の空に出ない間でないと、灼き殺されてしまふのでございます』

こゝで鳶とお爺さんとの間には堅い約束が出來ました。そして、

『では明日の朝はきつと』と云つて、お互に挨拶をして別れました。

さて翌日になると、お爺さんは、まだ暗いうちから起きだして、鷲に教へられた通り、人蔘を掘る小さな手鍬を一挺と人蔘を入れる袋を持つて、身輕な服裝で、例の山をさして出かけました。袋は餘り大きくないのをたつた二つだけ持つてをりました。

「一度に澤山採らなくたつて、僅か小さな盃一杯で、病氣が癒ると云ふのだから、これだけあつたら充分だらう。それに餘り澤山では鷲も重くつて困るだらう」とかう思つたのです。

大急ぎで昨日の樹のところまで來てみると、鷲はもうちやんと洞穴から出て、待ち構へてをりました。

『お早うございます、お爺さん』

『お早う、鷲さん』

二人はかう言つて、機嫌よく挨拶を交しました。

『さあ、それぢや早速出かけることにいたしませう。どうかわたくしの背に乘つて下さい』と、鷲が云ひました。『だがようございますか、緊り捉つて動いちやいけませんよ。さうすれば決して落ちやしませんから安心してゐらつしやい。それにもう一つお約束して頂きたいのは、途中で決して眼を開かないといふことです。何しろ高い處を飛ぶんですから、さうしないと目が廻つて落ちるかも知れないんです』

お爺さんは云はれた通り鷲の背中に跨つて、首の所の羽をしつかりと掴んで眼を瞑りました。と、思ふ間もなく體は宙に向つて、ふわり／＼昇りはじめました。鷲がもう飛びだしたのです。どの邊をどう向いて飛んでゐるのか分りませんが、鷲の羽搏きのほかには、何一つ聞えない所を見ると、隨分高い所を飛んでゐるに相違ありま

せん。鳶は暫くの間といふもの、飛んで飛んで、飛び續けました。そして間もなく目ざす山へ着きました。なるほど見ればあたりは一面人蔘ばかりです、お爺さんはびつくりして、

『これはまあ、大變な人蔘だなあ。鳶さん、これがみんな、昨日お前さんの話した靈藥なのかい』と訊きました。

『さうでございますよ、お爺さん』と鳶は答へました。『それにこの山ぢう何處へ行つてもこれなんですから、驚くぢやありませんが。さあ、これから一生懸命掘りませう。さうしないと、昨日も申しました通り、こゝは太陽と幾らも離れてゐないんですから、太陽が姿を出したら最後、すぐに燒け死んでしまひます』

二人は脇目もふらず精出して掘りはじめました。そして掘つては袋に入れ、掘つては袋に入れしてゐるうちに、根が餘り大きくない袋二つですから、瞬く間に一ぱいになつてしまひました。

『鳶さん、もういゝだらう。もうこの上とつても入りきらないよ』とお爺さんが言ひました。

『ほゝう、もう一杯になりましたか。案外早うございましたね。まだ大丈夫ですよ。ちよつと休んで行くくらゐの時間はありますから』と鳶が答へました。

『お前さんのお蔭でこれを以て人の病氣を癒してあげることが出來るなんて、こんな嬉しいことはないよ。わたしは改めてお前さんにお禮を言ふよ』

『それには及びません。助けて戴いたのはわたくしの方なんでございますもの』

二人が腰を下してこんなことを話してゐるうちに、東の空が少しづゝ明るくなつてきました。そこでお爺さん

は來た時の通り、鳶の背に乘つて、歸つて行きました。

かうして、お爺さんは鳶との不思議な縁で、世にも珍らしい人蔘を手に入れましたが、その翌日からといふもの、どこそこに病人があると聞く度に、わざ／＼その家まで訪ねて行つて、人蔘を煎じては、その汁を飲ませました。ところがそれを飲んだものは十人が十人、どんな重い病人でもすぐに癒つてしまふのでした。さあ、かうなるとお爺さんの評判は大變なもので、あつちからも來てくれ、こつちからも來てくれ、いや、わたしには藥をくれと、目が廻るやうな忙しさで、迚も一人ではやりきれないほどです。けれど、前にも言たやうに根が慈悲深いお爺さんのことですから、まるで獨樂鼠のやうに駈け廻つて、お金持であらうが貧乏人であらうが、誰彼の差別なく、手當り次第に病氣を癒してやつてをりました。こんな具合ですから、村ぢうの人でお爺さんを敬まはぬ者とては一人もなく、幾ら斷つても斷つても、病氣を癒して貰つた人達が、お禮の印だと云つて、品物や金錢を持つて來るといふ始末です。

『わたしは藥を賣るのが商賣ぢやない、薪を賣るのが仕事です。病氣で困るのは誰しも同じこと、決してそんなど心配には及びません』

お禮を持つて來る者がある毎に、お爺さんはかう言つて斷るのですが、禮に來た方はそんな事ではなか／＼承知しません。

『わたしは命を助けて戴いて、そのお禮もしないやうな義理知らずになりたくはありません』と云つて、無理にも置いて行つてしまふのです。

かうして昨日までの貧乏な樵夫が今日はそれにうつて變つて、人からは神樣のやうに尊敬され、お金はあり餘るほどあるといふ大さう幸せな身の上となりました。

ところがこの陳寶秀の住んでゐる隣村に吳春水と云つて、恐ろしく慾の深い、轉んでもたゞは起きないといふ爺さんが住んでゐました。慈悲心などは微塵もなく、大酒飲みの怠惰もので、その癖惡事にかけては一分も拔け目がないといふ、どうにも手のつけやうのない困つた爺さんです。この爺さんが、陳寶秀の噂を聞き込みました。さあ羨ましくてたまりません。すぐさま陳寶秀の所へ出かけて行つて、根がお人好しの陳寶秀をすつかり騙しこみ、裏山にある木のことから、人蔘採りにつれて行つた鳶のことまで、すつかり聞きとつてしまひました。

『へへん、大馬鹿野郎。おれの口車に乘つて、何もかもすつかり喋つてしまひやがつた。手前一人にいゝことをさして、おたまりこぼしがあるもんか』家を出ると吳春水はかう一人ごとを言つて、赤い舌をぺろりと出しました。

さてその翌朝になると、いつも朝寢坊の吳爺さん、突拍手もなく早起きして、仕度もそこ〳〵に、元氣よく鳶のゐる山をさして出かけました。そして陳爺さんから聞いた、例の樹の傍に腰を下して、しばらくの間邊をきよろ〳〵見廻してをりましたが、まだ早すぎるせいか、鳶は愚か鳥の影さへ見えないので、これは可怪しいと思つて洞穴を覗いて見ると、そこには雛がゐるばかりで、親鳥の姿は見えません。で今に歸つて來るだらうと、近所をぐる〳〵歩き廻つたり、また木の下へ來て腰を下したりして待つてをりましたが、大事な鳶はなか〳〵歸つて來ません。そのうちにたうとう夕暮近くなつてしまひました。爺さんはひどく腹をたてて、

『鳶の奴一體何處へ行きやがつたんだらう。人が折角來て待つてゐるのに姿も見せないとは怪からん奴だ。仕方がない、また明日のことにしよう』とぷり〱しながら、その日は家へ歸つて行きました。

自暴自棄になつて、その夜はやけ酒を飲んで寢てしまひました。そしてその翌日も早起して出かけましたが、やつぱり鳶は姿を見せません。その翌日もまた翌日も、かうして五六日といふもの無駄に潰れてしまひました。けれど根が執念深い爺さんのことですから、その儘止めるやうなことはしません。じり〱しながらも、毎日根氣よくお百度を踏んでをりました。ところが丁度七日目の朝のこと、やつと鳶の姿を見つけることが出來ました。

『おい〱鳶』と爺さんはすぐさまから呼びかけました。『貴樣今まで何處へ行つてゐたんだ。おれは今日でもう七日といふもの、無駄足を踏んでゐるんだぞ』そして、陳爺さんが行つた通り、手斧を振り上げて、鳶が巣をかけてゐる樹を今にも伐るぞといふやうな風をして見せました。すると鳶は案の定驚いて、どうかそればかりは勘忍してくれと一生懸命賴みました。

『うむ、止めろと云ふなら止めてもやらう』と爺さんは意地惡くかう言ひました。『そのかはりおれの云ふこともきいてくれ。さうすればこれを伐るのは止してやらう。だがもし厭だといふならすぐに叩き切つてしまふ。お前は先日陳の奴を人蔘山へ連れて行つたらう。おれをあすこへ連れて行くんだ。さあ、否か應か』

『有難うございます。この木さへ伐らないで置いて下されば、そのお禮に、いかにも人蔘山へお伴をいたしませう』と鳶は素直に答へました。

『うん、よし〳〵。それぢや勘辨してやることにしよう。だがもし嘘でも吐いたら、それこそ承知しないぞ』

『いゝえ、決して嘘など申しません』

かうして相談は纒りました。そして明日の朝早く出かけることにして、吳爺さんはほく〳〵ものでわがやへ歸つて參りました。

さあ、吳爺さんはもう嬉しくてたまりません。

『さうだ、出來るだけうんとひつ背負つて歸つてやるぞ。だが幾ら賴んだつて拜んだつて、貧乏人になんかにや一滴だつてやるこつちやない。相手は大金持ばかりだ。何しろ死ぬ生きるの境目なんだから、幾ら高いことをふつかけたつて、だまつて拂ふに相違ない。お禮の金がどん〳〵はいつて來る。酒なんか幾ら飮んだ所で、一文だつて減るもんぢやない。金は增える一方。そこでおれは贅澤の仕放題。さうだ、今夜は前祝に一つはめをはづして飮んでやらう』

まだとれもしないお金がすつかりとれたやうな氣になつて、爺さんは家へ歸り著くとすぐ酒の支度をして飮みはじめましたが、たうとうべろん〳〵に醉つぱらつて寢てしまひました。ところが、翌る朝目をさましてみますと、昨夜の飮み過ぎが祟つていつの間にかお陽さんがかん〳〵照つてゐるではありませんか。

『こりやいけない』爺さんは驚いて飛び起るなりすぐさま蔦の許に駈けつけて、『どうも昨夜から腹の工合が惡くつてね、たうとう遲れてしまつたよ。明日の朝にしてくれないか』と嘘つぱちを言ひました。

『いゝえ、よろしうございますとも』蔦は氣輕に答へました。爺さんはそれを聞いてほつと安心して家へ歸り

ましたが、昨夜の失敗で懲々してゐるので、その夜は酒も飲まず早くから床に入りました。そして翌る朝は恐ろしい早くから飛び起きて、陳爺さんから聞いた通り、身輕な服裝に、小さな手鍬を一挺持つて出かけましたが、袋だけは、大きな奴を五つも肩に擔いでをりました。

『鳶、さあ行かう』大急ぎで例の木の下まで來ると、すぐにかう言つて催促しました。『もう遲いぢやないか、何を愚圖々々してるんだ』

鳶は厭で厭でたまりませんでしたが、約束ですからどうもしやうがありません。呉爺さんを背に乘せて、

『さあ、これから出かけますが、途中で眼を開いちやいけませんよ』と言ひながら、羽音高く飛びはじめました。何しろ生れて初めて、鳶の背などに乘つて空中を飛んで行くのですから、流石の呉爺さんも怖くてしやうがありません。最初の間は神妙に眼を瞑つてゐましたが、そのうち次第に馴れてくると、時々眼を開けては、おや、大きな川が見えるな、とか、恐しく深い谿だなあとか、しきりに喋りちらすので、鳶は腹を立てました。けれど、相手がどんな事をしようと、一度した約束を破るやうな鳶ではありません。飛んで飛んで飛び拔いて、たうとう約束の山へ着きました。そして呉爺さんを背から下すと、

『さあこの通り、この邊は人蔘ばかりです。好きなだけお探りなさい』と云つたまゝ、呉爺さんを一人殘して自分は何處へか飛んで行つてしまひました。爺さんは鳶がゐなくなつたくらゐ平氣なので、早速手當り次第掘りはじめましたが、熱心といふものは恐ろしいもので、見る見る間に三袋ばかりは一杯になりました。けれどもこれくらゐで滿足するやうな爺さんではありません。なほも一生懸命掘り續けてゐますと、そこへ鳶が舞ひ戻つて

來ました。そして、

『おや隨分澤山掘りましたね。さあ、もう歸りませう』と云ひました。けれど爺さんは不服です。

『何だ、もう歸るつて。馬鹿な。また袋が二つも空つぽぢやないか』とかう言ひながらも、なか〳〵手は休めません。

『だつてお爺さん、もうすぐ太陽が顔を出しますよ、昨日言ひましたやうに、太陽が顔を出したらわたしもあなたも命はないんですから』

『まだ大丈夫。愚圖々々言はずに、もうしばらく待つてくれ。折角來たんだ。それに二度と再び來られる所ぢやありやしない。どうしたつて持つて來ただけの袋は一杯にして歸らなきや』

底の知れない爺さんの强慾に、さすが忍耐强い鳶も愛想をつかしてしまひました。そして、

『ぢや勝手にするがいい』と言つたまま、自分一人でどん〳〵歸つて行つてしまひました。けれど、どこまでも慾の皮のつつぱつた吳爺さんは、そんなことには一切頓着なく、夢中になつて掘り續けてをりました。そのうちに東の空がだん〳〵赤くなつて、美しい太陽の光線がきら〳〵と輝きはじめました。

『なあに、大丈夫だ。人間が太陽の熱で灼き殺されるなんて、そんな馬鹿なことがある筈がない。鳶の奴おれを脅かさうと思つて、あんな事を言やがつたに相違ない』爺さんはかう呟きながら、掘つては袋に入れ掘つては袋に入れしてをりました。そのうちにたうとう四つ目の袋も一杯になりました。ところがその時分にはもう太陽がすつかり顔を出して、その熱さは大變なものです、けれど爺さんはまだ止めようとはせず、

『あゝ熱くなつて來やがつたな、畜生』と汗を拭き〳〵せつせと仕事を續けてをりました。けれど鳶の言つたことは本當でした。爺さんがふと氣がついた時には傍 置いてゐた四つの袋は眞黑な煙を立ててぼう〳〵と燃え出してゐるのでした。流石の爺さんもこゝではじめて目が醒めました。

『あつ大變だ、袋が燒け出した』と矢庭に手鍬も何も拋り出して消さうとしましたが、あたりには水なぞ一滴だつてありません。仕方なく棒ぎれを持つて一生懸命叩き消さうとしましたが、火は少しでも消えるどころか、次第に勢ひを增すばかりです。そのうちたうとう自分の着てゐる著物まで燃えだしてしまひました。慌てふためいて裸になると、今度は體が灼け出すといふ始末、爺さんは夢中になつて鳶の助けを求めましたが、何の効もなく、たうとう狂ひ死に死んでしまひました。

不思議な十人兄弟

原名『十人兄弟的神通』

むかしある村に、吳財富と云ふ大層慈悲深い、親切なお爺さんがありました。おかみさんを吳陳氏甚と云つて、これがまたお爺さんに劣らぬほどの好いお婆さんでした。で、村の人からは尊敬され、お金も相當にあるといふ結構な身分でありましたが、さて世の中は思ふ通りにならないもので、この夫婦にも不足な事がたつた一つありました。それは二人の間に子供がないことで、こればかりが老人夫婦の苦勞の種でした。で、二人は隨分久

しい前から、どうか子寳を授かりますやうにと神や佛に願かけをしてゐたのです。

今日もお爺さんはお婆さんを誘つて、日頃から信心してゐる神さまにお參りしました。そして、二人揃つて神前に額づいて一心不亂になつて、どうぞ子供を授かりますやうにと拜んでをりますと、不思議にも神殿の奥の方で、がたんといふ妙な音がして、祭壇の所から白い煙がすうつと立ち上りました。夫婦が驚いてひよいつと顔を上げて見ると、消えてゆく煙の中からは、今まで見たこともない白い髯を長く伸ばした一人の仙人が姿を現はしました。そして二人の方をぢつと見ながら、

『其方どもの多年の願ひは、神様に聞き屆けられたぞ。これを持つて歸れ』と嚴かに言ひながら、桃の實を十個老夫婦に渡しました。そして言葉を次いで、

『十箇月の間、この桃の實を大切に箱の中へ入れて納つて置くがいゝ。だが、その間決してこれを人に見せてはならないぞ。さうすれば十箇月の後には子が得られる』と、かう言つて、仙人は甘さうな桃の實を、お爺さんの手に殘して、そのまゝ又煙のやうに姿を消してしまひました。お爺さんとお婆さんは大喜びで、それを家へ持つて歸り、すぐさま大工に頼んで新らしい箱を作らせ、それに納めて、自分達の寢臺の側に置きました。そして十箇月後を樂しみに、その日が來るのを一日千秋の思ひで待つてをりました。

ところが、一夜明けると、明日はいよ／＼待ちに待つた滿十ケ月目といふ前の夜のこと、夜中頃に誰だか枕元で、

『おい起きろ、起きろ』と呼び起すものがあります。で、お爺さんとお婆さんとがふと目を覺ましてみると、

そこには先日の仙人が立つてるのでした。二人は驚いて寢臺から飛び下り、土間に平伏しました。

『お前達は感心にもよくわたしの吩咐を守つた』と仙人が言ひました。『明日はいよ〳〵約束の日だから、子供を授けてやらう。だが、生れた子はみんな神様の子なのだから、大切にして育てぬと、神罰が當るぞ』とそのまゝ仙人はまた姿を消してしまひました。二人は嬉しさのあまり、たうとうそれからは一睡りもせずに夜を明かしました。そして翌々朝になると、今にもこの中から子供が生れて來るだらうと、箱の傍を一寸も離れずに一生懸命箱を見つめてをりました。ところがどうしたものか、いつまで待つてもなか〳〵生れて來さうな樣子はありません。

『なあ、婆さんや。一體どうしたといふんだらう。もう生れてもよささうなもんぢやないか』少し待ち疲れたお爺さんがかう云ひました。するとお婆さんも不審さうに、

『さうですね。仙人樣もたしかに今日だと仰つたんですがね』と云つて、小首を傾けました。

かうして朝早くから正午過ぎまで、今か〳〵と待ち焦れてをりましたが、やつぱり生れません。

『どうしたんだらう、まさか仙人さまが噓をおつしやるわけもあるまい』

さうかうしてゐるうちに、たうとうその日も夕方になりました。するとその時不意に箱の中から、おぎやあおぎやあと云ふ赤子の泣き聲が聞えだしました。それも一人や二人の泣き聲ではありません。五人も七人もが一しよになつて泣いてゐるらしいのです。で、二人は不思議に思ひながら箱の蓋をとつて、そつと覗いて見ますと、中では赤ん坊が、入れて置いた桃の實の數だけ丁度十人、一塊りになつて泣いてゐるのでした。これを見たお爺

さんとお婆さんは膽を潰しました。

『ねえ、婆さんや』とお爺さんは途方に暮れて言ひました。『幾ら子供が欲しいつてお願ひしたからつて、十人一度に授けて下さるなんて神樣も少々戯らが過ぎるぢやないか。お前に乳なんかありやしないし、どうして育てたらいゝだらう』

『ほんとですね、お爺さん。子供は多いに越したことはありませんが、赤ん坊ばかり一時にかう澤山出來たんぢや』かうは言つてみたものゝ、今更どうすることも出來ません。それに仙人の言葉もあることですし、かう大勢では厭だと云ふのではなく、どうやつて育てたらいゝか、たゞそれに困つてゐるだけなのですから、「まあ何とかなるだらう」といふので、可愛がつて育てることにしました。さあかうなると、家の中の騷々しいことは大變なもので、お爺さんとお婆さんは毎日〳〵朝から晩まで、子供の世話で目が廻るほど忙しくなりました。間もなく噂は村ぢうにぱつと擴まりました。そして、不思議な赤ん坊を見物に來る人が、ひきも切らないといふ有樣で、老人夫婦もこれには弱らされてしまひました。

赤ん坊が生れて丁度七日目の夜中のことでした。また例の仙人が姿を表はして、

『どうぢやな。子供が出來て定めし嬉しいであらうな』と云ひました。

『はい、お蔭樣で大層賑になりまして、有難うございます』とお爺さんが答へました。

『うむ、さうか、だが十人では少し賑か過ぎるであらう。けれど丹精して育てるがいい、さうすればきつと福が授かるから』

『はい、有難うございます。賑かすぎるのは先づいゝといたしましても、こゝに一つ困つたことがございます、と申しますは、十人の子供にまだ名のないことで、どれが誰やら一向に分らず、これには婆さんと二人でほと〳〵閉口いたしてをります』

『成程さうだらう、どの子もみんなよく似てゐるからな。よし〳〵、わたしが名を附けてやらう』かう言つて仙人は十人の子供にそれ〴〵名をつけはじめました。

『まづ、これが長男だが、この子は頭が大きいから大頭一、次がこの子で手が長いから長手二、三男は頭が硬いから硬頭三、この皮の堅い子が四男で靭皮四、五男はどんな寒さも畏れないから寒畏五、六男は油が好きだから食油六、七男は脚が長いから長脚七、八男は足が大きいから大足八、九男は口が大きいから洞口九、十男は目が奥の方へひつ込んでゐるから深目十。これでどうだらう』

桃から生れたのだから、せめて桃一とか桃二とか桃三とか附けてくれればいいのに、まだ一度も聞いたことのない妙な名ばかりなので、お爺さんとお婆さんは驚きましたが、何しろ相手は神様のお使ひですから、滅多なことは言はれません。

『有難うございます』とお禮を言つて、そのまゝその名をつけて育てることにしました。

さて十人の子供は、お爺さんとお婆さんにこの上もなく可愛がつて養育されたので、十人が十人揃ひも揃つて壯健に成人して、やがて立派な賢い一人前の青年になりました。

ところがそのうちに、お婆さんがひどい病氣になつてしまひました。お爺さん始め十人の子供達の心配は言ふ

までもありません。一刻も傍を離れずに一生懸命介抱しましたが、少しもよくなる様子はなく、病勢は日一日と募るばかりでした。そしてしまひには、もう命さへ危いといふやうになりました。

ある夜のこと、十人の兄弟達がみんなお婆さんの枕元に坐つて、いろ〳〵と看病してをりましたが、その時長男の大頭一が、心配さうに病人の方を見ながら、

『お母さん、何か召上りませんか』と優しく訊ねました。『何でもほしいと思ふものがあつたら、さう仰つて下さい。どんなものでもわたし達がきつと捜して持つて參りますから』

『あゝ有難う、お前達が種々と心配してくれるので、わたしは本當に嬉しいよ』とお婆さんはさも嬉しさうに言ひました。『それぢや氣の毒だが、一つわたしの云ふことを聞いておくれ、わたしもから弱つてゐては、今度は迚も助からないだらう。で、もし出來ることなら、あの話にだけ聞いたことのある、鳳凰の卵と云ふものを喰べてみたいがどうだらう』

さすがの十人兄弟も、これを聞いてすつかり弱つてしまひました。何しろ鳳凰と云ふ鳥が、畫のほかには見た者がないと云はれるくらゐ珍らしい鳥なのに、その卵が欲しいと云ふのですからみんなのこの當惑も無理はありません。皆はしばらくの間考へてをりましたが、やがて長男の大頭一が、

『よろしうございます、一つ捜して來ませう』と引受けました。それを聞くとお婆さんは大層喜んで、

『さうかい。それは有難う。何分一つ頼むよ』と言ひました。その時末の弟の深目十は、そつと兄の袖を惹いて、

『兄さん、そんな事を云つて大丈夫ですか』と心配さうに小聲で訊ねました。

『なに、別に考へもないんだが、あゝ言へばお母さんも安心なさるだらうからな。だが、引き受けたからには、何とかしなければなるまい』と大頭一は答へました。そして言葉を次いで『仕方がない、この上は神様のお力に縋るとしよう。一生懸命お願ひしたら、神様も聞き届けて下さらないこともあるまい』と云ひました。

大頭一はそれからといふもの毎朝早く起きて神様にお參りしては、

『どうぞお母さんの望みの品が手に入りますやうに。そのためにわたくし達兄弟の壽命が縮みましても、少しも厭ひはいたしません』と、一心不亂に祈つてをりました。ところが丁度十日目のこと、いつものやうに廟へ參詣して、神前に祈願をこめてをりますと、神様もその孝心に感ぜられたものか、大頭一の前に姿を現はして、

『よし〳〵。お前達兄弟の願ひを聞き届けてやらう』かう云つて東の方を指さしながら『よいか、こゝからずつと東の方に當つて東方王といふ王のお城がある。お前達が命にかへてもと望んでゐる鳳凰の卵は、その城內の小山の傍にある深い穴の底にあるのだ。兄弟力を協せて工夫を凝らしたら手に入れることが出來るだらう』とお敎へになりました。大頭一は大層喜んで神さまにお禮を申しあげ、大いそぎでわが家へ歸つて參りました。そして兄弟達にもそのことを話して、どうやつたらそれを手に入れることが出來るだらうと、いろ〳〵相談しましたが、これといふ名案も浮びません。そのうちに早くも四五日は過ぎてしまひました。ところがある夜のこと次第の長手二が、

『一つわたしが東方王のお城へ行つて、鳳凰の卵を取つて來よう』と云ひました。『何しろわたしの手はこん

なに長いのですから、穴の底などにあるものを取るには、普通の人よりか便利だらうと思ふのです』

これを聞いたほかの兄弟達は、みんな成程と感心しました。そして、

『それでは一つ巧くやつて來てくれ』と長手二に賴みました。

さてその翌日になると、長手二は鳳凰の卵奪掠の旅に上りました。そして、東の方をさして、どん〳〵道を急ぎました。日數を重ねて、やうやく目的地に着きました。來てみると、なる程立派なお城で、高い石垣の外側は、ずうと深い濠を繞らして、蟻の匐ひ込む隙もないほど堅固に固めてあります。長手二は四邊の樣子を窺つたりなどして日の暮れるのを待つてをりました。そして夜が更けて、お城の人々ももう寢靜つたと思ふ頃を見はからつて、大膽にも正面に架けられてある橋を渡つて、石垣を攀ぢ上り、首尾よく城内に忍び込みました。「さて目ざす鳳凰の卵はどこに隱してあるのだらう」と小山の邊をうろ〳〵歩き廻つて、暫くの間穴のありかを搜してをりましたが、一本の大きな樹の根元でそれを搜しあてました。そこで長手二はすぐさま地面へ腹匐ひになつて、穴の中へ手をつつ込んで見ました。けれど穴が深いので、幾ら長い手でも、なか〳〵底まで屆きさうにはありません。ところが不思議にも、それでなくても長い手がまるで飴細工か何かのやうにずん〳〵伸び出して、見る間に底まで屆きました。かうなればもう占めたものです。たうとう鳳凰の卵を手に入れて、大急ぎでお城をぬけ出すと、その夜のうちにその町を離れ、わが家をさしてどん〳〵歸つて參りました。

首尾よく鳳凰の卵を手に入れることの出來たのを見て、兄弟達は大層喜びました。そして早速料理をしておつ母さんに喰べさせました。すると、不思議にもその時からおつ母さんの病氣は、一日〳〵と快くなつて、間もな

く全快してしまひました。

さてお話しかはつて、例の東方城では、一夜のうちにあの大切な鳳凰の卵を何者かのために盜まれたといふので、大騒動になりました。王樣はひどいお怒りで、そんな不屆な奴は、草の根を分けても搜し出せ、と嚴しい命令をお下しになつたので、家臣共は、四方八方に手分けをして、犯人の大搜索に努めました。ところが盜人は天に逃げたものか地に隱れたものか、一向に手がかりがありません。これにはさすがの役人達もほと〳〵閉口してしまひました。

ところが惡いことといふものは出來ないもので、その間に誰云ふとなく、

『吳の家のお婆さんの重病が急によくなつたのは、鳳凰の卵を喰べたからだ。兄弟のうち誰かが盜んだに相違ない』といふやうな噂がぱつと世間に擴まりました。これを耳にした役人どもは、すぐさま大勢の部下を引きつれて來て、兄弟の家をぐるつと取り卷いてしまひました。そして、その中の重だつた一人が捕手を從へて、家の中へ入つて來て、

『お前達の中に王樣の大切な鳳凰の卵を盜んだ者があるに相違ない。包まず白狀してしまへ』と、言ひました。そして兄弟を一人づつ調べましたが、十人のうち誰が取つたものやら、どうしても見當がつきません。で役人どもは困じ果てた末、長男の大頭一を捉へて、

『お前だ。お前に相違ない』と言ひました。『誰にも知れないやうに、あれほど秘藏してあるものを盜み出すど云ふことは、よつぽど智惠のある者でなくては出來ないことだ。見ればお前の頭は隨分大きい。定めし智

惠もあることだらう。だからお前が盜んだに相違ない』と役人達は勝手にからきめて、たうとう大頭一を都へ引つ立てて行きました。そしてお城の中へ入れようとしましたが、餘り頭が大きいので城門にひつかかつて、どうしても潜ることが出來ません。そこで仕方なしに調べも碌にしないで首を斬ることにしてしまひました。その時大頭一は、

『ああもしお役人樣』と言ひました。『大罪を犯したわたくしが首を斬られるのは仕方がありません。だがわたくしにはたつた一人の年寄つた母親がございます。で、いまわの際に一目だけ逢つて死にたいと思ひますから、暫くのご猶豫を下さいませ。すぐに歸つて來て、立派にお處刑を受けまする』

そこで役人達は、いろ〱評議をした末、ほかならぬ母に會ひたいといふのだから、と王樣にもお願ひして、その願ひを許しました。ところが、二度目にやつて來たのは、當の大頭一ではなくて三男の硬頭三でした。

『兄はわたくしを助けたいと思つてあんな事を申しましたが、あれはみな嘘で、鳳凰の卵を盜んだのは、實はわたくしなのでございます』と硬頭は言ひました。そこで役人達は早速三男を曳き出して、打首にすることにしました。首斬役人は長い刀を振り上げて、硬頭三の差伸べてゐる頸を力一ぱい斬りつけましたが刀はぴんとはね返つてしまつて、肝心の硬頭三の首にはかすり傷さへつきません。この男の頭は名の通り恐ろしく硬つたのです。驚いた首斬役はもう一度やつてみましたが、やつぱり同じことです。で、役人も當惑して、今度は世にも恐しい肉剝の刑に行ふといふことにしました。硬頭三は頭こそこんなに硬いのですが、そのほかの所は普通の人間と同じことです。それを剝がれてはとても命は助かりません。そこで役人に向つて、

『それではわたくしもいよ〳〵命がございません。で、生きてゐる間にたつた一目だけお父さんやお母さんに會ひたうございますから、どうぞお許しのほどを願ひます』と言ひました。で役人達もそれを聞き屆けてやりました。ところが今度やつて來たのは、四男の靭皮四です。

これも前に兄が言つた通りのことを言ひましたので、役人どもはすぐさまこの四男の著物を脫がせ、鋭い刃物で肉を削ぎ取らうとしましたが、その皮は恐ろしく靭くて、肉が削れるどころか、餘りひどいことをすると、得物の刃がこぼれてしまふのです。これくらゐですから當人も一向平氣で、

『いやどうも有難うございます、お蔭で背中の手の屆かない處まで掻けて、このくらゐ氣持のいいことはございません。どうぞもつと強くお願ひいたします』と云つてすましてゐるのです。役人共は口も利けないほど驚いて、こんな奴は釜煎にでもするよりほかにしやうがない、と云ふことになりました。するとまた靭皮四は兄達と同じやうに、お父さんやお母さんに一目會はしてくれといふやうなことを言つて、家に歸つてしまひました。そして、四番目に出て來たのは五男の長寒五でした。早速釜煎といふことになつて、沸えたぎつた湯を一ぱい入れた大きな釜の中へ抛り込まれました。けれど長寒五は熱さうな顏もせず、

『ねえ、お役人樣、もつと薪を入れてどん〳〵焚いて下さい。かう溫くつちや風邪をひいてしまふ。ハツクシヨイ』と大きな嚔を一つしました。そこで役人どもがやつきとなつて薪をくべると、今度はやつと湯加減になつたと云つてはな唄を唄ひだしました。これではいけないと言ふので、今度は油煎の刑に行ふ事になりました。處がこれもまた、兄達と同じやうなことを言つて歸つてしまつて、その代り、弟の食油六がやつまて來した。

食油六といふのは名の通り、油を飲むのが大すきでした。こんな男にかかつては、折角の油煎の刑も、何の役にもたちません。沸えかへつてゐる油をさも甘さうに飲み乾してしまひました。

役人もかうなつては手のつけやうがありません。今度は一思ひに海の中へ抛り込んでしまはうといふことになりました。ところが、その次に食油六に代つてやつて來たのは七男の長脚七です。

長脚七はほど近い海岸の絶壁から、深い深い海の中へ抛り込まれましたが、そんな事で驚くやうな彼ではありません。それでなくさへ長い脚は、見る間にずん／＼伸びて、海の中をざぶり／＼歩きだしました。そしてたうとう大きな鯨を一頭生捕にして歸つて來ました。大王はじめ役人達は口惜しくてたまりませんが、相手がかう魔法使のやうな人間ばかりではどうすることも出來ません。

七番目に出て來たのは八男の大足八でしたが、この男は名の通り、足がべら棒に大きいのです。で、これを見た役人は、

『一つあの大きな足を棒杭で地面へ打ち込んで、一足だつて歩けないやうにしてやらう』といふので、大きな杭を持つて來て大足八の足へ幾本も打ち込みましたが、ちつとも痛いやうな顔もせず、打ち込まれた棒杭をそのままに、のそり／＼と我家へ歸つてしまひました。

八番目に出て來たのは九男の濶口九でした。役人共はその大まな口を見ると、あの大口を引き裂いてやれといふので屈強な男を選んで十人づゝ左右に分け、兩方から力一ぱい引張らせました。すると口は次第々々に大きく擴がりますが、當人は別に痛さうな樣子も見せません。その代り口が大きくなるにつれ、その息も次第に大き

くなり、はてはまるで大嵐のやうになつて、一息吐く毎に、その邊にある草や木を吹き倒し、垣は轉がり、石や瓦が雨のやうに飛んで來るといふ始末で、たうとう怪我人が出來ると云ふ大騒動になつてしまひました。濶口九はこの騒動の中を意氣揚々と我家に引き揚げて行きました

さて王様の命令によつて九番目に出されたのは末子の深目十です。この男は目が恐ろしく奥の方についてゐるといふ大變妙な顔をしてをりました。そこで、役人達はその目に針を刺込んで、これから何も見ることの出來ない盲にしてしまつてやらうと云ふので、べら棒に長い太い針をこしらへて、幾本も幾本も目に刺しこみましたがそれが並大抵の長さではなく、針が眼に届くまでには、幾本かこしらへかへなければなりませんでした。やつとのことで刺すには刺しましたが、深目十は別に痛がりもしなければ、盲になつた様子もありません。たゞにやりにやりと笑つてゐるのです。もうかうなつては王様も役人も愛想をつかしてしまひました。そして、

『こんな怪物に罰を食はすには、到底人間の力では駄目だ。この上は神様にお任せするよりほかに仕方がない』と言ふので、十人とも、そのまま免してしまひました。十人兄弟は青天白日の身となるし、死にかけてゐたおつ母さんの病氣は全快するし、これほどお芽出たいことはないといふので、奥の家では早速村ぢうの者を集めて大宴會を開くことになりました。

お肴は例の長脚七が生捕つた鯨を料理することにしたが、生憎それを燒く薪がありません。そこで大足八の足に打ち込まれてゐた棒杭を抜き取つてそれを薪にし、燒串や金網は、深目十の目に刺し込んであつた針を抜いて造りました。かうして鯨の肉はうまく燒け、主人もお客もお腹一ぱい飲んだり食つたりしました。

旅商人と川岸の女

原名『浣衣之女與註生娘々』

暑さの烈しい臺灣では、一年のうち約半分は夏と云つてもいゝくらゐ暑い間が長いのです。從つて著物の洗濯は、女の重な仕事の一つになつてをります。ところが、この臺灣といふ處は、ある地方へ行くと、至つて井戸が少ないので、さうした洗濯はみんな川端や溜水でするのです。これを浣衣とか浣衫とか云つて、臺灣名物の一つになつてゐるくらゐで、大勢の女がずらりと並んで、聲高に何か喋舌ながら洗濯してゐるさまは、隨分珍らしいものです。ちよつと内地の井戸端會議に似てはをりますが、それよりはずつと〳〵人數も多く、その喧しい事と言つたら、お話にも何にもなりません。

さて、このお話は隨分昔のことですが、ある村の端れを一つの小川が流れてゐて、そこでも例によつて毎日十五六人の女が集つて、何か一生懸命喋り合ひながら、入れ交り立ち交り、一日ぼちや〳〵洗濯してをりました。けれどそれも夕方近くなると、大低の者は歸つてしまつて、遲く來た者だけが二三人殘つて、せつせと洗濯するくらゐのもので、今までの賑かさに引きくらべて、まるで嘘のやうに靜かになります。

今日しも一人の女が一番しまひまで居殘つて、一生懸命洗濯に精をだしてをりました。すると不意に誰だか、川端に生ひ繁つてゐる榕樹の蔭から聲をかけた者がありました。

『大層精が出るね、いい加減に切り上げて、歸つたらどうだい』

女は驚いて、ひよいつと顏をあげてその方を見ますと、そこには日頃から見知りごしの許英春と云ふ男が立つてゐて、にこ〱しながら此方を見てゐるのでした。

『まあ、許さんでしたの』女も笑ひながら言ひました。

『ああ、わたしは今用達しの歸り途なんだがふと此處を通りかかつて見ると、誰もゐないのに、お前さんが一人で洗濯してゐるので、ちよつと聲をかけて見たまでさ。お前さんの仕事も、もうおしまひらしいな。早くおすまし、一緒に歸らうぢやないか』

やがて女の洗濯もすみました。そこで、

『お待遠さま。さあ歸りませう』と云ひながら立ち上りかけました。するとその時、二人のすぐ傍の水の中で、何だかぽちやんといふ音がして、落ちたものがありました。

『おや』二人は一時にかう言つて、水音のした方へ振り向きました。見ると餘り深くもない水の底には小さな袋が落ちてゐるのでした。

『やあ、あんな所に袋が落ちてらあ』許英春はかう云つて、ざぶ〱川の中へ入つて行きましたが、すぐにその小さな袋を拾つて、待つてゐる女の所へ歸つて來ました。そして濡れた袋を女に見せながら、

『こんなものを一體誰が落したんだらう。近所には、二人のほか別に誰もゐないんだが』と言ひながら、しつかり紐で結へてある、袋の口を解きました。そして急に驚いたやうに大きな聲で、

『おや、大變だ、大した銀貨』と呶鳴りました。女も袋の中を覗いて、

『まあほんとに澤山なお金だこと。一體誰が落したんでせう』と不審さうに云ひました。けれど落した主は一向に分りません。さうかと言つて拾つたものをそのまま持つて歸るわけにはゆかず、返さうにも返し先は分らないので、どうすることも出來ません。

『飛んだ厄介な物を拾つたものだね。どうすることも出來やしない』男は持て餘したやうに、かう言ひました。

『でも、こんな大金を、落した人はさぞ心配してゐることでせう』

『それはさうだらう。仕方がない、今暫く此處で待つて見よう。そのうちに落し主が來るかも知れない』

そこで二人はしばらくの間、ぼんやり其處に立つて、來るか來ないか分らない人を待つてをりました。けれどやつぱり誰もやつて來ません。それでなくてさへ待つと云ふものは、大變長いやうに思はれるのに、邊りは次第に暗くなつて來ます。暫くさうしてゐるうちに、二人とも少しじれつたくなつて來ました。

『ねえ、歸りませうよ』たうとう辛抱しきれなくなつた女が、まづ最初にかう口を切りました、『いつまで待つたつて來るもんですか。それにもうすぐ夜になつてしまひますわ。そら彼方でもこつちでもそろそろ〳〵燈が見えてきだしたぢやありませんか』

『だつて、來ないと決めてしまふことは出來ないよ。夜になつたから來ないつて云ふわけもないんだからね』男はかう言つて反對しました。

『來るもんですか、今まで待つて來ないんですもの、それに今更來たつてもう返して遣るには及ばないわ。これはこつちへ貰つて置いて、もう歸りませうよ。それとも、あなたどうしてもここにゐたいんだつたら一人でゐらつしやい。わたしもうご免を被るわ』から云つて、女は一人でずん／＼歸りかけました。すると、男は驚いて、

『まあお待ち。ぢやわたしも一しよに歸るから』と女の後を追ひかけました。

ところが丁度この時、向うから一人の商人風の男がすた／＼と足早にやつて來て、歸りかけてゐる二人を呼び止めました。

『あゝ、もし／＼、ちよつとものをお訊ねしますが、もしやこの邊に、小さな袋が落ちてはゐなかつたでせうか』

男はすぐさま、袋を渡さうとしました。すると、女が眼で合圖をして、

『知らないつていふんですよ』と小さな聲で言ひました。で、男も仕方なくもぢ／＼しながら、

『いいえ、ちつとも存じませんよ。袋なんか』と云ひました。

『さうですか、確かにこの邊で落したに相違ないんですがね』商人は當惑したやうに言ひました。すると今度は女が、

『だつて、知らないものは何とおつしやつても知らないんですよ。許さん、愚圖々々してゐないで、もう行きませうよ。それでなくても、今日はもう遲いんだから』から言つて、まだどぎまぎしてゐる男を無理に引つ

張るやうにして行つてしまひました。四つ辻の所まで來た時、女は後ろをひよいと振り返つて見ました。すると前の處には例の男が、別に近所を捜す樣子もなく、そこに立つたまま、じつと二人の後姿を見送つてをりました。

『まあ氣味の惡い、まだ立つて此方を見てゐるわ』女はかう云つて、男をせきたてながらどん〳〵家の方へ急ぎました。そして二人は拾つたお金を半分づつ分けて別れました。

その後間もなく許英春は、その女を妻に迎へ、例の拾つたお金を元手にして、小さな店を開きましたが、夫婦氣を揃へて一生懸命に稼ぎましたので、商賣も次第に繁昌して、瞬く間に村でも指折りのお金持ちになり、いつとはなしに古い惡事のことなどさらりと忘れてしまひました。お金は出來る、夫婦仲は睦じい。二人にとつて、この上何の不足もありませんでしたが、たゞ不思議なことには、生れる子供も生れる子供も、みんな育たないで死んでしまふのでした。夫婦も大層心配して、この上は神さまか佛さまのお力に縋るよりほかに仕方がないといふので、それからといふもの毎日毎日、雨が降らうが風が吹かうが、ほど近いお社に參詣して、

『一人でもよろしいから子供が無事に成長しますやうに』と云つて祈つてをりました。しばらくそんな事を續けてをりましたが、何の御利益もありません。ところがある日のこと、おかみさんはたつた一人、いつものやうに神樣にお參りしましたが、その歸り途で、見知らぬ一人の女乞食に出逢ひました。乞食はひどく汚い姿をしてゐましたので、おかみさんはそつとその傍を避けて、急ぎ足に通り過ぎようとしました。すると乞食は力ない哀れな聲を出して、

『あゝ、もし〳〵奥さん』と呼び止めました。『奥さまは今何處からお歸りがけなのでございます』

『わたしかい、わたし今お宮へ參詣した歸りだよ』女は無愛想に答へました。

『はゝあお宮へ參詣、それや殊勝なことですね。だが、幾らそんなことをなすつても、結局何にもなりやしませんよ。わたしはお前さんが何を願かけしてゐるのかちやん知つてゐますが、そりや無理な願ひといふもんですよ。何しろお前さん達夫婦は、人を欺したことがありますからね』これを聞くと、女はぎよつとして一時に顔の色を變へました。今まで忘れてゐた、昔の罪を急に思ひ出したのです。

乞食は言葉を次ぎました。

『どうです。少しは思ひ當りましたかね。子供がみんな、生れるとすぐ死んでしまふのはそのためなんだよ。さあ〳〵惡いことは云はない。家に歸つたらすぐに夫婦揃つて、註生娘々の廟に參詣して、神樣にお詫をするのだよ。いいかね、わたしをたゞの女乞食だと疑つて、言ふ通りにしなかつたら、この上どんなことが起るか知れないよ。さあ分つたら、すぐに歸つてお詫に行くことだ。さうすれば神樣も、きつと許して下さるから』女乞食はこれだけ云つてしまふと、

『ちよつと待つて下さい』とおかみさんが一生懸命止めるのも聞かずに、向うへ行つてしまひました。

おかみさんは、不思さうにその後姿を見送つてをりましたが、やがてその姿も見えなくなると、大急ぎでわが家へ歸つて行きました。そしてこの由を夫に話すと、夫は平氣な顔をして、

『なあに、そんなに心配することはないさ。高が女乞食の云ひぐさぢやないか。氣を大きく持つて、神樣にお

縋りしてゐりや大丈夫さ』からは言ひましたものゝ、許英春も今まで長い間忘れてゐた舊惡を、今更のやうに思ひ出して、餘りいゝ氣持はしませんでした。そしてその夜からといふもの、床に就きさへすれば恐ろしい夢を見て魘されるやうになりました。おかみさんが驚いて起すと、やつと目を醒まして、

『あゝ夢だつたのか、恐ろしい目にあつた』と言ひながら、やつとわれに返つて、體ぢうびつしよりと濡れてゐる汗を拭くのでした。こんな事が毎夜のやうに續くものですから、さすがの許英春もたうとう我を折つて、ある日のことおかみさんと相談の上、いよ〳〵註生娘々の祀つてある廟へ參詣することにしました。（註生娘々といふのは安產と子育の女神樣で、臺灣では到る處にこの神樣が祀つてあつて、女達の間に大層信仰されてゐるのです。）

さて、許夫婦はその翌朝揃つて、この註生娘々の廟に參詣しました。そして、女乞食の云つた通り、舊惡を神樣にすつかり懺悔し、供物や線香や蠟燭を供へ燒金までして、神樣のお許しを願ひました。そして、前に拾つた小さな袋の中には、もと〳〵通り銀貨を入れて、神前に捧げました。暫くの間かうして祈つてをりますと、不意に神殿の奧の方で、がたんといふ大きな音がして、夫婦の目の前には、今まで見たこともないやうな美しい、けだかい一人の女が現れました。で、夫婦の者は恐る〳〵その方へ進みよつて、

『あなた樣は、一體どなた樣でございますか。もし註生娘々樣でございますなら、どうぞわたくし達夫婦の罪をお許し下さいませ。これからは忘れても惡いことはいたしません』と申しました。これを聞くと、女は滿足さうに美しい顏に笑みを浮べて、靜かにかう言ひました。

『それは殊勝な心がけぢや。人間といふものは、いつ何時ひよつとした出來心で、どんな惡い事をしないとも

限らない。けれど改めさへすればそれで罪は消えてしまふ。よし〳〵。お前達もいよ〳〵改心したとあれば、もうこれからは子供も丈夫に育つやうにしてやるから、安心するがいい、さあこれを上げよう』と、一片の紙片を渡しました。そして、不意に床から立ち昇る煙の中へその姿を消してしまひました。夫婦が渡された紙片を見るとそれには、

『我汝の罪を許す。自今人を騙く勿れ』

と書いてあつて、その端に小さく女乞食、註生娘々とありました。

夫婦の者は大層喜んで、もう一度神様にお禮を言つて、いそ〳〵と家路につきました。すると途中で、ひよつこり姿を現はしたのは例の商人風の男でした。そして、その男は、無言のまゝ二人の前へ、一つの袋を投げだして置いて、すうとまた姿を消しました。で、その袋を取り上げて見ると、それはたつた今夫婦が註生娘々の神殿へ供へて來た袋と寸分違はないものです。不思議なことに思ひながら、口を開けて見ると二度びつくり、中には、前の時と同じやうに銀貨が一ぱいはいつてゐるのでした。そしてその隅の方に小さな木片があつて、それには、

『惡因あれば惡果あり、過を改むるに憚ること勿れ。この袋と銀貨は許夫婦に遣すものなり。月老爺』

と書いてありました。二人は天を拜して月老爺にお詫びをして、これからは決して惡いことはしません、と誓ひました。その後は夫婦とも生れ變つたやうな善人になり、家は次第に富み榮え、子供も大勢出來て、樂しい月日を送ることになりました。

嘘つき名人七仔

原名『白賊七仔的話』

嘘をつくのが、大層悪いことで、子供の時から平氣で嘘を云ふやうなものには、行末悪い報いが來るといふことは、皆さんよくご存じの通りです。

臺灣でも孔子様の教が信ぜられてゐるので、この嘘をつくと云ふことは、非常な罪惡として、小供達を戒めてをります。そして、嘘つきについての話は、祖先の國支那から幾つも傳はつてをりますが、臺灣の話だけでも二つや三つではありません。この白賊七仔と云ふ話も、その一つで、白賊といふのは臺灣の言葉で嘘をつく男と云ふやうな意味で、また七仔と云ふのはその名なのですが、日本風に云へば、まづ七公とでも云ふのでせう。このお話は可なり有名なもので、臺灣人は誰でも少年少女の時代に、よく聞かされると云ふことです。

さてこの七仔と云ふ男がいつ頃何處に住んでゐた者か、そんな事は一切分つてをりません。それくらゐですから、何と云ふ姓だつたかそれも傳つてをりません。そして苗字の代りには前にも言つたやうに白賊と云ふ言葉で呼ばれてゐるだけなのです。何にしても大分昔のことに相違ありません。姓の代りにこんな厭な言葉——嘘つきと云ふ綽名で殘つてゐるくらゐですから、この男、嘘をつくことが誠に上手で、その道にかけたらまづ名人と言つてもいゝほどでした。この男にかゝつたら一人として欺されないものはありません。我れこそ智惠者だ、自分

こそ學者だと威張る連中でも、この七仔にかゝつたが最後、まんまと欺されてしまふのでした。そのため飛んだ災難にも遭つたり、大失敗を演じたりする者も數が知れないくらゐでした。こんな工合ですから、今ではもう誰一人として彼の言ふことを本當にする者はなく、要心に要心を重ねてゐるのですが、それでもどうかすると、ころりと欺されてしまふのでした。こんなことは決して感心すべきことではありませんが、その惡智慧の發達してゐることには、誰しも舌を捲かずにはゐられませんでした。

ところで、この七仔といふ男は大層不幸な身の上で、兩親には幼少の頃死に別れ、兄弟もなく、たつた一人、叔父さんに引き取られて育てられたのでした。この叔父さんと云ふのは、お父さんの弟に當る人で、親切な、慈悲深い、好人物であるばかりか、相當學問もあり、家にはちよつとした財産もあるので、暮しにも何不自由なく、村の人々からは相當に尊敬されてをりました。ところが叔父さんはどうしたものか子に縁が薄かつたと見えて、大層可愛がつて育ててゐた二三人の子供もみんな若死してしまつたのです。で、夫婦の者は毎日淋しい思ひをしながらその日その日を送つてゐるところへ、丁度七仔が孤兒になつたので、すぐ引取ることにしたのです。それくらゐですから、叔父さん夫婦が七仔を可愛がることと言つたら、親身の親も及ばないくらゐでした。

かうして七仔は兩親にこそ死に別れましたが叔父夫婦に可愛がられて、何不自由なく成人しました。けれども後になつて白賊といふ名を附けられるくらゐですから、子供の時から嘘をつくことには妙を得てゐて、十四五歳になつた頃には、いゝ加減な出鱈目を言つては、人をかついで面白がつてをりました。けれど嘘をついてそれを種に惡事を働くと云ふのではなく、たゞ欺された人達が、驚いたり騒いだりするのを見てゐるのが面白くてた

まらないのでした。こんな者にかゝつて欺される方こそ好い災難です。で、始めのうちは誰も我慢して、これからは相手にならないやうに氣をつけることだ、とだまつてをりましたが、それでも度重なると、もうだまつてはゐられなくなり、叔父さんの所へ隨分手嚴しい苦情を持ち込んで來る者も出來るやうになりました。

叔父さんもこれには困つてしまひました。そして、何とかして今のうちに改心させなければ、末はどんなことをしでかすか分らないといふので、夫婦相談の上、人知れず神さまや佛さまに祈願がけをしたり、七仔を呼んで叱りつけたりして、一生懸命に苦心しました。けれど持つて生れた性質ですから、仲々なほりさうにもありません。それどころか、どうかするとこの大恩のある叔父さん夫婦をさへ、ちよい〱欺すといふ始末なのです。

『ねえ、七仔にも困つてしまひますね。相變らず嘘をついて廻つてゐるさうでございますよ。今のうちに何とかしないと、末はどんな者になるか分りません』

『うむ、おれも實はその事で心を痛めてゐるんだよ。彼奴決して馬鹿ぢやない、それに箸にも棒にもかゝらない程の惡い男でもないんだが、あゝ嘘をついて廻つちやこつちがやり切れない。今日ももう五六人苦情を持ち込んで來たからなあ』

叔父さんと叔母さんはある日こんなことを話し合ひました。そして、何とかして直す工夫はないものだらうかと、いろ〱相談してみましたが、之と言ふ名案も浮びません。で、この上はやつぱり神樣や佛樣にでもお縋り申すほかはあるまいといふので、叔母さんはその日から、神詣や佛參をはじめました。そして雨が降らうが風が吹かうが、あすこのお寺こゝの廟に、この叔母さんの姿を見ない日はないといふくらゐ熱心にお參りを續けました。

叔父さんの言つた通り、根が馬鹿でない七仔が、どうしてそれに氣づかずにをりませう。それでなくてさへ叔父から呼びつけられていろ〳〵と言ひ聞かされる時や、村の人から苦情を持ち込まれて、叔父さんがしきりに叩頭をしながらお詫びを言つてゐる時など、自分が惡いばかりに、叔父さんや叔母さんにこんな迷惑をかけるのだ、これからはどんな事があつても嘘はつくまいと、固く決心するほどなのです。けれど、喉下過ぐれば熱さを忘れるの譬の通り、これ程の固い決心もその場限りで、すぐにまた例の惡い癖が七仔を唆かして、相變らず嘘をついて廻らせるのでした。

ある日のこと、七仔は例の通りぶらりと叔父の家を出ました。けれど別に用事があるのでもなければ、どこへ行かうといふ當があるわけでもありません。たゞ村の彼處此處を、足の向くまゝにぶら〳〵と歩き廻つた末、出て來たのは森に近い小川の橋の畔でした。七仔は橋の上に立つて、下を流れてゐる水にぼんやり見入つてをりました。その時ふと彼の耳にはいつたのは、村の一隅にある市場で、物賣りが客を呼んでゐる聲でした。

『さうだ、一つ市場に行つてみよう。丁度今は人の出盛る最中だから、何か面白いことがあるかも知れない』

七仔はかう獨言を云ひながら、その方へ向けて足を運びました。市場に來て見ると丁度時刻が晩御飯前なので、どの店もお客がいつぱいで、商人はみんな眼の廻る程忙しさうにたち働いてをりました。七仔はこの狀態を見て、にや〳〵と笑ひながら、しばらくはその中をぶら〳〵と歩き廻つて居りましたが、そのうちに例の惡い癖が、むら〳〵と頭を持ち上げて來ました。

『ようし、面白いぞ。一つみんなを驚かしてやらう』彼は心のうちでかう呟いて、人込みを分けてずん〳〵歩

きだしました。ところが丁度場內の中ほどまで來ると、

『おい七仔さんぢやないか』と云つてぽんと肩を叩く者がありました。七仔は何かうまい嘘はないかと一心に考へてゐるところを、不意に肩を叩かれたので、吃驚してふり返つて見ると、それは顔馴染の蔡天如と云ふ男でした。

『やあ、誰かと思つたら蔡さんか、何か買物にでも來たのかね』

『うむ、別に買ひものと云ふんでもないが、ちよつと様子を見に來たのさ。だが、どの店もなか〳〵繁昌してゐるね』蔡さんは久しぶりで市場に來たものと見えて、さも驚いたやうにかう云ひました。『だが七仔さん、おまへさんなんか自分で買物に來なくつてもいいぢやないか。何しろ叔父さんがお金持ちなんだから。何か果物でも買ひに來たんかね。わたしも市場へは久振りに來たんだが、お前さんなんか、こんな所へは來たこともあるまいね』

『うむ、實は叔父から大事な用事を頼まれたんでね』と、七仔は眞顔になつてかう云ひました。『今日は叔父さんの誕生日なんだよ。で、叔父さんが親類の者や友達などを招いて、急に今夜大宴會を開くことになつたんだ。それでその料理に使ふ材料の買ひ出しを、わたしが吩咐つたわけなのさ。何も別にわたしに吩咐けなくつたつてよささうなものだと思つたが、何しろ大切な宴會だから、傭人任せでは心配だ、是非わたしにと言つて頼むのだ。頼まれてみりや仕方がない、わたしはまづここで野菜と肉を買つて歸るつもりだよ。どうしたものか叔父さん、恐しく奮發して、大した意氣込みなんだよ』

七仔はこの終ひの言葉を近所の人にも聞えるやうに、殊更大聲で云ひました。

二人の立話を聞いた商人どもは、これは耳よりな話だとは思ひましたが、何しろ相手が白賊七仔ですから、迂濶に相手になつて、また例の嘘だつたら大損をしなければならないと、要心に要心を重ねてをりました。けれど今度の七仔の言葉や態度の工合では、まんざら嘘とも思はれません。それに一文でも餘計に儲けたいのが商賣人の情でついうか／＼と引き込まれて、相手になるのものが出來ました。

『七仔さん、今日は。大變ですね、あなたが買物係ですか』

『あゝ、困つてしまふよ。飛んだ役目を吩咐かつてね。それにしてもお前さんとこの店にあるものをみんな買つても、まだ少し足りないやうだな』するとそれを聞いたまた別な青物屋が、

『あゝ七仔さん、まだわたしの店に幾らでもありますよ』と云ひました。

『さうか、ぢやお前さんの店のもすつかり買ふことにするかな』七仔はかう云つて、この二人の青物屋の店にある青物をそつくり買占めることに話をきめました。

『ぢやあ後からすぐに叔父さんがお金を拂ひに來るから、店にあるものは誰にも賣つちやいけないよ』

七仔は二人の青物屋の主人からお叩頭の五六度もされ、有難うございますの十遍も聞かされて、應容にそれに答へながら、ふいとそこを去つて、今度は肉屋の前に立ちました。すると肉屋の主人はその時もうちやんとこのことを知つてゐて、お世辭たら／＼、頭をぺこ／＼さげて、

『いや、さぞお忙しいことでせう』と云ひながら店の中へ案内して、『こゝらでは如何でございませう、どれ

もみんな新しい、上物ばかりでございます』と言ひました。すると、七仔はさも應容に、

『あゝ肉かい、何しろお客は大勢なんだから、ちつとやそつとの肉ぢや足りやしない。兎に角店にあるだけみんな買つておかう、誰にも賣つちやいけないよ。後から叔父さんがお金を拂ひに來るから、品物はその時渡してくれりやいい』かう言つておいて、さつさとそこを出て行きました。そして市場からいゝ加減遠くまで行つた時後ろの方を振返つて、

『あはゝゝゝ、たうとう一杯喰ひやがつたな、何しろ奴らは慾が深いものだから、すぐ口車に乗つてしまふんだ。まあ正直にいつまでも誰にも賣らないで待つておゐでなさいだ……はつ、はつ、はつはゝゝ』と吹鳴つて赤い舌をぺろりと出しました。酷い男があつたもので、たうとう商人達を欺してしまつたのです。そして何喰はぬ顔をして、叔父さんの家へ歸つて行きました。

お話しかはつて、こちらは市場の青物屋と肉屋の主人です。來るお客にも來るお客にも、

『どうもお氣の毒さまでございます、生憎今日はすつかり賣り切れでございまして』と斷りを言ひながら、今にも叔父さんがお金を持つて品物を引き取りに來るだらうと、首を長くして待つてをりました。けれど、幾ら待つても、一向にそれらしい姿も見えません。そのうちに三人とも少し心配になつて來ました。

『一體どうしたといふんだらうね、幾ら何でももう來さうなものぢやないか』肉屋の主人が青物屋の主人に向つてまづから口を切りました。

『さうだね、何にしても餘り待たせすぎるな』と、青物屋が首を捻りました。

『どうだね、どうもちつと怪しいやうぢやないか。何しろ對手は嘘つき名人の七仔だからな』

『全くだよ。だからわたしも最初は二の足を踏んだのさ。だが、今日はいつになく眞面目な顔をしてゐるもんだから眞逆と思つてね。だが、かうなつて見ると全く少々怪しいな。悪くすると一杯喰つたかな』

こんなことを話しあつてゐる間にも、時はどん／＼たつてゆきました。けれど叔父さんは一向に姿を見せません。何しろこれだけの品物をちつとも賣らないで背負ひ込んだ日にはそれこそ大變ですから、三人とも氣が氣でありません。まつ青になつて、騒ぎだしましたが、今更どうする事も出來ません。兎に角叔父さんの家へ行つて、一先づ樣子を見てみよう。そしてもしまた例の嘘だつたら、その時こそ腰を据ゑて叔父さんにかけあはう、とかう話をきめて、三人はすぐさま店を閉めて、大急ぎで七仔の叔父さんの家をさして出かけました。けれど行つて見ると宴會などありさうな樣子はちつとも見えず、大きな家はしんと靜まり返つてをります。三人とももう心配で堪りません。つか／＼とはいつて行つて案内を乞ひました。するとその聲に應じて出て來たのは、一人の召使ひでした。

『お宅樣では今夜御宴會があるさうでございますが』とすぐさま一人がかう訊ねました。

『いゝえ、そんな事はありませんよ』と召使が答へました。

『だつて、たつた今お宅の七仔さまが市場へいらしつて、わたし共の青物と肉をすつかりお買ひ取り下さることにお約束したのでございますが……』

これを聞くと今度は召使が膽をつぶしてしまひました。

『なんですつて、家で宴會があるんですつて。それは一體何時のことなんです。わたしそんな話は少しも聞いてゐませんよ。さうして約束したのは、あの嘘つきの七仔さんなんですか』

ではいよ／＼一杯喰されたに相違ないと、そこで三人は今までの事を詳しく話して、これを叔父さんの耳に入れて、何とか始末をつけて貰ひたいと賴みました。そして結局叔父さんが幾分の賠償金を拂つて、この方は解決がつきました。けれどなか／＼片附かないのは七仔の方です。流石の叔父さんも、今度といふ今度はすつかり怒つてしまつて、散々脂を絞られた揚句、お前のやうなものは、何をしでかすか分らないから一歩も外へ出てはならないと、嚴しく言ひつけられました。

で、七仔も當分の間は仕方なく家の中に閉ぢ籠つてゐましたが、どうも退屈で仕樣がありません。そこである日のこと、ふらりと叔父さんの家を飛び出して、何か面白いことはないかと彼方此方を步き廻つてをりました。するとその途中ぱつたり出逢つたのは、吳春生と云ふ一人の友達でした。

『おい、どうしたんだい、馬鹿に元氣がないやうぢやないか』吳春生は七仔の顏をじろ／＼と見ながらかう言ひました。

『うむ、元氣もなくならうぢやないか、まる一ケ月も禁足を喰つてゐるんだからね』七仔はかう答へて、先日の一件をすつかり話しました。

『さうかい、それや飛んだことだつたね。だが、君ももういゝ加減に嘘を云ふのはやめちやどうだい』吳春生はかう言つて親切に忠告しました。

『うむ、それや僕だつて止めたいのは山々さ。だが、みんなが僕の嘘を眞に受けて騷ぐのを見ると、つい面白くなつてね』

『けれど、人に嘘をつくと、擔がれた者は勿論、叔父さんまで迷惑する、その上君まで飛んだ罰を受けることになる。それよりも、一層のこと、他人は止めにして、叔父さんか叔母さんを擔いでみるんだね。幾ら君だつて、まだ叔父さんや叔母さんを騙したことはないだらう』

『うむ、さう度々もないがね』

『さうか、それならなほのことだ。君を一番よく知つてゐるのは叔父さんと叔母さんだからね。それを欺すのはきつと難かしいぜ、一つやつてみたらどうだい』

吳春生も愛想をつかして、飛んだ冗談を言つて唆かしました。三度の御飯より嘘をつくことの好きな七仔がかう煽てられたのですからたまりません。

『うむ、それや面白いだらうな、一つやつつけよう』早速かう言つたかと思ふと、挨拶もそこ〳〵にぷいつと何處かへ行つてしまひました。

さて、吳春生と別れた七仔は、その足ですぐさまお叔父さんの家へ歸つて來ました。ところが餘り急ぎすぎたものですから、どうやつて欺すか、それを考へるのをすつかり忘れてゐました。ふとそれに氣のついた七仔は、家の前まで來ると、そこにあつた大きな榕樹の下に立つて、腕を組んだまゝ、しばらくじつと考へ込んでをりましたが、やがて何かいゝ考へが浮んだものと見えて、はたと横手を打つて、つか〳〵と家の中にはいつて行きま

した。丁度その時叔父さんは、何か用があつて外へ出て、叔母さんが一人で留守番をしてゐました。もうちやんとそれを知つてゐた七仔は、すぐさま叔母さんの所へ飛んで行つて、さも今外から大急ぎで歸つたばかりのやうな風を裝ひながら、

『叔母さん、大變ですよ』とさも慌てたやうに云ひました。『あの叔父さんはゐらつしやらないのですか』

『まあ、七仔、お前どうしたんだね、そんなに慌てゝ。叔父さんは今お留守だけれど、もうすぐお歸りになるでせうよ』

『さうですか、そりや殘念ですね』

『何がそんなに殘念なの』

『實はあの向うの川に恐ろしく澤山魚がゐるんですよ。今叔父さんさへゐらしつたらなあ』七仔はかう言つて叔父さんの不在がいかにも殘念だといふやうな樣子をしました。叔母さんもまさかそれが嘘だらうとは思はないので、七仔と一緒になつて殘念がつてをりました。すると丁度そこへ叔父さんが歸つて來ました。七仔は待つてゐましたとばかり、

『叔父さん、あの向うの川に、魚がうよ〳〵するほどゐるんですよ。川が魚で埋つてゐるんです。そのために船も通れないくらゐなんですよ。なあに網も叉手も要るもんですか。手で摑めますよ、どうです。これから行つて漁つて來ようぢやありませんか。雜魚なんかには目をつけずに、大きな奴ばかり掬つて來るんですな。車に積んで歸つて來ませうよ。叔母さん、待つてゐて下さい。晩には新しいお魚を飽きるほど御馳走し

ますから』と、口から出任せをべら／＼と喋りたてました。

川漁の大好きな叔父さんは、この言葉にすつかり欺されてしまひました。そして二人は大急ぎでその川をさして出かけました。ところが七仔は川の方へ行かうとはせず、ぐる／＼ぐる／＼村ぢう叔父さんを引つ張り廻した揚句、たうとう叔父さんを撒てしまひました。そして自分だけ家へ飛んで歸つて、

『叔母さん、大變です。今叔父さんが川の中へ落つこちて、たうとう溺れ死んでおしまひになりました』と、大聲でから云ひました。これを聞いた叔母さんはすつかり仰天して、

『え、何だつて？　まあ、叔父さんが川へ落ちて……』から云つて、はやおい／＼と泣きだしながら、『あゝどうしたいゝんだらう、わたしはどうしたらいゝんだらう』

これを聞いた七仔は、こいつ少し藥が利き過ぎたわいと思ひながら、

『どうもとんだことになつてしまつて、ほんとに申しわけありません。兎に角わたしはもう一度行つて、叔父さんの死骸を持つて歸りませう』と言つたまゝ、戸板を一枚背負つて、また横つ飛びに飛び出してしまひました。叔母も泣く／＼その後につゞきました。

さて、七仔に撒かれた叔父さんは、それでもたうとう七仔の言つた川端までやつて來ましたが、そこには雑魚一尾をりません。さてはまた一杯喰つたのかと忌々しく思ひながら、ひよいと後ろを見ますと七仔は、何處へ行つたものか、そこにはもう影も形もありません。

『畜生、何處へ行きやがつたのだらう。忌々しい奴だ』叔父さんは當の七仔が留守宅へ歸つて、大騷ぎを起し

てゐるとは知りませんので、かう呟きながらも、折角こゝまで來たものだ、たゞの一尾か二尾でも捕つて歸らうと、まだ川端をうろ〳〵してゐました。其處へ息せき切つて駈けつけて來たのは七仔です。

『叔父さん、た、大變ですよ。今途中まで來た時、ひよいと見ると、叔父さんの家の方にそれは〳〵大きな火の手が見えるんです。で、若しやと思つて歸つてみるとどうでせう。案の定大火事で、家は全燒ぢやありませんか。それに困つたことには、叔母さんの姿が見えないんです。ひよつとすると燒死んでおしまひなすつたのかも知れませんな。これこの戸板がたつた一枚燒け殘つたのです』かう言つて七仔は戸板を叔父さんに見せました。これを聞いたお叔父さんは、腰を拔かさんばかりに驚いて、

『えつ、火事でまる燒けだつて、それや大變だ』と、言つたまゝ顔色を變へて、一目散に駈け出しました。そこへ向うから噯喲〳〵と大聲で泣きながら來る一人の女がありました。近寄つてよく見ると、確かに燒死んだ筈の妻であります。

『あゝお前、よく無事でゐてくれた』叔父さんが嬉しさの餘りかけよりながらかう云ふと、叔母さんもそれと一しよに、

『まああなたよくご無事でゐて下さいました』と云ひながら、叔父さんに縋りつきました。二人ともまるで狐にでもつまゝれたやうに、何のことだかさつぱりわけが分りません。で、お互によく落ちついて今までのことを話してみると、何もかもみんな七仔の仕業だといふことが分りました。

『何といふ忌々しい奴だらう』と叔父さんはまつ赤になつて怒りだしました。『欺す者に事を缺いて、たうと

うわたし達まで欺しをつたな、もう勘辨ならん。歸つたら思ふ存分懲らしめてやらう』とぷん〳〵しながら二人つれだつて家へ歸つてみると、七仔はもうちやんと家へ歸つて、そ知らぬ顏をしてをります。で、叔父さんはやにはに七仔を引つ捉へて、

『この大嘘つき奴、到頭私達まで欺しをつたな、もう勘辨出來ん』と大聲で叱り始めました。『お前のやうな奴は、これから先どんな事をしでかすかも知れんから、物置小屋へ抛り込んでくれる。その中でよく一人で考へてみろ』

かうして七仔はたうとう物置小屋の中へ閉ぢ込められてしまひました。それは丁度寒い冬のことで、夜が更けるに從つて小屋の中の寒さは一通りでありません。七仔はぶる〳〵慄へながら、

『あゝ寒い、滅法寒いな。こんな寒い所で靜かにしてゐろなんて、言ふ方が無理だ。正直に靜かにしてゐようものなら、明日の朝までにはお佗佛だ。あゝ堪らない、何とかしなくつちや』かう獨言を言つて、一寸の間何か考へてをりましたが、やがて、うんよし〳〵と頷いて立ち上りました。そして、何をするのかと思ふと、飛んだり跳ねたり小屋ぢうを駈け廻り始めました。かうして彼は夜通し體を動かして、寒さを防いでをりました。

さて朝になると叔父さんは、昨夜は思つたより寒かつた、あの火の氣一つない物置小屋では、流石の七仔もさぞ閉口してゐることだらう、とこんなことを考へながら、物置小屋へやつて來ました。そして、入口の戸を開けてみるとどうでせう、七仔は大變な元氣で體ぢうからぽつぽつと湯氣をたてゝゐます。

『やあ叔父さん、お早うございます』七仔はにこ〳〵笑ひながら言ひました。

『どうだ七仔、昨夜は少しくらゐ寒かつたらう。少しは性根に入つたか』叔父さんは驚きながら言ひました。

『どうしまして、叔父さん、ちつとも寒いことなんかありませんでしたよ。何しろわたしは魔法の襯衣を著てゐるんですからね』七仔はかう言ひながら、著てゐる薄い襯衣を叔父さんに見せました。『實はこれなんですがね、先日わたしが城隍神の廟に參拜して、神樣から授かつたんです。これさへ着てりや、どんな寒さだつてちつとも感じはしませんよ』

『そんな出鱈目を言つたつて、もう欺されんぞ』

『何が出鱈目なもんですか。論より證據、わたしの體からは、こんなにぽつぽつと湯氣がたつてるぢやありませんか。みんなこの襯衣のお蔭ですよ』

『なる程、さう言へばさうだな。どうだ、その襯衣を十元でわしに賣つてくれんか』

『そりや困りましたな。何しろ大事な襯衣ですからね。百元が五百元でも手放したくないんです。でも、ほかならぬ叔父さんのことです。おつしやる通り十元にまけておきませう』かうして叔父さんはぼろ〳〵の襯衣一枚を大枚十元で買ひとりました。

それから幾日か過ぎたある日のこと、叔父さんは用があつて旅に出ることになりました。その日は丁度恐ろしく寒い日だつたので、七仔から買ひ取つた例の魔法の襯衣を着て行くことにしました。それを見た叔母さんは、

『まあ、あなたそんな襯衣を着ないで、ほかのを着ていらつしやいな。お天氣模樣も變ですし、まだ〳〵寒くなるかも知れませんよ』と云ひました。すると叔父さんは、にこ〳〵笑ひながら、

『なあに、これさへ着てりや大丈夫だよ。寒さ知らずといふ奴さ』と答へて、その儘旅に出ました。處が叔母さんの言つた通り、まだ幾らも行かないうちにお天氣が變つて、次第に寒さが加はつてきました。魔法の襯衣なんか何のやくにもたちません。そして叔父さんはたうとう風邪をひいて、途中からひつ返してしまひました。

『こら七仔、貴様はまたしてもおれを欺しをつたな』叔父さんは歸つて來るとすぐ七仔を呼びつけて、から呶鳴りました。『魔法の襯衣だなんてこんな襤褸を賣りつけて』

けれど、七仔はなか〳〵このくらゐのことで恐れ入りましたと詫るやうな男ではありません。さも不思議さうな顔をして、

『そりや妙ですな。わたしが着てゐるとあんなに溫かなのに、叔父さんがお召しになると何の効めもないなんて、不思議なことがあるもんですなあ。仕方がありません。その襯衣を返して戴きませう。だが、お金はもうみんな費つてしまつて一文もありませんから、わたしにお金が出來るまで、それは預つて置いて下さい。さあ、これから何か考へて一儲けして來なくつちや』

かう言ひすてたまゝ、今度は何を考へついたのか、大きな袋を抱へてぷいつと出て行つてしまひました。七仔が肩に袋を擔いでやつてきたのは隣村でした。そこには一人の佝僂の老人がゐて、鞭を振つて一群の鵞を追ひながら、こつちへやつて來てをりました。七仔はこれを見るとすぐさま、傍にあつた大きな榕樹に攀登りました。そして樹の又に腰をかけて、老人の近づいて來るのを待つてをりました。やがて老人は七仔のすぐ下へやつて來ました。その時七仔は、

『待て、老人、ちよつと待て』と神様の聲色をまねて呼びとめました。『見ればそなたは傴僂だな。氣の毒の至りぢや。わしを信じて、わしの言ふ通りにすれば、今眼の前でその傴僂を癒し遣はすがどうぢや』

これを聞いた老人は、そのまゝそこに跪づいて、平身低頭しながら言ひました。

『有難うございます。神様、どうぞお癒し下さい。もしこの傴僂を癒して下さいましたら、この鵞は殘らずあなた様に献上いたします』

『うむよし〳〵、それならばしばらくこの袋に入つてゐるがいい』七仔はかう言つて、持つて來た袋を地面に投げ出しました。老人は嬉しいやら有難いやら、もう何を考へてゐるひまもありません。すぐさま袋の中に入つてしまひました。それを見すました七仔は、大急ぎで樹から下りて袋の口を締め、木の枝に括りつけておいて、鵞をすつかり奪ひ取つて、どん〳〵逃げて行きました。そしてその鵞を賣り飛ばして金に替へ、それを持つて大威張りで家へ歸つて來ました。そして、そのお金を叔父夫婦の前に並べながら、

『叔父さん、わたしにも運が向いて來ましたよ』とさも得意らしく言ひました。『今度不思議な縁から、わたしは海龍王の婿になりましてね、それで、この通り纒つた金が手に入つたんですよ、さあ十元、確かにお返しいたしますよ。叔父さんも一度海龍王の所へお遊びにいらしやいませんか。わたしがご案内いたしますから』言ひ方がいかにも眞面目ですし、それに七仔などの到底持つてゐる筈のない大金を現在目の前に並べられたものですから、叔父さんはまたしてもうか〳〵と釣り込まれてしまひました。

『なに、海龍王の婿君になつたつて。そりや何にしても芽出たいことぢや。定めしお城なども立派なものだら

うな。それは是非一つ見物さして貰ひたいもんぢや』

『實はわたしも是非ご案內しようと思つて、ちやんと船の用意もして置きましたよ。どうです、今日は幸ひ天氣もいゝし、これからすぐに出かけませうか』

かうして二人はつれだつて海邊へ出て行きました。なるほどそこには、ちやんと二艘の船が纜いであります。

『さあ叔父さん、あなたはお客樣なんだから、この立派な船にお乘りなさい。わたしはこつちのに乘りますから』七仔はかう言つて叔父さんを立派に極彩色した船に乘せ、自分は粗末な船に乘り込みました。二艘の船は舳をそろへて、次第に沖の方へと漕いで出ました。

ところが、船が沖に進むにつれて、今まで靜かだつた波が次第々々に高くなつて、二艘の船が一しよに並んでゆくことはどうしても出來ず、しまひには四五間も離れてしまひました。そればかりか、叔父さんの乘つてゐる船には水がずん〳〵入つて來るのです。それもその筈、この船はもう破れきつたぼろ船なので、それを七仔がいつの間にか彩色して、見かけだけ立派にしておいたのでした。叔父さんは氣が氣ではありません。

『おい、大變だ〳〵。おれの船は沈んでしまふ。七仔早く來て助けてくれ……』

『おやどうしたんでせう。そんな筈はないんだが。なあに、今すぐ行きますよ。ちよつと待つて下さい』

七仔はいかにも心配さうにかう云ひましたが、なか〳〵漕ぎつけようとはしません。

『おい、どうしたんだ、早く來てくれないか。そら、もう今にも沈んでしまひさうだ』

『行きますよ。すぐ行きますよ。一生懸命漕いではゐるんですが、何しろ波が高くつてね』かういつてゐるう

ちに船はたうとう沈んで、叔父さんの姿は波間に消え失せてしまひました。七仔はそれを見ると、そのまゝ海邊の方へ向つて船を漕ぎ戻してしまひました。

さて叔父さんが船と一しよに海の底へ沈むのをすぐ傍で見てゐたのは、海龍王の水卒でした。で、すぐに叔父さんを海龍王の前へ連れて行きました。海龍王は叔父に、

『お前はまだ死ぬる時が來てもゐないのに、どうして此處へ來たんだ』と叔父さんに訊ねました。叔父さんは涙ながらに今までのことを物語りました。これを聞いた海龍王は、叔父さんの身の上を大層氣の毒に思ふと同時に、七仔の仕打に腹をたてました。そして、

『おのれ憎い七仔め、おれの聟になつたなどと、根もないことを吐かした上、恩のある叔父を欺して殺すとは言語同斷の極惡人だ。さあ水卒ども、これからすぐに七仔を生捕つて來い、酷刑に處してやらう』

水卒どもは直ちに七仔召捕に向ひました。そして、七仔が船から上らうとしてゐるところへ追ひつきました。それを見た七仔は、ははあ、おれを召捕に來たんだなと、すぐに悟りました。そこで、大急ぎで小高い丘に上り、寄せて來る水卒どもに向つて、

『さあ水卒どももよく聞け、おれは今、玉皇上帝のお吩咐で、水卒どもの皮が五枚入用なのぢや。今に行つて剝いでやるから待つてをれ』と呶鳴りつけて、ぽつ〳〵丘から下りて來ました。水卒どもはその勢に呑まれ、びつくりして逃げて歸りました。そして海龍王にこの由を言上しますと、海龍王はいよ〳〵怒つて、今度は一人の強い大將を差しむけました。立派な駿馬に跨つてやつて來た大將の姿を見た七仔は、何處からか一頭の黃牛を

手に入れ、それに乗つてわざと大將の方へ進んで行きました。そして、

『もし〳〵、あたたは大層良い馬に騎つて、一體何處へおいでですな』と訊ねました。大將はこれが七仔であらうとは知りません。そこで、

『うむ、わしか、わしは海龍王の命令で白賊七仔を召捕に向ふのだ』と大層威張つて答へました。

『あゝさうですか。して、その馬は何と云ふ馬ですな』

『これは千里彪と云つてな、一日に千里走ることの出來る名馬だよ』

『へえ、たつた千里ですか。ところが、あの白賊七仔は、神出鬼沒の曲者ですから、今頃はもう、何處かへ高飛びしてることでせう。そんな馬ぢやとても駄目ですよ。それよりこの牛に乘つてゐらつしやい、これは萬里彪と言つて、一日に一萬里走りますよ。これに騎つて行かなきや、どうしたつて七仔を召捕ることは出來ません』

『さうか。それは萬里彪といふ牛か。どうだ、わしの馬と取り換へようぢやないか』

『さうですね。そいつはわたしの方で困りますよ。しかし、あなたはほかならぬ大切な役目を持つてゐる方、仕方がありません。取り換へて差上げませう』

七仔はたうとうこの大將まで騙し込んで、下らない黃牛と千里彪と云ふ駿馬と取り換へてしまひました。そして自分はそれに乘るが早いか、大口開いてから〳〵と打ち笑ひ、

『やい、間拔野郎の馬鹿大將。七仔樣のお手並は、こんなものだい』と云ひすてたまゝ一鞭あてゝ雲を霧と逃

げて行つてしまひました。後に殘された大將は、さてこそあれが七仔であつたかと、地團駄踏んで口惜しがりましたが、黄牛に乘つてゐるのでは、幾ら鞭をあてても、追つつくことではありません、そのまゝすご〳〵と歸つて行つてしまひました。

さて、駿馬に跨つて意氣揚々と家に歸つて來た七仔は、叔母さんの前へ來て言ひました。

『叔母さん、たゞ今歸りました。わたしは海龍王から一日に千里も走る、千里彪と云ふ名馬を貰つて、それに乘つて來ましたので、こんなに早く歸つたのです。叔父さんは船ですから、今しばらくしないとお歸りになりません。お話したいことも澤山ありますが、何しろ今日は恐ろしく疲れてをりますから、濟みませんが、ちよつと休まして戴きます』

かう言つて七仔は自分の部屋へ引き下ると、そのまゝぐつすり寢込んでしまひました。ところがどうしたはづみか、それから間もなく七仔の部屋から火が出て、彼が目を醒ました時には、もう自分の寢臺に燃え移つてをりました。七仔は驚いて、

『やあ、火事だ〳〵、叔母さん、救けて下さい。わたしは燒死んでしまひます』と聲を限りに救ひを求めました。叔母さんはこの聲を聞いてゐましたが、また例の嘘を云つてゐるのだなと思つて、別に氣にも止めませんでした。けれどそのうちに、自分の部屋の方まで煙がはいつて來だしたので、びつくりして、家の者や村の人の力を藉りて消しとめようとしましたが、その時はもう遲く、たうとう七仔の部屋は丸燒けになりました。そして七仔は可哀さうにその中で燒け死んでしまひました。

和尚様と蝦蟇仙人

原名『神仙通力的話』

むかし、ある村に柏林寺と云ふお寺がありました。餘り大きな寺と云ふでもありませんでしたが、本堂や庫裡は立派に建てられ、可なり廣い境内には、竹藪があつて、その竹藪には毎年美事な、甘い筍が生えるので、それが評判となり、柏林寺と云ふよりも、筍寺と云ふ名で、遠い村々までも知れ渡つてをりました。それにこの寺の和尚様といふのが大變學問の優れた德の高い方だつたので、村々から參詣に來る人も澤山ありましたし、佛道修業のために弟子入りしてゐるお弟子さんも、一人や二人ではありませんでした。

丁度五月の末時分、もう若葉が繁つて夏の色が地上に漾ひ初めた頃のこと、和尚さんは用事が出來て、半日ばかり寺をあけることになりました。陽氣はいゝし、恐い和尚さんは留守といふのですから、お弟子さん達は、今日ばかりは命の洗濯といふので、山に行くものもあれば、村へお友達を訪ねて行くもある。さうかと思ふと部屋の中に寢轉んで無駄話をしたり、午睡したりするものもあるといふ工合で、みんな打ち寛いで時を過してをりました。すると此處に、まだ年の若い、この寺に來てからの日も淺く、修業もそれ程積んでゐない小僧さんが二人、日頃から大の仲好しでしたが、今日こそ思ふ存分遊ばうと言ふので、裏山へ登つてあつちこつちと飽く程飛び廻つた揚句、もう和尚さまがお歸りになる時分だからと言ふので、お寺の方へ歸つてをりました。やがて例の

竹籔近くへ來ると、不意に竹籔の中から、枯れ落ちた朽葉に、がさ〳〵と音をたてながら、大きな蝦蟆が一疋、のそり〳〵とその醜い姿を現はしました。二人は何か面白さうに話しながら歩いてゐましたが、この蝦蟆を見ると驚いて、

『おや蝦蟆だ………』と叫びました。そして其處に立たまゝ見てをりますと、蝦蟆は醜い大きな體をのそりのそりと運ばせて、二人の方へ近づいて來ました。二人も最初のほどは『何だ、蟲けらが』くらゐに思つてをりましたが、かう近づいて來られると聊か氣味が惡くなつて、

『おい、だん〳〵此方へやつて來るぢやないか。何だか厭な恰好をしてゐるなあ』

『うむ、それに馬鹿にでかいぜ。まるで怪物みたいな奴だ』と囁きあつてをりました。するとその時一人の方が急に何か思ひ出したやうに、

『さうだ、こいつが竹籔にゐる評番の大蝦蟆だらう、時々寺のお臺所へ來て、みんなを吃驚させるあいつに相違ない』と云ひました。すると他の一人も、

『さうだ、さうだ。あいつに違ひない。どうだい、も少し近くまで來たら、一つ叩き殺してやらうぢやないか』

『だが、迂濶な事をすると大變だぞ。こんな大きな蝦蟆は化けるつて言ふからな。それにもしかすると、この竹籔の主かも知れん。もしそんなものでも殺してみろ、どんなことになるか分らないぞ』

その間に蝦蟆はずん〳〵二人の傍へ近寄つて來ました。そして小僧さん達の言つてゐることには一向頓著ないやうな樣子で、

TERU

『おい／＼小僧さん』と人間の聲をして呼びかけました。『お前達はこゝで何をしてゐるんだね。早く歸らないと、もう和尚さんが歸つて來るよ。和尚さんの留守をいゝ事にして、そんなに遊び歩いてゐるやうなことぢや、到底偉い坊さんにはなれないよ。早く歸つて一生懸命修業するんだ。みんなの中でもお前達が一番の怠惰者だ。いつもこの竹籔に來て惡戲ばかりしてゐる』

思ひもかけず蝦蟆から小言を喰つた二人は、吃驚して目をぱちくりやつてをりました。なるほどかう言はれて見ると蝦蟆の云ふ通りで、大勢のお弟子の中で、この二人ほどの怠惰者はありません。いつも和尚さんや兄弟子の眼を偸んでこの竹籔へ來ては、雀や白頭鵠と云ふ小鳥を捕つたり、竹を切つて玩具を作つたり、時によると竹の繁つてゐる所に隱れてゐて、往來の人を脅かしたり、そんな惡戲ばかりしてゐるのでした。けれど今蝦蟆からかう云はれたからと言つて、はいさうですか、とその儘閉口するやうな二人ではありません。

『なんだと。生意氣言ふない。高が蟲けらの癖をしやがつて。お前なんかちつとも怖かないよ。愚圖々々してゐると叩つ殺すぞ』と二人はかう言つて睨みつけました。そして、一人が今にも蹴飛さうと足を上げた時、不思議や蝦蟆の姿はぱつと消えて、その代りに二人の前には今まで見たこともない、髮の白い痩せこけたまるで乞食のやうな姿をした一人の老人が立つてゐるのでした。これを見た二人は膽を潰して、あつと言つて逃げ出さうとしました。すると白髮の老人はにこ／＼笑ひながら、

『待て、小僧』と呼びとめました。そして手にしてゐたひよろ／＼と細長い杖で、とん／＼と地面を叩いて見て、『心配するな。蝦蟆はもう歸つたよ。だがこれからもあることだ。あの蝦蟆を對手にしてゐると、飛ん

だ祟りを受けるやうなことになるぞ。これからは忘れても相手になつてはならん。そして精出して修業をするのだ。さあ分つたら早く歸れ。そら、もう和尚さんは山門の邊まで歸つてゐる』と、姿にも似ぬいかにも落ちついたしつかりした聲でかう言ひました。かうなつては二人とも、今までの元氣はどこへやら、

『あなた樣は一體どなたなのでございます』と恐る恐る訊ねました。すると老人は、

『はゝばゝ』と大きな聲で笑つて『わしか、わしは仙人だよ。蝦蟆の仙人だよ』と答へました。これを聞くと二人とも生きた心地もなく、横つ飛びにお寺へ歸つて參りました。そして自分達の部屋へ入ると、間もなく蝦蟆仙人の言つた通り、和尚さんが歸つて來ました。二人ともこの蝦蟆仙人のお蔭で、和尚さんに小言を食はないですんだのです。ところが、このことがあつてからといふもの、この二人の小僧さんはよく、蝦蟆仙人の教へを守つて、朝は早くから夜は更くまで一生懸命修業に精を出して、まるで生れ變つたやうになりました。そこで、和尚さん始めみんなの評判もよく、學問も見る／＼うちにめき／＼と上達しました。

それから暫くたつたある朝のこと、お寺では食事の用意に忙しい最中、その臺所へ一人の老人がひよつくり姿を現はしました。そして何も云はずに、たゞにやり／＼と氣味の惡い顏をして笑つてをりました。丁度その時例の二人の小僧さんは奧へ行つてそこに居合さず、それが蝦蟆仙人だらうとは誰一人氣づく者は有ませんでした。

『おい、うるさいなあ。おれ達は今忙しいんだ。さあ／＼其處を退かないか、邪魔でしやうがないぢやないか』中の一人がかう言つて劍突を喰はしました。けれど老人は一向平氣なもので、別に怒つた樣子もなく、やつぱりにやり／＼と笑ひながら、そこにつつ立つたまゝ動かうともしません。これを見るとお臺所で働いてゐた者はみ

んな怒つてしまひました。そして、

『やい、何の用があるんだ、邪魔だから退けと云つてるんぢやないか。分らない爺いだな』

『薄つ氣味の悪い顔をしやがつて。早く行かないと、頭から煮湯をぶつかけるぞ』などと言つて口々に罵りだしました。が、老人は一歩も動かうとしません。

『まあ、さう邪見にするもんぢやない。年寄りは年寄りらしく、みんなで勞つてやるものぢや。だが感心にみんな好く働いてゐるな』

これを聞いたみんなはいよ〱腹をたててしまひました。そして力の强さうな坊さんが、五六人、やにはに土間へ飛び下りて、老人を取り捲き、手取り足取り表へ引きずり出さうとしました。すると丁度この時、和尙さまのご用をすました例の二人の小僧さんが臺所へやつて來ました。そしてその體を見ると、すぐさま飛び出して兩方の間へ割つて入りました。

『まあ皆さん、待つて下さい。そんな亂暴しないでもいゝぢやありませんか。お年寄りはお年寄りらしく、大事にしてあげなくつちや』

『なに老人は老人らしくだつて。だが、この爺さんはそんな生優しい奴ぢやありやしない』

『まあ、そんなことは言はないで』兩方でこんなことを言ひあつてゐるうちに、肝心の老人はふいつと姿を消してしまひました。

『おや、爺さんがゐなくなつたぞ』それに氣のついた一人がかう叫びましたので、一同もびつくりして、邊隅

なく捜し廻りましたが、どこへ行つたものやら影も形もありません。

『今の今までゐたんだが、一體どこへ行きやがつたんだらう』みんなはかう言つて怪しみ出しました。と、その時例の小僧さんが、

『そうらご覽なさい。だから言はないことぢやない。あれが噂の高い、蝦蟆仙人なんですよ』と云ひました。けれどみんなは、

『馬鹿言つてらあ。あんな蝦蟆仙があるものかい』と言つてなか〱本當にしようとはしませんでした。ところが、そのうちに臺所の隅の方で、何か書きつけた小さな紙片を見つけ出した者がありました。で、皆でそれを讀んでみると、それにはただ、

『老人は勞れ、蝦蟆仙人』

とだけ書いてありました。

かうして蝦蟆仙人は、時々柏林寺に姿を現はしてをりましたが、そのうちにある日、一つの騷動が持ち上りました。と云ふのは、ほかでもありません、和尚さんが大事にしてゐる、小さな金襴の袋が見えなくなつたのです。その袋の中には、和尚さんが長い間儉約して溜めた金貨や銀貨が一ぱい入つてゐたのです。お弟子や小僧達は大層心配して、寺の内は言ふまでもなく、裏の竹籔の方まで隈なく捜しましたが、どうしても見つかりません。

『どうも不思議だ、誰も盜む者があらう筈はないし、さうかと言つてどこへも持つてゆかないものを落すわけもなし』みんなはかう云ひ合つて眉を顰めてをりました。けれどさすが修業の積んだ和尚さんは、心配さう

な様子など顏色にも見せず、

『どうも分らないものは仕様がない。あの金はわたしに緣がなかつたものと見える。みんなもう捜すのはやめてくれ』と云ひました。けれど弟子達はかう言はれたからといつて、はいさうですか、とすぐやめるわけにはゆきません。あの德の高い和尙さんの持物だ、どうしても捜しださなきやわれ〳〵一同の顏がたゝない。この上は佛樣のお力を借りることにしようといふので、みんなで本堂に集つて、

『どうか袋の在りかが一刻も早く分りますやうに』と口々に祈りはじめました。その賑かなことと言つたらお話になりません。自分の部屋にゐた和尙さんはこの騷ぎを聞きつけて、はて何事が起つたのだらうと思ひながらその方へ行つてみると、この始末です。で、一同に厚く禮を述べて自分の部屋の方へ引き返して來ました。するとその途中で、ふと一匹の大きな蝦蟆を見つけました。

『氣味の惡い大きな蝦蟆だなあ』とは思ひましたが、別に氣にもとめず、そのまゝ部屋へ歸つて參りました。ところがどうでせう。蝦蟆はもういつのまにか、ちやんと自分の部屋へ來て、しかも床の間に坐つてゐるのです。和尙さんは奇妙なことがあればあるものだと思ひながら、暫くの間その蝦蟆をじつと見詰めてをりました。と思ふ間もなく、蝦蟆はまるで煙のやうにすうつと消えて、その跡には黑い珍しい珠が一つ遺りました。

『おや〳〵、これは不思議だ』和尙さんはかう一人ごちました。『誰がこゝへこんな物を置いたんだらう』そして何心なくその珠を手にとつて、ひねくり廻してをりましたが、その內に急に氣分が惡くなつて、じつと立つてゐる事さへ出來なくなつてきました。そこで、すぐさま弟子に吩咐けて床をのべさせ、その中へ横になりまし

たが、そのまま頭を上げることも出來ない重病人になつてしまひました。さあかうなると、袋のことどころではありません。村の人も大勢かけつけて、醫者よ藥よと手を盡して介抱しましたが、なか〳〵よくなりさうな氣配も見えません。ところが、それから十日ばかりもたつたある日のこと、一人の不思議な老人が柏林寺に姿を現はしました。そして案内も乞はず、つか〳〵と和尚さんの寢てゐる部屋へ入つて行きました。老人は無言のまゝ、じつと痩せ衰へてゐる和尚さんの顏を見つめてをりましたが、やがて手にしてゐた長い杖を振り翳し、怪し氣な聲を張りあげて、しきりに呪文を唱へはじめました。そしてそれがすむと、『えいや』と恐ろしい氣合をかけて置いて、また來た時と同じやうに無言のまゝ立去りました。ところが、不思議にもその日から和尚さんの病氣は、次第次第によくなつて、二三日すると、けろりと癒つてしまひました。和尚さんはこの老人の妙力に感心し、何とかして一度會つてしみ〴〵お禮を云ひたいものだと、弟子達にも吩咐けて、いろ〳〵にして搜して見ましたが、一向に分りません。そしてその儘で三年といふ月日がたつてしまひました。

三年目のある夏の夕方、和尚さんはたつた一人、裏の方をぶら〳〵と歩いてをりました。そして竹籔のあたりまで行くと、

『あゝ和尚、柏林寺の和尚』と聲をかけるものがあります。「今頃こんな處で聲をかけるなんて、一體誰だらう」と和尚さんは不思議に思ひながら、その方をふり返つて見ると、そこには思ひもかけず、三年前病氣を癒してくれた例の老人が、にこ〳〵笑ひながら立つてゐるのでした。

『おや、あの時のご老人ぢやありませんか』和尚さんは嬉しさうにかう言ひながら、その方へ近よつて行きま

した。『しばらくでございましたな。一體今まで何處へ行つていらしつたんです。わたしはあれから、一度お目にかゝつてお禮を申し上げようと思つて、どのくらゐ捜したか分りません』

『いや禮なぞには及ばん』と老人は答へました。『だが一つ訊ねたいんだが、あの失くなつたお金の袋は、まだどこへ行つたか分らんかな』

『あゝ、あの袋ですか。みんなが心配していろ〳〵捜してくれましたが、どうも分りません。だが、出家の身で金を身につけようとしたわたしのやり方がそも〳〵間違つてゐるのですから、今更未練は露ほどもありませんよ』

『さうか、出家はみんなさういふ心がけでなくてはならん。だが、あの袋はお前の手に戻るのぢや』

『へえ、三年もたつた今時分になつて、あれがわたくしの手に戻りますか』

『うむ、戻る。だが、お前あの黒い珠はまだ自分で持つてゐるかな』かう言はれて和尚さんは、長い間忘れるともなく忘れてゐた、例の不吉な黒い珠のことを思ひだしました。

『さやうでございます。さう言はれますと、あれはまだわたしの部屋のどこかに轉がつてゐたやうでございます』

『ふむ、それはいかんな。お前はあの珠で、危く命を落すところだつたのぢやないか。早く捨てなさい、早く捨てなさい。あの珠の主は魔物ぢや。で、捨ててしまつたらお前自身でその魔物にお祈りをするのぢや。さうすれば、お前がなくした袋も戻つてくる。いゝか、わしの言ふことを疑うてはならぬぞ。お前のやうな徳

の高い坊さんの念力でなければ、どうしたつてあの袋は出てこぬ。さあ、わしの言つた通りにしたがい」とから言つたかと思ふと、老人の姿は煙のやうに消え失せてしまひました。で、和尚さんはすぐさま自分の部屋にとつて返し、弟子に吩咐けて珠を捨てにやりました。暫くするとその弟子は慌てふためいて和尚さんの所へ歸つて來ました。そして自分が珠を捨てるとすぐ、この前姿を見せた蝦蟆がどこからともなくやつて來て、嬉しさうにそれを抱へて竹籔の蔭に立ち去つたと告げました。そこで和尚さんは早速仕度を整へ、弟子達を大勢隨へて竹籔へ行つて見ました。見るとなるほどそこには、見覺えのある一匹の蝦蟆がゐて、今捨てたばかりの黒い珠を、さも大事さうに抱へてをります。和尚さんはその前に屈んで、持つて來た珠數をとり出し、それをさら／＼押し揉んで、呪文を唱へながら一心不亂に祈りはじめました。すると、やがてその念力が通じたものか、いつの間にか蝦蟆の姿は消え失せて、その跡にはもう失くなつたものと思つてゐた例の袋が、ちやんと殘つてゐました。しかも中味は前よりもずつと増えて、金や銀で袋ははち切れさうになつてをりました。この噂はそこに居合はした弟子達や村人の口から漏れて、すぐさま村ぢうの評判になりました。そしてみんなは、今更のやうにこの和尚さんの德の高いことを賞めあつて、いやが上にも尊敬するやうになりました。

婆さんに化けた虎

原名「虎姑婆的話」

むかし／＼臺灣にまだ虎が棲んでゐた頃のことです。ある山の麓の村に、英陳氏花と云ふ一人の寡婦がありま

した。力と頼む夫には早く死に別れ、今では夫の忘れ形見である呉阿金と呉阿銀と云ふ二人の娘と三人暮しでした。けれど幸ひなことには、夫が殘してくれた少しばかりの財産がありましたので、別にその日〳〵に困るやうなこともなく、まづ平和な樂しい月日を送つてをりました。

娘は姉妹ともこの邊で珍らしいほどの縹緻よしで、その上大層利口者だつたので、村の人達からも非常に可愛がられてをりました。

ところがある冬の寒い日の夕方、おつ母さんの呉陳氏花は、用事が出來て、どうしても出て行かなければならないことになりました。行けば歸りはどうせ更くなるにきまつてゐますので、なることなら明日まで延ばしたいと思ひましたが、大變大切な用事だつたので、そんな事は言つてをられません。

『ぢや、わたしは行つて來るからね、お前達淋しからうが、二人でよくお留守番をするんですよ』おつ母さんはかう言ひながら、思ひ切つて立ち上りました。姉娘の阿金は、

「それぢや行つていらつしやい、わたしは阿銀と二人でお留守をしてをりますから』と素直に言ひましたが、妹娘はなか〳〵承知しません。

『だつてわたし姉さんと二人つきりぢや淋しくつて仕様がありやしないわ。ねえ、おつ母さん。わたしも一緒に連れてつて頂戴よ。わたしお留守番なんか厭だわ』と阿銀は言ひました。

『まあ阿銀。お前は何を言ふの。お前を連れて行つたら後は姉さん一人になるぢやないか。そんなことは言はないで、今日は姉さんと二人でお留守番をしておくれ。わたしもせい〳〵急いで早く歸つて來るからね』

『だつて、この頃裏山から虎が出ると云ふ噂ぢやありませんか。わたし、怖いわ』

『嘘よ』とこれを聞いた姉の阿金が、わざと妹を安心させようと思つて言ひました。『虎はね、もうこの頃はどこかよその山へ行つてしまつたと云ふぢやないの。そんなこと心配するがものはないわ。それにもし虎が來たつて、戸をしつかり閉めてりや大丈夫よ』妹はそれでもまだ何か愚圖愚圖言つてをりました。が、おつ母さんはいつまでもそんな相手にはなつてゐられないので、用意してあつた轎に乘つて、そのまま出かけて行きました。姉妹は、門口に立つてその轎が見えなくなるまで、見送つてゐました。

後に殘された姉妹は、二人だけになつて見ると、さすがに淋しくてたまりません。それでも日のあるうちはいつもの通り、自分達の仕事に精を出してをりましたが、日が暮れるとすぐ、いつもよりは一層嚴重に戸締をし、一つ部屋に集つて、今か今かとおつ母さんの歸りを待つてをりました。けれどいつまで待つてもおつ母さんは歸つて參りません。で、ひよつとしたら叔母さんの家に泊つて、明日の朝早く歸つてらつしやるのかも知れない。こんな晩は早く寢るに限る、寢てしまひさへすれば、淋しいことも、恐いこともないんだから。と云ふので、燈火を消して、二人は別々に自分の寢臺に横になりました。そしてはじめのうちは、互に何かぼそ〱話しあつてゐましたが、そのうちに二人ともぐつすり眠入つてしまひました。すると夜中頃になつて、誰だか家の戸をとんとんと叩く者があります。怖い淋しいと思ひ續けながら眠入つた妹娘が、すぐにその音を聞きつけて眼を覺ましました。じつと聞耳をたててみると、自分の家に相違ありません。こんな夜半に誰が來たんだらう、まさかおつ母さんが歸つてらしつたのぢやあるまいし。から考へてゐるうちにも、戸を叩く音は次第にはげしくなつてゆき

ます。で、阿銀はもうたまらなくなつて、傍に寢てゐる姉娘を搖り起しました。

『姉さん、姉さん。ちよつと起きて頂戴』

阿金も驚いて眼を覺ましました。戸を叩く音はいよ〳〵はげしく聞えてゐます。

『ねえ、誰だかあんなにひどく戸を叩いてゐるのよ。もうさつきからですわ』阿銀は恐ろしさに身を慄はしながら、ひそ〳〵とかう囁きました。

阿金も不思議には思ひましたが、わざと落ち著いて、

『まあ、誰でもありやしないわ』とかう言ひました。「風が出たのよ。そして木片が戸に當つてあんな音をたてゐるんだわ。お前が餘り怖い〳〵と思つてるもんだから、誰か來て戸でも叩いてゐるやうに思はれるのよ。さあ、もう心配しないでさつさと寢ませうよ』

二人は橫になりました。戸を叩く音はまだ續いてゐます。で、阿銀はまたも頭をもたげて、

『だつて姉さん、まだあんなに叩いてるぢやありませんか』ともう泣き聲になつて言ひました。

『いいえ、そりや氣のせいよ、今時分誰が來るもんですか』阿金のこの言葉が終るか終らないに、表の方から聲が聞えて來ました。

『おい、わたしだよ。早く開けておくれな。こんなに叩くのがお前達には聞えないの』かう言ふ聲は正しくお婆さんの聲です。これを聞くと妹娘はもうじつとしてゐられなくなつて、自分の寢臺から飛び下りるが早いか、姉娘の傍に來て、しがみついてしまひました。

『誰だかお婆さんの聲よ。誰でせう。誰でせう、ねえ、姉さん』

阿金もその聲は聞いてをりました。そして、片手で妹をかばひながら、考へ深さうな目をして、じつと音のする方を見つめてをりましたが、やがて、小さな聲でかう言ひました。

『心配しなくてもいゝことよ。今時分來る人などある筈がないわ』

『でも、そら、あんなにまだ叩いてゐるぢやありませんか』

姉が落ちついてゐるので、阿銀も少し安心してかう言ひました。そして、それと一しよに表で「わたしだ、わたしだ」と呶鳴つてゐるお婆さんを一目見たいやうな氣になりました。

『誰なんでせう。親類の人でも急用が出來て來たんぢやないでせうか』

『さうねえ』阿金も半信半疑でかう言ひました。『でも、迂濶に戸は開けられないことよ。まあ、待つておゐで。わたし考へがあるから』そして戸口の方を向いて、『誰方ですの。そして何の御用ですの』と大きな聲で云ひました。すると外からは、

『わたしだよ、何の用つて、まあ開けたらいいぢやないか、決して怪しい者ぢやないんだから』と云ふ聲が聞えました。

『たゞわたし〳〵とおつしやつたばかりぢや、どなたか分りませんわ』と利口な姉娘は中から言ひ返しました。

『お名前を仰しやつて下さい、そして今頃になつて何の用事でいらしつたの』

『何を云つてるんだね。わたしだつて云つたら分りさうなもんぢやないかね。人を疑ふなんて惡いことだよ。

さあ早く開けておくれ。寒いのに年寄りを何時までもこんな處に立たして置くもんぢやないよ』と外の聲が答へました。これを聞いた阿銀は、姉に向つて言ひました。

『姉さん、こりやきつと誰か親類の方よ。開けてあげようぢやありませんか』

『まあお待ち、もし惡者だつたらどうするの』姉娘はかう云つてとめました。

けれど一旦言ひだしたらなか／＼承知しない氣質の妹娘は、

『まあ、お待ちつたら、もし明けてよかつたらわたしが明けるから』と姉が慌てて止めるのもきかずに、自分で手燭に火を點けて、ばた／＼と戸口の方へ走つて行きました。で、姉娘も妹を止めるつもりで、その後を追ひました。けれどその時はもう妹娘が戸を開けてゐました。その時外からは、

『こんな夜更に騷がして本當に氣の毒をしたね』といひながら、一人のお婆さんがはいつて來ました。『わたしはお前達のお爺さんの妹で、あの山向うの村に住んでゐる者だよ。どうも年を取ると、出不精になつて、お前達にはまだ一度も逢つたことはないが、なに、おつ母さんはよく知つてるよ。おつ母さんはお留守のやうだね。久しぶりだから一目逢つて行きたいのだが………仕方がない、今夜は一晩ご厄介になつて、おつ母さんが歸つて來たら、ゆつくり逢ふことにしよう』

娘達には一言も口をきかせず、何もかも一人で承知して、ずん／＼奥の方へはいつて行きました。

おつ母さんが留守で淋しくてしやうがなかつたところへ、不意に珍らしいお客さまが來たので、妹の阿銀は大喜びです。けれど悧巧な姉娘は、このお婆さんがどうも怪しく思はれてなりません。それとなくお婆さんの様子

に氣をつけながら、心の中では「親類にこんなお婆さんがあるなんてことは、おつ母さんから聞いたこともないし、それに第一こんなお婆さんが、物騒な夜道を山越して來るなんて、どう考へても變なことだ」と、少しも油斷しませんでした。

『わたしももつと早く來ればよかつたのだが、生憎と用事が出來て、夕方になつて出かけたものだから、たうとうこんなに更くなつてしまつたんだよ。でも二人だけで留守番をしてるんぢやさぞ淋しいことだらう。いい所へ來合はしたものだ。もう心配しなくてもいいよ。わたしが泊つてあげるから』お婆さんはかう云つてじろりと姉娘の顔を見ました。

『まあ、嬉しいわね』と妹娘は有頂點になつて叫びました。「お婆さんが泊つて下されば、どんなに心丈夫だか分らないわ』

『ふむ、お前は素直ないい子だね』お婆さんはにこ〳〵しながらかう言ひました。『わたしお前のやうな子が好きだよ。だが、今夜はもう遲いんだから、話は明日にして寢るとしよう。わたしはお前と一しよに寢てあげるよ』

お婆さんと妹娘とは一つ床にはひりました。姉娘は、何か惡いことが起らなければ好いがと心配しながらも、仕方なしに自分の寢臺に横になりました。そして間もなくぐつすり寢込んでしまひました。

その夜も更けて曉方近くなつた頃、阿金はふと眼を覺ましました。すると、妹の寢てゐる寢臺の方から、何やらぱり〳〵と物を噛るやうな音が聞えて來ます。はつと思つた彼女は急に大きな聲を出して、

「阿銀、阿銀、どうしたの？」と、妹の名を呼びました。けれど何の答へもなく、ぱり〳〵と云ふ音は、前よりも一層激しくなりました。いよ〳〵變だと思つた娘は、今度はお婆さんに向つて、

『お婆さん、お婆さん、何だかぱり〳〵と妙な音が聞えますが、あれは何でせう』と訊ねました。するとお婆さんは口をむしや〳〵やりながら、

『む〻、何でもありやしないよ。まだ早いからも少しお寢み』と云ひました。

『だつてお婆さん、何か召上つてらつしやるやうぢやございませんの』

『ああ食べてるよ。此處へ來るのに餘り急いだんで、晩御飯を喰べないで來たもんだから、今頃になつてお腹が空いてたまらないのさ。それで途中の用心に持つて來た麂仔の脚を喰べてゐるんだよ。お前にも少しあげようか。そりやおいしいよ』お婆さんはかう云つて、さもおいしさうに舌皷を打ちました。これを聞いた姉娘は驚きました。それもその筈で、麂仔と云へば小鹿のことです。こんな年寄りがその脚を喰べるなんて、どうしたつて受取れる話ではありません。これこそてつきり噂の高い虎妖婆（婆さんに化けた虎）に相違ない。さうすれば、もう妹の命はあるまい。かう思つた阿金は、恐しさの餘り心も宙に飛んでしまひました。けれど根が利口な子ですから、わざと落ちつきはらつて、

『まあ珍しいものを食べてらつしやるんですね、わたしにはとても喰べられないでせうが、見るだけちよつと見せて下さいな。どんなものだか見たいんですから』と云ひました。するとお婆さんは、

『さあよく見るがいい、わたしの食べてゐるのはこれなんだよ』と、云ひながら、阿金の枕元へ何だか抛りだ

しました。で、阿金は燈火を點けてそれを拾ひあげましたが、見る見るうちに顔色をさつと變へて、

『まあ、これは阿銀の指ぢやありませんか』と覺えずから喚きました。

「ふむ」とお婆さんは今までとはうつてかはつて、鼻の先で笑ふやうな調子で、言ひました。『さうだよ。阿銀の指だよ。それがどうかしたのかい？』

これを聞いた阿金は、もう生きた心地もありません。ぐづぐづしてゐれば、この次には自分が妹と同じやうに、あのお婆さんのために喰ひ殺されるにきまつてゐる、何とかして今のうちに逃げなければならない、と言つて迂濶に騒ぎ立てれば餘計惡くなる。阿金はしばらくの間、色々に思ひめぐらしてをりました。その時お婆さんはまたかう言ひました。

『おい、おい。何をもぢ〳〵してゐるんだね。大方わたしが恐くなつて、逃げ出さうとでも考へてゐるんだらう。幾ら逃げようたつて、逃すものか』

『いいえ、さうぢやありません』と阿金が答へました。『わたしさつきから厠に行きたくつて』

『ふふん、馬鹿な。誰がそんな手を食ふもんかね。どんなにしたつて逃がしやしないよ』

『いいえ、嘘ぢやありません。ほんたうなんです。でもお婆さんがそんなにお疑ひだつたら、かうしませう。此處に繩がありますから、この一方をかうしてわたしの手に縛りつけ、一方をお婆さんがご自分で持つてゐらしつたらいいぢやありませんか。ねえ、さうしたらいいでせう』阿金はかう言つて、繩の一方で自分の手を縛り、一方の端をお婆さんに持たせました。で、お婆さんも不承不承にそれを許しました。

『ぢや早く行つて來るんだよ、待たしたら、それこそ承知しないから』

『はい、すぐに歸つて參ります』阿金はかう云つて外へ出て行きました。そして裏庭まで來ると、大急ぎで自分の手を縛つてゐた繩をほどき、それを水甕に括りつけておいて、すぐ傍の大きな樹の上に攀つて、繁つてゐる枝葉の影へ身を匿しました。こんなこととは夢にも知らぬ虎婆は、云はれたとほり繩の一方をしつかり握つて姉娘の歸つて來るのを、今か今かと待つてをりましたが、いつまで待つても一向に歸つてくる樣子はありません。

『おや、變だな。厠に行つたものが、今まで歸つて來ないわけがない。ひよつとするとあの阿女に、うま〳〵一杯食はされたかな』とはじめてかう氣がついた婆さんは、矢庭に寢臺から飛び起きて、ばた〳〵と裏庭へ出て來ました。そして暫くの間、邊をきよろ〳〵と捜し廻つてをりましたが、おしまひにたうとう樹の上に隱れてゐる阿金を見つけ出しました。そして怒りの形相物凄く、

『この極道阿女め、そんな處へ攀りやがつて、よくも〳〵このわたしを欺しをつたな。もう勘辨ならぬ。さあ早く下りて來ないか、すぐに食ひ殺してやるんだから』と、呶鳴りつけました。すると阿金は木の上からかう言ひました。

『はい、すぐに下りて參ります。だがちよつと待つて下さい。わたしは下りたらすぐあなたのために食ひ殺されてしまふのです。それも仕方がありません。わたしはもう覺悟をきめました。ですから、いまはの際にたつた一つのお願ひを叶へて下さい。と云ふのはほかでもありません。わたしはどういふものだか土豆油が大好きで、毎日そればかり飲んでゐるのです。で、どうせ殺されるのなら、この世の思ひ出に、その好きな土

豆油を一杯飲んで死にたいと思ひます。お臺所へ行くと甕の中に澤山入つてをりますから、ご面倒でもお鍋に一杯熱く煮たてて持つて來て下さいませんか。それを飲んですぐに下りて行つて、あなたの手にかゝつて死にませう』

そこでお婆さんは仕方なくお臺所へ行つて、土豆油をお鍋の中へ入れ、阿金の云つた通り、熱く煮たてて、樹の下へ持つて來ました。阿金は長い紐を下して、それを鍋の鉤に縛りつけて貰ひ、するする〳〵と上へ吊り上げましたが、どうしたものだかさも嬉しさうに眺めてゐるばかりで、一向に飲まうとはしません。お婆さんは暫くの間だまつて待つてゐましたが、たうとう我慢しきれなくなつて、

『何を愚圖愚圖してゐるんだい。早く飲んで下りておいで』と、大きな口を開けて呶鳴りつけました。と、その途端阿金は鍋の中の煮え油を、開けきつたお婆さんの口の中めがけてざあつとぶちまけました。幾ら虎姑婆でも煮え油を飲まされては堪りません。忽ち正體を現はして、見るから恐ろしい虎の姿となり、吼えたり唸つたり七轉八倒の苦しみをした揚句、たうとう狂ひ死に死んでしまひました。かうして利口な阿金はか弱い女の力で、村ぢうの人が恐れ慄いてゐた虎を美事に退治してしまひました。

ところがこの騷動があつてからといふもの、島民が虎を憎むことは一層酷くなつて、あすのこ村でもここの村でも盛に虎狩をやりだしたものですから、さすがの虎も、もう島には居たたまらなくなり、みんな婆さんの姿に化けて、支那や印度へ逃げて行つてしまひました。それ以來臺灣には一匹の虎もゐなくなつたといふことです。

肉片と不動不言女

原名『害人卽害己的話』

臺灣には「害人卽害己」とか、「牛脚鑵屈死人」とか云ふ諺がありますが、これは内地で言ふ「人を呪へば、穴二つ」によく似た諺です。むかし、ある處に鍾氏愛と云ふ一人の娘がありました。お父さんはもうずつと前に亡くなつて、今ではおつ母さんと兄さんがあるばかりでした。この家はお米屋さんでしたが、傭人を置くほどの大きな店でもなく、兄さんがたつた一人で一生懸命働いて、おつ母さんと妹とを養つてゐるのでした。ところが妹の鍾氏愛もなか／＼の利口者で、その上大の負嫌ひと來てゐるので、よく兄さんの手助をして働きます。そこで「稼ぐに追ひつく貧乏なし」といふ譬への通り、店も次第に繁昌して、暮し向きも大層よくなりました。

で、兄さんは家がこんなに忙しいのに、いつまでも一人でゐては不自由だからと、あるお金持のうちからお嫁を貰ひました。そのお嫁さんは大層縹緻がいい上に、氣質も至つて優しい、それは／＼いいお嫁さんでした。お金持ちの家に育つたのにも似ず、我ままなところと言つては微塵もなく、おつ母さんやお婿さんにはまめ／＼しく仕へ、妹の鍾氏愛にもこの上なく優しいのです。ところがどうしたものか鍾氏愛には、この嫂がちつとも氣に入りません。することなすこと何でもかでもみんな惡しざまに、おつ母さんに言ひつけるのです。するとおつ母さんは、可愛い一人娘の言ふことですから、嫂に向つてがみ／＼と小言を言ふ、といつたやうな具合で、家の中は次第に面白くなくなつてゆきました。それも始めの内は少しは遠慮してをりましたが、日を追うて益々激しく

なるばかりでした。けれど根がやさしい素直な嫂は、心の中では泣きながらも、厭な顔一つせず、おつ母さんによく仕へ、義理の妹は初めと變ることなく大切にしてをりました。かうして早くも三四年の月日は經ちました。その間、上べだけはどうやらかうやら平穩無事なやうに見えてをりましたが、みんながみんな心から面白い樂しいと思つたやうな日は、一日としてありませんでした。かうなると不思議なもので、それまであれほど繁昌してゐた店も、いつとはなしに客足が遠くなつて、次第に淋れて行きました。

ところがある日のこと、鍾氏愛が外から歸つて來て、表口から入りかけた時、奥の間で、兄夫婦が何かひそひそと話をしてゐるのがふと耳に入りました。で、鍾氏愛は兄夫婦に知れないやうに、そつと戸の蔭に身を潛ませて、二人の言つてゐることを立ち聞きしました。

『かう隙ぢや全くやりきれないな。世間一般の不景氣なのだから仕方はないが、ほんとにこれやぢ困つたものだ』兄の聲がかう云ひました。すると嫂の聲がそれに答へました。

『全くうか／＼してはをられませんわ。それにお米がかう高くては、どうにもならないんですものね』

『何と云つたつて、仕方がないさ。二人で心を合はせて一生懸命働くんだね』

これを聞いた鍾氏愛は、何と思つたのか、見る見るうちに顔色を變へて、おつ母さんの部屋へ、飛び込みました。そしてその前へぺつたり坐つて、

『わたし嫂さんがあんな人だらうとは、今の今まで思ひませんでした』と目に一ぱい涙をためて、さも口惜しさうに言ひました。

『どうしたと言ふの、目に涙を溜めたりなんかしてさ』おつ母さんが不思議さうにかう訊ねました。すると娘は涙を流しながら、

『どうせ、わたしなんか、家ぢや邪魔物なんだわ。ええ、邪魔ものですとも』と云ひましたが、そのままたうとう本當に泣きだしてしまひました。

『一體どうしたと云ふの。そんなことばかり言つたんぢや、何が何やらさつぱり分らないぢやないの。またあの意地惡の嫂さんに苛められでもしたんだらう』

『今わたしが外から歸つて來ると、兄さんと嫂さんが、何かひそ〳〵話してゐるので、何を話してゐるのかと思つてそつと聞いてゐると、まあ酷いぢやありませんか。このお米の高いのに、わたしのやうな餘計者が、家でぶら〳〵してゐるからやりきれない、なんて話してゐるんですもの。そればかりか、わたしを穀潰しだつてさうも言つたわ。わたしがいつまでもお嫁にも行かないで、かうしてぶら〳〵してゐるもんだから、みんなで馬鹿にしてゐるんだわ。えゝえ、たんと馬鹿になさいとも』

可愛い一人娘の言ふことです。おつ母さんはこれを聞いてすつかり腹をたててしまひました。そして、

『まあ、そんな酷いことを言つたのかい、あの根性曲りの嫁めが。そんな事を云はれてだまつてゐちや癖になる、お前が承知すると言つても、このわたしが勘辨出來ない』と、大變な見幕で、すぐさま兄夫婦を呼びつけました。そして鍾氏愛と二人がかりで、惡口のありつたけを吐いて、嫂を責めました。身に覺えのないことではありますが、おとなしい嫂は、

『わたし、決してそんなつもりで申したのではございませんが、お氣に障りましたら、どうぞご免なさい。これからよく氣をつけます』と、兩方の目から涙をほろ〳〵こぼしながら、かう言つて詫りました。けれども心の中では考へれば考へるほど、悲しくて悲しくてしやうがありませんでした。

こんなことがあつてから四五日も經つたある日、それは丁度お晝前のことでしたが、嫂は日頃からおつ母さんが大好きな肉を買つて來て、臺所でたつた一人、お晝ご飯の用意をしてをりました。すると店の方で誰かお客が來たやうな氣配がしたので、幸ひすぐ傍の部屋にゐた妹に後を賴んで置いて、嫂は大急ぎで店の方へ行きました。

『愛さん、すみませんがちよつと後を見てゐて下さいな。わたしすぐに來ますから。あの棚の上におつ母さんに上げる肉を置いてあるんですの、犬や猫を氣をつけて下さいね』

『かうなんだ。いつだつてかうなんだ。用事といつたらみんなわたしに言ひつけるんだ。本當にやりきれやしない』鍾氏愛は口の中でかう呟きながらも、厭だと云ふわけにもゆかないので、不承不承立ち上つて、お臺所へ下りて行きました。ところが、丁度その時人聲やら足音やら、表の方が急に騷々しくなつて、賑かな御輿の行列が家の前を通りかゝりました。さあ、鍾氏愛は出て見たくて出て見たくてたまりません。そして、大事な肉のことなどどんと忘れてしまつて、いきなり門口へ飛び出しました。見るとなる程賑かな行列です。美しく飾りたてた神輿をまん中に、銅鑼、笛、太鼓などではやしたてながら、大勢の人がぞろ〳〵とその後について行くのです。鍾氏愛は、長い行列が自分の前を通り過ぎ、向うの角を曲つてしまふまで、ぼんやりたつて見送つて居り

ましたが、やがてそれも見えなくなつてしまつた時、ふとわれに返つて、大急ぎでお臺所へひつ返して參りました。そして棚の上を見ると、そこに置いてあつた例の大事な肉は、影も形もありません。その筈です、鍾氏愛が表へ出てゐる間に、一匹の野良犬がやつて來て、これはとんだご馳走があるわいと、ぺろりと平らげて、そのまま逃げて行つてしまつたのです。

鍾氏愛は、弱つてしまひました。と言つて、今さらどうするわけにもゆきません。しばらくの間はぼんやり考へ込んでをりましたが、ふと何か思ひついて、おつ母さんの部屋へ入つて行きました。そして、

『ねえ、おつ母さん、そりや酷いんですよ』と言ひました。『今日は晝餉に、おつ母さんのお好きな肉をさしあげようと思つて、わたしがわざ〳〵市場から買つて來たんですの。そしてお臺所の棚の上に置いておいた所が、ほんのちよつとの間にそれがなくなつてるぢやありませんか。で、どうしたんだらう、犬か猫にでも取られたんぢやないかと思つて、お臺所ぢう探してみても、どうしても見つからないんです。ところが丁度そこへ嫂さんが入つて來たものですから、どうしたんでせうと云つて聞いてみると、まあ驚くぢやありませんか。嫂さんがすつかり喰べてしまつたんですつて』

『まあ呆れた女があつたものだね』とおつ母さんは言ひました。『もうわたしは勘辨出來ない。一つ呼びつけて思ひきり責檻してやらなくちや』

何も知らない嫂は、商賣をすまして、大急ぎでお臺所へ引つ返して來ました。けれど四邊には妹の姿も見えなければ、棚の上に置いた肉もありません。

『おやどうしたのだらう』と思つて驚いてゐる所へ、おつ母さんの部屋の方から、荒々しい聲で自分を呼んでゐるのが聞えました。で、何事かと思つて急いで行つて見ると、そこにはおつ母さんと妹が佛頂面をして、自分の方を睨みつけてをるのでした。嫂はこの場の様子を見て、はつと思ひながら、

『何かご用でございますか』と恐る〳〵訊ねました。

『用があるから呼んだんです』とおつ母さんは、聲を荒だててかう云ひました。『わたしはもうお前のやうなものには愛想がつきてしまひました』

『まあ、何でございますか、わたしにはちつとも分りませんが』

『少しも分らないつて、づう〳〵しい。よくもそんな事が云へたもんだね。年寄だと思つて人を馬鹿にしてるんだ、自分の胸と相談してみるがいい』

『だつておつ母さん、わたしには……』

『分らないつて、ぢやあわたしが云つて聞かしてあげよう』おつ母さんは手にしてゐた煙管をもつて、力一ぱい嫂を打ち据ゑました。『愛がわたしに食べさせようと思つて買つて來た肉を、みんな自分で食べてしまひやがつたくせに』

『そ、それは違ひます』

日頃からおとなしい嫂も、もう我慢が出來なくなつて、かう言ひました、『肉を買つて來たのは愛さんぢやありません。わたしなんです。それを犬がみんな食べてしまつたのです』そして今までのことを詳しく物語り

ました。けれど妹娘可愛さに、まるで盲になつてゐるおつ母さんの耳へ、そんな言葉が入る筈はありません。
『いい加減な出鱈目をお言ひでない』おつ母さんはさも憎々しさうにかう言ひました。『盜人猛々しいとはお前のことだ。よくまあ、そんな嘘が云へたものだ。お前が何と言はうとも、うちの愛は決してそんな女ぢやありません。さあ、素直に白狀おし。お前が食べたんだらう。お前が食べてしまつたんだらう。白狀すれば許してあげる』

けれど嫂は身に覺えのないことですから、いつまでたつても知りません、存じませんと云ひはりました。で、おつ母さんはいよ〳〵劫を煮して、

『ええ、この橫着な女めが、まだ强情を張りをる。これでもか、これでもか』と云ひながら、手にしてゐた箒筒でぴしり〳〵と打ち据ゑるのでした。もうかうなつては言ひ譯などしてゐるところではありません。口惜しさと、悲しさと、痛さに嫂はそのままそこへ泣き入つてしまひました。

妹の鍾氏愛はさも氣持ちよささうにそれを見てゐました。ところが丁度その時、外出してゐた兄が歸り合せて、この有樣を見ると驚いて二人の間に割つて入り、怒りたけるおつ母さんをなだめて、やつとその場は納めました。けれど嫂は考へれば考へるほど悲しくて仕方がありません。いろ〳〵と考へあぐんだ末、その夜裏の井戸に身を投げて、死んでしまひました。すると兄さんも嫂の死んだのを大變悲しんで、その葬式のすむかすまないかに「こんな鬼のやうなおつ母さんや妹と一しよに住むことは出來ない」と言つて、家をすてて出て行つてしまひました。これには流石のおつ母さんも妹娘も吃驚しましたが、今となつてはもうどうすることも出來ません。親

子二人で細々と暮しをたててをりましたが、そのうちにおつ母さんが不思議な病氣にとりつかれました。それは横になつて寢たまま身動きはおろか、手足さへ少しも動かなくなり、それに一言も口をきくことが出來ないといふ奇病でした。そして一月餘りも苦しみ續けた末、狂ひ死に死んでしまひました。かうして鍾氏愛は、廣い世界に誰一人たよる者もない、一人ぽつちになつてしまひました。けれどそのうちに世話する人があつて、ある家へお嫁に行きました。そして夫婦仲も至つて睦じく、自然と今までの心細さや淋しさは忘れてゐましたが、時には自分のために非業な死を遂げた嫂のことを思ひ出して、われ知らず愛はぞつとするのでありました。そのうちにお腹が大きくなりました。そして、嫂が井戸へ身を投げてから丁度三年目、しかも月も日も同じに鍾氏愛は一人の女の兒を產み落しました。愛夫婦は言ふまでもないこと、家ぢうの者は大層喜んで、可愛がつて育ててゐました。ところが、今まで何ともなく育つて來たこの子が三つになると急に動かなくなつてしまひました。おつ母さんが死んだ時の通り、手足は愚か身動きさへしないのです。そしていつまでたつても、口をきくことも出來ません。家の者は大層驚いて、醫者よ藥よと手を盡して見ましたが、一向にその效驗はありません。

そのうちにお婿さんは、心配の餘り、近所にゐた上手な占ひ師に、我子の身の上を卜占つて貰ひました。するとその占ひ師は

『これはあなたの奧さんが誰かを誣告したことがある。その罪が子供に報いてゐるのぢや』と云ひました。それですぐさま家に歸つて妻を責めますと、愛もたうとう隱しきれなくなつて、涙ながらに自分の犯した罪を白狀しました。これを聞いてお婿さんは大層腹をたてて、

『お前のやうな女は一刻も家に置くことは出來ない』といつて、たうとう鍾氏愛を不言不動の子もろ共、追ひ出してしまひました。

愛はそれからしばらくの間は乞食の群に入つて、哀れな姿を彼處ここに見せてをりましたが、いつとはなしに乞食仲間にも前に犯した罪が知れ渡つて、そこにゐることも出來なくなり、ある夜のこと、その村にある池に身を投げて死んでしまひました。

閻魔樣と賊の頭

原名『土匪與十殿閻王的話』

むかし、臺灣の南端恆春と云ふ所に、董光富と云ふお金持がありました。その地方で指折りの金滿家なので、みんなそのお金の威光に恐れて、董光富が何をしようと、一口だつて何とも言ふものはありません。で、彼は次第に慢心して、弱い者は苛める、亂暴は働く、わがまゝのし放題です。そんな具合ですから、幾らお金があつたつて土地の人は誰一人相手になるものもありません。上部でこそへい／＼言つてをりますが、心の中では、一日も早くどこかへ行つてくれればいい、それでなかつたら、一層のこと疫病神にでもとりつかれて、一思ひに死んでくれたら、どれ程有難いだらうと、十人が十人そんなことばかり望んでゐるのでした。

その時分はまだ臺灣も政治が行き屆いてをらず、諸處方々に匪賊が出沒して、良民を苦しめてをりました。丁度恆春地方にもかうした强大な勢力をもつた匪賊の一隊があつて、無賴漢を大勢集め、その首領といふ男は良民

から掠めとつた金銀財寶の中に埋まつて、贅澤この上もないといふやうな暮しをしてをりました。これを聞いた光富は、羨ましくてたまらなくなつて來ました。「おれだつて、この界隈ぢや、較べる者もないくらゐの金持だ」と彼は考へました。「だが、匪賊の親分に比べると物の數ぢやない。何とかして彼奴らの仲間いりをして、生きてる間に思ふ存分贅澤をしてみたいもんだな。それにやどの匪賊が一番勢力があるか、それをまづ調べなきやいけない。おれだけの財產と家の奴らをみんなつれて行きや、幾ら何だつて小頭くらゐにはしてくれるだらう」

恰好な匪賊の大親分がすぐに見つかりました。それは載大祈と云ふ名で、その邊では一番勢力があるといふ噂でした。そこで光富は、すぐにその親分の所へ使者を立てゝ、仲間入りの相談をしました。暫くするとその使者は歸つて來ました。そしてさも吃驚したやうな顏をして、

『親分、どうして〳〵先方は大變な勢ひですよ』と言ひました。『わつしが使者の口上を云ふと、まあどうでごぜえませう。大祈といふ奴、おつかねえ顏をしやがつて、その董光富とか云ふ奴は一體何處の何奴だ。おらあそんな奴の名は聞いたこともねえ、とかう言やがるぢやありませんか。わし癪に觸つたので、よつぽど啖呵を切つてやらうかと思ひましたが、まて〳〵こゝで怒つてしまつちや、使者の役目が勤まらねえとかう思つて、親分のことをすつかり話して聞かしてやりましたよ。すると大祈の奴、しばらく考へてをりやしたが、さうか、そのくれえ財產や部下があれば、また何かの役に立つかも知れん、兎に角明日でも逢つて遣らう、仲間に入れると入れないはその上で決める、とかう云ふんです。親分、そんなに怒つちやいけません

よ、こりや何もわつしが言ふんぢやなくつて、みんなあの大祐の奴が言つたのですから』使者に立つた男は、まだその上に、大祐の勢力が大したもので、部下が何千人あるか分らないことや、その岩屋がまるで御殿のやうに立派なことや、藏には金銀財寶が山のやうに積み込まれてゐることなどを話しました。

さてその翌日になると、光富は、昨日使者に出した部下を案內役に、力の强い部下を十人ほど召し連れて、載大裕に面會すべく、わが家をたち出でました。そして嶮しい山道に分け入つて、やうやうその入口の所まで著きました。そこには番人が立つてゐました。で、光富はその番人に向つて、

『昨日恒春から使をよこした董光富と云ふ者が來て、載大祐に面會してえと言つてゐると、さうお頭に傳へてくれ』と言ひました。その言ひ方が餘り橫柄だつたので、さすがの番人も恐れ畏つて、奥の方さして橫つ飛びに飛んで行きました。が、しばらくするとそこへ戾つて來て、

『お頭がお目にかゝると申します。さあどうぞ此方へ……』と、叮寧に案內しました。で、董光富は自分の威勢を見せるのはこの時とばかり、大手を振つて悠々と中へはいつて行きました。

見ると向う正面には、載大祐が大勢の部下を從へて端然と著座してをりましたが、見ると聞くとは大違ひで、子分から聞いた時には、どんな立派な男だらうと思つてゐた載大祐が、いかにも貧弱な顏をした小さな男で、どう見ても、これが音に響いた匪賊の首領だとは思はれないくらゐでした。根が傲慢な光富はこれを見ると「何だ、こんな奴だつたのか」と、幾らか輕蔑したやうな氣持ちになつて、

『わしが昨日若い者を使ひによこした董光富といふ者ぢや。今日から一つ仲間に入れてくれまいか』とさも橫

柄に言ひました。けれど大祐は體こそ小さいが、流石は何千といふ手下を手足のやうに動かしてゐる曲者だけあつて、早くも光富の心を見抜き、

『だが、わしの仲間になつたからつて、今が今お前が思ふ通りの仕事をさせることも難かしからうぜ』と云ひました。

『いや、さうかい。しかしわしも恒春の董だ。董光富と云やあちつとは人に知られた男だ。お前の財産や手下がどのくれえあるか知らねえが、わしもお前の片腕ぐれえにやなれるつもりだ。そんなことは言はねえで、どうだい一つ一緒に稼がうぢやねえか』

『さうかい、それぢやまあこゝにゐるがいゝ。一度腕前を見てからそれ相當の役につけてやらう。何をしたつてはじめは辛抱が肝心だからな』かうして富は、載大祐の仲間入をしてこの岩屋に止ることになりました。

そして一年ばかりの月日は夢のやうに過ぎました。何しろ生れつきが悪虐無道に出來てゐる董光富のことですから、匪賊などは一番向いた商賣です。その間にいろ〳〵手柄を現はしたので、載大祐からは重く用ひられ、いつとはなしに、みんなから副首領と立てられるやうになりました。

ところがある年の秋のこと、載大祐と董光富とが、いつものやうに酒を酌み交してゐる所へ、一人の子分が顔色をかへて飛び込んで參りました。

『お頭、た、大變でございます』

『何だい、そんなに泡を食やがつて』載大祐が、びくともしない落ちつき拂つた調子でかう言ひました。

『あの二三日前鳳山の方へ行つた奴らが、官軍のために散々にやられつちまつて、たうとう退却したさうでございます』この報知には流石の二人もぎよつとしました。けれど大祐はすぐふだんの調子にかへつて、

『何、鳳山へ行つた奴らが逃げて歸つたぁ？馬鹿野郎、意久地のねえ奴らだ。ぢやあも少し手を貸してやるから、もう一度踏み止つて戰へつて、さう言つて來い。だが、また逃げて歸つたりなんかしやがつたら、この入口でおれと光富と二人で待ち受けてゐて、どいつもこいつもみんな首をちよん切つてやる』子分はほうほうの體で出て行きました。その後からは時を移さず援兵がくり出されました。けれど一度逃げ足のたつた賊軍には、少しばかりの援兵なんか、何の役にもたちません。またも總敗軍です。そして勝に乘じた官兵どもは、もう山の麓まで押し寄せて參りました。もうかうなつては仕方がありません。

『いよいよ年貢の收め時かな』董が笑ひながらかう言ひました。

『さうよ。こんな惡事を重ねた上、疊の上で死なうつてな、少し押しが太すぎる。いつか一度かうなるなあ覺悟の前だ』

『さうだとも、こちとら死にやあどうせ地獄行きだ。今はの際に官軍の奴ら、目に物見せてくれるぞ』

『なあに、地獄へ行つたら、そこにゐる閻魔大王とか言ふ奴をとつちめてくれる』

大膽不敵な二人はこんなことを話しながら、手早く身仕度をして、大刀片手に悠々と出て行きました。そして遙か彼方を望むと、自分達のゐる山の周圍は、雲霞のやうに押し寄せた官軍のために、はやぐるつと取り卷かれて、幾流れとも知れぬ旗は上空高く翩翻として飜り、打ち鳴らす鼓笛の音は、ために耳も聾せんばかりです。こ

の有樣を見た二人の頭目は、

『さあ、いよ〳〵死ぬる時が來た。斬つて斬つて斬りまくり、官軍の腰拔どもに一泡ふかしてくれよう』と顏を見合せてにつこり笑ひ、選りすぐつた暴れ者を二手に分けて、群がる敵勢目がけてどつとばかりに斬り込みました。今まで敗け色だつた味方の賊兵どもも、大將と副將が華々しく先頭に立つて突進したのを見ると、急に勢を盛り返して戰ひだしました。かうして恐ろしい爭鬪は始まりました。そして暫くの間はどちらが勝とも見定めがつかないほど激しい亂軍となりました。この激戰中にあつて、董光富は、引き連れた部下の者ども諸ともに、死物狂に敵中に突入して、當るを幸ひ右に左に斬り捲り、薙ぎ伏せつゝ、縱橫無盡に暴れまはつてをりました。こんな具合で董の一隊は、向ふ所敵なしと言ふ有樣でしたが、長い間の奮戰に、さすがの董も體が綿のやうに疲れてしまつたので、しばらく休まうと、兵を斂めて程近い所にあつた榕樹の大木の木蔭へはいりました。そしてほつと一息入れてをりましたが、何分戴をはじめほかの連中のことが氣になつてたまりません。で、味方はどんな樣子か一つ見ようと思つて、董はただ一人小高い丘に登つて行きました。そしてしばらくの間はじつと戰の有樣を見てをりましたが、不意にあつと一聲喚いたと思ふと、そのまゝばつたり大地に倒れてしまひました。それと見るより部下の者どもは、驚き慌ててそこへ駈けつけて見ると、自分達の大將は敵の矢のために胸を射貫かれて、そのまゝ死んでゐるのでした。董光富の戰死は瞬くまに全軍に擴まりました。そしてそれと同時に今迄の士氣は全く阻喪して長い間その强大を誇つてゐた匪賊の頭目戴大祐の一隊も、こゝに全く滅亡してしまひました。

さて、敵の矢に死んだ筈の董光富は、ふと氣がついてみると、何だか、今までに來たこともないやうな國を、

自分一人でとぼ〳〵と歩いてゐるのでした。そこには總大將の戟もをらなければ、敵も味方も影さへありません。それればかりか目に見るものも、耳に聞くものも、何一つとして不思議に思はれないものはありません。「おやおや、變な處へ來てしまつたぞ」と董は一人で考へました。「一體此處はどこの何と云ふ處だらう。おれはさつき敵の矢にあたつて確かに死んだ筈なんだが、死んでゐる間に道に迷ふなんて、そんなべら棒なことがあるもんぢやない。だが厭に淋しいうすつ氣味の惡い所だな。人つこ一人ゐやがらねえ」けれどしばらく行くうちに、頭のてつぺんから足の先まで、まつ白な著物に包まれた、見るから氣味の惡い顔をした一人の女に出逢ひました。で、董はこれ幸ひと、すぐさま聲をかけました。

『ちよつとお訊ね申しますが、一體此處は何と云ふところでごせえますな』すると、その女はにつこりともしないで、

『此處ですか、此處は瞑府ですよ』と言つたまゝ、ずん〳〵向うへ行つてしまひました。

『瞑府と言や地獄だな。こりやとんでもねえ所へ來てしまつたな』光富はかう考へましたが、さうかと言つて今更陽世（娑婆）にかへるわけにも行きません。で、儘よ、折角來たものだ、陰間（地獄）見物も氣が變つて面白いかも知れねえと、呑氣な奴もあつたもので、別に氣にも止めず、またもやぶらり〳〵と歩きだしました。そしてしばらく歩いたと思ふ頃、一つの大きな塀に行き當りました。するとその蔭から、

『こりや不屆者、神妙にいたせ』と言ふ聲が聞えて、繪で見た通りの恐ろしい顔をした鬼どもが、矢庭に飛び出して來ました。そして光富を引き捉へて高塀の内へ連れ込んでしまひました。この高塀の中こそ、地獄の殿樣

閻魔大王のお城だつたのです。

光富はすぐさま閻魔の廳に曳かれました。閻魔大王は配下の十王を引きつれて、正面の一段高い處に着席して、光富を睨みつめながら、

『その方は不屆至極な奴ぢや』と大きな聲で呶鳴りつけました。『生きてゐる間ぢうい〻行ひと言つては一つもせず、その揚句の果は匪賊の群にはいつて、人を殺したり、物を取つたり、この上ない惡事を重ねた。重い處刑にいたすから左樣心得い』

どこまでも大膽不敵な光富は、はじめの考へでは、「幾ら閻魔だつてどれ程の事があるものか、一つ人間の手並みを見せてやらう」とかう考へてゐたのですが、かうなつてはどうする暇もありません。あつといふ間もなく閻間大王につかまつて、打つたり蹴つたり、散々な目に逢はされました。それですんだのかと思ふと、まださうではありません。その次には十王が立ち上つて、交り交りに、指を切つたり、舌を拔いたり、鐵樹に吊して晒したり、炮烙にしたり、劍の山に登らせたり、油煎りにしたり、鋸びきにしたり、迚も口では言はれないほどの極刑に逢はすのでした。そして目を廻すと法水を飲まして生き返らせては、またはじめから刑罰を繰り返させると云ふ工合です。さうした責苦が大分長い間續きましたが、しばらくすると閻魔大王がまた口を切りました。

『よし／＼、もうよからう。だが、こんな惡い奴は、陽世へ歸す前に、一度は寒氷地獄に坐らさなければならん』そこで光富は散々憂目に逢つて瘦せ衰へた體を、またしても寒氷地獄と呼ばる〻氷の山に追ひやられました。そして百日の間そこに坐つてゐなければなりませんでした。

『どうぢや、悪事の報は苦しからう』やつと百日がすんだ時、閻魔大王は、光富を呼び出してかう言ひました。『これに凝りてこれからは決して悪事をしてはならぬぞ。で、今度だけは特別の情けをもつて陽間に歸して遣す』

かうして光富は再びこの世の中に生き戻つて參りました。

その時はさすがの光富もすつかり改心てし、自分もこれで生れ變つたのだから、今度こそは心がけを入れかへて、一生懸命世の中のために働かうと、堅く決心してをりました。そして瞑界の入口の處で見送つて來てくれた鬼と別れ、たゞ一人懷しい恒春へ歸つて見ると、たつた百日ばかりの間に、土地の樣子はすつかり變つてをります。「變なこともあるものだなあ」と思ひましたが、何はともあれまづ自分の家へ歸つてみると、そこにゐるのは見知らない者ばかりです。光富はいよ／＼不思議に思ひながら、

『もし／＼ちよつとお訊ねいたしますが』と出て來た男にかう言ひました。『こゝは一體誰方のおすまひですか』

『わたしの家ですよ』とその男は答へました。『董有光の家ですよ』

「董と云ふからにはたしかに自分の家に相違ない」光富はかう思ひながら、『實はわたしは董光富といふものですが』と恐る恐る名乘りました。すると今度は先方がびつくりして、

『え、何ですつて。董光富ですつて。冗談ぢやない。董光富と云ふのは今から三百年も前にこの家に生れた人で、わたしなんか顏も知りやしませんよ。これは死んだお爺さんから聞いたのですが、何でもその人は恐ろ

しい無頼漢で、たうとう匪賊にまでなつたのださうですが、しまひには官軍のために射殺されてしまつたと云ふことです。まさかあんたがその董光富ぢやないんでせうね』

冥府の百日は、陽間の三百年に當つてゐたのです。主人からその話を聞いた光富は、「いや、わたしがその匪賊になつて官軍に射殺された、三百年前のこの家の主人です」とは辱かしくて迚も言ふ氣になれませんでした。で、折角門まで歸つて來ながら、自分の家へも入られず、そのまゝしほ／＼とそこを離れて行きました。そして山を越え河を渡り、恒春とはずつと／＼離れた土地に落ちのびて、其處で、神妙に人々の爲に働いてゐましたが、一度犯した罪はどうしても消えません。年をとるにつれ、次第に働くことも出來なくなり、その上瘋脚と云ふ恐ろしい病氣に罹つて、誰も看病してくれる者もなく、たつた一人で乞食よりもまだ淺ましい死を遂げました。けれど、それでもまた匪賊となつて働いた罪は消えなかつたものと見えて、彼がその次に生れ變つて來たのは恐ろしい貧乏人の家で、彼はその中で六十年の長い間、食ふや食はずの苦しみをさせられたといふことです。

袁翁の取つた質料

原名『袁翁與典當大人』

むかし昔、臺灣もずつと南の方のある山に近い處に、長山と云ふ村がありました。村とは云ひながら、かたり繁華な所で、人家は軒を並べ、呉服屋もあれば肉屋も酒屋もあり、雜貨屋、八百屋、さては質屋や兩替屋・金貸まであるといふ賑かさです。從つてこの村には、金滿家も尠くないかはりに、貧乏人も多く、中には乞食も居れ

ば無頼漢もゐるといふ具合でした。けれども、喧嘩口論がさう度々あるといふわけでもなく、村ぢうの人はみんな仲よく暮してをりました。

さてこの村に、袁翁と云ふ一人の男が住んでゐました。翁と云へば何だか老人のやうに聞えますが、決してさうではありません。まだ三十過ぎたばかりの、今が働き盛りの男でした。ところがこの袁翁は、大層不幸せな男で、小さい時に兩親に死に別れ、それからといふもの、他人の家の厄介になつて成長しました。そして一人前の男になるかならないに、もう日傭稼として人に傭はれ、一生懸命に働いて、やつとその日を暮してをりました。するとある年の冬、それは大變寒い日のことでしたが、その日も傭はれた家でせつせと水仕事をしてゐましたが、急に體の底から寒氣がして、どんなに我慢してもそのまゝ續けて働くことが出來なくなつたので、主人にそのわけを話して、大急ぎで家へ歸りました。そしてすぐに床にはいりましたが、なか／＼よくなりません。けれど身分が身分ですから、すぐにお醫者を呼んで見て貰ふなどといふことは出來ません。近所の藥屋から藥を買つて來て、それを飲んでをりましたが、一向によくならないばかりか、次第に惡くなつて行くやうに思はれるのです。そこで仕方なしに、お醫者を呼んで見て貰ふことにしました。するとさすがはお醫者で、その藥を貰つて飲むやうになると、その日からさしもの重病も次第によくなつて、五十日ばかりすると、すつかり全快してしまひました。で、病中いろ／＼世話になつた人達の處へお禮廻りに行かうと思ひましたが、もう外へ著て出られるやうな著物は一枚もありません。長い病氣の間に一枚づゝ金にかへて、藥の代にしてしまつたのです。袁翁はぼろ著物がたつた二、三枚しか殘つてゐない衣類函を前に置いて考へ込んでをりました。

けれど幾ら考へたつて、ないものはどうしたつてないのです。いゝ考への出よう筈はありません。

『仕方がない、義和行へ行つて事情を話したら、これでも幾らか貸してくれるだらう。その金で小綺麗な古着の一枚も貰ふことにするか』暫くすると彼はかう獨りごとを言ひながら、匣の中から襤褸を二三枚取り出しました。そしてそれを風呂敷に包んで、小腋に抱へ、義和行をさして出かけました。

義和行と云ふのは質屋で、村では相當のお金持でしたが、その主人といふのは恐ろしい變人で、ふだんはごくおとなしい人なのに、いざ商賣となるとまるで人間が變つたやうに頑固で、因業な男になるのでした。ところが袁翁は前からこの主人とはよく氣が合つて、今までにも質草を持つて來たこともありますし、義の家に何事かあると言へば手傳ひにも傭はれるといふ具合で、何かと世話になつてゐたのです。袁の今度の病中にも、義が見舞に來たことは一度や二度ではありませんでした。

『おや、翁さんぢやないか』袁翁が入つて行くと、店先にゐた主人はかう言ひました。『どうだい、もう體はすつかりよくなつたかい』

『はい、お蔭さまで、その節はまたいろ〳〵ご厄介になりまして』

『いや、何。どうも行届かんことで……だが、それは結構結構。ぢや、早速だが明日からでもわたしの家へ來てくれないか。仕事が溜つて困つてゐた所なんだが、まあ、お前さんがよくなるまでと思つて待つてゐたのだ』

『左様でございますか、どうも有難う存じます。つきましては、大變申し兼ねますが、これで幾らでもよろし

うございますから、暫時の間融通して戴けないでございませうか』袁翁はかう言つて恐る恐る持つて來た品を主人の前へさし出しました。そしてお金の欲しいわけを詳しく話しました。

話が商賣のことになると、今までにこ／＼してゐた主人の顔色が急に變りました。そして、袁翁のさし出した襤褸をためつすがめつ見てをりましたが、やがてかう言ひました。

『おい、冗談は止しにしよう。こんなものでお前、金が借りられると思ふのかい。馬鹿馬鹿しいにも程がある、二束三文てことがあるが、これぢや一文の價値だつてありやしない。家ぢや洒落や冗談に商賣してるんぢやないからね。こんなもので、一文だつてお金を出すわけにはゆかないよ』

『そりやさうでもございませうが、旦那、そこの處を一つどうか』

『そこもここもあるもんかね、無値のもので金を貸してた日にや、わたしの家は一日だつて立ち行かない。何と言つても御免蒙るよ』袁翁はそれからまだ涙を流さんばかりに色々頼んでみましたが、主人はいけない、御免蒙るの一點張で、何と云つても聞き入れてくれません。そこでさすが辛抱强い袁翁もたうとう腹をたててしまひました。

『さうですか。ぢやわたしももう頼みません。だがわたしだつていつまでも貧乏ばかりしてゐるわけでもありますまい。その時になつて後悔したつておつつきませんぜ。ようし、わたしも一と奮發して金を儲けよう、そしてあなたの向を張つて質屋を始めるんだ。ですがね、わたしは生れつき因業なことは大嫌ひですから、貧乏人のためなら、値がなくつたつて何だつてどん／＼金を貸してやりますよ。なあに、お葬式に困つてゐ

る人があつたら死骸でも結構、何にだつて錢を貸して遣りますよ』袁翁は腹立ちまぎれにこんな大きな事を言つて、そのまゝすた〱と義和行を出てしまひました。主人はその後を見送りながら、

『はゝあ、死屍にだつて錢を貸すつて、袁翁奴、大きな口を利きやがつたな。だが強いのは口ばかりだ、今に閉口して又やつて來るだらう。幾ら來たつて一文だつて貸してやるものか』と言つて笑つてをりました。

さて一方袁翁は、腹立ちまぎれに質屋を飛び出しはしたものゝ、懷中には一文の持ち合せもなく、持つてゐるものは襤褸つ着物がたつた二枚きり、これでは何處の質屋に行つても、一文だつて融通してくれないのは分りきつてゐますので、すつかり途方に暮れてしまひました。それに今日は朝からまだご飯も食べてゐないので、ぼつぼつ腹も減つてくるといふ始末です。で、何處へ行くと云ふあてもなく、たゞ足の向いた方へ、とぼ〱と歩いてをりました。ところが、不意に誰か自分の袖をしつかりと捕へたものがありました。

『おや、誰だらう』彼が驚いてふり返つて見ると、それは人ではなくて棘刺の破垣に袖がひつかゝつてゐるのでした。『ちえつ、垣まで人を馬鹿にしやがる』彼はいま〱しさうにかう呟きながら體を屈めて、かゝつた袖を外さうとしました。するとその途端、垣の根元の處で、何やら白く光つてゐるものが彼の目にはいりました。

「おや何だらう、恐ろしくぴか〱光つてやがるな」彼はかう思つて、恐〱それを拾ひ上げて見ました。ところがこれはまた意外も意外、大きな銀塊だつたではありませんか。

『おやこれは銀だ、銀塊だぞ』袁翁は嬉しさの餘りから叫びました。『一體こんなものを誰が落したんだらう。いやこんなものを落すわけがない。さうだ、こりや天道樣がこの貧乏なわしを可哀さうだと思つて、わしに

TERU

投げて下すつたに相違ない』 袁翁はすぐさまその銀塊を懐中に入れると、今までの悲しみなどはどこへやら、お腹の空いたのも忘れて、大急ぎでわが家へ歸つて參りました。そしてその銀塊で新しい衣を買ひ、食事も濟まして、その夜は安心して、ぐつすりと眠りました。

さてその翌日になると、お禮廻りも無事にすまし、それからはまた前のやうに、あすこゝへ傭れては、神妙に精を出して働き、その日〳〵を樂しく送つてをりました。

ところがある夜のこと、友達の家へ遊びに行つて、その歸りがけに、以前銀塊を拾つた例の破れ垣の所まで來かゝると、どうしたはづみか、倒れかゝつてゐる垣にばつたり衝き當りました。

『おや〳〵、これは危い、おれだけならいゝが、また後から來た者が衝き當つて、怪我でもすると大變だ。直してやらう』袁翁はかう獨り言を云ひながらそこに屈んで、倒れかゝつた垣を、一生懸命に直しはじめました。そして、それが出來てしまふと、やれ〳〵、これでいいと云つて、手についた泥を叩き落し、二足三足歩きかけましたが、その時またしても、垣根の所で白いものがぴか〳〵光つてゐるのが目に入りました。

『おや、また光つたな。こいつ銀塊に相違ない。一體誰がこんな處へ銀塊なんか埋めるんだらう。おれは貧乏だが正直によく働くので、神樣が下すつたのだらう。何は兎もあれ、遠慮なく頂戴することにしよう』袁翁は丈夫さうな木の枝を拾つて來て、一心にそこを掘りはじめましたが、今度はたつた一つやそこいらではありません。掘れば掘るほど地の底からは、ぴか〳〵光る奴が幾つでも出て來るのです。そして、僅かの間に、兩手で持ち切れないくらゐになりました。

『こりや、幾らでも出て來る』袁翁は驚いてかう獨りごちました。『だが慾張つてもしやうがない。もうこのくらゐあれば澤山だ。神樣どうも難有うございました。この御恩は決して忘れはいたしません』袁翁が嬉しさの餘り小躍りしながら歸りかけますと、まだ一間と歩かないうちに、

『おい袁さん』と呼び止めたものがありました。で、彼がぎよつとして振り向いて見ると、そこには日頃から仲よしの鄭さんといふ友達が、にこ〳〵笑ひながら立つてゐました。

『お前は全く正直者だね。わたしはすつかり感心してしまつたよ』と、鄭さんは云ひました。假りにも道端に埋めてあるものを拾つてゐる所を見つけられたので、袁翁はきまり惡さうにたつてゐました。すると鄭さんは言葉を續けて言ひました。

『なあに、心配することなんかちつともありやしない。わたしはちやんとみんな知つてゐるんだよ。お前が日頃から正直によく働くから、神さまがお授け下すつたんだよ。なあに遠慮なしに頂戴するがいいさ。また明日の晩に來て掘つてごらん。まだ〳〵幾らでもある筈だから』

『鄭さん、そんな事をしてもいゝだらうか』袁翁は恐る恐るかう言ひました。

『あゝ大丈夫だとも。論より證據だ。今夜これから歸つて眠てごらん。きつと神さまが夢枕に立つて、あの銀塊はみんなお前に授かつたとおつしやるから』かう言つたと思ふと、鄭さんの姿はまるで煙か何ぞのやうにすうつと消えてしまひました。袁翁は膽を潰して、

『おい鄭さん、どこへ行つたのだ。おい鄭さん』と四邊を搜し廻りましたが、何處へ行つたものやら、影も形

もありません。で、仕方なしにその儘我家に歸つて床につきました。ところが、その夜中頃になると、鄭さんの言つた通り、膝まで屆くやうな白い長い鬚をはやした神樣が、袁翁の枕元にお立ちになりました。そして嚴かな聲をして、

『あの垣根に埋めてある銀貨は、その方の善心に愛でて、余が授け遣したものぢや。まだ〳〵幾らでもある筈ぢや、遠慮なく掘るがいいぞ』とおつしやいました。さあ神樣からかうお許しが出た以上、もうびく〳〵してゐるがものはありません。翌る日になると、朝早くから掘りに出かけましたが、出るわ〳〵幾ら掘つても際限がありません。掘つては運び、運んでは掘りして、その日はたうとう一日暮れてしまひました。その翌る日も、またその翌る日も同じことで、三日といふもの掘り續けますと、それでやつとあらかた片附きました。で、一體どのくらゐ掘れたらうと思つて、後になつて數へて見ると、何しろ餘り澤山ではつきりしたことは分りませんが、確かに三萬元くらゐはありさうなのです。袁翁の喜びは言ふまでもありません。神樣に呉々もお禮を申し上げ、お友達を大勢呼んで、御馳走してやりました。で、袁翁は、そのお金を元手に義和行で高言を吐いた通り、すぐさま質屋をはじめました。

『さうだ』と彼は考へました。『これは確かにいゝ商賣に相違ない。貧乏な人には、何を持つて來たつてお金を貸して助けてやるんだ。それにあの義和行の主人のやうに因業ぢや仕樣がない』最初からこの決心でかゝつた商賣ですから、その噂はすぐさま村ぢうに擴まりました。あすこの主人は親切だ。困つた者には、此方から言ふだけ幾らでも貸してくれると言ふので、開業したその日から大繁昌です。こんな具合で、今まで相當にやつて

ゐた義和行の店も、袁翁の店が出來てからと言ふもの、すつかりその方へ客足を奪れてしまつて、一日一日と淋れてゆくばかりでした。さあ、主人は氣が氣ではありません。

『どうも袁翁といふ奴は不都合な奴だ。第一遠慮といふことをちつとも知らない。彼奴がまた日傭とりをしてゐた時分には、隨分目をかけてやつたのに、この頃になつて少し自分の懷が暖かになると、その時の恩をすつかり忘れて、家のお客をみんな持つて行つてしまふ。どうも不屆な奴だ。今にどうするか見てゐろ』といつもこんな事を考へて口惜しがつてをりした。ところがある日のこと、何を考へついたのか、何處からかおんぼろ〳〵の乞食を一人連れて來て、一しよに袁翁の店へやつて行きました。

『どうだね』と義和行の主人はかう言ひました。『大層繁昌すると言ふぢやないか。まあ、何より結構なことだよ』

『はい、お蔭さまで、誠に有難うございます』

『時にな、袁翁さん。お前さんは貧乏人にだつたら、どんな値のないものにでも金を貸しなさると云ふ話だが、どうだね、この人の著てゐるこの著物で幾らか貸して遣つて貰へないだらうか』

袁翁はこれを聞くと、「はゝあ、前日の意趣ばらしだな」と思ひましたが、さあらぬ體で、

『えゝ、よろしうございますとも、著てゐる著物を脫いでまで手前の處へ持つてゐらしやるについては、餘つぽどお金の御入用なことがあるに相違ございません。お氣の毒なことです。ご入用なだけ幾らでもお貸し申しませう。一體どのくらゐ御入用なのでございます』と訊ねました。

『なあに澤山でもないんださうだ。五十元ばかり……なあ、さうだつたな』主人は乞食の方へ向いて念を押しました。

『へえ、左樣で、確かに五十元ばかり』乞食は金高が餘り大きいので面喰つて、目をぱちくりさせながら、あやふした口調でかう言ひました。

『えゝ、よろしうございますとも』哀翁はかう言つて、すぐさま五十元の銀を二人の前へさし出しました。これには流石の義和行の主人も呆れてしまひました。そして「こいつはどうしたつて正氣ぢやない。確かに馬鹿か氣ちがひだ。なぜつて、こんな眞似を――一文の値打もないやうなものに、だまつて五十元も貸してた日にや、お金は幾らあつてもたりつこなしだ。なあに今に潰れてしまふにきまつてゐる。いゝ氣味だ」その日はこんな事を考へながら歸りましたが、いつまでたつても哀翁の店は、一向に潰れさうな樣子もありません。それどころか、日一日と益々盛になつてゆくばかりです。そのうちにこの主人は、近所の貧乏な百姓のおかみさんか死んだといふ噂を聞きこみました。するとすぐさまその家へ飛んで行つて、主人の百姓にかう言ひました。

『その死骸を哀翁の處へ持つて行つてごらん。きつと質に取つてくれるから』

『旦那、冗談ぢやありませんよ。何處の世界に死骸を質物に金を貸す奴があるもんですか』これを聞くと百姓が驚いてかう言ひました。

『なあに、大丈夫だよ。きつと貸してくれる。あいつはおれの目の前で、死骸にだつて金を貸すと確かに言つたのだ。このおれが證據人だ、一しよについてつてやらう』

『さうですか、實はわつしもどうやつてお葬式をしようかと、途方に暮れてゐたところでございますよ。それぢやちよつくら行つてみませうか』そこで義和行の主人は、この百姓に死骸を背負はして、えつちらおつちら袁翁の店へやつて來ました。そしてこの前のやうなことを言つて、今度は百元貸して貰ひたいと言ひました。すると袁翁は『佛様をわたしどもへ持つてらつしやるについては、よくせきのことに相違ありません。お氣の毒なことです』と言つて、一も二もなく百元の銀を二人の前へ並べました。これを見た義和行の主人は、開いた口が閉がりません。「こいつ、いよ〳〵狂人に相違ない」と心の底からかう決めて安心して歸つて行きました。

さて袁翁は行きがかり上仕方なく死骸を質ぐさに取つたものゝ、さてこれの處置には困つてしまひました。そして幾ら考へて見ても、埋めるよりほかにしやうがないので、苦力を傭つて埋めさせることにしました。ところが苦力が穴を掘つてゐると、何だかかちりと鍬の先に當つたものがあります。何だらうと言ふので掘り出して見ると、それは嚴丈に造られた一つの石の箱でした。すぐさま蓋を取つて見ると、中には金や銀が一杯入つてゐるではありませんか。けれど、どこまでも慈悲深い袁翁は決してそれを自分のものにするやうなことはしませんでした。金も銀もあるだけみんな、苦力や貧乏な人達に頒けてやつてしまつたのです。この評番はすぐさま村ぢうに擴まりました。そして袁翁の行ひを讃めぬ者とては一人もありませんでした。これを聞き傳へた義和行の主人は今更のやうに自分の行ひの惡かつた事を後悔して、すぐさま袁翁の處へお詫びに行き、それからといふもの、まるで人が變つたやうに情け深い親切な男になりました。かうして兩家とも末永く榮えたと云ふことです。

島に居た大男小男

原名『矮人與巨人的話』

むかし、支那の廣東省の南澳と云ふ所に仇端時と云ふ男がありました。この男は少年の時から恐ろしい亂暴者で、大きくなるにつれて力は強く、その上負嫌ひと來てゐるので、喧嘩口論が三度のご飯よりすきといふ、始末の惡い男になつてしまひました。こんな具合ですから、彼の相手になつてくれる者は、南澳ぢう捜したつて誰一人ありませんでした。

『あゝあ、つまんないな』仇はある時欠伸まじりにかう獨言をいひました。『友達一人あるぢやなし、退屈で仕様がねえ。まゝよ、一そのこと、どこかうんと遠い處へでも飛びだすかな。何もこゝばかりに太陽さんが照つてゐるわけでもあるめえ。』かう考へると、もう矢も楯もたまらなくなつて、そのまゝぶらりと生れ故郷を飛び出してしまひました。けれどどこへ行くといふ目的などあらう筈はありません。たゞ氣の向いたまゝ足の向いた方へぶらり〳〵と歩いて行きました。そして五六日も歩き續けたある日のこと、仇端は南澳からは隨分離れた一つの淋しい村につきました。その村の入口には、繁つた大きな榕樹がありましたので、彼はそこで一休みして行かうと思つて、その根元へ腰を下しました。するとその時妙な姿をした一人のお爺さんが杖をつきながら、こつ〳〵と自分の方へやつて來るのが仇端時の目に止りました。

『おや妙な爺がやつて來るぞ』仇端時はかう思ひながら、じつとその方を見守つてをりました。お爺さんは一

足づゝ彼の方へ近づいて來ましたが、二人の間が三四尺ばかりになつた時不意に足を止めて、じつと天の一方を仰ぎながら、

『うむ、さうだ、あの調子だ』と、何だかわけの分らない一人ごとを云ひました。そこで、仇端時もお爺さんの見てゐる方へ目をやつて見ると、晴れた空には一羽の鳶が大きな輪を描きながら飛んでゐました。そこで仇端時は益々不思議に思つて、

『もしお爺さん』と聲をかけました。『あなたはあの鳶を見て大層感心してゐなさるやうだが、あいつがどうしましたかね』

『いや、お前さんも鳶を見てゐなさるか』とお爺さんはさも滿足さうに笑ひながらかう言ひました。『どうだね、鳶は全くうまく輪を描いて飛ぶぢやないか。あの道理なんだよ』

仇端時にはいよ／＼何が何だかさつぱり合點が行きません。

『何が一體あの道理なんですね。あんたは妙なことばかり云つてるぢやありませんか』

『なあに、規矩方圓の理のことだよ。あれを敎へてくれたのは鳶だからな。なに、何の事か分らないつて、ふむ。ぢやわしが今話してあげよう』かう云つてお爺さんは魯班公といふ偉い彫刻家のことを話しだしました。

『大昔支那の魯といふ國に魯班公といふ人があつたが、この人は又の名を公輸子とも言つて、大層技術の勝れた彫刻師だつた。その頃では魯の國ぢう捜しても、誰一人及ぶものがないと云はれるほどの名人だつたのぢ

や。この魯班公がある時のこと鳶の置物を彫つた。ところがどうだらう、その置物の鳶が、まるで本當に活きてる鳶のやうに、ばた〳〵と羽搏きをしたと思ふと、空高く舞ひ上つて、何處へ飛んで行つたものかそのまゝ雲間へ姿を隱してしまつたといふぢやないか。これには流石の公輸子も膽を潰した。それは云ふまでもなく公輸子の技倆が冴えてゐたので、自然とその鳶にも魂が入つたのだが、作つた當人もそれには氣がつかなかつたのぢや。このことはすぐ町ぢうの評判となつたが「そんな馬鹿なことがあるものか」と言つて、誰一人本當にするものはなかつた。「大方公輸子が自分の技倆を自慢しようと思つて、好い加減な出鱈目を言つてるのだらう」と言ふのぢや。ところがどうだ、それから三日すると、その鳶がまた戻つて來たぢやないか。何でも朝早く、空の方からぴよろ〳〵〳〵と云ふ鳶の啼聲が聞えたので、公輸子が表へ飛び出して見ると、確かに自分の彫つた鳶らしいのが、輪を描きながら次第に自分の方へ近寄つてくる。で、公輸子は嬉しさの餘り夢中になつて「鳶が歸つて來た、わしの彫つた鳶が歸つて來た」と大聲に呶鳴つたものぢや。この騷ぎに近所の人達も出て來て空を見上げると、なる程公輸子の云ふ通り、一羽の鳶が舞ひながら次第に近づいて來る。それでもまだみんなはその鳶が、公輸子の彫つた鳶とは思はなんだのぢや。ところがどうだ、鳶は次第次第に低くなつて、たうとう公輸子の家へ飛び込み、はじめ彫られた時の通り、臺の上へちやんと止まつてしまつたぢやないか。これを見た近所の人達は驚いたな。だが、今度は自分の目で見たのだから、もう公輸子の言ふことを噓だといふわけにはゆかない。なるほど公輸子は名人だ、上手だ、當代隨一だとみんなから賞め讃へられて、大層幸せな一生を送つたといふことぢや。だが、公輸子はそのくらゐの事では滿足

せず、その鳶のことから思ひついて、いろ〱に工夫した揚句、世に云ふ規矩方圓の器を發明したと言ふことぢや』

だまつてこの話を聞いてゐた仇端時は、お爺さんの言葉の終るのを待つて、さも感心した樣にかう言ひました。

『成程ね、彫つた鳶が飛びだすなんて、こいつは神業だ。だが、人間一生懸命になつたら、たとへ空へは飛び上らないまでも、何處か遠い所へ、あまり苦勞しないでぴゆうつと飛んで行くくらゐのことは出來るでせう。その規矩方圓の器をうまくかつてね』

仇端時は、老人と別れてまた一人ぶら〱と歩きはじめましたが、そのうちある海岸に辿りつきました。見ると其處には一本の大きな丸太が轉がつてゐました。それに目をつけた仇端時は、

「おゝさうだ」と不意にかう考へました。「公輸子とかいふ奴は鳶を作つて空を飛ばしたといふから、おれはこれでこの海を渡るものをこしらへてやらう」

思ひ立つたらもう一刻もじつとしてゐられないのがこの男の性分です。すぐさま方々を駈けづり廻つて、色んな道具を集めて來ました。そして一心不亂にその丸太を抉りはじめました。一心ほど恐ろしいものはありません、船のことなど何も知らない仇端時が、たうとうその日の夕方までかゝつて、一艘の丸木舟を造り上げてしまひました。で、早速海に浮べて見ると、ひつくり返りもしないで、ちやんと浮びます。

『うまいぞ〱』彼は嬉しさうにかう叫びました。『これで大丈夫だ。じつと座つてゐさへすりやこの海が渡れる』

亂暴者で横着で大膽な仇端時は、いよ〳〵その船に乘り込んで、何處をあてともなく、風のまに〳〵ふわりふわりと太洋へ乘りだしました。

「どうも海つて奴は恐ろしく廣いな。だが、まあかうしてゐりや暑い炎天にさらされて、ぼく〳〵歩いてゐるよりどのくらゐ樂だか知れやしない」最初のうちは呑氣にこんな事を考へてゐましたが、そのうちに僅かばかり積んで居た食料も大方食ひ盡してしまひました。「こりやいけない、うか〳〵してると人間の乾物が出來てしまふぞ」彼は急に心配になつて來ましたが、それかと言つて廣い海の眞中にゐるのでは、どうすることも出來ません。運を天に任せて、それからまだ二三日の間ふらり〳〵と廣い海の中を漂つてゐましたが、はじめから勘定して十二三日目にやつと一つの島に吹き流されました。其處は臺灣の南の方にある鯤鯓といふ町に近い所でした。着のみ着のまゝでそこへ上陸した仇端時は、前から移住してゐた人達の情けで小さな家を一軒建てゝ貰ひ、自分は丸木舟を乘り廻して漁師のやうなことをしてをりましたが、次第に土地の樣子も分つて來ると、今度は自分で商賣を始めました。ところが運がよかつたのか、その商賣がすつかり當つて、二三年うちに人も羨むばかりの財產家になりすましてしまひました。それと一しよに人柄までがらりと變つて、今までの亂暴者の喧嘩ずきはどこへやら、本當に優しいいゝ旦那になりました。そのまゝで行けば、もう何も言ふことはなかつたのですが、しばらくするうちに、仇の身の上にまた一つの變化が起りました。と言ふのはほかでもありません。

ある日のこと、友達の蕃芳丁と云ふ男が訪ねて來て、四方山の話の末、こんな事を言つて聞かせたのです。臺灣からずつと南へ行くと、そこにまた島があるが、そこはまづ極樂島とでも呼ばうか、一年中絶える時なく美し

い花が咲いてゐて、見るからおいしさうな果實は枝もたわわになつてゐる。それに金や銀などの寶物は採り放題、世界ぢう捜したつてこんないゝ所は又とあるまい。自分も前に出かけて行つていろんな珍らしいものを持つて歸り、それを本土の支那人に賣つて大儲をしたとかう言ふのです。さあこれを聞いた仇端時は、矢も楯も堪りません。今まで眠つてゐた冒險心が一時に目をさましたのです。そして、その日からといふもの、仇端時は起きるから寢るまで舟を作る事ばかり考へはじめました。丸木舟には前のでこり〳〵してゐますし、それに蕃芳丁の話によれば、今度の處はよつぽど遠いやうなので、迚もそんなものでは間に合はないと思つたのです。で、工夫に工夫を重ねて、やつと考へだしたのは、今でも南部地方にある竹筏のやうなものでした。まづ太い强さうな竹を波に離れぬやうに堅く幾本も幾本も縛り合せて筏のやうなものを作り、その眞中には大きな帆柱を立て、帆は棕櫚の葉を編んでこしらへました。そして自分の乘る所と食糧を積む所には、木で圍を造つたのです。幾日かたつてそれが出來上つてしまふと、

『さあこれでいい』と仇端時は嬉しさうに獨り言を言ひました。『立派な船だ、これなら何處まででも行けるわい』そしていつでも出帆出來るやうにすつかり用意を整へて、風のいゝ日を待つてをりました。

十日ばかりするといよ〳〵その日は來ました。空に一點の雲もなく晴れ渡り、眞南の風がそよ〳〵と吹いてゐます。「よし、今日を遁してまたとこんな日があるものか」かう思つた仇端時は、すぐさま濱に繫いであつた船の纜を解きました。そして大膽にもたつた一人その船に乘り込んで、滿風を帆に孕ませながら、沖へ沖へと進んで行きました。船は矢を射るやうに進みます。そして暫くの間に住み馴れた町も、山も、岸も彼の眼界から去

つて、見えなくなつてしまひました。かうして船はただ南へ〳〵と進みました。一日、二日、三日……と穏な船路は續きました。そして臺灣を離れてからはや大分南へ來た筈なのですが、肝心な極樂島は影さへ見えず、たゞ見えるものは渺々たる水と、廣い廣い果てしもない空ばかりです。これではいつその島に着くのか、まるで見當もつきません。流石大膽な仇端時も、これには弱つてしまひました。

『こいつはどうもおかしいぞ、たゞ南の方と聞いたばかりで蕃芳丁の奴島の名を云はなかつたが、まさかおれを擔いだんぢやあるまいな』と云つてその儘引き返すやうな意久地のない男ではありません。まだ南へ南へと根氣よく船を進めてをりました。すると、

船出してから丁度十三日目のこと、遙かむかうに何だか黒い點のやうなものがぽつちりと見えだしました。

『やあ、島らしいぞ』仇端時は嬉しさに飛び上りながら、思はずから叫びました。『もう大丈夫だ。いよ〳〵やつて來たな』そして躍る心を押へ〳〵船をその方へ向けて進めはじめました。ところが、その前から少し怪しくなりかけてゐた空模様が急に惡くなり、強い風がごうつと吹いて來て、今まで靜かだつた海面には高い波が荒れ狂ひはじめました、かうして暫くの間に恐ろしい時化に變つてしまひました。さつきちらりと見えた島などもう見る事も出來ません。しばらくすると、激しい雨さへ加はつて來ました。かうなつては仇端時が、工夫に工夫を凝らして造つた折角の船も何の役にもたちません。ある時は山のやうな高い波頭に乗るかと思へば、忽ちどどどつと碎ける波と一しよに、深い深い谷底へ落されると云ふ始末です。流石の仇端時も、生きた心地はなく全身綿のやうに疲れ果てて船のまん中にぶつ倒れたまゝ、動く勇氣もありませんでした。その間も船はまるで風に

弄ばれる木の葉のやうに波の間に間に漂つてゐるのでした。かうして、二日の日は過ぎました。すると二日目の夕方仇端時がふと氣がついてみると、いつの間にか風も波もすつかり收つてゐます。で、そつと身を起して四邊の樣子を窺ふと、どうもそこは島の入江らしいのです。

『おう、島だ』彼は思はずかう叫んで飛び起きました。「難有い、これでおれは生命を拾つたのだ』と、疲れた體を休める隙もなく、這ふやうにしてその島へ上陸しました。

そしてうろ〳〵とあたりを歩いてみましたが、生え繁つてゐる草も木も、今までに一度だつて見たこともない珍らしいものばかりでした。それに不思議なのは、幾ら歩き廻つてみても、一人の人にも出逢はないことでした。「さては無人島なのかしら、だがどうも極樂島でもなささうだな。花も咲いてゐなければ、うまさうな樹の果もない」こんな事を考へながら、しばらく歩いてをりましたが、そのうちに日が暮れたので、その夜は繁つた樹の下に疲れきつた體を横にして、そのまゝぐつすり寢込んでしまひました。そして翌日の日中まで寢てをりましたが、どうもお腹が空いてたまらないので、昨日入江へ纜いで置いた船まで取つて返し、何か殘つてゐるものでも食べようと思つて起き上りました。途中まで行くと、そこには一つの森があつて、森の中には美しい花が一面に咲き亂れ、樹にはさもおいしさうな果實がまつ赤に熟してゐるのでした。試しにその一つをもぎつて食べてみると、とてもそのおいしいこと、この世のものとも思へないほどです。仇端時はもぎつては食べもぎつては食べ、しばらくの間は舌鼓を打つてをりましたが、やがてお腹も一ぱいになると、「さあ、これから寶探しだ。この島こそ極樂島に相違ない」と言つて、その森を出ました。と言つてどの邊へ行けば寶があるのか、そんなことは

皆目分りません。で、何處と云ふあてもなく、たゞ足に任せて島ぢうを歩き廻りはじめました。そして一日ぢう歩き廻つてみましたが、寳のたの字も見つかりません。

『さうするとやつぱり異ふのかな』彼はがつかりして、疲れた足を休めるために一本の木の下に腰を下しながらから呟きました。『もう大分歩き廻つたが、寳どころか珍しい品一つ見つかりやしない。花も咲いてる、うまい果物もある。たゞないのは寳物ばかりだ。だが仕方がない、やつぱり違ふ島へ流れ着いたんだ。一層のこともう一度海へ乘り出して、もつと南へ行つてみるか、それでなかつたら、臺灣へ歸るか、どつちかにしよう。何にしてもこんな所へ愚圖愚圖してゐたつて仕樣がない』彼は決心して立ち上りかけました。するとその時不意に何處からともなく妙な物音が聞えて來ました。で、じつと耳を澄ましてよく聞いてみると、それはどうも人の話聲らしいのです。しかもそれは何處か地の底からでも洩れて來るらしいのです。

「確かに人間だ。ようし、どんな奴がゐるか一つ見てやらう。さうすればまた何とか都合のいゝことが出來るかも知れない」から考へた彼は、聲をたよりに次第にその方へ近づいて行きました。すると間もなく驚くほど大きな一本の枯木のある處までやつて來ました。其處からは例の人聲らしい音が手に取るやうに聞きとれるのでした。けれど不思議なことに、人の姿らしいものは一向見えません。

『一體何處にゐやがるんだらう』仇端時は、枯木の根本に腰をおろしながらから呟きました。『聲ばかりで姿がちつとも見えない、怪物が惡戲をするんでもあるまい』そして、なほもあたりをきよろ〳〵見まはしてゐると向ふの叢の陰に、大きな穴があつて、例の話し聲はその穴から洩れて來てゐるのです。仇端時は音のしな

いやうにそつとその穴の傍へ忍びよつて行きました。そして腹匍になつて、その中を覗いてみると、どうでせう。そこには背の高さが八寸ばかりしかない倭人が幾十萬とも數の知れないくらゐゐるのです。そしてなほ奇妙なことには、その倭人どもは男でも、女でも、大人でも、子供でも、みんな何か彼か武器を持つてゐるのです。刀や弓矢や槍や薙刀など、それがまた小さいながら素晴らしい立派なものばかりでした。倭人どもはしばらくの間何やら口々にしやべつてゐましたが、そのうちに大將とも思はれる一人が、小さな刀を拔いて、何か號令をかけると、一同はさつと二列に並んで、疾風のやうな勢ひで穴から飛び出し、あなやと思ふ間もなく仇端時をぐるつと取り圍んでしまひました。驚いたのは仇端時です。けれど對手は人數こそ多いが、高が八寸もあるかないかの倭人ども、何ほどのことがあるものかと、儼然と身を構へて、取り捲いてゐる一同を睨め廻しながら、

『やい、倭人ども、この仇端時は腕に覺えのある男だ、貴樣なんぞに負けて堪るものかい。さあ、來い。捻り潰してくれるから』と呶鳴りつけました。すると例の大將らしいのが、ちよこ〳〵と前へ進み出て、

『こら貴樣は何者ぢや、誰の許を受けてこの島へ來た、この島はわしどもの領地だ、無斷で入ることはならん。さあ、急いで逃げて歸ればよし、彼是云ふと承知しないぞ』と、威張りました。

『ははあ、大層豪さうなことを云ふな、この島は貴樣たちの領地か。それぢや此處は倭人島だな。こりや面白い、珍しい島だ、どれ一つ案內してくれ。それに寶物があるなら、みんなわしの前へ差出すがいい』と平氣な顏をして云ひ返しました。これを聞いた倭人どもはいよ〳〵怒つて、今にも打つてかゝらうとしました。

『貴樣らは、おれに手向はうと云ふのぢやな。こりや面白い、一人二人は面倒だ、十人でも二十人でも束にな

つて來い』

『おのれ憎い奴め。われ等の住みかを覗くさへ不都合なるに、聞き捨てならぬ今の雜言、もう用捨はならぬ。さあ、皆の衆、この男をやつつけてしまへ』

命令一下、倭人どもはわつと聲を立て、てんでに得物を拔きつれ、仇端時目がけて、斬つてかゝりました。はじめのうちは仇端時も、右に左に追ひ拂ひ、擲りつけ、蹴飛ばし、吹きのけ、八面六臂の勇をふるつてをりましたが、何しろ倭人の方は後から〳〵と際限なく新手が現れて攻めたてるので、次第に疲れて來て、しまひにはたうとう自分の方が危くなつて來ました。

「こりやいけない」かう思つた仇端時は、今しも飛びかゝつて來た二三十人の倭人を、滿身の力をこめて一度に振ひ落すと一しよに後をも見ずに逃げ出しました。けれどすばやい仇端時は、逃げだしながらも倭人の落した刀を一口拾ひとりました。そして一生懸命走り續けて或る山の麓まで來た時、後ろを振り返つて見ると、もう追つかけて來る樣子もありません。

『あゝ驚いた』彼は通端の岩に腰を下してほつと一息つきながらかう言ひました。『高が矮人と馬鹿にしてかかつたが、すんでのことに酷い目に逢ふところだつた。あゝあ、こんな所に長居は無用。もう濱へ歸らう、その方が無事だ』かう思つて、急ぎ足に濱の方をさして歩きだしました。するとその途中に、立派なお城があるのに行きあたりました。「おや、大きな城だなあ。こんな處に一體誰が居るのだらう」と、不思議に思ひながら近寄つて見ますと、その城壁の下を淸い川がさら〳〵と流れてゐました。で、仇端時はそこへ下りて行つてそ

の水で顔を洗ひ、口を漱いで、

『あゝ、いゝ氣持だ。これで少しは人間らしい氣持になつた』と云ひながら、そこにあつた大きな丸太の上に腰を下して、一息入れてをりました。するとその時後ろから不意に、

『やい、貴様は何者だ』といふ割鐘のやうな聲が聞えました。仇端時は、吃驚して背後をふり返つて見ると、そこには、鬼のやうに恐い顔をした、身の丈十丈にも餘らうといふ巨人がぬつくと立つてをりました。

『おや、貴様は一體何者だ』仇端時は弱味を見せまいとして、一生懸命になつてから呶鳴りつけました。すると巨人はから〱と笑ひながら、

『はゝあ驚いたか、無理もない。わしはあの城にゐるものだよ。貴様は一體何處からうせたのぢや」と云ひました。

『ふむ、あの城にゐるものだと、それぢやあすこは怪物屋敷なんだな。おれかい、おれは臺灣から來たんだよ』仇端時も負けぬ氣になつてから言ひました。

『さうか、ぢやあお前倭人に逢つただらう』

『うむ、逢つたよ。そしてこの刀を分捕してきたんだ』

『さうか、だが、おれだけは倭人のやうな具合にはゆかないぞ。體は大きいし、力は强いし、巫山戯た眞似をすると、貴様の生命がないぞ。だが、かう見た處おとなしさうな奴だ。よし〱此處で逢つたのが幸ひだ。土産をやるからそれを持つてもう臺灣へ歸れ』と巨人はかう云ひながら、懐から恐ろしく長い白い布を取

り出しました。『さあこれを遣らう。これはこないだわしが指を怪我した時ちよつと捲いてゐた布だが、もう短かくなつて役にたゝない』とぽんとその布を仇端時の前に拋りだしました。そして彼のゐることなどまるで忘れてしまつたやうに見向きもしないで、何だか一生懸命に邊を捜しはじめました。で、仇端時は、

『あゝ、もし、あなたは一體何を捜してゐるんですか』と、訊ねました。

『うむ、實はさつきこの川の中へ箸を片方落してな』そこで仇端時も一緒になつて捜しはじめましたが、一向それらしいのは見當りません。ところが暫くすると、

『やあ、あつた〱』と巨人が嬉しさうに云ひますので、仇端時がひよいつとその方を見ると、それは今まで自分が腰をかけて休んでゐた大きな丸太でした。

『あゝこれがお前さんの箸だつたのかね』仇端時は呆れ返つてから言ひました。すると、巨人はにこ〱笑ひながら、

『いやこれで安心だ、さあ、持つて行かう』と云つて、その大きな木をひつよいと二本の指でつまみ上げ、高い削つたやうな切岸を一跨にして、お城の中へ入つてしまひました。この有樣を見ると流石の仇端時も、慄へ上つてしまひました。

『あゝ恐ろしい島だ、これこそ怪物島に相違ない、この上こんな所にぐづ〱してゐたら、今にどんな目に逢ふか分らない、さあ、足元の明るいうち、この刀と布切をみやげに早く高瀨へ歸つて行かう、もう極樂島行きなんかご免だ』から云つて、仇端時は白い布と刀を持つて海に行き、すぐさま船の纜を解いて、もと來た

臺灣をさして出帆しました。

『なあに、何處へ行つてもいゝ所はないよ』臺灣へ歸ると、彼は逢ふ人ごとにかう言ひました。『やつぱり住み馴れた所が一番いゝのさ』

啞に生れた我儘娘

原名『騙縱女變爲啞的話』

臺灣の中部にある大甲と云ふ町は、小さいながらお城も立派なのが築かれて居り、むかしはかなり繁昌した土地でした。いつごろのことか分りませんが、まだそのお城があつて賑かだつた頃のこと、その城下に乾魚や鹹魚の類を商つてゐる一軒の家がありました。その家の主人夫婦は評判の好人物、商賣にもよく精を出すので、家業も相當繁昌して、まづ安樂にその日〳〵を送つてをりました。姓を詹と云つて、夫婦の間には女の子が三人ありましたが、それがどれもこれもみんな人に優れた容貌美です。で、夫婦の者も蝶よ花よと愛しんで育ててをりました。ところが、好事魔多しの譬に洩れず、根が好人物のこの家の主人は、二三人の幼な友達に騙されて、投機事業に手を出して、大損をしたのがそも〳〵で、それからといふもの、家運は日に日に衰へて、以前とはうつてかはつて手許不如意となつてしまひました。かてて加へてお母さんは、餘りの事に心配しすぎたせいか、ふとした風邪の心地で床についたのがもとゝなり、可愛い三人の娘を跡に殘し、歸らぬ旅に赴きました。主人は三人の女の子を抱へて途方に暮れてしまひました。何しろ長女が十二で、その次が九つ、末が五つと云ふのですから、

お母さんが失くなつては、お父さんの困つてしまふものも無理はありません。といつて後添を迎へて、繼母と繼子の間柄が面白くないといふ事も世間にはよくある例です。で、折角勸めてくれる人があつても、いつもわが子可愛さに二の足を踏んで、三人の子供を相手に淋しく暮らしてをりました。けれど自分だけはどんな不自由も忍ぶとしても、可愛いわが子の――お母さんのない哀れな女の子の行末を考へると、さすがに亡き妻のことが偲ばれてなりません。おまけに失敗した事業の跡始末には身の皮を剝がれるほどの苦しみをしなければならず、生きてゐるのさへ厭になるくらゐでした。こんな具合ですから。稼業も碌々手につかず、家運はいよいよ傾いてゆくばかりです。この有樣に彼はほつと溜息をついて、

『あゝおれは何と云ふことをしてしまつたのだらう。騙られるなどと知らずに乘つたおれが惡かつたのだ。誰を恨むこともない、みんなこの身の罪なのだ。けれど母に死なれた子供達が可哀さうだ、貧乏なこの父親がどうしてうまく成人させることが出來ようか、あゝ不運の子供達た。どうか勘忍にしておくれ』と、枕を並べて寢てゐる姉妹三人の寢顏を見ては、かうした愚痴をこぼして、淋しい涙に咽ぶこともありました。

けれど今の場合別に好い思案とても出て來ません、たゞ焦々とあせつてみるばかりで、悲しみの中にその日その日を送つてをりました。ところがある日の事、近所にお料理屋を開いてゐる李と云ふ者のおかみさんが不意に訪ねて來ました。ふだんから餘り懇意にもしてゐない人が不意に訪ねて來たので、これは妙な事だと詹さんは不審に思ひながらも、折角訪ねて來たものを素氣なく追拂ふわけにもゆかず、いゝ加減に挨拶して待遇しました。李のおかみさんは一通り挨拶がすむと、四方山の話をしてをりましたが、しばらくすると、何か意味ありげに、

妙に笑顏を見せながら、

『あの、お宅さんにはたしかお孃さんがゐらつした筈でございますね』とつかぬ事を訊ねました。そこで主人も、

『えゝ、三人をりますがね、何しろ母親がないので、何もかも私がしてやらなければなりませんのでな』と答へました。

『お母さまがゐらしやらないでは、お父さまはたいへんでございますね、それに女のお子さんでは餘計のことね』おかみさんはさも同情したやうに云ひました。『さぞ何かとご不自由なことでございませう、お察し申します』

そして、彼女は主人の樣子をそつと窺ひました。主人はその言葉に引き入られて、

『はい、もうご存じの通りの始末で、全くお恥しい次第です』と、さも恐れ入つたやうに言ひました。おかみさんはそれを笑ひに紛らして、

『で、今日突然お邪魔に上りましたのはほかでもございませんが、一つあなたとつくりご相談申したいと思ひましてね、大變失禮な申分ではございますが、まあ何も當つて碎けろと存じまして……と申しますのは、あのお娘ごお三人のうち末のお娘ごをわたくしどもへお遣し下さるわけには參りませんでせうか、如何なものでございませう』とこんな事を云ひだしました。そして末の娘は自分の家へもよく遊びに來て馴染んでゐることでもあるし、行々は自分の家の息子とめあはさうと思ふのだが、どうだらうと、今日訪ねて來たわけ

を詳しく話して、主人の心持を訊ねました。主人はこの不意の申出に、びつくりもしましたし、どうしたものだらうと迷ひもしました。たとへ娘がよく遊びに行く家とはいへ、前にも言つなやうに、たゞ近所に住んでゐるといふだけで、まづ見ず知らずに近い間柄、それに對手はお客商賣の料理屋です。尤もこのおかみさんは、店のことを何もかも一人で切り廻してゐる悧巧者で、その上、かうした稼業の人に似ず、情深い女だといふ噂もありました。が、それに子供といふのも本當の子ではなくて、貰ひ子だといふ評判でした。かうしたことを色々思ひ合はして見ると、やれば娘も案外幸せになるかも知れないといふ氣もしましたが、さてこのまゝ手放してしまふのは、手の中の珠を奪はれるやうな氣がするのでした。で、詹さんは、

『さうですな、末の娘をですね』と云つたまゝ、否とも應とも返事をせず、しばらくの間思案してをりましたが、やがてしほ／＼と顔を上げてから言ひました。『さうですね、折角のご所望ですから、何とかしたいとも思ひますが、何しろお話がお話ですから、今すぐご返事も出來かねます。で誠にお氣の毒ですが、如何でせう、長いこととは申しません、明日か明後日……さうですな、まづ四日ばかり考へさせて下さいませんのうちうしたら何とかご返事しますから』そして人知れず太息を吐きました。おかみさんは主人の苦しい心か、さを知つてか知らずか、

『え〻、それはもうご尤もでございますとも、どうぞよくお考へ下さいまし、四日などとおつしやらず、五日でも六日でも……』と云つて、別に氣を悪くした様子もなく、後日を約して歸つて行きました。

後に殘つた主人は何としたものかといろ／＼思案にくれました。實はもう長女とその次とは、世話をしてくれ

る人がきまつてゐたのです。何しろから貧乏では無理にとめて置いたところが、却つて娘を不仕合せにするばかりかも知れません。ですから、おかみさんがかう言つてくれたのを幸ひに、このまゝ養女に遣つてしまはうかしらと幾度かかう思ひましたが、こんな少さな者を人手に渡してしまふのは何となく無慈悲のやうな氣がして、折角の決心も兎角鈍りがちになるのでした。と言つてから貧乏では今に餓死するのを待つてゐるやうな者です。實は長女や次女を人手に渡した時もこの末の子を何とか始末し、何所かへ出稼でもして一儲けしようかとも考へたくらゐですから、いまこの子を引取らしてくれと云ふおかみさんの申し出は、全く都合のいゝことでもあるのでした。かうしてお父さんが思案に暮れてゐるところへ、何も知らない當の詹氏玉が外から歸つて來ました。そしてお父さんの唯ならぬ樣子に怪訝な顏をして、心配さうにその顏を覗きこみましたが、

『お父さんどうかしたの、お父さんがそんな顏してるとわたし悲しいわ』と言ひながら、お父さんの體に縋りつきました。

『おゝ玉か、はゝあ、お父さんがどんな顏をしてゐるね、お前の悲しいやうな』

『何だかから、悲しさうなお顏よ、どうしたの、何か心配な事が出來たの、わたし困るわ、悲しいのよ』玉はまだやつと五つの小娘ですが、お父さんの心配さうな樣子を早くも見てとつて、可愛い兩方の眼に涙を一杯ためながらかう言ひました。この言葉にお父さんも、思はず涙を流しましたが、さりげない體を裝ほうて、

『ねえ玉、お前あの李さんとこの小母さんを知つてるかい、ほらお家から五六軒先にあるお料理屋で、お前がよく遊びに行くと云ふ、あのお家さ』と云ひました。すると娘は無邪氣に、

『えゝ、知つてるわ、あの小母さん大好きよ、そりやわたしをほんとによく可愛がつてくれるんだもの』と云つて、さも嬉しさうな顔をしました。

「あゝさうかい。では、お前もあの小母さんが好きなんだね」かう云つてお父さんは娘の顔をちよと見つめて、また言葉を次ぎました。「實はお前をあの家の小母さんが子に欲しいと云ふんだが、お前子になるかね」

娘はこれを聞くと冗談だとでも思つたのか、

『あら嘘よ、ぢや小母さん何日そんなこと云つて來て。嘘でせう、嘘よ、きつと嘘よ」と云ふのでした。

でお父さんは少し眞顔になつて、

『いや、ほんとなんだよ、今日あの小母さんがお父さんのとこへ來てね、お前を是非子に貰ひたいつて云つたんだよ。お前ほんとだつたらどうする、行くかね?』と云ひました。かうなつて來ると玉もちよつと答へが出來ず、しばらくたゞにこ〳〵笑つてゐましたが、

「えゝ、わたし行くわ、お父さんが行つてもいいとおつしやるなら……」とはつきり答へました。そこでお父さんもいよ〳〵決心して、この可愛い末娘を李といふ家へ養女に遣ることにしました。

かうして玉は李さんの家へ貰はれて行きましたが、お養母さんの可愛がることといつたら生みの子にだつてかうは出來まいと思はれるほどで、この子なら眼の中へ入れても痛くないと云ふ有様です。こんな具合ですから玉も今まではうつてかはつて、何不自由なく、樂しく、我儘も云ひ、したい放題にその日〳〵を送つてをりました。前にも言ひましたやうに、二人の姉さん達もそれ〳〵好い引き取り人があつたので、これも何の心配もなく

育てられてをりました。渡る世間に鬼はないとは全くよく言つたものです。この有様を見ると、お父さんもすつかり安心して、心の中では絶えずその親切な人達に、お禮を言つてをりました。で、かうなればもう心に殘る事はない、この上は知らぬ他國へ行つて一奮發、衰へた家運を盛り返さうと決心して、ある夜ひそかに城下を落ち延び、そのまゝ行方知れずになつてしまひました。けれど後に殘つた娘達には何の拘りもなく幸福な月日が過ぎてゆきました。いつも面白可笑しく育ててくれる人を眞實の親と思つてわが儘を言つたり、甘えたりしてゐるのでした。中でも一番年下の詹氏玉なぞ、いつとはなしにお父さんの事はすつかり忘れて、噯にも出さぬといふ始末です。そして養ひ親を、お母さん／＼と慕ひますので、李夫人ももう自分のことなどまるでそつちのけで、一にも詹氏玉、二にも詹氏玉といふ有様でした。生れつき容貌美しの詹氏玉は、お養母さんがいろ／＼と心を碎いて世話をするので大きくなるにつれて次第に美しくなつてゆきました。

『ほんとに李さんの家の娘さんは、何て容貌が美いんだらう。あんなに綺麗な娘さんは、この大甲の城下ぢう探したつてありやしない』かう云ふ評判が町ぢうにぱつとひろがりました。そして、娘を持つた女親の中には、それを妬んだり羨んだりするものも尠くありませんでした。そのうちに詹氏玉はお養母さんの躾で押しも押されもしない美しい可愛いおと女となりました。しかも家がお料理屋といふのですから、身嗜みなども一際はでで、たうとう店の看板娘とさへ云はれるやうになりました。けれど人間には何が禍になるものかわかりません。詹氏玉はかうしてお母さんからは嘗めるやうにして可愛がられ、世間からはちやほやされ、その家の商賣が料理屋といふのですから、次第にその態度からもの腰まで、自惰落でわが儘な娘になつてしまひました。そ

してまだやつと十五六になつたばかりといふのに、浮いた話もすれば、男を相手に巫山戯ちらしたり、以前の面影はすつかりなくなつてしまひました。けれどそのために、家には客が一時にふへて次第次第に繁昌するので、お養母さんはもう大喜びで、逢ふ人ごとに、

『家の玉はほんとによく氣がついて、それに愛嬌者で、もうお客の對手も出來るもんですから、ほんとに家でも大助りでございますの。全くいい娘を貰ひました』と自慢してをりました。詹氏玉も得意です。そしてたゞ面白おかしく日を送つて、彼女が十九の秋を迎へた時には、もう城下ぢうに縹緻の點では彼女の足元へ及ぶものもありません。そして放蕩息子どもの間の話の種になつてしまひました。

からして詹氏玉は一日一日と墮落したのです。鼻つぱしは强くなる、わがまゝは募る、自分の美しいのにすつかり自惚れて、したい放題な眞似はする、近所の人達も次第に眉を顰めるやうになりました。けれどたゞ可愛くてたまらないお母さんには、そんな惡い所など目にも耳にもはいりません。いつまでたつても詹氏玉は、前の通りの自慢娘だつたのです。けれどその間にも詹氏玉の我がまゝは次第に募つてゆきました。面白半分お客の相手こそしますが、家事といつたら少しも手傳はうとしません。それですから人の云ふことなど耳にはいらう道理がなく、ちよつとでも忠告めいたことを云はうものなら、それこそ大變で、

『何を云ふの、いいぢやありませんか、わたしのことなんか彼是云はないで下さい、餘計なお世話ぢやありませんか』と誰をつかまへてでも頭から極めつけるといふ始末です。でこんなことでは仕方がないからといふので、ある親切な人がお養母さんに勸めて、詹氏玉が二十の春を迎へた時、前から許婚であつた子供と結婚させ

る事にしました。詹氏玉はその話を聞くと彼是文句を云ひました。けれど、仲に入つて種々と言ひきかしてくれる人もあつたので、さすがの詹氏玉もたうとう我を折つてお婿さんを持つて、一先づ身を固めました。そして當座は少し落ちついてゐましたが、根が我儘いつぱいに育つた女ですから、そんな事が長續きする筈はありません。お婿さんなど頭から押さへつけてしまつて、その言ふ事など一言だつて素直に聞かうとはしません。それぱかりか次第に增長して、お養母さんの言ふことさへ、碌にきかないやうになつてしまひました。婿さんもはじめの程は一生懸命辛抱してをりましたが、はては辛抱しきれなくなつて、たうとう逃げ出してしまひました。お養母さんもその時になつてやつと目がさめました。そして離緣になつた娘の行末などを考へて、一人胸を痛め、人に賴んでいろ〳〵と言ひ聞かして貰つたり、神さまや佛さまに願をかけたりしました。けれど今となつてはもう遲いのです。何のきゝ目もありません。一人になつたのをいゝことにして、ます〳〵したい放題勝手氣儘に日を送つてをりました。まるで世の中に怖いものなしと云つたやうな工合です。その有樣を見てはお養母さんは時に人知れぬ涙に暮れてをりました。けれど暫くすると、また勸める人があつて、二度目のお婿さんを持ちました。ところが今度の婿さんは餘程の意氣地なしと見えて、詹氏玉の云ふことだつたらちつとも逆はないできくと云ふ風な男でしたから、詹氏玉はおかみさんの身でありながら、お婿さんを顎の先で使ひ廻してをりました。そして二た言目には、

『なんですね、養子の身分で、默つてわたしの云ふ通りになつてればいいんですよ』といふ調子で、恐ろしい權幕できめつけるので、お婿さんも呆れはてて、なるべく觸らぬやうにしてをりました。流石のお養母さんもほ

と〳〵愛想を盡かして、

『ほんとに玉にも困つたものだ、これでは折角婿を持たしても何にもならない、わたしは安心して死ぬことも出來ない』と、蔭で愚痴をこぼして、しみ〴〵嘆息してをりました。

詹氏玉のわがまゝはその間にも次第に増長して、今では、大切にせねばならないはづの義理のお養母さんにさへ、罵るくらゐはおろかな事、ともすれば、手まで上げるといふ始末です。お養母さんはもう小さくなつてただおろ〳〵と詹氏玉の機嫌をとつてをりました。こんな工合ですから家の中が面白くゆく道理がありません。お婿さんもすつかりやけを起して勝手氣儘な眞似をするやうになりました。そしてさしもに榮えてゐたこの家も次第に亂れてきました。ところが丁度詹氏玉が二十七の春、もう夏に間もないといふ時分、ふとお養母さんが眼病に罹りました。そして大變な苦しみやうで、夜も眠られないやうな日が幾日となく續きました。大切なお養母さんの眼病ですもの、もし詹氏玉が普通の女なら、何かと心を盡して介抱しなければならないのですが、わが儘になりきつてゐる詹氏玉はお養母さんが眼病と聞くと、

『なんですね、眼ぐらい、ふだんから不養生するからさ、年寄の癖に眼を患ふなんて、餘計な眞似をしたものさ。なに藥ですつて、自分で藥屋へ行つて買つて來ればいいぢやないか。何て面倒臭い婆さんなんだらう』

と言つて罵りました。そして、まるで厄介扱ひにして、碌に傍へよりつきもしないといふ始末です。でお婿さんが一人で介抱してをりました。お養母さんは、

『あの不孝者奴が、今まで育ててやつた義理も恩も忘れて、平氣でゐるとは、何といふ呆れた女だらう。まる

で鬼のやうな女だ』と、痛い眼をしばたゝきつゝ涙を泛べて、口惜しがりました。傍にゐたお婿さんも貰ひ泣きをしました。そしてすぐさま詹氏玉を呼びつけ。

『わしは出來るだけだまつてをらうと思つたが、お前の仕打は餘りぢやないか、育てゝ頂いたおつ母さんのご恩を忘れて、この有様は何事だ。もしお前が義理と云ふものを知つてゐるなら、今からでも遲くはない、わたしと一しよに介抱してあげてくれ』と、叱るやうに云ひました。けれどどこまでも心の腐つた女に、このくらゐの言葉がどうして耳に入りませう、さもうるささうに眉を顰めて、

「何ですつて、わたし、病人の對手はご免ですわ。あなたはほんとに感心な親切者ですわね、まあ、せいぐ精を出して介抱してておあげなさい………わたしはこれでなかく忙しいんですからね』かう云つてさつさと病室を出て行かうとしました。この有様を見ると人のいゝ婿さんもさすがに腹に据ゑかねました。そして急いで妻の袖を押へ、聲を荒らげてかう言ひました。

『おいもう一度云つてみろ、場所もあらうにお母さんの枕元で、今の言葉は何事だ、この恩知らずめ」

けれど詹氏玉は一言も口をきかず押へられた袖を振り拂つて、振向きもしないで出て行つてしまひました。詹氏玉の不背はまだそればかりではありません。これほどの病人にご飯も祿與へないのです。そしてたまに與へるものも、それはくひどいもので、お粥と云ふのは名ばかり、犬や馬でさへ食ないやうなものでした。それをどうして人間が食べることが出來ませう。それでゐて自分は贅澤のありつたけをして日を送つてゐるのでした。こんな工合でおつ養母さんは、可哀さうに詹氏玉の仕打を恨み死にに死んでしまひました。

けれどそれくらゐのことで悲しむやうな詹氏玉ではありません、邪魔ものがゐなくなつてせい〳〵したくらゐに思つてゐるのです。そのうちにさすがにおとなしいお婿さんも、女房の不人情の仕打にたうとう癇癪玉を破裂さして、ある夜大喧嘩をした揚句出て行つてしまひました。お婿さんは出て行つてしまふ、おつ母さんは死ぬる、これでいよ〳〵詹氏玉は何をしようと勝手氣まゝです。近所の人達もとうから愛想をつかしてゐるので、言葉をかけてくれる者さへありません。詹氏玉は却つてそれをいゝ事にして、稼業のことなどまるでそつちのけで、湯水のやうにお金を使ふのですから、たまつたものではありません。前から左前になつてゐた財産など瞬くまに費ひ果して、氣がついた時には不義理な借財が山のやうに出來てをりました。さうなると詹氏玉はいよ〳〵自暴自棄になつて、暫くすると長年住みなれた、家屋敷までも人手に渡してしまひました。そして、此處彼處と知人の許に泣きついては泊り歩きをしようと思ひましたが、誰一人相手にしてくれる者もありません。こゝまで來るとさすがの詹氏玉もはじめて目がさめました。そして今までに犯した罪の恐ろしさや、心細い行末など時々思ひだしては泣きながら、お寺の軒の下を家として、そこに寢泊りしてをりました。それよりほかに寢る所さへないのです。ところが寺の和尚さんといふのがとりわけ情深い人で、何かと面倒を見てやつてゐましたが、間もなく長い間の惡事の報いはやつて來ました。それは丁度お養母さんが死んでから二年目、ふと風邪をひいたのがもとで病みついて、四五日もたたないうちに、和尚さんの介抱を受けながら死んでしまつたのです。

かうして死んだ詹氏玉がどうして極樂へなど行かれませう、彼女の行つたのは陰間と云はれる地獄でした。けれども彼女はまだそこが生前話に聞いてゐた地獄だとは氣がつきません。あたりの樣子を、きよろ〳〵と見まは

しながら歩いてゐるうちに、やがて立派な高い塀のある所まで來ました。その塀の中程には立派な門があつて、その門には今まで見たこともない、それは〳〵恐ろしい怪物のやうな番人の大男が二人、恐い眼をしてこつちをじつと睨みつけてをりました、詹氏玉は、はてこゝは何と云ふ所だらうと思ひながら、なほも樣子を見てをりますと、門番の中の一人が不意にかう呶鳴りつけました。

『やい〳〵、貴樣はそこで何をしてゐる。はゝあ、女郎だな、恐ろしい惡相な顏をしてゐやがる』

さあ、これを聞いた詹氏玉はなか〳〵承知しません。惡相の女だと云はれたのが、ぐつと癪に觸つたのです。

『何だつて、憚りながらわたしは詹氏玉と云ふ立派な人間だよ。お前達こそ一體何物なんだ、いやに恐ろしい顏をしてゐるぢやないか、怪物め！

『なんだ怪物だと、馬鹿ものめ。おれ達はな、恐れ多くもこの地獄をしろめす閻魔大王のご家來さまだぞ。このおれ樣が赤鬼で、あの男が靑鬼なんだ』

詹氏玉はこれを聞いて、「はゝあ、さては此處が地獄と云ふ所だな、そしてあの怪物が繪で見たことのある鬼なんだ」と思ひながら、

『さう、お前さん方が鬼なんかい、これや珍らしい』と平氣な顏で云ひました。『ぢや此處は地獄で、そしてこの塀の高い所が閻魔樣のお城だらう』

鬼どもは女のこの度胸に呆れてしまひました。「なるほど惡相の女だけに恐ろしい奴だわい」けれど鬼はなほ大きな聲をして、『さうだ、閻魔大王のお城は此處だ、貴樣はあの世にゐた時惡事を働いたな、さうだらう、地

獄に來る奴は男だつて女だつてみんな惡黨ばかりなんだ。さあ、これから閻魔大王樣の前へ出てお審を受けるんだ、神妙におれに附いて來るがいい。幾ら逃げても隱れてもすぐ判る、どんなにしたつてこの地獄から出られつこないんだからな。罪が重いぞ』と呶鳴りつけました。

そして、詹氏玉の手を取つて城內に連れて行き、閻魔の廳に引き出しました。けれど大膽不敵な詹氏玉は見るから恐ろしい顏をした閻魔大王の前へ出ても、一向平氣なもので、じろり〳〵と大王の顏や容態を見てをりました。その時大王は詹氏玉を睨みつけて、詹氏玉がこの世でしたことをすつかり見拔いておしまひになりました。そして手を斬り心を挘り、それから石壓の刑に處した上、かう言ひました。

『お前は女の身でありながら、これほどの親不孝をしたその罪は、このくらゐのことではなか〳〵消えぬぞ。この上は火炎地獄に置いて、その次啞に生れ替らせてやるからさう思へ』

かうして詹氏玉は八十年の長い間火炎地獄に投げ込まれてゐましたが、その次には水牛に生れ替りました、けれども、それも僅かの間で、しまひにはたうとう閻魔大王の言つた通り啞の女となつてこの世に生れ出ました。そして不具と貧窮の間に見るも淺ましい一生を送りました。

孔子樣と小兒の問答

原名『孔夫子與囝仔對答』

仁義禮智信の道を說いた孔子の敎は、臺灣人の間に堅く守られ、今でも孔子は大聖人として非常に尊敬されて居り

ます。従つてこの孔子に就ては、随分種々な話が傳へられてゐますが、中でもこの『孔子様と兒童との問答』と云ふ話は、可なり古くから話され傳へられてゐる、有名な話でございます。

名を丘、字を仲尼と云はれた孔子様は、支那の魯と云ふ國の西のある所で、人々のために道を説いてゐられました。ある日の事、この孔子様はお弟子を二三人お伴に連れ、車に乗つて程近い所へ散歩にお出になりました。すると其の途中で、四五人の子供が集まつて、何か面白さうに、遊び戯れてゐるのがふと孔子様の目に止りました。で、車を止めて何氣なくその様子を見てをられました。すると子供達も、側に立派な車が停つたので、誰が乗つてゐるのだらうと思つて、ひよいつと中をのぞいて見ました。そして孔子様の姿を見ると、

『やあ大先生だ、孔子様だ』と云ひながら皆は集つて來て恭々しくお辭儀をしました、孔子様はこの様子をごらんになつて、

『おお、よい子供たちぢやな。みんな仲よくして遊ぶのだぞ』とおつしやいました。

『喧嘩なんかいたしません』子供達は元氣に答へました。

「うむ、さうか、それは〳〵』と孔子様はかう言ひながらふと氣がついてごらんになると、中にたつた一人だけ仲間から離れて、ただにこ〳〵笑ひながら、ほかの子供達の遊ぶのを見てゐる子供がありました。孔子様はこれを見ると不思議に思つて、手招きしてその子供を自分の傍へお呼び寄せになりました。そして、

『お前はどうしてみんなと一しよに遊ばないのぢや。喧嘩でもしたのか』とお訊ねになりました。

『いゝえ、わたくしはそんな悪いこと大嫌ひでございます』と子供は明白と答へました。

TERU

『それではどうして皆と一しように遊ばぬのぢやな』

『厭なんでございます』

『ふむ遊ぶのが厭か、それは又どうしてぢや』

『だつて先生、あんなにして遊ぶのは無益なことだと思ひます。第一著物が破れます。さうすると自分で縫ふことは出來ませんから、自然おつ母さんか誰かに面倒をかけなきやなりません。時によると叱られもしますし、そのため家に爭が起るやうなこともあります。第二に、あんなに飛び廻つてゐると、體が疲れてしまひます。疲れて利得といふことはありません。それだからわたしは、あんなにして遊ぶのが嫌なのでございます』子供はたう〳〵と理窟を述べ立てました。孔子様はこれをお聞きになつて、

『さうか、お前はなか〳〵賢い子だな』とお褒めになりました。けれど子供は褒められても別に嬉しさうな顔もせず、そのまま踞んで、石の片を集めて、何だか城のやうなものを作りはじめました。孔子様はそれをごらんになつて、

『これ〳〵、そこへそんなもの作つては、わしの車の通る邪魔になるではないか。そんな惡戲はよすがいいぞ』とおつしやいました。ところが子供はなか〳〵負けてはをりません。

『先生、これはお城でございます。昔から今に至るまで、車は城を避けて通りますが、城が車を避けたためしはございません。ですから先生もどうか向うをお通り下さい。わたしは今築城の工夫をしてゐるのでございます』

孔子樣はいよ〳〵この子供はたゞものでない、こんな子供に道を說いて聞かしたらとお思ひになりました。そして、『これ、お前はまだほんの子供ではないか、それになぜそんなに理窟を云ふのぢや、も少しおとなしくした方がいいぞ』と靜かにお悟しになりました。すると子供はしばらくの間無言のまゝじつと孔子樣のお顏を穴の開くほど視つめてをりましたが、やがてから口をきりました。

『先生、人は生れて三歲になると、父母を知つてをります、また兎は生後三日にしてよく飛び、魚とても三日にして泳ぎ出すと申します。でございますからわたしとても、物の道理は辨へてをります』

『では聞くが』と孔子樣が笑ひながらおつしやいました。『お前は一體何處の生れで、何と云ふ姓で、何といふ名ぢや』

『私は廠鄉賤地の生れで、姓は項、名は橐と申します。字はまだございません』

『さうか、よし〳〵、それで姓も名も分つた。どうぢや、これからわたしと一しよにこの車でその邊まで散步しようではないか。道々面白い話をして遣すぞ』

『どうもわたくしには合點が參りません。わたくしの家ではお父さんが家のこと一切を采領してゐらつしやるし、おつ母さんがわたし達の世話をして下さいます。そして兄さんがわたしに種々の事を敎へて下されば、わたくしは、弟にまた敎へてやつてをります。誰一人として先生のやうに車などに乘つて遊んでゐる者はありません。わたくしも、それは御免を蒙ります』

『成る程な、それでは遊びに行くのは止して、あの車の中で一勝負、博奕をやらうではないか』

『飛んでもないことを仰せになります。博奕は天子これを好む時は、世を亂し、諸侯これを好むときは政治を妨害、士儒これを好む時は學廢弛し、小人これを好む時は產を傾け、奴婢これを好むときは鞭を打たれ、農夫これを好むときは耕種の時を忘ると申しまして、盗みをすると同じくらゐ悪いことでございます。だからわたくしは博奕は大嫌ひでございます』

『さうか、それぢや止めにしよう、實はわしも嫌ひぢや。だが博奕は誰でも好むものぢやから、ちよつと訊いてみたまでぢや。だが、お前はなか／＼智惠のある賢い子ぢや。お前とわしが力を合はしたら、世の中ぢうに出來ないことはないだらう。どうぢや、二人で心を合してこの天下を平げてしまはうではないか』孔子樣の問ひは次第に妙なものになつて來ました。けれど子供は一向平氣なもので、

『それは先生駄目でございますよ』と申しました。『天下と云へば世の中のことでせう、世の中には高い山もあれば、川や海もあるし、人には王侯奴婢と云ふやうにいろ／＼の階級もあるではございませんか、それにまた物に依つて高低大小いろ／＼あります。第一高い山を平げて低くしたら、鳥や獸の棲所がなくなります。川や海を平げれば魚の居所がなくなつてしまふし、王侯が失くなつたら平民ばかりになり、奴婢がなくなると、君子は誰を召使ひにします。そんなことになつたら困るものばかりで、喜ぶものは一人もありません、だからそんなことはしない方がいいと存じます』

『なるほどな、それではもう一つ訊くが、火があつて煙の立たぬもの、水があつて魚の棲まない所、山に石なく、樹に枝なく、人に妻なく、女に夫なく、牛に犢なく、馬に駒なく、雄あつて雌なく、雌あつて雄のない

と云ふやうなものがあるが、お前存じてをるかな』

子供はしばらくの間考へてをりましたが、

『先生、分りました』とすぐにかう言ひました。『火があつて煙のないのは螢でございませう。井水の中には魚が棲んでをりません。また土山には石がなく、枯樹には枝がございません。そして仙人には女房なく、玉女には夫がありません。また土牛には犢なく、木馬に駒なく、孤雄に雌なく、孤雌に雄なしと申すではございませんか、如何でございます先生』この答には、孔子様をはじめとして、なみゐる人々も舌を捲いて驚きました。

『お前はなか〱もの知りぢやな』しばらくして孔子様はまたかうおつしやいました。『ではかう云ふことを存じてをるか。なぜ人間には君子と小人があり、ものには過不足があるのぢやらう』

『人間が賢いなら君子で、愚なら小人、過不足は四季に夏冬があるのと同じでございます』

『城で町なく、人に字なしと云ふが、あれは何のことぢや』

『それは皇城に市なく、小人に字なしと云ふことでございませう』

『うむ、では汝は天地の綱紀、陰陽の終始と云ふことを存じてをるかな』

『九九八十一、つまり九の九倍が八十一、これが天地の綱紀で、八九七十二と云ふのが陰陽の終始と存じます』

『では右と左、表と裏、父と母、夫と妻とは何であらうな』

『天は父、地は母、日は夫、月は妻、東は左、西は右、外は表、內は裏、これは昔から定まつてゐるところで

ございます』

『それでは、風は何から起り、雨は何處から降り、霧は何處から出來るか存じてをるかな』

『風は蒼梧によつて生じ、雨は郊市より、霧は山々から起ります。そして天と地との間は千千萬萬里、東西南北で區劃がついてをりまする』

『父母は是れ親、夫婦は是れ親と云ふことがあるが、このわけを存じをるかな』

『父母は親でございますが、夫婦はさうではありません』

『ほほう、それはなぜぢやな。夫婦は生きてる間一緒に寢起し、死ねば一つ穴に葬るではないか、それでも親ではないか』

『人が生れたら男は妻、女は婿を持ちます。これは天下の定法でございます。だが、妻が死ぬると、男はまた新しい妻を迎へます。けれど女は婿を持たないことになつてゐるではございませんか。だから夫婦があながち親とは申されぬと存じます。夫婦は車の兩輪のやうなものでございます。十間十室何處の室でも棟梁あつて室となり、三窓六牖一戸の光に如ずと言ふではございませんか。星がどれ程光つても、月の光には及びません』

さすがの孔子様もこの答にほと〳〵感心なさいました。そして子供の頭を撫ぜながら、

『うむ、汝は賢い兒ぢや、よう勉强するがいいぞ。やがて立派な人になれるであらう』と優しくかうおつしやいましたが、その日はそのまゝ車に乘つて、歸つておしまひになりました。

するとその時、今まで遊んでゐた子供達は、孔子樣と問答した子供の所へばた〳〵と走つて來ました。そして

『おい、お前いま先生と何を話してゐたんだね』と訊ねました。

『なあに、ちよつと問答してゐたばかりよ』子供はかう答へました。

『だつてありや、この頃名高い孔子樣なんだよ』これを聞くとさすがの子供も膽を潰して、

『えつ、あれが孔子樣だつて』と思はずかう叫びました。風彩や樣子から見て、立派な學者だらうと思つてゐたのですが、それが魯の國全體に響き渡つてゐるほど高名な孔子樣だらうなどとは夢にも思はなかつたのです。

子供はすぐさま、孔子樣の車の行つた方をさして、一生懸命に走り出しました。

『先生、暫くお待ち下さいまし』やつと車に追ひついた時、彼は息を切らしながらかう喚きました。『ほんの暫く車をお止め下さいませ』車の中でこの樣子をお聞きになつた孔子樣は、お弟子にさう言つて車を停めさせ、靜かにその中から出ておいでになりました。見るとさつきの子供が車の前に低頭してをります。

『おう汝か、まだ何か用があるかな』孔子樣はかう優しくお訊ねになりました。

『わたくしは先生にお詫びを申しに上りました』子供は頭を下げて丁寧にかう言ひました。『先生があの名高い孔子樣とは少しも知らなかつたものでございますから、先刻はあんなに失禮なことを申上げまして、誠に申し譯ございません。どうぞお許し下さいませ』

『いや、そんなに謝らなくともいい。わしも大層面白かつた。さあ、もういい、今日はこのまま歸れ。また何日か逢つて話しをしようぞ』

『有難うございます。では誠に恐れ入りますが、いま一つだけお教へ願ひたうございます』

『さうか、よし／＼、では何なりと訊ねるがいい、わしの知つてゐることなら教へて遣はす』

『有難うございます。ではお訊ねいたしますが、鵞鳥や鴨はなぜ水に浮くのでございませう、そしてまた鴻鳥や雁はなぜあんなによく鳴くのでございませう、それから松や竹の葉はどうしてあのやうに青々としてゐるのでございませう』

孔子樣はこれをお聞きになると、「この子供、なか／＼油斷のならぬ子だ、自分が訊ねたと同じやうなことを云つてをるわい」とお思ひになりましたが、それを顏色にも現さず、

『それか、鵞鳥や鴨が水に浮くのは、それは足の力ぢや、また鴻や雁がよく鳴くのは頸が長いからぢや。また松や竹の葉がいつも青々してゐるのは、心が堅いからぢや。どうだ、分つたかな』と優しくかうおつしやいました。ところが子供はなか／＼そんな事では承知しません。

『失禮ながら先生、それは違つてをりはしないでせうか』とすぐにかう言ひ反しました。『水に浮くのは何も鵞鳥や鴨ばかりではありません。魚もやつぱり浮きますが、魚に足はございません、また頸が長くて鳴くのでございましたら、蛇や龜はなぜ鳴かないのでございませう。それに松や竹なども時には葉が黃ろくなることもございます。だから、これもあながち心が堅いと云へますまい』

『ははあ、成る程な。だが、何でもさうなるには、それ／＼さうなる原因といふものがあるものぢや。だが、それと一しよに何にでも例外と云ふもののあることを忘れてはならん』かうなると子供はもうかつとして

まつて對手が孔子樣であると云ふことも忘れて、

『妙な理窟もあるものでございますね』と申しました。『では毎夜あの空の上で、きら〳〵と光つてる星の數は、一體どのくらゐあるものでございませう』

『それは分らないな。地上に生きてゐる者は地上の事だけ知ればそれでいい、天のことまで彼是云ふには及ばぬのぢや』

『左樣でございますか。ではこの地上には、家の數がどのくらゐあるのでございませう』

『それも分らぬな。我々にはただ眼の前のことだけしか分らないのぢや』

『眼の前のことなら何でも分るのでございますな。ではわたくしの眉の毛は幾本あるでございませう』ここに至つてさすが優しい孔子樣も子供の生意氣を腹立たしくお思ひになりました。そして、子供の頭をさしながら、

『お前髮の數を算へて見い……』と、一言仰しやつたまま、すうつと車に乘つて、そのまま行つておしまひになりました。そして家へ歸ると、

『後生畏るべしと云ふのはあの子供のことぢや。あの子は善にも強いが、その代り惡にも強い、たゞ惜しいことには道を教へるものがないから、大きくなつたら多分惡い者になるだらう』と云つて嘆息されました。

それから十幾年が經ちました。そして、天下を覆さうとする謀叛人が出て、國ぢうは大騷動になりましたが、その首領は、孔子樣と問答した例の利口な子供だつたさうです。人々は後生畏るべしと云はれた孔子樣の先見の明に今更のやうに感服しました。

戇三と林家の由來

原名『林家之由來與戇三的話』

童話や傳説の中には、山の由來とか、地藏尊の緣起とかはよく扱はれてゐますが、金滿家の由來と云つたやうな話は、餘り聞かれません。ところが臺灣にさうしたちよつと風の異つた話が傳はつてをりますから、それをご紹介いたしませう。臺灣人に多い姓と言へば、まづ、陳、王、林、李、黃、翁、簡、それから辜といふやうな姓でせう。その中でも多いのが、林と陳です。そしてこの姓を名乘る人々の中には、どういふものか金滿家が多いのです。現に今でも林本源といふやうな臺灣一の大富豪があります。それではなぜこの姓を名乘る人は、お金持が多いのか、それには次のやうな由來譚が傳はつて居ります。

昔、支那の南昌府と云ふ所に、戇三と名乘る一人の男がありました。生れつき大の正直者でありましたが、文字といふ者を少しも知りませんでした。兩親には早くから死に別れ、兄弟とてなく、この廣い世の中にたつた一人ぼつちでした。それにお父さんが遺してくれた財産と云つても別にないので、一生懸命働いてその日〳〵を過してゆかなければなりませんでした。「人間は體がたつしやで、毎日働くことが出來さへすれば、それに超した事はない。餘分なお錢などあつたところで、そんなものが何になるものか。結句苦勞が增すばかりだ。それよりか何でもいいから、少しでも人のため、世の中のためになることがあつたら、一生懸命それをする事だ。それが人間の務めだ」戇三は、いつもかう考へてをりました。で、村の橋が壞れたと聞けばすぐに行つて修繕する。

道の崩れたのを見ると、たつた一人で重い石を運んでそこを直す、貧乏な人や氣の毒な人を見ると、財布の底をはたいて惠んでやるといふ風でしたから、村ぢうで誰一人として、褒めぬ者はありませんでした。

すると或日のこと、今しも甕三は例の通り一日働いて、へと／＼に疲れた體をひきずるやうにしながら、わが家をさして歸つてをりました。そして、村の入口まで來ると、そこのある樹の蔭で、村の人が三四人集まつて、何か相談してゐるのを見かけました。で、甕三はつか／＼とその方へ近寄つてゆきました。そして何を話してゐるのかと訊いてみると、それは隣村へ行く峠道が先日の降雨のためにすつかり石ころが洗ひ出されて、そこを通る旅の者が、みんな難澁してゐるから、何とか修繕しなくちやなるまいと相談してゐるのだとのことでした。

『そんなことがあつたのかい』甕三は驚いたやうにかう言ひました。『わたしはちつとも知らなかつた。それぢや一刻もそのままにして置くことは出來ない。どれ一つ行つて直してやらう』そして、今までの疲れなどどこへやら、さつさとその方へ向いて歩きだしました。とり殘された村の人達は互に顔を見合せました。

『どうも恐ろしく氣の早い男だな』

『こんな話を聞くと、じつとしてゐられないのがあの男の性分なんだ』

『どうだ、わたし達も行つて甕三さんの手傳ひをしてやらうぢやないか』

『よからう』

相談は忽ちまとまりました。そして村の人達もすぐさま甕三の後を追つて出かけました。大急ぎで現場へ行つてみると、甕三さんはもう大きな石を取り除けたり、その跡をならしたり、汗みづくになつてせつ／＼と働いて

をりました。そこで後から來た人達も一しよになつて、一生懸命働きはじめましたが、仕事は思つたよりの難事でなか〳〵はかがゆきません。その内に日暮方になつたので、その日は一先づ切り上げて歸つて行きました。ところが藹三はその翌日からといふもの自分の仕事をずつと早く切り揚げ、村の人達を加勢に頼んで、毎日山へやつて來ては精出して働きはじめました。で、今まで荒れはててゐた道も今日は半町、明日は一町と云ふ工合に、次第に美しく修繕されてゆきました。藹三にはそれがまるで自分の仕事のやうに嬉しくてたまりませんでした。

かうして道の修繕は日一日と進んで行きましたが、世の中には、いろんな人があるもので、

『物好きな男があるもんだ、誰も頼みもしないのに、一文にもならない事に、あんなに汗水だしてさ』と蔭口をきいて、笑つてゐる者もありました。けれど、藹三はそんなことなど耳にもかけずせつせと働いたので、彼是五六十日もかかると、さしもの難事業もすつかり出來上つてしまひました。藹三の喜びは言ふまでもありません。手傳つた人達も美しく出來上つた道を見て、今更のやうに心持よく思ひました。みんなはもう一息だといふので、ごた〳〵してゐる後片づけをしてをりますと、その時ふと藹三の目に入つたのは、一つの大きな石でした。それを見て、

『どうも此石は邪魔だな』藹三はじつと其石に目をつけながら、かう言ひました。そして皆の方を振返つて、

『どうだ、ついでの事に、こいつも一つ片附けてしまはうぢやないか』見ると、その石といふのは、これだけの小人數では、とても二日や三日では取り除けられさうもないほど大きな、まるで象のやうな石でした。これを見た一同は驚いて、

『なに、この石を取り除けるんだつて……』と云つて眼を丸くしました。

『むゝ大きいにや随分大きいが、あのままぢやどうも邪魔になるな』

『だが、あいつを取り除ける事だぜ。とてもちよつとやそつとで動きさうもないぢやないか』

『むゝ』類三はかう言つたまま暫く何か考へてをりましたが、やがて『さうだ、一つやつてみよう』と獨言を言つて、何やかや道具を置いてある方へ歩きかけました。

『どうも驚いたなあ。お前どうしてもやる氣なんかい』加勢の中の一人がかう言ひました。

『力だけぢや難かしいかも知れないが、時間と根氣さへかけたら、出來ないこともないだらう。今はこのままでいいとしても、今度大雨でも降つたら、いつ轉び落ちて來ないとも限らないからな』かう言つて類三は行つてしまひましたが、やがて大きな石鑿と石槌を持ち出して來ました。そしてその大岩の上へ上がり込んで、一生懸命それを打ち壞しにかかりましたが、何しろ今とは異つて、爆發で一度に爆發さしてしまふなどといふやうな便利な事は考へ出されてゐなかつた時分の事ですから、かうでもするよりほかに方法はなかつたのです。類三がかうして働きだしたのを見ると、助勢の人達も默つてゐるわけにはゆきません。てんでに石鑿と、石鎚を持ち出して、石の四方から寄つて集つてかん〱かん〱やりはじめましたので、さしもに大きな石も思つたよりずつと早く取り除けてしまふことが出來ました。

『おや』とその時、類三が今取りのけたばかりの石の下を見ながら、かう叫びました。『あすこに何やら妙なものがあるぞ』

で、すぐさま土を除けて掘り出して見ると、それは誰がいつの時代に埋めたものか、古い古い一つの甕でした。

『これや妙だな。こんな所から甕が出て來るなんて。一體何が入つてゐるのだらう』

『大分古いものらしいな。何でもここには昔お城があつたといふことだから、ひよつとすると、人間の骨かも知れないぜ』

『ぢや、人間の骨を何だつてあんな大きな石の下に埋めたんだらう』みんなはしばらくの間、こんなことを話し合つてゐましたが、

『何にしても妙だ。兎に角開けて見ようぢやないか』といふので、鬍三はびく〳〵もので、そつとその蓋をとりました。ところが甕の中には目にも眩むばかりにきら〳〵と輝く白銀が一杯入つてゐるのでした。

『やあ、白銀だ』鬍三は思はずかう叫びました。

『何、銀だつて』ほかの者もかう言つて首をつきだしました。で、一體どのくらゐあるのだらうと言ふので、みんなが數へてみますと、彼是三千枚ばかりもありました。銀三千枚と云へば、その頃大したお金高です。みんなは口もきけないほど驚いてしまひました。その中で鬍三だけは「さてこの金をどう處分したものだらう」と考へてをりました。「うつかり、官衛へでも持ち出さうものなら、あの慾ばりの小役人どもが、さうか、それは奇特なことぢやとか何とか、一言云ふばかりで、金はみんな自分達の懐へ捩ぢ込んでしまふだらう。それぢや何にもなりやしない。と言つてこれをこのまま自分のものにしてしまふことはなほさら出來ない」彼は暫くの間考へてゐましたが、やがて一同に向つて口をきりました。

『どうだ、皆の衆。このうち千枚だけは、みんなこの道普請をしてくれたお禮にとつてくれ、そして殘りはわたしに預からしてくれないか。だがわたしが預つたからと言つて、決してそれで自分の腹を肥さうといふのぢやない、みんな貧乏な人や難儀な人に惠んであげたいと思ふのだ』

『それはいけないよ顯三さん』それを聞いた中の一人がすぐにかう反對しました。『そりやお前さんの云ひ條にも一理あるが、この道普請を一番にやり出したなあお前さんぢやないか。そのお前さんが、一文も手をつけないと云ふ金を、たゞの一枚でも二枚でも、さうか、そりや有難うと言つて、わたしたちが貰ふわけにやいかないぢやないか。どうせこの道普請だつて、人助けのためにした事だ。だから顯三さんさへ承知ならこの金はそつくりお前さんに預つて貰つて、お前さんの手で、何か施しにでも費つて貰はうぢやないか』ほかの者もその男の言つた事に心から贊成しました。そこで顯三はその白銀三千枚の金をそつくりその儘自分の家へ持つて歸りましたが、はじめみんなの前で言つた通り、たとへ一文半錢だつて自分の身につけることはしません。自分は前の通り、毎日毎日一生懸命働きながら、その金はみんな憐れな人達に惠んでやつてしまひました。そのために助つた人達は何人あるか數が分らないほど大勢ありました。そしてみんなからは、神樣のやうに尊敬されて樂しい月日を送つてをりましたが、やがて七十三の高齡になつて、壽命が盡きたものか、別に病氣に罹つたといふでもなく、眠るが如く、大往生を遂げました。前にも言つたやうに、顯三には誰一人身内といふものはありませんでしたが、村の人達は言ふまでもなく、遠い所の人達まで大勢集つて來て、みんなで立派なお葬式を出しました。さて、死んで行つた顯三の魂は、言ふまでもなく極樂へ行く筈だつたのが、どこでどう道を取り違へた

ものか、たうとう地獄の閻魔大王の所まで行つてしまひました。その時閻魔大王は顯三を見ると、『その方は、陽府（娑婆）で名高い顯三ではないか』と靜かにかうおつしやいました。『よく參つたな。だが、此處はお前のやうな者の來る所ではない。陽府で惡事非道を働いた曲者どもを懲らしめる地獄であるぞ。その方はどこかで道を取り違へたものと見える。だが、よし〳〵、今すぐ鬼どもに言ひつけて、極樂まで案内さして遣す。が、ちよつと待て。ここまで來たのを幸ひその方に申し聞けることがある。その方生前は、よく行ひを愼しみ、深く世を益し、人を利したること多し、その功績に愛で、われ天上の玉帝に命じて、來世はその方を臺灣人に生れ替らせ、林と云ふ姓を名乘らせ、大富を與へ、官は欽差に任じ、厚くその福祿を享けしめてやるであらう』

かう言つて大王は、自ら顯三に一枚の辭令を授けました。そしてすぐさま鬼を案内につけて顯三を極樂に送り屆けました。その後顯三は人間に生れ替りましたが、それは大王の言つた通り臺灣人で、林の姓を名乘りました。そして天上の玉帝樣の御惠みで、大層金滿家になり、その子孫は益々富み榮えました。これが臺灣に傳へられてゐる林といふ家に金滿家の多い由來話です。

山奧の四人惡僧

原名『山中之惡僧與村衆的話』

むかし、ある山奧に、一軒の山寺がありました。その寺はもう大分長い間住む坊さんもなく、壁は崩れ瓦は落

ち、荒れ放題に荒れはててをりましたが、何時の程からか、そこへ會體の知れない坊さんが四人、よひつこりやつて來て住むやうになりました。そしてお寺の內も外もすつかり手入れをしたので、今までとはうつて變つて、なか〳〵立派なお寺になりました。けれどこの四人の坊主は揃ひも揃つて腥臭坊主ばかりで、酒は飮む、鳥や魚は食ふ、その上喧嘩口論がこの上なくすきと言ふ、全く手のつけやうのないやうな奴ばかりでした。で、麓の村の者なども觸らぬ神に祟なしと誰一人相手になる者もない有樣でした。ところが坊主どもの方では、結句それをい〻ことにして、

『どうだい、村の奴はどれもこれもみんな腰拔けばかりぢやないか。何をしたつて、一口だつてぐづ〳〵云ふ奴なんかありやしない。かうなりや遠慮するだけ損だ、何でも彼でも滅茶苦茶にやつつけろ』といふので、その亂暴狼籍は、日一日と募るばかりでした。

今日も四人の惡僧どもは打ち連れだつて村へ行き、さん〴〵暴れ廻り、たゞのお酒をしたゝか飮んで、好い機嫌になつて話しながら山寺をさして歸つて來てゐました。するとその途中一つ小さな溪川がありましたが、そこまで來ると中の一人が向うを指しながら、

『おい〳〵あれを見ろ』と言ひました。『どうだい、噂の通り恐ろしくい〻女ぢやないか』で、ほかの惡僧どもがひよいつと、その方を見ると、そこには一人の美しい女が、小春の暖い陽を背に浴びながら、一心に衣類の洗濯をしてゐるのでした。

『うむ、成程い〻女だな』とほかの一人が言ひました。『何處のものだらうな。此處へ洗濯に來るくらゐだか

ら、さう大して遠い所の者でもあるまいが』

『お前あれを知らんのかい』と又ほかの一人がいひました。『あれはこの村で誰知らぬ者のない評判の美人なんだよ。すぐこの近くに住んでゐるんだがな』

『おや〳〵、ぢや手前あの女のことを知つてるんだな』

『知つてなくつてさ』とその坊主はいよ〳〵得意になつて言ひました。けれどその實本當に知つてゐるのではなくてみんなから聞いたことや、いゝ加減な作りごとばかりたつだのです。

『おれはあの女の家へはちよい〳〵遊びに行くんだよ。あの女には亭主があるんだがな、そいつは商賣で外にばかり出てゐるんで、可哀さうにあの女は、いつもたつた一人で留守番ばかりさせられて、毎日淋しがつてゐるよ。どうだいゝ女ぢやないか』

これを聞いたほかの仲間どもは驚いてしまひました。出るにも歸るにも寢るにも起るにも、ちよつとの間だつて離れたことがないのに、あいつはいつの間に自分達を出し拔いて、たつた一人であんな女と懇意になつたのだらう。かう考へて見ると、どうも不思議でなりません。そこで一人の仲間が、言ひました。

『どうもお前のはしつこいのには驚いたな。だがお前が知合ひとありや、いゝ幸ひだ。どうだいみんな。一つあの美しい女を寺へ引張つて歸つて、酒の酌でもさせようぢやないか。酒を飲むにや、お互同志のやうにくりくり坊主ばかりよりや、女氣のある方が幾らうまいか知れないぜ。誰か一つ女の家に出かけて、談判して來るものはないかい』これを聞くと、三人が三人おれも行く、おれも行くと行きたいものばかりで、一向に

話は纏りません。仕方がないので、一先づ寺へ歸つてゆつくり晩飯でもすました上、籤引きをして行く者を決めようと云ふことにして、一同は喜び勇んで山寺へ歸つて行きました。そして、大急ぎて夕飯を濟すと、すぐに、約束通り籤を引きました。するとの籤に當つたのは四人の中でも一番背の低い醜い顔をした坊主でした。みんなはそれを忌々しく思ひましたが、はじめからの約束ですから、今さらどうすることも出來ません。ところがその日この背低の醜男坊主は、お臺所の當番になつてゐましたので、早くすまして女を迎へに行かうと、大急ぎで臺所へ入つて行つてしまひました。するとその後で籤に外れた三人は、「あの男が行つたら嘸女が呆れて逃げ出すたらう」とか「いや、とても人間とは思ふまい、きつと怪物だと思ふに相違ない」とか、散々蔭口をきいてをりましたが、たうとうそれたけでは我慢しきれなくなつて來ました。そして自分こそみんなの先を越して女を引つぱつて來てやらうといふ野心を起しました。で一人が、「ちよつと厠に行つて來る」と言つて出たかと思ふと、また次の一人が「餘り暑いからちよつと外の方を歩いて來る」といふ工合に、みんないゝ加減な用事を作つては外へ飛びだして、そのまゝ、別れ別れに一生懸命目ざす女の家をさして道を急ぎました。一番しまひに殘された一人が、いつまで待つてもほかの二人が歸つて來ないので、「こりや、おれもかうしちやゐられない」とすぐさま二人の後を追つてかけ出したことは言ふまでもありません。

さて後にたつた一人取り殘された例の醜男坊主は、やつとお臺所の用事をすまして出て見ると、さつきまでゐた筈の三人の姿が、何處へ行つたものか皆目見えません。「おやこいつは困つたな。一體何處へ行きやがつたんだらうな。まさか三人揃つて酒買ひでもあるめえし。これぢや俺は出ることも出來やしない。いくら山寺だつて夜

分誰も居ないぢや不用心だ。仕方がねえ。暫く待つとしよう、そのうち歸つて來るだらう。うむ、さうだ、まだ酒があつた筈だ、あいつでも出して一杯ひつかけてやれ」醜男坊主は獨り言ちながら、臺所から酒を出して來て、一人でぐびり／＼と飲み始めました。はじめのうちは迎へに行かなければならない女のことや、出て行つたまゝ歸つて來ない仲間のことなどが氣にかゝつてをりましたが、根がすきな酒、一杯二杯と盃を重ねるにつれてすつかりいゝ氣持になり、女の家へ出かけることなんか、面倒臭く臂を枕にごろりと横になつてそのまゝぐつすり寢込んでしまひました。

お話變つて、思ひ思ひに寺を飛び出した三人は、途中で仲間に見つかりはしないかと、用心しいしいやつと女の家まで辿り着きましたが、何しろ行く家が同じなのですから、どうしたつて知れずにはをりません。女の家の前まで來た時、三人は顏を見合せ、

『おや／＼』と互に驚き合ひました。かうなつては仕方がありません、三人は相談の上みんなで女の家を訪ねることにしました。が、こゝに一つ心配なのは、ひよつとして亭主がゐたら……といふことでした。で、例の前に知つた風をした坊主が、そつと裏手へ廻つて、壁の間から覗いて見ると、女はたゞ一人淋しさうに着物を縫つてをりました。

『いゝ鹽梅にゐないよ』彼は仲間の處へ歸るとすぐかう言ひました。そこで三人は女の家の表戸をとん／＼と叩きはじめました。そして、

『ご免なさい、今晩は』と二三度も呼んでみましたが、家の中からは何の返事もありません。中にゐた女はさ

つきからもうその音は聞いてゐたのですが、自分一人で留守番してゐるところへ、しかもこんな夜更けに何の用があつて來たのだらうと、不審に思つてわざと知らぬ顔をしてゐたのです。けれど、表ではいつまでもどんどんと戸を叩くので、仕方なしに、立ち上りました。そして恟々しながら、そつと戸を開けて見ると、そこには例の噂の高い山寺の惡僧どもが、三人顔を並べて立つてゐるではありませんか。「あゝ、明けなければよかつた」と思ひましたがもう後の祭です。けれど氣丈で利巧な女はすぐさま覺悟を決めました。そして、

『まあこんなに遲く、よくいらつしやいました、さあどうぞお上り下さい』と、惡びれた樣子もなくかう言ひました。女から上れと言はれて、惡僧どもは大喜びです。何の用捨もなく、どや〳〵と上つて行きました。そして女と向ひあつてしばらくの間よもやまの話をしてをりましたが、その時女はふと口を噤んだと思ふと、そつと窓の方へ歩み寄りました。そして、

『あゝ、大變です』とさも驚いたやうに言ひました。『主人が歸つて參りました。そりや主人は亂暴者なのですから、見つかつたらそれこそ大變です、さあ早くお歸り下さい』

『え、主人が歸つて來たつて、そりや大變だ』

『お前さんとこの主人はそんなに强いかい』

『えゝ、そりやもう……鬼だつて叶やしません』

『鬼でも叶はない。それ逃げろ』さすがの惡僧どもも顔色を變へて騷ぎだしました。そして大急ぎで門口の方へ駈け出さうとすると、それを見た女は、

『もう主人はそつちへ廻りました』と云ひました。で、逃げ場をなくした惡僧どもは、寢臺の下に一人、鷄小屋の中に一人、戸の裏に一人、とそれ〴〵隱れて、息を殺してをりました。やがて亭主は入つて來ました。そこで女は今までのことを坊主どもに聞えないやうに、そつと亭主に囁きました。

『うむ、惡い奴だ』とそれを聲き終つた時、亭主はかう言ひました。そして部屋ぢうをじろ〳〵と見廻しながらわざと大きな聲をして、

『おい、何だか、厭にがさ〳〵音がするぢやないか。またいつもの南京蟲だらう。一つ退治てやらう。釜に一杯湯を沸かしてくれ』と言ひました。女は大急ぎで夫の言つた通りにしました。亭主はそれを受け取ると、

『どうもこの邊らしいな』と言ひながら、寢臺の下を目蒐けて、その熱湯をざつと打ちまけました。そこに隱れてゐた坊主は堪つたものでありません。『きやつ』と一聲叫んで轉がり出ましたが、立ち上る間もなく息は絶えてしまひました。

『はゝあ、大きな南京蟲だな』主人はかう云ひながらその死骸を部屋の隅へ引きずつて行きました。そしてその次には、

『どうも鷄小屋へも何か來てゐるらしいぞ。先日から時々鷄が減ると思つてゐたが、大方狐か狸めでも來てやがるんだらう』と言ひながら、生蕃の使ふ大きな槍を下げて、のそり〳〵と裏の方へ出て行きました。中にゐる坊主は氣が氣でありません。も少し奥へよく隱れようと這ひ出した途端、ついがさ〳〵と音を立てました。

『畜生こゝにゐやがるな』主人がかう喚きながら突き出した槍先は、鷄小屋の垣を通して、坊主の横腹をさつとばかりに突き通しました。坊主は一堪りもなく、聲も立てずにそのまゝ死んでしまひました。戸の後に隱れてゐた坊主はさつきからの樣子を殘らず見てをりましたが、どうすることも出來ません。

『これは大變だ、この次はどうせおれの番だ。が、うかつに逃げ出す事も出來やしないし、どうしよう、飛んだことになつたものだ』とぶる／＼慄へてゐるうちに、これもたうとう主人のために突き殺されてしまひました。

さてその翌る日になると、主人は谿一つ距てた隣村に住んでゐる一人の貧乏人の家を訊ねて行きました。

『實はお前に金儲けをさしてやらうと思つて來たんだがね』主人は爺さんの顏を見るとすぐにかう言ひました。

金儲けと聞いて爺さんはにこ／＼しながら、

『何、金儲ですつて、そいつは結構な話ですな。ご親切に有難うございます』と云ひました。

『先からそんなに喜びなさんな。仕事はちよつと厭な仕事なんだよ』

『いや、どんな厭な仕事だつて……なに、金儲けとなりや人殺しでもいたします』

『さうかい、ぢや一つ引き受けてくれないか。なあに、人を殺すほどのことはありやしない。もしやつてくれれば御禮に百元出すことにしよう』

『百元ですつて。有難うございます。やりますとも。どんな仕事だつてやりますよ』

『それぢや言ふがね、實は誰だかおれの家の鷄小屋に人間の死骸を棄てゝ行つた奴があるんだよ。で、一つそ

の死骸を何處かへ持つて行つて棄てて來て貰ひたいんだ』

これを聞くと爺さんは顔色を變へて、ぶる〳〵慄へだしました。

『いけねえ。旦那、お斷り申します。わたしやかう見えても、ごく膽の小さい方で、佛様と蛇は大嫌ひなんです。思ひだしただけでも氣味が惡い。旦那、後生ですから勘辨して下さい』

『だつて、お前はたつた今、金儲けのためなら人殺しでもすると言つたぢやないか』と主人は笑ひながらかう言ひました。『それに高が死んだ人間だ。どうするものか。それを棄てて來るだけで百元なんて、こんなうまい仕事は滅多にないよ。だが、出來ないのなら仕方がない。無理に賴まうとは言はないよ』主人はさつさと行つてしまひかけました。かうなると爺さんも急に百元の金が惜しくて仕様がありません。折角自分の懷へ轉び込んで來てゐるのをみす〳〵逃すのはどう思つても殘念で仕様がないのです。で、怖さも何も忘れて、主人を呼びとめました。

『旦那、仕方がありません。やりませう』

『さうかい、そりや有難う』

話は纏りました。そこで二人はつれだつて、女の家に歸つて來ました。やがて爺さんは、慾と道伴れで氣味の惡いのを我慢しい〳〵死骸の一つを擔いで、えつちらおつちら棄てに行きました。そして何處へ棄てたのか程なく歸つて來て、

『やれ〳〵やつと棄てて來ましたよ、さあ、約束の金を下さい』と云ひました。すると、亭主はひどく腹をた

てて、

『この横著者め』と呶鳴りつけました。『貴様は死骸を外へ運んだやうに見せかけて置いて、實は戸の後へ隱したんだらう、怪からん奴だ。こゝを見ろ、この通りだ』かう云はれて爺さんがひよいと戸の後ろを見るとそこにはたつた今棄てゝ來たばかりの死骸と寸分違はない死骸が横たはつてゐるのです。

『こりやどうも不思議だ。たつた今川へ投げ込んで來たばかりなんだがなあ』

これを聞くと主人は、

『何、川へ投げ込んだのだつて、そりやいけないよ』と言ひました。

『坊主は俗人と違つて、佛様のお力がついてゐるから、淸い水に浸ると蘇生ると昔からよくさう云ふぢやないか』

そんな馬鹿なことがある筈はないのですがそこは無學文盲の悲しさ、すつかり感心してしまつて、なる程そんな事もあるかなあと、またぞろ死骸を擔いで出かけました。けれど前の失敗にこり〲してゐますので、今度は山へ擔いで行きました、そして山の高い處へ棄てましたが、また歸つて來やしないかと心配なので、時々後ろを振り返り振り返り歸つて來ました。主人はちやんとそれも見てをりました。そして爺さんが歸て來るとすぐかう言ひました。

『おい、困るぢやないか、お前が餘り後ろばかり見い〲歸るもんだから、死骸はちやんとお前より先に歸つて來てしまつたよ』

『へえ、またですか、今度は山へ棄てゝ來たんだがなあ』

『だつて論より證據だ、之を見るがいゝ』主人はかう言つて、今度は寢臺の下の死骸を見せました。見るとそこには前と同じ樣に坊主の死骸が横たはつてゐます。爺さんはもうすつかり肝を潰してしまひました。そして、

『わつしは、もう眞平御免蒙ります』と言ひました。『こんな氣味の惡い仕事は、百元は愚か二百元頂いても三百元頂いてもする氣になれません』

すると亭主は目を剝いて、

『さうかい、止めるなら止めたつていい』と恐ろしい聲で呶鳴りつけました。『だが、よく考へて見るがいい。もしわたしが訴へて出たら、お前も同罪だぜ。お前が厭だと言ふのなら仕方がない。わたしはこれからすぐに訴へるから』

『え、訴へるんですつて、冗談ぢやない。この上牢へでもぶつ込まれちや堪つたもんぢやない』

『さうだらう。ぢや、も一度行つて來てくれ。わしは何も無理に訴へると言ふんぢやないんだから』

仕方がありません。爺さんは氣味の惡いのを我慢して、またぞろ死骸を擔ぎだしました。そしていろ／＼思案した末、今度は一度に成佛するやうにと、例の山寺へ擔ぎ込みました。

『こら坊主』山寺の窓の下まで行つた時、爺さんは死骸に向つてかう云ひました。『今度はわざ／＼お寺さんへつれて來てやつたんだ。迷はず成佛しろよ』

そしてどしんと窓の中へ抛り込みました。この音に不意に目を醒ましたのは、例の一人寺に殘され、酒に醉つ

ばらつて今まで眠つてゐた醜男坊主です。

『おや、今のは一體何だらう』不審に思ひながら起き上つて、音のした方へと行つてみました。見ると仲間の一人が死骸になつて横たはつてゐるではありませんか。しかも歯を食ひしばり、白い眼を剝き出して見るから物凄い形相をしてをります。醜男坊主は一目見るなり、『きやつ』と叫んで、そのまゝ夢中で部屋を飛び出しました。ところが、その姿を見たのは例の爺さんです。今擔いで來たばかりの死骸と寸分違はないなりをした坊主が、自分の後から駈け出して來ましたので、又もや死骸が生き返つたに相違ないと思ひました。そして、

『やい、この腥臭坊主奴、もう歸すものか、人が折角お寺まで持つて來てやつたのに、まだ執念深く出て來やがつたな。どうするかみてゐろ』と云ふより早く、手に持つてゐた天秤棒で打つて／＼打ちのめし、たうとうこの坊主も成佛させてしまひました。これで彼はやつと約束の百元を貰ふことが出來ました。この話は、いつとはなしに村ぢうに傳はりました。そして村人達は惡僧が退治されたのをみんなで喜びあひました。

生蕃童話集

西岡英夫 編

入墨の由來と青蛙

タイヤル族童話

タイヤル族と云ふ生蕃人は、殆んど臺灣中央の山地以北の中央山脈一帶に盤踞してゐまして、一名北蕃とも云ひます。數ある蕃族の中で北部に住んでゐるものは、概して散居してゐますが、中央や東部のものはみんな集團してをるといふことは一つの大きな特色であります、これは外敵に備へる必要から、自然さうなつたものに相違ありません。蕃社はいづれも海拔八百尺以上五千尺の間にある山地です。で、このタイヤル族は、蕃人中で蕃社の數も、人口も一番多く、從つて勢力もあり、分布も甚だ廣汎で、蕃地と云はれる區域の殆んど半ばは、このタイヤル族が占めてゐるのです。この種族が正當な結婚をして黥を施す習慣を持つてゐることは、他に類のない顯著な特色で、そのために黥面蕃とも云はれてゐます。この童話はその黥の由來として、今でも各蕃社に傳はつてゐる有名な話です。

ずつと大むかしのこと、バクバクワーカと云ふ高い靈山がありました。その山には、それよりずつと前から屹然と高く聳え立つてゐる、實に大きな一つの石がありました。ある夜のこと不意に起つた、恐ろしい暴風雨のために、さしもの大石もがら／＼つと凄じい響を立てゝ瞬くまに破烈してしまひました。すると不思議にもその中から、一人の男と一人の女がぴよいつと飛んで出ました。二人は、お互にすぐ相手の姿を見つけました。そして「こりや妙だ、見たこともない妙な奴がゐたぞ」と云はぬばかりに、暫らくの間は無言のまゝじつと顔を見合はせてをりました。けれど邊には自分達二人以外に自分達と同じやうなもののゐる樣子もありません。と云つ

てお互に言葉をかけるのも何となく氣がひけて、一本の樹の下に雨宿りをしながら、どつちからも一口も口をきかうとしないで、ぢろり〳〵と相手の樣子を窺つてをりました。やがて、夜も明けてそれと同時にさしもの暴風雨も靜まり、美しく晴れた空が顏をのぞけました。その時になつてはじめて、男は女に向つて、かう聲をかけました。

『あなたは一體どこからいらしつたんですな。わたしあの破裂した岩の中から飛び出したんですが』

すると女は、

『おや、さうでございますか。實はわたしもあの岩の中から、出たんでございます』と答へました。

『で、あなたは何時でて來たんです』

『さつきです。あの恐ろしい暴風雨の眞最中です。で、あなたはいつお出になつたのでございます』

『わたしもその時ですよ。ぢや二人はきつと一緒に飛び出したんですな』

二人は暫らくの間こんなことを話してゐましたが、兎に角この廣い〳〵處に、人間といつてはたつた二人きりなのだから、これからはお互に助けあつて暮さう、と約束しました。

かうして二人は仲よく一しよに暮しはじめました。ところが、ある日、男は女に向つて、こんなことを言ひだしました。

『かうしてあんたと二人きりでゐる分には、何と言つて呼んでも差支ないが、また暴風雨か何かでこゝへほかの人がひよつこり飛び出して來るやうな事があつたらどうなるでせう。もし〳〵と言つたところで誰のこと

か分らないし、困つてしまふぢやありませんか。で、どうでせう。お互に一つづゝ名前をつけて、これからはそれを呼ぶことにしようぢやありませんか』

相談はすぐに纒りました。ところが困つたことには、名なんてどんなことをつけたらいゝのか、二人とも一向ご存じないのです。

『こりや困つた』

『本當に困りましたわね』二人はかう言つて考へ込んでしまひました。するとその時不意に後ろの方から、

『いや〳〵、何もそんなに考へ込むに及ばない』といふ聲が聞えました。二人がぎよつとして後ろをふり返つて見ると、そこには一人の老人がにこ〳〵笑ひながら立つてゐるのでした。

『わしはあの山奥に住んでゐる仙人——神樣の使人ぢや』とその老人は遥か向うに空高く聳えてゐる山を指さしながら言葉を續けました。『で、わしは今、お前達の考へてゐることを教へてやつて來いといふ、神樣のお言ひつけをうけて、こゝへやつて來たのぢや。だから何も心配することはない、わしがいい名をつけてやる。さあ、二人ともいゝかな、よく聞いて置いて忘れるのではないぞ。男の方は今日からミリツクイと名乘れ。そして女の方は、カナイレンと呼ぶのぢや。どうだ、氣に入つたらう。これはみんな山の神樣がつけて下すつたのだ。忘れるではないぞ』

かう云つたと思ふと、仙人の姿はまるで煙のやうにすうつと消えてしまひました。かうして二人には、神樣から頂いた立派な名が出來ました。そして二人にとつてこの上なく樂しい平和な生活が、またしばらくの間續きま

した。けれどそのうちに、二人だけでかうして暮してゐるといふことがだん〱淋しくてたまらなくなつて來ました。「せめて誰かもう一人でもい丶からゐてくれたら、どんなに賑かでい丶か知れやしない。幾ら何でもたつた二人きりぢや淋しくつてたまらない」二人はいつもこんな事を考へたり、時によると口に出して言つたりすることがあるやうになりました。二人はその時の用意にと、こんなに名まで神樣から戴いて待つてゐるのに、幾ら待つても、人間らしいものはたゞの一人もやつて來ないのです。自分達が岩の中から飛びだした時のやうな暴風雨でも起つたら、その時はまた飛び出して來るかも知れない、と心の中で大嵐の襲來を祈つてもみましたが、一向にその利き目はありません。ところがある日のこと、ミリツクイは山へ獵に出かけ、カナイレンが一人でお留守番をしてゐるところへ、どこからともなく一匹の大きな青蛙が、のそり〱とやつて來ました。そして、

『もし〱カナイレンさん』と、さも心やすさうに聲をかけました。カナイレンも淋しくてしやうがないところですから、

『おや、蛙さん、何處からいらつしやいましたね』と愛想よく云ひました。すると、青蛙はにこ〱笑ひながら、

『わたしは神樣のお使ひなんですがね、お前さん達がいつも二人きりで淋しい〱と云つてゐるのを神樣がお聞きになつて、それぢや一つその淋しくなる法を教へてやれつてんで、わたしをこ丶へおよこしになつたんですよ』と云ひました。

『え、わたし達が淋しくなくなるやうな、い丶話があるんですつて。お願ひですから是非教へて下さい』女は

TERU

嬉しさの餘りから叫びました。けれど青蛙は落ちつき拂つたもので、

『お前さん達はいつも淋しい淋しいと云つてゐなさるが、それはつまり、二人だけで他に人がゐないからでせう』と言つて、得意さうに大きな目をくるりと廻しました。『どうです、ほかに人を幾人でも生むといふ事にされては。さうすればきつと賑かになりますよ』

之を聞いた女はびつくりしてしまひました。

『だつて、そんなに人を勝手に生むなんてこと、出來やしないでせう』

『ところが出來るから不思議ぢやありませんか』

『そりや本統ですか。ぢや敎へて下さいな。わたしどんなことだつてしてみますわ』

『いや、よろしい、それでは傳授することにしませう』青蛙はかう言つて女の耳に口をよせて、何やら小さな聲で囁きました。女は一心にそれを聞いてゐました。青蛙は話してしまふと、

『それぢやあ、役目もすみましたからわたしはこれでお暇します』と云つて、女がとめるのもきかないで歸つて行つてしまひました。

山に行つたミリツクイは、その日歸つて來ませんでした。その翌る日も、また翌る日も……そして四日目になつてやつと歸つて來ました、待ち詫びてゐたカナイレンは、その顏を見るが早いか、四日前に起つた、例の青蛙の話を詳しくして聞かしました。ところが不思議なことには、山にゐた男の身の上にも丁度それと同じことが起つてゐたのです。たゞ違つてゐるのは、

『だが、お前さんのおかみさんになる人には、顔に黒く黶がある人だから、そんな人を捜さなきやいけません』と、青蛙が歸る時になつて、かう言ひ殘したことだけでした。

『だつて妙ぢやありませんか』ミリツクイの物語を聞き終つた時、カナイレンはかう言ひました。『捜せと言つたつてこゝにはわたしとあなたと二人つきりきやゐないのに。それともわたしの顔のどこかに黶があるのかしら』

『さうかも知れない』

かう言つて二人は女の顔のどこかに黶がないだらうかと熱心に捜してみましたが、どうしてもそれらしいものは見當りませんでした。そこで翌る朝になると、ミリツクイはこれから自分は自分の妻になる黶のある女を捜しに行くのだと云ひだしました。

『だが、そんな女は一體どこにゐるのだらう。お前知らないかい、わたしもつい青蛙に、その居所を聞くのを忘れたんだよ』

カナイレンはこれを聞くと、大さう悲しみました。そして、

『そんなこと言はないで、どうかわたしと夫婦になつて下さい』と賴みました。

けれどミリツクイはなか〳〵承知しません。

『だつて、お前にや黶がないぢやないか』とすぐにかう言ひました。『神樣のお使のあの青蛙は、顔に黶をした女を捜して、それと夫婦になれと言つたんだもの。もしそれに叛けば罰が當るかも知れない』

から云はれてみれば、カナイレンも仕がありません。

『ぢや、わたしがその黥の女の所へ案内してあげませう』

『え、お前はその黥の女の居所を知つてゐるのかい』ミリツクイは驚いてから叫びました。『そりやいゝ鹽梅だ、これからすぐに案内してくれ』

そこでカナイレンが先にたつて黥の女を捜しに出かけました。けれど彼女がそんな女の居所を知つてゐる筈もなく、またそんな女はをりもしないのです。が、ナイレンは何を思つたのか、先にたつてずん／＼山奥の方へ歩いて行きます。山路を右に廻り左に折れして、大分歩いた時、二人は大きな岩穴の前へ出ました。その時カナイレンはその岩窟の方を指さしながら、ミリツクイに向つてから言ひました。

『あなたのおつしやる黥の女は、あの中にゐるんです。でも、あなたがぢかにいらつしやると、女は驚いてきつと逃げ出すに相違ありません。ですから、わたしがまづ一人で先にはいつて、よく先方に話しておきませう。あなたはそれからになすつた方がいゝでせう。時分を見てわたしが合圖しますから』

カナイレンは、男を待たせておいて、一人でずん／＼岩窟の中へはいつて行きました。利口な彼女は、來る道道いろんな草の葉を摘んでをりました。で、岩窟の中へはいるとすぐ、その草の汁で、上手に顔を塗りはじめました。そして岩窟の中についてゐる煤塵をもつてその上から線を描き、どう見ても黥をしてゐる女としか見えないやうに作りあげてしまひました。

さて、ミリツクイは入口の處に立つたまゝ、暫くの間待つてゐましたが、幾ら待つてゐても約束の合圖がありません。で、たうとう待ちきれなくなつて、つか〳〵と岩窟の中へはいつて行きました。するとどこか奥の方から自分の呼んでゐるのが聞えて來ました。で、ミリツクイは黥の女が待つてゐるのだらうと思ひながら、その聲のする方へ進んで行きました。するとそこには額に黥をし、カナイレンと同じ姿をした女が、にこ〳〵笑ひながら彼の行くのを待つてゐました。

かうしてミリツクイとカナイレンとは夫婦になりました。そしてこの二人から多勢の子孫が生れて、これが今のタイヤル族となりました。ですから、このタイヤル族に限つて、今でも女が婚禮時には、きつと黥をするのです。それに蕃語で男のことをミリツクイ、女のことをカナイレンと云ふのも、この時から始まつたのだと云はれてをります。

黄金の鯉と鷄の妃

アミ族の童話

この話は臺灣の東海岸、卑南街（今の大東街）の近く、馬蘭社の蕃人間に傳はる話の一つです。卑南は非常に早くから開けた町で、町の者から卑南王とさへ呼ばれた程勢力の強い、支那の役人が多勢の部下を連れて來て、邊を治めてをりました。それくらゐですから、商人や職人の中には隨分澤山の支那人が入り込んでをりました。從つてこの町に近い馬蘭社の蕃人どもはこの支那と往來したため、他の蕃人と異つて、餘程早くから進歩してゐました。

さてその馬蘭社の蕃人の中に、ルパへと云ふ一人の青年がありましたが、實に柔順で、正直で、よく働くこの上ない好い青年でした。ところが可愛さうなことに親兄弟には早く死別れ、親族とてもなく、廣い世の中に誰一人賴ることも出來ないといふ淋しい境涯でした。その上ひどく貧乏で、一生懸命稼がなければ食つてゆけないといふのですから、これほど氣の毒なことはありません。

ある日のこと、ルパへは、餘り天氣がいゝので、今日は一つ海へ漁に出かけようと思つて、一心に古い網を修繕してをりました。すると、そこへひよつこりと訊ねて來たのは、卑南街にゐる支那の役人の蔡と云ふ蕃人係りでした。

『やあルパへ、大層精が出るね』と蔡が聲をかけました。ルパへはその男を見ると、ちよつとお辭儀をして、

『はい、今日は一つ海へ出かけようと思ひましてね』と、言ひましたが、なか／＼修繕の手は休めません。

『實は今日少し相談があつて來たんだが』と蔡は優しく言葉を續けました。

『なにかご用でございますか』と、ルパへははじめて修繕の手を休めてから云ひました。

『うむ、實は先日お前からお買上げになつたあの黑鯛が大層王様のお氣にいつて、もう一度あんな魚が欲しいとかう仰しやるんだよ。何も今日と限つたことはないが、とれたら持つて來てくれないか』

『何かと思つたら、そんなご用でございますか、よろしうございます。取れたら直ぐに持つて參りませう。網の繕ひも大概出來ましたから、すぐに出かけてみませう。尤も相手は魚ですから、獲れるか獲れないかそこまでは請合へませんがな』

『さうかい。それぢや何分賴むよ』

蔡はかう言つて歸つて行つてしまひました。後に殘つたルパヘは、すぐに支度をとゝのへて、卑南王からの御註文といふので、喜び勇んで出かけました。

蕃地から海までは隨分離れてゐて、その上道は石ころの多い坂道ばかりなのですが、歩き馴れてゐるルパヘには何でもありません、間もなく濱邊に着きました。ところがどうしたものか今に限つて、あたりには人つこ一人をりません。廣い海は寂しいくらゐしんと靜まり返つてゐるのです。「おや、今日は一體どうしたといふんだらう。今朝から蕃社のものも大分來てゐるはづだのに」ルパヘは不審に思ひながら網を肩にしたまゝ、あたりを見廻してをりました。すると今まであんなに靜かだつた水面が、遙かにざわ／＼と騷ぎだしました。

『おやつ』ルパヘは思はずから聲を上げて、じつとその音のした方を見つめました。するとそこには海の水がまつ黑に見える程澤山の魚が群を作つて、まるで水の上にもり上るやうになりながら泳いでゐるのです。これを見た、ルパヘはもう夢中です。肩から網を下すが早いか、打つては引き引いては打ち、力の限り根限り働きはじめました。けれど、何しろ夥しい魚のことですから、幾ら取つてもちつとも減りません。どこから泳いで來るのか益々增へる一方です。ルパヘは日暮れ頃まで、一切無我夢中で働き續けましたが、氣がついた時には、自分ながら驚くばかりの魚を捕つてをりました。

『あゝ、これだけありや、もう澤山だ……漁に來た効があつた』彼は心の中で嬉しさうにかう獨り言ちました。『日も暮れかゝつたから、ぼつ／＼歸るとしよう』けれど考へて見れば卑南王が折角注文してくれた肝心の

黒鯛がまだ一尾も捕れてゐないので、それが聊かもの足らぬ氣がしないでもありませんでした。「だが然う言へばきりがない。兎に角今日はこれで歸るとしよう」かう思つてルパへは網を洗ひかけました。すると、不思議な事にはまたもや水の色が變りました。しかも今度は黒などではなくて、そこら一面金色にぴか／＼光つてゐるのです。

『おや妙にぴか／＼光りやがるな。また何かゐるに相違ない。どれ序でだ、もう一網だけ入れてやらう』ルパへは歸るのをやめてまた網を打込みました。そして靜かに引き上げかけましたが、何がかかつてゐるのか、その重いことと云つたらお話になりません。その上どう考へてみても普通の魚とは手應へが違ふらしいのです。

「何だか知らないが、恐ろしく重いぞ。兎に角引き上げてみなくつちや」ルパへはかう思つて滿身の力を兩腕に籠めて、一生懸命引き上げました。網はいよ／＼陸に上つてきました。見ると、その中にかゝつてゐるのは、世の中の人がこれまで見たこともない不思議な魚で、その體は折りからの夕陽に映えて、黄金色に光り輝いてゐるのでした。これを見ると流石のルパへもすつかり肝を潰して、しばらくは言葉もなく、じつとこの不思議な獲物を見つめてをりました。けれど根が豪膽な男のことですから、その不思議な寶物をすぐさま網の中から取り出しました。そして瞳を凝らしてよく見ると、それは體ぢう金色の鱗をもつて蔽はれた實に美事な一尾の大きな鯉なのでした。

『これや鯉だ、だが海が海に居るなんて、珍らしいこともあるもんだな、こんなものをとつて、神様の罰でも當ると大變だが』

けれど折角苦心して捕つたものを、このまゝ放してやる氣にもなれません。で、兎に角一度蕃社へ持つて歸つて、頭目やその他の物知りなどに見て貰つた上、その人達の意見によつて、もしこれが海の主だとでも云ふことなら、明日にでもまた此處へ持つて來て放してやらう、とかう考へて、いよ〳〵この不思議な鯉を蕃社へ持つて歸ることに決心しました。

そして蕃社に歸ると自分の家へも行かないで、すぐに頭目の所へかけつけて、今日の事を一つ殘らず話しました。頭目はルパへの話をだまつて聞きながら、珍らしさうに獲物を見てをりましたが、ルパへが語り終ると、

『さうかい』と靜かに言ひました。『お前はうまいことをしたものだ。大切に飼つておくがいい、なあに、大丈夫、海の主ぢやない、こりやきつと近いうち何かいい事のある前兆だよ』

『それぢや、大丈夫神様の罰の當るやうなことはありませんな』

『心配しなくつてもいいよ。わしが請負ふから』

かうしてルパへはその日からこの不思議な鯉を飼ふことになりましたが、この噂は瞬く間に蕃社ぢうに擴がりました。そして今まで誰一人訪ねて來る者もなかつた彼の家は、朝から晩まで見物人の絶える時がないといふ騒ぎでした。

やがてこの噂は例の卑南主の耳にも入りました。すると王はすぐにルパへの家へ使者を出して、是非その珍魚を見たいからすぐに持參するやうにと言ひつけました、他ならぬ王様の仰せです、ルパへは早速支度を調へ件の珍魚を携へて、卑南王のお城をさして出かけました。その途中ちよつと頭目の所へ立寄つて、これから王様の所

へ珍魚を見せに行くのだと何氣なく話しました。すると、頭目は眉を顰めて、

『さうか、そりや困つたな』と言ひました。『何しろあの傲慢な王様のことだから、餘つ程用心しないと、何を言ひだすか分らないぞ』

なるほどかう云はれてみると、ルパへも思ひ當ることがないでもありません。どうしたものかと當惑して、暫くの間じつと考へ込んでをりました。するとそこへ何處から來たか、見たこともない一人の白髪の老人が不意に姿を現しました。そして、

『何も心配することはない、お行き、わしが附いてゐて上げる』と云つたかと思ふと、そのまま、また姿を消してしまひました。この不思議な老人の言葉に、頭目とルパへは力を得て、卑南王の許へ出かけました。

卑南王はルパへが珍魚を持參したと聞くと大悦びで、すぐさま多勢の臣下を從へてその檢分に出て來ました。みるとなるほど噂の通り、不思議な鯉は黃金色に美しく光つてをります。王はしばらくの間無言のまま、じつとその魚を見つめてをりましたが、やがて家來の一人に言ひつけて、この魚を獻上せよ、さうすれば褒美は望み次第遣すと掛合せました。けれどルパへは何だか王の心が疑はしいやうに思はれたので、一も二もなく拒絕してしまひました。すると今度は、

『どれ〳〵一寸此處へ持つて參れ、傍近くでないとどうもよく見えんから』と王が自分で云ひました。で、ルパへがその傍まで持つて行くと、王は手を押してはやくも、それを奪はうとしました。その時ルパへはぐつと王樣を睨みつけて言ひました。

『冗談なすつちやいけません。幾ら王様だからつて盗みは法度でございませう』

その勢が餘りはげしかつたので、流石の王もどうすることも出來ず、そのまゝ奥へ入つてしまひました、ルパへも怒つてすぐさま歸りかけました。そして、門の傍まで來ると、

『おい、その珍魚を献上しろ』とそこにゐた役人が呶鳴りつけました。『またそれが厭なら明日の朝までに六百金の紙幣をさし出すのだ。きつと申しつけたぞ。もしそれが出來ないやうだつたら、兵を出して攻め滅すからさう思へ』

これを聞いたルパへは今更のやうに頭目の言葉を思ひ出しました。そして、歯がみをして口惜しがりましたが、何と思つてみても今の身ではどうすることも出來ません。無念の涙に咽びながら、悄々としてそこを出ました。するといつの間に來たのか、さつきの老人がひよつこり姿を現はして、

『ルパへ』と呼びかけました。『心配することはない。わしが六百金作つてやらう』かう言つて、老人は紙で紙幣を作る魔法を教へてくれました。ルパへは大さうよろこんで、厚く禮を述べて、老人と別れました。そして家に歸るとすぐ、老人から教はつた通りに紙を切り、それに魔法を使つて、ハツと息をふきかけると、これは不思議、今までたゞの白紙だつたのが、忽ち紙幣に變つてゐるではありませんか。ルパへは面白くなつて、魔法をつかつては息をかけ、魔法をつかつては息をかけ、見る間に六百金は愚か、一萬金ばかり作つてしまひました。

で、その翌朝になると、そこですぐさま件の一萬金を懐にねぢ込み、大急ぎで卑南王の所へ駈けつけました。そして彼是と止めだてする門番や家來どもには見向きもせず、どん／＼奥深く進んで、たうとう王の居間の入口

までやつて來ました。

『やい卑南王』と彼は居丈高になつて王の顔を睨めつけながら、かう叫びました。『ルパヘが今貴樣の眼の前に、註文の品を揃へて見せるから驚くな』

そして懐から紙幣束を出して、王の目の前へ山のやうに積み上げました。流石の王もこれを見ると吃驚仰天して、しばらくは言葉もなく目を白黒させるばかりでした。居並ぶ家來どもも激しいルパヘの勢に氣を呑まれて、互に顏を見合してをりました。

『貴樣のやうな分際で、たつた一夜のうちに六百金といふ大金が出來る筈がない』われに返つた王がやつとのことでかう云ひました。『大方贋紙幣でも持つて來たのだらう』

『何を、このけちんぼめ。六百金はおろかなこと天下通用の紙幣で確かに一萬金あるんだ、さあ改めて受取りやがれ』

ふだんがごくおとなしいだけに、かうなると後も先もありません。ルパヘは恐ろしい見幕でかう呶鳴り散らしました。で王がその紙幣をとつて檢めてみると、正眞正銘の紙幣に相違ありません。「こりやぐづ〳〵してゐると何をするかも知れんわい」ルパヘの見幕と一萬金の紙幣に、そろ〳〵臆病風の吹き出した王は、卑怯にも紙幣の束をかゝへたまゝ、いつのまにかこそ〳〵と姿を隱してしまひました。これでやつと氣のすんだルパヘは大手を振つてわが家へ歸つて參りました。

することなすことすつかり喰ひちがつて、ルパヘのためにまんまと赤恥をかかされた卑南王は、考へれば考へ

るほど腹がたつてたまりません。そこで色々と考へた揚句、今度は蕃社の頭目にあてて、「ルパヘの珍魚をお前の手から献上しろ、もしそれが出來なければ蕃社を焼打にする」と云ふ亂暴極まる令命を發しました。これを聞いた頭目は驚いて、すぐさまルパヘの所へ相談に行きました。するとルパヘは一向平氣なもので、

『よろしい、もし王から使が來たら、默つてわしの方へよこして下さい。わしが命にかへてもあなた達に御迷惑はかけませんから』と、引受けました。頭目もルパヘの手並は知つてゐるので、安心して歸つて行きました。後に殘つたルパヘは、何を思つたのか、今の今まで命よりも大切にしてゐた例の珍魚を、えつちらおつちら運びだして、元の海へ逃してしまひました。

『さあ、お前のゐる所はやつぱりここだ』と彼は魚に向つてから言ひました。『お前のやうな珍しいものがこの世の中へ飛び出して來ると、兎角面倒が起つてしやうがない』

すると魚はさも嬉しさうに二三度水の上に浮び出て、まるでお禮でも云ふやにルパヘの方を見てをりましたが、やがて水中深く沈んで行つてしまひました。かうしてルパヘはさば〳〵した氣持になつて家へ歸りました。

すると間もなく王の所から使が來たと言つて、頭目が一しよにつれて來ました。ルパヘはその使の顏を見ると、

『ああ、あの鯉かね』とにや〳〵笑ひながら言ひました。『あれがゐると、どうも面倒が起つて仕様がないから、元の海へ逃がしてやつたよ。慾深な王さん、さぞ落膽することだらうが、歸つたらさう言つてくれ。そしてもうあんまり慾深な眞似はしない方がいいつてな。忘れたら叩き殺すぞ。さあ、もう歸れ、歸れ』

これではどつちが役人だかわかりません。使はほう〳〵の體で逃げ歸つて、その由を王に傳へました。

『さうか、海へ逃がしたか、怪からん奴だ、今に見ろ、酷い目に逢はしてやるから』と王はかう言つて、地團駄を踏んで口惜しがりましたが、もう後の祭で、どうすることも出來ません。

そんな事があつてから暫くの間は、ルパへの身にとつて何の變りもなく、彼は前の通りせつせと働いて居りました。ところが、ある夕方のこと、ルパへがいつものやうに漁に行つて歸つてをりますと、何かに逐はれるかどうかしたのでせう、一羽の鷄が、悲しさうな鳴聲を立てながら、彼の方へ走りよつて來ました。で、ルパへも可哀さうに思つて、

『よしわしが助けてやるぞ』と、言ひながら優しく抱き上げて、そのまま自分の家へ連れて歸りました。そして誰か主があつたら返さうと思つて、大切にして育ててゐました。するとある朝のこと、ルパへがいつものやうに朝早く起きてご飯を焚かうと、お釜の蓋を取つてみると、誰がしてくれたのか、もうちやんと朝ご飯の用意が出來てをります。「おや、おかしいな。誰がこんな事をしてくれたのだらう」不審に思ひながら邊りを見廻しましたが、誰もゐる樣子はありません、「妙なことがあればあるものだな。だが、きつと誰か親切な人がしてくれたのだらう」かう思つて、その日は別に氣にもとめずそのまま仕事に出ました。ところがその翌日もまた翌日も、たうとう五日といふものかうしたことが續きました。しかし誰がしてくれるのやらさつぱり分らないのです。ルパへはもう不思議なよりも氣味が惡くなつて來ました。そこで今夜こそ正體を見現はしてやらうと決心して、五日目の夜はまんじりともせず、夜明前になると戸の蔭に隱れて、そつと樣子を窺つてをりました。すると、もう夜が白々と明けかけた頃、例の鷄がばた〳〵羽搏したと思ふと、不思議にも一人の美しい女に化けました。そ

して、せつせと朝ご飯の用意をはじめるではありませんか。これを見た時には、さすがのルパヘも膽を潰しました。そして、

『今までいつもご飯ごしらへをしてくれてゐたのはお前だつたのか』と言ひながら戸の蔭から出て來ました。するを鷄も大層驚いて、

『これもみんな助けて戴いた、御恩報じでございます』と靜かに云ひました。そしてまた、まめ〱しく働きはじめました。ルパヘしばらくの間だまつてその様子を見てをりましたが、やがてかう口をきりました。

『ねえ、お前も人間の姿になつてゐるところを、わたしに見られてしまつたんだ。いつその事これからもずつと人間の姿でゐてくれ。そして二人で夫婦にならうぢやないか』相談はすぐに纒りました。そこで頭目に頼んで仲人になつて貰ひ、こゝに二人は芽出たく夫婦の緣を結び、仲睦じく暮しはじめました。

この評判は忽ちのうちに蕃社ぢうに擴まりました。そしてやがて例の卑南王の耳にも入りました。すると王は生懲りもなく、またしてもルパヘに向けて女房と一緒に出頭しろといふ命令を出しました。ルパヘはまたかと思ひましたが、仕方がありません。もう一度あいつの高慢面をひん剝いてやらうと決心して、鷄の化けた女房さんを連れて出かけました。ところが行つてみるとどうでせう。王はお酒を飲む時の相手にするのだから鷄の化けた女房さんを御殿へさし出せ、とかういふのです。

『ルパヘ、お前はどうもなか〱の果報ものだな。こんな女房を持つて。また何か魔法でも使つたんだらう』

王はかう云つて『あはゝゝゝゝ』と大きな聲で笑ひました。

『なあに、魔法なんか誰が使ふものか』と怒つてぷり〳〵しながらルパへがかう言ひました。『いつも正直に働いてゐるから、みんな神樣が下さるんだ。女房ばかりぢやない、何だつて欲しいものはみんなわしの力で出來るんだ。さあ、これを見てゐろ』ルパへはかう云つて、懷から紙片を取り出し、それにハツと息をかけると、紙片は王の目の前で、プナといふ魚に變りました。

『ほゝう、どうも驚いたな』と王は目を丸くして言ひました。『ぢや、大蛇でも出せるかな』

『出せなくつてさ』ルパへはかう言つて、すぐさま大蛇を出して見せました。

『さうだ。ついでだからもう一つだけ、面白いものを見せてやらう。お前さん達蜘蛛の相撲つて奴を見たことがあるかい』

『さうか、まだ見たことはないが、それやさぞ面白いだらうな』王は喜んで一膝乘りだして來ました。

ルパへはすぐに紙で蜘蛛を二匹造つてそれを相撲をとらせはじめました。王をはじめ家來達一同大喜びです。面白い面白いと、次第に蜘蛛の傍へ集つて來ました。ところがルパへはこの二匹の蜘蛛に、そつと火藥と火をそれぞれ呑まして置いたのですから堪りません、しばらくするうちにその火藥が爆發して、王始め見物してゐた家來まで、一人殘らず死んでしまひました。そして後に殘つたのはルパへとその女房さんだけでした。そこでルパへは卑南王となり、鷄の化けた女が王妃となりましたが、其の子孫は末長く榮えたといふことです。今でも臺灣の女が纏足と云つて足を小さくするのは、この鷄の化けた王妃にあやかりたいためだと、蕃人の間の言ひ傳へに殘つてをります。

日の男征伐と眼祭

ブヌン族の童話

むかし、蒼々とした空には、日の男月の女と云ふ夫婦がありましたが、この夫婦は二人とも恐ろしいほど光り輝き、火のやうに熱い熱を發する鏡を持つてゐて、日の男は晝、月の女は夜と手分けをして、少しも休まず、この地上を照らしてをりました。これには蕃社の人々も、實に弱り果てゝ、寄ると觸ると、天を仰いでは苦情ばかり云つてをりました。けれど相手は何しろ高い天の上にゐることですから、どうにも手のつけやうがありません。

今日しも大勢の蕃人どもは一所に集つて、『何とかこの光りと熱を防ぐいゝ工夫はないものだらうか』と相談をはじめました。けれど、誰一人として、これと言ふ名案を考へ出すものもありませんでした。すると、この蕃人中でも、ふだんから一番怜悧者だと云はれてゐるカハクイと云ふ者若が、何を考へついたのか、はたと小膝を叩いて、

『さうだ。いゝことがある、何も言はないでおれに任してくれ。きつと日の男月の女をやつつけて見せるから』

と言ひました。ほかならぬカハクイの言ふことですから、皆も承知して、萬事この青年に任せることにしました。

すると、丁度この時「やあ大變だ〳〵」と、大聲をあげながら森の彼方から駈け出して來た男女二人の蕃人がありました。女はわい〳〵泣いてゐますし、男も眞靑に顔色を變へてゐます。で、そこに集つてゐた大勢の蕃人どもは、この二人をとり卷いて、

『一體どうしたといふのだ。そんなに泣いてばかりゐたんぢや、何が何やらわけが分らんぢやないか』と口々にかう訊ねました。

すると、男は掌で涙を拭きながら、

『いや、皆の衆まあ聽いてくれ、日の男の奴がわし共の大事な大事な赤ん坊を蜥蜴にしてしまつたんだ。』

かう言つて、涙の暇からきれ〲に次のやうなことを話しだしました。

この二人は言ふまでもなく夫婦で、二人の間には可愛い赤ん坊がありました。ところが、その日は近頃にない暑さで、大人でさへ我慢出來ないくらゐだつたのです、まして赤ん坊の身にとつては、たまつたものではありません。のたうち廻つて苦しみもがくのです。二人は見るに見兼ねて、種々にして暑さを防いでやつてゐました。木の葉や青草は、幾度かけかへてやつても直ぐに枯れてしまつて、何の役にもたゝないのです。夫婦は困り拔いた揚句、たうとうカシバンと云ふ獸の皮で造つた雨覆を見つけ出して、それを赤ん坊の上に被せることを考へつきました。さうやつて幾分かでも苦熱を防いでやらうと思つたのです。で、夫婦はカシバンを被せて『これでいいだらう』と言ふのでまた仕事にかゝりました。すると今まで火のつくやうに泣いてゐた赤ん坊が、ぷつつり泣き止んでしまひました。夫婦の者は、

『やつぱりあれをかけてやつたのがよかつたのだ』

と言つて喜びあひました。そして暫くの間そのまゝ仕事を續けてゐましたが、赤ん坊が餘り靜かすぎるのに氣がつくと、またそろ〱心配になりだして來ました。で、どうしてゐるだらうと、おかみさんがそつと雨覆を除

けて見ると、そこには確かに睡つてゐる筈の可愛い赤ん坊の姿など影も形もなく、その代りにあの厭らしい蜥蜴がによろ〳〵彷ひまはつてゐるではありませんか。

夫婦の者は仰天して暫くの間はものを言ふことも出來ませんでした。その間に蜥蜴はちよろ〳〵と土の中へ潜り込んでしまひました。

『だからわしは、あの憎い日の男の奴が、わしの可愛い赤ん坊を蜥蜴にしたに違ないと思ふんだ』

蕃人夫婦はかう語り終ると、また新しい涙にくれました。これを聽かされたほかの蕃人どもも一度に騷ぎはじめました。

そして色々相談の決果、もうかうなつた以上、頭目にも是非一分別して貰つて、蕃社全體のために、暴威を逞しうする日の男月の女を征伐して貰はなければならぬと云ふことになりました。そして一同は打連れだつて蕃社の頭目の所へ行き、今日の出來事をすつかり話しました。この頭目とても晝も夜も間斷なく照らしつける日の男月の女を征伏するにはどうしたらいゝかと、日頃から肝膽を碎いてゐるのです。けれど空への通ひ路は細い道がたつた一つあるばかりで、迂濶に攻め込めば味方の不利は明かです、そこへまたカハクイを先頭に、蕃人一同が難かしい訴をもつて來たので、流石の頭目も弱つてしまひました。しかも今度のは日の男が赤ん坊一人を蜥蜴に變へてしまつたと云ふのですから、容易ならぬ一大事です。

深慮の頭目は、暫くの間無言のまゝ眼を瞑つて、何事か一生懸命考へてゐましたが、やがて、

『よし〳〵、わしにも考へがある。きつと何とかしてやらうと』云ひました。そして、カハクイを招き寄せて、

ちよつとの間何事か囁いてゐましたが、やがてまた一同に向つて、

『まあ〳〵みんなさう騒がないで、萬事俺に任せてくれ。決して悪いやうにはしないから。そしてまた明日來て貰ふことにするから、今日は一先づ引き返つてくれ』と云ひました。それを聞くと一同も安心して歸つて行きました。

殘つたのは頭目とカハクイとただ二人だけでした。その時カハクイは、

『ぢやわたしもぼつ〳〵出かけませう』と頭目に向つて言ひました。

『だが何しろ相手が相手ですから、談判の都合によつちや一戰爭しなきやならないかも知れませんよ。』

『うむ、それはわしも覺悟してゐる。だからしつかりかけあつて來てくれ。だが、今から行つても無駄だらう。なぜといつて、晝の間は日の男の番で働いてゐるから、今行つたところで彼奴と談判なんか出來やしない。それよりも夜になつてから出かけるがいゝ。さうすれば女の番だから、彼奴は岩穴の中で休んでゐるに相違ない』

『成る程それもさうですな。ぢや日が暮れたらすぐに出かけることにしませう』かう言つてカハクイは頭目と別れて家へ歸りました。そして身仕度を整へ、夜になるのを待つて山の向うにある細い路を唯一人、天上指して昇りはじめました。

どん〳〵路を急いでゐるうちに、ふと一匹の兎に出逢ひました。で、カハクイはすぐにその兎を呼びとめました。

『もし〳〵兎さん、お前さんは隨分足が早いやうだが、一日の間には隨分幾度も天界と地上の間を往復出來る

だらうな』

『なあに、たいしたこともないが、まづせい〳〵十度くらゐなものだらうよ』と兎は少し得意になつてから答へました。

『早いものだなあ。實はわしは日の男さんに少し用があつて、今天界へ行つてゐる所なんだが、何しろごらんの通りの遲足で困つてゐるのだ。一つお前さんの背へ乘つけて行つてくれないか。さうすればわたしは本當に助かるんだがなあ』

兎はすぐに承知しました。そこでカハクイは兎の背に乘つて一走り走らしたので、思つたよりも速く天上に着くことが出來ました。行つて見ると、なるほど頭目の言つた通り、日の男は岩穴の中に入つて休んでをりました。そこでカハクイはすぐに談判を始めました。

『わたしが今日訪ねて來たのはほかぢやないが』とカハクイは言ひました。『實はお前さんの持つてゐる鏡から出る光と熱のために、わたし達地上のものはどのくらゐ困つてゐるか分らないのだ。草木は枯れる生物は死ぬる、それは全く目もあてられない始末だ。頼むから明日からも少し手加減して照して貰へないだらうか』カ、クイはかう事を分けて頼みました。すると日の男は先づ大きな聲で、

『あは、は、は、は、』と笑つて置いて『それやお前の方の勝手だよ』と言ひました。『なにも俺の知つたことぢやない。第一地上の奴らは弱過ぎるよ。見ろ、わしの月の女がどんなに照したつてこの天上のものは誰一人びくともしないぢやないか。だが、たつて迷惑だと云ふのなら、もうこれからは一切照らさないことに

しよう』

かう言はれると、カハクイも弱つてしまひました。といふのは、ずつと前にもこの事で蕃社と日の男との間にいさこさがあつた時、日の男がすつかり怒つてしまつて、長い間鏡を出さなかつたので、この世が眞暗闇になつて、どうすることも出來なかつた時のことを覺えてゐるからです。で、しばらくの時だまつてゐますと、日の男はいよ〳〵圖に乘つて、

『それ見ろ、だからぐづ〳〵云はずに、さつさと歸れつ』と云ひました。

カハクイはもう口惜しくて堪りません。

『それぢや、どうしてもおれの言ふことはきかれないんだな』彼は兩の拳を握りしめて、日の男につめよつて行きました。

『うるさいな、駄目だと言つたら駄目なんだ』

『ようし、そんならおれの方にもつもりがあるぞ』

『なに、つもりだと、笑はせやがらあ。ぢや勝手にするがいゝや』

かう云つたと思ふと、日の男は亂暴にも片足上げてカハクイの肩の邊をぽんと蹴つて、そのまゝ岩窟の奥の方へ、姿を隱してしまひました。不意を喰つたカハクイは、あつと云つて轉びましたが、すぐに起き上つて日を男を捕へようとしました。けれどそこにはもう相手の姿は見えませんでした。

『もうかうなつては仕方がない。うぬ、今にどうするか覺えてゐろ』と、蕃社を指して一目散に駈け歸りまし

た。

カハクイが頭目の所へ歸りついた時、そこにはもう大勢の蕃人が集つて、今や遲しと彼の歸りを待ち詫びてゐるところでした。そこへ當のカハクイが血相變へて飛び込んだので、一同は思はず總立ちになりました。

『どうだつた兄弟、日の男は承知したか』

『あの畜生、なか〳〵おいそれと承知するやうな奴ぢやない』などと口々に罵り合ふのでした。カハクイはそれを制して、昨夜の出來事をすつかり話して、この上はもう命を的に一戰爭するよりほかに道はないと言ひました。

そんなことはみんなもう覺悟の前です。誰一人異議を唱へる者はありません。

頭目を總大將に戴き、カハクイとコムヒル（これは子供を蜥蜴にされた蕃人の名です）を先頭にして、勇み立つた蕃社の面々は、手に弓矢槍刀などを携へ、日の光を防ぐためには木の葉や草などで大きな楯を作り、粟粒を兵糧にして、意氣揚々と出陣に及び、例の裏山の細道から天上さして攻め上りました。この有樣を見ると日の男もじつとしてはをりません。すぐさま大勢の仲間を集め、例の鏡を携へて山の上に陣取り、敵の來るのを待ち受けてをりました。頭目を大將とした蕃軍は、勇みに勇んで天上に近づきましたが、近づくにつれて射りつける光の熱さは次第に烈しくなるばかりで、とてもまつすぐに向いては進めないほどです。けれどもなか〳〵そのくらゐのことで閉口するやうなことはありません。例の大楯を眞先に押し立てゝ、ずん〳〵進んで參りました。

片方は命がけの者ばかり、片方は日の男に賴まれて仕方なく集つて來てゐる連中、この戰爭は戰はぬ前から蕃

人の力に勝味がありました。殊にコムヒルは我愛兒の讐をとるのはこの時と、眞先に進みでて、小脇にかゝへてゐた弓に矢を番へ、山上に立つて一生懸命指揮してゐる日の男目がけて、ひようと射て放ちました。矢は日の男の一眼をはつし射止めたので、さすがの日の男も、今までの勢ひはどこへやら、あつと叫んでその場に倒れてしまひました。それを見た天上軍は、まだ碌に戰ひもしない間に、すつかり怯氣づいて、んてんばらばらに逃げ散つてしまひました。

その時不意に月の女が現はれて、怪我をした日の男を岩窟の中へつれ込んでしまひました。戰には何の苦もなく勝つたものゝ、かうなると大變です。日の男が岩窟の中へはいつてしまふと同時に、あたりは一寸先も見えないやうな眞暗闇になつてしまつたのです。これにはさすがに勝つ誇つた蕃軍も大弱りです。引くことも進むことも出來ません。で、種々相談の結果、やつぱりこれはもともと通り和睦した方がいゝだらうといふことになりました。

そして又もやカハクイが使者にたちました。和睦のことを申し込まれると、日の男も今度ばかりは大分閉口したと見えて、すぐさま承知しました。そして日の男は光りと熱を加減しいしい送ること、月の女はたゞ光りだけ送つて熱は送らないこと、その代り蠻人の方では、日の男の目が癒つてこれからも一生患ふことがないやうに、日の男の目の祭りをすること、などといふ條件で、芽出度和睦が結ばれました。

今でも太陽に黒い點のあるのは、その時日の男が眼に怪我をしたその痕が殘つてゐるのです。そして蕃社ではその時の約束通り、今に至るまで怠らず眼祭を行つてゐます。

鯨の祖父樣と姉妹

パイワン族の童話

むかし、ある蕃社に姉をチユクチユク妹をサナアルスといふ美しい姉妹がありました。二人とも大の緻縹よしで、その上悧口で氣だても優しいので蕃社ぢうの人達もみんな褒めぬものとてはありませんでした。ところが可哀さうに姉が十七妹が十五になつた時、お父さんはある日獵に出かけましたが、その途中でふだんから仲の惡いほかの生蕃人に殺されてしまひました。するとおつ母さんもそれを苦にやんで、間もなく病氣に罹つて、あの世の人となりました。で、可哀さうな二人の娘は、吝嗇で鬼のやうな叔父さん夫婦に引き取られて、そこで暮すことになりました。けれどもう今までのやうに幸福な樂しい暮しではありません。叔父夫婦は二人をまるで厄介者扱ひにして、おんぼろ〳〵の着物を着せ、食べものと言つては碌に食べさせもせず、その上まるで牛や馬のやうに追ひ使ふのです。へと〳〵に疲れて、ほんのちよつとの間と思つて休んでゐる所でも見つけられようものならそれこそ大變で、どんな酷い目に逢はされるか分らないのでした。こんな具合で姉妹は、毎日泣きの涙で日を送つてをりました。

ある日のこと、この鬼夫婦は畑へ行くと言つて出かけましたが、留守の間も二人を遊ばせて置くまいと思つて、出かける前に種々の用事を云ひつけました。

『なあ、お前達は誰のお蔭で粟のおまんまを頂いてゐるんだ。それを思へばちよつとでも遊んでゐたら罰が當

るぞ。いいか、わしらが歸つて來るまでに、言ひつけて置いただけの事をすつかり片づけて置かなかつたら、それこそ酷いよ』

夫婦はかう云ひ殘して置いて、さつさと行つてしまひました。姉妹は暫くの間その後姿を見送つてゐましたが、やがて妹は姉に向つて心配さうに言ひました。

『ねえ姉さん、こんなに澤山わたし達にやどうしたつて出來やしないわ。どうしたらいいでせう』

『そんな意久地のないことをいふもんぢやないわ。二人で一生懸命やればきつと出來るよ。そんな心配しなくてもいいわ。』勝氣な姉はかう言つて妹を慰めました。そして二人は一生懸命仕事にとりかかりました。

さて叔父夫婦は野良へ出て來ましたが、その姿を見かけたのは、蕃社の中でも勢力のある二人の蕃人でした。

『そうら、あすこに例の鬼夫婦が來るぜ』と一人の男が云ひました。

『本當に酷い奴だよ。あの子供達をいぢめることはどうだらう……』

『全くだよ、あんな奴は一日も早く殺してしまふ方がいい』

この二人の話聲がふと鬼夫婦の耳に入りました。

『おい〳〵俺達のことを鬼夫婦だなんて云つて居るぜ』それを聞いた伯父がかう云ひました。

『それにわたし達を殺さうと云つてたぢやありませんか。こりや油斷は出來ませんよ。二人ともあんな優しい顏をしてをりながら、何といふ恐ろしい娘だらう。人の恩も忘れて、きつと碌でもないことを言ひふらしてゐるに相違ない。今のうちに一層のこと何處へか捨ててしまはうぢやありませんか』

『さうだな、本當に飛んでもない恩知らずの畜生だ、何とかしてやらう』二人はそんな相談をして、その日は一日働いて家へ歸つて行ました。

家に歸つてみると、姉妹は云ひつけられた用事を、叔父さん達が歸つて來るまでにすつかり濟まさなきやならないといふので、側目もふらず精出して働いてをりました。そしてもう今一息ですつかり片附くといふ所まで漕ぎつけてゐました。

『いや、二人ともなか〱精が出るね』

歸つて來た叔父さんは、いつになく優しい調子でかう云ひました。そこへ叔母さんも入つて來て、

『おや〱すつかり片附いたぢやないか、感心なもんだね。よくそんなに出來た事ね……』と、猫なで聲で言ひました。

姉妹二人はいつもと違つた叔父さん達の言葉つきを薄氣味惡くも思ひましたが、それでも久しぶりにこんなにほめられたので大層嬉しく思ひました。

『ところで、わしはお前達に是非一つ頼みたいことがあるんだがね』しばらくして叔父さんはことさら聲を優しくしてかう云ひました。『實は明日はお前達二人で山番に行つて貰ひたんだよ。ほら先日ヤマクイから貰つたあの山ね、あそこに蕃薯が澤山植ゑてあるんだよ。十日ばかりでいいから、行つてくれると本當に助かるんだがなあ』

二人はこれを聞いてびつくりしました。それもその筈で、その山といふのは、山奥も山奥も恐ろしい山奥で、

あたりには食べものは愚水さへないといふ所なのです。けれど素直な二人はいやな顔もせずすぐさま知承しました。そして翌る日になると、叔父さんは番人どもの寄り合ひがあるから行かれないといふので、姉妹二人はそれ〴〵身仕度を整へ、叔母さんに伴はれて出かけました。

山を越し谷を渡り、次第次第に奥深く進んで行きましたが、行つても行つてもなか〳〵目ざす所へ着きません。

『ねえ叔母さん、まだなか〳〵なんでせうか、大變遠い所なんですね』妹が心細くなつてから訊ねました。すると叔母さんは笑ひながら、

『なあにもうすぐだよ、わたしは今迄に二度も行つたことがあるんだから安心しておいで……』と云ひました。

それからまた大分長いこと歩きました。が、一向にそれらしい所へはつきません。そのうちに二人はもうすつかり疲れてしまひました。で、今度は姉娘が、

『叔母さん、ひよつと道が間違つたんぢやないでせうか』と不審さうに訊きました。

『なる程、さうかも知れないね、何しろ餘り急いだもんだから。さう言へばこの前來た時とは何だか少し樣子が違ふやうな氣がする』

叔母さんはかう言つて、また暫くの間二人の子供を山ぢうをあつちこつちと引つぱり廻した揚句、やつと目さす所へ著きました。叔母さんは子供達に道を知らすまいと思つて、わざとこんなに廻り道をしたのです。

『さあ此處なんだよ』と叔母さんはその時かう言ひました。『あんなに道を間違へさへしなけりや、それほどでもないんだけどね、さあ、あすこに小屋があるだらう。あれがお前達の泊るところだよ。十日したらまた

わたしが迎へに來てあげるよ』

かう云つて叔母さんは歸つて行つてしまひました。後に殘つた姉妹は仕方なくその小屋に寢泊りする事になりました。見れば畑には蕃薯など一つもなく、すつかり荒れはててゐるのです。その小屋とても同じこと、家といふのは名ばかりで、はや長い間人の住んだらしい氣配もなく、ぼろ〳〵に荒れはててゐます。こんな家に食器や水甕などのあらう筈はありません。寢るために小さな板がたつた一二枚敷いてあるばかりです。二人はもう心細くなつてしまひました。

『姉さん、どうしたらいいでせう、わたしこんな處で十日も辛棒とても出來ないわ』

サチアルスははや泣き顔になつてかう云ひました。

『さうね、第一こんな所に何のために番人がいるんでせう。それに水もなければ食べものもないぢやないの。』

チユクチユクも心細さうに言ひました。

『どうしたらいいんでせう。』

『どうしようたつて仕方がないわ。明日まで待つてみませうよ、明日なればきつと叔父さんがお辨當を持つて來て下さるだらうから、その時、お願ひをして家へ歸らして頂きませうよ』

二人がこんな事を話してゐるうちに、たうとう夜になつてしまひました。その夜は星一つ見えない眞暗な夜で、その上恐ろしい風はがう〳〵と吹きすさんでをりました。可哀さうな姉妹は燈火一つない小屋の中で、お互に抱きあつたまま、恐ろしさにぶる〳〵慄へながら、夜ぢうまんじりともしないで夜を明しました。

夜が明けて翌る日になりました。美しいお日様は東の空からきら〳〵輝きはじめました。もう叔父さんが來て下さるだらうと思つて、二人は首を長くして今か今かと待つてをりましたが、幾ら待つても叔父さんはおろか人の影さへ見えません。

そこで二人は、はじめていよ〳〵叔母さん達に騙されてここへ捨てられたのだなと、氣がつきました。そして――もうこの上はどこかよい處へ行つて、姉妹二人心を合せて、一生懸命働くより外はないと決心して、泣く泣くそこを立ち去りました。そしてしばらくの間は何處をあてともなく、ぶら〳〵と歩き廻つてをりました。昨日から飲まず食はずなのですから、目がまふほどお腹が空いて、喉は燒けつくやうに干からびてしまひました。姉のチュクチュクは、どうかすると倒れさうになる妹をやさしく劬はりながら、山を越え谷を渡つて、長い長い間歩き續けました。ところが、ある大きな岩蔭の所まで來た時、不意にどこからともなくぶう〳〵と云ふ聞き馴れない物音が聞えて來ました。で、兩人が吃驚して、その方をふり向いて見ると、そこには今まで見たこともない恐ろしく大きな怪物がじつと自分達の方を見つめてゐるではありませんか。さあ大變、二人とも顏色を變へて逃げ出さうとしましたが、もう身も心も竦んでしまつて、一歩だつて踏み出すことが出來ません。

『怖がらなくてもいゝ』その怪物はかう二人に呼びかけました。『わしを見た者は誰でも怖がる。が、わしは決して怪しいものではない。東の海にゐる鯨だ。お前達が無慈悲な叔父さん夫婦に捨てられたのを可哀さうに思つて救けに來てやつたのぢや。今こそかうやつて鯨になつてゐるが、わしはお前達のお祖父さんなのだ。』

かう云つたと思ふと、鯨は忽ちのうちに白髮のお爺さんに姿をかへました。そして『さあチュクチュクもサチ

アルスも此方へお出で』と言ひながら手招ぎしましたので、二人もやつと安心して、その方へ近寄つて行きました。

お祖父さんは、懐かしさうに二人の頭を撫でながら、

『安心するがいい、お前たちのやうな心だてのいい姉妹を、どうして何時までも苦しめて置くものか、わしが今にいい具合にして上げる。さあわたしについておいで』と慰めました。そして自分が先にたつて歩きだしたので、二人もその後について歩きはじめました。しばらく行つた時お爺さんは、

『お前達しばらくここで待つてゐで、わたしはすぐに歸つて來るから』と言つて、一人ですた／＼と山道を下りて行つてしまひました。姉妹はまた騙されるのではないかと心配してをりましたが、暫くするとお祖父さんは歸つて來ました。そして、

『いい家があつた。すぐその蕃社で見つけたんだ。さあ一しよに行かう』と姉妹をほど近い蕃社にある綺麗な家へ案内してくれました。かうしてこの哀れな姉妹はこのお祖父さんと一しよにこの家に住むことになりました。そしてお祖父さんが食物は言ふまでもなく、著物の世話までしてくれるので、お父さんやおつ母さんが生きてゐた時の通り、何不自由なく樂しくその日／＼を送ることになりました。

ところがある日のこと、お爺さんは姉妹に向つてかう言ひました。

『もうこれでお前達も大丈夫だ。で、わしは安心して、わしの棲家へ歸る。だが、もし何か欲しいものがあつたら、わしの手を借りたいと思ふやうなことがあつたら、天の方を向いてお祖父さんとたつた一言おれを呼

んで、それから何でも願事を云ふがいい、さうすればすぐに叶へてあげるから』

これを聞いた姉妹は大層別れを惜んで、も少しの間ゐて貰ひたいといろ／＼に頼みましたが、お爺さんは聞き入れないで、その儘ずん／＼海の方へ行つてしまひました。ところがこの事はすぐに蕃社ぢうの評判になつて、例の叔父夫婦の耳へもはいりました。そこで夫婦はすぐさま姉妹の處へ飛んで行つて、

『こいつらめ、まだ生きてゐやがつたか』と拳を固めて今にも打ち据ゑようとしました。するとどうでせう、叔父さんの手も叔母さんの手も、振りあげたまゝ急に動かなくなつてしまひました。これは言ふまでもなく姉娘が天に向つて、

『お爺さん、叔父さんと叔母さんが動けないやうにして下さい』と祈つたのです。さあ、二人とも苦しくて仕様がありません。そこで、

『ああ、助けてくれ、わたし達が悪かつた。これからは決してお前達に昔のやうなことはしないから』

と、しきりに許しを乞ひました。で、二人は天に向つてまた祖父さんを呼んで、叔父さん夫婦を動けるやうにしてやりました。この事があつてからといふもの、さすがの鬼夫婦もすつかり改心して、心から姉妹を可愛がるやうになりました。そしてみんなは末長く楽しい月日を送つたといふ事です。

女の魂と山の白布

ツウォ族の童話

檜の産地として名高い阿里山の奥に流々柴と云ふ蕃社があります。昔その蕃社にパスラと云ふ若者とヤグイと呼ぶ娘がありました。二人とも評判の美男美女で、その上男は狩の名人、女は機織や手細工ものが巧いといふので、蕃社ぢうの評判ものでした。

二人は小さい時からの許婚で、閒さへあれば二人揃つて美しい珠を轉ばすやうな聲で唱ひながら、いかにも樂しさうに森や野を遊び歩いてをりました。その姿を見た蕃社ぢうの若者達で二人を羨まぬものは一人もありませんでした。

やがて年頃になると、スパラとヤグイは、芽出たく結婚しました。そして仲睦まじく樂しい月日を送ることになりました。かうしてかれこれ三四箇月といふもの夢のやうに過ぎ去りました。ところがある朝のこと、スパラがいつもの通り、山へ獵に出かけようとすると、ヤグイがいつになく浮かぬ顏をして、今日は何だか胸騷がして心配だから、山へ行くのは見合してくれ、と言ひました。

『なあに、そんな馬鹿なことはないよ。』とスパラは事もなげに笑ひながら言ひました。『大丈夫だから安心して待つてゐるで』

けれどヤグイはなか〳〵承知しません。

『いゝえ、それぢやわたしあなたと一しよに行きますわ、どうしても心配でたまりませんから。それに今日はお天氣がこんなにいゝんですもの』

『だつて獵はお前が思つてゐるほど樂なもんぢやないよ』

『幾ら苦しくつてもいゝわ。だから是非連れて行つて下さい』

で、スパラも妻の云ふまゝに一しよにつれだつて行くことにしました。けれど途中にあつた一つの池の傍まで來た時、此處から先は大變だから、と言つて無理にヤグイを歸すことにしました。ヤグイはしばらくの間スパラの後ろ姿を見送つてをりましたが、やがてすご／＼とわが家の方へ向つて歩きかけました。ところがその途中でふと目についたのは、ターツと云ふ鹿の角です。蕃人の間ではこの角が道に落ちてゐるのを見たものには、きつと不吉なことがあると信じられてゐるのです。ヤグイはさつと顏の色を變へて、ぶる／＼慄へながら、一目散にわが家へ歸つて來ました。

『お前一體どうしたの』ヤグイのたゞならぬ様子を見たおつ母さんが驚いてから訊ねました。『お前の顏色つたらないよ』

『おつ母さん、わたし大變なものを見てしまつたんです。』ヤグイは悲しさうに云ひました。

『大變なものつて、一體何を見たんだえ』

『わたしさつきターツの角を見てしまつたんです』これを聞くとおつ母さんも急に心配しはじめました。

『まあそりや大變だ』かういつたまゝしばらくの間言葉も出ないほどでした。ところが不思議にもさうしてゐ

るうちにヤグイの樣子が次第に惡くなつて、はてはつく息さへも苦しさうに見えだしました。そして獵に行つてゐるスパラの後を追つて迎への者を出すやら、祈禱師を賴むやら、今まで平和だつた家は忽ちのうちに大騷動になりました。

暫くすると祈禱師がやつて來ました。そしてヤグイの傍近くよつて、種々の厭勝術を行つて、

『もう大丈夫です。死ぬことはありません。惡魔はもう山へ逐ひ返してしまひました』と云つて、そのまゝ歸つて行きました。するとその翌る日からはヤグイの顏色も次第によくなつて、五六日すると大變よくなつて、床の上だけなら起きることも出來るやうになりました。これを見た家の人達は、

『これでまづひと安心』と胸を撫で下しました。ところがどうしたものか獵に行つたスパラが幾日待つても歸つて來ません。それどころか後を追つて搜しに行つたものまで、誰一人歸つて來ないのです。病床にゐるヤグイの心配は言ふまでもありません。

『パラスはまだ歸つて來ないのでせうか』と間さへあれば傍の者に訊ねてをりました。

そしてそのために一度よくなりかけてゐた病氣はまたどつと重つてしまひました。傍についてゐる家の人達も氣が氣ではありませんが、さてさうかと言つてどうすることも出來ません。一日一日と衰へてゆくヤグイを見ながら、たゞ〳〵途方に暮れるばかりでした。

するとヤグイが寢ついてから十五日ばかりたつたある夕方、スパラを搜しに行つた者の中の一人が、大急ぎで歸つて來ました。そして、

『さあ大變なことになつてしまつた』と、大きな聲でかう喚きました。

この聲に驚いて、寢てゐたヤグイまで自分の身を忘れてそこへ這ひ出しました。男は、言葉を續けました。

『スパラさんは、山で死んでゐたんです。今すぐ後からみんなで擔いで歸りますが、わたしは先觸れに一走りさきに歸つて來たのです』

これを聞くと一しよにヤグイは

『え、スパラが……』と、かう一こと云つたまゝその場に倒れて氣を失つてしまひました。そこですぐさま床の中へ擔ぎ込んで氣つけを飲ましました。そこへスパラが死骸となつて捜索隊の人々に護られて歸つて來ました。

ヤグイは間もなく息を吹き返しましたが、眼の前に運ばれてゐるスパラの死骸を一目見ると、すぐその死骸に抱きついて、

『スパラさん、あなたはどうしてこんなに成なつて歸つてゐらつしたんです』と、正體もなく泣き崩れてしまひました。『あなたがお亡くなりになつたのでは、わたしもう生きてをりません。死んでしまひます。そしてあの世で仲よく暮しませう』と、切々にかき口說くのでした。

傍でその有樣を見てゐた人達も、この哀れなヤグイの姿に貰ひ泣きしないものはありませんでした。ヤグイはそのまゝ長い長い間泣いてをりましたが、その揚句たうとう氣が狂つてしまひました。そしてそれからといふものは祿々御飯も食べず、家の隅つこの方へ小さくなつて泣いてばかりゐて、人に顏を見せるのを大層厭がるやう

になりました。けれど時によると妙な笑ひ方をして、スパラの名の呼びながら、家の周りや部屋の中を、唄を唄つて歩き廻ることもありました。家の人達もこれには心を痛めて種々と手を盡してみましたがその効もなく、ますます狂ふばかりでした。で、またもや例の祈禱師を招いて、厭勝術を施して貰ひましたが、今度はどうしたものか少しも利目がありません。そしてはては誰も知らない間に一人で家を飛び出して、山を越し溪を渉つて、遠い所まで歩きまはるやうになりました。ほかの者には見えませんが、ヤグイにだけは死んだスパラの姿がありありと見えて、その幻の導くまゝにどこへでもつれられて行くのでした。

　ところが、そんな事の五六日つゞいた後、ある日のことヤグイは家を飛び出すと、又例の幻を追ひながら、今でも登山と呼ばれて居る山へずん／＼登つて行きました。中腹まで行くと、そこには一軒の小家があつて、中では大勢の亡者が集つてお酒を飲んで騒いでをりました。中にスパラも交つてゐたことは言ふまでもありません。ヤグイはその中へつか／＼と入つて行きました。そしてみんなと一しよになつて、幾日も幾日もそこで面白おかしく過してをりましたが、その間にもこの亡者達とつれだつて、幾度も自分の家へ酒を取りに歸りました。けれどその姿は誰の目にも見えませんでした。

　ヤグイが家を飛びだしてからといふもの、家では八方へ手分けをしてその行方を捜しましたが、何しろ亡者に隱されてゐるのですから、誰の目にも見える筈がありません。大騒ぎをしてゐる所へ、姿を隱してから隨分日數のたつたある日のこと、當のヤグイがひよつこりわが家の前へ姿を現しました。

『まあお前、今まで何處へ行つてたんだね』ヤグイの姿を見たおつ母さんは嬉しさの餘りから言ひながら、娘

を出迎へました。そしてふと見ると、ヤグイはその胸の所へ可愛い赤ん坊を抱いてゐるのです。

『まあお前その赤ん坊はどうしたの』おつ母さんは不審さうにすぐから訊ねました。するとヤグイは、

『この子はわたしの子ですわ。スパラのとこで生みましたの』と答へました。

『おやさうかい。まあ可愛い子だね。どれわたしにも抱かしておくれ』かう言つておつ母さんはヤグイの手から赤ん坊を抱きとりましたが、そのとたん、「きやつ……』と叫んで、赤ん坊を抛り出してしまひました。それも無理はありません、赤ん坊はおつ母さんの手に抱かれた瞬間樹の根に化つてしまつたのです。

ヤグイはそれを見ると、

『おや〳〵可哀さうに、もうこんな處にゐないで、早くお父さんの所へ歸りませう』と云ひながら、すぐに子供を抱き上げましたが、その姿はまるで煙のやうに消えてしまひました。それ以來ヤグイの姿は何處にも見えませんでした。けれどその時ヤグイの著てゐた白い著物が塔山で發見されました、この著物は石になつて今でも塔山に殘つてゐるといふことです。

巨人退治と酒壺

セイクッカ族の童話

花蓮港（東部臺灣の小都會）から約三里ばかり離れた所に新城と云ふ村があります。そこから加禮宛山と云ふ高い山を西に見て、タツキリ渓の流に沿うて上流に進むと、その先は山また山が重つてゐて、やがて鬱蒼とした楓林に著きま

す。そしてその林の中に小高く土を盛上げた小山がありますが、生蕃人はそこのことを不思議な森リナマイと呼んでゐます。彼らの間にはむかしからそこに悪魔が棲んでゐるといふ言ひ傳へがあつて、今でも決してその近くを通る者はないと云ふことです。その悪魔といふのは、口の恐ろしく大きな、手足の馬鹿に長い、巨人なのです。その上力はちよつと本氣になると山も引き拔くほど強く、大水の時なぞ、自分の體を横にして橋にしても何ともないといふのですから大變なものです。大きな河でもたゞの一跨ぎ、高い山の頂はたつた二足三足で越えてしまふ、このくらゐですから、今こゝにゐたかと思ふと、もう彼處に姿を現すと云つた工合で、その居所を突きとめることは、迚も人間業では出來ません。食べものは山に居る鹿や猪などで、その大きな口をあんぐり開いてゐて、それを兩手で煽ぎ込むといふのです。その上この巨人は、隨分悪戯ずきで、生蕃の娘などが部屋の中で機など織つてゐると、自分は何處か遠い岩蔭に隱れてゐて、その長い手を伸ばして、ちよいと娘をつくのです。突いた方はちよいとのつもりでも、何しろ馬鹿力があるのですから、突かれた方こそ災難で、『あつ！』といふ間もなく、すぐに死んでしまひます。けれど機嫌のいゝ時は隨分人のためになることをするのです。たとへて言へば、大水で河が渡れないで困つてゐる者があると、『よし〳〵わしが渡してくれよう』と、自分の體を橋にして氣輕に渡してくれるやうなこともあるのです。

　春も夏も知らず、暦さへない生蕃人でも、生命をつなぐ食糧のことについてだけは暢氣にしてもゐられず、ちやんと時節を知つてゐて粟を蒔き、それが稔ると收穫をするのですが、その時には、いつも賑かな祭を行ひます。蕃社の者はみんな仕事を休んで、神さまに詣り、その時だけは他の蕃社の者や異人種など一切自分達の蕃社に入

れず、仲間だけで嚴肅に式を行ふ習慣で、これは今でも堅く守られてをります。

ある年のこと、播種祭も無事にすんだので、いよ〳〵明日は番社ぢうの者がみんなで獵に出かけようといふことに話がきまり、若い生番人達は、いづれも喜び勇んで、てんでにその用意を整へました。そして、

『今日こそおれは猪を擊ちとめてやるぞ』

『何だ手前は猪か、それぢやおれは熊を捕つて見せる』

『貴樣に熊なんか捕れるものか』

などとお互に喋りあひながら、いざ出發といふことになりました。

すると丁度その時、遙か向うの岩蔭からみんなの方へ向つて、息急き切つて一生懸命にかけつけて來た一人の若い生番人がありました。

『あゝ大變だ、助けてくれ』

若者は仲間の所まで駈けつけると、かう言つたまゝ、ばつたりそこへ坐つてしまひました。見ると顔色はまつ青でぶる〳〵慄へてゐます。

『一體どうしたといふのだい』番人の一人がかう訊ねました。

『實はおれはリナマイの怪物に出會つたんだ』

『え、リナマイの怪物に逢つたつて』一同は驚いてかう叫びました。

『まあ聞いてくれ。』かう言つて若者は次のやうなことを話しました。

この若者は昨日お祭がすむとすぐ川漁に出かけたのですが、その日に限つてたゞの一匹もとれません。暫くの間網を入れては引き上げ、入れては引きあげしてをりますと、どこからともなくごう〳〵といふ物凄い音が聞えて、不意にリナマイが姿を現はしました。そして、

『こら魚はとれたか、とれたらおれによこせ』と破鐘のやうな聲で言ひました。

で、若者は、

『ご覧の通り今日はまだ一匹も捕れてゐないのでございます』と恐る恐る答へました。すると怪物は大きな目をむいて、

『おれは今朝からまだ何も喰つてゐないんだ。ぢや待つてゐるからすぐ獲つて來い』と、言ひつけました。厭だと言へばどんなことをされるか分りません。仕方がないので、若者はまた一生懸命網を入れて見ましたが、夕方までかゝつても一尾も獲れません。「これは困つたことになつたぞ」と若者は考へました。「このまゝ彼奴の所へ歸つたら、どんな目にあふかも知れない。わけなんか話したつて、むうさうかと承知する奴ぢやない」そこで彼はそつと道を變へて、蕃社の方をさしてどん〳〵逃げ出しました。そして遠い廻り道をして夜中走り續けた揚句、やつとこゝまで歸つて來たのです。かう話し終つて若者は、ほつと一息つきました。

すると、その時、又もや大變だ大變だと呶鳴りながら、あわたゞしく駈けつけて來た一人の番人がありました。

『大變だつて一體どうしたんだ』と中の一人が訊ねました。

『あのセウカイが死んだのだ』とその男が答へました。

『死んだつて、一體どうして死んだんだ』ほかの一人がまた訊ねました。

『それが不思議なんだよ。セウカイた今朝からばたん／＼機を織つてゐたんだが、それが不意にあつと云つたと思ふと、そのまゝそこに倒れてしまつたんだ。で、驚いてそばへ駈けよつて見ると、もう息が絶えてゐるぢやないか、すぐさま頭目さんやみんなに來て貰つていろ／＼調べてみたが、どうも病氣でもないらしい。こりや不思議だと云ふので、體ぢう調べて見ると、どうだらう。背中の所に大きな指の跡があるぢやないか。きつとあの、リナマイが惡戲をしたに相違ない』

さあかうなると、みんなは狩どころの騷ぎではありません。頭目とも相談して、いよ／＼今度こそ日頃から恨み重るリナマイをやつつけようと話は一決しました。そしてすぐに頭目の處へ集つて相談會を開きました。けれど何と言つても相手は恐ろしい怪物のことですから、うつかり手を出すわけにはゆきません。さてどうしたものだらうといろ／＼工夫を凝らしましたが、別にこれといふ名案も浮びません。みんなだまり込んでしまつて、一言も口を利く者がないのです。

ところが蕃社一の智慧者と云はれてゐるタウヤイと云ふ男が、まづかう口を切りました。

『相手は何しろ怪物だから、うつかり手を出すことは出來ない、これや一つ計略で攻めなきや駄目だらう。眞正面から向つては、蕃社ぢうの者が束になつてかゝつたつて叶ひつこないんだから』

『さうだ、なるほどお前の言ふ通りだ』と頭目が言ひました。『相手は力こそあるが智慧は足りない。それについてタイヤウお前何か考へついた事でもあるのか』

『いや、別にこれといふ名案もありません。だが、皆がわたしに任せてくれるといふことなら、何とか工夫してみませう』

何しろ蕃社一番の悧巧者の言ふことです。頭目はじめ一同はすぐに承知して、萬事タイヤウに委すといふことになりました。で、彼は家に歸るとすぐ、大きな樽へ一ぱい酒を入れて、それを背中にひつ背負ひ、例の楓林の小山をさして登つて行きました。そしてかしこここうろつき廻つてゐると、根が酒ずきのリナマイはその香を嗅ぎつけて、何處からともなく不意に姿を現しました。そして例の破鐘のやうな聲で、

『こら、貴樣がそこに持つてゐるのは何だ、酒だらう、こゝへ出せ、おれが飲んでやる』と呶鳴りつけました。

『はい〳〵、もうあなた樣のおつしやる事でございましたら、何でもさし上げます』とタイヤウはかう答へて擔いでゐた酒樽を怪物の前へさし出しました。すると怪物はその樽をひよいつと持ち上げたと思ふと、樽から直にがぶり〳〵と飲みはじめましたが、さすがの大樽も見る間に空になつてしまひました。

『いかゞでございます』とその時タイヤウがかう言ひました。『お望みでございますれば、まだ幾らでも持つて參りますが』

『むゝ、仲々いゝ酒だ、だが、それだけでは飲んだやうな氣がしない。遠慮なくどん〳〵持つて來い、幾らでも飲んで見せてやるから』

『承知いたしました。それではしばらくこゝでお待ち下さい。今度はうんと持つて參りますから』

タイヤウはかう言ひ殘して置いて、大急ぎで蕃社へとつて返しました。そして、今度は酒をしこたま用意して、

仲間のうちから血氣ざかりの男を五六人選りすぐり、その男たちに酒を背負はせ、又もやリナマイの所へ出かけました。タイヤウはもう大悦びです。大きな口から涎をだら〳〵流ながら、

『あゝうまい、何といふうまい酒だ……』と飲むわ〳〵、前後夢中になつて飲みはじめました。そしてあるだけの酒をすつかり飲みほした頃には、さすがの怪物もべろ〳〵に醉つて、腰が立たなくなつてしまひました。

その時タイヤウは、つれて來た若者達にそつと、木を燒かせて、

『いかゞでございます、お肴にと思つて熊の肉の燒いたのを持つて來させましたが』と言つて、その燒けぼつくいをすゝめました。けれどリナマイは動くことも出來ません。

『さうか、それは有難いな、だがごらんの通りおれはもう動けない、かうやつておれが口を開けてゐるから、そいつを一つ抛りこんでくれないか』

これを聞くとタウヤイは「しめた」と心の中で喜びながら、

『承知いたしました』と言つて、つれて來た若者みんなに手傳はして、大きく開けたリナマイの口の中へ、木や岩片の燒けたのをどん〳〵抛り込みました。これでは幾ら恐ろしい怪物でも堪つたものではありません。

『あゝ熱い、助けてくれ』と喚きながらその場へどうと倒れて、のたうちまはつて苦しみはじめました。その時タイヤウが何か合圖しますと、あらかじめ用意してあつたものと見えて、今度は山の頂上から大きな岩をがらがらと落しはじめました。醉つぱらつて動けなくなつてゐる所へ火を食はされ、その上大岩石を數の知れないほど頭の上から見舞はれては堪つたものではありません。かうして長い間蕃民どもから恐れられてゐたリナマイも

たうとう共處で死んでしまひました。

これで蕃社の者達はやつと厄拂ひをしたと、しばらくの間はのう〳〵してをりました。けれど一旦死んだリナマイはまた甦つて、今でもその林の中にゐると云はれてゐます。

魔法杖と巖男竹男

アミ族の童話

東部臺灣の海上遥かに、紅頭嶼と呼ばれる一つの島があつて、この島にはアミ族と云ふ生蕃人が住んでゐますが、これは他の生蕃人とは風俗から習慣言語まですつかり違つてをります。このアミ族はその小さな島よりほかにはどこも知らず、世間とはすつかり離れて生活してをりますので、今でも野蠻なことと言つたらお話しになりません。この島へ汽船が寄ると、蕃人どもはすぐさま自製の不格好な獨木船で本船に乘りつけ、持つて來た土産品の水甕、茶碗、土人形などを銀貨と交換するのですが、その銀貨はみんな裝身用にするか、兜を作るのに用ふのですから、五十錢でも十錢でも値は同じです。アミ族はこのくらゐ、皆さんの想像も及ばないほど未開なのです。ところが面白いのは、この生蕃人どもが『おれは石の子、竹の子だ』と昔からさう云つて威張つてゐる、しかも心の底からさう信じてゐて、少しも疑はないといふことです。この話はその由來についての物語です。

さて、いつの事か分りませんが、ずつと〳〵遠い昔のこと、この島にリパプツといふ高くはないが樹木の鬱蒼と繁つた山があつて、その中腹にはラリランといふ大巖が突つ立つてゐました。その頃この島はまだ無人島で誰一人住んでゐるものはありませんでした。ところが或日のこと、不意に恐ろしい暴風雨が起つて、海岸には山

なす怒濤が物凄く荒れ狂ひ、天地は暗澹として震動し、そのために島も崩れてしまひはせぬかと思はれるばかりでした、しかもこの暴風はなか〳〵止まず、たうとう五日四晩といふもの降り續け吹き續けました。そして五日目の夕暮になつて、やつと凪ぎましたが、その夜中頃例の山腹から恐ろしい音響と共にまつ赤な火焔が噴き出して、忽ちのうちに島ぢうは焦熱地獄と化してしまひました。すると不思議やその夜も明け方近く、この物凄い天地の間に、何處からともなく一人の老人が現はれました。髮は銀のやうに白く、鼻は天狗のやうに高く、その上額のまん中に大きな目をたつた一つといふ異樣の面相を備へてゐます。腰を木の葉で包み、痩せさらぼうた骨だらけの手には長い樹の枝を杖に持つて、岩蔭からこの恐ろしい光景を眺めながら、皺だらけの顏にさも心地快さうな笑みを泛べて居りました。

夜が明けるにつれて、嵐は次第に衰へ、美しい太陽の光がきら〳〵と輝きはじめました。その時老人は、『おれが顏を出したので風の神も逃げ出しをつたな』と言つて、『あはは……』と天地に轟くやうな大聲で笑ひながら、のそり〳〵と歩きだしました。

この老人の行つた先は、さつきまで恐ろしい勢で火焔を吐いてゐた例のリパブツ山の腹にあるラリラン巨巖の傍でした。老人はその傍にじつと立つて、暫くの間無言のまゝ大きな一眼をかつと見開いてをりましたが、やがて手にしてゐた杖を眞向に振りかざし、長い間口の中でしきりに呪文を唱へてゐましたが、やがてそれがすむと、『やツ』と一喝して振り上げてゐた杖をもつて、巖の一角をはつしと打ちました。ところがこんな痩腕のどこにそんな恐ろしい力があつたものか、さしもの巨巖がたゞ一打でぱつと二つに割れました。

『よく來たな……』とその姿を見た老人はいかにも滿足さうにかう言ひました。『も少し早く出してやらうと思つてゐたのぢやが、先刻まで風の神めが暴れ廻つてをつたので今まで見合してをつたのぢや。今日からお前はわしと一しよにこの島に住むのぢやぞ』

『承知いたしました』と裸の男が答へました。

かうしてこの不思議な老人と、巖から生れた裸の男とは、二人だけでこの島に住むことになりました。そしてその日〳〵を無事に過してをりましたが、その間に老人は、

『天上にゐる神どもは素裸でゐるのが一番嫌ひぢや、また暴れだすと困るから、お前もわしの通りにするといい』

と云つて、木葉を腰に卷くことを巖男に敎へました。今でも紅頭嶼の生蕃人が、男女とも植物の纖維で作つたちよつきのやうに短い著物を着てゐるのは、この時の風が殘つてゐるのです。

さて巖男と老人はその島に住んで、お腹がすけばそこいらにある果實を手あたり次第にもぎつて喰べ、眠くなればごろりと草の上でも、砂の上でも所きらはず横になつて寢ると云ふ、しごく暢氣な生活をしてをりました。これでしばらくの間は何の言ふこともありませんでしたが、何しろ明けても暮れてもたつた二人で、同じ顔ばかり見合はしてゐるのですから、巖男はそのうちにそろ〳〵淋しくてしやうがなくなつて來ました。

そこである日のこと、岩に腰をかけてこくり〳〵と居眠をしてゐる老人をゆり起して、

『わたしはあなたと二人だけでゐるのが淋しくてしやうがありません』と、言ひました。

すると不思議やその中から一人の屈強な男が、素裸のまゝ飛び出したと思ふと、老人の前へ行つて平伏しました。

『さうか、それぢやも一人だけこしらへてやらう』と、老人は事もなげに云ひました。そしてはるか向うに見えてゐる竹籔を指しながら、『ぢやあすこへ行かう』と先にたつて歩きだしました。

二人は山を越へ谷を渡り、河を横切つてやがて目指す竹籔につきました、その竹籔を指して、その時老人は、『これはルサハツクといふ竹籔ぢや』と言ひました。『だが今日はもう日が暮れたから、明日のことにしよう。夜は何も出來ん』

老人はそのまゝごろりと横になつてぐつすり寝込んでしまひました。で、巖男も仕方なく、その傍に轉んで一夜を明かすことにしました。

さてその翌日になると、老人は巖男をつれて竹籔の中へがさ／＼と分け入りました。そして中央のあたりまで來ると、そこにはすく／＼と勢よく伸びた一本の大きな竹がありました。それを見た老人はその前に立ち止つて、巖男の方を振り返りながら、

『この中にお前の仲間がゐるんだ』と言ひました。

そして、例の杖を振り上げて、三度ばかりその竹の幹を、かん／＼と打ちました。すると不思議やどこからともなく恐ろしい響が聞えたと思ふ間もなく、竹は二つに裂けて、その中から一人の見知らぬ男が飛び出しました。

『どうぢや、これで滿足かな』老人は心地よげに笑ひながら、巖男の方をふり返つてから言ひました。『これ

がお前の仲間ぢや、仲よく暮すんだぞ』

巖男は驚いていま竹から生れたばかりの男の顔をしばらくの間は怪訝さうに見つめてゐました。けれど驚いたのは巖男ばかりではありません。相手の男も目をぱち〳〵させながら、巖男の顔をだまつて見つめてをりました。

この有様を見てとつた老人は、

『これはラリラン巨巖から生れた巖男と言ふ男で、これは竹の中から飛び出したから竹男だ。これで二人になつたから。もう淋しくはあるまい、仲よくするんだぞ』と云ひました。

かうして二人は仲よく一しよに暮すことになりました。

そして兄弟も及ばぬほど睦まじくその日その日を送つてをりましたが、ある日のこと老人は二人に向つて言ひました。

『わしはこれからちよつと天上へ行つて來る、お前達はこゝで仲よく待つてゐてくれ』

竹男と、巖男は二人だけでゐるのは心細くてしやうがないので、わたし達も連れて行つて下さいと、頼みましたが、老人はどうしても聞き入れません。

『いやお前達はリパブツ山の麓に行け。そこは何の心配もないいゝ土地だ、そこへ行けばまたお前達に仲間が出來る』

老人はかう云つて、口の中で呪文を唱へると思ふと、彼方の海の表には無數の魚が飛びはねだしました。すると老人は、それを指さして、

『あれは魚といふものぢや。これからはあれを捕つて食べるがいゝ』と二人に敎へました。二人ともまだお魚が食べられるといふことを知らなかつたのです。老人はそれから傍にあつた大木をへし折つて、二人が魚を捕るために一艘の特木舟を作り、その上銛の作り方まで敎へて置いて、そのまゝ煙のやうに姿を消してしまひました。で、後に殘された二人はその日から獨木舟を乘りまはして魚を獲つて、木實のほかにそれを常食にすることとなりました。かうしてまた幾日かが樂しく過されました。ところがある夜のこと、不意に大暴風が襲つて來て島ぢうがひつくり返るのではないかと思はれるほどの騷ぎになりました。

二人は餘りの恐ろしさに互に抱き合つて、夜ぢうぶる〳〵慄へてをりましたが、幸にも夜が明ける頃にはさしもの嵐もやうやく勢が衰へて、美しい太陽がきら〳〵と輝きはじめました。二人はほつと一安心したものゝ、これから先も時々こんな事があつては命を失するやうな事になるかも知れない、どこかどんな大嵐が來ても大丈夫といふ所へ行かうぢやないかと相談して、島ぢう此處彼處と搜し廻つた揚句、ある山の陰に大きな洞穴があるのを見てつけ、そこに住むことに決めました。今でもアミ族が穴居してゐるのは、この時からはじまつたのです。

巖男と竹男が安全な穴の中に住みだしてから暫くすると、また例の老人がひよつこり姿を現はして、二人のために竹と巖とを叩いて二人の可愛い子供を與へてくれました。ところが今度のは前のやうに男ばかりでなく、片方は女の子でした。

巖男も竹男も大層長壽して幸福な月日を送りました。二人の子どもが大きくなると大勢の子どもを生みました。これが今のにアミ族の祖先です。

解説

朝鮮童話集に就て

人類地理學が明確に立證したやうに、半島の文化史上に於ける役割は、『文化の仲介者』としてのそれであつた。半島は一の intermediary として、ある大陸より他の大陸若くは島地へ文化を移殖させる橋梁である。わが朝鮮も半島の一つとして、最も鮮明にその役を演じてゐる。印度及び支那に生起した文化事象の種々相は、いな時としては泰西の文化までもこの『鷄の林』を通して、洪水のやうに『日出づる國』に流れ込んだ。人類文化の産物の一つであつた童話——强健な遊離性と擴布性とに惠まれた童話も、朝鮮を一の大きな水渠として、續々日本に傳はつた。

かくて朝鮮の童話を凝視するとき、自分達は、その多くが、一方に於て印度支那に類似を示し他方に於て日本に類似を有することを見出す。また時としては歐洲の説話にすら若干の共通性を見出す。『瘤取』を見よ。そは墨憨齋の『笑府』が示すやうに、支那の物語であると共に、『宇治拾遺物語』が示すやうに、日本の物語である。

而して同時に又朝鮮人の間に存在するではないか。『海月のお使』（又は『猿若くは兎の生肝取り』）を見よ。それは『佛本行經』〔經律異相』等が明示する様に、源流を印度に發して、先づ支那に傳はり、（『祖庭事苑』これを證す）更に朝鮮に入つて、『三國史記』にその姿を現し、更に又海を越えて日本に傳つてゐるではないか。「姨捨山』『羽衣』『松山鏡』等が、朝鮮を媒體として印度から日本に渡來したことは、『雜寶藏經』『雜譬喩經』等の印度經典、『祖苑事苑』『元中記』『笑府』『太平廣記』等の支那典籍及び『今昔物語』『賦役令抄』『萬葉集古義』『住吉物語』『近江風土記』『本朝語園』『古來小説』『歷世女裝考』『寶物集』等の日本典籍に之等の説話が載せられてゐると同時に、朝鮮の民間に廣く流布してゐるといふ事實が、之を證示してゐる。（朝鮮の部『親を捨てた男』『韓樣羽衣』『鏡の中の人』參照）最後に『餅好きの男』が印度にその源を發して朝鮮經由の下に日本に傳つたことも、疑ふべからざる事實であると思ふ。

一方に於て、朝鮮は又自國の童話をH本に提供することによつて、我が國の童話界を多彩ならしめ豐富ならしめる役を演じてゐる。『慵齋叢話』に載せた『物眞似騷ぎ』『赤豆物語』や民間に流布する『片目と曲鼻』『足折燕』の朝鮮童話が、それぞれ日本の『お芋ころころ』『和尚ちがひ』『住吉明神と白樂天』『腰折雀』の原型であることは、何人も拒み得ないであらう。又日本の童話界に興味の深い二つの話型を形づくつてゐる『馬鹿婿』型の物語や『和尚いぢめ』型の物語も、その本源は朝鮮にあるらしい。

次に朝鮮の童話界は、日本に見出し難い多くの説話によつて歐羅巴印度の童話と握手をしてゐる。卽ち『古の

名人」がグリム等に現る物語と多くのモーチフを同じうしてゐる如き『驢馬の耳』が Ovidius の Metamophosis に載せた希臘神話及び T.W. Rolleston の Myths and Legends of the Celtic Race に載せたケルト傳說と全くその內容を同じうしてゐる如き、若くは「人間と虎との爭」が明かに印度の物語である如きこれである。かくて童話運搬の水渠としての朝鮮は、これを日本の本土から見るとき、完全にその役目を果した場合と然らざる場合とがあることを見出す 切言すればある物語は印度若くは歐羅巴から朝鮮まで流れて來て、そこで停滯して、遂に『日出づる國』の光を仰がなかつたのである。

最後に朝鮮はまた當然の事實として、自國に生れて、自國にのみ語り傳へらるる多くの童話を有してゐる。そしてそれ等の物語には、文化の上から、及び地理的環境の上から、鮮明に『朝鮮的』な特異の風貌が烙印せられてゐる。『漢語好きの男』が支那への反抗的氣分を示す如き、『大きな櫻桃』が兩班への嘲弄を閃めかす如き、若くは『虎と喇叭』が、自國に於ける主要な動物を拉し來つた點に於て、童話構成の因子としての環境の重要さを表はしてゐる如き卽ちこれである。『目明きと盲人』の如きも、不潔を意とせぬ鮮人の性情の反映であると見ても、或は差支へがなからうと思ふ。

アイヌ童話集に就て

文化民族の說話と未開民族の說話との間には、その內容及び形式に於て著しい差異がある。もとより文化民族の說話と雖も、該民族が未だ低い文化階層にゐたときの精神的產果であり、而して低い文化階層の民族は、フイヤーカント氏が『自然民と文化民』(Vierkandt, Naturvölker und Kulturvölker) に道破したやうに すべて『神話的思考法』卽ち、

(1) 萬有人感主義を抱くこと。

(2) 魔術の觀念に支配せらるること。

(3) 事物や現象の發生發展を有機的內部的連續的に考へないで、非有機的外部的飛躍的に考へること。

に、その心的活動を支配せられてゐるが故に、未開民族の說話と、多くの共通點を有してゐることは、拒むべからざる事實である。

しかし未開民族の說話が、かうした心的活動の生きた端的に統制せられてゐるのに反して、文化民族の說話は時の流が、從つてまた思想の進展が、强く作用して、原始的な內容形式に多くの變化を與へてゐる。そこに未開及び文化民族の說話の差別相が現れる。

未開民族の說話は、グローセ博士が『藝術の始源』に於て指示したやうに、

(1) 內容に於て太だ簡素であり。

(2) 形式に於て太だ疎雜であり。

（３）主人公に動物を有することが多い。

ことを特徵とし、更にまた多くの民族心理學者が立證したやうに、

（４）事物現象の起原や由來を說くことが多く。

（５）道德的規準の低卑なことが多い。

ことを特徵とする。

自分がチエームバレーン氏やバツチエラー氏や、金田一京助氏、吉田巖氏等の著書を通して、また自分自身の努力を通して、ここに纏め上げたアイヌの童話は、未開民族の說話に共通なこれ等の特徵を盡く具備してゐる點に於て、日本本國及び朝鮮の童話が持つてゐない芬香と色味とを放射してゐることに留意してもらいたい。

アイヌの童話はすべて簡素である。日本の『天稚彥物語』や、朝鮮の『失策つゞき』のやうな形式が長くて、內容が複雜なものは殆んど見出し難い。動物を主人公とする物語が大部分を占めてゐる。そしてそれ等の物語は、殆んどすべて神話學上のいはゆる Aetiological Myths 若くは童話學上のいはゆる Why-so-Tales である。何故に鷄は高く飛べないか。何故に烏の羽毛は眞黑であるか、何故に梟と鼠とは仲が惡いかといふ如きことを說明することを、主要な目的の一つとしてゐる。道德的規準も概ね低くて、文化人の見地からすると、行爲の價値に對する判斷が錯倒してゐると思はれるものが多い。『杭の謎』『斧の祟』『雲から墜ちた魔法使』『財産爭ひ』等にあつては、行爲の善惡に對する應報に於て、正當であるが、『狐の假病』『上の者と下の者』中のある物語等に

あつては、文化人の目から見て不道德と思はれるものが勝を占めてゐる。これは狡才を尊重した未開時代の反映で、文化民族の童話にも屢々その痕をとどめてはゐるが、アイヌの童話に於ては殊にそれが目に立つのである。"

松村武雄

臺灣童話集に就て

臺灣は南瀛の一寶庫と稱せられ、其處に產する、物產は、つとに內地に宣傳紹介されて居るが、傳說乃至童話の類は、餘り多く知られてゐない。唯だ臺灣と云ふ所は、常夏の國、暑い土地、其處にはお米が年に二度獲れて、砂糖が出來、甘い「バナナ」が累々と實り、平地には支那人、山には生蕃人が棲んで居る別天地で、海洋遠く距つた一島國なりと、異鄕視して居るに過ぎない。從つて風俗慣習、さては童話の類が、內地に紹介されて居ないのは、實に遺憾とする所である。

民族の棲息するところ、そこに必らずや鄕土的色彩を現表する何ものかが存在せねばならない。臺灣にも、恁うした種類のものが豐富に存在して居る。然し今日世上に餘り知られない所以は、從來恁うした方面の研究調査が進んでないからであると思ふ。

臺灣は、南方支那とは、臺灣海峽を距てゝ、一葦帶水の間に位し、地理的關係上、有史以來二百有餘年間、或は和蘭人に占據され、或は西班牙人の旗下に屬したこともあつたが、その期間は甚だ短く、三十餘年前に帝國の版圖に歸するまで、長い間支那の屬島であつた。今日、彼等が本島人と稱して居る臺灣人は、古く南方支那地方から移住した、所謂支那民族の子孫であり、山奥に棲息して居る生蕃

生蕃人が郷土的色彩を濃厚に表示して居るに反し、支那民族の子孫なる臺灣人には、その色彩が甚だ淡い。然しながら二百餘年間の生活が齎らす郷土的變化は、南方支那地方との間に、多少の差異を生ぜしめたことは當然であるが、それが實に微々たるもので、臺灣人の風俗慣習は、南方支那即ち福建廣東兩地方のそれと殆んど同一であると云ひ得る。彼等の間に傳はり行はれる童話や童謠も、生蕃人よりは、文化の度が進んで居るだけに、現に行はれて居るものゝ中には、彼等の手に依つて作られたものが多少あり、又祖先の地には既に滅びて、此處に存するものがないではないが、それは甚だ少數で、その大部分は祖先の地に行はれ、それが移り傳へられたものである。加之、現時では內地との交渉が頻繁になり、內地の作家の筆にしたものが極めて多く行はれて居る。一方支那からも偲うした讀物が輸入されるけれども、その多くは日本作家の作物を換骨脫體したもので、支那の作家の手になつたものは極めて僅少である。

臺灣で童話や童謠が兒童の間に行はれ、學校や家庭で云々され、漸く識者の注意をひき、歡迎されるやうになつたのは、實に最近のことである。從つてこの方面に筆を執り、作物を公にする人は、實に少數で、內地のそれに比すべきでなく、先づ今日では漸くこれを認めたと云ふに過ぎない。これは植民地として止むを得ないであらうが、それにしても、在來の童話や童謠は、漸次に行はれなくなり、

人は、既に支那民族の移住前、島内各地に居住した先住民族の子孫である。恁う云ふ有様で、現時の臺灣には、大和民族の外、支那族の臺灣人と、生蕃人が居住して居るわけである。

それで、臺灣人の風俗習慣や童話の類が、餘り臺灣特有な色彩を認め得るものがないのは、彼等が祖先の地たる南方支那民族の子孫であり、彼等の弊と云はるゝ、墨守の通癖が大なる因をなすからである。然し生蕃人は、先住民族だけに、既に久しい間彼等の郷土が作成され、風俗慣習さては童話の類にも、彼等特有な色彩を表示して居る。或意味から云へば、臺灣の郷土的色彩は、生蕃人に依つて現表されて居るとも云ひ得る。が新附の民として生活せる、三百萬の支那民族を顧みぬわけにはいかない。

生蕃人は、全く彼等特有の郷土的色彩を現表して、風俗習慣言語、傳說童話童謠の類も、特種の色彩を示して居る。現今理蕃事業が遂行された結果、多少研究調査が實現されたが、何分にも山奥に原始的生活を營んで居るので、まだ完成するには、前途遼遠で容易なことではない。臺灣人の方は、生蕃人に比して調査研究も行はれ易く、大分知られては居るが、之も研究調査に手を染める人が尠く、充分研究を遂げられて居ないのを遺憾とする。のみならず、今日の文化進展の勢に押流されて、漸次にこれが滅びつゝあることは、誠に惜しいことと切に感ずる。

逐に滅びてしまふだらうとも思はれる。この意味に於て、臺灣童話の蒐集は、甚だ有意義なことで、唯だ單に郷土研究の一資料としてのみでなく、民族研究上必要なことと信ずる。

私は臺灣に在住すること既に十有餘年、その間臺灣人や生蕃人の風俗慣習が、自然界のそれと同樣、內地と全く異つて居るのを親しく見聞して、非常に興味を覺え、これを內地に紹介したいと思つて、これまで內地の新聞雜誌に禿筆を弄して寄稿して居たが、又た一方これが動機となり、臺灣を郷土的に研究するのが、頗る有意義にして趣味多いことと考へ、爾來孜々として微力を此方面に致し、今日に及んで居るが、兎角資料の蒐集難に、思ふ儘の研究が出來ないのを常に心苦しく感じて居る。童話や童謠も恁うした研究の一端として、實は多年心がけて居る所であるが、未だその完きを得ない。然し先づ研究の一步として、幾多の困難を忍んで、非才をも顧みず、敢て獨逸の『グリム』兄弟の顰に倣ひ、暇ある每にこれに力を致し、或は古老に訊ね、或は古文書を涉獵して、漸く本集に收むる幾編かを蒐め得たのである。而して前叙の事情の下に今日に及んだ臺灣童話の發達から考へて、この位なものが純粹の臺灣童話として行はれて居るものと云ひ得ようと思ふ。但し生蕃人の間には可なり多くの童話が存し行はれて居るであらうが、彼等に對する郷土的研究が一向進んで居ない今日では、是れ亦その完きを得るのは至難の業に屬し、漸く蒐集し得て手許にあるものが二三十編位である。然し本

集には紙數に限りがあるので、各種族に就き一編づゝを採錄することとした。

本集收錄の諸編は、支那民族たる臺灣人、並に生蕃人間に古くから傳はり、現に行はれて居るもので、これ等の童話を通じて、彼等の民族性の一端が覗知せられるのは勿論、其處に現表される郷土的色彩も珍とすべきものがあらうと思ふ。多年蒐集した稿が、匣底から出され、世界童話大系の一部となつて、これを公にすることを得たのを、衷心から欣幸とする所である。願くば稿の拙なるを咎められず、臺灣にもその郷土的色彩を現表する、慫うした童話のあることを珍とされ、これに依つて何等かの資料が得られ、或はこれが私等が常に希望して居る臺灣紹介の一つにでもなれば、實に本懐の至りである。

臺灣の島都臺北に於て

塘　翠　識

挿繪目次

朝鮮・アイヌ・臺灣童話集 目次

似たもの夫婦と運

世界童話全集
朝鮮
台湾
アイヌ
童話集
近代社版

영인자료

마쓰무라 다케오의 조선·대만·아이누 동화집

여기서부터 영인본을 인쇄한 부분입니다. 이 부분부터 보시기 바랍니다.

김광식金廣植

일본학술진흥회 특별연구원PD(민속학), 東京學藝대학 학술박사.
연세대학교, 릿쿄대학, 東京理科대학, 요코하마국립대학, 사이타마 대학, 일본사회사업대학 등에서 강의했다.

· 주요 저서

단저: 『식민지기 일본어 조선설화집의 연구植民地期における日本語朝鮮說話集の硏究 - 帝國日本の「學知」と朝鮮民俗學』(2014), 『식민지 조선과 근대설화』(2015), 『근대 일본의 조선 구비문학 연구』(2018).

공저: 『식민지 시기 일본어 조선설화집 기초적 연구』, 『博物館という裝置』, 『植民地朝鮮と帝國日本』, 『國境を越える民俗學』 등 다수.

근대 일본어 조선동화민담집총서 3

마쓰무라 다케오의 조선·대만·아이누 동화집

2018년 6월 8일 초판 1쇄 펴냄

저 자 김광식
발행인 김흥국
발행처 보고사

책임편집 이순민
표지디자인 오동준

등록 1990년 12월 13일 제6-0429호
주소 경기도 파주시 회동길 337-15 보고사 2층
전화 031-955-9797(대표)
02-922-5120~1(편집), 02-922-2246(영업)
팩스 02-922-6990
메일 kanapub3@naver.com / bogosabooks@naver.com
http://www.bogosabooks.co.kr

ISBN 979-11-5516-799-1 94810
979-11-5516-790-8 (세트)

정가 40,000원